Nie wird Laurel Damron jene Nacht vergessen, als ein ausgelassener Streich unter Freundinnen für die sanfte, schöne Faith mit dem Tod endete. Sie waren zu sechst damals, sechs junge Mädchen in Wheeling, West Virginia. Sie hatten Spaß miteinander und nichts als Unfug im Sinn: Doch eines Abends trieben sie das Spiel zu weit. Faith bezahlte mit ihrem Leben dafür. Die Polizei ging von Selbstmord aus, und die Übrigen schworen, nie zu verraten, was wirklich passiert war.

Seither sind dreizehn Jahre vergangen. Und plötzlich scheint es sich jemand in den Kopf gesetzt zu haben, Faiths Tod zu rächen. Die Erste, die auf grausame Weise umkommt, ist Angie, eine erfolgreiche New Yorker Schauspielerin. Und Laurel Damron, die noch immer in Wheeling lebt und ein Blumengeschäft betreibt, könnte die Nächste sein. Mit der Post hat sie eine grausige Warnung erhalten. Doch die Freundinnen von damals beschwören sie, nicht zur Polizei zu gehen. Laurel weiß, dass der Mörder sie beobachtet. Aber wer ist es? Nur wenn sie tief in sich hineinblickt, könnte sie vielleicht eine verschüttete Erinnerung aufdecken. Und wenn sie jeden verdächtigt, den sie kennt, hat sie eine geringe Chance, am Leben zu bleiben …

Carlene Thompson wurde 1952 in Parkersburg, West Virginia, geboren. Sie studierte englische Literatur und unterrichtete von 1983 bis 1989 an der Universität von Rio Grande in Ohio. 1991 veröffentlichte sie ihren ersten Roman *Black for Remembrance* (deutsch: ›Schwarz zur Erinnerung‹, 1993; Fischer Taschenbuch 14227). Carlene Thompson lebt heute als Schriftstellerin in West Virginia, nimmt herrenlose Hunde auf und schreibt an einem neuen Roman.

Weitere lieferbare Titel im Fischer Taschenbuch Verlag: ›Sieh mich nicht an‹ (Bd. 14538), ›Heute nacht oder nie‹ (Bd. 14779), ›Im Falle meines Todes‹ (Bd. 14835), ›Kalt ist die Nacht‹ (Bd. 14977), ›Vergiss, wenn du kannst‹ (Bd. 15235); *und bei Krüger:* ›Glaub nicht, es sei vorbei‹.

Unsere Adresse im Internet: www.fischer-tb.de

Carlene Thompson

Im Falle meines Todes
Roman

Aus dem Amerikanischen
von Anne Steeb

Fischer Taschenbuch Verlag

Limitierte Sonderausgabe
Veröffentlicht im Fischer Taschenbuch Verlag,
einem Unternehmen der S. Fischer Verlag GmbH,
Frankfurt am Main, September 2002

Die Originalausgabe erschien unter dem Titel
»In the Event Of My Death« bei St. Martin's Press, New York
Dieses Werk wurde vermittelt durch die Agentur für
Literatur & Illustration Thomas Schlück GmbH, Garbsen
© Carlene Thompson 1999
Deutschsprachige Ausgabe:
© Fischer Taschenbuch Verlag GmbH, Frankfurt am Main 2001
Druck und Bindung: Clausen & Bosse, Leck
Printed in Germany
ISBN 3-596-50600-X

Meiner Nichte Kelsey

*Mein Dank gilt Pamela Ahearn, Jennifer Weis
und der Belegschaft des* Four Seasons Floral.

Prolog

Wenn ich doch nur einen Hund hätte, wünschte sich Angela Ricci wieder einmal. Sie hatte immer einen haben wollen, doch ihr pingeliger Exgatte meinte, Hunde seien schmutzig. Stuart Burgess. Wie hatte sie so ein Ekel je attraktiv finden können? Mit ihm zusammenzuleben war eine Qual gewesen. Ständig hatte er sich die Hände gewaschen; wenn er einen Fleck auf seiner Krawatte entdeckte, hatte er einen Anfall gekriegt, und wenn es bei seiner Heimkehr im Haus nicht wie in einem Museum aussah, prompt Migräne bekommen.

Aber seit einem Jahr war sie von Stuart geschieden. Die Abfindung war großzügig ausgefallen. Sehr großzügig. Und warum auch nicht. Mit seinen Liebesabenteuern war Stuart weniger pingelig gewesen als in Bezug auf die Äußerlichkeiten. Wenn jemand von seiner Vorliebe für Prostituierte erfahren hätte, für junge, männliche Prostituierte, wäre er tausend Tode gestorben. Sie hatte nie damit gedroht, ihn bloßzustellen, und hätte es auch nicht getan – weil sie keinen Skandal wollte, aber auch, weil Stuart einen gefährlichen Zug an sich hatte, der ihr Angst machte. Zum Glück hatte sich Stuart in seinem Verfolgungswahn von ihr bedroht gefühlt und beschlossen, sie mit Geld mundtot zu machen.

Danach hatte er sich auf sein großes Anwesen im Norden des Staates New York verzogen und das Sandsteinhaus in Manhattan ihr überlassen. Praktisch, wie sie war, hatte sie – sehr zum Missfallen Stuarts, der ein Snob war – den ersten und zweiten Stock vermietet und nur das Erdgeschoss für sich selbst hergerichtet. Nun sah es hier nicht mehr wie im Museum aus. Sie hatte eine warme, einladende Wohnung mit einem hübschen Garten hinterm Haus, perfekt für einen Hund – einen großen Hund mit Beschützerinstinkt. Doch einen zu kaufen, dazu war sie nie gekommen, und nun bedauerte sie das Versäumnis, denn sie fühlte sich zu Hause neuerdings nicht mehr sicher. Sie erinnerte sich nicht mehr, wann genau das unbehagliche Gefühl begonnen hatte. Vor einer Woche? Nein, es war länger her. Und am schlimmsten war es, wenn sie spätabends aus dem Theater kam.

Sie war immer restlos erschöpft, wenn sie den ganzen Abend gesungen und getanzt hatte als Star eines der populärsten Musicals am Broadway. Und doch litt sie, zu Hause angekommen, unter der Einsamkeit. Ein Hund hätte ihr das Gefühl gegeben, weniger allein zu sein, und sicherer hätte sie sich auch gefühlt.

Heute Abend war sie noch müder als sonst. Vielleicht lag es an der Kälte. Oder vielleicht daran, dass ihr neuer Verlobter, Judson Green, seit einer Woche verreist war. Er fehlte ihr sehr. Noch drei Tage, dann war er wieder da. Drei endlose Tage.

Angela zog sich aus und blieb zehn Minuten unter der heißen Dusche, bis sich ihre Nackenmuskulatur etwas entspannt hatte. Sie trocknete sich gerade ab, als sie glaubte, etwas gehört zu haben. Sie konnte das Geräusch nicht einordnen. Es klang nicht so, als wäre etwas umgefallen, sondern viel leiser, viel … verstohlener.

Angela verharrte, verblüfft über das Wort, das ihr in den Sinn gekommen war. Sie ließ abrupt das Handtuch fallen, griff nach ihrem Bademantel aus schwerem Frottee und hüllte sich darin ein wie in eine Ritterrüstung. Mit klopfendem Herzen strich sie sich das lange, schwarze Haar aus dem Gesicht und trat leise ins Schlafzimmer. Dort sah alles ordentlich aus, unberührt. Sie zog die oberste Schublade der Kommode auf und holte die 38er Automatik heraus, die sie nach der Scheidung gekauft hatte. Stuart hätte ihr nie erlaubt, eine Schusswaffe zu besitzen.

Mit der Waffe in den zitternden Händen ging sie durchs Esszimmer ins Wohnzimmer und machte überall Licht. Im Wohnzimmer aktivierte sie rasch die Alarmanlage und ärgerte sich, dass sie vergessen hatte, sie gleich bei ihrer Heimkehr einzuschalten. Ihre Sorglosigkeit, was die eigene Sicherheit anging, hatte Stuart immer zum Wahnsinn getrieben.

Sie ging noch einmal durch die ganze Wohnung und knipste alle Lampen an. Eine Viertelstunde später, als das Haus im hellen Licht erstrahlte, schenkte sich Angela ein Glas Brandy ein und setzte sich. Die Pistole lag auf ihrem Schoß.

Sie war nie besonders ängstlich gewesen, nicht einmal als Kind. Sicher, es hatte jene furchtbare Phase vor dreizehn Jahren gegeben, als sie von Albträumen geplagt wurde, aber wem wäre es anders ergangen, nach allem, was passiert war? Schließlich jedoch hatte die Zeit die Wunden geheilt. Auch wenn sie die Schreckensnacht nie vergessen konnte, hatten doch wenigstens die Albträume nachgelassen.

Die Schreckensnacht. Sie erschauerte. Siebzehn war sie damals erst gewesen, muntere, arrogante siebzehn. Sie war hübsch, begabt, und es war in ihrem ganzen Leben noch nichts wirklich Schlimmes passiert. Bis zu jener Nacht. Es hatte alles so unschuldig angefangen und so tragisch geendet.

Vielleicht, überlegte sie, ist das der Grund, warum ich mich in letzter Zeit so unruhig fühle. Es ist um diese Jahreszeit passiert. Sie versuchte sich an das genaue Datum zu erinnern. Mein Gott, der dreizehnte Dezember – vor genau dreizehn Jahren. Die Unglückszahl dreizehn.

Aber Angela war nicht abergläubisch. Wenn die Leute zu ihr sagten, sie habe Glück gehabt, diese Traumrolle am Broadway zu ergattern, hätte sie ihnen am liebsten ins Gesicht gelacht. Das hatte nichts mit Glück zu tun – es waren Jahre harter Arbeit, Ausdauer und die Fähigkeit, vernichtende Kritik und Ablehnung auszuhalten. Und es war auch kein Pech gewesen, das furchtbare Erlebnis vor dreizehn Jahren, an das sie sich bis an ihr Lebensende erinnern würde. Es war durch die bewusste, folgenschwere Tat eines einzelnen Mädchens verursacht worden.

Angela fröstelte wieder und hatte gute Lust, Judson anzurufen, doch es war schon nach Mitternacht. Sie wusste, dass er am frühen Morgen Termine hatte, und es wäre egoistisch von ihr gewesen, ihn zu wecken. Nein, sie würde ihre Nervosität allein überstehen. Sobald Judson wieder da war und sie ernsthaft mit der Planung für ihre Hochzeit im Frühjahr begannen, würde ihr dieses ganze Unbehagen albern vorkommen.

Eine Stunde später lag sie hellwach im Bett und sah fern. Unmöglich. Sie konnte nicht die ganze Nacht aufbleiben. Sie war erschöpft und würde am nächsten Tag grässlich aussehen. Sie hatte um eins ein Interview samt Fototermin mit der Zeitschrift *New York* und abends eine Vorstellung. Nein, diese Schlaflosigkeit konnte sie sich nicht leisten.

Angela kannte zu viele Schauspielerinnen, die von Tabletten abhängig waren. So weit würde sie es nie kommen lassen, aber es gab Zeiten, in denen ein wenig chemische Hilfe nötig war. Widerstrebend ging sie ins Bad, schenkte sich ein Glas Wasser ein und suchte im Arzneischrank nach dem *Seconal*. Es war ihr vor einem Jahr während der Scheidung verschrieben worden und sie hatte seither erst zehn der stark wirkenden kleinen roten Pillen genommen. Nun schluckte sie eine.

Später – aus dem Fernseher drang nach wie vor Stimmengewirr – rutschte Angelas Kopf seitwärts aufs Kissen. Wenige Minuten später atmete sie tief. Nicht einmal das Knarren einer Schranktür im Gästezimmer störte sie.

Leise glitt eine Gestalt durch den Flur. Sie hielt kurz an der Schwelle zu ihrem Zimmer inne. *Angela*, dachte die Gestalt. Der Name passte. Sie sah wie ein Engel aus, der tief und friedlich schlief. Ihr dunkles Haar lag wie ein Heiligenschein auf dem Kissenbezug aus weißem Satin ausgebreitet und ihre Wimpern hoben sich lang und dunkel von der elfenbeinfarbenen Haut ab. Sie hatte solche Schönheit nicht verdient. Sie hatte keinen Frieden verdient. Sie hatte weder Reichtum noch Ruhm, weder Bewunderung noch ihr ganzes vom Glück gesegnetes Leben verdient. Nach allem, was sie getan hatte, hatte sie nichts verdient.

Die Gestalt hob einen Wagenheber und zögerte einen Augenblick. Solange er in der Luft schwebte, war Angela Ricci am Leben. Wenn er jedoch herabfuhr …

Angelas Körper zuckte unter dem mächtigen ersten Schlag zusammen. Ihre Schädeldecke barst. Blut spritzte und sie schlug die Augen auf. Doch die Bewegung, das Bewusstwerden, waren von kurzer Dauer. Wieder und wieder prasselten die Schläge mit der Eisenstange auf sie herab. Sie ließen Haut aufplatzen, Knochen brechen, zerquetschten lebenswichtige Organe.

Zwei Minuten später lang Angela Ricci unförmig und verdreht da, eine entsetzliche purpurrote Masse auf dem schönen, glänzend weißen Bettzeug. Schwer atmend und mit vor Anstrengung zitternden Armen betrachtete der Mörder die Leiche und lächelte. Gute Arbeit, so sorgfältig geplant, so schnell vorbei. Zu schnell. Der Mörder warf einen Blick auf die Uhr. Zwei Uhr dreizehn.

Die Unglückszahl dreizehn.

Eins

Ein Kreis tanzender Mädchen im Halbdunkel. Gesang. Licht – flackerndes, heller werdendes Licht. Flammen. Ein Schrei. Ein Chor von Schreien, die zum schrillen Kreischen anwachsen. Schmerz. Dann Finsternis.

Laurel Damron merkte, dass sie wild um sich trat, noch ehe sie die Augen aufriss. Sie schnappte nach Luft und ballte die Fäuste, um das unkontrollierte Verkrallen in den Griff zu bekommen. Ihr Atem kam mühsam und keuchend.

Plötzlich senkte sich etwas Schweres auf sie herab, sie blickte an sich entlang auf einen langhaarigen Hund mit schwarzweißem Fell, dessen Augen nur wenige Zentimeter von ihren entfernt waren. »Ach, April«, hauchte Laurel und öffnete ihre Faust, um den Hund zu streicheln. Jedes Mal, wenn sie den Traum hatte, kletterte er auf sie. Sie war sich nicht im Klaren, ob April sie damit beruhigen oder beschützen wollte. »Das war diesmal ganz schlimm. Die gleiche Szene, aber schlimmer. Das Feuer …«

Sie verstummte und sah wieder die entsetzlichen Flammen vor sich. Doch dann nahm sie neben sich ein Hecheln wahr. Alex, Aprils Bruder, saß mit vorgestrecktem Hals neben dem Bett. »Hab ich dir etwa auch einen Schrecken eingejagt?« Sie kraulte ihn unterm Kinn. »Ist gut, Junge. Ich hab euch wegen nichts und wieder nichts erschreckt. Ich weiß, ihr mögt meinen Traum nicht. Ich auch nicht.«

Laurel fuhr sich mit der Hand über die feuchte Stirn und sah auf die Uhr neben dem Bett, obwohl sie der Dunkelheit in ihrem Schlafzimmer entnehmen konnte, dass die Sonne noch nicht einmal aufgegangen war. Viertel vor sieben. Noch fünfzehn Minuten, bis der Wecker klingelte. »Der Tag fängt früh an«, stellte sie fest. »Schon wieder.« Sie streichelte April noch ein letztes Mal. Dann regte sie sich unter dem fünfundvierzig Pfund schweren Tier. »Zeit zum Aufstehen, ihr zwei. Jetzt wird Kaffee getrunken und Hundefutter gefressen.«

April erhob sich widerwillig und sprang vom Bett. Laurel streckte sich und schloss noch einmal kurz die Augen, ehe sie die

Steppdecke von sich warf. Eine Minute später stand sie vor dem Badezimmerspiegel. So müde darf eine dreißigjährige Frau nach einer ganzen Nacht Schlaf nicht aussehen, dachte sie. Unter ihren hellbraunen Augen zeichneten sich dunkle Ringe ab und ihre Haut war ungewöhnlich blass. Ihr schulterlanges braunes Haar stand in zerzausten Kringeln vom Kopf ab. Resigniert fuhr sie sich mit der Hand durch die Mähne. Wird Zeit, wieder einmal die Krause glätten zu lassen, dachte sie. Nicht, dass es Kurt Rider gekümmert hätte, den Mann, mit dem sie seit sieben Monaten zusammen war. Sie fragte sich oft, warum sie sich für ihre Verabredungen überhaupt noch fein machte. Er schien nicht darauf zu achten, ob sie in Jeans und mit ungeschminktem Gesicht kam oder mit neuem Kleid und sorgfältigem Make-up.

Ganz anders als ihre Eltern. Sie verzog das Gesicht, als sie an die Zeit zurückdachte, als sie und ihre Schwester die High School besuchten. Laurel war damals fünfzehn, Claudia siebzehn gewesen. An dem Tag, an dem der Schulfotograf kommen sollte, hatten sie sich große Mühe mit ihrer Erscheinung gegeben. Als sie die Küche betraten, hatte ihr Vater seine Kaffeetasse abgestellt und Claudia angestrahlt. »Herzchen, du siehst hinreißend aus«, hatte er gekräht, während sie eine Pirouette gedreht hatte, dass ihre blonden Locken wippten. Dann war sein Lächeln leicht erlahmt. »Laurel, kannst du nicht mal was mit deinem Haar anfangen?« Als Laurel daraufhin verletzt gemurmelt hatte: »Ich finde, es sieht ganz okay aus«, hatte ihre Mutter von der Pfanne mit den Rühreiern aufgeblickt. »Lass sie doch, Hal«, hatte sie gesagt. »Sie können eben nicht alle Schönheiten sein. Laurel wird eines Tages eine gute Frau und Mutter abgeben.«

Ach ja, selbst in dieser Hinsicht hab ich versagt, dachte Laurel reumütig. Sie war mit dreißig immer noch ledig und kinderlos, während Claudia vor zehn Jahren geheiratet hatte und derzeit ihr drittes Kind erwartete.

April, die wie immer jeden Stimmungsumschwung wahrnahm, legte ihr die Pfote ans Bein und riss sie damit aus ihren Überlegungen. Laurel lächelte. »Schluss jetzt mit dem Selbstmitleid. Zeit, die Vergangenheit hinter sich zu lassen und den Tag anzugehen. Will hier jemand *Alpo* haben?«

Beide Hunde kannten das Wort und stürmten aus dem Schlafzimmer. Laurel schüttelte den Kopf. Auf »Komm«, »Bei Fuß«, »Halt« oder »Sitz« reagierten sie nicht, aber bei jedem Wort, das mit Fressen zu tun hatte, setzten sie sich augenblicklich in Bewegung.

Sie ging in die Küche, die sie jedes Mal aufmunterte mit den polierten Eichenschränken, den makellos weißen Resopalflächen und den sorgfältig verteilten Blumenarrangements, die in dem Raum, der sonst nur groß und kalt gewirkt hätte, für Farbe und Leben sorgten. Sie setzte Kaffee auf und teilte, während er durchlief, Futter und Wasser an April und Alex aus. Sie fraßen wie üblich, als hätten sie seit Tagen nichts mehr bekommen. April stand anmutig und mit seidigem Fell auf ihren langen Beinen, während Alex klein und kompakt war, mit kurzem Fell und Stummelbeinen. Sie waren offensichtlich von verschiedenen Vätern gezeugt worden, aber welcher Abstammung sie genau waren, würde sie nie erfahren. Laurel hatte sie eines regnerischen Nachmittags im Oktober gefunden. Sie waren nicht älter als vier Wochen und hatten zitternd und schmutzig unter einem immergrünen Baum an ihrer Auffahrt gekauert. Jemand hatte sie dort ausgesetzt, und sie hatte sie mit Freuden bei sich aufgenommen. Sie hatten ihr in den letzten zwei Jahren so treu Gesellschaft geleistet wie schon seit langem niemand sonst.

Als der Kaffee durchgelaufen war, begab sie sich mit ihrer Tasse in den verglasten Frühstückserker. Der Blick hinaus ließ sie frösteln. Meilenweit nur schneebedeckter Boden und kahle Äste, die sich in den metallisch grauen Himmel reckten. Das Radio, das sie in der Küche eingeschaltet hatte, meldete minus ein Grad. »Sieht ganz nach weißer Weihnacht aus, Leute. Denkt dran: Nur noch zehn Einkaufstage bis zum Fest!«, warnte der Sprecher.

Bisher hatte Laurel noch kein einziges Geschenk gekauft. Normalerweise hatte sie um diese Zeit längst alles beisammen, aber es war im Geschäft dieses Jahr hektisch zugegangen. Darauf redete sie sich jedenfalls hinaus. Tatsächlich war sie einfach noch nicht in Feststimmung. Eine vage Rastlosigkeit, fast schon Besorgnis, hatte sie seit über einer Woche gepackt, und sie konnte sie nie lange genug abschütteln, um ihre normalen Alltagsaktivitäten mit Freude anzugehen.

Das Telefon klingelte und sie zuckte zusammen. Dann schloss

sie die Augen. Mama und Papa, na klar. Vor vier Jahren hatten sie in Florida in der Nähe von Claudia ein kleines Haus gekauft. Seit dem Herzinfarkt ihres Vaters vor zwei Jahren lebten sie ständig dort. Das Geschäft und das Haus der Familie hatten sie Laurel überlassen. Aber sie vergewisserten sich häufig, dass sie auch alles richtig machte.

Einen Augenblick später plapperte ihre Mutter munter drauflos und wiederholte alles, was Laurel sagte, für ihren Vater. »Hal, sie sagt, es liegt Schnee. Die haben dort minus ein Grad.« Wieder an Laurel gerichtet: »Wie wird denn das Wetter nächste Woche? Du wirst doch herfliegen können zu Weihnachten, oder?«

Hoffentlich nicht, sagte Laurel im Stillen. Weihnachten mit ihrem Vater und Claudias Mann, die mit ohrenbetäubender Lautstärke Footballspiele im Fernsehen bejubelten, und mit den zwei ungezogenen Kindern von Claudia, die sich unaufhörlich stritten, entsprach nicht Laurels Vorstellung von einem schönen Fest. Zu allem Überfluss war Claudia, die in einem Monat ihr Baby erwartete, aufgedunsen, angeekelt und griesgrämig wie nur etwas. »Es wird schon gehen«, versicherte Laurel und bemühte sich, ein wenig Vorfreude in ihre Stimme zu legen. »Aber wenn das Wetter allzu scheußlich wird, müsst ihr dieses Jahr ohne mich feiern.«

»Sei nicht albern«, entgegnete ihre Mutter rasch. »Deine Nichte und dein Neffe wären untröstlich.« Ganz bestimmt, dachte Laurel. Die Kinder nahmen kaum Notiz von ihr, außer um nach ihren Geschenken zu grabschen. »Du würdest uns allen fehlen. Wenn du allerdings einen guten Grund hast, zu Hause bleiben zu wollen …« Die Stimme ihrer Mutter hatte einen gezierten Tonfall angenommen und Laurel stöhnte innerlich, denn sie wusste schon, was als Nächstes kam. »Wie steht es mit dir und Kurt? Erwartest du vielleicht zu Weihnachten einen Verlobungsring?«

»Nein, Mutter, das tue ich nicht«, erwiderte Laurel heftiger, als sie vorgehabt hatte. »Ich meine, wir haben uns nicht festgelegt.«

»Ihr seid seit sieben Monaten zusammen. Zu meiner Zeit nannte man das festgelegt.«

»Na ja, heute muss das nicht mehr festgelegt heißen. Hör mal, Mama, ich wollte heute Morgen ein wenig früher ins Geschäft. Sag Papa, dass wir dieses Jahr Hochbetrieb haben.«

»Hal, sie sagt, sie hätten dieses Jahr Hochbetrieb.«

Laurel hörte im Hintergrund die Stimme ihres Vaters brummen, aber ihre Mutter übertönte ihn. »Herzchen, zwischen dir und Kurt ist doch alles in Ordnung, oder? Ihr habt euch doch nicht etwa getrennt?«

»Es ist alles in Ordnung zwischen uns. Aber ich muss jetzt wirklich auflegen. Grüß Papa. Wir sehen uns in ein paar Tagen.«

»Auf Wiederhören, Süße. Pass gut auf dich auf. Und gib die Hoffnung nicht auf. Ich bin überzeugt, dass dich diesmal Weihnachten ein Ring erwartet. Ich spür's in den Knochen.«

Ich hoffe, deine Knochen haben Unrecht, dachte Laurel und legte auf. Sie hatte Kurt furchtbar gern, aber Heiraten war etwas anderes. Sollte er ihr tatsächlich einmal einen Ring präsentieren, müsste sie Nein sagen, was ihre Mutter vermutlich in tieferen Gram stürzen würde als Kurt.

Laurel ließ April und Alex zum Tollen im Schnee hinaus. Während sie den Hunden zusah, knabberte sie an einem Stück Toast. Derweil überlegte sie, wie sie darum herumkommen konnte, in der nächsten Woche nach Florida zu fahren, und was sie sagen sollte, falls Kurt tatsächlich anfing, von Heirat zu sprechen. Schließlich ließ sie verärgert den Toast zurück auf den Teller fallen. »Laurel, es ist Weihnachten«, schimpfte sie mit sich selbst. »Früher hast du Weihnachten doch geliebt. Dieses Jahr bist du unglaublich deprimierend. Reiß dich gefälligst zusammen!«

Eine halbe Stunde später – sie hatte geduscht, braune Wollhosen und einen passenden Angorapullover angezogen, einen rostrot gemusterten Schal umgebunden, das Haar sorgfältig über eine große Bürste geföhnt und Lidschatten, Rouge und Lippenstift aufgetragen – fühlte sie sich besser und sah auch besser aus. Erleichtert stellte sie fest, dass sie nun den Tag, der ein langer Tag zu werden versprach, bestehen konnte. Die Kunden erwarteten von ihr, dass sie aufmerksam und fröhlich war, und von ihrem Vater hatte sie gelernt, immer zu versuchen, dem Kunden gefällig zu sein.

Der Schnee war zwei Tage alt, die Straßen waren geräumt. Laurel schaffte den Weg zu ihrem Laden in fünfzehn Minuten. Wie immer, wenn sie dort ankam, empfand sie überwältigenden Stolz. Damron Floral in der Altstadt von Wheeling in West Virginia war in einem dreistöckigen viktorianischen Gebäude mit graublauem Anstrich und schmucken weißen Fensterläden untergebracht. Sie führte das Geschäft in der dritten Generation. Als ihr Großvater kurz nach dem Zweiten Weltkrieg den Laden eröffnet hatte, hatten er, seine Frau und sein Sohn im zweiten Stock gewohnt. Als dann in den fünfziger Jahren das Geschäft florierte, hatte er das geräumige Holzhaus nördlich von Wheeling in der Nähe des schönen Oglebay State Park gebaut, wo Laurel jetzt lebte.

Sie betrat das Gebäude wie immer durch die Hintertür und ging in die winzige Küche neben der Werkstatt, um Kaffee aufzusetzen, ehe ihre Assistentin Mary Howard eintraf. Sie legte Wert darauf, dass das Geschäft einladend wirkte, auch für die Angestellten. Und vor allem für Mary. Mary war die beste Floristin, die Laurel je hatte. Außerdem war sie die jüngere Schwester von Laurels Freundin Faith. Faith, die so schön, so unbekümmert, so kühn war – und inzwischen seit dreizehn Jahren tot.

Laurel fröstelte und verdrängte den Gedanken an Faith. Gütiger Himmel, war sie etwa dabei, in eine Art Festtagsdepression zu verfallen? Aus irgendeinem Grund schien sie sich nicht zu gestatten, glücklich zu sein, sondern düsteren Gedanken nachzuhängen, und die Erinnerung an Faiths Tod war der düsterste von allen.

Sie ging durch die Geschäftsräume und schaltete die Beleuchtung ein. Vor kurzem hatte sie den unscheinbaren gelbbraunen Teppich ersetzt, der den Boden von Damron Floral bedeckt hatte, so weit sie zurückdenken konnte. Alle fünf, zehn Jahre, wenn ein neuer Teppich nötig wurde, hatte ihr Vater den gleichen undefinierbaren Farbton gewählt. Nun dagegen erstreckte sich vor ihr ein Boden in tiefem Rauchblau und die Wände waren perlgrau anstatt wie zuvor altrosa gestrichen. Ihre Eltern hatten vor, im Frühjahr zu Besuch zu kommen. Sie hoffte, dass ihr Vater das neue Dekor billigen würde, bezweifelte es aber. Hal Damron hatte etwas gegen Veränderungen.

Ein rascher Blick aus dem Schaufenster zeigte ihr, dass die Straße noch so gut wie menschenleer war. Gut. Sie beschloss, das Schild mit der Aufschrift *Geöffnet* erst in zwanzig Minuten an die Tür zu hängen. Das gab ihr Zeit, die Bestellungen für den Tag durchzugehen. Vom üblichen Weihnachtsgeschäft abgesehen, fanden tags darauf drei Beerdigungen statt. Es gab also mehr als genug zu tun.

Laurel blickte sich um. Auf den Glasregalen standen üppig blühende Weihnachtssterne und festliche Gestecke, geschmückt mit bunten Schleifen und Seidenblumen. An der Wand hingen Weinrebenkränze neben den traditionelleren Gebinden aus Kiefernzweigen. Laurel atmete den Kiefernduft ein, der sich mit dem der überall verteilten Duftkissen mischte. Es roch eindeutig nach Weihnachten.

Sie hörte, wie die Hintertür ins Schloss fiel, und gleich darauf rief Mary Howard: »Guten Morgen, Laurel.«

Laurel ging nach hinten. Mary zog ihren schweren, langen braunen Mantel aus und lächelte ihr zu. Sie war eine hoch gewachsene junge Frau von sechsundzwanzig Jahren mit krausem, fahlrotem Haar, das sie zum Pferdeschwanz gebunden hatte, hellen, blauen Augen und ein paar Sommersprossen auf der markanten Nase. Sie war auf kräftige, knochige Art attraktiv, wenn auch keine Schönheit, wie ihre Schwester Faith es gewesen war. An Faiths strahlende, sinnliche, an Rita Hayworth erinnernde Erscheinung reichte sie nicht heran. Laurel hatte sich Faith immer als roten Satin vorgestellt, Mary dagegen als blau karierte Baumwolle.

»Hi«, sagte Laurel. »Du bist aber früh dran.«

»Viel zu tun heute.« Mary hielt eine volle weiße Papiertüte hoch. »Donuts.«

»Wie lieb von dir! Ich hab heute Morgen nur eine halbe Scheibe Toast gegessen und weiß genau, dass ich in ein paar Stunden furchtbaren Hunger kriegen werde.«

»Iss doch jetzt gleich was, mit einer frischen Tasse Kaffee. Später werden wir dazu keine Zeit mehr haben.«

Laurel zögerte. Dann lächelte sie. »Na gut. Du hast mich überredet. Sind in deiner Tüte auch welche mit Schokoguss?«

»Wofür hältst du mich? Ich weiß doch, dass du die am liebsten isst.«

Mary hatte Recht. Zwei Stunden später klingelte alle paar Minuten das Telefon und drei Kunden sahen sich gleichzeitig im Laden um. Mary arbeitete zusammen mit Penny und Norma, den beiden anderen Floristinnen, die bei Laurel angestellt waren, hinten im Werkraum an diversen Gebinden, während Laurel vorn die Bedienung übernahm. Sie hatte soeben vier Kerzenringe aus künstlicher Stechpalme und Kiefernzweigen verkauft, als das Telefon wohl schon zum zwanzigsten Mal klingelte. Seufzend griff sie nach ihrem Bestellblock. »Damron Floral.«

Ein Augenblick des Schweigens entstand, ehe eine heisere Frauenstimme fragte: »Laurel, bist du das?«

»Ja.« Die Stimme kam ihr bekannt vor, aber Laurel konnte sie nicht einordnen. Manche Kunden nahmen es übel, wenn sie sie nicht sofort an der Stimme erkannte, darum fragte sie vorsichtig: »Wie geht es denn so?«

»Mir geht es gut. Also, nein, heute Morgen geht es mir gar nicht gut.«

»Aha?«

»Du weißt doch, wer am Telefon ist, oder?«

Gott, wie ich es hasse, wenn mich die Leute raten lassen, wer sie sind, dachte Laurel gereizt. Einfach unhöflich ist das, und ich hab doch so viel zu tun … Dann sah sie plötzlich ein Gesicht mit klaren grünen Augen vor sich. »Monica! Monica Boyd.«

»Genau. Du bist ja schnell dahinter gekommen, obwohl wir uns zwölf Jahre nicht gesehen haben.«

»Wir waren doch befreundet. Außerdem bist du nicht leicht zu vergessen.« Eine Frau hielt gleichzeitig zwei Töpfe mit Weihnachtssternen hoch, so schief, dass schon die ersten Erdbrocken auf dem Teppich landeten. Laurel erstarrte und hätte am liebsten »Passen Sie doch auf!« geschimpft. Stattdessen fragte sie liebenswürdig: »Bist du noch in New York, Monica?«

»Ja. Ich bin auf dem besten Wege, es in der Kanzlei Maxwell, Tate und Goldstein zur Teilhaberin zu bringen.«

»Wunderbar.« Wieder rieselte Erde aus den Töpfen. Laurel war so weit, Monica zu bitten, sie möchte einen Augenblick dranbleiben. Da jedoch kam Mary, um sie etwas zu fragen, und sah sogleich das Problem. Mit einem freundlichen Lächeln und großen, harten Händen eilte sie zu der Frau hinüber und nahm ihr die Weihnachtssterne ab. »Hast du Weihnachten groß was vor?«, fragte Laurel.

»Ich hab meine Pläne geändert. Ich komme nach Wheeling.«

»Nach so vielen Jahren?«

»Ja. Ich muss unbedingt mit dir sprechen.«

»Mit mir?« Laurel war ehrlich erstaunt.

»Ja. Mit dir, Denise und Crystal.«

Sie waren alle zusammen aufgewachsen. Freunde fürs Leben, hatten sie geglaubt. Als sie zwölf waren, hatten sie einen Club namens *Six of Hearts* – die Herzsechs – gegründet: Monica, Laurel, Crystal, Denise, Angela und die arme tote Faith. Auf einmal packte Laurel die Angst. »Monica, was ist passiert?«

»Du weißt doch, dass Angie auch hier in Manhattan gelebt hat?«

»Natürlich. Sie hat den Kontakt nicht abreißen lassen. Ich hab gerade eine Karte von ihr bekommen. Sie spielt die Hauptrolle in einer Broadway-Produktion.«

»Nicht mehr.« Laurel hörte Monica tief Luft holen. »Laurel, Angie ist vorgestern Nacht ermordet worden. Man hat sie erst gestern gefunden, als sie nicht zu einem Interview erschienen ist und das Theater sie nicht erreichen konnte. Es war … brutal. Sie ist in ihrem eigenen Bett erschlagen worden.«

»O mein Gott«, keuchte Laurel. Ihr Magen verkrampfte sich, als sie sich Angies hübsches Gesicht vorstellte und sich an ihre schöne Stimme erinnerte. »Wie entsetzlich!«

»Ja. Aber es kommt noch dicker, Laurel. Ich weiß nicht, wie ich's dir sagen soll, aber Angelas Tod hatte etwas mit der Herzsechs zu tun.«

Zwei

1

Laurels Gesichtszüge erschlafften, so schockiert war sie. Sie sah den Seitenblick, den Mary ihr zuwarf, ehe sie es schaffte weiterzusprechen. »Monica, hat man den Mörder gefasst?«

»Nein.«

Laurel sprach leise. »Wie kommst du dann drauf, dass der Mord etwas mit der Herzsechs zu tun hatte?«

»Auf den Spiegel in ihrem Schlafzimmer hat der Mörder eine Sechs und ein Herz gemalt. Mit Angies Blut.«

»O Gott«, sagte Laurel mit schwacher Stimme. »Und woher weißt du das alles?«

»Ich bin mit einem Kriminalbeamten befreundet, der den Fall bearbeitet. Er weiß, dass ich Angie kenne. Er hat mir die Einzelheiten mitgeteilt. Sie sind nicht öffentlich bekannt, aber er dachte, ich hätte vielleicht eine Idee, worum es geht. Ich habe behauptet, ich wüsste es nicht.«

»Warum hast du ihm nicht die Wahrheit gesagt?«

»Weil wir nie jemandem die Wahrheit über die Herzsechs gesagt haben. Außerdem will ich nichts damit zu tun haben. Die anderen wahrscheinlich auch nicht.«

Laurel merkte, dass sie krampfhaft den Hörer umklammerte, und zwang sich, locker zu lassen. »Monica, das Zeug auf dem Spiegel muss ein Zufall sein.«

»Zufall?« Monicas heisere Stimme wurde selten laut und Laurel hörte ihre Anspannung heraus. »Du hältst es für Zufall, dass der Mörder eine Sechs und ein Herz auf Angies Spiegel gemalt hat, die Mitglied der Herzsechs war? Und noch was. Neben ihrer Leiche lag eine Tarotkarte – das Jüngste Gericht.«

»Das Jüngste Gericht?«

»Ja. Mir scheint, der Mörder will sich vielleicht für eine alte Tat der Herzsechs rächen.«

»Das Jüngste Gericht? Rache? Monica, das ist doch verrückt. Wir waren ein Geheimbund. Niemand hat von uns gewusst.«

»Laurel, wir waren keine CIA-Agenten. Wir waren ein Haufen junger Mädchen, denen die Idee gefiel, einen Geheimbund zu haben, weil wir uns langweilten. Wir kamen uns wichtig vor, obwohl das meiste, was wir unternommen haben, harmloser Unsinn war. Wer sagt, dass nicht eine von uns irgendwann das mit dem Bund weitererzählt hat? Schließlich hieß es nicht, dass man eine Kugel in den Kopf bekommt, wenn man die Herzsechs verrät.«

»Ich hab es jedenfalls niemandem erzählt.«

»Ich auch nicht, aber da bleiben immer noch vier andere.«

»Faith war es nicht. Faith ist ...« Sie brach ab, als sie Mary vor sich stehen sah. »Monica, ich fürchte, ich muss jetzt Schluss machen. Hier herrscht heute Hochbetrieb.«

»Laurel, ich meine es ernst. Du kannst mich nicht einfach abblitzen lassen.«

»Das will ich auch nicht. Es ist nur ...«

»Ich komme nach Wheeling«, sagte Monica entschieden. »Morgen bin ich da. Sag Denise und Crystal Bescheid.«

Sie legte auf. Laurel stand stumm mit dem Hörer in der Hand da.

»Schlechte Nachrichten?«, erkundigte sich Mary. »Es ging doch wohl nicht um deine Schwester?«

»Wie?« Laurel blinzelte und legte dann langsam den Hörer auf. »Nein, Claudia geht es gut. Ich hab nur eben erfahren, dass eine alte Freundin von mir ermordet worden ist.«

»Ermordet! Wer denn?«

»Angela Ricci. Du kennst sie bestimmt nicht.«

»Sie war eine Freundin meiner Schwester«, sagte Mary prompt. »Hast du deshalb von Faith gesprochen?«

Laurel nickte und Mary fuhr fort: »Ich erinnere mich an Angela. Sie war sehr hübsch. Sehr talentiert. Meine Güte, was für eine Schande!« Laurel nickte wieder. »Alles in Ordnung mit dir?«

»Ja.«

»Ganz sicher? Du siehst elend aus.«

»Es geht mir gut, Mary, wirklich.«

Dabei ging es ihr keineswegs gut. Sie war so entsetzt und ängstlich wie seit dreizehn Jahren nicht mehr.

2

Laurel erlebte den Rest des Tages wie durch einen Nebelschleier. Sie spürte, dass Mary, Penny und Norma sie genau beobachteten, und sogar einige Kunden warfen ihr neugierige Blicke zu, als sie sie nicht mit der üblichen Aufmerksamkeit bediente. Um fünf schloss sie den Laden, zwang sich aber, noch bis sechs Uhr dreißig zu bleiben und Mary bei einigen eiligen Aufträgen zu helfen. Dann machte sie sich dankbar auf den Nachhauseweg.

April und Alex liefen ihr entgegen und begrüßten sie stürmisch wie immer. Geistesabwesend streichelte sie beide Tiere, belohnte jeden mit einem Hundekuchen, warf ihren Kamelhaarmantel auf einen Stuhl und ließ sich auf die Couch fallen.

Die ganze Woche über war ihr schon so komisch gewesen. Hatte sie irgendwie gespürt, dass Angie etwas passieren würde? Unmöglich. Sie standen einander nicht mehr nahe, obwohl Angie ihr immer noch Weihnachtskarten schickte und sogar angerufen hatte, als ihre Mutter ihr vom Herzinfarkt von Laurels Vater berichtet hatte. Ohne Angies Bemühungen hätten sie sich sogar ganz aus den Augen verloren, genau wie sie und Monica. Was hatte sie schon für Gemeinsamkeiten mit einem talentierten Broadway-Star?

Keine. Gar keine, bis auf eine gemeinsame Jugend in Wheeling und die Zugehörigkeit zu einem albernen Club, den die frühreife Monica ins Leben gerufen hatte, als sie ganze zwölf Jahre alt waren.

Die Herzsechs. Monica war auf die Idee mit dem Namen gekommen. Sie hatte gesagt, das Herz sei ein Symbol für das Zentrum von Kraft und Intelligenz. Als Crystal einwandte, sie habe immer gedacht, dass Intelligenz mit dem Gehirn zusammenhing, hatte Monica sie angefahren: »Ich hab doch Symbol gesagt. Weißt du nicht mal, was ein Symbol ist? Außerdem: Willst du etwa, dass wir uns die Hirnsechs nennen?« Beschämt hatte Crystal aufgehört zu argumentieren. Da Crystal sich ihrer eigenen Intelligenz nie sicher war, hatte Monica das zaghafte Mädchen restlos bevormundet. Herrgott, sie hat uns alle bevormundet, dachte Laurel. Monica war schon immer eine Naturgewalt. Und sie war es offensichtlich immer noch, nach ihrer Ankündigung zu urteilen, dass sie herkommen wolle, um mit ihr, Crystal und Denise über den

Mord an Angie zu reden, einem Mord, von dem sie sicher war, dass er etwas mit der Herzsechs zu tun hatte.

Der Club hatte ganz harmlos angefangen. Es gab eine »geheime« Aufnahmezeremonie, die darin bestand, dass sie mit verbundenen Augen alles Mögliche essen mussten, nachdem man ihnen weisgemacht hatte, dass Oliven Augäpfel seien und rohe Kalbsleber von einem Menschen stamme. Dann hatten sie anderen Schülern, die sie nicht leiden konnten, jeweils nach einstimmigem Beschluss harmlose Streiche gespielt. Manchmal hatten sie anonym bei älteren Jungs angerufen, ihre Stimmen verstellt, sodass sie tief und erotisch klangen, und dann aufgelegt, ehe sie kichernd zusammenbrachen. Als sie fünfzehn waren, hatten alle außer Denise den Jahrestag des Sturms auf die Bastille damit gefeiert, dass sie sich nachts, mit Bolzenschneidern bewaffnet, hinausgeschlichen, ein Fenster eingeschlagen und aus dem örtlichen Tierasyl fast fünfzig Katzen und Hunde befreit hatten. Von diesem Streich wurde sogar in der Zeitung berichtet, aber niemand hatte sie je im Verdacht. Es war alles ein Riesenspaß. Doch mit zunehmendem Alter wurde der Spaß finsterer.

Es klingelte an der Tür. Laurel fragte sich, wer das sein mochte, und setzte sich langsam auf. Unerwarteter Besuch ausgerechnet heute Abend, wo sie nicht gestört werden wollte.

Doch es war kein unerwarteter Besuch. »Hi«, sagte Kurt Rider. »Hunger? Ich hab jedenfalls Hunger.«

Laurel schloss kurz die Augen. »Ach, Kurt, ich hab völlig vergessen, dass wir zum Abendessen verabredet sind.«

»Macht nichts«, sagte er unbekümmert und trat ein. Er pflanzte seine einsachtundachtzig vor ihr auf. »Bist du so weit, dass wir gehen können?«

»Nein, Kurt. Ich fürchte, ich schaff es nicht heute Abend.«

Er sah enttäuscht aus. »Du schaffst es nicht? Bist du krank?«

»Eigentlich nicht.« Laurel wies mit der Hand in Richtung Wohnzimmer. »Komm doch rein.«

»Wieso ist es so dunkel hier?«

»Vielleicht, weil ich noch kein Licht angemacht habe?«

Er grinste. »Sehr komisch.«

»Es ist doch deine Aufgabe, brillant durchdachte Schlüsse zu ziehen.«

23

»He, ich bin bloß ein einfacher Deputy Sheriff, nicht einer von diesen protzigen TV-Kommissaren. Hier bin ich, müde nach einem harten, der Verbrechensbekämpfung gewidmeten Tag, und mein Mädchen vergisst, dass wir verabredet sind.«

»Es tut mir wirklich Leid, Kurt.«

Er knipste eine Lampe an und setzte sich auf die Ledercouch. »Hör auf, dich zu entschuldigen, und erzähl mir, was los ist. Du bist blass. Kriegst du die Grippe?«

»Nein. Ich habe schlechte Nachrichten bekommen.« Sie ließ sich neben ihm nieder. »Erinnerst du dich an Angela Ricci?«

»Angie? Klar. Sie war nur ein Jahr jünger als ich. Sie war in deiner Klasse. Ihre Mutter hat in der ganzen Stadt rumerzählt, dass sie in so einem Stück in New York groß rausgekommen ist.«

»Angie ist tot, Kurt. Ermordet.«

Kurt starrte sie einen Augenblick verständnislos an. »Ermordet. Wie ist das passiert?«

»Jemand hat Angie in ihrem eigenen Bett erschlagen.« Und es sieht ganz danach aus, als hätte das etwas mit einem Club zu tun, dem wir als Jugendliche angehört haben, dachte Laurel, ohne es auszusprechen. Sie wollte mit Kurt nicht über die Herzsechs reden. Außerdem war es nur Monicas Theorie.

»Laurel?«

»Hä?«

»Ich hab gefragt, ob du noch mit ihr befreundet warst. Ich kann mich nicht erinnern, dass du mal von ihr gesprochen hast, seit wir zusammen sind.«

»Ich hab nur gelegentlich von ihr gehört.«

»Wie hast du von dem Mord erfahren?«

»Durch Monica Boyd. Sie wohnt auch in New York.«

»Monica. Ich erinnere mich. Groß. Wichtigtuerisch. Ist sie nicht inzwischen Anwältin?«

»Ja. Sie kommt morgen nach Wheeling.«

»Wieso denn das?«

Laurel besann sich, ehe sie antwortete. »Wegen der Beerdigung«, sagte sie dann kurz angebunden. Monica hatte die Beerdigung nicht erwähnt, aber man hatte die Familie Ricci nach New York beordert und sie hatten angerufen und einige Bekannte vom Tod ihrer Tochter und den Vorkehrungen für die Beerdigung unterrichtet. Angie würde in Wheeling begraben werden. Die ersten Aufträge für Trauergestecke und Kränze waren kurz vor Ladenschluss eingegangen.

Kurt runzelte die Stirn. »Also, ich finde es schlimm, dass Angie tot ist, aber du scheinst dich ja schrecklich aufzuregen wegen jemandem, mit dem du kaum noch Kontakt hattest.«

»Aber ich habe sie so gut gekannt. Wir waren zehn Jahre lang eng befreundet. Und wie sie gestorben ist, Kurt ... einfach entsetzlich.«

»Ich weiß. Aber Mord ist nun einmal immer entsetzlich.« Er legte den Arm um sie. »Schatz, es tut mir Leid.«

»Schon gut.«

»Ich bin mir darüber im Klaren, dass ich dich nicht aufheitern kann, aber essen musst du schon.«

»Ich hab keinen Hunger.«

»Dein Magen knurrt.«

»Wirklich?«

»Ja. Laut und deutlich.«

Laurel lächelte. »Das hab ich gar nicht gemerkt. Aber es stimmt: Ich hab den ganzen Tag außer einer Scheibe Toast und einem Donut nichts gegessen.«

»Kein Wunder, dass dir schlecht ist. Meine Mutter glaubt fest daran, dass essen hilft, egal, wogegen.«

»Deine Mutter wiegt aber auch zweihundert Pfund«, entgegnete Laurel geistesabwesend. Dann wurde sie rot vor Verlegenheit. »Kurt, bitte verzeih mir«, sagte sie rasch. »Das war unmöglich von mir! Ich hab es nicht so gemeint ... Ich weiß auch nicht, wie ich drauf komme«, entschuldigte sie sich rasch. »Deine Mutter ist ein lieber Mensch.«

Aber Kurt lachte nur gutmütig. »Sie ist ein lieber Mensch, der zweihundert Pfund wiegt. Schon gut, Laurel. Um die Tatsachen kommt man nicht rum. Und Tatsache ist, dass du zu dünn bist, um mehrere Mahlzeiten auszulassen. Wenn du keine Lust hast auszugehen: Wie wär's, wenn ich uns eine Pizza kommen lasse?«

Laurel zögerte. »Pizza, das hört sich ganz gut an.«

»Prima. Hast du Bier im Haus?«

»Zwei Sechserpacks.«

»So viel brauch ich nicht. Füttere du deine hungrige Meute; die zwei werfen mir schon die ganze Zeit von der Tür her böse Blicke zu. Inzwischen gebe ich die Bestellung auf. Ich garantiere dir: In einer Stunde bist du so gut wie neu.«

Kurt bestand darauf, ein Feuer im Kamin anzumachen. Nachdem Laurel die Hunde gefüttert hatte, setzte sie sich mit einem Kissen im Arm davor und wärmte sich. Sie hatte bis dahin gar nicht gemerkt, dass ihr seit Monicas Anruf nur noch kalt gewesen war. Als die Pizza kam, aß sie gierig. »Und ich dachte, du hättest keinen Hunger«, frotzelte Kurt. »Da bin ich aber froh, dass ich die große bestellt habe.«

Laurel legte ein halb gegessenes Stück auf den Teller zurück. »Du hast Recht. Ich fresse wie ein Schwein.«

»Nein, überhaupt nicht. Ich finde es schön zu sehen, dass du Appetit hast. Sonst stocherst du immer in deinem Essen herum.«

»Ich seh zwar nicht so gut aus wie meine Schwester, aber auf meine Figur achte ich schon.«

Kurt lächelte ihr zu. »Ich will Claudia nicht schlecht machen, aber ich hab sie nie für eine Superblondine gehalten, so wie die anderen.«

»Nur weil sie nicht mit dir gehen wollte.«

»Das war wirklich eine echte Geschmacksverirrung ihrerseits, aber ich bin nicht nachtragend. Außerdem wollte ich nur mit ihr ausgehen, weil es als Erfolgsbeweis galt, mit Claudia Damron auszugehen. Dein Stil hat mir immer viel mehr zugesagt als ihrer.«

»Ich hab gar nicht gewusst, dass ich Stil habe.«

»Du hast Stil. Du weißt es nur nicht.«

Um neun Uhr, nachdem sie satt und ihr endlich auch warm war vom Kaminfeuer, fragte sie Kurt, ob es ihm etwas ausmachen würde, sie schon allein zu lassen. »Ich hatte heute wirklich viel zu tun und morgen wird es wohl noch schlimmer werden«, sagte sie zu ihm.

»Na gut«, seufzte er. »Erst vergisst du unsere Verabredung, dann setzt du mich vor die Tür, hinaus in die Kälte.«

»Kurt, es tut mir Leid …«

»Ich hab's nicht ernst gemeint.« Er küsste sie auf die Stirn. »Schlaf dich gut aus. Samstagabend gehen wir richtig schön essen. Vielleicht halten wir dann sogar bis nach elf Uhr durch, weil du tags darauf nicht zur Arbeit musst.«

»Das hört sich wunderbar an, Kurt. Danke, dass du so viel Verständnis hast.«

Sie sah ihm nach, als er zu seinem Wagen ging. Er ist ein toller Typ, dachte sie. Ruhig, beständig, lieb. Kein Wunder, dass Mama will, dass ich ihn heirate. Wenn ich doch nur in ihn verliebt wäre.

Sobald das Licht seiner Scheinwerfer am Ende der Straße verschwunden war, schloss sie die Tür ab und eilte zum Telefon. Sie hatte Kurt nicht angelogen – sie war tatsächlich müde –, aber sie hatte noch mehrere Anrufe zu erledigen.

Zuerst wählte sie Crystals Nummer und war überrascht, als sich niemand meldete. Seit Crystals Mann Chuck Landis sie vor sechs Monaten verlassen hatte, ging sie kaum noch aus dem Haus. Vielleicht war es ein gutes Zeichen, dass niemand dranging. Vielleicht hatte Crystal etwas anderes vor.

Als Nächstes rief sie bei Denise Price an. Als Kinder waren sie Freundinnen gewesen, doch nachdem sie von der High School abgegangen waren, hatte Denise den Kontakt abgebrochen. Laurel war zunächst gekränkt gewesen, dann allmählich hatte sie sich damit abgefunden, dass die Mädchen der Herzsechs nichts mehr miteinander zu tun haben wollten. Bis auf Angie. Dass Denise nach ihrer Ausbildung als Krankenschwester einen Arzt geheiratet und dass sie eine Tochter namens Audra hatte und in Chicago lebte, wusste Laurel nur vom Hörensagen. Sie war erstaunt gewesen, als Denise und ihr Mann Wayne vor gut einem Jahr nach Wheeling zurückgezogen waren. Kurz danach hatte Denise bei ihr im Laden den Weihnachtsschmuck für ihr schönes Haus bestellt. Bei der Gelegenheit hatten sie wieder flüchtig angeknüpft an die alte Freundschaft und Denise hatte erklärt, dass es Waynes Idee gewesen sei, nach Wheeling zu ziehen, wo ihre Tochter behüteter aufwachsen konnte als in der Großstadt, wie er meinte.

Wayne meldete sich. »Ah, hallo, Laurel.« Er hatte eine tiefe, melodische Stimme. »Rufen Sie wegen des Dekors für unsere alljährliche Weihnachtsfete an? Sie und Kurt kommen doch, nicht wahr?«

»Das lassen wir uns nicht entgehen.« In Wahrheit hatte sie die Einladung völlig vergessen. So weit zu Kurts Vorhaben, sie am Samstagabend zum Essen auszuführen. Samstag war nämlich die

Party. »Ich muss tatsächlich den Blumenschmuck und noch das eine oder andere mit Denise besprechen.«

»Ist gut. Mal sehen, ob ich sie irgendwo auftreiben kann.«

Es dauerte fast drei Minuten, ehe Denise ans Telefon kam. Sie hörte sich gereizt an und war kurz angebunden. »Ja, Laurel, was gibt's für Probleme?«

»Es geht nicht um den Weihnachtsschmuck.« Laurel war über ihren Tonfall ein wenig betroffen. Sie und Denise hatten die Nähe, die sie einst empfunden hatten, nicht wieder herstellen können und würden es wohl auch nie tun, aber sie waren sonst immer freundlich zueinander. »Hast du einen Augenblick Zeit, ich würd gern etwas mit dir besprechen?«

»Es geht hier ein wenig hektisch zu. Audra fühlt sich nicht gut und ich hab Kopfschmerzen.«

»Tut mir Leid. Hoffentlich kriegt ihr beide nicht die Grippe, die gerade umgeht.«

»Das hoff ich auch. Es geht uns beiden ziemlich mies.«

»Dann will ich mich kurz fassen. Hast du von Angela Ricci gehört?«

Denise senkte die Stimme. »Ich hab gehört, dass sie ermordet wurde.«

»Ja. Monica hat heute bei mir angerufen. Denise, sie kennt den Beamten bei der Mordkommission, der den Fall bearbeitet. Er sagt, dass jemand eine Sechs und ein Herz auf Angies Spiegel gemalt hat, mit ihrem Blut.«

»Was?« Denise bekam einen Hustenanfall.

»Eine Sechs und ein Herz. Außerdem lag eine Tarotkarte neben ihrer Leiche. Das Jüngste Gericht. Monica ist sicher, dass Angies Tod etwas mit der Herzsechs zu tun hat.«

Denise blieb einen Augenblick stumm. Dann murmelte sie: »Das ist doch absurd.«

»Das dachte ich auch, bis ich mir darüber klar wurde, wie unwahrscheinlich es ist, dass die Sechs und das Herz auf dem Spiegel reiner Zufall sind. Monica kommt morgen nach Wheeling. Sie möchte mit dir, Crystal und mir sprechen.«

»Ich will nicht mit ihr reden«, sagte Denise nachdrücklich. »Am liebsten würd ich überhaupt nicht mehr an die Herzsechs denken.«

»Ich auch nicht, Denise, wir müssen darüber reden.«

»Nein, das müssen wir nicht. Ich muss es nicht.«

Laurel hatte am Vormittag ganz ähnlich reagiert, aber nachdem sie den ganzen Tag lang darüber nachgedacht hatte, war sie auf Monicas Seite. »Denise, wenn Angies Tod tatsächlich etwas mit der Herzsechs zu tun hat, könnten wir anderen auch in Gefahr sein. Monica ist klug und sie weiß Bescheid über den Fall.«

»Monica hat die Herzsechs ins Leben gerufen«, erwiderte Denise erbittert. »Sie hat uns den ganzen Schlamassel eingebrockt.«

Langsam wurde Laurel ungeduldig. »Monica hat uns nicht gezwungen, einen Club zu gründen oder die Dinge zu tun, die wir getan haben. Wir sind alle für den ›Schlamassel‹, wie du es nennst, verantwortlich.« Denise schwieg. »Jedenfalls wollte ich dir nur mitteilen, was Angie passiert ist und dass Monica kommt. Ob du beschließt, mit ihr zu reden oder nicht, ist deine Sache.«

»Ja, allerdings.« Denise verstummte einen Augenblick lang. »Tut mir Leid, aber ich hab heute Abend sehr viel zu tun. Bis demnächst. Wiederhören.«

In Laurels Ohr klickte es. Denise hatte einfach aufgelegt.

3

Laurel konnte Denise ihre Schroffheit nicht übel nehmen. Denise hatte Mann und Kind, sie lebte in Sicherheit und wollte auf keinen Fall an die Herzsechs erinnert werden. Dann hatte sie von dem Mord an Angela erfahren und von Monicas Theorie, dass ihre Verbindung zur Herzsechs etwas damit zu tun hatte. Sie selbst hatte Monica heute Morgen am Telefon wahrscheinlich genauso kurz abgefertigt wie Denise sie heute Abend.

Laurel brühte sich eine Tasse Zimttee auf, trat ans Bücherregal und zog ein altes Album mit zerschlissenem Plastikeinband heraus. Ich hätte ordentlicher damit umgehen sollen, dachte sie und ließ sich wieder auf der Couch nieder. Jetzt, wo Kurt weg war, machten April und Alex es sich links und rechts von ihr bequem. Sie blätterte in dem Album und trank langsam ihren Tee dabei. Mehrere der Alben auf dem Regal waren Claudia gewidmet, die immer posiert und sich in Szene gesetzt hatte und in die Kamera verliebt war. Laurel gehörte nur dieses eine. Sie überblätterte die Seiten, die sie als Baby und Kleinkind zeigten, und hielt erst inne bei den Fotos, auf denen sie mit ihrer ersten Freundin Faith Howard zu sehen war.

Sie lächelte. Da standen sie Arm in Arm vor dem bunten Blumenbeet hinten im Garten. Sie hatten beide langes Haar. Faiths Haar war dicht, von Natur aus gelockt und glänzte in der Sonne wie Kupfer. Sie trugen beide einen Kranz aus Gänseblümchen auf dem Kopf. Laurel erinnerte sich, dass sie die Kränze geflochten hatten, weil sie wie Königin Guinevere aussehen wollten. »Guinevere mit zwei fehlenden Schneidezähnen«, schmunzelte sie und betrachtete eingehend ihr Abbild.

Laurel hatte rote Shorts und ein weißes Oberteil an, das aussah, als hätte sie es mit Schokolade bekleckert. Faith trug ein geblümtes Sommerkleid. Ein Spaghettiträger war ihr keck über die siebenjährige Schulter gerutscht und sie streckte einen schmutzigen nackten Fuß vor wie eine Ballerina. Zwei echte *femmes fatales*, dachte Laurel. Ein Wunder, dass sich Kurt Rider und Chuck Landis überhaupt mit ihnen angefreundet hatten.

Zunächst hatte es nämlich nicht danach ausgesehen. Die beiden Jungen wohnten in der Nähe und Faith schien die Fähigkeit zu haben, sie überall ausfindig zu machen. Sie war entschlossen, sich mit den hübschen, frechen kleinen Kerlen anzufreunden, doch die hatten sie zunächst gemieden. »Ihr seid mickrige olle Mädchen«, hatte Chuck eines Tages bissig verkündet, als sie und Faith unten gestanden und die Jungs beobachtet hatten, die droben in ihrem kunstvollen Baumhaus hinter Kurts Haus saßen und Ritz-Cracker mit Erdnussbutter aßen. »Das hier ist Tarzans Baumhaus und da dürfen keine Mädchen rein.«

»Klar dürfen sie«, hatte Faith standhaft widersprochen. »Was ist denn mit Jane?«

Die Jungs hatten sich ratlos angesehen und nicht gewusst, was sie dagegen einwenden sollten. Dann sagte Kurt triumphierend: »Jane konnte sich an einer Liane hochschwingen. Nur Mädchen, die sich an einer Liane hochschwingen können, dürfen raufkommen.«

Sie hatten spöttisch gelacht, als Laurel und Faith sich zurückzogen. Faith hatte tränenreich Enttäuschung gemimt, aber fünfzehn Minuten später schrien beide Jungs auf, als Faith sich an einer Efeuranke durch die Luft schwang und mit heftigem Aufprall am Rand des Baumhauses landete. Sie hatte sich den Arm gebrochen, aber Kurt und Chuck bewunderten und akzeptierten sie fortan. Sie erklärten sich bereit, ihre Freunde zu sein, und Faith hatte darauf bestanden, dass sie auch mit Laurel befreundet sein mussten. In jenem Sommer waren die vier unzertrennlich. Natürlich waren sie mit zunehmendem Alter wieder getrennte Wege gegangen. Kurt und Chuck hatten ihre Zeit mit anderen Jungs verbracht und Laurel und Faith hatten innige Freundschaften mit Mädchen ihres Alters geschlossen. Aber die fundamentale Wärme, die sich in jenem Sommer zwischen den vier Kindern entwickelte, war geblieben. Jedenfalls bis vor dreizehn Jahren.

Laurel legte das Album beiseite und starrte in die lodernden Flammen im Kamin. Ihre Gedanken schweiften viele Jahre zurück zu einer Nacht, so ähnlich wie diese.

Sie erinnerte sich, wie kalt es gewesen war. Es war geplant, dass sie alle zusammen bei Angie übernachteten. Ihre Eltern wussten, dass die Riccis übers Wochenende verreist waren, und dachten, Angie würde über Nacht bei Laurel bleiben. Fünf von ihnen wären zufrieden damit gewesen, Popcorn zu essen, Jungs anzurufen, Videofilme anzuschauen und den Wein zu trinken, den Monica mitgebracht hatte. Keine von ihnen war an Alkohol gewöhnt und der Wein machte aus dem Aufenthalt ein berauschendes Erlebnis für alle außer Monica. Ihr reichte es nicht, im Haus zu bleiben. Sie wollte, dass die Herzsechs wieder einmal die Pritchard-Farm aufsuchte.

Monica hatte dieser Ort immer fasziniert, vor allem die alte Scheune. Jeder in der Gegend kannte die Geschichte von Esmé Dubois, der Sklavin der Pritchards. Im Jahre 1703 war der älteste Sohn der Pritchards vom Pferd gefallen und gestorben. Wenige Wochen später hatte der Scharlach vier der übrigen fünf Kinder dahingerafft und ein paar Tage später hatte man Mrs. Pritchard ertrunken im Teich der Farm aufgefunden.

Die Pritchards waren stolz auf ihren gottesfürchtigen Lebenswandel. Sie wussten, dass sie solches Elend nicht verdient hatten, und schlossen daraus, dass der Teufel seine Hand im Spiel habe.

Esmé stammte von den heidnischen Inseln, wo Voodoo-Praktiken vorherrschten. Also kam man zu dem Schluss, dass sie ihre schwarze Magie angewandt hatte. Sie wurde von einem Gericht, von Richtern und Geschworenen, die alle auf die eine oder andere Weise den wohlhabenden Pritchards verpflichtet waren, als Hexe verurteilt. Esmé war erst neunzehn Jahre alt gewesen, als man sie in der Scheune der Pritchards gehenkt hatte, in derselben Scheune, die dreihundert Jahre später zur gelegentlichen Begegnungsstätte der Herzsechs wurde.

An jenem kalten Dezemberabend hatte Monica beschlossen, dass es wieder einmal Zeit war für einen Ausflug zu der Scheune. Alle anderen hatten gestöhnt. »Monica, draußen ist es eiskalt. Der Regen geht schon in Schnee über«, hatte Crystal gejammert.

»Wozu gibt es Mäntel«, hatte Monica verkündet.

Laurel hatte für Crystal Partei ergriffen. »Warum können wir damit nicht warten, bis es wieder wärmer ist?«

Monica hatte sie mit einem bösen Blick bedacht. »Weil das noch Monate dauern kann. Außerdem ist die Chance, dass wir erwischt werden, umso geringer, je weniger Leute unterwegs sind. Ich finde, wir könnten heute Abend mal was anderes unternehmen, etwas Gruseliges.«

»O nein«, hatte Denise gemurrt. »Nicht schon wieder so was mit Hexen, mit diesen Ritualen. Ich finde, wir sollten mit Hexerei keine Spiele treiben. Davor hab ich Angst.«

Plötzlich war Faith, die ungewöhnlich still gewesen war, zum Leben erwacht. »Ja, es ist die perfekte Nacht dafür«, hatte sie begeistert gesagt. »Freitag, der dreizehnte. Kann man sich eine bessere Nacht für ein Ritual vorstellen?«

Crystal hatte sie verblüfft angesehen. »Dein Papa ist doch Pfarrer. Von dir hätte ich zuallerletzt erwartet, dass du dich mit Hexerei abgibst.«

Faith hatte die blauen Augen gen Himmel gerollt. »Mein Vater ist Laienprediger einer verrückten Religion, die er sich selber ausgedacht hat. Ich meine, die spinnen alle, er und seine Anhänger. Da ist Hexerei noch wesentlich vernünftiger.« Sie war aufgestanden. »Los, gehen wir zur Scheune.«

»Ja, das wird bestimmt lustig«, hatte Angie auf einmal mit eingestimmt. Sie hatte immer das Theatralische genossen, das mit

Monicas satanischen Ritualen verbunden war. »Es ist die perfekte Nacht und so eine Gelegenheit hat man nicht oft.«

Immer noch murrend hatten Laurel, Denise und Crystal sich gefügt. Monica, Faith und Angie waren die bei weitem stärksten Persönlichkeiten der Gruppe gewesen. Im Rückblick wurde Laurel klar, dass zwar Monica die Herzsechs beherrscht hatte, dass jedoch Angie und Faith ihre Stellvertreterinnen waren. Sie selbst war genau wie Crystal und Denise immer Mitläuferin gewesen.

Laurel trank einen Schluck Tee und bewegte sich vor lauter Unbehagen unruhig auf der Couch, als sie an die Fahrt zurückdachte. Obwohl das Anwesen schon seit fast einem Jahrhundert nicht mehr im Besitz der Familie Pritchard war, wurde es am Ort nur die Pritchard-Farm genannt. Zu Esmés Zeit hatten über vierzig Hektar Land dazugehört. Jetzt waren es nur noch acht Hektar. Die massive alte Scheune, die vom derzeitigen Betreiber der Farm nicht mehr genutzt wurde, stand fast hundert Meter vom Haupthaus entfernt. Die Mädchen hatten vierhundert Meter entfernt geparkt und waren leise durch die Nacht geeilt. Monica hatte einen Turnbeutel dabei. Sie musste ihn gepackt haben, ehe sie das Haus verlassen hatten.

Sie hatten das Scheunentor nur so weit geöffnet, dass die Mädchen gerade eben nacheinander hineinschlüpfen konnten, obwohl die Lichter im Farmhaus weit entfernt waren. Irgendwo bellte ein Hund, und Laurel erinnerte sich, dass sie Angst hatte, er könne herbeigerannt kommen, doch es war nichts passiert. Er war wohl entweder angebunden oder hinter einem Zaun. Außerdem erinnerte sie sich, dass jemand, vermutlich Angie, gekichert hatte.

Drinnen hatte Monica rasch eine Petroleumlampe ausfindig gemacht, die sie für solche Gelegenheiten hinter uralten Gerätschaften hier verstaut hatte. Sie hatte ein Streichholz daran gehalten und gleich darauf hatte sich ein warmes Licht ausgebreitet und wabernde Schatten auf das alte, verrottende Innere der Scheune geworfen.

Monica, die die Größte von ihnen war, hatte die Laterne hoch gehalten. Das Licht hatte mit ihrem langen mahagonifarbenen Haar gespielt und ihre Augen über den hohen Wangenknochen smaragdgrün leuchten lassen. »Heute Nacht holen wir den Geist von Esmé Dubois zurück.«

»Was?«, hatte Crystal gequiekt. Mit ihrem langen goldblonden Haar, den weit aufgerissenen blauen Augen und der zierlichen Figur sah sie zart und kindlich aus. Mit siebzehn Jahren war sie erst einen Meter siebenundfünfzig groß gewesen. »Einen Geist sollen wir zurückholen?«

»Ja«, hatte Monica mit ihrer heiseren, gebieterischen Stimme seelenruhig gesagt und eine Flasche Wein aus dem Turnbeutel geholt. »Roter Wein. Wein, so rot wie Blut.« Sie hatte den schon gelockerten Korken aus der Flasche gezogen. »Jede nimmt einen Schluck.«

»Ich will nichts mehr«, wandte Crystal ein. »Es schmeckt mir nicht.«

Laurel hatte es auch nicht geschmeckt. Erst später erfuhr sie, dass sie überhaupt keinen Alkohol vertrug. Schon kleinste Mengen lösten Übelkeit bei ihr aus. Aber an jenem Abend hatte sie getrunken, weil sie nicht wollte, dass die anderen über sie lachten. Sie hatten alle getrunken. Als die Flasche leer war, hatte Monica, bei der der Alkohol keinerlei Wirkung zeigte, wieder energisch das Wort ergriffen. »Heute Nacht werden wir den Geist von Esmé Dubois beschwören.« Sie zog ein Tau aus ihrem Turnbeutel. »Wir spielen die Hinrichtung nach.«

Laurel war erschrocken. »Du willst jemanden erhängen?«

Monica hatte sie verächtlich angesehen. »Natürlich nicht. Wir arbeiten nur auf einen bestimmten Punkt hin. Dann wird der Geist von Esmé wiederkehren.«

»Das gefällt mir nicht«, hatte Crystal zu gestehen gewagt.

Monica hatte nicht auf sie geachtet, sondern Denise angesehen. »Du bist Esmé.«

Denises graue Augen weiteten sich. »Wieso ich?«

»Weil ich der Meinung bin, dass du am besten geeignet bist«, hatte Monica geantwortet. »Dein Haar ist schwarz und richtig kraus wie das von Esmé. Du siehst am ehesten wie sie aus. Angie, hilf mir, das Tau dort über den Dachbalken zu ziehen. Dann knüpfen wir eine Schlinge. Denise wird ihren Kopf hineinstecken.«

»O nein, das mach ich nicht!«, wehrte sich Denise.

»Doch, das machst du.«

Denise begegnete Monica mit eisernem Blick. »Esmé war eine Sklavin – ich bin es nicht. Ich muss mir von dir nichts befehlen lassen, Monica Boyd, und ich stecke meinen Kopf in keine Schlinge.«

Monica starrte sie einen Augenblick lang an. Dann lachte sie. »Denise, du bist immer so verdammt ernst. Das ist doch bloß ein Spiel.«

»Ich stecke meinen Kopf in die Schlinge!«, erklärte Faith und lallte dabei ein wenig. Sie hatten sie alle angesehen. Ihr langes rotes Haar schimmerte im Licht und in ihren Augen lag ein Ausdruck von ungezügelter Wildheit. Sie war den ganzen Abend seltsam gewesen, abwechselnd verschlossen und aggressiv. Vielleicht lag es am Wein. Sie hatte mehr als alle anderen getrunken. »Das macht doch Spaß.«

»Tu's nicht«, hatte Laurel ihr geraten. »Das ist doch Wahnsinn.«

Faith hatte gekichert. »Ich tu gern wahnsinnige Sachen. Reg dich ab, Laurel.«

»Faith …«

»Ich tu es!«, hatte Faith gerufen. »Komm, Monica, ich helf dir mit dem Seil.«

Inzwischen war Laurel speiübel gewesen. Sie hatte sich auf den strohbedeckten Lehmboden gesetzt, während Monica und Faith sich an die Arbeit machten. Monica hatte einen verrottenden Ballen Stroh unter die Schlinge gezerrt. Faith war auf den Strohballen geklettert. Dann hatte Monica die Petroleumlampe näher herangeholt. Schatten waren über Faiths sinnliches schönes Gesicht geflackert. Sie wirkte größer als sonst und die ganze Szene hatte einen surrealen Charakter angenommen.

»Faith, steck den Kopf in die Schlinge«, hatte Monica befohlen. »Ihr andern, bildet einen Kreis um sie herum und gebt euch die Hände.«

Laurel hatte aufzustehen versucht, es jedoch nicht fertig gebracht. Monica hatte sie verärgert angesehen. »Du bist betrunken.«

»Tut mir Leid«, hatte Laurel gemurmelt. »Das war mein erster Wein.«

»Dann bleib gefälligst sitzen. Du bist ja schon ganz grün im Gesicht. Das hätte mir noch gefehlt, dass du kotzen musst. Ihr anderen, stellt euch im Kreis auf.«

»Mir geht es auch gar nicht gut«, hatte Denise gesagt.

»Dir fehlt nichts«, hatte Monica streng zu ihr gesagt. »Komm in den Kreis.«

Faith war auf den Strohballen geklettert und hatte sich die Schlinge um den Hals gelegt. »Ich steh hier oben mit dem Kopf in der Schlinge«, hatte sie gerufen. »Beeilt euch!«

»Sei ruhig«, hatte Monica gezischt. »Sonst hören sie dich noch drüben im Haus.«

»Sie ist besoffen«, hatte Denise gesagt. »Sie schwankt. Das ist gefährlich. Faith, nimm die Schlinge ab.«

Faith hatte mit dem Fuß aufgestampft. »Nein. Fangt an mit dem Ritual.«

»Ja, bringen wir's hinter uns«, hatte Crystal zugestimmt. »Mir ist kalt.«

Sie hatten sich die Hände gereicht und gingen im Kreis um Faith herum. Laurel hatte einen Augenblick lang zugesehen, bis ihr von der Bewegung noch übler wurde. Der ganze Raum um sie herum drehte sich.

Monica hatte die Litanei angestimmt, mit tiefer, heiserer Stimme, langsam und beschwörend. Sie hatte das rituelle Gebet einmal aufgesagt, während alle anderen sie anstarrten. Dann hatte erst Angie es wiederholt, dann Crystal und schließlich Denise. »Heil euch, Herren der Finsternis. Im Namen der Herrscher der Erde, der Könige der Unterwelt, erhebet euch an diesem Ort. Öffnet die Pforten und bringt eure treue Dienerin Esmé Dubois herbei, die gestorben ist, da sie euer Werk getan unter den Gottesanbetern.« Sie waren immer schneller im Kreis gegangen. »Azazel, Azazel, Sündenbock, freigelassen am Tag der Aussöhnung, unterwegs in die Hölle.« Immer wieder umkreisten sie Faith und der Zusammenklang ihrer Stimmen war vollkommen. »Erscheinet vor uns, Esmé und Azazel. Erscheinet vor der Herzsechs, euren Dienerinnen in heutiger Zeit. Wir wollen baden in eurer Herrlichkeit.«

Das Licht der Petroleumlampe, die sie neben den Strohballen gestellt hatten, flackerte auf. Laurel schloss wieder die Augen und kämpfte verzweifelt gegen die Übelkeit an. Sie wünschte sich, diesem kalten, dumpf riechenden Ort zu entfliehen, irgendwohin, wo es warm war, wo sie sich hinlegen und darauf warten konnte, dass die vom Wein hervorgerufene Übelkeit nachließ. Sie hielt sich den Bauch und öffnete die Augen wieder.

War ihre Erinnerung bis zu diesem Punkt ganz klar, so waren die nächsten Augenblicke wie im Nebel verschwommen. Alles, woran sie sich genau entsann, war die Litanei der Mädchen: »Holet herbei eure treue Dienerin …« Ein Schrei. Dann Flammen. Sie schossen von der umgekippten Laterne hoch, verschlangen den Strohballen, leckten an Faiths Hosenbeinen. Faith.

Wieder ertönten Schreie und auf einmal wurde Laurel klar, dass Faiths Füße nicht mehr auf dem Strohballen standen. Sie hingen schlaff herab, während sie langsam hin und her baumelte. Ihr Kopf war nach rechts verdreht und ihre funkelnden Augen waren weit aufgerissen.

Die Mädchen waren auseinander gestoben, als sich das Feuer ausbreitete und immer höher an Faiths Beinen hochschlug. Entsetzt war Laurel vorwärts gekrochen. Sie hatte jemanden »Laurel!« kreischen hören, als sie mitten ins Feuer hinein nach Faith griff und versuchte, ihre Füße wieder auf dem Strohballen abzustellen. Doch Faiths Beine brannten und Laurel konnte sie nicht anfassen. »Faith«, hatte sie geschluchzt. »Faith!«

Jemand hatte sie fortgezerrt. »Hör auf, Laurel. Sie ist tot!«

»Nein!«, hatte Laurel geschluchzt.

»Doch. Es ist zu spät. Mein Gott, sieh nur deine Arme an!« Die Mädchen liefen schreiend durcheinander. »Wir müssen hier raus!«

»Wir können sie doch nicht zurücklassen!«, hatte Laurel gerufen.

»Sie ist tot!«, hatte Monica wiederholt. »Denise, nimm du Laurel. Wir müssen hier fort!«

Die nächsten paar Minuten vergingen in einem Wirbel von Eindrücken. Kälte. Dichter Schneeregen, der zischte, wann immer er das Feuer traf. Das Gefühl, zum Wagen gezerrt zu werden. Monica, die den Motor anließ und den zerfurchten Feldweg hinunterbrauste. Ein Blick zurück auf die Scheune, von der ein Teil lichterloh brannte. Wütende Flammen, die in die sternenlose Winternacht emporloderten.

Laurel kehrte jäh in die Gegenwart zurück und merkte, dass sie stoßweise atmete. Sie stellte ihre Tasse mit dem inzwischen kalten Tee ab und zwang sich, tief und langsam durchzuatmen. Obwohl sie häufig von jener Nacht träumte, gestattete sie sich selten, wenn sie wach war, daran zu denken. Man hätte meinen sollen, dass die Erinnerung nach dreizehn Jahren verblasst wäre, doch dem war nicht so. Sie wusste noch genau, wie sie benommen bei Angie zu Hause im Badezimmer gestanden hatte, während Angie ihre versengten Hände und Arme mit Brandsalbe einrieb, sie dann in Gaze wickelte und sie veranlasste, eine Tablette zu schlucken. »Was ist das?«, hatte Laurel gemurmelt. »Ein Antibiotikum. Ich hab dir ein paar Kapseln aus Papas Praxis geholt.« – »Dein Vater ist doch Tierarzt«, hatte Denise gequiekt. »Manchmal brauchen Tiere die gleiche Medizin wie Menschen«, hatte Angie geantwortet. »Die kannst du ruhig nehmen, Laurel, eine alle acht Stunden, bis keine mehr übrig sind. Laurel, hörst du mir zu?«

Sie hatte die Tabletten genommen, hatte ihren Eltern weisgemacht, sie hätte sich kochendes Wasser über die Hände geschüttet, hatte sorgfältig ihre Arme bedeckt und sich in den nächsten paar Tagen von allen abgesondert. Außerdem hatten sie geschwiegen. Alle hatten sie geschwiegen, selbst als in der Stadt nur noch von Faith Howards Tod die Rede war. Anfangs schien man vor einem Rätsel zu stehen. Die Betreiber der Pritchard-Farm hatten im Haus Licht brennen lassen, waren jedoch an jenem Abend nicht da gewesen und hatten die Schreie der Mädchen nicht gehört. Alle gingen davon aus, dass Faith allein in der Scheune gewesen war, und das schien unerklärlich. Dann gab der Leichenbeschauer bekannt, dass Faith in der zehnten Woche schwanger gewesen war. Da endlich glaubte man zu verstehen, was passiert war. Faith, die Tochter des religiösen Fanatikers Zeke Howard, hatte Angst gehabt, ihrem Vater zu sagen, dass sie schwanger war, und zweifellos hatte ihr Freund Neil Kamrath, den alle ohnehin für einen gefühlskalten, intellektuellen Kauz hielten, sich geweigert, sie zu heiraten. Faith, dachte man, habe vorgehabt, Selbstmord zu begehen, indem sie sich erhängte. Und während sie im Todeskampf war, hatte sie die Laterne umgekippt, sodass das Feuer ausgebrochen war.

Während Klatsch und Spekulationen kursierten, litt Laurel unter entsetzlichen Schuldgefühlen. Sie und die anderen Mitglieder der Herzsechs wussten, dass Faith nicht daran gedacht hatte, sich umzubringen. Laurel und Denise argumentierten, dass sie die

Wahrheit sagen müssten. Aber Monica hatte die stärkeren Argumente. »Seid ihr euch im Klaren darüber, was die Leute in der Stadt von uns denken würden, wenn sie wüssten, was wir getan haben? Gott, wir wären in ihren Augen der letzte Dreck. Und wir haben sie schließlich nicht umgebracht. Es war Zufall. Sie war betrunken. Sie ist von dem Strohballen abgerutscht, und als ihr das Seil den Hals zugeschnürt hat, hat sie um sich getreten und die Laterne umgestoßen, genau wie man es jetzt vermutet.«

»Aber wir müssen sagen, dass sie nicht Selbstmord begangen hat«, hatte Laurel beharrt.

Monica hatte ihr wütend geantwortet. »Wenn wir die Wahrheit sagen, müssen wir auch zugeben, dass wir weggerannt sind und sie zurückgelassen haben.«

Denise blickte tieftraurig. »Aber sie war doch längst tot. Du hast es selbst gesagt.«

»Genau. Ich sage es und was ich sage, stimmt. Ihr habt doch gesehen, wie schief ihr Kopf war, diesen leeren Blick. Sie hat gebrannt und sie hat keinen Laut von sich gegeben. Aber was wäre, wenn uns keiner glaubt? Was wäre, wenn die denken, wir hätten sie umgebracht?«

»Warum sollten sie das denken?«, fragte Denise empört.

»Warum? Vielleicht weil wir besoffen waren.«

»Das weiß doch niemand.«

»Wenn sie bei Faith eine Blutuntersuchung vornehmen, wissen sie es. Die würden doch nie glauben, dass sie besoffen war und wir nicht. Und wie sollen wir die Schlinge um ihren Hals erklären?«

Denises Empörung ließ nach. »Wir sagen, es war nur ein Spiel. Das war es doch auch – ein harmloses Spiel.«

»Brillant, Denise. Aber werden die anderen es auch für ein harmloses Spiel halten, den Kopf eines Mädchens in eine Schlinge zu stecken? Nein, wir sagen nichts. Wir können nichts sagen. Was passiert ist, war nicht unsere Schuld, aber niemand würde uns das glauben. Man könnte uns wegen Totschlag oder fahrlässiger Tötung vor Gericht bringen. Wir könnten ins Gefängnis kommen!« Nun waren alle verzagt. »Unser Leben wird ruiniert sein, und weswegen? Wegen eines Unfalls! Wir sind unschuldig!«

Die ganze Zeit hatte Crystal kein Wort gesagt. Sie hatte nur leise und herzzerreißend geweint. Und am Ende hatten sie den Mund gehalten, wie Monica es verlangt hatte, so sehr auch der arme Neil Kamrath der Verachtung der Bewohner von Wheeling ausgesetzt war. Er hatte, glaubten sie zu wissen, Faith geschwängert und sie verlassen und sie hatte Selbstmord begangen. Er sei ein Schwein, hieß es. Laurel hatte sich Sorgen um ihn gemacht, doch Monica hatte gesagt, das sei albern. Er habe ein Alibi für die Nacht, in der Faith gestorben sei. Die Polizei könne nicht beweisen, dass er sie umgebracht hatte, und im Herbst des Jahres werde er mit einem Stipendium zum Studium nach Harvard gehen. Bis dahin müsse er den Klatsch eben aushalten. Schließlich habe er sich nie darum bemüht, beliebt zu sein. Es scheine ihn nicht zu scheren, was man von ihm halte. Mittlerweile löste sich die Herzsechs auf und die überlebenden fünf waren im nächsten Jahr getrennte Wege gegangen. Ihre jugendliche Unschuld hatten sie verloren und sie trugen von nun an die Last der düsteren Erinnerungen an den schrecklichen Tod ihrer Freundin mit sich herum.

Laurel schob die Ärmel ihres Pullovers hoch. Auf ihren Armen und Händen befanden sich Brandmale, doch sie waren so blass, dass sie kaum mehr auffielen. Soweit sie sich erinnern konnte, hatte sie tapfer versucht, durch das Feuer nach Faith zu greifen. Aber wären die Narben dann nicht schlimmer gewesen? Sie waren kaum sichtbar. Vielleicht war die Erinnerung an das, was sie getan hatte, durch den Alkohol verschwommen. Vielleicht hatte sie nicht ernsthaft versucht, ihre liebste Freundin zu retten.

Das Feuer im Kamin war niedergebrannt und Laurel zog die Ärmel herunter, weil sie merkte, wie kalt es im Wohnzimmer geworden war. April und Alex schliefen tief. Alex schnarchte leise. Laurel sehnte sich danach, müde zu sein, war es aber nicht.

Sie stand behutsam auf, um die Hunde nicht zu stören, und wanderte auf und ab. Auf dem polierten Parkettboden lagen Webteppiche und an den getäfelten Wänden hingen Ölgemälde mit örtlichen Landschaftsszenen, die ihre Großmutter gemalt hatte. Laurel wusste, dass die Gemälde inzwischen eine beachtliche Summe eingebracht hätten, aber niemand in ihrer Familie wäre auf die Idee gekommen, sie zu verkaufen. Normalerweise fand sie den Raum einladend und charmant mit seiner legeren, rustikalen Einrichtung. Doch heute Abend wirkte er zu groß und voller dunkler

Ecken. Sie sehnte sich nach Ablenkung und Zerstreuung. Sie hatte heute viel zu viel an Faith und die Herzsechs gedacht.

Plötzlich fiel ihr ein, dass sie auf dem Weg ins Haus die Post nicht hereingeholt hatte. Sie zog ihren Mantel an, schaltete die Kutscherlampe neben der Haustür ein, nahm eine Taschenlampe und ging hinaus.

Die Nacht war kalt und klar. Im Licht der Taschenlampe bahnte sie sich langsam ihren Weg zum Ende des Kieswegs, wo direkt an der Landstraße ihr Briefkasten an einem Pfahl montiert war. Es herrschte um diese Stunde nur wenig Verkehr. Die Nacht war pechschwarz, bis auf eine eisige dünne Mondscheibe am Himmel. Laurel fröstelte und zog den Mantel fester um sich. Hier draußen gab es nichts, was ihr hätte Angst machen müssen – keine seltsamen Laute, kein Gefühl, verfolgt zu werden. Und doch war ihr unbehaglich zumute. Sie griff in den Briefkasten, holte einen Stapel Briefe hervor und machte sich eilig auf den Weg zurück zum Haus.

Sobald sie drinnen war, schlug sie die Tür hinter sich zu und verschloss sie. Als die Hunde erschrocken bellend aufsprangen, kam sie sich lächerlich vor. »Schon gut«, sagte sie tröstend, um die zwei zu beruhigen. »Es sind keine Einbrecher da, die ihr verjagen müsst.«

Ob April und Alex tatsächlich jemanden verjagt hätten, war fraglich. Beide waren eher sanfte, beinahe ängstliche Hunde. Sie hatte sich immer gefragt, ob ihr Charakter etwas damit zu tun hatte, dass man sie ihrer Mutter zu früh weggenommen hatte.

Ein wenig ruhiger geworden, zog Laurel ihren Mantel aus und setzte sich hin, um die Post durchzusehen. Ihre Hände zitterten immer noch leicht. Wie albern, dachte sie. Angies Tod war furchtbar und Monicas Theorie beängstigend, aber Monica hatte keine Beweise. Vielleicht waren die Sechs und das Herz auf Angelas Spiegel doch nur Zufall. Vielleicht war es überhaupt kein Herz, sondern irgendein unleserlich verschmiertes Symbol, das die Polizei irrtümlich für ein Herz gehalten hatte.

Während ihre Gedanken weiter rotierten, sortierte Laurel geistesabwesend die Post. Nach drei Weihnachtskarten und einer Abrechnung für die Kreditkarte stieß sie auf einen dicken Umschlag ohne Absender. Der Brief war in New York abgestempelt.

Voller böser Vorahnungen öffnete sie den Umschlag und holte ein Blatt Papier hervor, auf das in roter Tinte eine Sechs und ein Herz gemalt war. Mit klopfendem Herzen entfaltete sie das Blatt. Zwei Fotos fielen heraus.

Das erste war ein kleines altes Schwarzweißfoto, auf dem eine lächelnde Faith Howard abgebildet war, mit schwarzem Pullover und Perlenkette. Faiths Schulbild, dachte Laurel, und Tränen stiegen ihr in die Augen. Dann blickte sie auf das zweite Foto.

Es war ein Polaroidfoto in Farbe von einem Körper auf einem weißen Satinlaken, das Gesicht grotesk zerquetscht und blutig unter dem langen schwarzen Haar.

Drei

1

Obwohl Laurel ungefähr eine Stunde, nachdem sie die Post geöffnet hatte, ins Bett kroch, verbrachte sie die Nacht überwiegend damit, blind auf den Fernsehschirm zu starren, unfähig, sich auf einen der Filme, die auf den Kabelkanälen liefen, zu konzentrieren.

Nun hatte sie die Gewissheit: Monica bildete sich nicht ein, dass jemand es auf die Herzsechs abgesehen hatte. Das Polaroidfoto zeigte Angies verstümmelte Leiche. Und es war mit Sicherheit kein Polizeifoto. Der Mörder musste es direkt nach der Tat aufgenommen haben.

Laurel fröstelte und zog die Daunendecke höher. Die einzigen Leichen, die man sonst zu sehen bekam, waren so einbalsamiert und hübsch gekleidet, dass sie fast lebendig wirkten, und sie ruhten friedlich in mit Satin ausgeschlagenen Särgen. Sie dagegen hatte ein junges Mädchen am Strang von der Decke hängen sehen, während sich das Feuer an seinem Körper hochfraß. Und nun hatte sie das Foto von einer brutal erschlagenen Leiche gesehen. Und dass beide Toten einst ihre Freundinnen gewesen waren, machte alles nur noch schlimmer.

Faiths Tod war ein Unfall gewesen – ein entsetzlicher Unfall. Doch bei Angela war es anders. Was für ein Mensch brachte es nur fertig, einen anderen totzuschlagen, sich über ihn zu beugen und immer wieder zuzuschlagen, bis nur noch eine blutige Masse übrig war, um dann seelenruhig ein Foto zu schießen und es ihr zu schicken?

Ein Mensch, der über die Herzsechs Bescheid wusste. Ein Mensch, der sich für ihre Schuld an Faiths Tod rächen wollte. Wer würde das nächste Opfer sein? Sie selbst? War das die Bedeutung der Fotosendung?

Laurel dämmerte schließlich gegen vier Uhr morgens hinüber, und um sieben, als der Wecker klingelte, sprang sie auch schon wieder aus dem Bett. Die vergangenen drei Stunden waren mit bösen Träumen angefüllt gewesen. Sie war erleichtert, dass es endlich Tag war.

Zwei Stunden später, als sie das Geschäft betrat, sah sie, wie Mary stutzte. »Laurel, bist du sicher, dass dir nichts fehlt? Du hast gestern schon ausgesehen, als wäre dir nicht gut, und heute siehst du noch schlechter aus.«

»Herzlichen Dank.«

Mary errötete vor Verlegenheit. »Ach, Laurel, ich wollte dich nicht verletzen.«

Laurel zwang sich zu lächeln. »Das hast du auch nicht. Es geht mir seit ein paar Tagen tatsächlich nicht gut.«

»Du siehst erschöpft aus.«

»Ich war die ganze Nach wach und hab mir ungefähr zwanzig Filme angeschaut. So kam es mir wenigstens vor. Ich werde einfach noch eine Tasse Kaffee trinken. Ich denke, ich brauche heute regelmäßig eine Dosis Koffein, um den Tag zu überstehen.«

Mary folgte ihr in die Küche. »Wenn du nach Hause musst: Wir können hier bestimmt auch allein zurechtkommen.«

»Nein, das kommt nicht infrage. Wir haben zu viel zu tun. Es wird schon gehen.«

Kurz darauf rief sie den Großhändler an und bestellte die Blumen, die sie für den Tag brauchen würden. Die Nachricht von dem Mord an Angela hatte in der Abendzeitung gestanden und es würden zweifellos unzählige Bestellungen für Blumenarrangements eingehen, auch wenn die Termine für die Totenwache und die Bestattung noch nicht feststanden, weil die New Yorker Polizei den Leichnam noch nicht freigegeben hatte.

Sie nahm gerade eine telefonische Bestellung entgegen, als Crystal Landis hereingestürmt kam, dass die Glocke an der Ladentür nur so scheppterte. »Laurel, ich muss mit dir reden«, sagte sie atemlos.

Laurel hob einen Finger, um Crystal zu bedeuten, sie möge doch eine Minute warten. Sieht sie denn nicht, dass ich telefoniere?, dachte Laurel. Aber Crystal war eindeutig mit den Nerven fertig. Sie trug einen hässlichen karierten Mantel, der aussah, als wäre er aus einer Pferdedecke genäht. Er verhüllte einen Körper, der in jüngster Zeit ungefähr zehn Pfund zugenommen hatte, wie Laurel wusste. Ihr Haar, dem Crystal früher mit einer goldblon-

44

den Tönung nachgeholfen hatte, hatte wieder seine spülwasserblonde Naturfarbe, und der kurze Haarschnitt wirkte nicht gerade schmeichelhaft. Ihr hübsches, mädchenhaftes Gesicht war frühzeitig gealtert. Drei tiefe Linien verliefen quer über Crystals Stirn und auch zwischen Nase und Mundwinkel hatten sich bereits Falten gebildet. Ihre blauen Augen blickten ständig besorgt.

Als Kind schien Crystal mit allem gesegnet gewesen zu sein. Ihre Familie hatte Geld und bewohnte eines der größten Häuser der Stadt. Crystal war hübsch und beliebt, ein Einzelkind, von ihren Eltern vergöttert, und es fehlte ihr an nichts. Doch das alles hatte sich geändert, noch ehe sie zwanzig war. Sie hatte Chuck Landis geheiratet, den alten Freund von Laurel, Kurt und Faith. Sie war schon als junges Mädchen in ihn verliebt gewesen und Laurel verstand, warum. Er war ein Goldjunge – gut aussehend, charmant, der Footballstar der Schule. Leider hatte er, als er erwachsen wurde, seinen Glanz verloren. Trotz der akademischen Zugeständnisse, die man Sportlern machte, war er im zweiten Studienjahr von dem College geflogen, das ihn wegen seiner Leistungen als Footballspieler angeworben hatte. Wenige Monate später waren Crystals Eltern bei einem Flugzeugabsturz umgekommen und hatten zur allgemeinen Überraschung kaum etwas hinterlassen. Die gewagten Investitionen ihres Vaters hatten die Familie an den Rand des Bankrotts gebracht. Alles musste verkauft werden, um die Erbschaftssteuer zu bezahlen. Von einem Tag auf den anderen mittellos und erniedrigt, hatte Crystal ihr Studium aufgegeben, und sie und Chuck waren nach Wheeling zurückgekehrt und in ein winziges, verfallenes Haus gezogen, das Chucks Großmutter gehörte. Chuck wechselte dauernd den Arbeitsplatz und Crystal hatte drei Fehlgeburten nacheinander. Und dann, vor sechs Monaten, direkt nach der Totgeburt ihrer Tochter, hatte Chuck sie wegen einer attraktiven, älteren, geschiedenen Frau namens Joyce Overton verlassen. Crystal war am Boden zerstört und sah seit seinem Auszug fünf Jahre älter aus.

Laurel legte den Hörer auf und wandte sich Crystal zu. »Tut mir Leid, aber ich musste erst diese Bestellung entgegennehmen.«

»Du weißt, dass Angie ermordet worden ist«, sagte Crystal ohne Umschweife.

»Ja. Ich hab gestern Abend versucht, dich anzurufen, aber du warst nicht zu Hause.«

»Ich war im Kino.« Crystal lehnte sich über die Ladentheke. »Kannst du hier kurz weg? Ich muss mit dir reden.«

»Crystal, wir haben furchtbar viel zu tun …« Laurel unterbrach sich. Crystal wirkte völlig verwirrt. »Wollen wir gleich hier an der Straße in ein Café gehen?«

»Egal. Irgendwohin.«

Laurel sagte Mary Bescheid, dass sie eine halbe Stunde weg sein würde, nahm ihren Mantel und eilte mit Crystal nach draußen. Wenige Minuten später saßen sie vor französischem Kaffee mit Vanillearoma und Croissants. Crystal legte gleich los: »Was weißt du über Angies Tod?«

»Monica hat mich gestern Vormittag angerufen. Sie kennt einen Kriminalbeamten, der Angies Fall bearbeitet. Er hat ihr erzählt, dass die Polizei auf Angies Spiegel eine Sechs und ein Herz gefunden hat, draufgemalt mit ihrem Blut. Sie glaubt, dass der Mord etwas mit der Herzsechs zu tun hat.«

Crystal wurde blass. »Hat sie es der Polizei gesagt?«

»Nein.« Laurel sah Crystal eindringlich an. »Was ist denn los? Du bist doch nicht wegen Angies Tod so aufgeregt.«

»Nein. Ich meine, es ist furchtbar, dass sie ermordet worden ist, aber …« Sie sprach nicht zu Ende, sondern führte mit zitternden Händen die Kaffeetasse an die Lippen. »Laurel, ich hab vor einer Stunde etwas mit der Post bekommen. Mit New Yorker Poststempel.« Laurel merkte, wie ihr der Atem wegblieb, als Crystal in ihrer Handtasche kramte und einen Umschlag hervorzog. Sie reichte ihn Laurel. »Sieh dir das an.«

Laurel brauchte eigentlich gar nicht nachzusehen, aber sie schaffte es nicht, sich zu beherrschen, und holte das Blatt Papier aus dem Umschlag. Darauf waren eine Sechs und ein Herz gemalt, vermutlich mit einem roten Filzstift. In das Blatt eingelegt waren Faiths Schulfoto und die farbige Polaroidaufnahme. Crystal zeigte mit zitterndem Finger auf das Polaroidfoto. »Glaubst du, das ist sie?«

»Ja. Ich glaube, es handelt sich um Angie.« Crystal gab einen leisen, erstickten Laut von sich. »Ich hab schon gestern so einen Umschlag gekriegt«, sagte Laurel.

Crystals blasse Lippen öffneten sich. »Was? Du auch?« Laurel nickte. »Woher kommt dieses grässliche Foto von Angie?«

»Ich würde sagen, vom Mörder persönlich.«

»Laurel, das kann doch nicht sein!«, brach es aus Crystal hervor.

»Pst!« Laurel sah sich um und sprach dann gedämpft weiter. »Hast du einen anderen Vorschlag? Die New Yorker Polizei hat es dir bestimmt nicht geschickt.«

»Aber warum ist Faiths Bild dabei?«

»Monica hat mir erzählt, dass die Polizei eine Tarotkarte neben Angies Leiche entdeckt hat. Es war die Karte mit dem Jüngsten Gericht. Angesichts der Sechs und des Herzens auf dem Spiegel und dem Bild von Faith, das wir erhalten haben, würde ich sagen, dass jemand wegen Faiths Tod über uns zu Gericht sitzt.«

Crystal streckte die Hand aus und ergriff Laurels Handgelenk. »Niemand hat von unserem Club gewusst oder davon, dass wir dabei waren, als Faith ... gestorben ist.«

»Ich glaube, jemand weiß doch davon.« Laurel hätte es nicht für möglich gehalten, dass Crystals Gesicht noch mehr Farbe verlieren könnte, doch so war es. »Crystal, Monica ist so besorgt wie wir. Sie kommt heute nach Wheeling, um mit dir, Denise und mir zu reden.«

Crystal sah beunruhigt drein. »Ich will nicht mit Monica reden!«

»Wieso denn nicht?«

»Weil ...« Sie ließ den Blick sinken. »Weil sie mir immer Angst gemacht hat.«

»Ach, Crystal, sei nicht albern. Ich weiß, sie hat uns lange Zeit bevormundet, aber wir sind inzwischen erwachsen.«

»Ich will trotzdem nicht mit ihr reden«, wiederholte Crystal eigensinnig.

Laurel seufzte. »Denise auch nicht, aber ich halte es für wichtig. Wie ich Denise schon gesagt habe: Monica weiß viel über Angies Fall, wahrscheinlich mehr, als sie mir am Telefon verraten hat. Sie glaubt, dass wir alle in Gefahr sind, und sie will uns helfen.«

»Aber die Bilder wurden doch aus New York geschickt. Der Mörder kann nicht hier in Wheeling sein.«

»Crystal, New York ist nicht völlig aus der Welt. Wer Angie ermordet hat, kann ohne weiteres auch hierher kommen.«

»Meinst du?«

Laurel sah sie erstaunt an.

»Ja, natürlich. Ich rede daher wie eine Idiotin. Was für ein Albtraum.«

»Es ist ein Albtraum. Ich meine, wir sollten zur Polizei gehen.«

»Nein!«, sagte Crystal mit Nachdruck. »Dazu bin ich nicht bereit. Weißt du, was die Leute in der Stadt über uns sagen würden?«

»Kommt es darauf im Augenblick wirklich an? Es ist dreizehn Jahre her und jemand ist ermordet worden ...«

Crystal blickte auf. »O nein.«

Laurel folgte ihrem Blick und sah Joyce Overton und Crystals demnächst geschiedenen Mann Chuck Landis das Café betreten. Sie bestellten an der Theke. Chuck drehte sich um und hatte sogleich Crystal entdeckt. Laurel sah das Unbehagen in seinem Gesicht. Er beugte sich vor und flüsterte Joyce etwas zu, woraufhin sie den Kopf schüttelte. Gleich darauf trugen sie ihre Bestellung zu dem einzigen noch freien Tisch. Dabei mussten sie an Crystal und Laurel vorbei. Joyce strahlte sie an, als seien sie alte Freunde und als sei die Situation die natürlichste Sache von der Welt. »Hallo, Crystal«, sagte sie munter.

Joyce war schlank und dunkeläugig, hatte schulterlanges, glänzendes, aschblondes Haar und war das ganze Jahr über braun gebrannt, was auf stundenlanges Ausharren auf der Sonnenbank schließen ließ. Sie war mindestens fünfzehn Jahre älter als Chuck und ihr Gesicht verriet den Altersunterschied, nicht jedoch ihr gepflegter Körper, der immer in jugendliche, teure Kleidung gehüllt war. Laurel hatte schon des Öfteren mit ihr zu tun gehabt und war der Ansicht, dass Joyce einer der dreistesten Menschen sei, die ihr je begegnet waren. Außerdem war sie recht wohlhabend und Laurel hatte gehört, dass sie mit Chuck zusammen einen Autohandel eröffnen wollte.

Crystal schaffte es, Joyce zuzunicken. Dann sah sie ihren Mann an. »Hallo, Chuck.«

»Crystal«, erwiderte er steif. Mit seinem straffen Körper und dem gut aussehenden Blondschopf erinnerte er durchaus noch an den Footballhelden, der er einst gewesen war. Man hatte sogar den Eindruck, als sei er seit dem High-School-Abschluss kaum gealtert. Laurel konnte verstehen, warum sich Joyce physisch zu ihm hingezogen fühlte – er mochte eine Niete sein und mit Crystal war er umgesprungen, ohne ein Quäntchen Respekt oder Zuneigung zu zeigen, aber er sah einfach gut aus. Im Augenblick brannten allerdings vor lauter Peinlichkeit seine Wangen purpurrot. »Na, ist es euch denn auch kalt genug?«, fragte er lahm.

Typisch Chuck – immer schnell bei der Hand mit Allgemeinplätzen, dachte Laurel. Was für eine furchtbare Situation. Crystal war immer noch so verliebt in ihn. Laurel kannte ihn seit über zwanzig Jahren. Alles war einst so einfach und unbeschwert gewesen. Nun dagegen musste sie wählen, ob sie freundlich zu Chuck sein oder Crystal unterstützen sollte.

»Es ist wirklich kalt«, antwortete Crystal hölzern.

Joyce richtete ihre dunklen Augen auf Laurel, die sich fragte, ob sie künstliche Wimpern angeklebt hatte. »Ich nehme an, das Geschäft geht um diese Jahreszeit hervorragend?«

»Ja, das tut es.«

Joyce hatte den Arm fest um Chuck gelegt und zog ihn damit näher an sich heran. »Wir haben dieses Wochenende bei mir zu Hause eine kleine Zusammenkunft. Ich dachte mir, Sie könnten vielleicht für mich die Dekoration besorgen ...«

Unverschämt genug ist die Frau schon, dachte Laurel. Sie sah Chuck erschrocken blinzeln. »Das geht leider nicht, Mrs. Overton«, antwortete sie kühl. »Ich habe viel zu viel zu tun, um noch weitere Aufträge anzunehmen.«

Chucks Gesicht wurde noch röter, doch Joyce zuckte nicht mit der falschen Wimper. »Na gut, es gibt ja immer noch das Flower Basket. Da gehe ich sonst auch immer hin. Die meisten Leute halten es für den besten Blumenladen am Ort.« Sie sah Chuck an. »Komm, Liebling. Unser Cappuccino wird kalt.«

Chuck folgte ihr wie ein Lamm. Selbst sein Nacken war rot angelaufen. Laurel sah Crystals zitternde Lippen. »Ach, Crystal, nun wein doch nicht«, murmelte sie. »Du verdirbst sonst noch alles. Joyce hat sich solche Mühe gegeben, dich aus der Fassung zu bringen, und sich stattdessen selbst beschämt. Und Chuck gleich mit. Das wird ihm nicht gefallen. Wetten, dass sie sich streiten, noch ehe sie hier heraus sind?«

Crystal brachte ein schwaches Lächeln zustande. »Du hast

Recht. Chuck kann viel vertragen, nur keine Peinlichkeit. Übrigens, vielen Dank, dass du sie hast abblitzen lassen.«

Laurel sah sie gelinde erstaunt an. »Himmel noch mal, Crystal, hast du wirklich geglaubt, ich würde in der jetzigen Lage Geschäfte mit ihr machen?«

»Aber Geschäft ist doch Geschäft und wir waren in den letzten paar Jahren nicht gerade dicke Freunde.«

»Früher waren wir es, und ich hab nie aufgehört, dich gern zu haben, auch wenn es für uns alle unangenehm war, die anderen nach Faiths Tod zu sehen.«

»Ich denke, wir können es jetzt nicht mehr vermeiden, uns wieder regelmäßig zu sehen.« Crystal biss sich auf die Unterlippe. »Du hast ja Recht. Wir sind in Gefahr. Es bleibt uns gar nichts anderes übrig, als uns mit Monica zusammenzusetzen und uns zu überlegen, was wir tun können, bevor womöglich noch eine von uns ermordet wird.«

2

Monica rief kurz vor Ladenschluss im Geschäft an. »Ich bin in Wheeling, Laurel. Hast du mit Denise und Crystal gesprochen?«

»Ja. Crystal ist bereit, sich mit uns zu treffen. Denise nicht.«

»Ich ruf sie an. Gib mir ihre Nummer.«

»Ich hab sie nicht im Kopf, aber sie steht unter dem Namen ihres Mannes im Telefonbuch: Wayne Price. Aber ich glaube nicht, Monica, dass es etwas nützen wird, sie anzurufen ...«

»Keine Sorge«, entgegnete Monica mit ihrer üblichen Selbstsicherheit. »Ich wohne im Wilson Lodge in Oglebay Park, Zimmer 709. Die haben sich furchtbar eigensinnig angestellt und mir nicht die Burton-Suite gegeben.«

Laurel konnte sich ein Lächeln nicht verkneifen. Monica erwartete immer das Beste, selbst wenn sie es in letzter Minute verlangte. »Ich bin sicher, dass dort alle Zimmer sehr schön sind.«

»Es geht so. Kannst du um sieben hier sein?«

»Ja.«

»Gut. Ruf Crystal an. Ich kümmere mich um Denise.«

Monica legte grußlos auf. »Viel Glück bei Denise«, murmelte Laurel.

Um sechs kam sie nach Hause und nahm diesmal gleich die Post mit hinein. Noch ehe sie die letzten Meter zum Haus hochfuhr, sortierte sie sie rasch. Lauter Weihnachtskarten und der Werbezettel eines örtlichen Discountladens. Nichts Beängstigendes, Gott sei Dank. Sie wusste nicht, wie sie damit fertig geworden wäre, wenn man ihr schon wieder etwas so Grässliches zugeschickt hätte wie tags zuvor.

Laurel parkte den Wagen und ging ins Haus. Die Hunde begrüßten sie lautstark. »Was habt ihr zwei heute angestellt?«, fragte sie und bückte sich, um sie zu streicheln. »Ferngesehen? Lange Ferngespräche geführt?«

Sie tollten hinter ihr her in die Küche, ausgehungert wie üblich. Laurel öffnete für jeden eine Dose Futter und goss frisches Wasser in die Näpfe. Als die Tiere fertig waren und durch die Hundeklappe nach hinten in den Garten stürmten, schmierte sie sich ein Käsebrot. Sie hätte etwas Deftigeres brauchen können, doch dazu fehlte ihr die Zeit.

Zwanzig Minuten später fuhr sie in Richtung Norden nach Oglebay Park. Laurel hatte dieses sechshundert Hektar umfassende Naherholungsgebiet immer geliebt, vor allem um die Weihnachtszeit, wenn es zum Ort mit der größten Lichterschau Amerikas wurde. Seit das Winter Festival of Lights 1985 zum ersten Mal stattgefunden hatte, war sie jedes Jahr dort hingefahren. Anfangs war die Veranstaltung mit nur ein paar tausend Lichtern noch ein wenig bescheiden. Inzwischen waren es über neunhunderttausend Lichter auf einer Fläche von hundertzwanzig Hektar. Claudia hatte über Laurels anhaltende kindliche Freude an den Lichtern gelacht, aber Laurel war das egal. Weihnachten war ihr immer die liebste Zeit des Jahres gewesen. Wenigstens bis jetzt.

Noch vom Geschäft aus hatte sie Crystal angerufen und die hatte sich zu dem Treffen mit Monica bereit erklärt. Als Laurel den letzten Hügel hinaufgefahren war und das Hotel umrundete, hielt sie nach Crystals rotem Volkswagen Ausschau, konnte ihn jedoch nicht entdecken. Vielleicht hatte sie sich einfach nur verspätet. Laurel hoffte, dass sie es sich inzwischen nicht anders überlegt hatte.

Sie parkte und nahm sich einen Augenblick Zeit, um den Blick auf die Hügel rund um das Hotel zu genießen. Sie bildeten eine tiefschwarze Silhouette vor der helleren Dunkelheit des Abends.

Unter ihr lag der See namens Schenk Lake und in der Ferne glitzerten die Lichter der großen Weihnachtsinstallation. Wie schön wäre es gewesen, wenn sie zu ihrem alljährlichen Ausflug da gewesen wäre, nicht um sich wegen des Mordes an Angie mit Monica zu treffen.

Sie hatte Monicas Zimmer rasch gefunden und klopfte an. Gleich darauf kam Monica an die Tür. »Hallo, Laurel«, sagte sie liebenswürdig. »Du bist die Erste. Komm doch rein.«

Laurel staunte, wie wenig sich Monica verändert hatte, seit sie sie vor über zwölf Jahren zum letzten Mal gesehen hatte. Ihr Haar glänzte nach wie vor mahagonibraun und hing ihr halb den Rücken herunter, vollkommen gerade bis auf einen leichten Schwung an den Spitzen. Ihr strahlender Teint war faltenfrei, ihre Augen leuchtend hellgrün. Sie war ungefähr einen Meter siebenundsiebzig groß, mit breiten Schultern und perfekter Haltung. Sie wirkte noch schlanker als in ihrer Jungmädchenzeit und enge schwarze Hosen und ein Rollkragenpullover aus Kaschmirwolle brachten ihren Körper, der offensichtlich regelmäßig trainiert wurde, zur Geltung.

»Du siehst gut aus, Laurel«, stellte sie fest und schloss die Tür. »Du hast dir die Haare schneiden lassen.«

»Schon vor Jahren. So sind sie leichter zu pflegen.«

»Es steht dir.«

»Danke. Du dagegen siehst bemerkenswert unverändert aus.«

Monica zog die fein geschwungenen Brauen hoch. »Ist das gut oder schlecht?«

Laurel lächelte. »Gut, was denn sonst? Ich hätte gedacht, dass ein anstrengender Beruf wie deiner mehr an einem zehrt.«

»Ich hab gelernt, mit Stress fertig zu werden.«

»Auch mit Stress wie dem, unter dem wir im Augenblick stehen?«

Monica nickte nur. Sie nahm Laurels Mantel und legte ihn auf einem der Betten ab. Sie hatte ein komfortables Doppelzimmer – blaugrüner Teppichboden, weiße Tagesdecken mit Rankenmuster und ein großes Fenster mit Ausblick auf verschneite Dächer und das dahinter liegende Hügelland. Ein Tür führte hinaus auf einen schmalen Balkon.

Laurel setzte sich auf eines der Betten. »Wir hätten uns doch auch bei mir treffen können.«

»Ich hab gehört, dass du wieder zu deinen Eltern gezogen bist. Wir müssen uns ungestört unterhalten.«

»Ich hab meine Wohnung erst aufgegeben, als meine Eltern nach Florida gezogen sind. Ich lebe allein in dem Haus.«

»Ich weiß, aber es hätte jemand vorbeikommen können. Du bist mit einem Polizisten befreundet, nicht wahr? Das weiß ich von Angie. Es wäre nicht gut, wenn er uns alle zusammen sieht.«

»Ja, ich bin mit Kurt Rider zusammen. Erinnerst du dich an ihn?«

»Vage. Das war doch einer von diesen tollen Sportlertypen.«

Laurel beschloss, über ihren leicht verächtlichen Tonfall hinwegzuhören. »Also, inzwischen ist er Deputy im Büro des Bezirkssheriffs und ich hab ihm längst erzählt, dass du kommst.«

Monicas Gesichtszüge verspannten sich. »Warum nur? Jetzt wird er misstrauisch sein.«

Laurel merkte, wie sie sich in ihrem Bemühen, Entschuldigungen für ihr Verhalten zu finden und Monica zu beschwichtigen, selbst verspannte. Sie musste sich bewusst machen, dass sie dreißig Jahre alt war und sich von Monica nicht mehr einschüchtern lassen musste, egal, wie sehr sie von sich eingenommen war und wie herrisch sie sich benahm. »Monica, Kurt war nicht misstrauisch«, sagte sie entschieden. »Ich habe ihm erzählt, dass du zu Angies Beerdigung herkommst. Er wusste noch, dass wir alle befreundet waren. Er würde es nicht seltsam finden, wenn wir uns einen Abend lang zusammensetzen.«

»Hast du ihm auch von den Indizien in Angies Wohnung erzählt, die auf einen Zusammenhang mit der Herzsechs hindeuten?«

»Natürlich nicht. Er weiß nichts von der Herzsechs. Er weiß überhaupt nichts, außer dass Angie ermordet worden ist.«

Jemand klopfte an die Tür. Monica machte auf und Laurel hörte Denises Stimme. »So, da bin ich. Zufrieden?«

»Wie ich sehe, ist deine scharfe Zunge mit der Zeit nicht stumpfer geworden.«

Im Lauf der Jahre waren zwischen Denise und Monica Spannungen aufgekommen. Sie waren die Einzigen der sechs, die sich schon mit sechzehn Jahren zerstritten hatten.

Denise betrat mit gerunzelter Stirn forsch den Raum. Ihre grauen Augen hinter einer attraktiven Nickelbrille blickten wütend. Sie hatte ihr lockiges schwarzes Haar fast schulterlang wachsen lassen und es lässig auf beiden Seiten mit Schildpattkämmchen aus der Stirn genommen. Sie war ein wenig rot im Gesicht und wirkte besorgt.

»Hallo, Denise.«

Denise taute sichtlich auf. »Hi, Laurel. Entschuldige, dass ich gestern Abend am Telefon so kurz angebunden war. Ich hatte einen schlechten Tag.«

»Macht nichts. Geht es Audra besser?«

»Sie war heute nicht in der Schule, aber ich glaube nicht, dass sie die Grippe hat.«

»Wie alt ist deine Tochter?«, erkundigte sich Monica.

»Acht, und sie hält mich ständig auf Trab. Wo ist denn Crystal?«

»Nur verspätet, hoffe ich«, antwortete Laurel. »Ich hab heute Nachmittag mit ihr gesprochen und sie hat gesagt, sie kommt.«

Denise setzte sich, ohne ihren hellgrauen Wollmantel abzulegen. »Ich weiß wirklich nicht, was du dir davon versprichst, Monica. Hast du vor, noch einen Club zu gründen? Eine Gruppe Amateurdetektive, die es schafft, Angies Mörder zu erwischen?«

Monicas Augen wurden ganz schmal und Laurel machte sich auf eine ätzende Replik gefasst, doch da klopfte es erneut an der Tür. Crystal kam hereingehastet. Sie machte einen verstörten Eindruck. »Tut mir Leid, dass ich so spät komme. Mein Auto ist so unzuverlässig. Ich dachte, diesmal springt es gar nicht mehr an. Ihr habt vermutlich geglaubt, dass ich nicht komme. Ich hätte anrufen sollen. Hallo, Denise, Monica.«

»Ich bin froh, dass du es geschafft hast«, sagte Monica, scheinbar ohne Crystals Aufregung zu bemerken. »Wollen wir gleich anfangen?«

Die gute alte Monica, dachte Laurel. Nimmt wie immer die Sache in die Hand. Als sie sich im Zimmer umschaute und Denises aufsässige Miene und Crystals Angst sah, fragte sie sich, wie sie nur jemals Freunde geworden waren. Vielleicht war das nur vor langer Zeit möglich gewesen, als sie alle weicher und leichter zu beeinflussen waren, ehe ihre dominanten Charakterzüge die Oberhand gewonnen hatten. Oder vielleicht hatten sie sich nach Faiths Tod alle verändert.

»Ich nehme an, Laurel hat euch von den Indizien am Tatort erzählt, die darauf hindeuten, dass der Mord an Angie etwas mit der Herzsechs zu tun hat.«

Denise bejahte. Crystal nickte und sah Monica mit weit aufgerissenen, besorgten Augen an.

»Ich weiß, einige von euch finden, dass diese Indizien nicht schlüssig sind ...«

»Entschuldige, Monica, aber da ist etwas, das du noch nicht weißt.« Laurel holte den Umschlag aus ihrer Handtasche. »Ich hab gestern dies hier erhalten. Crystal hat heute genau das Gleiche zugeschickt bekommen. Beide Umschläge sind in New York abgestempelt.«

Monica streckte ihre lange, schlanke Hand mit den perfekt manikürten Nägeln danach aus. Sie betrachtete, ohne das Gesicht zu verziehen, erst das Blatt mit der roten Sechs und dem Herzen, dann die Fotos und sagte schließlich mit tonloser Stimme: »Ich hab es auch gestern bekommen und es hat mich in meinem Entschluss bestärkt, herzukommen.«

Monica hielt Denise das Blatt und die Fotos hin. Sie nahm sie und zuckte zusammen, als sie das Bild von Angies Leiche sah. »Ich hab so was nicht gekriegt.«

»Warum schickt der Mörder Laurel, Monica und mir dieses grässliche Zeug, nicht jedoch dir?«, fragte Crystal Denise.

»Keine Ahnung.«

Laurels Stimme klang in ihren eigenen Ohren fremd. »Weil wir anderen allein leben. Der Mörder wollte nicht, dass Denises Familie die Fotos sieht.«

Es war eine Weile still, dann sagte Monica: »Damit könntest du Recht haben.«

»Wie rücksichtsvoll von ihm«, meinte Denise trocken.

»Du solltest froh sein«, sagte Crystal schroff. »Was wäre, wenn Audra das Bild von Angie gesehen hätte?«

Denise schloss die Augen. »Das wäre furchtbar gewesen.« Sie sah die anderen an. »Aber es ist ja möglich, dass er es mir bloß später schickt. Ich muss jeden Tag die Post kontrollieren. Wenn Wayne das zu Gesicht bekommt ...«

»Denise, hast du ihm je von der Herzsechs und von Faith erzählt?«, fragte Laurel.

Denise schüttelte heftig den Kopf. »Nein. Ich hab nie jemandem davon erzählt.«

Monica sah Crystal an. »Hast du dich jemandem anvertraut?«
»N-nein.«

Monica nagelte sie mit eisig-grünem Blick fest. »Das klang aber nicht sehr sicher.«

Crystal verschränkte nervös die Hände im Schoß. »Es geht nur darum, dass ich, als mein Baby tot geboren wurde, Beruhigungsmittel bekommen habe. Chuck hat gesagt, ich hätte ständig was von ›Feuer‹ und ›Faith‹ gemurmelt, aber er dachte, ich würde nur ohne Ende über ihren Tod faseln.«

»Bist du sicher, dass du nichts über den Club erzählt hast oder gar darüber, dass wir dabei waren, als Faith gestorben ist?«, verlangte Monica zu wissen.

»Ich glaube nicht.«

Monica verdrehte die Augen. »Du glaubst nicht. Na prima.«

»Ich bin sicher, dass Chuck es erwähnt hätte. Er hätte gefragt, wovon ich rede.«

»Schon gut. Hör auf, so erschreckt dreinzuschauen.« Monica seufzte. »Ich habe es nie jemandem erzählt und Laurel sagt, sie auch nicht. Ob Angie es getan hat, wissen wir nicht.«

»Oder Faith.«

»Wenn Faith jemandem von der Herzsechs erzählt hat und dieser Jemand sich ausgerechnet hat, dass wir etwas mit ihrem Tod zu tun haben, hat er aber lange gewartet, um Rache zu nehmen«, warf Denise ein. »Außerdem: Wem hätte sie es verraten sollen? Auf keinen Fall ihrem Vater. Zeke Howard ist ein religiöser Fanatiker. Er hätte sie bewusstlos geschlagen. Wie steht es mit ihrer Schwester?«

»Mary arbeitet für mich«, sagte Laurel. »Seit über einem Jahr. Wenn sie mir feindlich gesonnen ist, hat sie sich das nie anmerken lassen.«

»Und Neil Kamrath?«, fragte Crystal. »Er war ihr Freund und der Vater ihres Babys.«

»Der hat geheiratet«, antwortete Laurel. »Er ist ein erfolgreicher Schriftsteller. Nehmen wir an, er weiß Bescheid: Warum sollte er nach so langer Zeit plötzlich beschließen, zum Gegenschlag auszuholen?«

»Seine Frau und sein Sohn sind vor knapp einem Jahr bei einem Autounfall umgekommen«, klärte Denise die anderen auf. »Er ist übrigens zur Zeit auch in Wheeling, weil sein Vater an Krebs erkrankt ist und stirbt.«

»Er ist hier?«, rief Monica aus.

»Ja, schon seit ein paar Wochen. Wayne ist der Hausarzt seines Vaters. Er sagt, Neil ist ziemlich mitgenommen. Erst seine Frau und sein Sohn, dann sein Vater, alles innerhalb eines Jahres.«

»Ziemlich mitgenommen?«, wiederholte Monica. »Angies Verlobter Judson Green hat mir mitgeteilt, er sei einige Wochen vor ihrem Tod auf Geschäftsreise gewesen und sie habe ihm erzählt, dass sie Besuch bekommen habe. Aus Wheeling. Mehr wollte sie nicht sagen. Er war sicher, dass es sich um einen Mann gehandelt hat. Ich weiß, dass es keine von uns war. Es hätte Neil sein können. Sie war auf der High School recht gut mit ihm befreundet und er hätte in New York sein können, um sich mit einem Lektor oder Agenten oder so jemandem zu treffen.« Monica fasste Denise ins Auge. »Hältst du es für möglich, dass Neil nach dem Tod seiner Frau und seines Sohnes emotional so mitgenommen ist, dass er plötzlich auf Faith fixiert ist?«

Denise runzelte die Stirn. »Woher soll ich das wissen? Ich hab nicht mit ihm gesprochen, und selbst wenn: Ich kann keine Gedanken lesen. Wayne hat ihn für Samstagabend zu unserer Weihnachtsfeier eingeladen. Ich bezweifle, dass er erscheinen wird, aber wenn du kommen und dich selbst überzeugen möchtest ...«

Monica sah interessiert aus. »Das könnte lohnenswert sein.«

»Ich will Neil Kamrath auf keinen Fall sehen«, sagte Crystal. »Er war auf der High School so komisch, der große Denker, der sich immer abseits gehalten hat. Ich hab nie verstanden, warum Faith sich mit ihm eingelassen hat. Sie hat behauptet, er sei interessant, aber mir ist nicht klar, wie ihn jemand interessant finden kann.«

»Du hast eben Chuck Landis interessanter gefunden«, stellte Monica fest.

Crystal wurde rot. »So ist es. Er ist wenigstens normal. Habt ihr eines von diesen grausigen Büchern gelesen, die Neil schreibt?«

»Es sind Horrorromane und ich finde sie toll«, sagte Laurel.

Crystal runzelte die Stirn. »Sie sind schaurig und man muss bekloppt sein, um sich so was auszudenken.«

»Bekloppt muss man nicht sein«, wandte Denise ein. »Man braucht nur eine rege Phantasie.«

Crystal schüttelte den Kopf. »Nein. Gespenster, Vampire, Ungeheuer. Ich finde, man muss verrückt sein, um die ganze Zeit an solches Zeug zu denken und dann auch noch Geschichten drüber zu schreiben.«

Monica wirkte ungeduldig. »Können wir diese literarische Diskussion auf später vertagen? Wir haben ein viel dringenderes Problem zu lösen. Wir müssen dahinter kommen, wer Angie ermordet hat und wer mindestens dreien von uns einen Schrecken einzujagen versucht.«

»Ist das nicht Sache der Polizei?«, fragte Denise. »Hat denn die New Yorker Polizei keine Verdächtigen?«

»Nur einen – Angies geschiedenen Mann Stuart Burgess«, antwortete Monica. »Er ist kein netter Mann, hat aber aus unerfindlichem Grund Angie bei der Scheidung ein kleines Vermögen überlassen. Die Polizei fragt sich, ob sie im Besitz von Informationen war, die ihm hätten schaden können. Es sind seit Jahren böse Gerüchte über ihn im Umlauf, aber niemand hat je etwas Definitives in Erfahrung gebracht. Vielleicht hat Angie etwas gewusst. Jedenfalls ist sie nie dazu gekommen, ihr Testament zu ändern. Deshalb gehört nach ihrem Tod alles, was er ihr gegeben hat, und alles, was sie am Broadway verdient hat, ihm allein. Man hat ihn verhaftet.«

»Na also!«, sagte Crystal hoffnungsvoll. »Der war es bestimmt.«

»Vielleicht, aber nur, wenn er von der Herzsechs und Faith gewusst hat. Warum sollte er sonst eine Sechs und ein Herz auf ihren Spiegel gemalt haben? Warum sollte er uns Bilder von Angie und Faith zuschicken?«

»Um die Polizei auf eine falsche Spur zu locken?«

»Die Polizei weiß nichts von der Herzsechs, Crystal.« Monica schüttelte den Kopf. »Ich bin auch der Meinung, dass Burgess ein ausgezeichnetes Motiv hatte, aber ich glaube nicht, dass er die Tat begangen hat. Und das Problem ist, dass Angie zwischen Mitternacht und drei Uhr morgens am Dienstag umgekommen ist. Inzwischen haben wir fast acht Uhr am Donnerstagabend. Nach vierundzwanzig Stunden erkaltet jede Spur.«

»So lange ist das nun auch wieder nicht her«, beharrte Crystal. »Ich glaube nicht, dass alle Morde innerhalb von vierundzwanzig Stunden aufgeklärt werden.«

»Natürlich nicht. Ich sage nur, dass es für die Polizei umso schwieriger wird, je mehr Zeit vergeht. Seither haben drei von uns so etwas wie eine Vorwarnung erhalten – dass wir demnächst auch dran sind.« Monica sah sie nacheinander eindringlich an. »Ich jedenfalls habe nicht vor, untätig herumzusitzen und es geschehen zu lassen.«

»Dann geh doch zur Polizei«, sagte Laurel prompt.

»Nein!«, riefen alle drei im Chor. »Auf keinen Fall«, ergänzte Denise.

»Was schlagt ihr denn vor?«, wollte Laurel wissen.

Monica ergriff das Wort. »Zum einen besonders vorsichtig sein. Ihr müsst dafür sorgen, dass eure Türen und Fenster verschlossen sind. Nehmt Tränengas mit. Habt immer eine Schusswaffe am Bett.«

»Wayne würde sich schön wundern, wenn ich eine Schusswaffe am Bett hätte«, wandte Denise ein.

»Dann leg sie eben in eine Schublade, wo du sie leicht erreichen kannst.«

Crystal runzelte die Stirn. »Schusswaffen machen mir Angst.«

Monica sah sie verärgert an. »Macht dir die Aussicht, womöglich ermordet zu werden, nicht mehr Angst? Sieh dir noch einmal das Foto von Angie an und sag mir, ob du wirklich lieber so enden willst, als eine Waffe im Haus zu haben.« Crystal wandte den Blick ab. »Gut, und zweitens werden wir uns jeden vornehmen, der von der Herzsechs gewusst haben könnte. Mary und Zeke Howard. Neil Kamrath.«

»Wusste ich's doch!«, platzte Denise heraus. »Amateurdetektive.«

»Wäre es dir lieber, Wayne die Wahrheit zu sagen und dann zur Polizei zu gehen?«, fuhr Monica sie an.

Denise sah Monica einen Augenblick lang an. Dann sagte sie widerstrebend: »Nein.«

»Also, wir haben zwei Möglichkeiten. Wir können der Polizei

mitteilen, welche Rolle wir bei Faiths Tod gespielt haben, oder wir können versuchen, dem Mörder selbst auf die Spur zu kommen. Wenn es nämlich Stuart Burgess nicht gewesen ist ...«

»Dann könnte es auch jemand hier aus der Gegend gewesen sein«, sagte Laurel bedächtig. »Jemand, der gute Chancen hat, jede Einzelne von uns zu erwischen.«

3

Crystal und Denise verabschiedeten sich kurz darauf. Monica bat Laurel, noch ein paar Minuten zu bleiben. Laurel hätte geschworen, dass die anderen neugierig waren, aber Denise wollte so schnell wie möglich zu Audra zurück und Crystal schien es kaum abwarten zu können, endlich wegzukommen.

Als sie fort waren, sagte Monica: »Es gibt hier eine Kaffeemaschine. Möchtest du eine Tasse?«

»Ja. Seit du mir von Angie erzählt hast, ist mir nur noch kalt.«

Monica setzte den Kaffee auf und nahm dann Laurel gegenüber Platz. »Weißt du, ich hab das Gefühl, dass du die Einzige bist, die das alles ernst nimmt.«

»Meinst du? Crystal hat eine Todesangst.«

»Crystal hat immer Angst. Denise benimmt sich, als wäre ihr die ganze Angelegenheit nur lästig.«

»Ich denke, Denise will das alles nicht wahrhaben. Sie ist nur darauf aus, ihre Familie zu schützen, das Leben, das sie sich aufgebaut hat. Sie ist unfähig, sich einer solchen Bedrohung zu stellen.«

»Sie muss sich ihr stellen. Wie wir alle.«

Laurel beugte sich vor. »Monica, bist du wirklich überzeugt, dass Stuart Burgess nichts mit Angies Tod zu tun hat? Es wäre doch möglich, dass Angie ihm von Faith und der Herzsechs erzählt hat, und die Fotos, die man uns zugeschickt hat, waren in New York aufgegeben. Sie könnten von ihm stammen.«

»Aber das hätte nur dann einen Sinn, wenn eine von uns der Polizei etwas erzählt hätte von Faith und dem Club, und darauf konnte Stuart sich nicht verlassen.«

»Er könnte es selbst der Polizei erzählen.«

»Das hätte nicht die gleiche Wirkung, schon gar nicht, wenn

wir alles abstreiten. Man hat uns damals, vor dreizehn Jahren, nicht verdächtigt. Der Einzige, dessen Alibi überprüft wurde, war Neil Kamrath. Wir haben uns gegenseitig das Alibi gesichert. Und wir hatten einzig mit unseren Eltern Schwierigkeiten, weil wir sie über die Anwesenheit von Angies Eltern belogen haben. Stuart Burgess dagegen hat kein Alibi für die Nacht, in der Angie ermordet wurde. Er ist aber viel zu schlau, um sich nicht mit einem hieb- und stichfesten Alibi zu versorgen, falls er Angie wirklich umgebracht hat. Nein, Laurel, ich bin sicher, dass er es nicht war.«

Laurel blickte aus dem Fenster. Im Zimmer brannte Licht und ihr Gesicht und das von Monica spiegelten sich in der Scheibe. Sie selbst sah besorgt aus, Monica entschlossen. Monica erhob sich und kam mit einer Tasse heißen Kaffees zurück. Laurel nahm sie ihr ab. »Ich denke immer noch …«

»Nun fang bloß nicht wieder von der Polizei an.«

»Aber …«

»Laurel, nein!« Laurel zuckte zurück und Monica dämpfte ihre Stimme. »Wenigstens vorerst nicht. Ich bitte dich.«

»Na gut«, sagte Laurel widerwillig. »Ich füge mich erst einmal. Aber nur fürs Erste. Und morgen werde ich Mary aushorchen und herausfinden, was ich kann.«

»Aber unauffällig.«

»Das brauchst du mir nicht zu sagen, Monica. Ich bin keine Idiotin.«

Monicas Lippen zuckten. »Nein, aber du hast viel mehr Selbstvertrauen als früher. Wie kommt das?«

»Ich bin älter geworden.«

»Crystal auch, aber die Jahre haben ihr nicht so recht auf die Sprünge geholfen.«

»Sie hat nicht viel erlebt, was ihr Selbstvertrauen gestärkt hätte. Der letzte Schlag war, dass Chuck sie verlassen hat.«

»Dieser Klotz. Er war mal ganz ansehnlich, aber das war auch schon alles.«

»Er sieht immer noch gut aus und das ist immer noch das Einzige, was für ihn spricht, außer einer reichen neuen Freundin. Aber ich erinnere mich an eine Zeit, als du nicht so streng über Chuck geurteilt hast.«

»Wovon redest du bloß?«

»Du warst auf der High School in ihn verknallt.«

»War ich nicht!«

»Warst du wohl, Monica. Ich hab mitgekriegt, wie du ihn angesehen hast. Das braucht dir doch nicht peinlich zu sein. Er sah tatsächlich toll aus und er war unser Starathlet, der populärste Junge an der Schule. Viele Mädchen waren in ihn verknallt.«

»Sehe ich aus wie eine Frau, die wegen Chuck Landis schwach werden könnte?«

»Jetzt nicht mehr, aber wir reden von deiner Jungmädchenzeit. Ich hatte sogar den Verdacht, dass du ein paar Mal mit ihm aus warst.«

»Also, was für ein Unsinn. Er war Crystals Freund.«

»Das dachte sie. Ich habe nie geglaubt, dass er so in sie verliebt war wie sie in ihn.«

»Er hat sie doch geheiratet.«

»Und er hat sie verlassen. Sie ist am Boden zerstört.«

»Wie tragisch.«

Laurel sah Monica erbost an. »Du hast dich mit ihr nie so gestritten wie mit Denise, aber du warst immer auf Crystal eifersüchtig.«

Sie rechnete mit hitzigem Widerspruch, doch Monica wandte den Blick ab und seufzte. »Ja. Sie hatte alles. Sie war so eine verdammte Prinzessin.«

»Na ja, inzwischen ist sie keine Prinzessin mehr, nicht mehr seit den Fehlgeburten und der Totgeburt. Du erinnerst dich, dass sie ständig davon geredet hat, wie sehr sie sich Kinder wünschte, und sie ist seit ihrem vierzehnten Lebensjahr in Chuck verliebt. Jetzt ist er fort und sie kann keine Kinder kriegen, also geh nicht so verdammt hart mit ihr ins Gericht.«

»Ich will mir Mühe geben, aber diese ständige Angst in ihren Augen und die weinerliche Stimme bringen mich zur Weißglut.« Monica zuckte die Achseln. »Was soll ich denn sagen? Mit mir ist nun mal nicht so einfach zurechtzukommen. Das ist wohl auch der Grund, warum es in meinem Leben niemanden gibt. Niemanden, der zu haben wäre.« Laurel sah sie fragend an. »John Tate. Er ist verheiratet.«

»Deine Kanzlei – Maxwell, Tate und Goldstein. Der Tate?«

»Ja, aber glaub bloß nicht, dass ich bloß seinetwegen demnächst als Teilhaberin in die Firma aufgenommen werde«, sagte Monica hitzig. »Ich habe verdammt hart gearbeitet. Nächsten Monat vertrete ich Kelly Kingford.«

»Die Frau dieses Multimillionärs, der die Scheidung eingereicht hat und sich um das Sorgerecht für die Kinder bemüht?«

»Ja. Du kannst dir nicht vorstellen, wie viel Publicity dieses Verfahren mir einbringen wird.« Monica sah Laurel eindringlich an. »Deshalb kann ich es mir nicht leisten, dass das mit der Herzsechs und Faith herauskommt. Es würde uns allen schaden, aber mich würde es ruinieren.«

Darum also ist Monica so besorgt, dachte Laurel. Sie macht sich nicht nur Sorgen um unsere Sicherheit. Sie hat Angst, weil wir die gleichen Fotos von Angie erhalten haben wie sie, weil wir damit zur Polizei gehen könnten und sie in einen Skandal verwickeln.

Laurel fiel wieder ein, wie sie Monica kennen gelernt hatte. Monicas Mutter war drei Jahre zuvor nach langer, schwerer Krankheit gestorben. Kurz nach ihrem Tod hatte ihr Vater sich mit einer anderen Frau zusammengetan, die Monica nicht haben wollte. Daraufhin hatte ihr Vater sie einfach nach Wheeling geschickt, zu einer stocksteifen Großtante, die Monica nie vergessen ließ, dass sie sie nur aus Pflichtgefühl bei sich aufgenommen hatte. Monica war eine unglückliche Neunjährige gewesen, verkrampft und in sich gekehrt, und Laurel hatte sich alle Mühe geben müssen, um sich mit ihr anzufreunden. Anfangs hatte sie es auch dann nicht leicht gehabt. Monica war ständig gekränkt und in der Defensive, gedemütigt und niedergeschmettert von der Zurückweisung durch den angebeteten Vater, aber Laurel hatte nicht lockergelassen. Sie hatte Monica in ihren Freundeskreis hineingezogen. Wann genau Monicas stillschweigende Dankbarkeit gegenüber der Gruppe in ebenso stillschweigende Dominanz übergegangen war, wusste Laurel nicht mehr so genau. Vielleicht einige Zeit nach Gründung der Herzsechs, als sie zwölf waren. Im Rückblick erkannte Laurel, dass in Monicas Teenagerzeit der Samen ihrer heutigen Ichbezogenheit zu sprießen begonnen hatte.

»Monica, keine von uns geht jetzt noch zur Polizei.«

»Versprichst du es mir?«, fragte Monica. »Versprichst du mir, Kurt nichts zu sagen?«

»Ja, ich verspreche dir, ihm nichts zu sagen. Wir sind ja ohnehin nicht sicher und es könnten zu viele Leute Schaden nehmen. Wenn die Sache allerdings ernster wird …«

»Dann entscheiden wir gemeinsam, was zu tun ist. Mittlerweile habe ich vor, zu Denises Party zu gehen. Ich weiß, es ist ihr eigentlich nicht recht, aber vielleicht erscheint dort Neil Kamrath.«

»Ich werde auch auf der Party sein. Wenn er nicht dorthin kommt, kommt er vielleicht zu Angies Beisetzung. Und was Faiths Vater anbelangt: Ich weiß noch gar nicht, wie ich an den rankommen soll.«

»Du könntest doch in seine Spinnerkirche eintreten.«

Laurel verzog das Gesicht. »Es muss einen einfacheren Weg geben. Ich denk mir was aus.« Sie stand auf. »Jetzt muss ich aber wirklich nach Hause.«

Monica legte ihr die Hand auf den Arm. Einen kurzen Augenblick lang sah sie aus wie das Mädchen, das Laurel einst gekannt hatte, wie eine schutzlose Neunjährige, die befangen vor dreißig Schülern steht und von der Lehrerin der vierten Klasse vorgestellt wird. »Laurel, du bist die Einzige, auf die ich mich wirklich verlassen kann. Du hast dich immer um mich bemüht, mir immer geholfen. Ich war dir damals dankbar dafür und bin es heute immer noch.«

Laurel war nicht sicher, ob Monicas Äußerung ernst gemeint war oder ein Versuch, sie zu manipulieren. Aber es war ihr egal. »Die Sache ist ernst, Monica. Ich tue, was ich kann, um uns allen zu helfen.«

Als sie zu ihrem Auto zurückging, war die Nacht wesentlich kälter geworden. Oben auf dem Hügel, auf dem das Hotel stand, peitschte ein frischer Wind ihren Mantel und blies ihr gnadenlos durchs Haar. Sie ließ den Wagen an, schaltete das Radio ein und fuhr los. Ausflugsbusse und Dutzende von Autos fuhren im Schritttempo die schmale Straße entlang, vorbei an den Lichterketten. Wäre Laurel nicht so verfroren und nachdenklich gewesen, hätte sie selbst die Rundfahrt mitgemacht, aber nun sehnte sie sich nur noch nach der Sicherheit und Behaglichkeit zu Hause.

Sie bog auf die Fernstraße 88 ab und begann die Fahrt hinab ins Tal, als sie hinter sich das Licht zweier Scheinwerfer bemerkte, die immer näher kamen. Verdammt, dachte sie. Wieso müssen einem manche Leute halb im Kofferraum sitzen? Zum Überholen brauchte der Fahrer nicht so dicht aufzufahren – und die Stelle war zum Überholen ohnehin schlecht geeignet. Die Straße war schmal und zweispurig und es herrschte reger Gegenverkehr in Richtung Park. Laurel trat aufs Gaspedal und erhöhte ihre Geschwindigkeit um zehn Stundenkilometer. So, jetzt hab ich ein wenig Spielraum, dachte sie.

Sie blickte in den Rückspiegel und sah die Scheinwerfer erneut näher kommen. Ihre Hände umklammerten das Lenkrad, ihr Ärger wuchs. Angestrengt sah sie in den Rückspiegel, um vielleicht den Fahrer zu erkennen, war jedoch von seinem Licht geblendet. Sie konnte lediglich erkennen, dass der Wagen größer war als ihr eigener Chevrolet Cavalier.

Laurel war versucht, noch schneller zu fahren, und warf einen Blick auf den Tachometer. Sie hatte die Höchstgeschwindigkeit bereits überschritten. Und wenn sie beschleunigte, würde es der andere Fahrer sicher auch tun. Sie musste einfach die Zähne zusammenbeißen und die fünf Kilometer bis zu ihrem Haus durchhalten.

Sie fuhr gerade am Country Club von Wheeling vorbei, als der andere Wagen hinten auf ihre Stoßstange auffuhr. Der Aufprall warf sie nach vorn. Was, zum Teufel, macht der bloß?, erboste sie sich innerlich. Der Wagen blieb ein Stück zurück, bis sie wieder bei Atem war. Dann schoss er vor und stieß sie noch stärker als beim ersten Mal an.

O Gott, dachte Laurel. Ist das bloß ein Besoffener, der sich einen Spaß erlaubt, oder hat es etwas mit dem Mord an Angie und den Fotos zu tun? Die Fotos waren eine Drohung gewesen. Sollte sie nun, anstatt erschlagen zu werden wie Angie, bei einem Autounfall umkommen?

Nein, das kam nicht infrage. Sie war eine gute Fahrerin und es genügte nicht, ein paar Mal ihre Stoßstange anzutippen, um sie so zu entnerven, dass sie ins Schleudern kam. Sie konzentrierte sich auf die Straße und dachte nicht daran, sich ablenken zu lassen, indem sie ständig in den Rückspiegel schaute.

Noch drei Kilometer bis nach Hause. Wieder ein heftiger Stoß. Ihr Atem ging schneller. Konzentrier dich auf die Straße, befahl sie sich. Sie durfte sich nicht von der Angst überwältigen lassen, war sich jedoch darüber im Klaren, dass der letzte Stoß hart genug gewesen war, um ihr Auto zu beschädigen. Sie hatte Metall knirschen hören.

Schließlich rammte sie der andere Wagen richtiggehend. Sie vollführte einen Schlenker und wäre beinahe von der Fahrbahn abgekommen. Sie kämpfte verzweifelt mit dem Lenkrad und schaffte es, die Kontrolle über ihr Auto zurückzugewinnen. Nicht kontrollieren ließ sich die Angst, die sie gepackt hatte. Trotz der Kälte spürte sie den Schweiß an ihrem Haaransatz. Noch anderthalb Kilometer bis nach Hause. Was sollte sie tun? Abbiegen und ihre einsame Auffahrt ansteuern, solange dieser Irre direkt hinter ihr war? Auf keinen Fall.

Als sie die Stelle erreicht hatten, an der sie zum ersten Mal hätte abbiegen müssen, konnte sie sich einen kurzen Blick in den Rückspiegel nicht verkneifen. Der andere Fahrer hatte seine Geschwindigkeit leicht verringert. Er rechnet damit, dass ich abbiege, dachte sie entsetzt. Das hieß, es war kein Betrunkener, der sich irgendein Auto ausgesucht hatte und sich nun ein Spielchen erlaubte. Der Fahrer wusste genau, wer sie war und wo sie lebte.

Laurel raste an der Einfahrt vorbei Richtung Stadtmitte. Der andere Wagen beschleunigte wieder und kam nahe genug heran, um ihr einen leichten Stoß zu versetzen. Mehr nicht – einen leichten Stoß. Vielleicht hatte sie ihn aus dem Konzept gebracht, indem sie nicht wie erwartet nach Hause gefahren war.

Fünf Minuten später hatte sie die Innenstadt von Wheeling erreicht. Der andere Wagen war zurückgeblieben. Als sie eine gelbe Ampel überfuhr, blieb er stehen. Sie bog zweimal unnötig ab, nur für den Fall, dass der Fahrer sie beobachtete. Dann fuhr sie zu Kurt Riders Apartmenthaus.

Laurel sprang aus dem Auto, rannte den Pfad hoch und durch den Haupteingang ins Innere. Kurts Wohnung befand sich im ersten Stock. Die Absätze ihrer Stiefel knallten gegen jede Stufe, als sie die Treppe hinaufstürmte. Zweifellos würde sich Mrs. Henshaw, Kurts streitsüchtige Nachbarin, wieder einmal beschweren, aber das war ihr egal.

Sie hämmerte an Kurts Tür und sah sich dabei ängstlich um. Das Treppenhaus war leer, aber wie lange noch? Sie hämmerte weiter. Verdammt, wo war er? Sie wusste, dass er abends nicht oft

aus dem Haus ging, es sei denn, mit ihr. Er war den allwöchent-
lichen TV-Programmen viel zu ergeben, um in Bars herumzuhän-
gen und seine Sendungen zu verpassen. Sie hämmerte weiter, bis
auf einmal die Tür neben der von Kurt aufgerissen wurde.

»Wissen Sie eigentlich, wie spät es ist? Was soll dieser Lärm?
Sie wecken noch das ganze Haus auf!«

Mrs. Henshaw – drall, mit gerötetem Gesicht und einem Kopf
voller rosa Schaumstoffwickler – starrte sie aus winzigen,
schlammfarbenen Augen böse an.

»Tut mir Leid, Mrs. Henshaw«, sagte Laurel, obwohl es erst
neun Uhr abends war, nicht etwa Mitternacht. »Ich bin auf der
Suche nach Kurt.«

»Darauf bin ich schon selbst gekommen.« Die Frau trug einen
unförmigen gesteppten Morgenmantel mit Patchworkmuster und
gewaltige flauschige Pantoffeln mit Hasengesichtern, Schnurrhaa-
ren und großen, spitz zulaufenden Ohren. Sie sah einfach lächerlich aus. »Haben Sie sich gestritten oder so?«

»Das geht Sie nichts an«, wollte Laurel sie anfauchen, beherrschte sich jedoch. Kurt hatte mit dieser Schreckschraube genug Probleme, ohne dass sie noch welche hinzufügte. »Nein, Mrs.
Henshaw, wir haben uns nicht gestritten. Ich hab einen bösen
Schrecken hinter mir – jemand ist mir gefolgt –, da bin ich lieber
hierher gekommen.«

»Jemand ist Ihnen gefolgt?«, wiederholte sie. »Wohl ein alter
Freund oder so?«

»Nein, ganz bestimmt nicht. Bloß irgend so ein Verrückter,
aber ich hatte Angst. Wissen Sie vielleicht, wo Kurt ist?«

»Wofür halten Sie mich? Für seine Sekretärin oder so?« Laurel
war noch nie jemand begegnet, der wie sie fast jeden Satz mit
»oder so« beenden konnte. »Ich weiß nur, dass er vor ein paar
Stunden aus dem Haus gegangen ist.«

»Aha. Na, vielleicht warte ich noch ein paar Minuten.«

»Wie Sie wollen«, sagte Mrs. Henshaw und knallte die Tür zu.

Vielen herzlichen Dank, dass Sie mich hereingebeten haben,
dachte Laurel griesgrämig. Kurt sagte immer, sie sei die unange-
nehmste Person, die er je kennen gelernt habe, und dass ihr
schlappschwänziger kleiner Ehemann mit fünfundvierzig gestorben sei, nur um von ihr wegzukommen.

Laurel setzte sich auf die Treppe, den Blick unentwegt auf die Außentür gerichtet. Was sollte sie tun, wenn der Fahrer des anderen Wagens ihr gefolgt war? Gott, sie wusste nicht einmal, wie er ausgesehen hatte. Aber wenn jemand, der ihr irgendwie bedrohlich vorkam, das Gebäude betrat, würde sie … würde sie was tun? An Mrs. Henshaws Tür klopfen und hoffen, dass die Frau sich ihrer erbarmen und sie hereinlassen würde? Und wenn nicht? Monica hatte gesagt, sie solle sich mit Tränengas bewaffnen. Sie hatte kein Tränengas. Sie hatte nichts, womit sie sich hätte verteidigen können.

Sie sah auf die Uhr. Zwanzig Minuten waren verstrichen und immer noch kein Kurt. Und sie saß da, in die Ecke gedrängt, vollkommen hilflos. Sie wartete noch fünf Minuten. Dann hielt sie es nicht mehr aus.

Sie schlich die Treppe hinunter, öffnete die Haustür und spähte hinaus. Am Straßenrand standen Autos, doch sie konnte niemanden darin entdecken. Der Bürgersteig war leer – es war ein kalter Abend. Ihre Schlüssel griffbereit in der Hand, rannte Laurel zu ihrem Wagen. Nachdem sie die Tür aufgeschlossen hatte, sah sie hinten nach, um sich zu vergewissern, dass dort niemand auf dem Boden kauerte. Dann sprang sie hinein.

Auf der Fahrt nach Hause warf sie alle paar Sekunden einen Blick in den Rückspiegel. Nichts als ganz gewöhnlicher Verkehr. Nach einer kleinen Ewigkeit bog sie in ihre lange Auffahrt ein. Der Weg war von Bäumen gesäumt, die es schwer gemacht hätten, einen Wagen zu verstecken, aber ein Mensch konnte sich leicht dort verbergen.

Sie fuhr bis direkt vor die Garage und drückte auf den automatischen Türöffner. Das Garagentor reagierte nicht. Sie drückte noch einmal. Das Tor blieb geschlossen.

Mist!, dachte Laurel wütend. In den letzten paar Tagen hatte das Tor sich nur langsam geöffnet, und das bedeutete, dass die Batterie in der Fernbedienung nachließ. Und nun war sie leer. Warum habe ich mir nicht die fünf Minuten Zeit genommen, um eine neue Batterie zu kaufen?, schimpfte sie auf sich selbst. Nur fünf Minuten.

Aber es war müßig zu überlegen, was sie hätte tun sollen. Widerstrebend nahm sie ihren Haustürschlüssel vom Bund, sah sich noch einmal um, atmete tief ein und rannte zur Vordertür. Sie steckte gerade den Schlüssel ins Schlüsselloch, als sie den Blick hob und erstarrte.

Der fröhliche Adventskranz, den sie vor zwei Wochen an die Tür gehängt hatte, fehlte. An seiner Stelle hing ein Kranz mit Lilien aus weißer Seide und einer großen schwarzen Satinschleife.

Ein Trauerkranz.

Vier

1

Laurel stürzte ins Haus, schlug die Tür hinter sich zu und schloss ab. Beide Hunde sprangen auf sie zu, abwechselnd bellend und winselnd. Alex hüpfte auf den Hinterbeinen, wie er es immer tat, wenn er aufgeregt war. Sie waren beide ganz aus dem Häuschen. Ihr Leben war einsam, da Laurel sechs Tage in der Woche arbeitete und außer von Kurt kaum Besuch bekam. Die Aufregung der Hunde bedeutete, dass sie etwas Ungewöhnliches gesehen oder gehört hatten. Laurel sah zur Couch hinüber. Die Rückenlehne, auf der sonst eine leuchtend rostbraun, grün, goldfarben gemusterte Wolldecke lag, war dem großen Vorderfenster zugewandt. Die Decke war auf den Sitz gerutscht. Beide Hunde hatten darauf gestanden, die Vorderpfoten auf die Rückenlehne der Couch gestützt. Sie hatten denjenigen gesehen, der den Kranz an der Vordertür ausgetauscht hatte. Vielleicht hatte er sogar versucht, bei ihr einzubrechen.

Trotz ihrer zitternden Beine kniete Laurel nieder und zog beide Hunde an sich. »Hat euch jemand erschreckt?«, fragte sie. »Hat jemand zum Fenster hereingeschaut oder versucht, die Tür aufzukriegen?«

April schmiegte sich so eng wie möglich an sie, aber Alex hüpfte weiter herum und stieß kleine Laute aus, als wolle er ihr etwas erklären.

»Ich wollte, wir könnten uns richtig verständigen«, sagte Laurel. »Wenn du mir nur sagen könntest, was du gesehen hast.«

Plötzlich fiel ihr die Hundeklappe ein, die von der Küche in den großen Garten hinterm Haus führte. Normalerweise machte sie sich nicht die Mühe mit der Verschlussplatte – durch die offene Klappe hätte nur ein kleiner Mensch gepasst und sie hatte noch nie Probleme mit Einbrechern gehabt. Nun jedoch schob sie rasch die Platte vor. Die Hunde drängten sich an ihre Beine. Sie spürten Laurels Angst.

»Ich denke, wir könnten alle drei ein Beruhigungsmittel gebrauchen«, sagte sie zu ihnen. »Stattdessen müsst ihr euch mit einer Extraportion begnügen und ich werde einen Kamillentee trinken.«

Sie füllte den Kessel und stellte ihn auf den Herd. Dann holte sie die Wursthäppchen der Hunde. Glücklicherweise liebten sie diese Leckerbissen so sehr, dass sie lange genug ihre Nervosität ablegten, um alles in Rekordzeit aufzufressen.

Als sich Laurel schließlich mit ihrem Tee im Wohnzimmer niederließ, fiel ihr ein, dass sie noch nicht einmal ihr Auto inspiziert hatte, um festzustellen, wie groß der Schaden war. Im Vergleich zu dem, was passiert war, was hätte passieren können, erschien ihr der Schaden am Auto unbedeutend. Sie hatte beinahe die Kontrolle über den Wagen verloren, als der andere sie gerammt hatte. Und der Kranz an ihrer Tür räumte auch noch die letzten Zweifel aus, dass der Fahrer etwa nur versucht hätte, eine Frau zu verschrecken, die allein im Auto unterwegs war. Er war hinter ihr her gewesen.

Jemand klopfte an die Tür und Laurel fuhr so heftig zusammen, dass sich der Tee über ihren Schoß ergoss. Sie blieb starr und steif auf der Couch sitzen, während die Hunde bellten und das Klopfen weiterging, immer lauter. Schließlich rief ein Mann: »Laurel, ich bin's, Kurt. Mach auf!«

Ist das wirklich Kurt?, fragte sie sich einen ängstlichen Moment lang. Dann erkannte sie seine Stimme.

Laurel öffnete die Tür. Kurt sah sie besorgt an und schloss sie dann in die Arme. »Was ist los, Laurel? Als ich nach Hause kam, ist die Henshaw aus ihrer Wohnung gestürmt, um mir zu erzählen, dass du da gewesen bist. Du hättest an die Tür gehämmert und Angst gehabt, weil dir jemand gefolgt sei.«

Laurel klammerte sich einen Augenblick lang an ihn. Dann zog sie ihn ins Haus. »Ich bin vom Hotel Wilson Lodge zurückgefahren ...«

»Was hattest du denn da zu suchen?«

»Monica ist dort abgestiegen. Sie hat angerufen und wollte mich sehen.«

»Wieso ist sie nicht hierher gekommen?«

»Wegen der Lichterschau«, beeilte sich Laurel zu sagen. »Du weißt doch, da fahre ich immer hin. Ich hab die Rundfahrt gemacht und bin dann bei ihr vorbeigefahren.« Nicht ganz die Wahrheit, aber fast, dachte sie. »Auf dem Heimweg ist mir dann jemand gefolgt. Er hat mich zweimal leicht angestoßen und dann hat er mich gerammt.«

»Ich weiß. Ich hab den Schaden hinten an deinem Auto gesehen.«

»Ich hab es mir dann anders überlegt und bin zu dir gefahren. Aber die reizende Mrs. Henshaw hat gesagt, du wärst vor einigen Stunden aus dem Haus gegangen.«

»Ich hab mit Chuck ein paar Bier getrunken. Er brauchte jemanden zum Reden.«

»Du hast ihn hoffentlich überredet, zu Crystal zurückzukehren.«

»Nach allem, was ich heute Abend gehört habe, sind die Chancen dafür gering.« Kurt sah sie ernst an. »Laurel, warum bist du zu meiner Wohnung gefahren? Warum bist du nicht auf die Revierwache gegangen?«

Laurel schüttelte den Kopf. »Ich weiß auch nicht. Ich hab nicht nachgedacht. Ich hatte solche Angst.«

»Das sieht dir gar nicht ähnlich, so den Kopf zu verlieren.« Kurt hob die Stimme: »Ist dir denn nicht klar, wie gefährlich es war, zu mir zu fahren und auf einem leeren Flur herumzusitzen, während ich nicht zu Hause war?«

Laurel wich vor ihm zurück. »Nicht wütend werden. Ich weiß ja, dass es dumm war, aber wie gesagt: Ich hatte eine Heidenangst und hab nicht richtig nachgedacht. Außerdem war das andere Auto da schon nicht mehr hinter mir her.«

»Deines Wissens.«

»Okay, meines Wissens.« Laurel spürte, dass ihr die Tränen kamen. »Also, Kurt, nach allem, was heute Abend passiert ist, ertrage ich es wirklich nicht, dass du herkommst, nur um mich anzuschreien.«

Kurt holte tief Luft. »Tut mir Leid, Schatz. Ich mach mir nur Sorgen.«

Er umarmte sie wieder. Sie klammerte sich mit ungewöhnlicher Heftigkeit an ihn. »Wir haben noch nicht einmal die Tür zugemacht und es ist draußen eiskalt.«

Kurt löste sich aus der Umarmung, griff nach dem Türknopf

und wollte die Tür schließen. Dann jedoch hielt er mit starrem Blick inne. Schließlich fragte er: »Warum, verdammt noch mal, hast du einen Trauerkranz an deiner Tür hängen? Doch nicht wegen Angie, oder?«

»Nein. Als ich losgefahren bin zu Monica, war er noch nicht da. Ich glaube, derjenige, der mich gerammt hat, hat ihn dort aufgehängt.«

Kurt sah sie prüfend an. »Du benimmst dich so seltsam seit der Nachricht von Angela Riccis Tod. Und jetzt verfolgt dich jemand und hängt dir einen Kranz an die Tür.« Er verstummte. »Ich gehe hier nicht mehr fort, ehe du mir erzählt hast, was los ist.«

2

Auf dem Weg zur Arbeit am nächsten Morgen versuchte Laurel sich einzureden, dass sie keine Schuldgefühle zu haben brauche, weil sie Kurt gegenüber nicht ganz offen gewesen war. Sie hatte ihm wahrheitsgemäß gesagt, dass sie keine Ahnung habe, wer der Fahrer des anderen Wagens war. Genauso wahrheitsgemäß hatte sie gesagt, sie wisse nicht, wer den Kranz aufgehängt habe. »Du hast ihm nur verschwiegen, dass du Fotos von Faith und von Angies verstümmelter Leiche zugeschickt bekommen hast, und du hast ihm nichts von deiner Befürchtung erzählt, dass derjenige, der dich gestern Abend verfolgt hat, Angies Mörder sein könnte«, sagte sie laut. »Nein, du hast nichts wirklich Wichtiges ausgelassen.«

Aber du hast nun einmal Monica versprochen, nicht mit der Polizei zu reden, dachte sie. Ich habe Kurt nur deshalb nichts gesagt, weil ich mein Versprechen halten wollte. Und das ist eine sehr bequeme Ausrede, sagte die Stimme ihres Gewissens. Du hast ihm deshalb nichts gesagt, weil auch du nicht willst, dass jemand davon erfährt.

Dass sie sich vor dreizehn Jahren nicht gemeldet und die Wahrheit gesagt hatte, war ein schändliches, erbärmliches Fehlverhalten gewesen, das sie sich nie verzeihen würde und das ihr auch kein anderer jemals verzeihen könnte. Hatte sie nicht deshalb vor fünf Jahren ihre Verlobung mit Bill Haynes gelöst? Sie hatte es ein

Dutzend Mal versucht, sich jedoch nie überwinden können, ihm alles zu erzählen. Denise hatte es wohl geschafft zu heiraten, ohne ihr Geheimnis zu offenbaren, aber Laurel mochte sich nicht an einen Mann binden, der die Wahrheit nicht kannte und der sie ihrer Meinung nach nicht mehr lieben konnte, wenn er die Wahrheit erfahren hätte.

Am vergangenen Abend war Kurt eine Stunde geblieben und hatte sie ausgefragt. Er schien enttäuscht zu sein, dass sie ihm nicht mehr über den anderen Wagen sagen konnte, außer dass er groß und dunkel gewesen war. Er hatte sie mit Fragen nach dem Kühlergrill, der Anordnung der Scheinwerfer, ja sogar nach einer möglichen Kühlerfigur gelöchert, bis sie den Tränen nahe war. »Kurt, man hat mich eine abschüssige Straße hinuntergehetzt und mich gerammt, um Himmels willen. Ich habe versucht, mein Fahrzeug auf der Straße zu halten, und habe nicht den Kühlergrill des anderen Wagens studiert.«

Schließlich hatte er aufgegeben und sich für seine Hartnäckigkeit entschuldigt. Er hatte gefragt, ob sie wolle, dass er über Nacht dableibe, und sie hatte so entschieden Nein gesagt, dass er ein wenig gekränkt gewesen war. Aber sie hatte trotz ihrer Angst das Bedürfnis gehabt, allein zu sein und über ihr Zusammentreffen mit Monica, Denise und Crystal nachzudenken. Ehe er sichtlich widerstrebend abfuhr, hatte Kurt darauf bestanden, jede Tür und jedes Fenster zu überprüfen. Er hatte gesagt, er werde ihr Tränengasspray besorgen und das Auto zu mehreren Werkstätten fahren, um Kostenvoranschläge für die Reparatur des Schadens einzuholen, weil »die Kfz-Mechaniker meinen, sie können sich alles erlauben, wenn sie es mit einer Frau zu tun haben. Außerdem muss der andere Wagen auch einen Blechschaden haben. Da kann ich gleich fragen, ob irgendwelche Autos mit eingedelltem Kühlergrill zur Reparatur gebracht worden sind.«

»Danke, Kurt«, hatte Laurel gesagt. »Das ist toll von dir.«

»In den Werkstätten nach dem anderen Wagen zu fragen gehört zu meinem Job«, hatte er ihr versichert. Dann hatte er April und Alex angesehen, die ihm aus unerfindlichem Grund nie zu nahe kamen. Sie standen gemeinsam neben dem Kamin und beäugten ihn misstrauisch. »Wenn du doch nur einen echten Wachhund hättest anstelle dieser beiden Feiglinge.«

»Ich bin mit diesen beiden höchst zufrieden«, hatte Laurel scharfzüngig gekontert. »Und Feiglinge sind sie gewiss nicht!«

Kurt hatte gelächelt. »Mir ist noch nie jemand begegnet, der wegen eines Hundes so empfindlich ist. Ich will dir nicht zu nahe treten, aber du solltest überlegen, dir einen Dobermann anzuschaffen, einen, der auf Menschen abgerichtet ist.«

»Ich will keinen aggressiven Hund«, hatte Laurel eigensinnig erwidert. »April und Alex können mich sehr gut allein beschützen.«

»Ja, klar. Das sieht man ihnen an.«

Laurel hatte ihn böse angeblickt und er hatte das Thema fallen lassen. Schließlich hatte Kurt auf dem Weg hinaus ihren hübschen Adventskranz aus dem Gebüsch geholt und wieder aufgehängt. »Den hier werfe ich weg«, hatte er gesagt und den Trauerkranz hochgehoben.

»Willst du ihn nicht vielleicht erst auf Haare und Textilfasern untersuchen?«

»Laurel, dies ist kein Tatort und wir leben nicht in New York oder Los Angeles. Wir haben kein forensisches Labor in der Stadt.«

»Das war ein Scherz, Kurt. Lass ihn mir da, ich will ihn mir noch mal ansehen. Vielleicht kann ich feststellen, wo er hergestellt wurde.«

Er hatte die Achseln gezuckt. »Du kennst dich da besser aus als ich. Wir sehen uns morgen, Schatz. Wenn etwas passiert, sag mir sofort Bescheid.«

Nachdem er gegangen war, hatte sie sich den Kranz vorgenommen. Die Kranzform war die gleiche, die auch Damron Floral benutzte, aber das hatte nichts zu bedeuten. Wahrscheinlich bestellte jeder Blumenladen in der Gegend Kranzformen bei ein und demselben Großhändler. Auch an den Blumen war nichts Besonderes, obwohl Laurel selbst nur selten Lilien aus weißer Seide kaufte. Sie hatte viele Seidenblumenarrangements zum Dekorieren von Häusern vorrätig. Manchmal bestellten die Leute auch für Trauerfeiern künstliche Gestecke und Laurel verwendete oft Seidenblumen, manchmal sogar Lilien, um Pflanztöpfe aufzuhellen. Und natürlich bestellten viele Kirchen zu Ostern echte Lilien in Vasen, um sie zu Ehren derer, die im vergangenen Jahr gestorben waren, auf den Altar zu stellen. Um Weihnachten herum waren Lilien jeglicher Farbe allerdings nicht sehr gefragt.

Die Blumen und die schwarzen Blätter waren mit gewöhnlichem Blumendraht an der Kranzform befestigt. Es war nichts Ungewöhnliches daran, außer dass Trauerkränze passé zu sein schienen. Laurel hatte noch nie eine Bestellung für einen solchen Kranz ausführen müssen. Dessen ungeachtet beschloss sie, ihn mit ins Geschäft zu nehmen und zu sehen, ob er bei Mary eine Reaktion auslöste.

3

Die Nacht war lang gewesen und voller Albträume. Träume von Feuer und vom Sturz über einen Abhang in ihrem Wagen hatten sie immer wieder geweckt. Nun, auf der Fahrt ins Geschäft, war Laurel müder als vor dem Zubettgehen.

Sie machte an einer Konditorei Halt, um Gebäck zu kaufen, und bemühte sich, nicht zu gähnen, während sie darauf wartete, dass ihre Bestellung erledigt wurde. Zehn Minuten später fuhr sie ihr verbeultes Auto auf ihren Parkplatz, trug den Kranz hinein, steckte ihn in einen Schrank und setzte Kaffee auf. Sie hatte zu Hause nichts gegessen und war schon fast fertig mit einem Blätterteigstück und einer Tasse Kaffee, als Penny und Norma eintrafen.

»Wo ist Mary?«, erkundigte sich Norma. Sie und Penny waren Mutter und Tochter, aber Norma sah nur wenig älter aus als ihre einundzwanzigjährige Tochter. Sie hatten beide dunkles, glänzendes Haar mit identischem Fransenschnitt, dunkelbraune Augen und kleine, kompakte Körper. Sie trugen im Winter Jeans und Sweatshirts, im Sommer Jeans und T-Shirts. »Mary ist doch sonst immer vor uns da.«

»Bedient euch von dem Gebäck«, sagte Laurel. »Mary hat nicht angerufen, also nehme ich an, sie kommt noch. Es ist ja erst zehn Minuten später als sonst.«

Weitere fünfzehn Minuten vergingen, ehe Mary erschien, bleich und aufgeregt. »Laurel, es tut mir Leid, dass ich zu spät komme«, sagte sie hastig und warf ihren Mantel ab. »Papa ging es schlecht heute Morgen.«

Mary lebte immer noch mit ihrem Vater Zeke Howard zusammen, dessen Frau Genevra die Familie verlassen hatte, als sie in Pittsburgh wohnten und Mary zwei, Faith sechs Jahre alt war. Kurz darauf waren sie nach Wheeling gezogen. »Was fehlt ihm denn?«, fragte Laurel. »Ist er krank?«

Mary zögerte. »Körperlich fehlt ihm gar nichts. Das Einzige ist ... na ja, er scheint langsam den Verstand zu verlieren.« Sie schenkte Laurel ein Lächeln, das ihr nur halb gelang. »Ich weiß, die meisten Leute in der Stadt meinen, er sei nie ganz bei Verstand gewesen, aber das stimmt nicht. Er hat nur andere religiöse Anschauungen. Aber jetzt wird er richtig sonderbar. Er ist oft verwirrt und vergisst alles Mögliche.«

»Vergesslich werden wir alle, speziell in höherem Alter.«

»Er ist nicht bloß ein wenig vergesslich.« Mary schloss die Augen. »Heute Morgen habe ich ihn dabei ertappt, wie er auf der Suche nach Faith draußen herumgewandert ist. Er war furchtbar aufgeregt. Ich hatte große Mühe, ihn zurück ins Haus zu schaffen und zu überzeugen, dass Faith tot ist.«

»Ach?« war alles, was Laurel herausbrachte.

»Ja. Dann hat er zu weinen angefangen und behauptet, dass Faith sich nicht das Leben genommen hat. Sie hätte gewusst, dass Selbstmord eine Sünde ist, und eine Sünde würde sie nie begehen.« Laurel sah Mary, die sich eine Tasse Kaffee einschenkte, schweigend an. »Ich glaube, er hat vergessen, dass sie unverheiratet und schwanger war. Sie war nicht die Heilige, an die er sich erinnert.« Mary seufzte. »Dabei fehlt sie mir immer noch sehr. Ich hab sie angebetet. Ich werde ihren Tod wohl nie verwinden.«

Laurel wäre am liebsten aus dem Zimmer gerannt, zwang sich jedoch, beiläufig zu fragen: »War dein Vater schon immer überzeugt, dass Faith nicht Selbstmord begangen hat?«

Mary runzelte die Stirn. »Ehrlich gesagt, ich weiß es nicht. Er hat sich bis vor kurzem stets geweigert, über ihren Tod zu reden. Aber seit ein paar Monaten finde ich ihn beim Heimkommen immer wieder auf dem Speicher vor, wo er in ihren Sachen kramt.«

»Ihr habt ihre Sachen behalten?«

»O ja, alles.« Mary rührte Milch in ihren Kaffee und nahm ein

Stück Gebäck. »Nach ihrem Tod habe ich alles auf den Speicher getragen. Alles.« Sie sah Laurel an. »Stimmt was nicht?«

Laurel hatte einen trockenen Mund. »Nein. Es war nur so traurig. Das mit Faiths Tod, meine ich.« Sie spürte den Druck auf der Brust und kämpfte um ihre Fassung. Bildete sie sich das nur ein oder verspottete Mary sie? »Geht es deinem Vater jetzt wieder besser?«

»Ja. Der Arzt hat ihm vor ungefähr einem Monat Valium verschrieben. Ich hab ihm jetzt eine Tablette gegeben.«

»Wenn du meinst, du solltest nach Hause gehen ...«

»Nein. Als ich aufgebrochen bin, war er schon viel ruhiger. Es wird ihm bestimmt wieder gut gehen. Entschuldige noch mal, dass ich zu spät gekommen bin. Ich mache mich jetzt besser an die Arbeit.«

Nachdem Mary gegangen war, blieb Laurel in der Küche zurück. Sie machte sich an der Arbeitsfläche zu schaffen, um ihren inneren Tumult zu verbergen. Was hatte sie an der Unterhaltung mit Mary so gestört? War es die Herausforderung, die sie in Marys Blick zu erkennen glaubte, als sie verkündet hatte, sie habe alles aufgehoben, was Faith gehört hatte? Was meinte sie mit »alles«? Kleider. Fotos. Zweifellos auch Faiths Schulfotos. Und wie stand es mit ihren Papieren? Mit Briefen oder einem Tagebuch, in dem Faith etwas über die Herzsechs geschrieben haben mochte? Vielleicht hatte Mary die ganze Zeit von der Existenz des Clubs gewusst oder vielleicht hatte sie davon erfahren, als Zeke begonnen hatte, in Faiths Papieren zu kramen, und sie sich Zeit genommen hatte, sie näher zu begutachten. Wussten sie und Zeke jetzt über die Herzsechs Bescheid?

Hör doch auf!, rief sich Laurel streng zur Ordnung. Mary hatte nicht von Papieren gesprochen, und selbst wenn Faith Tagebuch geführt hatte, musste sie den Club darin nicht unbedingt erwähnt haben. Außerdem zweifelte Laurel ernsthaft daran, dass Faith ein Tagebuch gehabt hatte. Sie hatte bestimmt zu große Angst, dass ihr Vater es finden und hinter ihre Geheimnisse kommen würde.

Aber warum hatte Mary sie so angesehen? Hatte es sich wirklich um einen merkwürdigen Blick gehandelt oder waren es ihre Schuldgefühle, die sie veranlassten, alles falsch auszulegen? Sie musste zugeben, dass es diese Schuldgefühle waren, die sie veranlasst hatten, Mary einzustellen. Sie war eindeutig verzweifelt gewesen, als sie Laurel erzählt hatte, sie habe ihren Job als Kellnerin in einem Restaurant am Ort verloren und könne nichts anderes finden. Sie hatte keine Erfahrungen im Floristengewerbe, aber Laurel hatte sie auf der Stelle angeheuert und dabei gedacht, dass sie das Faith angetane Unrecht wenigstens teilweise wieder gutmachen könne, indem sie ihrer kleinen Schwester half. Erst später hatte Laurel entdeckt, dass Mary als Floristin hoch begabt war.

Laurel bemühte sich, ihr Unbehagen abzuschütteln. Mary hatte mit ihren Bemerkungen wahrscheinlich nichts Besonderes bezweckt. Und dennoch interessierte es sie, wie Mary reagieren würde, wenn Laurel ihr später den Trauerkranz zeigte.

Sie verließ die Küche und ging hinaus, um eine Frau zu bedienen, die zwischen einem bunten Seidenblumengesteck und einem anderen ganz in Rosatönen hin- und hergerissen war. Sie verglich, begutachtete und zögerte, bis Laurel glaubte, schreien zu müssen. Und zu guter Letzt verließ sie dann doch das Geschäft, und zwar mit den Worten, sie müsse sich alles noch mal genau überlegen. »Ich liebe entschlussfreudige Menschen«, murmelte Laurel, als sich die Tür hinter der Frau schloss. Zwanzig vergeudete Minuten.

Eine halbe Stunde später telefonierte sie mit dem Bestattungsunternehmen, zu dem Angie überführt werden sollte. Die New Yorker Polizei hatte die Leiche freigegeben. Sie sollte am Samstag beim Leichenbestatter eintreffen, die Totenwache war für Sonntagabend und die Beisetzung für Montagvormittag vorgesehen. Alle Einzelheiten würden noch am selben Tag in der Zeitung stehen und Laurel hatte bereits unzählige Bestellungen entgegengenommen, sowohl von Leuten aus der Stadt als auch fernmündlich. Sie musste sichergehen, dass das Bestattungsunternehmen am Sonntagnachmittag geöffnet hatte, damit vor der Totenwache um sieben Uhr noch letzte Lieferungen stattfinden konnten.

Direkt bevor sie den Hörer auflegte, betrat ein Mann das Geschäft. Sie nahm kaum Notiz von ihm, während er umherging und dabei aussah, als wisse er nicht genau, was er wolle. Laurels Vater hatte ihr beigebracht, sich nicht gleich auf die Kunden zu stürzen, sobald sie hereinkamen. »Gib ihnen ein wenig Zeit, sich umzuschauen, Schatz. Selbst wenn sie gekommen sind, um etwas Bestimmtes zu bestellen, sehen sie vielleicht noch etwas anderes, das ihnen gefällt.«

Der Mann betrachtete die Blumengestecke und Kränze und Laurel warf ihm verstohlene Blicke zu. Er war groß und hatte dichtes, sandfarbenes, leicht gewelltes Haar und klare Gesichtszüge mit hohen Wangenknochen. Sie hielt ihn für introvertiert, was möglicherweise daran lag, dass er jedes Stück ansah, als würde er es sich einprägen. Bisher hatte er ihr weder zugelächelt noch sie überhaupt eines Blickes gewürdigt. Sie wollte gerade fragen, ob sie ihm behilflich sein könne, als er endlich an die Theke trat.

Sie lächelte. Er nicht. Er sah irgendwie erschöpft aus, so als habe er lange Zeit einen großen Kummer mit sich geschleppt. Er trug einen gut geschnittenen grauen Kaschmirmantel und behielt die Hände in den Taschen. »Ich würde gern ein Gesteck für die Beisetzung Ricci bestellen«, sagte er leise mit tiefer Stimme.

»Ich habe gerade erfahren, dass die Totenwache am Sonntagabend von sieben bis neun stattfindet«, erklärte Laurel. »Der Termin stand noch nicht in der Zeitung.« Er sagte nichts darauf, weder »Ach ja, tatsächlich?« noch »Danke für die Information«. Er blickte sie nur geduldig an. »Wie groß soll das Gesteck denn sein?«, fragte Laurel und merkte, dass er ihr bekannt vorkam, ohne dass sie gewusst hätte, woher.

»Ich hätte gern zwei Dutzend weiße Rosen.«

Laurel nickte und begann den Bestellzettel auszufüllen. Die meisten Leute erwähnten einen Betrag in Dollar, den sie für einen gemischten Blumenkorb ausgeben wollten. Nur selten verlangten sie bestimmte Blumen, noch dazu, wenn das Gebinde so teuer war wie zwei Dutzend Rosen. »Und auf welchen Namen soll die Karte lauten?«, fragte sie.

»Neil Kamrath.«

Laurel blickte auf. Natürlich! Sie hatte ihn nur nicht gleich erkannt, weil er heute größer, weil sein Haar länger und sein Gesicht kantiger war als seinerzeit auf der High School. Vor ein paar Jahren hatte sie ihn in einer Talkshow gesehen, aber jetzt sah er anders aus als damals. Älter und ein wenig ausgezehrt.

»Neil! Du erinnerst dich wahrscheinlich nicht. Ich bin …«

»Laurel Damron.« Nun lächelte er endlich, doch das Lächeln reichte nicht bis in seine Augen. »Wie könnte ich dich vergessen? Du warst eine Freundin von Faith. Wie Angie auch.«

»Ja.« Sie merkte, dass sich bei der Erwähnung von Faith ihre Wangen röteten. »Denise Price hat mir schon erzählt, dass du in der Stadt bist. Ihr Mann ist der Hausarzt deines Vaters. Tut mir Leid, dass er so krank ist.«

»Es geht ihm schon länger nicht gut. Ich glaube, er ist erleichtert, dass seine Leiden bald ein Ende haben.«

Laurel wusste, die meisten Leute hätten etwas in der Art wie »Möge der Herrgott ihn behüten« gesagt, aber sie brachte es nicht fertig. Sie hatte das Gefühl, dass so eine Äußerung für Neil ebenso hohl klingen würde wie für sie.

Neil sah sie mit seinen durchdringenden blauen Augen prüfend an. Er hatte offenbar nicht das Bedürfnis zu plaudern. Sie rechnete zusammen, was er ihr schuldig war, er gab ihr eine Kreditkarte und leistete dann eine Unterschrift. »Kommst du morgen Abend zu dem Fest von Denise und Wayne?«, fragte sie.

»Nein.« Er hielt inne. »Also, ich weiß noch nicht. Vielleicht schaue ich doch kurz vorbei. Dr. Price hat sich sehr um meinen Vater bemüht und er war freundlich zu mir. Ich möchte ihn nicht kränken.«

»Ich bin sicher, er wäre nicht gekränkt, wenn du nicht kommst, aber er wäre sicher froh, wenn du kommst.«

Im selben Augenblick kam Mary aus der Werkstatt. Sie blieb wie angewurzelt stehen, warf Neil einen hasserfüllten Blick zu, machte auf dem Absatz kehrt und ging in Richtung Küche.

»Was hat die denn?«, fragte Neil.

»Keine Ahnung. Vermutlich nichts.« Laurel wusste nicht weiter. Er fixierte sie mit diesen Augen, die die Macht zu haben schienen, die Wahrheit ans Licht zu befördern. »Das war Mary Howard, Faiths kleine Schwester.«

»Ach so«, sagte er schlicht. »Als ich sie zuletzt gesehen habe, war sie noch ein kleines Mädchen.«

Laurel überreichte ihm seine Quittung. Sie war von Marys Benehmen peinlich berührt und von seiner unerschütterlichen Ruhe entnervt. »Jedenfalls hoffe ich, dass wir dich auf dem Fest sehen werden«, sagte sie ein wenig zu laut.

»Mal sehen.« Die Glocke an der Tür läutete und Kurt kam herein, hoch gewachsen und eindrucksvoll in seiner Uniform. Neil beachtete ihn nicht. »Gehst du zu dem Fest?«, fragte er sie.

»Ja.«

»Dann sehen wir uns vielleicht dort.« Nun blickte er endlich zu Kurt hinüber, der ihn böse anstarrte. Warum musstest du ausgerechnet jetzt hereinkommen?, dachte Laurel ungeduldig. Ich hätte mich noch weiter mit ihm unterhalten und ihm ein wenig auf den Zahn fühlen können. Neil wandte sich wieder Laurel zu, ohne zu lächeln. »Bis dann, Laurel. Es war nett, dich wiederzusehen.«

Kurt blickte Neil nach, als dieser das Geschäft verließ. Sobald sich die Tür hinter ihm geschlossen hatte, fuhr Laurel Kurt an: »Wie kommst du dazu, ihn so anzuglotzen? Das war sehr unhöflich.«

»Das war Kamrath, nicht wahr?«

»Ja, das war Neil Kamrath.«

»Was hat der denn hier zu suchen?«

»Er hat mich aufgefordert, mit ihm durchzubrennen.«

Kurts Kopf fuhr herum. »Was …«

»Er hat Blumen bestellt, um Himmels willen. Was denkst du, warum er sonst hier war?«

»Blumen für wen?«

»Für Angies Beerdigung. Wieso stellst du mir so viele Fragen?«

»Ich kann den Kerl nicht ausstehen. Hab ihn noch nie leiden können.«

»Es war mir nicht klar, dass du ihn kanntest.«

»Was ich von ihm weiß, reicht mir. Er war schon immer seltsam. Ich weiß nicht, wieso du so freundlich zu ihm bist. Er hat die arme kleine Faith verführt und sie dann verlassen. Und jetzt schreibt er Ekel erregende Bücher. Ein unangenehmer Mensch.«

Mit Faiths Tod hatte Neil nichts zu tun, wollte Laurel ausrufen. Aber das ging natürlich nicht. Nicht ohne dein eigenes kostbares Image zu beschädigen, erinnerte sie die schonungslose Stimme ihres Gewissens. »Kurt, wir wissen nicht, ob er sich wirklich geweigert hätte, Faith zu heiraten«, sagte sie und zwang sich, ganz ruhig zu sprechen. »Ich war ihre engste Freundin und nicht einmal ich wusste, dass sie schwanger war. Und sieh dir nur an, wie Chuck mit Crystal umgesprungen ist – mit dem bist du doch auch weiter befreundet.«

»Das ist was anderes. Chuck war schon immer mein bester Freund, so wie Faith deine Freundin war, und Chuck ist nicht verrückt wie Kamrath.«

»Kurt, dass Neil Horrorromane schreibt, heißt nicht, dass er verrückt ist. Oder ist Stephen King deiner Meinung nach auch verrückt?«

»Wahrscheinlich.«

Laurel verdrehte die Augen. »Du solltest dich bei Gelegenheit mal mit Crystal über Bücher unterhalten.«

»Was willst du damit sagen?«

»Schwamm drüber.« Laurel seufzte. »Warum bist du vorbeigekommen?«

»Um dir dies zu bringen.« Er hielt ihr einen Tränengasspray hin. »Den kannst du überallhin mitnehmen.«

Laurel entspannte sich ein wenig. »Danke, Kurt, das war sehr aufmerksam von dir.«

»Gab's noch irgendwelche Schwierigkeiten gestern Nacht?«

»Nein, außer dass ich nervös war und nicht viel geschlafen habe.«

»Ich hatte mich doch erboten, zu bleiben.«

»Ja, aber ich wollte mich nicht aufdrängen.«

»Schatz, wenn ich die Nacht bei dir verbringe, kann von Aufdrängen kaum die Rede sein«, sagte Kurt mit seiner dröhnend lauten Stimme.

Aus der Werkstatt drang gedämpftes Kichern. Penny und Norma. »Kurt, doch nicht so laut!«, zischte sie.

»Entschuldige.« Er sah nicht aus, als täte es ihm Leid. »Ich muss gehen.«

»Bevor du gehst: Ich hab dich noch nicht erinnert, dass morgen Abend das Fest von Denise und Wayne ist. Man erwartet uns.«

Kurt schnitt eine Grimasse. »Ich bin kein Salonlöwe. Ich hatte mich auf ein gemütliches Abendessen mit dir gefreut.«

»Wir müssen nicht lange bleiben, wenn du nicht willst, aber Denise ist eine gute Freundin ...«

»Na gut. Ich werde an meinen Partymanieren arbeiten und den Smoking rauslegen.«

Laurel grinste. »Du hast gar keinen Smoking und es ist auch keine förmliche Veranstaltung. Hose und Jackett genügt.«

»Wird gemacht.« Das Telefon klingelte. »Dann will ich dich mal wieder an die Arbeit lassen.« Er zwinkerte. »Nicht dass du die Nerven verlierst und deine Kunden mit Tränengas blendest.«

»Nur wenn mich einer ärgert.«

Nachdem sie aufgelegt hatte, nahm sie den Tränengasbehälter zur Hand. Die Gebrauchsanweisung lautete, man müsse sich vergewissern, dass die Düse nicht auf einen selbst gerichtet war, bevor man das Tränengas direkt in die Augen des Angreifers sprühte. »Direkt in die Augen«, murmelte Laurel. »Ich hoffe doch, dass mir nie jemand so nahe kommt.«

4

Laurel hatte in letzter Zeit so wenig geschlafen, dass der Nachmittag ihr unendlich lang vorkam. Obwohl sie drei Tassen starken Kaffee getrunken hatte, konnte sie ein Gähnen nicht unterdrücken.

Gegen drei Uhr dreißig waren Penny und Mary draußen und luden Blumengestecke in den Lieferwagen. Die Schwestern Lewis, zwei alte Damen mit blau getöntem Haar, die zusammenlebten, sahen sich im Laden eifrig um und diskutierten darüber, was für einen Kranz sie für ihre Haustür wollten – aus Kiefernzweigen oder Wacholder. Man könnte meinen, sie wollten in einen Neuwagen investieren, dachte Laurel amüsiert. Eine junge Frau hatte einen etwa dreijährigen Jungen an der Hand, der auf jedes ausgestellte Gesteck zeigte und verkündete: »Ich will das da!«

Plötzlich wurde die Ladentür mit solcher Wucht aufgerissen, dass sie gegen die Außenmauer schlug. Alle Anwesenden zuckten zusammen. Laurel blickte auf und sah einen dürren, furchtbar runzligen alten Mann hereinkommen. Er trug einen uralten mit Essensresten bekleckerten Anzug und keinen Mantel. Sein dichtes weißes Haar stand wirr vom Kopf ab und seine blauen Augen blitzten.

»Höret!«, brüllte er. »Höret mich an, denn ich spreche im Auftrag des Herrn, eures Gottes!«

Ach, du liebe Güte, nein, dachte Laurel entsetzt. Zeke Howard. Laurel kam hinter der Theke hervorgeeilt. »Mr. Howard…«

»Reverend Howard!«

»Reverend Howard, wollen Sie Mary besuchen?«, fragte sie und berührte seinen Arm.

Er schlug nach ihrer Hand. »Rühren Sie mich nicht an!«

»Tut mir Leid.« Ihre Hand tat weh. Was sollte sie tun? »Mary ist im Augenblick draußen, aber wenn Sie mitkommen und hinten Platz nehmen, hole ich sie.«

»Ich bin nicht wegen Mary hier! Ich komme deinetwegen.«

Die drei Kundinnen standen wie erstarrt da und gafften ihn an. Der kleine Junge hatte hinter seiner Mutter Zuflucht gesucht.

Laurel bemühte sich um einen ruhigen, freundlichen Ton. »Weswegen wollten Sie zu mir, Reverend Howard?«

Zeke richtete sich auf und ließ mit finsterem Gesicht seine Blicke schweifen. Dann holte er tief Luft und begann mit donnernder Stimme zu rezitieren:

»›Aber es wird sich begeben, dass alle diese Flüche, so ihr nicht gehorchet der Stimme des Herrn, eures Gottes, mit Sorgfalt befolgt Seine Gebote und Seine Gesetze, die ich euch heute befehle, über euch kommen und euch überwältigen werden … Eure Kadaver werden den Vögeln der Luft und den Tieren der Erde Nahrung sein, und niemand wird sie verscheuchen …‹«

Wenn Laurel ihn nur hätte bewegen können, mit nach hinten zu kommen, hätten die Kundinnen die Flucht ergreifen können. Aber er schien es gemerkt zu haben, denn er stand da wie ein Fels und blockierte weiter predigend die Tür:

»›Doch der Tag des Herrn wird kommen als ein Dieb in der Nacht, in der die Himmel mit einem großen Krachen untergehen, und die Elemente werden schmelzen unter der gewaltigen Hitze; und die Erde und alles darauf Geschaffene werden verbrennen …‹«

Inzwischen hatte das Kind angefangen zu weinen. Die Schwestern Lewis klammerten sich zitternd aneinander. Laurel wagte es nicht, Zeke allein zu lassen, um Mary zu holen. Wer weiß, was er anstellen mochte. Hilflos starrte sie ihn an, während er erneut tief Luft holte und wieder von vorn anfing. Diesmal waren seine Worte an sie gerichtet:

»Und du, Laurel Damron!« Er kniff die Augen zusammen und

zeigte mit einem unglaublich langen, knochigen Finger auf sie. »›Du sollst keine ruhige Stunde mehr haben; du sollst dich fürchten Tag und Nacht und dir deines Lebens nicht sicher sein …‹«

»Papa!« Mary kam entsetzt in den Laden geeilt. »Was machst du hier? Wie bist du hergekommen?«

Er sah sie geringschätzig an. Obwohl ein Netz von Falten und dunkle Altersflecken sein Gesicht bedeckten, waren seine Augen so klar und blau, wie Faiths Augen gewesen waren. Der Unterschied bestand in dem fiebrigen, wahnsinnigen Glitzern. Laurel hatte in ihrem ganzen Leben noch nicht so erschreckende Augen gesehen. »Ich bin hier, um das Wort Gottes zu verkünden. Und ich bin gefahren.«

Mary trat zu ihm. »Papa, du sollst doch nicht mehr fahren. Ich bringe dich nach Hause.«

»Ich gehe nicht nach Hause!«, brüllte er. »O ja, ich kenne dich. Du flößt mir Drogen ein, um mich davon abzuhalten, dass ich Gottes Werk tue. Du bist nicht wie Faith. Du mit deinem nächtlichen Schleichen und deinen Lügen, genau wie deine unzüchtige Mutter Genevra. Faith wurde uns zu früh genommen, gegen den Willen Gottes, und doch ist sie bei mir Tag um Tag. Sie sagt mir, was wahr ist, und sie weist mir den Weg. Sie beschützt mich vor dir und all den anderen, die ihr und mir Schaden zufügen wollen!«

Mary packte ihn am Arm. »Papa, ich bitte dich, es geht dir nicht gut. Ich bring dich nach Hause.«

Zeke legte langsam seine kräftigen, sehnigen Hände auf Marys Schultern und stieß sie rückwärts in ein gläsernes Regal. Das Regal fiel mit ohrenbetäubendem Klirren gegen die Wand. Mary sank zu Boden, und die zerschmetterten Glasplatten fielen auf ihren reglosen Körper.

Die Schwestern Lewis kreischten. Das Kind heulte und klammerte sich am Mantel seiner Mutter fest. Laurel trat einen Schritt zurück. Sie wagte sich nicht in Zekes Nähe, um Mary zu helfen.

Er fixierte sie mit wildem Blick. »Laurel Damron, du Sünderin, ›Am Morgen aber sollst du sagen: O dass es Abend wäre! Und am Abend sollst du sagen: O dass es Morgen wäre! Wegen der Furcht, die dein Herz beklemmt, und wegen des Anblicks, den deine Augen schauen …‹«

Wieder sprang die Tür auf und Kurt und ein anderer Deputy

stürmten in den Laden. Kurt warf einen Blick auf Mary, dann packte er Zeke. Der alte Mann wehrte sich heftig und zählte dabei mit dröhnender Stimme auf, was der Herrgott Kurt antun werde. Trotz seiner Körpergröße von einem Meter achtundachtzig und seinem Gewicht von fast zweihundert Pfund hatte Kurt Mühe, ihn festzuhalten. Schließlich brachte er ihn aber dennoch in Position, sodass der andere Deputy ihm Handschellen anlegen konnte.

Kurt sah Laurel an. »Alles in Ordnung?«

»Ja, aber Mary …«

»Ruf einen Krankenwagen.« Zeke Howard schlug weiter um sich, aber Laurel merkte, dass seine Kräfte nachließen. »Los, Laurel!«

Sie erwachte jäh aus ihrer Erstarrung, als sie sah, wie Kurt Zeke aus der Tür und in Richtung Streifenwagen zerrte. Dass die Kunden, so schnell sie konnten, das Geschäft verließen, sobald der Wagen losgefahren war, bekam sie dennoch kaum mit.

Noch ehe sie zum Telefon greifen konnte, kam Norma aus der Werkstatt gerannt. »Ich hab schon den Krankenwagen bestellt. Ich hab bei der Polizei angerufen, sobald er hier drinnen zu wettern angefangen hat. Vielleicht hätte ich die örtliche Polizei anrufen sollen, aber ich hab gleich an Kurt gedacht …«

»Norma, das hast du genau richtig gemacht«, versicherte Laurel ihr. »Ich weiß nicht, was passiert wäre, wenn du Kurt nicht angerufen hättest.«

Sie, Penny und Norma scharten sich um Mary. Penny wollte Mary flach auf den Boden legen, aber Laurel war der Meinung, dass sie nicht bewegt werden dürfe. Blut strömte von Marys Hinterkopf herab und quoll aus einem Dutzend kleiner Schnittwunden in ihrem Gesicht und an ihren Armen. Sie war am Leben, aber Laurel hatte keine Ahnung, wie schwer sie verletzt war. Marys Kopf war in einem Winkel abgeknickt, der Laurel befürchten ließ, sie könne sich das Genick gebrochen haben.

Zehn Minuten später trafen die Sanitäter ein und nahmen eine rasche Untersuchung vor. Marys Blutdruck und Pulsschlag waren schwach. Sie war ausgekühlt, im Schock, und ihre Pupillen waren geweitet. Laurel konnte sich nicht darauf konzentrieren, was die Sanitäter über Vitalfunktionen sagten. Alles, was sie sah, war Marys tödlich bleiches Gesicht und ihr schlaffer Körper. Die Sanitäter stabilisierten Marys Hals, legten sie auf eine Trage und rollten sie hinaus zur Ambulanz.

Mit rasend klopfendem Herzen wies Laurel Norma und Penny an, an ihrer Stelle das Geschäft zu schließen, und rannte zum Auto, um der Ambulanz ins Krankenhaus zu folgen.

Fünf

1

Unterwegs zum Krankenhaus sah Laurel immer wieder die Szene im Laden vor sich und überlegte, was sie hätte anders machen können, um zu verhindern, dass Zeke Mary verletzte. Es fiel ihr nichts ein. Selbst Kurt hatte es schwer gehabt, den Mann zu überwältigen, der voller Wut hergekommen war, um ihr vom Zorn Gottes zu predigen. Niemand, nicht einmal Mary, hatte ihn beruhigen können.

Aber was hatte ihn so erbost? Sie hatte Zeke Howard in ihrem ganzen Leben nur wenige Male gesehen, und zwar meist irgendwo in der Stadt. Faith hatte nie gewollt, dass ihre Freunde mit zu ihr nach Hause kamen. Laurel war nur einmal dort gewesen. Faith schämte sich für ihren Vater und Laurel wusste, wie sehr sie sich danach gesehnt hatte, seiner tyrannischen Kontrolle zu entkommen. Vielleicht war sie deswegen so unbändig gewesen und hatte jede Gelegenheit ergriffen, sämtliche unbesonnenen Vorschläge von Monica in die Tat umzusetzen, und seien es Experimente mit Hexerei.

Hexerei. Die Herzsechs. Mary hatte gesagt, ihr Vater habe in Faiths Sachen gekramt, und Laurel machte sich Sorgen, dass Faith ein Tagebuch hinterlassen haben könne, in dem Einzelheiten über die Mitglieder der Herzsechs und ihre Aktivitäten standen. War es das, was Zeke veranlasst hatte, vorbeizukommen und Laurel den sicheren Untergang zu prophezeien? War er es gewesen, der den Trauerkranz aufgehängt hatte? Aber die Fotos von Angela konnte er nicht geschickt haben. Das hatte ihr Mörder getan und Zeke hätte nicht nach New York fahren, Angie ausfindig machen und sich in ihr Haus einschleichen können. Er war geistig nicht stabil genug, um den Mord an Angie zu planen und unauffällig auszuführen. Oder etwa doch?

Laurel parkte und machte sich auf den Weg zum Haupteingang des Krankenhauses, als sie an einem Mann vorbeikam. Sie war so in Gedanken versunken, dass sie ihn nicht beachtete, bis er »Laurel?« sagte.

Sie blickte auf. »Neil!«

»Dreizehn Jahre sehen wir uns gar nicht und dann gleich zweimal an einem Tag.«

»Ja.« Laurel wusste einen Augenblick nichts zu sagen. Dann brach es aus ihr hervor: »Wir hatten einen Unfall im Laden. Nein, es war kein Unfall. Zeke Howard ist wutentbrannt hereingestürmt. Mary hat versucht, ihn zu beruhigen, und er hat sie in ein Glasregal gestoßen. Die Polizei hat Zeke mitgenommen und für Mary musste ein Krankenwagen kommen. Sie war bewusstlos.« Bis dahin hatte sie geglaubt, die Sache im Griff zu haben, doch nun brach sie zu ihrer eigenen Überraschung in Tränen aus. »Neil, ich hab solche Angst, dass sich Mary das Genick gebrochen haben könnte.«

»Um Gottes willen«, sagte er. Er nahm ihren Arm. »Ich gehe noch mal mit dir rein.«

»Das muss wirklich nicht sein.« Sie kramte in ihrer Handtasche nach einem Päckchen Papiertaschentücher.

»Wäre ich ein echter Gentleman, würde ich dir mein Taschentuch anbieten, aber ich hab keins dabei.«

»Schon gut«, schnüffelte sie, als sie die Papiertaschentücher gefunden hatte. »Du brauchst wirklich nicht bei mir zu bleiben. Du warst vermutlich schon den ganzen Nachmittag mit deinem Vater hier.«

»Schon, aber auf mich wartet nur sein düsteres, leeres Haus. Außerdem will ich nicht weg, ehe ich nicht gehört habe, wie es Mary geht.«

Im Warteraum für die Notaufnahme führte Neil sie zu einer Reihe unbesetzter Stühle. Dann ging er zum Empfang und sagte der Schwester dort Bescheid, dass sie auf eine Nachricht über Mary Howards Zustand warteten. Natürlich war es viel zu früh, als dass die Ärzte sich Klarheit verschafft haben konnten. Neil sah sich nach ihr um. Es machte Laurel verlegen, doch sie konnte nicht aufhören zu weinen. Er verschwand und kam mit zwei Bechern Kaffee wieder.

»Den hab ich in der letzten Woche eimerweise getrunken«, sagte er. »Er schmeckt so grässlich, dass du garantiert das Weinen vergisst.«

»Danke.« Der Kaffee war schwarz und sie trank ihn eigentlich nur mit Milch, aber sie sagte nichts. »Ich weiß auch nicht, was mit mir los ist. Ich bin sonst nicht so weinerlich.«

Er setzte sich neben sie. »Du hast einen Schock erlitten und du hast furchtbare Angst um Mary. Ich würde sagen, das ist Grund genug zum Weinen.«

Und das ist noch nicht alles, dachte Laurel. Ich weine auch um Faith und Angie und mich selbst. Ich fühle mich schuldig, ängstlich und ratlos. Sie nahm einen Schluck Kaffee und verzog das Gesicht. »Du hast nicht zu viel versprochen.«

»Mein Vater pflegte zu sagen: ›Davon kriegst du anständig Haare auf der Brust.‹«

»Na, prima. Das hat mir gerade noch gefehlt.«

Neil grinste. »Wenigstens hast du dir deinen Humor bewahrt.«

»Aber nur knapp.«

»Was wollte Zeke Howard eigentlich in deinem Laden?«

»Ich weiß es nicht. Er ist hereingestürmt und hat Bibelverse gepredigt.«

»Ach so, wie üblich. Ich glaube nicht, dass der Mann je fähig war, ein richtiges Gespräch zu führen. Er hat immer nur rezitiert.« Neil schüttelte den Kopf. »Meine Eltern haben seiner Gemeinde angehört, wusstest du das? Na ja, der Fromme war mein Vater. Meine Mutter ist nur mitgegangen, um keine Schwierigkeiten zu bekommen. Jedenfalls war das der Grund, warum Zeke Faith erlaubt hat, mit mir auszugehen. Er dachte, sie wäre bei mir in Sicherheit, weil ich eines seiner Schäfchen war.«

Aber sie war nicht in Sicherheit bei dir, dachte Laurel. Du hast Faith geschwängert.

Laurel spürte, wie sie rot wurde, und fragte rasch: »Und wo lebst du inzwischen?«

»Carmel, in Kalifornien. Davor habe ich in Virginia gewohnt, außerhalb von Washington, aber ich bin umgezogen, nachdem meine Frau und mein Sohn … gestorben waren.«

Er tat sich schwer damit, den Satz zu Ende zu sprechen, und wandte die Augen ab.

»Das tut mir Leid«, sagte Laurel. »Ich weiß, das klingt so nichtssagend, aber …«

»Was soll man sonst sagen?« Neil richtete den Blick wieder auf sie. »Ich denke immer, ich gewöhne mich noch daran, dass sie nicht mehr da sind, aber es ist mir nicht gelungen, obwohl schon zehn Monate vergangen sind und ich jetzt am anderen Ende des Landes lebe.«

»Ich kann mir so einen Verlust überhaupt nicht vorstellen. Du musst dir mehr Zeit gönnen.«

»Ich fürchte, es geht nicht darum, dass ich mir etwas gönne. Entweder ich mache weiter oder ich sterbe.« Sie sah ihn scharf an. »Nein, ich denke nicht an Selbstmord. Anfangs schon. Ellen ist sofort tot gewesen bei dem Autounfall, aber Robbie hat noch fast eine Woche durchgehalten. Das Auto ist explodiert. Erst hieß es, er schafft es trotz seiner Verbrennungen, aber dann kam eine Infektion hinzu. Sie war nicht unter Kontrolle zu bringen; und dann haben seine Nieren versagt.«

»Ach, Neil, wie furchtbar für dich.«

»Ja, das war schlimm.« Er schien sich einige Augenblicke ganz in sich selbst zurückzuziehen. Laurel hatte das Gefühl, dass weder sie noch die Umgebung für ihn existierten. Er war abgetaucht in das Entsetzen, seinen Sohn sterben zu sehen. Dann war er auf einmal wieder da. »Ich hatte erwartet, dass du inzwischen verheiratet sein und ein paar Kinder haben würdest.«

»Meine Mutter auch.« Der abrupte Wechsel von Tonfall und Gesichtsausdruck erstaunte Laurel, aber sie bemühte sich, wie beiläufig zu sprechen. »Das Heiraten und Kinderkriegen habe ich bisher meiner Schwester Claudia überlassen.«

»Ich erinnere mich an sie. Sie hat sämtliche Schönheitswettbewerbe gewonnen.«

»Sie erwartet in einem Monat ihr drittes Kind. Ich glaube nicht, dass sie sich noch wie eine Schönheitskönigin fühlt, aber meine Eltern freuen sich riesig. Sie sind vor zwei Jahren nach Florida gezogen, um in Claudias Nähe zu sein.«

»Vermisst du sie?«

»Ja.« Die Antwort war automatisch erfolgt. Sie hielt inne und antwortete dann wahrheitsgemäß. »Manchmal fehlen sie mir. Aber meistens fühle ich mich erleichtert, dass sie nicht mehr auf der Lauer liegen und mich mit jedem allein stehenden Mann unter sechzig zu verkuppeln versuchen. Ich glaube, sie sind ziemlich enttäuscht von mir.«

»So geht's mir auch. Mama ist vor fünf Jahren gestorben, aber meinem Vater war das, was ich schreibe, von Anfang an ein Horror – entschuldige das Wortspiel.«

»Man sollte meinen, er könnte stolz sein auf deinen Erfolg.«

»Das wäre er auch, wenn ich Bücher über Geschichte oder Religion schreiben würde. Das ist akzeptabel. Horror nicht.«

»Ich finde deine Romane wunderbar.«

Er sah sie überrascht an. »Du hast sie gelesen?«

»Jeden einzelnen. Die Geschichten machen mir beim Lesen eine Heidenangst und ich liege dann oft bis zum frühen Morgen wach. Du schreibst ausgezeichnet – manchmal fast poetisch – und deine Figuren sind so lebendig, dass ich das Gefühl habe, sie zu kennen.« Laurel merkte, dass sie ins Schwärmen geraten war, und endete etwas lahm: »Die Filme, die nach den ersten beiden Büchern gedreht wurden, hab ich auch gesehen.«

»Der nächste Film-Deal ist schon in der Mache. Ich sollte mich freuen, aber nach allem, was passiert ist … Jedenfalls fühle ich mich geschmeichelt, dass dir meine Arbeit gefällt.« Er stand unvermittelt auf. »Ich werde noch mal nach Mary fragen.«

Während sie dasaß und den grässlichen Kaffee austrank, kam Kurt mit großen Schritten in den Warteraum. »Wie geht es ihr?«

»Ich weiß es noch nicht. Neil ist nachfragen gegangen.«

Kurt zog die dunklen Brauen hoch. »Neil?«

»Ich hab ihn auf dem Parkplatz getroffen. Er hat mir Gesellschaft geleistet, während ich auf eine Nachricht über Mary warte.«

»Was will der Spinner?«, wollte Kurt wissen. »Verfolgt er dich?«

»Kurt, ich bitte dich«, sagte Laurel, doch es war zu spät. Neil war zurückgekommen und hatte ihn gehört. Sein Lächeln verschwand. »Der Arzt möchte mit dir sprechen, Laurel.« Er sah Kurt nicht an. »Ich werde jetzt gehen. Keine Sorge wegen Mary, Laurel. Ich denke, sie kommt wieder in Ordnung.«

Er drehte sich um und verließ den Warteraum. Laurel war wütend. Wie durch ein Wunder hatte sie an diesem Tag zweimal die Chance gehabt, mit Neil Kamrath zu reden, aber beide Male hatte Kurt sie dabei gestört. So eine Gelegenheit würde sich vielleicht nie mehr ergeben. »Ist dir auch aufgefallen, dass er sich immer dünne macht, sobald er mich sieht?«, fragte Kurt.

»Kein Wunder«, fauchte Laurel. »Du benimmst dich wie ein Rottweiler mit Revieransprüchen.«

»Ich hab dir doch gesagt, ich kann den Kerl nicht ausstehen.«

»Das ist dein Problem, nicht meines. Ich muss mich anderen gegenüber nicht unhöflich benehmen, nur weil du sie nicht leiden kannst.« Laurel stolzierte davon, Kurt hinterher. Aus seinen dunklen Augen sprach Verwirrung.

Der Arzt teilte Laurel mit, dass Mary eine Gehirnerschütterung, aber keinen Schädelbruch erlitten habe. Sie habe Prellungen und Schnittwunden davongetragen; die schlimmste auf der Kopfhaut habe mit zehn Stichen genäht werden müssen. Eine Halsverletzung habe man bislang nicht feststellen können. Sie habe soeben das Bewusstsein wiedererlangt. Als Kurt fragte, ob er sie verhören könne, meinte der Arzt, er müsse noch ein paar Stunden warten, bis weitere Tests durchgeführt seien und man sie in ein Krankenzimmer verlegt habe.

»Wie lange muss sie denn im Krankenhaus bleiben?«, fragte Laurel.

»Wenn keine Komplikationen auftreten, kann sie morgen nach Hause gehen«, versicherte der Arzt.

Nachdem er gegangen war, wandte sich Laurel wieder an Kurt. »Wo ist Zeke?«

»Im Gefängnis, unter Anklage wegen Ruhestörung. Keine Sorge – Mary ist heute Abend vor ihm sicher.« Er lächelte zaghaft. »Wie wär's, wenn wir die Wartezeit nutzen, um essen zu gehen?«

»Tut mir Leid, Kurt, ich kann nicht. Ich muss ins Geschäft zurück. Ich hab Penny und Norma dort allein gelassen und ich traue ihnen nicht zu, dass sie richtig abschließen«, log sie. Sie stellte sich auf die Zehenspitzen und küsste ihn auf die Wange. »Wir sprechen uns später.«

2

Laurel hatte tatsächlich vor, später mit Kurt zu sprechen, aber erst einmal musste sie mit Monica reden. Sie überlegte, ob sie nach Hause fahren und Monica bitten sollte, zu ihr zu kommen, aber diesmal hatte sie Angst, dass Kurt unerwartet hereinplatzen würde, und sie mussten unbedingt allein sein.

Sie fuhr zum Wilson-Lodge-Hotel. Die Heimfahrt von dort gestern Abend war grauenhaft gewesen, aber sie nahm sich vor, diesmal vor Einbruch der Dunkelheit aufzubrechen. Sie parkte und ging zu Monicas Zimmer. Monica riss beinahe augenblicklich die Tür auf. »Laurel! Ich wollte gerade ausgehen.«

»Wohin?«

»Spazieren. Ich werde noch verrückt in diesem Zimmer.«

»Ich muss mit dir reden.« Laurel schickte sich an, hereinzukommen, doch Monica legte ihr eine Hand auf die Schulter. »Lass uns in den Speisesaal gehen. Ich halt es nicht aus, noch eine Minute in diesem Zimmer zu bleiben.«

»Im Speisesaal sind mir zu viele Leute.«

»Nicht um diese Zeit. Komm.«

Als Laurel hinter ihr herging, staunte sie wieder einmal über Monicas Fähigkeit, Befehle zu erteilen. Sie selbst war jetzt dreißig und tat immer noch fast ohne Widerrede, was Monica verlangte. Kein Wunder, dass die Herzsechs immer getan hatte, was sie wollte.

Das Hotel war zu Weihnachten herrlich geschmückt, doch den Speisesaal fand Laurel besonders schön. Eigentlich waren es zwei ineinander gehende Räume. Der erste enthielt Sofas, Ohrensessel, einen großen gemauerten Kamin und einen atemberaubend schönen Weihnachtsbaum. Die Frau am Empfang führte sie drei Stufen hinab zu einem Tisch an einem riesigen Fenster mit Blick auf schneebedecktes Hügelland und den Schenk Lake. Die Speisen wurden auf einem Büfett präsentiert. Laurel war zu aufgeregt, um zu essen, und nahm nur sehr wenig auf ihren Teller. Ihr fiel auf, dass Monica ihren füllte, als wäre es ihre letzte Mahlzeit. Sie muss einen tollen Stoffwechsel haben, wenn sie so isst und dabei so schlank bleibt, dachte Laurel.

Nachdem sie Platz genommen hatten, sah Monica sie erwartungsvoll an. »Also, was ist passiert?«

»Alles Mögliche.« Laurel sah sich um, ob auch niemand in Hörweite war. »Es hat schon angefangen, als ich hier gestern Abend aufgebrochen bin.«

Während sie Monica davon erzählte, wie jemand sie die abschüssige Straße hinuntergehetzt und ihren Wagen gerammt hatte, aß Monica unbeirrt einen Bissen nach dem anderen. Als sie bei dem Trauerkranz an ihrer Tür angekommen waren, ließ Monicas Tempo nach. Und als sie ihre Schilderung damit schloss, dass Neil Kamrath ins Geschäft gekommen war und Zeke Howard seine Tochter in die Auslage gestoßen hatte, legte Monica ihre Gabel beiseite und starrte sie an.

»Laurel, mein Gott, das ist ja unglaublich! Ich habe nur hier herumgesessen und Anrufe aus der Kanzlei entgegengenommen und ferngesehen, und bei dir war die Hölle los. Du hättest mich anrufen sollen.«

»Damit du was tust? Zeke beruhigen? Außerdem, ich hab es überstanden. Wissen will ich, was du von alledem hältst.«

»Ich denke, das mit dem anderen Auto und dem Kranz gestern Abend bedeutet, dass du als nächstes Opfer vorgesehen bist.«

»Nimm bloß kein Blatt vor den Mund, Monica.«

»Bist du anderer Meinung?«

»Nein. Ich glaube, du hast Recht«, sagte Laurel mit tonloser Stimme. Sie blickte aus dem Fenster. Eine dicke Schneeschicht bedeckte die Hügel. Der Wind zauste die letzten toten Blätter, die noch an den Bäumen hingen. Enten und Schwäne glitten still über den kalten grauen See. Die ganze Landschaft kam ihr auf einmal unerträglich verlassen vor.

»Erzähl mir von Neil Kamrath.«

Laurel wandte sich wieder Monica zu. »Er sieht heute anders aus als damals auf der High School. Er ist größer und trägt offenbar Kontaktlinsen. Diese schrecklich dicken Brillengläser sind jedenfalls verschwunden. Er tritt gewandt auf, aber wirkt traurig, reserviert. Ich hab ihn zufällig vor dem Krankenhaus getroffen. Er hatte seinen Vater besucht und wollte gerade gehen, als ich kam. Daraufhin hat er sich im Warteraum zu mir gesetzt. Er hat ein wenig vom Tod seiner Frau und seines Sohnes erzählt. Robbie, das Kind, war noch mehrere Tage am Leben, aber mit hochgradigen Verbrennungen. Nachdem beide tot waren, ist Neil nach Carmel gezogen.«

»Hört sich an, als hätte er sich dir richtig geöffnet.«

»Bis zu einem gewissen Grad. Eigentlich ist er sehr verschlossen. Wann immer er etwas Aufschlussreiches sagt, sieht er aus, als würde er es bedauern.«

»Und was für einen Eindruck hast du von seiner Stabilität?«

»Ich bin nicht sicher. Seine Frau und sein Sohn hatten einen Autounfall. Das Auto ist explodiert. Die Frau war auf der Stelle tot, aber das Kind hat durchgehalten, mit entsetzlichen Verbrennungen. Darüber denke ich ständig nach – über das mit dem Feuer. Es könnte etwas ausgelöst haben, das sich auf Faith bezieht. Er erweckt den Anschein, als wäre er ganz ruhig, als würde er sich große Mühe geben, mit allem fertig zu werden, aber er ist eindeutig tief bekümmert.«

»Zeke Howard übrigens auch«, sagte Monica.

»Zeke ist verrückt. Und stark. Und er ist zu uns in den Laden gekommen, um mir mit Bibelzitaten meinen Niedergang zu prophezeien.«

»Bist du sicher, dass er nicht einfach überall und jedem ewige Verdammnis prophezeit? Das hat er schon immer getan, der verdammte Spinner. Weißt du noch, wie sehr sich Faith seinetwegen geschämt hat?«

»Ja, aber er hat nicht der Allgemeinheit gepredigt. Er hat den Versen meinen Namen vorangestellt. Zweimal. Er hat ausschließlich zu mir gesprochen.«

»Hältst du es für möglich, dass er das Auto gefahren hat, das dich gerammt hat?«

»Ich weiß, dass er Auto fährt. Er ist mit dem Wagen ins Geschäft gefahren. Aber Mary fährt auch und sie hat heute Morgen so komische Anspielungen auf Faith gemacht. Wir müssen endlich zur Polizei gehen.«

Monica sah sie streng an. »Nein.«

»Warum denn nicht, um Gottes willen? Siehst du denn nicht, was vorgeht? Was ist mit Angie? Was ist mit mir? Du bist doch angeblich hergekommen, um uns zu helfen.«

»Das bin ich auch.«

»Ach ja? Und was hast du unternommen? Wir wissen immer noch nicht viel mehr über den Mörder als gestern Abend.«

»Seither ist erst ein Tag vergangen, Laurel. Ich kann keine Wunder vollbringen.«

Laurel streckte die Hand nach dem kleinen Weihnachtsstern

auf dem Tisch aus. »Ich weiß.« Sie sah Monica in die Augen. »Deshalb meine ich, dass ich mich demnächst zu Angie gesellen werde, wenn wir nicht bald Hilfe bekommen.«

»Ganz bestimmt nicht. Wir gehen der Sache auf den Grund, ohne die Polizei einzuschalten.«

»Du warst immer schon so selbstsicher, Monica. Das hat dich früher bereits in Schwierigkeiten gebracht.«

Monica sah sie unverwandt an. »Ich gehe nicht zur Polizei, Laurel. Die anderen auch nicht. Wenn du es tust, bist du damit allein, und ich bezweifle sehr, dass man dir glauben wird, wenn wir anderen behaupten, nicht zu wissen, wovon du redest.«

3

Denise hielt vor dem kleinen grün gestrichenen Haus und ging den Pfad entlang darauf zu. Die Tür wurde geöffnet, noch ehe sie sie erreicht hatte. Eine kleine Frau mit blau getöntem Haar lächelte ihr entgegen.

»Tut mir Leid, dass ich zu spät komme, Miss Adelaide«, sagte Denise. »Ich bin im Lebensmittelgeschäft aufgehalten worden.«

»Das macht doch nichts, meine Liebe.« Adelaide Lewis winkte sie mit leicht zittriger Hand hinein. Denise hatte bei ihr noch nie ein Zittern bemerkt. »Audra verspeist gerade gemeinsam mit Hannah und mir ein paar Plätzchen.«

Denise betrat das kleine, enge Wohnzimmer. Der künstliche Veilchengeruch war beinahe überwältigend. Hannah Lewis hatte sich hinter einem silbernen Teeservice verschanzt. Sie lächelte schwach und sah unter dem sorgfältig aufgetragenen Rouge richtig blass aus. Denise wusste, dass der Altersunterschied zwischen den Schwestern drei Jahre betrug. Alle, mit denen sie zu tun hatten, wussten es, da Adelaide es immer eilig hatte, ihnen mitzuteilen, dass sie die Jüngere sei. Dennoch sahen sie nahezu identisch aus – zarte, geschwätzige, leicht erregbare Geschöpfe, die besser ins vergangene Jahrhundert gepasst hätten und darauf bestanden, »Miss Adelaide« und »Miss Hannah« genannt zu werden.

Audra hatte ein halb aufgegessenes Haferplätzchen in der Hand. »Wie ist es denn heute gegangen, Schatz?«

»Ganz gut«, mümmelte Audra.

Miss Adelaide strich mit der Hand liebkosend über ihr Klavier. »Sie hatte ein wenig Schwierigkeiten mit ›Beautiful Dreamer‹. Ich halte es für möglich, dass sie nicht ganz mit dem Herzen dabei war.«

Audra blickte beschämt drein. »Tut mir Leid.«

»Sei nicht traurig, meine Liebe«, lenkte Miss Adelaide ein. »Ich bin sicher, dass aus dir, wenn du nur fleißig übst, mal eine fähige Pianistin wird.«

Fähig, dachte Denise enttäuscht. Nicht begnadet.

»Ich werde dafür sorgen, dass sie mehr übt.« Ein jammervoller Ausdruck trat in Audras hübsches Gesichtchen. Sie hasste es, Klavier üben zu müssen.

Denise bezahlte Miss Adelaide. Die Schwestern hielten sie noch mit der üblichen langen Abschiedszeremonie auf. Dann traten Denise und Audra aus dem Haus und holten erst einmal tief Luft. »Es ist immer so heiß und stinkig bei denen«, klagte Audra, während sie ins Auto stiegen.

»Ich finde, es riecht nicht schlecht. Sie haben es nur ein wenig übertrieben mit dem Veilchenduft. Schnall dich an, Schatz.«

Als sie abfuhren, sagte Audra: »Ich sehe nicht ein, wieso ich Klavierstunden nehmen muss.«

»Als ich in deinem Alter war, hätte ich liebend gern Klavierspielen gelernt, aber meine Familie konnte es sich nicht leisten.«

»Wieso muss ich Stunden nehmen, weil du welche nehmen wolltest? Ich will nicht Klavierspielerin werden. Ich will Arzt werden wie Daddy.«

»Dein Vater spielt auch Klavier.«

Bis jetzt hatte dieses Argument bei Audra immer gewirkt, aber Denise glaubte nicht, dass sie weiterhin Glück damit haben würde. Audra war zu klug. Bald würde sie darauf hinweisen, dass Klavierspielen können und Arzt sein nichts miteinander zu tun hatte.

»Die zwei waren ganz aus dem Häuschen, als ich ankam«, erzählte Audra, der erst einmal keine Widerrede mehr einfiel.

»Was hat sie denn so aus der Fassung gebracht?«

»Sie haben es mir nicht verraten, aber sie haben sich was zugeflüstert von einem Verrückten und der Bibel und Laurel und einem Verletzten. Ist das deine Freundin Laurel, die mit April und Alex?«

Himmel noch mal, was ist da vorgefallen?, überlegte Denise und umklammerte das Lenkrad. Wer war dieser Verrückte? War Laurel etwas zugestoßen?

»Mommy, ich hab dich gefragt, ob das deine Freundin Laurel ist.«

»Ich weiß es nicht. Es könnte genauso gut eine andere Laurel sein.«

Audra runzelte die Stirn. »Hoffentlich ist Laurel okay. Ich kann sie gut leiden und April und Alex sind toll.«

Als Laurel im vergangenen Jahr das Haus für ihre Weihnachtsfeier dekoriert hatte, hatte sie einmal die Hunde hinten im Auto mitgebracht. Audra war hinausgerannt, um sie zu sehen. Sie waren zu ängstlich gewesen, um sich auf einen fremden Rasen hinauszuwagen, deshalb war Audra zu ihnen auf den Rücksitz geklettert und hatte sie mit Küssen überschüttet. Denise zählte bis fünf. Sie wusste schon, was als Nächstes kommen würde.

»Wenn ich nur auch einen Hund hätte«, sagte Audra wie auf Stichwort.

»Ich hab Angst vor Hunden.«

»Mommy, wir brauchen einen Hund.«

»Wozu?«

»Um uns zu warnen, wenn Einbrecher bei uns reinzukommen versuchen.«

»Wir haben doch eine Alarmanlage.«

»Ein Hund wäre besser.«

»Na, mal sehen.«

»Das heißt nein.« Audras Unterlippe schob sich ein wenig vor.

»Audra, nun sei nicht widerspenstig.«

»Ich weiß nicht, was das heißt.«

»Hör auf zu schmollen«, fuhr Denise sie an. Es beschäftigte sie immer noch, worüber die Schwestern Lewis gesprochen hatten.

»Ich hab mir doch nur einen kleinen Hund gewünscht«, sagte Audra mit zaghafter, tieftrauriger Stimme. Denise wusste, dass Audra sie besser zu treffen verstand als den richtigen Ton auf dem Klavier, aber gewöhnlich hatte sie damit dennoch Erfolg.

»Nun sei doch nicht traurig, Baby. Ich verspreche dir, ich werde mit Daddy reden.« Audra blieb stumm. »Weißt du, was heute mit der Post gekommen ist? Eine Weihnachtskarte an Miss Audra Price.«

Denise merkte, dass Audra sich gern weiter in Schweigen gehüllt hätte, doch sie hielt es nicht lange aus. »Ist die von Großmama und Großpapa?«

»Nein. Komm, Audra, hast du etwa einen Freund, von dem du mir nichts erzählt hast?«

Audra grinste. »Er heißt Buzzy Harris.«

»Buzzy! Das ist doch wohl hoffentlich ein Spitzname.«

»Ich glaub schon, aber ich weiß nicht, wie er richtig heißt. Er hat zu mir gesagt, ich wär ein Klasseweib, und letzte Woche auf dem Spielplatz hat er versucht, mich zu küssen.«

»Versucht, dich zu küssen! Das hör ich ja zum ersten Mal.«

»Ich erzähl dir doch nicht alles, Mommy. Der ist richtig süß.«

»Süß oder nicht, du bist erst acht Jahre alt und zu jung, um mit Jungs zu knutschen.«

Audra hatte gar nicht zugehört. Dass sie vielleicht eine Weihnachtskarte von einem Schürzenjäger aus der dritten Klasse namens Buzzy Harris bekommen hatte, versetzte sie in helle Aufregung.

Denise bog in die Auffahrt ihres eingeschossigen Hauses im Kolonialstil ein. Sie hatte eigentlich keine Lust gehabt, wieder nach Wheeling zu ziehen – sie und Wayne waren sich deswegen mehrmals in die Haare geraten, ehe sie nachgegeben hatte –, aber dieses Haus gefiel ihr ausnehmend gut. Es war imposant, doppelt so groß wie alles, was sie sich in Chicago hätten leisten können, und Wayne hatte dafür gesorgt, dass es professionell renoviert wurde. Denise hatte sich um die Kosten gesorgt, doch Wayne ging mit dem Geld immer viel ungezwungener um als sie und er hatte darauf bestanden. »Du wolltest nicht in Wheeling leben, bist aber mitgekommen, weil ich es so wollte«, hatte er zu ihr gesagt. »Da kann ich dir doch als Gegenleistung wenigstens ein schönes Zuhause bieten.«

Selbst als sie vorgeschlagen hatte, wieder als Krankenschwester zu arbeiten, hatte er widersprochen. »Ich weiß, dass du lieber zu Hause bleibst und dich ganz deinen Mutterpflichten widmest, und so wollen wir es auch weiter halten.« Wie komme ich dazu, so viel

Glück zu haben?, dachte Denise oft. Ich habe weder Wayne noch Audra verdient, aber ich werde mein Leben lang für sie sorgen. Das ist das Mindeste, was ich tun kann, um die Fehler der Vergangenheit wieder gutzumachen. Um den einen Fehler wieder gutzumachen.

Audra sprang aus dem Auto und rannte auf die Vordertür zu. Ihr langes, gewelltes, haselnussbraunes Haar wippte. Denise fand oft, dass Audra das schönste Kind sei, das sie je gesehen hatte. Noch ein Wunder, denn Denise hielt weder sich noch Wayne für besonders gut aussehend. »Beeil dich, Mommy!«, rief Audra, als Denise eine Tüte Lebensmittel vom Rücksitz holte. »Ich will meine Weihnachtskarte sehen!«

»Warte eine Minute. Die geht schon nicht verloren.«

Denise nahm die Lebensmittel in den linken Arm und steckte den Schlüssel ins Schloss. Sobald die Tür offen war, stürmte Audra zu dem Tisch in der Diele, auf dem Denise immer die Post ablegte. Denise trug die Lebensmitteltüte in die Küche, während Audra die Briefe sortierte. »Da ist sie ja!«, quiekte sie nebenan vor Vergnügen.

Gleich darauf erschien sie mit verwirrter Miene an der Küchentür. »Mommy, ich weiß nicht, wer die geschickt hat. Ich kapier noch nicht mal alles, was da steht.«

Ein eisiger Finger berührte Denises Rückgrat. Sie schloss die Kühlschranktür, ging zu Audra hinüber und nahm ihr die Karte aus der Hand.

Auf der Vorderseite befand sich ein Bild von einer schneebedeckten alten Scheune. Sie sah der Scheune auf der Pritchard-Farm, bevor der Brand sie zur Hälfte vernichtet hatte, zum Verwechseln ähnlich. Denise klappte die Karte auf. Es waren keine Weihnachtsgrüße eingedruckt – nur ein getippter Text:

Für dich ein Reim voll Fröhlichkeit
Besingt des Jahres schönste Zeit,
Da braven Mädchen wie ein Spuk erscheint zur Nacht
Der Weihnachtsmann, wenn sie an FAITH gedacht.

Sechs

1

Als Laurel zu Hause ankam, verfluchte sie erneut den nicht funktionierenden Garagentoröffner. Sie hatte auf dem Heimweg eine Batterie besorgen wollen, es jedoch über den dramatischen Ereignissen des Nachmittags vergessen. Es war noch nicht ganz dunkel. Sie parkte so dicht wie möglich vor der Haustür, sah sich um, nahm den Tränengasspray in die Hand und wagte dann den Spurt zum Haus. Sie hielt den Schlüssel bereit, um ihn ins Schloss zu stecken, und stockte dann jäh.

Auf dem verblichenen Eichenholz ihrer Haustür leuchtete ein großes rotes Herz.

Laurel atmete heftig ein und streckte vorsichtig einen Finger danach aus. Sprühfarbe, vollkommen getrocknet. Das Herz konnte schon stundenlang da sein.

Benommen schloss sie die Tür auf und trat ins Haus. Die Hunde stürmten herbei, sprangen an ihr hoch und bellten. Sie sah nach der Schondecke. Wieder lag sie zusammengeknüllt auf der Sitzfläche der Couch. Die Hunde waren am Fenster gewesen und hatten denjenigen beobachtet, der das Herz aufgesprüht hatte. Sie hatten sogar Nasenabdrücke am Fenster hinterlassen.

»Was Kurt wohl sagt, wenn er das hier sieht?«, murmelte sie. »Ich komme mir vor wie Hester Prynne in *Der scharlachrote Buchstabe*.«

Laurel schloss die Tür von innen ab, legte Mantel und Handtasche ab und ging in die Küche, um Kaffee aufzusetzen. Ihr war kalt bis in die Knochen und sie hatte eisige Hände. Noch vor einer Woche war ihre größte Sorge gewesen, wie sie es vermeiden könnte, über Weihnachten nach Florida zu müssen. Nun fürchtete sie um ihr Leben. Es war alles so unglaublich, geradezu unwirklich. Dabei brauchte sie nur ihre Haustür anzusehen, um sich zu vergewissern, dass die Bedrohung real war.

Sie fuhr sich mit der Hand über die Stirn. Wie lange konnte sie dies alles noch vor Kurt verheimlichen? Wie lange sollte sie es noch verheimlichen? Monica hatte gesagt, dass sie ihren guten Ruf bewahren konnten, indem sie schwiegen, aber um welchen Preis? Den ihres Lebens?

Die Hunde saßen da und sahen sie erwartungsvoll an. »Ihr wollt euer Abendessen, nicht wahr?«

Sie gab jedem eine Dose Futter und frisches Wasser und legte ein paar Hundekuchen zum Nachtisch bereit. Wenigstens war den Tieren nicht der Appetit vergangen. Obwohl sie selbst im Hotel Wilson Lodge nur wenig gegessen hatte, war sie nicht im Geringsten hungrig. Ihr Magen war so verkrampft, dass kein Bissen hineingepasst hätte.

Das Telefon klingelte. Sie wusste, wer anrief, noch ehe sie den Hörer abgenommen hatte. »Hi, Kurt.«

»Bist du Hellseherin?«

»Nein. Ich hab mir nur überlegt, dass du inzwischen Zeit hattest, mit Mary zu sprechen.«

»Stimmt. Sie hatte nicht viel zu sagen. Ich hab sie aufgefordert, Zeke anzuzeigen.«

»Gut.«

»Nicht gut. Sie hat gesagt, sie muss es sich überlegen.«

»Überlegen! Das finde ich nach allem, was er getan hat, unglaublich.«

»Ich hab so was bei häuslichen Auseinandersetzungen schon hundertmal erlebt. Ein Mann schlägt seine Frau halb tot, sie ruft die Polizei und weigert sich dann, ihn anzuzeigen. In neun von zehn Fällen besinnt er sich nicht lange und schlägt wieder zu.«

»Was gibt es denn sonst für Möglichkeiten?«

»Man kann ihn für unzurechnungsfähig erklären. Damit wäre Zeke wenigstens eine Weile aus dem Verkehr gezogen, während er zur Beobachtung und Behandlung auf einer psychiatrischen Station ist.«

»Gebrauchen kann er es unbedingt. Wie geht es Mary?«

»Wesentlich schlechter, als sie zugibt.«

»Ich sollte sie heute Abend besuchen.«

»Nein«, widersprach Kurt entschieden. »Du musst heute Abend zu Hause bleiben. Es ist zu gefährlich für dich draußen.«

»Aber ich bin überzeugt, dass es Zeke war, der mein Auto gerammt und den Kranz an meine Tür gehängt hat, und der sitzt heute Abend im Gefängnis.«

»Wir wissen nicht, wer dein Auto gerammt hat. Wir werden erst morgen sein Fahrzeug überprüfen. Ich möchte, dass du fürs Erste besonders vorsichtig bist. Außerdem glaube ich nicht, dass sich Mary nach Gesellschaft sehnt. Du kannst sie morgen besuchen.«

»Na gut«, sagte Laurel resigniert.

»Bist du immer noch wütend auf mich wegen Kamrath?«, fragte er.

»Tut mir Leid, dass ich mich so aufgeführt habe«, antwortete sie ausweichend. »Ich hab mir nur solche Sorgen um Mary gemacht. Vergisst du auch nicht das Fest morgen Abend?«

»Nein. Ich hol dich gegen acht Uhr ab.«

»Prima, Kurt. Und danke, dass du mich wegen Mary noch angerufen hast.«

Nachdem sie aufgelegt hatte, fiel ihr das Atmen leichter. Offensichtlich hatte Kurt nicht vor, noch vorbeizukommen. Vielleicht konnte sie vor morgen Abend etwas wegen des Kunstwerks an ihrer Tür unternehmen.

Immer noch frierend, schenkte sich Laurel eine zweite Tasse Kaffee ein, als auf einmal die Hunde zu bellen anfingen. Gleich darauf klopfte jemand an die Tür. Laurel verharrte dahinter und wünschte sich einen Türspion. Nach dem zweiten Klopfen rief sie: »Wer ist da?«

»Denise.«

Laurel war erschüttert, als sie die Tür aufmachte. Denise sah zu Tode erschrocken aus, mit bleichen Lippen und weit aufgerissenen Augen. Sie schickte sich an, hereinzukommen, blieb aber stehen, als die Hunde weiter bellten. »Beißen die?«

»Nein. Sie kennen dich nicht und haben Angst.« Laurel kniete nieder und streichelte erst das eine, dann das andere Tier. »Schon gut, ihr zwei. Das ist eine Freundin von mir.« Sie beruhigten sich, hörten aber nicht auf, Denise anzustarren. »Könntest du vielleicht etwas zu ihnen sagen? Hunde reagieren darauf, wenn man Angst vor ihnen hat.«

Denise blickte einen Augenblick verwirrt drein, ehe sie ein hölzernes »Brave Hunde, schöne Hunde« hervorbrachte.

Nicht sehr einfallsreich, dachte Laurel, aber die Hunde entspannten sich ein wenig. »Ich denke, so geht es. Komm herein und setz dich. Möchtest du eine Tasse Kaffee?«

»Nein, ich bin ohnehin schon zu nervös.«

»Es ist koffeinfreier Kaffee und du siehst aus, als brauchtest du was Heißes zu trinken. Ich bin gleich wieder da.«

»Laurel. Bitte lass mich nicht mit den Hunden allein.«

»Nur keine Angst.« Als Laurel mit einem Becher Kaffee zurückkam, saßen April und Alex neben Denise auf der Couch und begutachteten sie eingehend, während sie sie verstohlen im Auge behielt. »Siehst du, ich hab dir doch gesagt, die tun dir nichts.«

»Bis jetzt nicht, aber Hunde können mich nicht leiden.«

»Das liegt daran, dass du Angst vor ihnen hast – obwohl ich nie begreifen werde, wieso. Bist du je gebissen worden?«

»Nein. Aber als ich klein war, hab ich einen Film gesehen, in dem jemand zerfleischt wurde. Ich hab mich zu Tode gefürchtet. Audra liebt Hunde. Sie hat gerade heute von den beiden hier gesprochen.«

»Wie geht es ihr?«, fragte Laurel und setzte sich in den tiefen, bequemen Sessel gegenüber der Couch.

»Gut. Also, nein, sie ist verwirrt. Sie hat heute eine Weihnachtskarte bekommen. Sie war furchtbar aufgeregt. Dann hat sie sie geöffnet …«

»O Gott«, warf Laurel keuchend ein. »Es war doch wohl kein Foto von Angie drin?«

»Nein. Das wäre noch schlimmer gewesen, aber es war so schon schlimm genug.«

Denise griff nach ihrer Handtasche und holte die Karte hervor, die noch in ihrem Umschlag steckte. Sie reichte sie Laurel. Die betrachtete zunächst die sauber getippte Adresse, den fehlenden Absender und den örtlichen Poststempel. »Nun mach schon auf!«, fuhr Denise sie an. Laurel sah sie an. »Entschuldige.«

»Schon gut.«

Laurel zog die Karte aus dem Umschlag und studierte die Abbildung. »Das sieht aus wie …«

»Wie die Pritchard'sche Scheune«, ergänzte Denise. »Ich bin sicher, dass das kein Zufall ist.«

Laurel klappte die Karte auf und las den Vers laut vor:

»Für dich ein Reim voll Fröhlichkeit
Besingt des Jahres schönste Zeit,
Da braven Mädchen wie ein Spuk erscheint zur Nacht
Der Weihnachtsmann, wenn sie an FAITH gedacht.«

»Na?«, wollte Denise wissen. »Ist das nicht grässlich?«

»Schwer zu sagen. Keine richtige Drohung. Nichts offenkundig Erschreckendes für ein kleines Kind.«

»Aber erschreckend für mich.«

»Darum geht es wohl. Es ist die beste Methode, dir Angst einzujagen, wenn man dir das Gefühl gibt, dass der Mörder sich für dein Kind interessiert.«

»Meinst du?«

»Ich meine, der Mörder ist gleichzusetzen mit dem ›Spuk in der Nacht‹. Außerdem kann dir nicht entgangen sein, dass ›Faith‹ in Großbuchstaben geschrieben ist«, entgegnete Laurel ernst. »Jemand wusste, dass Audra es nicht verstehen würde, du aber schon.«

Denise legte den Kopf in die Hände. »Du lieber Himmel, was soll ich bloß tun? Damit zur Polizei gehen?«

»Nur wenn du bereit bist, denen alles zu sagen.«

»Das kann ich nicht. Ich sage denen nicht alles!« Denise sah auf. Ihre grauen Augen blitzten. »Und du auch nicht!«

Laurels Züge verhärteten sich. »Hör auf, mir zu sagen, was ich zu tun habe, Denise.«

»Wenn du es ihnen sagst, leugne ich alles. Monica auch.«

»Na, prima«, schimpfte Laurel. »Und was wirst du unternehmen? Der Polizei eine nicht unterschriebene Weihnachtskarte mit einem seltsamen, aber nicht bedrohlichen Vers vorlegen?«

»Ja.«

»Und was soll die deiner Meinung nach damit anfangen?«

»Herausfinden, wer sie geschickt hat.«

»Wie denn?«

»Fingerabdrücke.«

»Denise, hast du eine Ahnung, wie viele Leute diesen Umschlag berührt haben?«

»Und die Karte?«

»Du, Audra und ich haben sie angefasst. Sollte es andere Fingerabdrücke gegeben haben, sind sie vermutlich verwischt. Wenn nicht, wäre es dennoch unmöglich, den Typen ausfindig zu machen, wenn er nicht irgendwelche Vorstrafen hat oder beim Militär, bei der Polizei oder sonst wo tätig war, wo aus Sicherheitsgründen Fingerabdrücke hinterlegt werden müssen. Denise, denk mal darüber nach. Die Polizei wird sich nicht die Mühe machen, jemanden ausfindig zu machen, nur weil er eine komische Weihnachtskarte geschrieben hat!«

Denise schloss die Augen. »Na gut, ich seh's ein. Was würdest du tun?«

»Zur Polizei gehen, aber nur, wenn ich euch dazu bringen könnte, meine Aussage zu bestätigen.«

»Monica und ich haben mehr zu verlieren als du.«

Laurel war entrüstet. »Hältst du etwa Crystals und mein Leben für wertlos?«

»Nein, nein, natürlich nicht.« Denise hob hilflos die Hände. »Ach Gott, Laurel, ich bin so aus der Fassung, dass ich nicht mal mehr weiß, was ich sage.«

»Aber zur Polizei willst du nicht gehen.«

»Nur um die Karte zu zeigen.«

»Was sinnlos wäre, es sei denn, die kennen die ganze Geschichte und wissen, was die Karte zu bedeuten hat.«

»Was soll ich denn sonst tun?«

»Du weißt, dass du mit dem Feuer spielst, indem du nicht zur Polizei gehst, ist dir das klar? Wir spielen mit unserem Leben. Und bei dir besteht die Gefahr, dass du außerdem mit dem Leben deiner Tochter spielst.«

»Ich will das nicht hören!«

»Es ist mir gleichgültig, ob du es hören willst oder nicht, Denise, es ist die Wahrheit.«

Denise schüttelte heftig den Kopf. »Nein. Ich gehe nicht hin, Monica auch nicht, und ich denke nicht, dass Crystal hingehen wird. Sie hat zu große Angst. Und jetzt frage ich dich noch einmal, was wir sonst tun können?«

Laurel war wütend, doch sie bemühte sich, ihre Gefühle im Zaum zu halten. Denise anzuschreien half gar nichts. Sie holte tief Luft und sagte ruhig: »Die einzige Möglichkeit ist, dass wir selbst herauszufinden versuchen, wer für das alles verantwortlich ist.

Eines kann ich dir nach dem heutigen Tag sagen: Meiner Meinung kommt Zeke Howard dafür infrage.«

Denise beugte sich vor. »Audra hatte heute Nachmittag ihre Klavierstunde bei Adelaide Lewis und sie hat erzählt, dass die Schwestern sich im Flüsterton über einen Verrückten unterhalten hätten und dass jemand verletzt worden sei. Dein Name ist dabei auch gefallen.«

»Es war ein ereignisreicher Nachmittag und die Schwestern Lewis waren als Augenzeuginnen dabei.« Laurel erzählte Denise davon, wie Zeke, Bibelverse rezitierend, das Geschäft gestürmt und am Ende Mary gegen die gläserne Auslage gestoßen hatte. »Sie liegt mit einer Gehirnerschütterung und einer bösen Schnittwunde auf der Kopfhaut im Krankenhaus.«

»Wie furchtbar«, sagte Denise ein wenig halbherzig. Sie kannte Mary kaum. »Was hat Zeke denn genau gesagt?«

»Ich kann mich nicht an alle Bibelverse erinnern. Irgendwas vom Zorn Gottes und Vernichtung, immer an mich gerichtet. Als er dann Mary angebrüllt hat, hat er von Faith gesprochen. Er hat gesagt, dass sie vor ihrer Zeit dahingerafft wurde und dass sie ihm nun Anweisungen gibt, wie er sich vor denen schützen soll, die ihr Schaden zugefügt haben.«

»Die ihr Schaden zugefügt haben?«, wiederholte Denise mit schwacher Stimme. Sie setzte die Brille ab und rieb sich die Augen. »Könnte es sein, dass er über die Herzsechs Bescheid weiß?«

»Mary hat mir erzählt, dass sie alle Sachen von Faith aufgehoben und dass ihr Vater in letzter Zeit darin herumgekramt hat. Vielleicht gab es Briefe oder ein Tagebuch. Was natürlich heißt, dass Mary ebenfalls Bescheid wissen könnte. Jedenfalls schien sie heute Morgen ganz seltsam auf Faith anzuspielen.«

»Was waren das für Anspielungen?«

»Sie hat nur betont, dass sie alles aus Faiths Besitz aufbewahrt hat. Wahrscheinlich hab ich mich bloß verhört.«

»Ich finde nicht, dass wir es uns leisten können, etwas als ›bloß verhört‹ abzutun«, sagte Denise. »Ach, übrigens, warum hast du ein rotes Herz an der Haustür?«

»Jemand hatte nichts Besseres zu tun.«

Denise zog die Brauen hoch. »Du hörst dich an, als mache dir das alles nichts aus.«

»Es ist nicht das erste Mal, dass sich hier jemand zu schaffen gemacht hat. Als ich gestern von unserem Treffen im Wilson Lodge heimgekommen bin, hing ein Trauerkranz an der Tür.«

»Gütiger Himmel! Wer mag den dorthin gehängt haben?«

»Derjenige, der das Herz gemalt hat.«

»Dann können es weder Zeke noch Mary gewesen sein. Er ist im Gefängnis und sie liegt im Krankenhaus.«

»Denise, es hat nicht geregnet. Das Herz kann schon den ganzen Tag da sein. Zeke ist erst gegen halb vier im Geschäft erschienen. Er könnte es vorher getan haben. Und Mary ist heute Morgen zum ersten Mal seit einem Jahr eine halbe Stunde zu spät zur Arbeit gekommen. Sie könnte das Herz gemalt haben, nachdem ich ins Geschäft gefahren war.«

»Hat Kurt es schon gesehen?«

»Nein, und ich werde große Mühe haben, es ihm zu erklären, vor allem nachdem er schon den Kranz gesehen hat. Außerdem hat jemand auf der Heimfahrt von unserem Treffen mein Auto gerammt. Ich hätte fast einen Unfall gebaut. Auch darüber weiß Kurt Bescheid.« Laurel beugte sich vor. »Denise, ich weiß nicht, wie lange wir das alles noch geheim halten können.«

Denise stellte ihre unausgetrunkene Kaffeetasse auf einen Beistelltisch. »Ich muss jetzt gehen«, sagte sie kühl. Laurel war verblüfft. Hatte Denise überhaupt zugehört? Wenn ja, gedachte sie es wohl zu ignorieren. Sie stand auf. »Du kommst doch morgen mit der Dekoration vorbei, nicht wahr?«

Laurel überlegte, ob sie das Thema weiterverfolgen und auf die Notwendigkeit verweisen sollte, zur Polizei zu gehen, doch sie wusste, dass es keinen Zweck hatte. Denise hatte fürs Erste genug und blockte alles ab. Sie würde in dieser Hinsicht nicht nachgeben. »Ja, Denise«, sagte Laurel. »Ich werde gegen elf bei euch sein.«

Denise sah die Hunde an. »Würde es dir was ausmachen, die zwei mitzubringen? Audra hat eigens darum gebeten.«

Laurel lächelte. »Na gut, aber ich bin nicht sicher, ob ich sie aus dem Auto herauslocken kann. Du erinnerst dich an letztes Jahr?«

»Das ist egal. Sie kann sich zu ihnen ins Auto setzen. Audra ist ganz vernarrt in sie.«

Darauf antwortete Laurel mit sanfter Stimme: »Weißt du, De-

110

nise, deine Familie ist mir hier jederzeit willkommen. Wenn ihr mich besuchen kommt, kann Audra nach Herzenslust mit den Hunden spielen.«

Denises graue Augen füllten sich mit Tränen. »Wir haben uns einmal so nahe gestanden, nicht wahr?« Laurel nickte und Denise berührte ihre Hand. »Eines verspreche ich dir: Wenn wir alle lebendig aus dieser Situation herauskommen, wird es wieder so werden wie früher. Du fehlst mir so sehr.«

Laurel sah Denise nach, als sie zu ihrem Wagen ging. Nun stiegen auch ihr Tränen in die Augen, denn sie wusste, dass es für die verbliebenen Mitglieder der Herzsechs nie mehr so werden konnte wie früher, selbst wenn sie lebendig aus der Situation herauskamen.

2

Crystal saß in ihrem kleinen Wohnzimmer und versuchte sich auf einen Zeitschriftenartikel mit dem Titel »So hält man das Interesse seines Mannes wach« zu konzentrieren. Der Verfasserin zufolge brauchte man dazu nichts weiter als das richtige Parfüm, ein wenig Reizwäsche und einige raffinierte Verführungsstrategien. Beispielsweise sollte man ihm einen Zettel hinlegen, den er findet, wenn er von der Arbeit nach Hause kommt, mit der verführerischen Ankündigung »Im Schlafzimmer wartet eine Überraschung auf dich«.

Crystal warf die Zeitschrift angewidert von sich. Ob sich Joyce wohl so etwas für Chuck ausdachte? Tranken sie zusammen im Schaumbad, umgeben von Duftkerzen, teuren Champagner? Wahrscheinlich. Außerdem hatte Joyce zwei halbwüchsige Söhne, echte Jungs, wie sie sich Chuck immer gewünscht hatte und die sie ihm nicht hatte geben können. Am meisten schmerzte es sie jedoch, dass Joyce eine wunderhübsche siebenjährige Tochter hatte. Crystal hatte Chuck mit ihr bei der Lichterparade kurz vor Thanksgiving gesehen. Er hatte sie sich auf die Schultern gehoben, und beide hatten gelacht und in die Hände geklatscht. Es war offensichtlich, dass er das Kind, das wie ein Engel aussah, abgöttisch liebte. Crystal hatte noch nie einen solchen Ausdruck von Liebe und Glück auf seinem Gesicht gesehen und war vor Schmerz auf dem Gehsteig fast zusammengebrochen.

Sie merkte, dass sie zitterte, wie immer, wenn sie an jenen Abend vor Thanksgiving dachte. Sie warf einen Blick auf die Uhr, die ihr gegenüber an der Wand hing. Acht Uhr abends. Noch mindestens drei Stunden, bis sie ins Bett gehen und auf Schlaf hoffen konnte. Normalerweise ging es ohne Schlaftablette nicht ab. Herrgott, wann hatte sie angefangen, sich nach dem Vergessen im Schlaf zu sehnen? Wie gern hatte sie sich früher auf der Couch an Chuck gekuschelt und mit ihm zusammen im Fernsehen ihre Lieblingskomödien angeschaut. Im Rückblick ging ihr auf, dass er immer irgendwie rastlos gewesen war, nie so glücklich wie sie, vor allem in ihrem letzten gemeinsamen Jahr, nach der Totgeburt ihrer Tochter, nachdem der Arzt ihr in einer Notoperation die Gebärmutter hatte herausnehmen müssen.

Crystal konnte es immer noch nicht glauben, dass Chuck wirklich fort war. Jedes Mal, wenn sie vom Lebensmitteleinkauf oder von den wenigen Behördengängen nach Hause kam, die zu erledigen sie sich noch die Mühe machte, erwartete sie, ihn in seinem Lieblingssessel sitzen zu sehen, vor dem Fernseher, der auf den Sportkanal eingestellt war. Manchmal vergaß sie sich und stellte zum Abendessen einen Teller für ihn hin. Er hatte immer gern gegessen, was sie gekocht hatte. Redliche, einfache Kost. Joyce war vermutlich Feinschmeckerin. Bestimmt servierte sie alle möglichen ausgefallenen Nudelgerichte, Artischockenherzen und Schnecken, die Chuck zuwider waren ...

Ach, was dachte sie sich eigentlich? Dass Chuck zu ihr zurückkehren würde, weil ihm ihr Essen besser schmeckte? Das war dumm, aber als kluger Kopf hatte sie schließlich nie gegolten. Nicht so wie die übrigen Mitglieder der Herzsechs.

Dabei fiel ihr ein, dass sie Wichtigeres zu bedenken hatte als Kochen oder blöde Artikel – oder ob sie bald ins Bett gehen und Schlaf finden konnte. Sie trat an die alte Kommode in der Ecke, zog eine Schublade auf und holte das Polaroidfoto von Angela heraus. Sie erschauerte. Was für eine Wut musste nötig gewesen sein, um so eine schöne Frau zusammenzuschlagen, bis nur noch die abgebildete blutige Masse übrig war, eine Wut, die den Mörder zwang, weiter auf sie einzuschlagen, nachdem Angie schon lange tot gewesen sein musste.

Es klingelte. Crystal stieß einen leisen spitzen Schrei aus und ließ das Foto fallen. Sie hob es rasch wieder auf, steckte es in die Schublade und schloss sie hastig. Wieder klingelte es an der Tür. Und wieder. Sie blieb wie angewurzelt stehen, bis Chuck rief: »Crystal, ich weiß, dass du da drin bist. Mach auf!«

Er ist zurückgekommen!, war ihr erster freudiger Gedanke. Er ist zu mir zurückgekommen. Ich hab gleich gewusst, dass er nicht wegbleiben kann, nicht von mir, nicht, wo er doch weiß, wie sehr ich ihn liebe! Wenn sie sich nur etwas Netteres angezogen hätte als eine Trainingshose und sich die Mühe gemacht hätte, ein wenig Make-up und Parfüm zu benutzen …

Sie riss die Tür auf und verzagte. Chuck sah sie mit steinernem Gesicht an. Seine klaren Gesichtszüge waren verhärtet, die blauen Augen zusammengekniffen. Er drängte sich an ihr vorbei ins Wohnzimmer und ließ sie mit offenem Mund an der Tür stehen.

»Chuck, was ist denn?«, fragte Crystal vorsichtig.

Er drehte sich um. »Mach die Tür zu.« Einen Augenblick lang spürte sie einen Anflug von Angst. Sie hatten sich im Lauf der Jahre hin und wieder gestritten, aber so eiskalt und wütend hatte sie ihn noch nie erlebt. Als hätte er ihre Gedanken erraten, sagte Chuck: »Ich tu dir nichts, ich will bloß mit dir reden.«

Sie entspannte sich ein wenig und schloss die Tür. »Möchtest du etwas zu trinken? Eine Cola? Ein Bier?«

»Nichts.« Er trug einen gut geschnittenen Regenmantel über einem marineblau-weißen Pullover mit Zopfmuster und einer grauen Flanellhose. Was ist wohl aus seinen alten Jeans, den Flanellhemden und der fleckigen Daunenjacke geworden?, überlegte Crystal. Die gibt es natürlich nicht mehr. Weggeworfen hat er sie, ohne Bedenken, genau wie mich. Chuck setzte sich, ohne seinen Mantel abzulegen. »Warum bist du nicht bereit, die Papiere zu unterschreiben?«

»Was für Papiere?«

»Stell dich nicht dumm, Crystal. Die Scheidungspapiere.«

Sie faltete die Hände. Sie waren eiskalt, obwohl es im Zimmer nicht zu kühl war. »Ich will mich nicht scheiden lassen.«

»Ich aber schon.«

»Das glaube ich nicht.«

»Nicht? Ich hab dich vor Monaten verlassen. Nicht einmal hab ich auch nur in Betracht gezogen zurückzukommen.«

»Doch nur deshalb, weil du verwirrt bist.« Sie sah ihn an. Aus ihren Augen sprach die Verzweiflung. Er sah besser aus denn je. Ihr Chuck. »Wir haben ein paar Rückschläge erlebt. Als du nicht den richtigen Job finden konntest. Als ich die Babys verloren habe. Aber Chuck, wir lieben uns doch.«

»Nein.«

»Wir lieben uns. Wie haben uns immer geliebt.«

»Nein.«

»Doch. Seit der Schulzeit. Wir sind füreinander bestimmt.«

»Niemand ist für einen anderen bestimmt, Crystal. Das ist romantischer Unsinn.«

Crystal fiel vor ihm auf die Knie. »Es ist kein Unsinn, und das weißt du auch. Manche Leute sind füreinander bestimmt, so wie wir. Du gehörst nicht zu Joyce. Du warst nur unzufrieden mit deinem Leben und da ist sie dir über den Weg gelaufen mit ihrem Geld und ihren Kindern. Aber wir könnten jederzeit Kinder adoptieren.«

»Nein, können wir nicht. Nicht bei meiner Job-Karriere.«

»Ach was, da können wir bestimmt dagegen argumentieren. Die werden das verstehen …«

»Crystal, es geht nicht um Joyces Kinder.«

»Aber du liebst sie doch nicht.«

Chuck seufzte. »Crystal, steh endlich auf und lass das.«

»Ich denke nicht dran! Alles, was ich sage, stimmt. Du liebst sie nicht, du liebst mich! Du gehörst mir!« Chuck sah sie nur an. Der Blick seiner blauen Augen schien für kurze Zeit zu verschwimmen. Er siehet ein, dass es stimmt, was ich sage, dachte Crystal. »Chuck Landis, sieh mir in die Augen und sage mir, dass du mich nicht liebst.«

Nun blickten seine Augen wieder scharf. Er sah sie durchdringend an. »Ich – liebe – dich – nicht.«

Crystal sank in sich zusammen und fühlte sich, als hätte er sie geschlagen. »Chuck, wir haben so viel gemeinsam«, beharrte sie verzagt. »So viel, was du mit Joyce nie gemeinsam haben könntest …«

»Hör auf! Was wir gemeinsam hatten, will ich mit Joyce nicht wiederholen …« Er stand auf und beugte sich über sie. »Unterschreib jetzt endlich die Scheidungspapiere.«

Ihre Kehle war wie zugeschnürt, doch sie schüttelte den Kopf.

Chucks Gesicht wurde rot vor Wut. »Verdammt noch mal, du unterschreibst jetzt die Scheidungspapiere oder ...« Er atmete schnell und heftig. »Unterschreib sie einfach, Crystal. Zu deinem eigenen Besten: Unterschreib sie und sorg dafür, dass sie Montagmorgen beim Anwalt im Büro vorliegen. Das ist meine letzte Warnung.«

Er verließ türenschlagend das Haus. Crystal blieb fast eine Minute lang reglos auf dem Boden sitzen. Dann ließ sie den Kopf sinken und weinte, wie sie in ihrem Leben noch nicht geweint hatte.

3

Monica schenkte sich noch einen Scotch mit Soda ein und kehrte damit ins Bett zurück. Sie war sich darüber im Klaren, dass sie schon zu viel getrunken hatte, aber sie konnte nicht einschlafen. Die Untätigkeit der letzten paar Tage machte sie verrückt. Sie war es gewohnt, zwölf Stunden am Tag zu arbeiten. Sie arbeitete gern, bis kurz vor dem Umfallen. Das war jedenfalls besser, als so viel Zeit zum Nachdenken zu haben.

Als sie Wheeling mit einem Stipendium fürs College verlassen hatte, war sie überzeugt gewesen, dass sie nie mehr hierher zurückkehren würde. Sie hatte sich überwunden und ihrer Großtante hin und wieder einen Brief geschrieben. Die alte Frau schickte manchmal einige gefühlskalte, scheinheilige Zeilen zurück, in denen sie Monica jedes Mal ihre Schwächen vorhielt. Als sie dann vor zehn Jahren gestorben war, hatte sie alles, was sie besaß, wohltätigen Einrichtungen hinterlassen. Monica hatte einen kleinen Blumenkorb geschickt, war aber nicht zum Begräbnis gekommen.

Obwohl Monica es Crystal, Denise und Laurel gegenüber nie zugegeben hätte, hatte die alte Dame Monica immer im Verdacht gehabt, etwas mit Faiths Tod zu tun zu haben. Sie hatte von der Herzsechs gewusst. Monicas Finger umklammerten krampfhaft das Glas. Sie hatte das Weibsstück unterschätzt, das ihr immer nachspioniert, sich immer eingemischt hatte. Während Monica in der Schule war, hatte sie täglich ihr Zimmer durchsucht. Sie hatte Monicas Telefongespräche belauscht. Sie hatte erstaunlich ge-

schickte Frage-und-Antwort-Spielchen auf Lager, um ihrer Groß-
nichte Informationen zu entlocken. Monica war, was diese Spielchen anging, nach einer Weile so geschickt geworden wie die alte
Dame, aber da hatte sie schon aus Versehen wichtige Informationen preisgegeben.

Das Problem bestand darin, dass Monica nicht wusste, wie viel
von dieser Information die alte Schreckschraube weitergegeben
hatte. Als die Frau damals den tödlichen Gehirnschlag erlitten hatte, hatte sie sich darum noch keine Sorgen gemacht. Seit Faiths
Tod waren drei Jahre vergangen gewesen und es hatte keine Folgen für sie gegeben. Nun, wiederum zehn Jahre später, sah die Sache anders aus. Ihr Beruf bedeutete ihr alles. Ihr Beruf und John
Tate. Sie waren untrennbar miteinander verbunden. Wie gut sie
auch als Anwältin sein mochte, wusste sie doch, dass sie ihre eindrucksvolle Position in der Kanzlei in ihrem Alter ohne Johns Un-
terstützung nie hätte erreichen können.

Impulsiv nahm sie den Hörer ab und wählte Johns Privatnum-
mer in seinem Arbeitszimmer zu Hause. Nach zweimaligem Klingeln hob er ab.

»John, wie gut, dass ich dich antreffe«, sagte sie ein wenig
atemlos. Sie befürchtete, er könne ihr böse sein. Er hatte es nicht
gern, wenn sie ihn zu Hause anrief.

»Ich war nur zufällig in meinem Arbeitszimmer, um einige Papiere zu holen.« Seine Stimme war präzise, geschliffen und ganz
ohne Akzent. Er hatte ihr erzählt, dass er ein Jahr Stimmtraining
gebraucht hatte, um den Mississippi-Akzent loszuwerden, den er
so hasste. Nun konnte niemand mehr an seiner Aussprache seine
Herkunft erkennen. Zu Monicas Erleichterung hörte er sich auch
nicht böse an. »Die Goldsteins sind zum Abendessen da.«

»Wie läuft es im Büro?«

»Ohne dich ist es langweilig.« Er hatte wohl schon etwas getrunken, sonst hätte er bei sich zu Hause am Telefon niemals so
etwas Persönliches gesagt. »Wann kommst du zurück?«

»Meine Freundin wird am Montag beerdigt.«

»Dann sehen wir dich Dienstag.«

»Vielleicht. Es könnte sein, dass ich noch ein, zwei Tage Zeit
brauche.«

»Warum?«

»Nur um letzte Formalitäten zu erledigen.«

»Formalitäten? Du warst nicht Angela Riccis Anwältin.«

»Nein.« Monica wurde plötzlich nervös und nahm noch einen Schluck aus ihrem Glas. »Es sind ja bloß ein paar Tage.«

»Monica, du hast doch hoffentlich Kelly Kingford nicht vergessen? Das Verfahren beginnt in zwei Wochen.«

»Natürlich hab ich sie nicht vergessen. Ich werde mich gut vorbereiten. Wie immer. Wie steht es mit Stuart Burgess?«

»Freigelassen, gegen eine Million Dollar Kaution.«

Sie hatte den anderen nicht erzählt, dass ihre Kanzlei Angelas geschiedenen Mann vertrat, und hatte es auch nicht vor. »Hat er dir gegenüber etwas zugegeben?«

»Nein, und wenn der Spinner Angela tatsächlich umgebracht hat, will ich es lieber gar nicht erst wissen. Wahrscheinlich müssen wir ihn in den Zeugenstand rufen und wir dürfen ihn nicht zum Meineid anstiften, indem wir ihn sagen lassen, er hätte sie nicht ermordet, obwohl wir wissen, dass er es war.«

»Er war's nicht.«

John lachte leise. »Wir müssen uns für unsere Klienten einsetzen. Aber an sie glauben müssen wir nicht.«

»Du hältst ihn also für schuldig.«

»Ja, aber dein Glaube an seine Unschuld, obwohl er der geschiedene Mann deiner Freundin war, wird eine große Hilfe sein, wenn du den Fall Kingford rechtzeitig beendest, um dabei zu sein, wenn Burgess der Prozess gemacht wird.«

Das war eine einmalige Chance. Angie war eine international bekannte Persönlichkeit, Stuart Burgess ein exzentrischer Millionär. Die Medien würden ausführlich über den Fall berichten. »Ich habe fest vor, dabei zu sein«, sagte sie finster entschlossen.

»Dann kommst du am besten so schnell wie möglich zurück.«

»Ich ...«

Monica hörte eine Frauenstimme. »Liebling, du hast mich und unsere Gäste im Stich gelassen. Gibt es Probleme?«

»Kein Problem«, sagte John hastig. »Ich komme gleich runter.« Gleich darauf sagte er mit gedämpfter Stimme zu Monica. »Ich muss auflegen.«

»Ja, klar.« »Liebling« hatte sie ihn genannt mit ihrer leichten, honigsüßen Stimme. Die liebe, passive, reizende Luanne Tate,

117

Johns Jugendliebe seit der High School. Er würde sie und seine zwei Kinder nie verlassen. »Ich komme heim, sobald ich kann«, versprach Monica.

»Gut. Ich muss jetzt auflegen.«

»John«, sagte sie unvermittelt. »Ich liebe dich.«

»Äh, ja. Bis bald.«

Sie legte auf und ließ sich rückwärts aufs Bett fallen. Er hatte nicht gesagt, dass er sie liebte, weil er Angst hatte, Luanne könne ihn hören, redete sie sich ein. Dann lachte sie freudlos. Na sicher, Monica. Der Scotch hat dir das Gehirn benebelt, hat dich rührselig und romantisch gemacht. John hatte noch nie gesagt, dass er sie liebte.

Chuck Landis allerdings auch nicht. Laurel hatte sie neulich hübsch durcheinander gebracht, als sie behauptet hatte, dass Monica früher in ihn verknallt gewesen sei. Sie hatte sich so nach ihm gesehnt, dass sie ihm angeboten hatte, ihr erster Liebhaber zu werden. Vollkommen sicher war sie sich gewesen, dass Sex die Methode war, ihn Crystal wegzunehmen. Sie war in ihrem Leben noch nie so gedemütigt gewesen wie damals, als er abgelehnt hatte. Dass sie einmal in einen Mann verschossen war, der ihr geistig eindeutig unterlegen war, hatte sie nie jemandem erzählt, obwohl sie jedes Mal von wilder Eifersucht erfasst worden war, wenn sie ihn mit Crystal oder einem anderen Mädchen gesehen hatte.

Dennoch war die Art, wie sie hinter Chuck her gewesen war, zum Muster für ihre seitherigen Beziehungen geworden. Ihr Psychiater hatte ihr erklärt, dass sie nur solche Männer begehrte, die anderen Frauen verpflichtet waren, weil sie versuche, ihre Kindheit wieder erstehen zu lassen. Ihr Vater habe sie wegen einer anderen Frau verlassen. Seither habe sie versucht, über »die andere« zu triumphieren, sei sie auf der Suche nach einem Mann, der sie wählte. Doch das war nie passiert, nicht bei Chuck vor dreizehn Jahren, nicht bei den fünf verheirateten Männern, die nach ihm gekommen waren, und auch nicht jetzt bei John. John fühlte sich physisch zu ihr hingezogen. Emotional bewunderte er sie. Er hatte Hochachtung vor ihrem scharfen Verstand, ihrem juristischen Können, ihrem Engagement für ihre Arbeit.

Von Bewunderung und Respekt war es noch ein langer Weg bis zur Liebe, aber mehr gab es für sie nun einmal nicht. Sie konnte den Gedanken, seine Bewunderung und seinen Respekt zu verlieren, nicht ertragen, und das bedeutete, dass John nie von Faith Howard und der Herzsechs erfahren durfte.

Und das würde er auch nicht, egal, was sie tun musste, um das Geheimnis zu wahren.

Sieben

1

Laurel verbrachte eine weitere ruhelose Nacht. Um zwei Uhr morgens wachte sie schweißgebadet auf, weil sie wieder einmal unter der Bettdecke um sich getreten hatte. Sie war in der Pritchard'schen Scheune gewesen und hatte die Arme nach Faith ausgestreckt, die leblos hin und her schwang, mitten durch die lodernden Flammen. Die Hunde waren beunruhigt, dass sie so um sich schlug. Sie sprangen aufs Bett und leckten ihr das Gesicht, als versuchten sie, sie in die Wirklichkeit zurückzuholen.

Sie stand auf und spritzte sich im Bad kaltes Wasser ins Gesicht. Ihre bernsteinfarbenen Augen waren ein wenig blutunterlaufen, die Lider vom Schlafmangel geschwollen. »Du siehst richtig toll aus für die Party morgen. Beziehungsweise heute, in etwa achtzehn Stunden.«

Sie hatte in ihrem Leben noch nie so wenig Lust verspürt, auf ein Fest zu gehen, aber sie hatte Denise versprochen zu kommen. Außerdem würde Neil Kamrath vielleicht da sein, sodass sie noch eine Chance bekam, sich mit ihm zu unterhalten.

Morgens zog sie sich rasch an und traf noch früher als sonst im Geschäft ein. Die zerschmetterte gläserne Auslage und das Durcheinander hatte sie völlig vergessen, das nach Zekes Angriff auf Mary übrig geblieben war. Sie musste jemanden finden, der ihr vor Geschäftsbeginn beim Aufräumen half.

Sie betrat das Haus durch die Hintertür und ging direkt in den Laden, ohne ihren Mantel auszuziehen. Durch die Schaufenster strömte das Sonnenlicht und sie blieb wie angewurzelt stehen.

Sämtliche Scherben waren verschwunden. Weder Glas noch Metall. Keine zerdrückten Seidenblumengebinde, zerbrochenen Schalen oder Vasen. Nur ein seltsamer marineblauer Läufer auf dem graublauen Teppichboden. Sie kniete nieder und hob ihn an. Der Geruch von Teppichreiniger wehte ihr entgegen und sie legte die Hand auf eine feuchte Stelle.

»Wir haben es nicht geschafft, das Blut restlos zu beseitigen.«

Penny und Norma standen vor der Küchentür. »Ich denke, mit nochmaligem Schrubben wird es gehen, oder vielleicht, wenn wir den Teppich von einem Fachmann reinigen lassen«, sagte Norma.

»Was ist denn aus der Auslage geworden?«, fragte Laurel.

»Cleet, mein Mann, ist gestern Abend mit dem Lieferwagen vorbeigekommen und hat alles abgefahren. Da war nichts mehr zu retten, Laurel. Cleet hat gesagt, reparieren geht nicht.«

»Ja, das war mir schon klar.« Laurel richtete sich auf. »Ich muss ein neues Regal kaufen. Vielen herzlichen Dank, dass ihr sauber gemacht und die kaputte Auslage abtransportiert habt.«

»Wir wollten, dass heute Morgen alles schön aussieht.«

»Wie geht es Mary?«, erkundigte sich Penny.

»Sie hat eine Gehirnerschütterung und eine schlimme Schnittwunde auf der Kopfhaut. Als ich gestern gegangen bin, sollten noch ein paar weitere Tests durchgeführt werden, aber ich denke, sie wird sich wieder erholen. Wenn es euch beiden nichts ausmacht, heute Morgen eine Stunde auf den Laden aufzupassen, fahre ich rüber ins Krankenhaus, um sie zu besuchen. Gestern Abend ging es nicht.«

»Ich bin sicher, wir können eine Stunde lang die Stellung halten«, meinte Norma. »Den ganzen Schmuck für das Fest der Familie Price heute Abend haben wir fertig. Du fährst doch nachher hin, nicht wahr?«

»Ja …« Laurel runzelte die Stirn. »Aber sonst fährt immer jemand mit, um mir beim Dekorieren zu helfen. Ich kann nicht eine von euch allein hier lassen. Das ist zu viel Arbeit.«

»Cleet hat versprochen, dass er mit dem Lieferwagen vorbeikommt und dir hilft. Du musst ihm nur sagen, was er tun soll. Er kann hervorragend Befehle ausführen.« Norma grinste. »Er hat dreißig Jahre lang welche von mir bekommen und es nicht einmal gemerkt.«

Laurel lachte. »Wenn ich dich und deine Familie nicht hätte! Ich wäre sehr dankbar, wenn er den Lieferwagen fahren würde, weil ich noch daheim vorbei muss, um etwas zu holen, bevor ich zu den Prices fahre. Ich hab mich dort für elf Uhr angekündigt.«

»Ich rufe Cleet an und sage ihm, dass er gegen halb elf hier sein soll.«

»Prima. Und ich denke, wir schließen heute gegen drei. Wir haben hart gearbeitet.«

Norma und Penny schienen beglückt über die Aussicht, früh Schluss machen zu können. Kein Wunder. Das Aufräumen am Abend zuvor musste mindestens zwei Stunden in Anspruch genommen haben.

Laurel ging nach hinten in die Küche und kochte Kaffee. Sie wollte, dass an diesem Tag alles so normal wie möglich lief. Dann sah sie die Bestellungen für Samstag und Sonntag durch und telefonierte mit dem Großhändler, um ihre eigene Bestellung aufzugeben. Sie fragte, ob es möglich sei, ein wenig früher zu liefern, damit sie das Geschäft tatsächlich um drei Uhr schließen konnte. Um zehn brach sie auf, um ins Krankenhaus zu fahren.

Mary saß aufrecht im Bett und starrte den Fernseher an. Gesendet wurde eine morgendliche Talkshow und der Moderator überschüttete einen Schauspieler, den Laurel nicht kannte, mit Lob. »Guten Morgen, Mary.«

Mary wandte sich ihr zu. Ihre Augen wirkten glasig. Fünf kleine Pflaster zierten ihr Gesicht, und über dem linken Auge breitete sich ein leuchtend violetter Bluterguss aus. »Ich hab keine Blumen mitgebracht, weil ich dachte, davon hast du auf der Arbeit genug.«

Mary rang sich ein Lächeln ab. »Stimmt. Außerdem darf ich in wenigen Stunden nach Hause gehen.« Ihre Lippen zitterten leicht. »Laurel, hab ich noch einen Job?«

Laurel riss überrascht die Augen auf. »Aber natürlich! Nun sage bloß, dass du dir deswegen Sorgen gemacht hast.«

»Schon.«

»Also, das kannst du vergessen«, sagte Laurel entschieden. Ihre Zweifel an Mary ertranken in ihrem Mitleid. »Ich könnte es ohne dich gar nicht schaffen. Wir werden beide noch mit neunzig bei Damron Floral herumtappen.«

Mary sah unglaublich erleichtert aus. »Wie die Schwestern Lewis. Die sind nicht zurückgekommen, um ihren Kranz zu kaufen, oder?«

»Nein. Ich glaube, sie haben sich so aufgeregt, dass es einen Monat vorhalten wird. Vielleicht bringe ich ihnen einen als Geschenk vorbei.« Laurel zog einen Stuhl ans Bett. »Und wie fühlst du dich?«

»Müde. Die haben mich wegen der Gehirnerschütterung nicht schlafen lassen. Außerdem tut es überall weh.«

»Kein Wunder.«

Mary warf ihr einen aufmerksamen Blick zu. »Papa hatte es nicht darauf abgesehen, mir wehzutun.«

»Für mich hat der Stoß in die Auslage ganz schön absichtlich ausgesehen.«

»Er wusste nicht, was er tat. Ich hab dir doch gesagt, er hat sich in letzter Zeit öfter seltsam benommen. Das wird das Alter sein.«

»Möglich.« Laurel verstummte. Dann sagte sie: »Mary, warum hat er mir diese Bibelverse vorgehalten?«

»Er zitiert immer aus der Bibel.«

»Aber in allen diesen Versen ging es um Verdammnis und Zerstörung und sie waren direkt an mich gerichtet.«

Mary senkte den Blick. »Ich weiß auch nicht.«

»Und was hat er damit gemeint, dass du nicht gut bist wie Faith, dass du nachts immer herumschleichst wie sie und eure Mutter?«

Mary zupfte am Laken, strich darüber und zerknüllte es. »Manchmal verwechselt Papa mich mit meiner Mutter. Sie ist mit einem Mann durchgebrannt, wie du weißt. Noch öfter hält Papa mich für Faith. Du warst ihre beste Freundin – du weißt, sie war kein Engel. Sie hat sich tatsächlich nachts aus dem Haus geschlichen, um sich mit Jungs zu treffen oder mit dir und mit ...« Sie brach ab. »Jedenfalls verwechselt er mich mit ihr.«

Laurel war auf einmal sehr gespannt. »Du sagst, sie hätte sich davongeschlichen, mit mir und mit ... Mit wem noch?«

Mary sah sie nicht an. »Mit Freunden. Einfach mit Leuten, die sie kannte.«

Das ist es nicht, was du sagen wolltest, dachte Laurel besorgt. Du wolltest sagen »mit den anderen von der Herzsechs«.

2

Nachdem Laurel das Krankenhaus verlassen hatte, fuhr sie nach Hause. Sie tat es in dem Bewusstsein, dass Penny und Norma Cleet halfen, den Lieferwagen zu beladen, und ihm den Weg zum Haus der Familie Price beschrieben. Sie war ausgesprochen dankbar für ihre Bereitschaft, mit anzupacken und sie an diesem hektischen Tag zu unterstützen.

Zu Hause angekommen, nahm sie April und Alex an die Leinen und führte sie zu ihrem Wagen. Die zwei sahen sie misstrauisch an. Autofahrten bedeuteten meist einen Besuch beim Tierarzt. Der Gedanke dämpfte Laurels gute Laune von einem Augenblick zum anderen. Ihr Tierarzt war Victor Ricci, Angelas Vater. Sie wusste, dass er und Mrs. Ricci aus New York zurück waren und Angelas Beerdigung vorbereiteten, die in weniger als achtundvierzig Stunden stattfinden sollte.

Laurel verdrängte den Gedanken. Ein Blick auf ihr beschädigtes Auto erinnerte sie daran, dass sie auf ihre eigene Sicherheit bedacht sein sollte. Sie konnte es sich nicht erlauben, dass ihre Trauer sie leichtsinnig werden ließ.

»Hinein mit euch«, ermunterte sie die beiden zögernden Hunde. »Wir fahren eine Freundin besuchen.«

Nach fünf Minuten guten Zuredens hatte sie die zwei auf dem Rücksitz verstaut. Sie kauerten sich aneinander und sahen aus, als wären sie unterwegs zu ihrer eigenen Hinrichtung. Sie lächelte, als sie einen Blick in den Rückspiegel warf. Kurt hatte Recht – sie sahen nicht aus, als würden sie einem Eindringling sehr zusetzen. Aber das hätte sie ihm gegenüber nie zugegeben.

Der Lieferwagen von Damron Floral stand schon in der Auffahrt der Familie Price, als Laurel ankam. Auch der Wagen eines Partyservice war dort geparkt. Sie wusste, dass es keinen Sinn hatte, die Hunde an einem fremden Ort, wo so viel los war, zum Aussteigen zu bewegen, darum ließ sie sie zurück und ging durch die Garage zur Seitentür. Denise begrüßte sie. »Cleet hat schon das meiste hereingebracht.« Sie senkte ihre Stimme. »Ich war erschrocken, als auf einmal ein Fremder vor der Tür stand, aber dann hab ich deinen Lieferwagen gesehen.«

»Tut mir Leid, Denise. Ich hätte anrufen und dich warnen sollen.«

Audra kam angerannt. Ihre dunklen Augen leuchteten. »Hi, Laurel!«

»Miss Damron«, korrigierte Denise sie.

Laurel lächelte. »Laurel ist mir lieber. Wie geht es dir, Audra?«

»Blendend. Vor ein paar Tagen hab ich gedacht, ich werd krank, aber Daddy sagt, ich bin so ekelhaft, dass in mir keine Keime leben können.«

»Wayne ist ein wunderbarer Arzt«, sagte Denise augenzwinkernd. »Er hat jahrelang studiert, um zu lernen, wie man solche Diagnosen stellt.«

»Hast du April und Alex mitgebracht?«, fragte Audra aufgeregt.

»Na, klar. Aber du musst sie im Auto besuchen. Sie haben zu große Angst, um rauszukommen.«

»Ist gut.« Audra wollte schon zur Tür hinausrennen, doch Denise hielt sie auf, bis sie ihre Jacke angezogen hatte. Dann schoss sie nach draußen und kletterte auf den Rücksitz von Laurels Auto.

»Was für ein schönes Kind, Denise«, sagte Laurel.

»Ich weiß, ich bin nicht unparteiisch, aber das finde ich auch.« Denise hielt inne. »Ich frage mich nur, was du diesen Hunden angetan hast, dass sie so ängstlich sind.«

»Tägliches Auspeitschen.«

Denise lachte. »Na, sicher. Ich erinnere mich noch, wie du früher jedes herrenlose Küken oder Kaninchen adoptiert hast, das dir über den Weg lief. Dr. Ricci hat jedes Mal behauptet, dass sie nicht überleben werden, aber sie haben es immer geschafft.«

»Das kommt mir vor, als wäre es fünfzig Jahre her.«

Denise zuckte die Achseln. »Es waren glücklichere, unschuldigere Zeiten. Komm doch herein. Du musst dafür sorgen, dass es hier heute Abend hinreißend aussieht.«

Dafür zu sorgen, dass es bei Denise hinreißend aussah, war keine schwierige Aufgabe. In diesem Jahr hatte Laurel ein Motiv aus weißen und goldenen Ranken gewählt, die mit weißseidenen Ahornblättern und kleinen goldenen Äpfeln geschmückt waren und sich um das Geländer der geschwungenen Treppe und über das Kaminsims im Wohnzimmer wanden. Unzählige weiße Blätter, goldene Äpfel und Weihnachtssterne mit Goldrand zierten den Esszimmertisch und den Flügel und in Goldflitter gerollte und von weißen Seidenblättern umgebene dicke Kerzen standen auf den Sofa- und Beistelltischen.

Als Laurel und Cleet fertig waren, sah Denise sich strahlend um. »Ach, Laurel, wie ist das schön!«

»Hoffentlich gefällt es Wayne auch. Vielleicht wäre ihm mehr Farbe lieber gewesen.«

»Der Weihnachtsbaum ist bunt genug. Es wird ihm sicher gefallen.«

»Wie weit seid ihr denn mit dem Kochen?«

Denise grinste. »Hier wird so wenig wie möglich gekocht. Letztes Jahr dachte ich, ich kriege einen Nervenzusammenbruch bei dem Versuch, einige dieser komplizierten Plätzchenrezepte zu meistern. Deshalb hab ich dieses Jahr einen Partyservice beauftragt.«

»Na, so was«, meinte Laurel gedehnt. »Ein Partyservice. Wie extravagant.«

»Wir lassen sogar einen professionellen Barkeeper kommen.«

»Du lieber Himmel. Und ich habe zu Kurt gesagt, er braucht keinen Smoking anzuziehen.«

»Es gibt keine Bekleidungsvorschrift. Ich will nur, dass sich alle wohl fühlen und sich gut amüsieren, auch Gastgeber und Gastgeberin, die sonst oft nur damit beschäftigt sind, für Speisen und Getränke zu sorgen.«

»Dürfen April und Alex mitkommen?«

Audra stand an der Tür, neben sich die Hunde an ihren Leinen. »Das ist ja unglaublich!«, rief Laurel. Die Hunde waren sichtbar nervös. Sie standen ein wenig geduckt da und schmiegten sich eng an Audra. »Wie hast du es nur geschafft, sie hereinzulocken?«

»Mit gutem Zureden«, antwortete Audra, als wäre es die einfachste Sache von der Welt. »Ich glaub, die mögen mich.«

»Anders kann ich es mir nicht erklären.« Denise blickte ein wenig unschlüssig drein. »Sie sind stubenrein«, versicherte Laurel ihr, »und sie machen nichts kaputt.«

Denise lächelte behutsam. »Es sind schöne Tiere.«

»Also dürfen sie zur Party kommen?«, fragte Audra wieder.

Laurel rettete Denise davor, ablehnen zu müssen. »Schatz, so viele Leute, die sie nicht kennen, das würde sie vor Angst um den Verstand bringen. Außerdem ist es ihre Schlafenszeit.« Audras Züge verdüsterten sich. »Aber du kannst uns doch mal am Wochenende besuchen und mit ihnen spielen. Sie haben viel Spielzeug und einen großen Garten, den sie dir gern zeigen möchten.«

Audra freute sich schon wieder. »Darf ich, Mommy?«

»Na, klar, solange es Laurel recht ist. Wir fahren in den nächsten zwei oder drei Wochen zu ihr.«

Fünfzehn Minuten später fuhr Cleet mit dem Lieferwagen ab, und Denise und Audra, die immer noch die Hundeleinen hielt, begleiteten Laurel zum Auto. »Vielen herzlichen Dank, Laurel. Das hast du wunderschön gemacht.«

»Es freut mich, dass es dir gefällt. Audra, meinst du, du kannst die zwei bewegen, wieder hinten einzusteigen?«

»Ja.« Audra stieg als Erste ein und redete dann mit sanfter Stimme auf die Tiere ein, bis sie ebenfalls hineinhüpften. Bevor sie wieder hinauskletterte, lehnte sich Audra über den Vordersitz und flüsterte Laurel ins Ohr: »Du musst mir helfen, Mommy zu überreden, dass ich auch einen Hund bekomme.«

»Ich will's versuchen«, versprach Laurel ihr.

Denise und Audra blieben winkend an der Auffahrt stehen, als Laurel davonfuhr, aber Laurel bemerkte die Anspannung, die sich hinter Denises Lächeln verbarg. Die Frau hatte Angst, genauso große Angst wie Laurel.

Acht

1

Laurel schlüpfte in eine weiße Wollhose, zog einen mit Goldfäden durchzogenen weißen Pullover aus Seiden-Angora-Gemisch über und stieg in neue hochhackige Schuhe in Weiß und Gold. Ein Blick in den großen Garderobenspiegel sagte ihr, dass das Ensemble perfekt passte und lässig-festlich wirkte. Sie hatte ein wenig mehr Make-up aufgelegt als sonst – dunkelrosa Lippenstift, die Augen mit lavendelfarbenem Lidschatten und einem Hauch von dunklem Lila betont. Selbst ihr Haar benahm sich ausnahmsweise. Alles in allem fühlte sie sich gut und in Feststimmung.

Kurt kam um Viertel vor acht. »Ich frage mich allmählich, was ich als Nächstes an deiner Tür vorfinde«, bemerkte er und konnte sich von dem Anblick nicht losreißen. »Ein rotes Herz? Wir haben doch nicht Valentinstag.«

»Ich halte es für denkbar, dass Zeke auf dem Weg ins Geschäft gestern hier Halt gemacht hat«, antwortete sie leichthin. »Wenigstens ist es nicht so schlimm wie der Trauerkranz.«

»Aber viel schwerer zu entfernen. Dazu braucht es Terpentin und anschließend muss die Tür neu lackiert werden.«

Er trat ins Haus, angetan mit einem dunkelgrauen Anzug und einem Hemd in hellerem Grau. »Mein Gott, du siehst toll aus!«, rief Laurel. »Ich wusste gar nicht, dass du die Absicht hattest, dich so fein zu machen.«

»Hab mir einen neuen Anzug gegönnt«, sagte er ein wenig verlegen. »Meine beste Hose mit Sakko trag ich schon eine halbe Ewigkeit.«

»Also, du siehst richtig flott aus.«

»Flott hat mich, glaub ich, noch nie jemand genannt. Und du bist wunderschön.«

»Ich sehe angemessen aus, vielen herzlichen Dank. Erzähl mir kurz, was es Neues über Zeke Howard gibt, ehe wir aufbrechen.«

Kurt holte tief Luft. »Ich hab schon befürchtet, dass du mich danach fragen würdest. Er ist auf freien Fuß gesetzt worden.«

Laurel blieb vor Überraschung der Mund offen. »Auf freien Fuß gesetzt! Wie ist das möglich?«

»Mary hat sich geweigert, ihn anzuzeigen wegen tätlichen Angriffs.«

»Das ist nicht zu fassen …« Sie seufzte. »Ja, doch, ich glaube es. Ich hab gleich gemerkt, dass sie nichts unternehmen würde, als ich heute Morgen im Krankenhaus mit ihr geredet habe. Aber es muss doch noch andere Wege geben, ihn aus dem Verkehr zu ziehen.«

»Die gibt es schon. Mit einer richterlichen Anordnung wegen Unzurechnungsfähigkeit.«

»Und wie bekommt man die?«

»Man stellt einen Antrag auf Untersuchung ans Bezirksgericht oder an den Ausschuss für psychiatrische Versorgung.«

»Und wer stellt so einen Antrag?«

»Das kann jeder. Das Problem ist nur, dass wir nicht genug Zeugen haben. Mary wird nichts sagen. Mit den Schwestern Lewis hab ich gesprochen, aber die weigern sich, eine offizielle Aussage zu dem Angriff zu machen. Wer die junge Frau im Geschäft war, weiß ich nicht.«

»Ich auch nicht. Aber da sind immer noch Penny, Norma und ich.«

»Norma war in der Werkstatt. Penny war draußen.«

»Und wie steht es mit dem zweiten Deputy und den anderen Leuten, die Zeke im Büro des Sheriffs gesehen haben müssen?«

»Laurel, er war lammfromm, sobald wir ihn festgenommen haben. Ein sanfter, lieber alter Mann, bloß ein wenig verwirrt über den Aufruhr.«

»Aber es muss doch etwas geben, was wir tun können!«

»Schatz, selbst wenn du einen Psychiater bei einer dieser Anhörungen aussagen lässt, kann der Richter immer noch frei entscheiden. Wir haben keinen Psychiater, und selbst wenn wir einen hätten: Ich bin nicht sicher, dass das etwas helfen würde. Soweit wir wissen, hat sich Zeke gestern zum ersten Mal so benommen, dass er eine Gefahr für sich selbst oder andere darstellen könnte.«

»Und die Tatsache, dass er mein Auto gerammt hat?«

»Wir haben keine Beweise, dass er es war. Unsere Untersuchung seines Wagens hat nichts ergeben.«

»Aber ...«

Kurt legte ihr die Hände auf die Schultern. »Sieh mal, Laurel, ein Richter würde sein Benehmen bei dir im Geschäft wahrscheinlich als einmaligen Ausrutscher betrachten. Noch zwei, drei Episoden, dann könnten wir ihn vielleicht für einen Monat in eine psychiatrische Klinik stecken. Aber fürs Erste ...« Er zuckte die Achseln. »Ich glaube nicht, dass wir eine Chance haben.«

»Na, fabelhaft«, sagte Laurel empört. »Dieser Spinner darf also nach allem, was er sich gestern geleistet hat, weiter frei herumlaufen.«

»Ich fürchte, ja. Wir können nur hoffen, dass er bald wieder was Verrücktes anstellt.«

Laurel sah ihn an. »Seine nächste Verrücktheit könnte ein Mord sein.« Wenn er nicht schon jemanden ermordet hat, dachte sie grimmig.

2

An die zehn Autos standen schon vor dem Haus, als Laurel und Kurt eintrafen. Winzige weiße Lichter schmückten die beiden immergrünen Bäume auf dem Rasen am Eingang und rahmten das große Erkerfenster ein.

»Ich liebe dieses Haus«, sagte Laurel beim Einparken.

»Die Heizkosten möchte ich nicht bezahlen müssen.«

»Kurt, musst du denn immer so praktisch denken?«

»Na ja, du musst doch zugeben, dass es für drei Personen viel zu groß ist.«

»Vielleicht haben sie vor, noch mehr Kinder zu kriegen.«

»Weißt du, was komisch ist?«, sagte Kurt und schaltete die Zündung aus. »Von euch Mädchen, die in der Schule so miteinander befreundet waren, hat nur eine ein Kind.« Laurel sah ihn an. »Allerdings, wenn Faith nicht gestorben wäre ...«

»Ist sie aber«, entgegnete Laurel trocken.

»Dieses Kind wäre inzwischen fast dreizehn«, fuhr Kurt fort, als würde er mit sich selbst reden. »Ich wette, es war ein Junge.«

Laurels Herzschlag beschleunigte sich. Der bloße Gedanke an Faith hatte sie jahrelang deprimiert. Nun auch noch über sie reden zu müssen versetzte Laurel in regelrechte Panik. »Lass uns reingehen. Mir ist kalt.«

Sie sprang hastig aus dem Wagen und eilte zum Haus hinauf. »He, warte einen Augenblick«, rief Kurt. »Willst du mich etwa abschütteln?«

Sie hatte bereits geklingelt und Wayne öffnete gerade die Tür, als Kurt sie endlich eingeholt hatte. Wayne, einen Meter achtundsiebzig groß, ein wenig untersetzt mit einem runden Gesicht und schütterem braunem Haar, strahlte sie an. »Laurel! Sie sehen wunderbar aus. Genau wie das Haus. Sie haben großartige Arbeit geleistet. Kurt. Nun machen Sie, dass Sie aus der Kälte hereinkommen. Wir haben den besten Eierlikör der Welt, um Sie aufzuwärmen.«

Er nahm ihre Mäntel entgegen. Im Wohnraum waren bereits einige Leute versammelt und aus der Stereoanlage erklang Musik. Laurel war erleichtert, dass es sich nicht um Weihnachtslieder handelte. Wochenlang immer wieder Weihnachtslieder zu hören konnte ganz schön anstrengend sein. Stattdessen erfüllte sanfte Rockmusik den Raum. Denise kam, um sie zu begrüßen. Sie trug einen langen rotgrün karierten Wickelrock und eine weiße Seidenbluse. »Alle sind vom Dekor begeistert, Laurel.«

»Das freut mich.«

»Wayne sagt, ihr habt einen besonders guten Eierlikör«, meldete sich Kurt zu Wort.

»Steht auf dem Esstisch. Warum holst du nicht zwei Gläser für dich und Laurel, während ich mich einen Augenblick mit ihr unterhalte.«

»Dass Frauen aber auch ständig miteinander klatschen müssen.«

»Lass für heute Abend ausnahmsweise die sexistischen Bemerkungen«, warnte ihn Laurel. »Und sieh zu, dass mein Eierlikör …«

»… keinen Alkohol enthält«, führte Kurt ihren Satz zu Ende. »Jawohl, gnädige Frau.«

Nachdem er gegangen war, fragte Laurel leise: »Sind Monica oder Crystal schon da?«

»Crystal. Ich hatte nicht damit gerechnet, dass sie kommt, und sie ist nervös wie eine Katze. Ich glaube, sie hat das ganze Jahr an

keinem gesellschaftlichen Ereignis teilgenommen. Sie sieht furchtbar aus. Irgendetwas muss geschehen sein, aber ich hab noch kein
Wort mit ihr wechseln können.«

»Ich war sicher, dass Monica kommt.«

»Wenn ich Monica richtig einschätze, wartet sie und inszeniert
dann einen Auftritt. Von Neil Kamrath auch noch keine Spur.
Was gibt es Neues über Mary und Zeke Howard zu berichten?«

»Die sind beide auf freiem Fuß«, berichtete Laurel. »Mary ist
aus dem Krankenhaus entlassen worden, und weil sie nicht bereit
war, ihren Vater anzuzeigen, ist er auch wieder aus dem Gefängnis raus.«

»Im Ernst? Er läuft frei herum? Ist denn da gar nichts zu machen?«

»Kurt hat mir das Verfahren erklärt. Ihn für unzurechnungsfähig erklären zu lassen – und das wäre in seinem Fall eigentlich
nötig – ist ungeheuer kompliziert.«

Kurt kehrte mit dem Eierlikör zurück. »Reichlich Kalorien,
kein Alkohol.«

»Genau so liebe ich ihn.«

Audra erschien in einem roten Samtkleid. »Hi. Schlafen April
und Alex schon?«

»Ja. Sie stehen früh auf und gehen früh zu Bett.«

»Ich darf heute länger aufbleiben, wegen der Party.« Audra
winkte mit dem Zeigefinger, um zu erreichen, dass sich Laurel zu
ihr herabbeugte, während Denise sich mit Kurt unterhielt. »Mommy will, dass ich was auf dem Klavier vorspiele, aber ich hab keine Lust«, teilte Audra ihr im Vertrauen mit. »Ich spiel furchtbar
schlecht. Und wenn sie mich zwingt, sterbe ich bestimmt.«

Sie blickte so kläglich drein, dass Laurel nicht anders konnte,
als sie zu bemitleiden. »Vielleicht kann ich dir da raushelfen. Wie
wär's, wenn ich vorschlage, dass dein Papa etwas spielt?«

Audras Gesicht hellte sich auf. »Würdest du das tun? Das wäre
toll.«

»Was spielt er denn gern?«

Audra spitzte die Lippen. »Oft spielt er so klassisches Zeug, das
ich nicht mag. Aber sein Lieblingsstück, das er zum Spaß spielt, ist
›Great Balls of Fire‹. Mommy findet es peinlich, wenn er es vor
anderen Leuten tut, aber er hat es furchtbar gern. Ich auch.«

132

»Dann werde ich danach fragen.«

»Ich muss mit dir reden!«, flüsterte ihr unvermutet Crystal ins andere Ohr, sodass Laurel zusammenzuckte.

Denise hatte Recht – sie sah grässlich aus. Ihre Augen hatten dunkle Ränder und sie hatte wenig schmeichelhafte Make-up-Farben auf ihre bleiche, trockene Haut geschmiert. Sie trug eine burgunderfarbene Strickhose, die für die zusätzlichen Pfunde auf ihren Hüften zu klein war, einen gestreiften Skipullover und keinen anderen Schmuck als ihren Ehering. Ihr kurzes spülwasserblondes Haar lag glatt an ihrem Kopf an. Es war kaum zu glauben, dass sie vor fünfzehn Jahren die schlanke, goldblonde, niedliche Anführerin der Cheerleader gewesen war, die alle so bewundert hatten.

»Wie geht es dir, Crystal?«, erkundigte sich Kurt.

»Ganz gut.« Sie warf Laurel einen flehenden Blick zu.

»Fährst du immer noch den alten roten VW?« Kurt ließ nicht locker. »Den wirst du besser los, ehe du damit ernsthafte Probleme kriegst.«

»Ernsthafte Probleme hab ich längst.«

»Was ist es denn? Die Zündung? Die Bremsen?«

Es war offensichtlich, dass Kurt nicht vorhatte aufzugeben. »Ich rede nicht von Problemen mit dem Auto«, fuhr Crystal ihn an. »Wenn du dich in letzter Zeit mit Chuck unterhalten hast, weißt du, was ich für Probleme habe.«

Kurt sah aus, als wäre er auf eine Landmine getreten. »Es tut mir Leid, dass es bei euch nicht gut läuft«, sagte er lahm.

»Nicht gut läuft! Das ist eine Untertreibung!« Crystal streckte die Hand aus und packte seinen Arm. »Du und Chuck, ihr seid doch befreundet. Kannst du nicht vielleicht was tun?«

»Was tun?«, wiederholte Kurt. Seine Wangen hatten sich gerötet, als Crystal die Stimme erhob.

»Ja. Rede mit ihm.«

»Ich habe mit ihm geredet.«

»Aber hast du wirklich mit ihm geredet?« Crystal hatte längst die Aufmerksamkeit mehrerer Unbeteiligter auf sich gezogen. Laurel war sicher, dass sie mehr als ein Glas getrunken hatte. »Hast du ihm gesagt, wie schädlich diese Frau für ihn ist? Sie ist alt. Sie ist verwöhnt. Chuck ist für sie nur ein Spielzeug. Sie liebt ihn nicht wie ich …«

133

Denise unterbrach. »Hast du schon die Törtchen mit kandierten Preiselbeeren und Rosinen probiert, Crystal? Die sind absolut köstlich.«

»Ich hab keinen Hunger. Außerdem versuch ich, mich mit Kurt zu unterhalten.«

»Also, ich hab durchaus Hunger«, sagte Kurt. »Ich werde welche von diesen Törtchen probieren, Denise.«

Er entfloh in Richtung Esszimmertisch, wo das Büfett aufgebaut war. Anstatt zu bleiben und mit Laurel zu sprechen, folgte ihm Crystal, die sich langsam für ihr Thema erwärmte, auf den Fersen. Denise verdrehte die Augen. »Oje.«

»Kurt wird sie schon zum Schweigen bringen«, versicherte Laurel ihr. »Wenn sie sich nicht endlich von Chuck löst, dreht sie bestimmt noch durch.«

»Meinst du, sie wird es je schaffen?«

»Ich weiß es nicht. Ich hätte gedacht, dass sie mehr Selbstwertgefühl besitzt.«

»Ich glaube, sie hat so lange ein behütetes Leben geführt, dass sie Schwierigkeiten hat zu akzeptieren, dass nicht alles nach ihrem Willen geht. Außerdem macht ihr der Mord zu schaffen.«

»Das geht uns allen so«, sagte Laurel. »Dennoch finde ich, wir sollten uns mehr Mühe geben, unsere Freundschaft mit Crystal zu beweisen und sie bei sich zu Hause rauszuholen. Ich weiß, dass sie sich von allen im Stich gelassen fühlt.«

»Wie gesagt: Ich habe mir vorgenommen, in meinem Leben einiges zu ändern«, erwiderte Denise. »Ich hab mehr freie Zeit als du. Ich werde Crystal zu meinem ersten Projekt erklären.«

Laurel gesellte sich zu Kurt am Büfett. Crystal harrte nach wie vor dort aus, hatte sich aber ein wenig beruhigt. Nur ängstlich sah sie immer noch aus. Laurel fragte sich, ob sie sich zur Zeit überhaupt je entspannte.

Es klingelte noch zweimal, als zwei weitere Paare eintrafen. Beim dritten Klingeln machte Denise auf. Laurel stand mit dem Rücken zur Tür, aber Audra, die neben ihr stand, riss die Augen auf und murmelte: »Hoi!«

Laurel drehte sich um und sah Monica mit großen Schritten hereinkommen. Sie trug ein smaragdgrünes Gewand im fernöstlichen Stil, mit Trompetenärmeln, Stehkragen, schwerer Goldstickerei und Seitenschlitzen, die im Gehen drei Viertel ihrer Oberschenkel freilegten. Das Kleid war so eng, dass es keine Kurve ihrer durchtrainierten, einen Meter achtundsiebzig großen Gestalt versteckte. Ihre Augen waren stark und ausgefallen, aber durchaus passend geschminkt. Ihr Haar hing in glänzenden Strähnen fast bis zur Taille herab und ihre perfekten Zähne schimmerten zwischen purpurroten Lippen. Sie sah aus wie ein exotischer Vogel inmitten einer Schar brauner Zaunkönige.

»Hi, Leute«, sagte Monica gut gelaunt. »Tut mir Leid, dass ich zu spät komme.«

Alle standen einige Augenblicke sprachlos herum. Laurel fühlte sich kurz an Scarlett O'Hara erinnert, wie sie in ihrem hautengen, aufreizenden Kleid mit roten Pailletten und Federn auf dem biederen Fest der liebenswerten Melanie eintrifft. Denise war die Erste, die sich wieder fasste. Sie trat mit einem gezwungenen Lächeln vor. »Hallo, Monica. Wir hatten es fast schon aufgegeben, auf dich zu warten.«

»Ach, du weißt doch, dass ich nie eine Feier auslasse.« Nein, dachte Laurel, Denise und ich haben es nicht gewusst, und sonst kennt dich hier außer Kurt kein Mensch. »Vielen herzlichen Dank für die Einladung.«

Denise machte mit ihr die Runde und stellte Monica allen vor. »Ist das ein Filmstar?«, fragte Audra Laurel beeindruckt.

»Nein, Schatz, sie ist Anwältin in New York.«

»Ziehen die sich alle so an?«

»Nicht, wenn sie ins Büro gehen.«

»Ich finde, sie sieht cool aus. Ob Mommy mir wohl so ein Kleid erlauben würde?«

»Das kann ich mir nicht denken«, sagte Laurel. »Außerdem siehst du so viel hübscher aus.«

Kurt schlich sich seitlich an sie an. »Habe ich Recht, wenn ich meine, dass Monica irgendwie fehl am Platz wirkt?«

»Sie hat vermutlich vergessen, dass sie in Wheeling ist, in West Virginia, und nicht in Manhattan. Aber schön sieht sie schon aus.«

»Und sie weiß es. Schau sie dir nur an, wie sie den ganzen Raum beherrscht.«

Laurel versetzte ihm einen spielerischen Rippenstoß. »Ich glaube, sie schüchtert dich ein. Damals wie heute.«

»Sie schüchtert mich nicht ein. Ich kann sie bloß nicht leiden.«

Nach ungefähr zwanzig Minuten drängte Monica Laurel unauffällig in eine Ecke. »Denise hat mir erzählt, dass Zeke frei herumläuft.«

»Leider ja. Wenn das mit dem Gesetz nur nicht so schwierig wäre.«

»Wenn es weniger schwierig wäre, würde ich nicht so viel verdienen.«

»Und dann würdest du deine Arbeit nicht so leidenschaftlich lieben. Ich könnte mir nicht vorstellen, dass du meinen Beruf ausübst.«

»Ach, ich weiß nicht. Blumenstecken ist bestimmt sehr entspannend.«

Laurel setzte zu einer scharfen Replik in dem Sinne an, dass wesentlich mehr dazugehöre, Damron Floral zu betreiben, als den ganzen Tag anmutig Blümchen zu stecken, merkte jedoch, dass Monica sich im Raum umsah und ihr keine Beachtung schenkte. Sie hatte wahrscheinlich nicht einmal gemerkt, wie abfällig ihre Bemerkung geklungen hatte. Einfühlungsvermögen hatte noch nie zu Monicas Stärken gehört.

»Mary geht es wieder gut, nicht dass du dich danach erkundigt hättest«, sagte Laurel sauer. »Sie ist heute aus dem Krankenhaus entlassen worden.«

Nun hatte sie auf einmal wieder Monicas ungeteilte Aufmerksamkeit. »Nachdem Zeke frei ist, haben wir demnach zwei potenzielle Mörder auf freiem Fuß«, flüsterte sie. »Verdammt.«

Crystal trat zu ihnen. Obwohl sie ein Glas in der Hand hatte, dessen Inhalt nach purem Bourbon aussah, wirkte sie nicht etwa ruhiger.

Sie zischte: »Jemand war bei mir im Haus. Ich bin heute Nachmittag einkaufen gegangen, und als ich wiederkam, hab ich festgestellt, dass einiges fehlt.«

Monica warf ihr einen scharfen Blick zu. »Was heißt das, einiges?«

»Eine Porzellanfigur. Mein Jahrbuch.«

Laurel blieb die Luft weg. »Dein Jahrbuch?«

»Ja. Das mit der Seite zum Gedenken an Faith.«

»Hast du deine Tür nicht abgeschlossen?«, fragte Monica.

»Natürlich hab ich abgeschlossen! In dieser Lage? Hältst du mich für verrückt?«

»Und es gab keine Anzeichen, dass jemand sich mit Gewalt Zugang verschafft hat?«

»Nein.«

Laurel runzelte die Stirn. »Wie sah die Figur aus?«

»Das war ein Geschenk meiner Großmutter – eine Dame mit Schirm und einem langen Rüschenkleid. Sie war schön und wertvoll und Faith hat sie immer geliebt.«

»O Gott«, stöhnte Laurel. »Ich erinnere mich, glaub ich, vage daran. Sie stammt aus Frankreich. Hattest du nicht einen Namen für sie?«

»Bettina.« Crystal nahm einen Schluck von ihrem Drink. »Monica, hast du schon was rausgefunden?«

»Nein. Allerdings ziehe ich ernsthaft in Betracht, dass Zeke Howard unser Täter ist.«

»Zeke!«, krächzte Crystal vernehmlich, ehe Monica und Laurel sie ermahnen konnten, leise zu sprechen. »Wie soll Zeke jemanden umgebracht haben, der in New York wohnt?«

Monica seufzte. »Crystal, du glaubst immer noch, dass New York am anderen Ende der Welt liegt. Dabei ist Manhattan von Wheeling gerade mal sechshundertfünfzig Kilometer entfernt. Das ist mit dem Auto in sechs Stunden zu schaffen.«

»Aber Zeke ist doch ein alter Mann.«

»Er ist noch keine siebzig und körperbehindert ist er auch nicht.«

Laurel nickte. »Außerdem kann er Auto fahren und er ist nicht bei Verstand. Hat dir niemand erzählt, was gestern bei mir im Geschäft vorgefallen ist?«

»Doch. Denise.«

Es klingelte wieder. Gleich darauf betrat Neil Kamrath zögernd den Raum. Laurel warf einen Blick auf Kurt. Er wurde ganz still und blass. Selbst Crystal wich wie angewidert einen Schritt zurück. Nur Wayne und Monica schienen sich ehrlich zu freuen, ihn zu sehen. Wayne schüttelte ihm freundschaftlich die Hand und Monica murmelte: »Du meine Güte, du hattest Recht, Laurel. Die Jahre haben ihm tatsächlich gut getan.« Dann setzte sie ihr strahlendes Lächeln auf und ging mit verführerisch wackelnden Hüften auf Neil zu.

Crystal schüttelte den Kopf. »Monica und Faith. Konnten beide nie die Finger von einem gut aussehenden Mann lassen.«

Neil wurde allen vorgestellt. Laurel merkte, dass sein Lächeln gezwungen war, und als er Kurts starrem Blick begegnete, verschwand es ganz. Laurel ärgerte sich. Kurt wusste nichts von ihrem Verdacht, dass Neil womöglich Angie getötet hatte. Vielleicht gab er wie viele andere Leute in der Stadt Neil die Schuld an Faiths Tod. Aber Kurt musste sich doch darüber im Klaren sein, dass niemand dafür verantwortlich war, wenn sich ein anderer das Leben nahm. Wenn nicht, war seine unreife Haltung nicht nur enttäuschend, sondern richtig ärgerlich. Kurt war kein dummer Mann, aber er benahm sich so.

Da sie befürchtete, die frostige Begrüßung könne Neil vertreiben, trat sie zu ihm. »Hi, Neil. Wie schön, dass du beschlossen hast zu kommen.«

Er lächelte ihr freundlich zu. »Ohne deine Ermunterung hätte ich es nicht getan.«

»Ich bin froh über meinen Einfluss auf dich.«

»Na ja, richtig erscheint es mir trotzdem nicht, hier zu feiern, während mein Vater im Sterben liegt.«

»Wayne hat erzählt, dass er im Koma ist«, erinnerte ihn Laurel behutsam. »Er würde dich gar nicht bemerken, selbst wenn du an seinem Bett sitzt. Außerdem muss dein Leben weitergehen, Neil.«

Er sah sie ernst an. »Das haben alle gesagt, nachdem Ellen und Robbie gestorben waren. Ich hab es damals nicht unbedingt geglaubt und jetzt bin ich mir dessen erst recht nicht sicher.«

»Neil …«

»Schon gut.« Er lächelte wieder. »Ich bin ein Partymuffel. Aber ich will versuchen, ein wenig Weihnachtsstimmung aufzubringen, was unter dem kritischen Blick deines Freundes allerdings keine Kleinigkeit ist.«

»Kurt ist in Ordnung, aber er kann eigensinnig und unvernünftig sein. Achte einfach nicht auf ihn.«

Laurel blickte auf und sah, wie Denise Audra in Richtung Flügel drängte. Ich habe Audra versprochen, ihr zu helfen, dachte Laurel. »Entschuldige mich, Neil«, raunte sie.

»Los, mein Schatz, alle würden sich freuen, dich ›Jingle Bells‹ spielen zu hören.«

»Aber, Mommy, ich will nicht.«

»Ich finde, sie sieht ein wenig müde aus.« Denise blickte Laurel überrascht an. »Und ganz rot im Gesicht.« Laurel legte ihre Hand auf Audras kühle Stirn. »Du fühlst dich tatsächlich ziemlich heiß an.«

Denises Überraschung verwandelte sich in Besorgnis. Oje, das ist nicht fair, dachte Laurel schuldbewusst. Aber Audras große braune Augen blickten dankbar.

»Heiß!«, wiederholte Denise und legte selbst die Hand auf Audras Stirn. »Ich glaube, du hast Recht. Wayne!«

Audra sah Laurel an und verdrehte die Augen. Gleich darauf stand Wayne neben ihnen. »Was ist los?«

»Laurel glaubt, dass Audra Fieber hat. Kümmer du dich drum. Ich gehe das Thermometer holen.«

Denise verschwand. Wayne berührte Audras Stirn. Dann grinste er. »Hast wohl Laurel überredet, dass sie dich davor rettet, spielen zu müssen?«

Audra nickte. »Es tut mir Leid«, sagte Laurel. »Ich hab nur versucht, ihr zu helfen.«

»Schon gut«, antwortete Wayne. »Ich sage ständig zu Denise, dass man Kinder nicht zwingen soll zu spielen, sonst hassen sie das Klavier nur umso mehr.« Denise kam mit dem Thermometer zurück. »Süße, ich glaube, es ist alles in Ordnung mit ihr«, sagte Wayne zu ihr, »sie ist nur schon so lange auf und vor ein paar Tagen ging es ihr gar nicht gut.« Er küsste Audra auf die Wange. »Ab ins Bett mit dir.«

Audra blickte enttäuscht drein, aber sie hatte nun mal nur die eine Wahl: Bett oder Konzert. Laurel war überzeugt, dass ihr das Bett lieber war.

Fünfzehn Minuten später kam Denise wieder von oben herunter. Der Geräuschpegel war beachtlich gestiegen, da manche Gäste schon häufig den Barkeeper angesteuert hatten. Laurel sah, dass Neil Anstalten machte zu gehen, als Monica sich mit funkelnden Augen und langen entblößten Beinen an ihn heranmachte. Laurel war nicht sicher, ob Monica auf Informationen aus war oder nur flirten wollte.

Eine Frau, an deren Namen sich Laurel nicht erinnern konnte, nahm sie in Beschlag und beklagte sich darüber, was für überzogene Preise ihrer Meinung nach der Flower-Basket-Laden verlangte. Sie deutete an, dass sie erwäge, Damron Floral den einen oder anderen Auftrag zu erteilen. Laurel wusste, dass diese Aufträge sich auf zwei bis drei pro Jahr beschränken würden. Und dafür wurde von ihr erwartet, vor lauter Glück ganz aus dem Häuschen zu sein. Die Frau schien sich durch ihre lustlose Reaktion beleidigt zu fühlen und ging.

Laurel sah zu Kurt hinüber, der sich angeregt mit einer auffällig gut aussehenden Blondine unterhielt. Crystal saß allein in einer Ecke und futterte Schokoladen- und Walnussbrot. Denise war in ein ernstes Gespräch mit einer dunkelhaarigen Frau vertieft, die aussah, als wäre sie im achten Monat schwanger. Genau wie Claudia, dachte Laurel. Meine Schwester wird in ein paar Wochen ihr Kind bekommen und es ist mir gleich. Ich hab noch nicht mal Lust, über Weihnachten zu ihr zu fahren. Was ist nur los mit mir?

Der Raum kam ihr auf einmal verraucht, beengt und zu laut vor. Sie hätte vorgeschlagen, nach Hause zu gehen, aber sie hatte das komische Gefühl, dass Neil auch gehen würde, wenn sie sich verabschiedete. In dem Fall hätte Monica keine Chance, wertvolle Informationen aus ihm herauszulocken. Außerdem machte Kurt den Eindruck, als amüsiere er sich herrlich mit der Blonden. Sie überlegte, dass sie hätte eifersüchtig sein müssen, war es jedoch nicht.

Spontan ergriff sie Waynes Arm, als dieser vorbeikam. »Ich weiß, Audra wollte nicht spielen, aber wie steht es mit dir? Ich würde furchtbar gern ein paar Songs hören.«

Wayne schien erfreut zu sein. »Ist das eine echte Aufforderung oder fragst du nur aus Höflichkeit?«

»Nur aus Höflichkeit«, entgegnete Laurel leichthin.

»Das macht gar nichts. Selbst schuld, dass du mich gefragt hast.«

Er trat an den Flügel und Laurel applaudierte, um die Aufmerksamkeit der anderen zu erregen. »Heute Abend werden sich die begnadeten Hände unseres Lieblingschirurgen seinem zweitgrößten Talent widmen, dem als Pianist.« Eine Menge Leute lachten, klatschten und rückten näher an den Flügel heran.

»Mein Repertoire ist begrenzt, deshalb frage ich erst gar nicht nach Ihren Wünschen«, sagte Wayne feierlich. »Ich spiele nur, was ich kenne. Anfangen möchte ich mit etwas Schönem, Leichtem: ›Even Now‹ von Barry Manilow.«

Laurel hatte ihn bisher nur einmal gehört und hatte vergessen, wie gut er spielte. Und er sang auch recht gut – nicht geschliffen und professionell, aber gut. Denise stand hinter ihm und nippte gelassen an ihrem Eierlikör, doch ihre Augen leuchteten. Was für ein Glück, dass sie ihn gefunden hat, dachte Laurel. Denise, Wayne und Audra waren die perfekteste Familie, die sie sich vorstellen konnte.

Als er fertig war, rief jemand: »Bravo! Weiter!«

Wayne zog den Kopf ein. »Wenn Sie darauf bestehen.« Er setzte zu »Every Little Kiss« von Bruce Hornsby an. Jemand begann mitzuklatschen und bald war der ganze Wohnraum mit dem Klang des Klaviers, Waynes Stimme und dem Klatschen fast aller Anwesenden erfüllt.

Am Ende des Songs war die Mehrzahl der Gäste völlig aufgedreht. Einige ließen sich nachschenken, andere entfernten sich vom Flügel, wieder andere kamen näher heran. Laurel konnte Kurt nirgends entdecken. Inzwischen war der Wohnraum voller Leute, die entspannt waren und bereit, sich richtig zu amüsieren.

Laurel hob die Stimme, um den Lärm zu übertönen. »Ich weiß, du nimmst keine Wünsche entgegen, aber ich werde trotzdem einen äußern. Wie wäre es mit ›Great Balls of Fire‹?«

Denise warf ihr einen gespielt bösen Blick zu. »Dazu hat Audra dich aufgehetzt, nicht wahr?«

»Sie hat nur gesagt, dass es eines von Waynes Lieblingsstücken ist, und ich möchte unbedingt sehen, ob er die Beinarbeit richtig hinkriegt.«

»Das erlaubt Denise nicht«, sagte Wayne lachend. »Aber das Übrige werde ich, so gut ich kann, mit echtem Jerry-Lee-Lewis-Gefühl vortragen.«

Gleich darauf verwandelte sich der brave, dickliche, halbglatzige Dr. Wayne Price in einen temperamentvollen Rockstar. Einige Leute ließen sich so mitreißen, dass sie zu tanzen anfingen. Laurel konnte die Augen nicht von Waynes flinken Fingern abwenden.

Jerry Lee, du weißt es nicht, aber du hast in Wheeling ernsthafte Konkurrenz, dachte sie entzückt und fühlte sich zum ersten Mal seit Wochen jung und glücklich. Von irgendwoher tauchte ein fremder Mann auf, der sie packte und anfing, sie im Wohnzimmer herumzuwirbeln.

Wayne brachte den Song gerade zum dramatischen Abschluss, als plötzlich eine Frau aufschrie. Einige der Gäste hatten es entweder nicht gehört oder glaubten, sie habe sich nur hinreißen lassen, denn sie tanzten und klatschten einfach weiter. Wayne dagegen nahm die Hände von den Tasten und sprang mit solchem Nachdruck auf, dass der Klavierschemel rückwärts umkippte. Seine Augen waren auf die Wendeltreppe gerichtet.

Laurel stieß ihren Tanzpartner von sich und fuhr herum. Auf der Treppe stand Audra in einem rosa Pyjama. Sie hielt eine schlanke Modepuppe aus Kunststoff umklammert und ein breites Stück silbriges Klebeband bedeckte ihren Mund unter den riesig weit aufgerissenen, entsetzten Augen.

Inzwischen hatten die meisten Leute mitbekommen, dass etwas nicht stimmte. Sie hielten inne und starrten das Kind an. Wayne und Laurel stürzten quer durch den Wohnraum auf Audra zu und erreichten sie gleichzeitig.

Wayne zog sachte das feste Klebeband vom kreideweißen Gesicht seiner Tochter. »Mein Gott, Schatz, was ist denn nur passiert?«, flüsterte er.

»Ein Gespenst ist zu mir ins Zimmer gekommen«, sagte Audra mit tonloser Stimme, »ein Gespenst in einem langen weißen Kleid, mit langen, lockigen, roten Haaren. Das Gespenst hat mir erst die Hand auf den Mund gelegt und ihn dann zugeklebt. Es hat gesagt, dass meine Mommy mich nicht verdient hat. Dann hat es mir das da gegeben.«

Sie hielt Laurel die Puppe hin. Sie hatte langes rotes Haar und war nackt bis auf einen herzförmigen Anhänger, der um ihren schlanken Hals hing.

Denise eilte herbei und nahm ihr schreckensstarres Kind in den Arm. »Guter Gott«, keuchte sie. »Was ist passiert?«

Laurel nahm den Anhänger vom Hals der Puppe und drehte ihn um, obwohl das eigentlich nicht nötig gewesen wäre. Sie erkannte ihn wieder, las aber dennoch, was dort eingraviert stand.

»F. S. H. Faith Sarah Howard.« Sie sah Denise an. »Das ist das letzte Geschenk, das Faiths Mutter ihr gemacht hat, bevor sie verschwunden ist.«

Neun

1

Laurel hatte gar nicht gemerkt, dass Kurt hinzugetreten war, aber nun hörte sie seine Stimme. »Audra, wo ist diese Person danach hingegangen?«

»Das war keine Person. Es war ein Gespenst. Hab ich doch gesagt.«

»Mit einer Männer- oder einer Frauenstimme?«

Audra blickte unschlüssig drein. Es war das erste Mal, dass ihr Gesicht einen anderen Ausdruck als den nackten Entsetzens annahm. »Ich weiß nicht. Es hat irgendwie gewispert.«

»Und wo ist es dann hingegangen?«, hakte Kurt nach.

»Raus aus meinem Zimmer. Den Flur entlang.«

»Zur Hintertreppe!«, sagte Laurel.

Während Denise und Wayne ihre verschreckte Tochter trösteten, führte Laurel Kurt in die Küche. Sie war leer. Die Hintertreppe befand sich an der westlichen Hauswand, die oberste Stufe drei Meter von der Hintertür entfernt, die ungefähr zwei Zentimeter breit offen stand. Kurt nahm ein Handtuch von der Arbeitsfläche, fasste damit den Knauf an und zog so die Tür auf. Die kleine hintere Veranda war trocken, denn sie war überdacht. Der restliche Schnee auf dem Rasen dahinter war mit Fußspuren übersät.

»Was meinst du?«, fragte Laurel.

»Ich meine, unser ›Gespenst‹ ist längst auf und davon.«

»Aber wer …«

»Mary oder Zeke. Wer sonst sollte Faiths Anhänger haben?«

Ein Muskel in Kurts Kiefer zuckte. »Ich werde die städtische Polizei anrufen und Bescheid sagen, dass sie jemanden herschicken, während ich zu den Howards fahre.«

»Solltest du nicht besser hier auf die Polizei warten?«

»Wenn ich warte, könnte es sein, dass Zeke oder Mary Beweise vernichten. Außerdem haben wir Zeke schon mal aus dem Verkehr gezogen.«

»Und damit nichts erreicht.«

»Wir haben getan, was wir konnten«, sagte Kurt schroff. »Und ich werde, verdammt noch mal, rausfinden, ob einer der beiden hergekommen ist und das Kind geängstigt hat.«

Als sie in den Wohnraum zurückkehrten, war die Hälfte der Gäste schon gegangen. Wayne verabschiedete sie nacheinander. Laurel sah weder Denise noch Audra und dachte sich, dass Denise das kleine Mädchen wohl zurück auf sein Zimmer gebracht hatte. Crystal und Monica harrten in der Nähe des Flügels aus. »Seid ihr zwei bereit, zu mir nach Hause zu kommen, damit wir uns unterhalten können?«

Crystal blickte ängstlich drein. Monicas Blick wurde hart. »Du willst uns nur wieder überreden, dass wir zur Polizei gehen, nicht wahr?«

»Ich werde euch nicht überreden. Ich werde an euren gesunden Menschenverstand appellieren. Monica, du bist Juristin. Was würdest du einem Klienten unter diesen Umständen raten?«

»Den Mund zu halten.« Monica stellte ihr Glas ab. »Ich gehe jetzt. Crystal, wenn du dich nicht in teuflische Schwierigkeiten bringen und Chuck endgültig verlieren willst, schlage ich vor, dass du es genauso machst.«

Laurel berührte Crystals eisige Hand. »Crystal, ich bitte dich …«

»Ich … ich kann nicht.« Crystal senkte den Blick. »Tut mir Leid. Ich weiß, du bist von mir enttäuscht, aber Chuck …«

»Chuck ist fort«, sagte Laurel grob. »Dein Schweigen zu Faiths Tod bringt ihn nicht zu dir zurück, aber es könnte dich dein Leben kosten.«

»Ich will nicht mit der Polizei reden. Ich kann nicht!«

Crystal eilte zur Haustür. Tränen rannen ihr über die Wangen.

2

Laurel wusste, dass es hoffnungslos war, mit Denise zu sprechen. Selbst wenn sie auch der Meinung war, dass es Zeit wurde, zur Polizei zu gehen, war sie wegen Audra zu sehr durcheinander, um an diesem Abend noch etwas zu unternehmen. Außerdem hatte Laurel bereits entschieden, was zu tun war.

Kurt setzte sie zu Hause ab, ehe er zu den Howards weiterfuhr. Während Laurel den Schlüssel ins Schloss steckte, blickte sie zu ihm auf. »Kommst du nachher noch vorbei?«

»Wenn es zu einer Verhaftung kommt, könnte es spät werden.«

»Das ist mir egal. Ich muss unbedingt mit dir reden.«

Er sah sie durchdringend an. »Wirst du mir endlich erzählen, was in der letzten Woche wirklich vorgegangen ist?«

Sie brauchte eine Weile, ehe sie antwortete: »Ja, Kurt, ich will dir alles erzählen.«

Er küsste sie auf die Stirn. »Gut. Ich hasse es, wenn du mich ausschließt, schon gar, wenn ich weiß, dass du Angst hast oder unglücklich bist. Wir sind seit unserem siebenten Lebensjahr dicke Freunde.«

»Faith hat mich dir aufgedrängt.«

Kurt lächelte. »Chuck und ich waren längst nicht so forsch, wie wir getan haben. Wir waren zwar erst acht, aber zwei gut aussehende Mädchen wussten wir durchaus schon zu schätzen.« Laurel lachte, als sie an sich dachte, mit dem zerzausten Haar und den fehlenden Vorderzähnen. »Ich komme, sobald ich kann, zurück.«

Laurel hatte im Wohnzimmer zwei Lampen angelassen. April und Alex hoben die Köpfe und blinzelten sie von ihren Kissen vor dem Kamin verschlafen an. Es war offensichtlich im Lauf des Abends nichts passiert, was sie aufgeregt hatte. Heute war Denise das Opfer gewesen, obwohl es Laurel lieber gewesen wäre, bei ihrer Heimkehr eine harmlose Verschönerung ihrer Haustür vorzufinden, als Audra so verängstigt zu sehen. Wer immer sich als Gespenst verkleidet hatte, um ein hilfloses kleines Mädchen zu erschrecken, hätte es verdient, ausgepeitscht zu werden, dachte Laurel grimmig.

Ob es Zeke oder Mary waren?, fragte sich Laurel, während sie zusätzliche Holzscheite in den Kamin legte. Es war ganz leicht gewesen, durch die Küchentür hereinzukommen, die Hintertreppe hochzuschleichen und unbemerkt wieder zu verschwinden, denn der Partyservice hatte am frühen Abend alles geliefert und niemanden zum Servieren zurückgelassen.

Als das Feuer hoch aufloderte, nahm Laurel auf der Couch Platz, um nachzudenken. Dort im Wohnraum hatte so viel Betrieb geherrscht, dass es auch für einen Gast leicht gewesen wäre, sich einige Minuten fortzustehlen. Sie schloss die Augen und versuchte sich die Szene vorzustellen. Hatte sie Neil Kamrath gesehen? Nein. Da war sie ganz sicher. Hatte er sich den Aufruhr zunutze gemacht, um sich zu verdrücken, wie er es eindeutig vorgehabt hatte, ehe sich Monica an ihn heranmachte? Oder hatte er draußen eine Robe und eine Perücke versteckt und war dann damit nach oben gegangen?

Sie zog die Beine hoch und schlang die Arme darum. Die Vorstellung, dass sich Neil in Robe und Perücke gehüllt haben und mit einer Puppe in der Hand herumgelaufen sein sollte, die Faiths Anhänger trug, erschien ihr absurd, aber Audra und Denise waren entsetzt gewesen, und das Verbreiten von Entsetzen gehörte nun einmal zu Neils Repertoire. Verdiente er etwa nicht seinen Lebensunterhalt damit, dass er sich Angst erregende Situationen ausdachte?

Dabei war sie es gewesen, die mit Crystal und Kurt heftig über den Unterschied zwischen Phantasie und Wirklichkeit diskutiert hatte.

Ein Schriftsteller war nicht automatisch verrückt, nur weil Horror sein Genre war.

Laurel war nicht sicher, wie lange sie schon in die Flammen gestarrt und unentwegt nachgedacht hatte, als Kurt an die Tür klopfte. Seine Wangen waren von der Kälte gerötet und die Hosenbeine seines neuen Anzugs über den stumpf gewordenen Schuhen feucht und schmutzig.

»Was ist denn passiert?«, fragte Laurel.

»Es war niemand zu Hause. Alle Lichter brannten, aber es kam niemand an die Tür. Ich wollte gerade wieder gehen, als ich Mary rufen hörte: ›Papa! Wo bist du?‹ Ich bin der Stimme nachgegangen, und als ich Mary gefunden hatte, war sie außer sich. Sie hat ausgesagt, dass sie zu Zeke hineingegangen ist, um zu sehen, ob er auch gut schläft, und dass er verschwunden war. Wir haben den Wald abgesucht und ihn schließlich an einen Baumstamm gelehnt entdeckt. Er hat geredet.«

»Geredet mit wem?«

»Mit Faith und Genevra. Ich wusste es nicht mehr, aber Mary hat gesagt, dass Genevra ihre Mutter war.«

»Ja. Und was hat er gesagt?«

»Etwas in der Art, dass Genevra ihre Kinder nicht verdient hat, dass Faiths Tod ungerecht war und noch vieles mehr.«

»Kurt, Audra hat erzählt, das Gespenst hätte gesagt, dass ihre Mutter sie nicht verdient hat.«

»Ich weiß.«

»Wo ist Zeke jetzt?«

»Zu Hause im Bett.«

»Zu Hause!«

»Laurel, ich kann niemanden dafür verhaften, dass er im Wald hockt und vor sich hin redet. Es gab keine Beweise. Als ich ihn gefunden habe, war mindestens eine Stunde vergangen, seit jemand Audra so erschreckt hat. Aber hör dir das an – Mary war nicht bereit, mich ohne Durchsuchungsbefehl ins Haus zu lassen. Sie war vollkommen unnachgiebig.«

Laurel zog die Brauen hoch. »Ob sie was zu verbergen hat?«

»Das hab ich mir auch gedacht. Dann hat sie mich aufgefordert zu gehen, damit sie einen Arzt für Zeke anrufen kann.«

Laurel bemerkte auf einmal, wie erschöpft Kurt aussah. »Nimm doch Platz. Möchtest du etwas zu trinken?«

»Ein Bier.«

Sie eilte in die Küche, um eine Dose Bier und ein Glas zu holen, auch wenn ihr klar war, dass er das Glas vermutlich ignorieren würde. Als sie ins Wohnzimmer zurückkam, hatte er seine nassen Schuhe ausgezogen, den Kopf an die Rückenlehne der Couch gelegt und die Beine in Richtung Kaminfeuer ausgestreckt. »Der gute Anzug«, murmelte sie.

»Meinst du, die Reinigung kann etwas gegen diesen Dreck ausrichten?«

»Ich werde die Hose zu meiner Reinigung bringen. Die vollbringen wahre Wunder.«

»Prima. Es wäre schade, wenn mein neuer Anzug nach einmaligem Tragen ruiniert wäre.« Er grinste. »Meine Mutter hat mich darin noch gar nicht zu sehen bekommen.«

»Wir hätten ein Polaroidfoto schießen sollen, ehe wir aufgebrochen sind.« Ein Polaroidfoto. Das Bild von Angies zerschlagenem

Leichnam. Nun ließ es sich nicht länger aufschieben. »Kurt, ich sagte dir doch, dass ich dir erzählen will, was vorgeht.« Er sah sie ernst an. »Begonnen hat alles vor dreizehn Jahren mit dem Tod von Faith Howard.«

Ihr Herz klopfte heftig, während sie die Geschichte erzählte, angefangen mit der Gründung der Herzsechs und ihrem wachsenden Interesse an Hexenkunst. Und schließlich berichtete sie von jener Nacht, in der Faith betrunken und tollkühn den Kopf in eine Schlinge gesteckt und den Boden unter den Füßen verloren hatte. Von dem Feuer. Von ihrer Flucht aus der Scheune. Und von ihrem Schweigen.

Sie rechnete damit, dass sich Unglauben oder Entsetzen auf Kurts Gesicht abzeichnen würden. Doch es geschah nichts weiter, als dass sich seine Kiefer verspannten und ein leichtes Zucken unter dem linken Auge auftrat. »Kurt, was denkst du?«, fragte sie mit kleinlauter Stimme.

»Ich denke gar nichts«, sagte er frostig. »Und was hat das alles mit dem zu tun, was jetzt vorgeht?«

Er sah sie an, als würde er sie nicht kennen, als wolle er sie nicht kennen, und einen Augenblick lang glaubte sie, nicht weitersprechen zu können. Doch es musste sein.

Der nächste Teil der Erzählung brach fast emotionslos aus ihr hervor. Sie berichtete von den Indizien, die man in Angies Wohnung gefunden hatte – von der Sechs und dem Herzen, das jemand mit Blut auf den Spiegel gemalt hatte, von der Tarot-Karte neben der Leiche. Sie berichtete von den Fotos, die sie, Monica und Crystal erhalten hatten, und holte das Polaroidfoto von Angie, um es ihm zu zeigen. »Dann kam der Vorfall mit dem gerammten Auto, der Trauerkranz, das Herz an meiner Haustür. Crystal sagt, dass jemand bei ihr eingedrungen ist und ihr Jahrbuch und eine wertvolle Porzellanfigur, die Faith immer geliebt hat, hat mitgehen lassen. Das Letzte war das, was heute Abend Audra zugestoßen ist. Denise, Crystal und Monica wollen nicht mit der Polizei über Faiths Tod reden. Sie sagen, sie werden alles abstreiten, wenn ich sie verrate, aber ich kann doch nicht zulassen, dass ein Kind in Angst und Schrecken versetzt wird, oder riskieren, dass noch jemand umgebracht wird.«

Ihre Hände waren eiskalt und zitterten, als sie fertig war. Kurt wandte endlich seinen finsteren Blick von ihr ab, dem Kaminfeuer zu. Er regte sich nicht. Laurel wartete, solange sie konnte, und platzte dann heraus: »Sag doch etwas!« Er blieb stumm. »Kurt, wenn du willst, dann sage mir, dass ich ein schlechter Mensch bin, ein Feigling, eine Lügnerin. Oder wenn du mich schlicht anschreien willst, dann tu es jetzt! Aber sitz bitte nicht da wie die Sphinx. Dein Schweigen macht mich verrückt.«

»Offenbar verstehst du sehr gut, was Schweigen heißt.«

Sie hatte ihn angefleht, etwas zu sagen. Seine Worte waren wie ein Schlag ins Gesicht, aber er hatte Recht.

»Ich weiß, wir waren im Unrecht, Kurt, und ich will uns nicht damit entschuldigen, dass wir jung und verschreckt waren. Wir waren es, aber wir wussten alle, dass das nicht richtig war. Was wir getan haben, war falsch, aber wir haben Faith nicht umgebracht. Es war ein böser Zufall.«

»Ihr habt sie betrunken gemacht und sie überredet, eine Dummheit zu begehen. Und es hat ihr Leben und das ihres Kindes gekostet.«

Sie hatten Faith zu nichts überredet. Alle außer Monica hatten versucht, es ihr auszureden, als sie den Kopf in die Schlinge stecken wollte. Aber Laurel hatte sich vorgenommen, keine Ausflüchte zu machen. Und Kurt war nicht in Stimmung, ihr zuzuhören.

»Was wirst du nun unternehmen?«, fragte sie leise.

»Es gibt nichts, was ich für Faith und das Baby tun kann.«

»Das weiß ich, Kurt. Ich meinte wegen des Mörders, der sie offensichtlich rächen will.«

»Das weiß ich noch nicht. Ich werde mich bemühen, mehr Informationen von der New Yorker Polizei zu bekommen, rechne aber nicht damit, dass sie zur Zusammenarbeit bereit sind, schon gar nicht, da Monica in Einzelheiten eingeweiht ist, die sie nicht hätte erfahren dürfen. Andererseits könnte es sein, dass die sich dafür interessieren, was ich zu sagen habe.« Er seufzte. »Ich muss jetzt gehen.«

Er zog seine Schuhe an und ging steif zur Tür. Laurel folgte ihm. »Kurt, werde ich morgen von dir hören?«

»Ich weiß es noch nicht«, sagte er geistesabwesend. »Gute Nacht, Laurel.«

Er berührte sie nicht, begegnete nicht ihrem Blick. Sie hatte ihn monatelang als selbstverständlich hingenommen, doch als sie ihm nun hinterhersah, wie er zum Wagen ging, verengte sich ihre Kehle. Sie hatte das Gefühl, einen Freund verloren zu haben.

Zehn

1

Laurel versuchte erst gar nicht, im Bett zu schlafen. Sie breitete die Schondecke aus und rollte sich auf der Couch zusammen. Sobald Kurt gegangen war, gesellten sich April und Alex zu ihr und schmiegten sich so dicht wie möglich an sie. Sie wusste, dass ihre weiße Hose und der Pullover am Morgen mit Hundehaaren bedeckt sein würden, aber das war ihr egal. Eine Rechnung von der chemischen Reinigung war nichts im Vergleich zu dem Trost, den die beiden spendeten.

»Denise, Crystal und Monica werden ganz schön wütend auf mich sein«, sagte sie zu den Hunden. Sie hatte es sich in den letzten paar Jahren, seit sie allein lebte, zur Gewohnheit gemacht, mit ihnen wie mit anderen Menschen zu sprechen. Alex legte den Kopf schief, als würde er ihr seine ganze Aufmerksamkeit schenken. »Aber ich musste Kurt davon erzählen. Ich weiß, alle werden schockiert darüber sein, wie Faith wirklich gestorben ist. Sie war meine beste Freundin – wahrscheinlich wird es sich auch aufs Geschäft auswirken. Papa wird wütend sein. Aber ich würde es jederzeit wieder tun. Mit Kurt zu reden war kein Fehler. Ich hätte es ihm sagen sollen, sobald ich von dem Mord an Angie erfahren habe …«

Sie redete weiter auf die Hunde ein, bis sie irgendwann mitten in der Nacht einschlief. Helles Sonnenlicht, das durchs Wohnzimmerfenster hereinströmte, weckte sie.

Laurel warf einen Blick auf die Uhr. Acht Uhr fünfzehn. Sie hatte seit Monaten nicht mehr so lange geschlafen. Die Hunde waren bereits auf und sahen sie erwartungsvoll an. »Ich bin zu spät dran mit dem Frühstück, wie?«, fragte sie mit vom Schlaf belegter Stimme.

Sie warf die Schondecke ab und erhob sich. Obwohl die Couch lang und bequem war, fühlte sie sich steif. Wenn sie sich nur den Tag freinehmen und sich entspannen könnte. Aber ausgerechnet an diesem Sonntag konnte sie nicht zu Hause bleiben. Wegen des

Aufruhrs um Zeke und Mary am Freitag und der Tatsache, dass sie das Geschäft tags zuvor früh geschlossen hatte, waren für die Totenwache Ricci am Abend noch mehrere Aufträge zu erledigen.

Eine heiße Dusche, zwei Aspirin und eine Tasse Kaffee sorgten dafür, dass sie sich fast wieder wie ein Mensch fühlte. Angetan mit Jeans und einem dicken roten Pullover, das Haar achtlos mit einer Schleife zusammengebunden, ging sie zu ihrem Auto. Sie besah sich erneut den Schaden, die verbeulte Stoßstange und den leicht eingedellten Kofferraumdeckel. Kurt hatte versprochen, das Auto zu mehreren Werkstätten zu bringen und Kostenvoranschläge einzuholen. Diese Gefälligkeit durfte sie wohl jetzt nicht mehr von ihm erwarten.

Um zehn fuhr sie zu Hause los, und als sie im Geschäft ankam, setzte sie eine Kanne Kaffee auf. Sie hatte dauernd das Gefühl, etwas im Auge zu haben, so wenig hatte sie in der vergangenen Woche geschlafen. Hunger hatte sie nicht. Sie empfand eine seltsame Mischung aus Erleichterung, Kurt alles erzählt zu haben, und Kummer über seine Reaktion. Er hatte kein Verständnis gezeigt. Hatte Monica das etwa nicht vorausgesagt? Dass niemand Verständnis zeigen würde? Dass man die überlebenden Mitglieder der Herzsechs in der Stadt wie Ausgestoßene behandeln würde? Sie hatte wahrscheinlich Recht, aber das änderte nichts an Laurels Entschluss. Sie hatte es richtig gemacht, ohne Rücksicht auf die Konsequenzen.

Laurel war ungefähr eine Stunde damit beschäftigt, Blütenstängel in *Instant Oasis* zu stecken, das feuchte grüne Grundmaterial für alle frischen Blumengestecke. Sie war gerade dabei, einen Korb mit Nelken, Gladiolen und Margeriten mit Zwerglorbeer zu schmücken, als sie jemanden vorn an die Ladentür klopfen hörte.

Es ist Sonntagmorgen, dachte sie gereizt. Kann dieser Mensch nicht die aufgemalten Geschäftszeiten oder das Schild mit der Aufschrift »Geschlossen« sehen?

Dann fiel ihr ein, dass es Kurt sein könnte. Sie wischte sich rasch die feuchten Hände an der Hose ab und eilte zur Vordertür.

Durch das Schaufenster spähte Neil Kamrath zu ihr herein.

Laurel zögerte. Wollte sie mit ihm im Laden allein sein? Er hätte Angie ermordet haben können. Doch sein Lächeln war entwaffnend und es war helllichter Tag. Sie sah ein Paar die Straße überqueren. Neil würde bestimmt keine Gewalt riskieren, solange es Zeugen gab, und die Chance, sich mit ihm zu unterhalten, wollte sie sich nicht entgehen lassen.

Sie schloss langsam die Tür auf und sah ihn fragend an. »Hi, Laurel«, sagte er freundlich. »Ich habe vor einer Weile bei dir zu Hause angerufen. Ich dachte mir, dass du hier sein würdest.« Sie sah ihn weiter an und versuchte sich schlüssig zu werden, ob sie ihn hereinlassen sollte oder nicht. »Ich muss unbedingt mit dir reden«, sagte er, ohne ihre Unhöflichkeit zu bemerken. »Dürfte ich vielleicht hereinkommen?«

Laurel zögerte. Dann trat sie einen Schritt zurück und machte die Tür weit auf. Ein Vampir kann nicht hereinkommen, es sei denn, man lädt ihn ein, dachte sie törichterweise und fragte sich sogleich, woher sie nur diese wichtige Information hatte. Wahrscheinlich hatte sie es in einem von Neils Büchern gelesen.

»Arbeitest du immer am Sonntag?«, fragte er.

»Nein. Aber ich hab gestern allen früh freigegeben, was auch nichts ausgemacht hätte, wenn der Großhändler wie gewünscht früh geliefert hätte. Leider kam die Lieferung sehr spät und wir konnten nicht mehr alle Bestellungen für Angies Totenwache heute Abend erledigen.«

»Ich verstehe.« Er verzog das Gesicht. »Ich denke, ich spar mir die Totenwache. Der Reaktion nach zu urteilen, die ich ausgelöst habe, als ich gestern Abend auf dem Fest erschienen bin, ist mein Name in dieser Stadt nach wie vor verpönt.«

»Nicht bei allen.«

»Warum stehst du dann steif wie ein Stock da und schenkst mir nicht einmal ein kleines Lächeln?«

Weil es das erste Mal ist, dass ich mit dir allein bin, dachte sie. »Ich denke, ich bin immer noch ein wenig erschüttert von der Sache mit der Puppe gestern Abend.«

»Darüber wollte ich mit dir reden.«

»Ach ja?«

Er nickte. »Ich hab was gesehen, das mir zu schaffen macht.« Laurel sah ihn wieder fragend an. »Nein, nein, nicht denjenigen, der das kleine Mädchen erschreckt hat, sondern die Puppe hab ich gesehen. Beziehungsweise das, was an der Puppe hing.«

»Den Anhänger?«

Er nickte. »Eine Woche, nachdem Faith gestorben war, hab ich bei den Howards vorgesprochen, um festzustellen, wie es ihnen geht. Zeke war nicht zu Hause. Mary ist auf die Veranda getreten und hat mich angeschrien wie von Sinnen. Sie hat gesagt, dass weder sie noch ihr Vater mich zu sehen wünschten. Sie hat gesagt, dass sie mich für Faiths Tod verantwortlich macht. Sie hat mir meinen Freundschaftsring vor die Füße geworfen. Darauf sagte ich, dass ich geglaubt hatte, Faith sei damit begraben worden. Da schrie sie, dass sie nie zulassen würde, dass Faith mit etwas begraben würde, das mir gehört. ›Das einzige Schmuckstück, das mit meiner Schwester zusammen begraben wurde, ist der Anhänger, den ihr meine Mutter geschenkt hat‹, hat sie gesagt. ›Er hat ihr mehr bedeutet, als selbst ein Ehering von dir ihr hätte bedeuten können.‹«

Laurel runzelte die Stirn. »Mary hat also behauptet, Faith hätte den Anhänger mit ins Grab genommen?«

»Ja. Bei der Totenwache lag Faith in einem geschlossenen Sarg, wie du dich sicher erinnerst. Der Zustand der Leiche …«

Laurels Magen krampfte sich zusammen. »Ich erinnere mich.« Sie wandte den Blick ab. »Aber offensichtlich wurde der Anhänger doch nicht mit ihr begraben. Die Kette an der Puppe hat Faith gehört. Ich habe sie Hunderte von Malen gesehen.«

»Das wollte ich von dir bestätigt haben. Ich bin gestern Abend nicht so nahe wie du rangekommen, um mich selbst zu überzeugen.«

Laurel runzelte die Stirn. »Neil, ich hab dich gar nicht gesehen, als Wayne Klavier gespielt hat, direkt bevor Audra die Treppe herunterkam. Ich dachte, du wärst gegangen.«

»Nein. Ich war auf dem Weg zur Tür, war aber noch nicht draußen, als das kleine Mädchen heruntergekommen ist. Ich bin erst gegangen, nachdem du die Initialen auf dem Anhänger vorgelesen hattest. Danach hab ich die Flucht ergriffen. Emotionale Reaktion, denke ich. Das arme kleine Kind hat völlig entsetzt ausgesehen.«

Ob sie ihm glaubte? Ja. Er musste da gewesen sein. Er wusste, dass sie den Anhänger in der Hand gehalten und ihn für den von Faith erklärt hatte. »Neil, als du draußen warst, hast du da jemanden vom Haus wegrennen sehen?«

»Nein.« Er holte tief Luft. »Du fragst dich sicher, warum ich damit so einfach zu dir komme. Der Grund ist, dass ich nicht fähig bin, den Howards entgegenzutreten, und zur Polizei will ich auch nicht gehen. Vor dreizehn Jahren stand ich im Verdacht, Faith umgebracht zu haben.«

»Aber nur kurz.«

»Egal: Die Haltung, die dein Freund Kurt mir gegenüber an den Tag legt, ist typisch für die gesamte Polizei. Selbst Crystal sieht mich an, als wäre ich ein Geisteskranker.«

»Crystal ist im Augenblick nicht auf der Höhe. Drei Fehlgeburten, letztes Jahr eine Totgeburt. Dann ist Chuck abgehauen. Niemand nimmt die geringste Notiz von ihren irrationalen Reaktionen und Stimmungsschwankungen.«

»Ich hab noch nie mehr als zehn Worte mit ihr geredet – es ist mir gleich, was sie über mich denkt. Aber ich frage mich, wie es um die Howards steht. Mary ist bei dir angestellt. Du kennst sie gut und kannst sie gut leiden. Sicher willst du nichts Negatives über sie sagen, aber ich habe immer noch ein großes Problem mit dem, was gestern Abend vorgefallen ist. Sagen wir mal, Mary hat mich angelogen und Faith wurde doch nicht mit dem Anhänger begraben. Das heißt, dass Mary ihn die ganze Zeit gehabt hat. Was, zum Teufel, hatte er dann an dieser Puppe zu suchen?«

»Jemand wollte Audra einen Schrecken einjagen.«

Er wirkte ungeduldig. »Ja, aber warum?«

»Ich weiß es auch nicht«, sagte Laurel steif. »Audra hat Faith doch gar nicht gekannt.«

Er starrte sie unverwandt an. Sie hatte das Gefühl, dass er ihr mit seinen rauchblauen Augen bis ins Gehirn sehen konnte. »Das ist nicht der erste ungewöhnliche Vorfall, nicht wahr? Deshalb hat Monica mich ins Gebet genommen. Sie hat mich sogar gefragt, seit wann genau ich in Wheeling bin. Es kam mir vor, als ginge es ihr darum, jede meiner Bewegungen zurückzuverfolgen, vor allem letzte Woche um diese Zeit.« Er blinzelte zweimal. »Um die Zeit, als Angela ermordet wurde!«

Na prima, Monica, dachte Laurel verärgert. Die feinfühlige Ermittlerin.

»Ich habe Recht, nicht wahr?«, hakte Neil nach.

Gott, warum hatte sie ihn nur hereingelassen? Was sollte sie

156

jetzt tun? Weiter die Unwissende spielen, sodass er noch erboster wurde? Oder so tun, als wäre er ein treuer Freund, den sie ins Vertrauen ziehen wollte? Sie traf rasch eine Entscheidung.

»Neil, wenn du ein wenig Zeit hättest, würde ich mich gern mit dir unterhalten.«

»Willst du mich etwa auch verhören?«

»Nein, ich möchte dir einiges sagen – was jetzt vorgeht und was vor langer Zeit passiert ist. Setzen wir uns doch hinten in die Küche. Es ist eine lange Geschichte.«

Nachdem sie den Kaffee eingeschenkt hatte, erzählte sie ihm das Gleiche wie Kurt, von der Herzsechs, den zunehmend beängstigenden Spielen, die sie gespielt hatten. Schließlich schilderte sie die Nacht in der Scheune der Pritchard-Farm. Danach schwieg sie eine Weile, während Neil aus dem Fenster blickte. Die Hand, mit der er seinen Kaffeebecher festhielt, hatte sich verkrampft, und sein Gesicht war ganz blass geworden. Schließlich murmelte er: »Ich hab immer gewusst, dass Faith keine typische Selbstmörderin ist.«

»Sie war es nicht.«

Er nagelte sie mit seinem Blick fest. »Wusstest du, dass sie schwanger war?«

Laurel schüttelte den Kopf. »Sie hat mir gegenüber nie etwas verlauten lassen. Sie hatte sich aber schon einige Wochen recht seltsam benommen …«

»Seltsam?«

»Launisch. Im einen Moment still, verschlossen, ja sogar niedergeschlagen, im nächsten völlig ausgelassen. So war es auch am Abend ihres Todes. Sie hatte den ganzen Abend kaum ein Wort gesagt und dann war sie plötzlich ganz darauf versessen, unbedingt zur Scheune zu gehen. Sie hat darauf bestanden, ihren Kopf in die Schlinge zu stecken, obwohl die meisten von uns versucht haben, sie davon abzubringen.«

»Die meisten von euch. Lass mich raten, wer sie ermuntert hat. Monica.«

»Monica hatte eigentlich Denise dazu ausersehen. Aber Denise hat sich geweigert.«

»Und wenn sie sich nicht geweigert hätte, wäre sie tot und nicht Faith«, sagte er kalt.

»Nicht unbedingt …«

»Und als Faith gestorben ist, habt ihr alle den Mund gehalten.«

»Neil, wir hatten Angst, dass die Leute denken würden, wir hätten uns betrunken und sie umgebracht. Man hätte uns mindestens wegen Totschlag vor Gericht stellen können.«

»Das hat euch Monica eingeredet, damals wie heute. Ich weiß nur, dass ihr geschwiegen und zugelassen habt, dass man mir die Schuld gibt. Ihr habt alle in dem Glauben gelassen, sie hätte sich das Leben genommen, weil ich sie geschwängert hatte und sie dann nicht heiraten wollte!« Er stand auf und beugte sich mit gerötetem Gesicht über sie. »Verflucht sollt ihr sein, Laurel! Ich verfluche euch und euren widerwärtigen Club. Hoffentlich kriegt ihr alle genau das, was ihr verdient!«

Laurel glaubte, er würde sie schlagen. Die Zeit schien stillzustehen, während sie sich geistig und physisch auf den Schlag gefasst machte. Er hob die Hand, starrte sie mit der ganzen Verzweiflung und Wut eines Mannes an, den man an den Rand des Wahnsinns getrieben hat. Dann machte er auf dem Absatz kehrt und verließ die Küche.

Als Laurel hörte, wie die Vordertür zuschlug, atmete sie aus. Sie rannte zur Tür, verriegelte sie und blickte durch das Schaufenster nach draußen. Keine Spur von Neil.

Sie wurde auf einmal gewahr, dass sie zitterte, sank zu Boden und weinte, wie sie seit Jahren nicht mehr geweint hatte.

2

Laurel hatte immer noch nichts von Kurt gehört, als sie in ihr marineblaues Kleid schlüpfte und goldene Ohrclips anlegte. In zwanzig Minuten wollte sie aufbrechen zu Angies Totenwache. Sie war davon ausgegangen, dass sie in Begleitung von Kurt hingehen würde.

Sie schöpfte neue Hoffnung, als das Telefon klingelte. Und war enttäuscht, als sie die Stimme ihrer Mutter hörte. »Laurel Damron, warum hast du mich nicht wegen Angie angerufen? Meine Güte, wie viele Nächte hat dieses Mädchen unter meinem Dach verbracht? Ihr wart seit der Grundschule befreundet und ich muss aus dem Fernsehen erfahren, dass man sie ermordet hat!«

»Entschuldige, Mama. Es ist hier furchtbar hektisch zugegangen.«

»Zu hektisch, um ein zehnminütiges Telefongespräch zu führen?«

Es war Meg Damron zuzutrauen, dass sie eine geschlagene Stunde weiternörgelte, wenn sie in Stimmung war, und im Augenblick war sie eindeutig in Stimmung. »Mama, ich wollte dich nicht aufregen.«

»Aber ich hab vier Nachrichten hinterlassen! Hörst du denn nie deinen Anrufbeantworter ab?«

»Du weißt, dass ich in der Hinsicht immer unzuverlässig war. Es tut mir wirklich Leid. Wie geht es Claudia?«

Der Themenwechsel klappte. »Wir hatten gestern einen falschen Alarm. Haben stundenlang im Krankenhaus gesessen. Claudia ist dem Chirurgen gegenüber ziemlich ... na, sagen wir, unhöflich geworden, als er nicht bereit war, einen Kaiserschnitt durchzuführen, damit sie die ganze Sache hinter sich hat.« Ich wette, sie war extrem unhöflich, dachte Laurel grinsend. Claudia neigte zum Aufbrausen und besaß ein großes Vokabular an Schimpfwörtern. Laurel konnte sich die Szene gut vorstellen. »Dein Vater hat sich aufgeregt und ihr damit gedroht, dass wir nach West Virginia zurückziehen, wenn sie noch mal schwanger wird. Ich war wütend auf ihn, weil er so die Geduld mit ihr verloren hat, aber sie ist danach um einiges ruhiger gewesen.«

Geschmollt wird sie haben, dachte Laurel. Es wäre ihr wirklich lieber gewesen, wenn sie ihre Schwester gemocht hätte, doch sie konnte sie nicht leiden. Sie wünschte Claudia alles Gute, aber sie ertrug es nicht, längere Zeit mit ihr zusammen zu sein, und sie wusste, dass das auf Gegenseitigkeit beruhte.

»Nun erzähl mir von der furchtbaren Sache mit Angie«, sagte Laurels Mutter unvermutet.

»Ich weiß auch nicht mehr als du. Ich war gerade dabei, mich anzuziehen, um heute Abend zur Totenwache zu gehen.«

»Und es sind keine Blumen von deinem Vater und mir hingeschickt worden!«

»Doch, natürlich, Mama. Ein Riesenkorb. So etwas würde ich doch nicht vergessen.«

»Gut. Ach, die armen Eltern von Angie. Sie haben sie angebe-

159

tet. Und sie natürlich restlos verwöhnt.« Laurel verdrehte die Augen. Dass jemand noch mehr verwöhnt wurde als Claudia, war unmöglich. »Ein Vermögen haben die ausgegeben für all diese Gesang- und Ballettstunden.«

»Na ja, es hat sich bezahlt gemacht. Sie war ein Broadway-Star.«

»Ja.« Meg Damron seufzte. »Manchmal wünsche ich mir, Claudia wäre diesen Weg gegangen.« Unmöglich, dachte Laurel. Angie war ungeheuer talentiert. Claudia sah nur gut aus. »Wie geht es Kurt?«

»Es geht ihm gut. Ich erwarte ihn jede Minute«, log Laurel, da sie das Gespräch abkürzen wollte. Sie konnte sich jetzt nicht über Kurt unterhalten. »Ich muss auflegen, Mama.«

»Na gut. Wir sehen uns dann in ein paar Tagen. Sag den Riccis herzliches Beileid von deinem Vater und mir.«

»Das werde ich, Mama. Wir sprechen uns bald.«

Laurel fuhr zu dem Bestattungsunternehmen, ohne das Autoradio einzuschalten. Normalerweise genoss sie es, beim Fahren mitzusingen, heute Abend jedoch nicht. Sie sah dieser Totenwache mit größerem Schrecken entgegen, als sie es für möglich gehalten hatte. Nach der Szene mit Kurt am vergangenen Abend und der mit Neil vorhin wünschte sie sich nichts sehnlicher, als allein zu sein. Noch während sie auf den Parkplatz des Beerdigungsinstituts fuhr, überlegte sie, ob sie nicht einfach wieder nach Hause fahren sollte. Es musste doch reichen, wenn sie am folgenden Tag zur Beerdigung ging ...

Jemand klopfte an ihr Wagenfenster. Sie zuckte zusammen, doch als sie sich umsah, entdeckte sie Denise. Laurel öffnete die Tür und stieg aus.

»Wie konntest du nur?«, fuhr Denise sie an, noch ehe Laurel die Wagentür geschlossen hatte.

»Wie konnte ich was?«

»Kurt von Faith erzählen. Er ist gestern zu mir nach Hause gekommen. Gott sei Dank war Wayne mit Audra ausgegangen. Laurel, ich kann es einfach nicht fassen, dass du zur Polizei gegangen bist!«

»Nach allem, was gestern Abend deiner eigenen Tochter zugestoßen ist?«, brauste Laurel auf. »Gütiger Himmel, ich bin über-

160

rascht, dass du nicht selbst hingegangen bist. Wie kannst du nur glauben, du könntest weiter schweigen, nachdem jemand Audra so was angetan hat?«

»Wage es nicht, mir zu unterstellen, ich wäre eine Rabenmutter, weil ich wegen eines Vorfalls vor dreizehn Jahren nicht zur Polizei gegangen bin!«

»Ich unterstelle dir nicht, dass du generell eine Rabenmutter bist, aber du kannst im Augenblick offenbar nicht klar denken, Denise. Es geht doch im Grunde längst nicht mehr um Faiths Tod. Es geht darum, was jetzt passiert.« Sie holte tief Luft, bemühte sich, ihre Wut zu dämpfen. »Und was hast du zu Kurt gesagt?«

»Dass ich nicht weiß, wovon du redest. Dass ich noch nie von der Herzsechs gehört habe und dass ich auf keinen Fall dabei war, als Faith sich das Leben genommen hat.«

Laurel blieb der Mund offen. »Du hast alles geleugnet?«

»Allerdings. Das hab ich dir doch gesagt. Und Crystal und Monica haben es genauso gehalten.«

»Soll das heißen, dass Kurt mit euch dreien gesprochen hat und dass ihr alle gelogen habt?«

»Ja. Wir haben das getan, worauf wir uns geeinigt hatten. Wir können es uns nicht leisten, dass wegen eines Unfalls, der vor dreizehn Jahren passiert ist, unser Leben ruiniert wird.« Sie wandte Laurel den Rücken zu. »Ich denke nicht daran, auszusagen«, hielt sie ihr über die Schulter hinweg entgegen. »Niemals!«

Laurel beobachtete, wie sie zu ihrem Wagen ging. »Denise, das wirst du noch bereuen«, rief sie. »Wenigstens hoffe ich, dass du lange genug lebst, um es zu bereuen.«

3

Zwanzig Minuten später verließ Laurel das Bestattungsunternehmen. Es war dort sehr voll gewesen, es waren viele Leute da, die Laurel nicht kannte. Monica hatte in der Nähe der Familie gestanden und Laurel einen Blick zugeworfen, mit dem man Glas hätte schmelzen können. Laurel hatte sich hoch aufgerichtet, sie ignoriert und Mrs. Ricci die Hand hingestreckt.

»Es tut mir so Leid«, hatte sie gesagt und dabei gedacht, wie leer diese Worte klangen. Die Frau, die zehn Jahre älter aussah als noch im Frühjahr, als Laurel sie zum letzten Mal gesehen hatte, hatte ihre Hand ergriffen.

»Ich weiß, meine Liebe. Was für eine Tragödie. Unsere schöne Angela, und wir können noch nicht einmal den Sarg öffnen. Wussten Sie, dass ihr geschiedener Mann Blumen geschickt hat? Orchideen. Dieser Mistkerl!«

»Ruhig Blut, Gina«, hatte ihr Mann besänftigend gesagt.

»Sag, was du willst: Er ist ein Mistkerl. Er war es, aber er hat so eine schicke New Yorker Kanzlei beauftragt, die ihn raushauen wird – Goldstein und Tate oder so ähnlich.« Laurel hatte zu Monica hinübergeblickt, die bereits den Rückzug angetreten hatte. »Genau wie damals im Fall O. J. Simpson!«

Dr. Ricci, dessen sanfte Art ihn zu einem so erfolgreichen Tierarzt machte, hatte seiner Frau die Hand auf den Arm gelegt. »Gina, bitte rege dich nicht auf. Wenn Stuart schuldig ist, wird er dafür bezahlen.«

»Ich hab ihr gleich gesagt, sie soll ihn nicht heiraten«, hatte Mrs. Ricci gesagt und zu weinen angefangen. »Angefleht hab ich sie …«

Dr. Ricci hatte Laurel einen Entschuldigung heischenden Blick zugeworfen und seine schluchzende Frau weggeführt. Laurel hatte sich ins Gästebuch eingetragen, sich den mit Rosen bedeckten Sarg aus Kirschholz angesehen und war dann zur Tür hinausgeschlüpft. Die Menge, der überwältigende Blumenduft, der Anblick von Gina Riccis schmerzlicher Trauer neben dem stillen Gram ihres Mannes waren zu viel für sie. Und dann war noch die Erkenntnis hinzugekommen, dass Monicas Kanzlei Stuart Burgess verteidigte, eine Tatsache, die sie bei ihrem ach so unumwunden ehrlichen Treffen mit den übrigen Mitgliedern der Herzsechs sorgsam verschwiegen hatte. Laurel fühlte sich benommen und beinahe wäre ihr übel geworden. Sie wollte nichts anderes, als so schnell wie möglich nach Hause fahren.

Doch ihr Zuhause gab ihr nicht den Frieden, den sie sich erhofft hatte. In den zwei Jahren, seit ihre Eltern nach Florida gezogen waren und sie in ihr Elternhaus zurückgekehrt war, hatte Laurel es genossen, allein dort zu leben. Ihre Wohnung in der Stadt war winzig gewesen, die Wände dünn wie Papier. Sie hatte die

Nachbarn zu beiden Seiten gehört und es war immer jemand da gewesen, um sie zu beobachten, wenn sie nur zu ihrem Auto ging. Hier hatte sie keine unmittelbaren Nachbarn. Sie konnte sich Haustiere halten und so viel Lärm veranstalten, wie sie wollte, ohne jemanden zu stören.

Aber in letzter Zeit hatte sie sich trotz der Hunde einsam gefühlt. An diesem Abend grenzte ihre Einsamkeit an Verzweiflung. Es bestand kein Zweifel, dass Kurt nicht vorbeikommen würde. Auch Mary würde nicht anrufen, um irgendwelche Sonderaufträge für den morgigen Tag zu besprechen. Und obwohl sie seit Jahren mit Denise und Crystal nicht mehr eng befreundet war, hatte sie wenigstens gewusst, dass sie sich nicht geweigert hätten, mit ihr zu reden, falls sie angerufen hätte. Auf einmal kam sie sich so allein vor wie noch nie in ihrem Leben.

Laurel versuchte einen Sonntagabendfilm anzusehen, die angeblich erhebende Geschichte einer Frau, die an Krebs stirbt und in den letzten Monaten ihres Lebens herausfindet, worauf es im Leben wirklich ankommt. Laurel fand ihn unerträglich deprimierend. Sie schaltete den Fernseher aus und nahm ein Buch zur Hand. Die Kritiken bezeichneten den Roman als »packend«. Sie dagegen quälte sich seit über einem Monat damit herum, ohne dass es sie auch nur einmal gepackt hätte.

Schließlich legte sie das Buch weg, ging zur Stereoanlage und legte eine CD ein. Sie legte sich auf die Couch, zog die Schondecke über sich und gab sich den Klängen der »Mondscheinsonate« hin. Wenige Augenblicke später sah sie Faith und Angela vor sich. Sie tanzten. Faiths Vater war überzeugt, dass Tanzen Sünde sei, aber Faith hatte unbedingt Tänzerin werden wollen. Unzählige Male waren sie am Samstagnachmittag, wenn Laurels Eltern im Geschäft waren, zu ihr nach Hause gekommen, und Angie hatte Faith beigebracht, was sie in der jeweiligen Woche im Ballettunterricht gelernt hatte.

Nun sah Laurel sie mit geschlossenen Augen vor sich, wie sie sich beim Klang der sehnsüchtigen Musik im Zeitlupentempo um und um drehten. Sie waren beide hoch gewachsen und anmutig, eine mit langem, glänzend schwarzem Haar, die andere mit glänzenden kupferfarbenen Locken, die wehten, während sie in ewiger Jugend und Vollkommenheit dahinschwebte.

Dann sah Faith sie an. Ihre blauen Augen leuchteten und sie lächelte rätselhaft. »Laurel«, sagte sie leise. »Du vermagst diesem Sterben ein Ende zu machen, denn du weißt Bescheid. Du bist die Einzige. Du weißt Bescheid.«

Laurel setzte sich ruckartig auf. Ihre Augen schweiften durch das leere Zimmer. Was, zum Teufel, war das gewesen? Geschlafen hatte sie nicht. Wenigstens glaubte sie das. Gab es so etwas wie einen Wachtraum?

Aber vor allem: Was hatte er zu bedeuten? Faith und Angie hatten getanzt, aber Faith hatte so etwas nie zu Laurel gesagt. »Du vermagst diesem Sterben ein Ende zu machen, denn du weißt Bescheid.« Bescheid worüber? Darüber, wie Faith gestorben war? »Du bist die Einzige.« Sie war nicht die Einzige. Angie, Monica, Crystal, Denise, sie hatten es alle gewusst. Und nun wussten auch Kurt und Neil, wie Faith gestorben war. Oder bedeuteten die Worte, die zu hören sie sich eingebildet hatte, dass sie wusste, warum Angie ermordet worden war? Sie glaubte es zu wissen. Aus Rache. Aber sie wusste nicht, wer Angie umgebracht hatte.

Die Musik schwebte weiter betörend durch den halbdunklen Raum. »Laurel, du bist auf dem besten Wege, den Verstand zu verlieren«, murmelte sie, warf die Schondecke ab und richtete sich auf. Aber sie schaffte es nicht, die Vision zu verdrängen, genauso wenig wie das Gefühl, dass entweder Faith aus dem Jenseits oder, wahrscheinlicher noch, ihr Unterbewusstsein versuchte, ihr etwas mitzuteilen.

Laurel schaltete das CD-Gerät aus und ging den Flur entlang. Als sie nach dem Weggang ihrer Eltern in das Haus eingezogen war, hatte sie deren Schlafzimmer übernommen. Es war größer und hatte mehr Schrankraum. Ihr altes Schlafzimmer diente als Gästezimmer, aber es war darin nie etwas verändert worden, seit sie es vor Jahren aufgegeben hatte, um aufs College zu gehen. Sie schaltete das Licht an. Die gelben Wände mussten neu gestrichen werden – der Farbton war mit den Jahren stumpf geworden. Laurel erinnerte sich, dass Claudia gefragt hatte, warum sie ausgerechnet ein gelbes Zimmer haben wolle. »Weil es wie Sonnenschein aussieht«, hatte Laurel geantwortet. Claudia hatte ihr verächtlich den Rücken zugewandt. »Rosa ist schmeichelhafter

164

für die Haut.« Laurel war es egal gewesen, welche Farbe am besten zu ihrer Haut passte. Sie wollte ein fröhliches Zimmer haben.

Sie trat ein und fuhr mit der Hand über die weißgelb gemusterte Steppdecke. An der Wand hingen ein Druck von van Goghs *Sonnenblumen*, ein Foto ihres geliebten Irish Setter Rusty, der vor vielen Jahren gestorben war, und ein Poster von Tom Selleck aus der *Magnum*-Ära. Himmel, was war sie in ihn verknallt gewesen. Sie lachte laut, als sie an die Weihestunde jeden Donnerstag zurückdachte, als sie gewissenhaft die neueste Folge angeschaut und jedes Mal einen Anfall bekommen hatte, wenn ihr Vater rücksichtslos durchs Wohnzimmer gegangen und dabei auch noch geredet hatte, sodass Toms kostbare Worte nicht mehr zu hören waren. Wie lange war das her.

Eine Truhe aus Zedernholz stand unter dem Fenster. Auf dem Deckel saßen die Plüschtiere ihrer Kindheit. Ein Eisbär, eine Siamkatze, ein Tiger, ein Hund und ihr Liebling, ein kleiner, melonengelber Teddybär, den sie nach der Figur aus der Zeichentrickserie *Yogi Bear* »Boo Boo« genannt hatte. Wie alt war sie gewesen, als sie Boo Boo bekam? Drei? Vier? Sein Kunststoffpelz war abgeschabt, doch seine Augen blitzten sie nach wie vor heiter an.

Auf ihrem Toilettentisch stand eine ramponierte rosa Schmuckschatulle mit den paar Stücken, die sie teils schon in ihrer Jungmädchenzeit nicht mehr getragen hatte. Daneben befanden sich ein altmodischer Wecker und eine leere dunkelblaue Parfümflasche, die ihr einst elegant vorgekommen war. In der Ecke stand ihr Schreibtisch. Ihre Hausaufgaben hatte sie meist bäuchlings auf dem Bett liegend gemacht, doch ihre Mutter hatte darauf bestanden, dass beide Mädchen einen richtigen Schreibtisch bekamen. Darauf waren eine verstellbare Lampe, ein Globus, ein Lexikon und ein Thesaurus untergebracht sowie eine bekritzelte Schreibunterlage. Sie berührte die Schreibunterlage, fuhr mit dem Finger über stümperhaft gemalte Blumen, Katzen und ein Herz mit den Initialen L. D. + T. S. (Laurel Damron und Tom Selleck). Dann fiel ihr in einer Ecke die kleine, aber perfekte Zeichnung eines Babys auf. Die war nicht von ihr.

Sie runzelte die Stirn, nahm am Schreibtisch Platz und berührte mit leichter Hand die Zeichnung. Da erinnerte sie sich plötzlich wieder an die Woche vor Faiths Tod. Faith hatte am Samstag bei

Laurel übernachtet. Sie hatten sich Kassetten angehört, verschiedene Frisuren und Make-up ausprobiert, das Übliche. Nur war Faith ihr verändert vorgekommen. Sie hatte es nicht geschafft, sich so recht zu amüsieren, obwohl sie sich Mühe gegeben hatte, und Laurel hatte es bemerkt. Sie hatte so lange gefragt, was denn mit ihr los sei, bis Faith sie erst angefahren und sich dann entschuldigt hatte.

Gegen Mitternacht waren sie ins Bett gegangen. Laurel erinnerte sich, dass sie einige Stunden später kurz aufgewacht war. Faith hatte am Schreibtisch gesessen. Die Lampe war eingeschaltet. »Was machst du?«, hatte Laurel schlaftrunken gefragt. »Nichts«, hatte Faith geantwortet. »Leg dich wieder schlafen.« Laurel war so müde, dass sie genau das getan hatte. Bis zu diesem Augenblick waren dreizehn Jahre vergangen, ohne dass sie noch einmal an diesen Vorfall gedacht hätte. Was hatte Faith damals getan? Das Baby gezeichnet? Wahrscheinlich. Aber das war bestimmt nicht alles. Sie hatte etwas geschrieben. Laurel sah sie jetzt deutlich vor sich. Aber was mochte sie geschrieben haben?

Laurel sah sich jedes einzelne Blatt der Schreibunterlage an, durchsuchte sämtliche Schubladen, schaute sogar unter der Lampe und dem Globus nach. Nirgends ein gefaltetes Blatt Papier. Faith hatte also nichts geschrieben und dann so versteckt, dass Laurel es finden würde. Die kleine Zeichnung offenbarte allerdings, woran sie gedacht hatte. Was also hatte sie geschrieben? Einen Brief an Neil? Vielleicht eine Aufforderung, sie zu heiraten?

Irgendwo klingelte das Telefon. In ihrem alten Zimmer gab es keinen Anschluss, darum eilte Laurel hinaus. Ein prickelndes Gefühl der Erleichterung durchflutete sie. Es konnte nur Kurt sein.

Doch er war es nicht. Ihrem »Hallo« folgte kurzes Schweigen, ehe eine Männerstimme sagte: »Laurel, es tut mir Leid, dass ich dich so spät noch störe. Ich bin es, Neil Kamrath.«

Elf

1

Einen Augenblick lang war Laurel verblüfft. War er immer noch wütend? Hatte er angerufen, um seine Schimpfkanonade fortzusetzen? Doch seine Stimme klang ruhig, wenn nicht gar höflich. Schließlich brachte sie heraus: »Ja, Neil.«

»Ich wollte mich für mein Benehmen heute Morgen entschuldigen.«

Laurel schluckte. »Verständlich war es schon.«

»Genau wie dein Schweigen vor dreizehn Jahren. Du warst erst siebzehn damals.«

»Siebzehn, nicht sieben. Wir waren reif genug, um zu tun, was richtig war, aber wir haben es nicht getan.«

»Es ist immer leicht, im Nachhinein zu wissen, was das Richtige war. Im jeweiligen Augenblick ist das nicht so leicht.«

Warum ist er so nett?, fragte sich Laurel besorgt. Kurt, so schien es, konnte ihr nicht verzeihen, und er hatte nicht unter den Auswirkungen von Faiths Tod zu leiden gehabt. Neil dagegen war wie ein Aussätziger behandelt worden.

»Ich möchte dir versichern, Neil, dass wir uns gemeldet hätten, wenn auch nur der Schatten eines Verdachts gegen dich bestanden hätte.«

»Du schon. Und Angie wahrscheinlich auch. Die anderen – das glaube ich nicht. Jedenfalls wollte ich mich bei dir entschuldigen, aber das ist nicht der einzige Grund für meinen Anruf«, fuhr Neil fort. »Du hattest gesagt, du wolltest mir erzählen, was jetzt passiert und was vor langer Zeit passiert ist. Aber ich bin hinausgerannt, direkt nachdem du mir von Faiths Tod erzählt hattest. Ich hab dir keine Chance gegeben, zu erzählen, was jetzt vorgeht.«

Also deshalb war er so höflich. Er wollte Informationen haben. Sollte sie ihm alles sagen? Sie hatte die ganze Zeit gedacht, dass er als Mörder von Angie infrage kam, dass er die Fotos verschickt und ihr Auto gerammt hatte. Nun jedoch wurde ihr klar, dass ihr

Verdacht eher eine Spielerei gewesen war. Sie hatte Neil auf der High School kaum gekannt, was Faith ihr über ihn erzählt hatte, hatte sie fasziniert – seine Intelligenz, seine Kreativität, ja sogar seine Arroganz. Später war sie von seinen Büchern begeistert, und als sie sich im Krankenhaus mit ihm unterhalten hatte, war sie von seiner Güte und dem offensichtlichen Schmerz über den Tod seiner Frau und seines Sohnes tief berührt gewesen. Erst heute Morgen hatte er ihr ernsthaft Angst gemacht. Er war nicht bloß eine sensible, verletzte Seele. Er war ein Mann, der zu Wutausbrüchen fähig war. Und nun wollte er Einzelheiten über die Gegenwart erfahren. Spielte er ein Spiel und versuchte nur herauszufinden, wie viel sie wusste und wen sie im Verdacht hatte?

»Laurel, bist du noch dran?«

»Ja«, sagte sie langsam. Dann beschloss sie mitzumachen, selbst wenn es sich um ein Spiel handelte. Vielleicht würden seine Reaktionen auf ihre Schilderung etwas aufdecken.

Sie erzählte ihm alles, angefangen mit dem Herzen und der Zahl und der Tarotkarte am Tatort bis hin zu ihrer beängstigenden Heimfahrt vom Wilson-Lodge-Hotel, als jemand versucht hatte, sie von der Straße abzubringen. Auch von dem Trauerkranz und dem an ihre Tür gemalten Herzen berichtete sie. »Und neulich hat Audra eine Weihnachtskarte mit einem seltsamen Vers darauf erhalten.« Sie zitierte. »Was auf der Party vorgefallen ist, brauche ich dir nicht zu sagen.«

Neil schwieg einen Augenblick. Dann flüsterte er: »Jemand ist hinter der Herzsechs her.«

»Dieser Jemand hat schon einmal zugeschlagen.«

»Du glaubst also, es geht um Rache wegen Faiths Tod?«

»Du etwa nicht?«, fragte sie vorsichtig.

Wieder kurzes Schweigen. »Es hört sich ganz danach an. Aber warum erst nach so vielen Jahren?«

»Ich weiß es nicht. Mary hat gesagt, dass ihr Vater in letzter Zeit in Faiths Papieren gekramt hat. Vielleicht hat sie etwas über den Club aufgeschrieben und Zeke hat sich ausgerechnet, dass wir mit ihr zusammen waren, als sie gestorben ist. Entweder Zeke oder Mary.«

»Kann sein«, sagte er bedächtig.

»Das hört sich an, als hättest du deine Zweifel. Du hast doch selbst gesagt, dass Mary wegen des Anhängers gelogen haben muss.«

»Ja. Beiden ist zuzutrauen, dass sie sich für Faiths Tod rächen wollen. Wer käme dafür sonst noch infrage?«

Laurel fuhr sich mit der Zunge über die trockenen Lippen. Sie wagte sich auf gefährliches Terrain. »Ich ... ich weiß nicht.«

»O doch, du weißt es«, sagte Neil mit tonloser Stimme. »Faith ist nicht die Einzige, die in jener Nacht gestorben ist. Du hältst es für möglich, dass sich der Vater des Kindes rächen will.«

»Äh, na ja ...«

»Und das heißt, dass du mich in Verdacht hast.« Laurel bemühte sich verzweifelt um eine unverbindliche Antwort. Sie fand keine. »Ja, Neil, ich habe daran gedacht.«

»Deshalb hat Monica mich auf der Party ausgefragt.«

»Ja.«

»Ich wäre gern wütend darüber, dass mich jemand des Mordes verdächtigt, aber es ist nicht das erste Mal. Gewisse Leute waren schon damals überzeugt, ich hätte Faith getötet.«

»Aber nicht lange. Du hattest ein unumstößliches Alibi.«

»Gott sei Dank. Diesmal jedoch nicht. Ich hätte jeden der dummen Streiche begehen können, von denen du gesprochen hast. Himmel noch mal, ich könnte sogar Angela getötet haben. Ich war in Wheeling, als sie gestorben ist. Und New York ist so weit nicht entfernt. Ich hätte in einer Nacht hin- und wieder zurückfahren können.« Darauf wusste Laurel nichts zu sagen. »Aber ich hab es nicht getan.«

Das Schweigen zwischen ihnen zog sich in die Länge, während Laurel versuchte, seinen Tonfall zu deuten. Nicht nervös. Zu ruhig?

»Laurel, ich verstehe, wie du darauf kommst, dass die gesuchte Person der Vater von Faiths Baby sein könnte. Es ist eine logische Schlussfolgerung. Deshalb sage ich dir jetzt etwas, das ich noch niemandem gesagt habe. Ich war nicht der Vater von Faiths Kind.«

Hätte sie nicht mit so einem Dementi rechnen müssen? Würde das nicht jeder Mann behaupten, um den Verdacht von sich abzulenken? »Neil, warum hast du nie etwas davon gesagt, dass es nicht dein Baby war, nachdem Faith tot war und alle dachten, sie hätte Selbstmord begangen, weil du sie nicht heiraten wolltest?«

»Weil ich noch nicht wusste, dass es nicht meines war. Ich hätte es besser wissen müssen, denn sie hat mir gegenüber nie erwähnt, dass sie schwanger war. Ich hatte keine Ahnung. Als ich dann von ihrer Schwangerschaft erfuhr, habe ich angenommen, dass das Kind von mir ist.«

»Ich verstehe nicht recht.«

»Vor vier Jahren hab ich herausgefunden, dass ich steril bin.«

»Steril!«, platzte Laurel unbedacht heraus. »Neil, du hattest zusammen mit Ellen einen Sohn. Was ist mit Robbie?«

»Ich habe Ellen sechs Wochen nach Robbies Geburt geheiratet und ihn adoptiert. Ihr geschiedener Mann wollte keine Kinder und hat sich von ihr scheiden lassen, als sie schwanger wurde. Sie hat geglaubt, dass er zurückkommen würde, wenn er erst einmal das Baby zu sehen bekam, aber das tat er nicht. Deshalb hat sie sich bereit erklärt, mich zu heiraten, um ihrem Baby einen Vater zu geben.«

»Aber wie bist du dahinter gekommen, dass du steril bist?«

»Ellen wollte weitere Kinder haben. Wir haben es zwei Jahre lang probiert, ohne dass etwas passiert wäre. Wir haben eine Reihe von Tests vornehmen lassen. Es dauerte nicht lange, bis feststand, dass die Schuld bei mir lag. Ich hatte Mumps, als ich klein war. Der Arzt hat gesagt, dass man davon zeugungsunfähig werden kann. Danach fing meine Ehe an kaputtzugehen. Und da habe ich auch erkannt, dass ich nicht der Vater von Faiths Baby gewesen sein kann.«

Wie praktisch, dachte Laurel zynisch. Und sehr schwer zu beweisen. Aber er hörte sich so ehrlich an. Und falls er doch log, warum hatte er dann nicht schon vor dreizehn Jahren gelogen? Er leugnete selbst jetzt nicht, dass er mit Faith geschlafen hatte. Mehr noch: Er hatte gesagt, dass er zum Zeitpunkt ihres Todes überzeugt war, er sei der Vater ihres Babys gewesen.

»Laurel, ich weiß, du wirst mir wahrscheinlich nicht glauben«, sagte er. »Ich verlange nicht von dir, dass du mich von deiner Liste der Verdächtigen streichst. Ich möchte nur, dass du dich nicht festlegst, weniger meinetwegen als um deiner selbst willen. Es läuft hier jemand frei herum, der wirklich der Vater von Faiths Kind

war, jemand, der möglicherweise alles über die Herzsechs weiß.«
Er verstummte vorübergehend. »Jemand, der dir antun könnte,
was er Angela angetan hat.«

2

Gegen sieben Uhr morgens begann es langsam und wunderschön
zu schneien. Laurel war schon eine Stunde wach. Sie saß in der
verglasten Frühstücksecke am Tisch, trank Kaffee und sah April
und Alex beim Herumtollen zu. April war größer und anmutiger
als ihr Bruder, der dazu neigte, mit gesenktem Kopf wie ein Stier
durch den Schnee zu pflügen.

Laurel lächelte. Sie hätte sich auch gern so voller Freude im
Schnee getummelt. Stattdessen stand ihr eine Beerdigung bevor.
Wenigstens schneite es nur leicht, sodass die Trauerfeier um elf
nicht gefährdet war.

Sie fütterte die Hunde, ließ aber selbst das Frühstück aus. Der
bloße Gedanke an Essen verursachte ihr einen Würgereiz. Sie
duschte, zog ein schlichtes schwarzes Kostüm und schwarze Stiefel an, band ihr Haar mit einer schwarzen Schleife zurück und fuhr
ins Geschäft.

»Du willst doch wohl heute nicht arbeiten?«, rief Norma aus,
als sie und Penny Laurel in der Werkstatt vorfanden.

»Ich nehme mir für die Beerdigung frei, aber sonst bin ich wirklich besser dran, wenn ich arbeite.«

»Na gut, dann aber bitte hinter der Theke«, ordnete Norma an.
»Du willst dir doch hier hinten nicht dein schönes Kostüm
schmutzig machen.«

»Kommt Mary heute?«, erkundigte sich Penny.

»Ich bin nicht sicher. Ich hab ihr gesagt, sie soll erst wieder-
kommen, wenn es ihr hundertprozentig gut geht. Wahrscheinlich
ist sie noch nicht so weit.«

»Hoffentlich sperren sie ihren Vater recht lange ein für das, was
er ihr angetan hat«, sagte Penny.

Laurel sah sie an. »Er ist seit Samstagnachmittag aus dem Gefängnis raus und hat schon am Samstagabend wieder Ärger gemacht.«

Pennys sah sie groß an. »Du machst Witze!«

»Ich wollte, es wäre so«, seufzte Laurel. »Ich bin von der Justiz manchmal ganz schön enttäuscht.«

»Das geht uns allen so«, pflichtete Norma ihr bei. »Ich hoffe nur, dass man den findet, der deine Freundin ermordet hat.«

»Ich auch«, sagte Laurel mit Nachdruck.

Später konnte sie sich auf die Totenmesse nicht konzentrieren. Sie beobachtete die Trauergemeinde. Sie erspähte mehrere prominente Gesichter aus dem Schaugeschäft, den Gouverneur von West Virginia und einen gut aussehenden Mann, der bei der Familie saß. Es war Judson Green, Angies Verlobter. Laurel erinnerte sich an sein Bild in der Zeitung, das ihm überhaupt nicht gerecht geworden war. Was für ein tolles Leben hätte Angie noch haben können.

Laurel entdeckte die blauhaarigen Schwestern Lewis, die nie eine Beerdigung im Ort versäumten. In ihrer Nähe saß Monica. Denise hatte neben Crystal Platz genommen. Laurel begegnete Denises Blick und lächelte ihr zu. Denise sah sie kühl an und wandte dann den Kopf ab. Macht nichts, dachte Laurel tapfer. Ich habe das Richtige getan.

Sie folgte dem Leichenzug zum Friedhof. Es schneite immer noch sporadisch, irgendwie lustlos. Auf den Friedhof kamen nicht so viele Leute wie in die Kirche. Wieder gelang es Laurel nicht, sich auf die Worte des Geistlichen zu konzentrieren. Vor ihrem inneren Auge sah sie ein Bild nach dem anderen. Die Lehrerin in der vierten Klasse, die die Beherrschung verloren hatte, weil Angie immer wieder alle zum Lachen brachte. Sie hatte Angie an die Tafel geschickt und fünfzigmal »Ich muss den Unterricht ernst nehmen« schreiben lassen. Und Angie hatte hinterher gelacht, weil die Lehrerin nicht gemerkt hatte, dass sie das Wort »ernst nehmen« jedes Mal falsch geschrieben hatte. Angie, wie sie beim Talentwettbewerb »These Dreams« sang. Angie, die Faith beim Klang der Mondscheinsonate beibrachte, wie man einen *Pas de deux* tanzt.

Ein Ballett in Zeitlupe. Faith, die Laurel ansah. »Du bist die Einzige. Du weißt Bescheid.« Die Intensität ihrer blauen Augen. Laurel erschauerte.

»Ist Ihnen kalt?«, flüsterte eine Frau.

Laurel nickte und sah die Frau an. Sie musste einst eine Schönheit gewesen sein. Laurel schätzte sie auf Ende sechzig, ihre Haut war blass und mit feinen Fältchen übersät. Ihre blauen Augen blickten leicht stumpf und ihr weißes Haar war zum schlichten Chignon hochgesteckt. Nicht jede ältere Frau hätte mit dieser strengen Frisur attraktiv ausgesehen, doch ihre klassischen Gesichtszüge hatten Locken nicht nötig.

Laurel merkte plötzlich, dass die Andacht vorbei war. Einzelne Leute scharten sich um die Riccis. Andere standen in kleinen Gruppen zusammen, wieder andere gingen zu ihren Autos. Niemand kam auf sie zu und sie wandte sich mit einem seltsamen Gefühl der Desorientierung ab. Einerseits schämte sie sich, weil sie nicht eine Träne vergossen hatte, andererseits war sie erleichtert, dass die Tortur überstanden war. Sie zog ihren Mantel enger um sich und machte sich auf den Weg zu ihrem Wagen. Als sie so durch den Schnee stapfte, wurde ihr auf einmal klar, dass sie sich ganz in der Nähe von Faiths Grab befand. Seit Faiths Beerdigung war sie nicht mehr dort gewesen. Ihre Schritte wurden langsamer. Wollte sie wirklich dorthin, ausgerechnet heute?

Sie war bereits in Richtung Grab unterwegs, noch ehe sie sich bewusst dazu entschlossen hatte. Große Schneeflocken wehten ihr ins Gesicht und verfingen sich in ihren Wimpern, als sie den Hang erklomm, an dem Faith begraben lag. Sie steckte ihre behandschuhten Hände in die Manteltaschen und ihr Herz schlug höher. Was erwarte ich eigentlich?, fragte sie sich. Dass Faith sich aufrichtet und mit anklagendem Finger auf mich weist?

Als sie fast am Grab angekommen war, wurde Laurel einer Gestalt ansichtig, die sich darüber beugte. Sie spähte mit zusammengekniffenen Augen durch den Schnee. Es war eine Frau in Schwarz. Mit hochgestecktem weißem Haar.

»Hallo!«, rief Laurel und erkannte die Frau wieder, die an Angies Grab neben ihr gestanden hatte.

Die Frau blickte auf und begann erstaunlich flink in die entgegengesetzte Richtung davonzugehen. Überrascht verlangsamte Laurel ihre Schritte wieder. Was war nur los mit dieser Frau? Und wer war sie?

Laurel sah zu, wie die Frau jenseits der Hügelkuppe verschwand. Sie wischte sich mit der behandschuhten Hand über die

Augen, um den Schnee loszuwerden. Als sie Faiths Grab erreicht hatte, kniete sie nieder. Der einfache Grabstein sah klein und unscheinbar aus, fast verloren unter der Schneedecke. Aber an dem Stein lehnten so rot wie Blut sechs Nelken, zusammengebunden mit einer roten Schleife, an der ein kleines rotes Kunststoffherz hing.

Zwölf

1

Zum zweiten Mal in dieser letzten Woche schwor sich Laurel, sich ein Handy fürs Auto anzuschaffen, als sie nun am Bordstein anhielt und durch den schmutzig-matschigen Schnee stapfte, um einen öffentlichen Fernsprecher zu erreichen. Sie rief im Geschäft an und teilte Norma und Penny mit, dass sie später als erwartet zurückkommen werde. Dann fuhr sie aus der Stadt hinaus zum Haus der Howards.

Laurel war nur einmal bei Faith zu Hause gewesen, obwohl sie nicht weit von ihr entfernt wohnte. Vor langer Zeit hatte Zeke darauf bestanden, Faiths neue beste Freundin kennen zu lernen. Schon damals war sein Haar buschig und weiß gewesen und er hatte alle anklagend angesehen, als hätten sie eine schreckliche Untat begangen. Laurel hatte sich vor ihm fast zu Tode gefürchtet, aber offenbar hatte ihre Schüchternheit Zeke beruhigt. Laurel erinnerte sich, dass Neil erzählt hatte, Zeke habe Faith wohl nur erlaubt, mit ihm auszugehen, weil seine Eltern Zekes Gemeinde angehört hätten und Zeke ihn für »harmlos« hielt. Sie ging davon aus, dass Zeke auch sie für harmlos gehalten hatte.

Das Haus war alt, einstöckig und mit abblätternder weißer Farbe gestrichen. Ein grüner Fensterladen hing schief an einem Fenster im Obergeschoss. Zum allerersten Mal dachte Laurel über die finanzielle Situation der Familie Howard nach. Zeke war früher Handwerker gewesen. Er war recht geschickt, hatte jedoch einen Job nach dem anderen verloren, weil er es nicht schaffte, seine Predigten auf die Versammlungen in seiner Kirche zu beschränken. Jeder, für den er gearbeitet hatte, wurde mit einer langen Litanei bedacht, und wenn er einmal nicht predigte, sang er aus vollem Hals fromme Lieder. Schließlich war niemand mehr bereit gewesen, ihn zu beschäftigen. Die Howards lebten nun ausschließlich von dem, was Mary bei Damron Floral verdiente, und das war nicht viel. Laurels Vater hatte vier Jahre lang die Löhne nicht erhöht, obwohl das Geschäft besser ging als im vorangegangenen

Jahrzehnt. Während Laurel die baufällige Treppe zum Eingang hinaufstieg, beschloss sie, das zu ändern, egal, was ihr Vater dazu sagte. Die Belegschaft von Damron Floral hatte eine Gehaltserhöhung verdient.

Sie klopfte an die Tür. Gleich darauf erschien Mary. Der Bluterguss über ihrem Auge hatte eine Farbe angenommen, die eine grandiose Mischung aus Lila und Grün war. Ihre Sommersprossen hoben sich deutlich von ihrer pergamentweißen Haut ab und ihre Lippen waren blutleer. Unter den Augen hatte sie dunkle Ringe. Sie trug einen alten blauen Morgenmantel aus Chenille, der schon viel zu oft gewaschen worden war.

»Hallo, Laurel«, sagte sie dumpf. »Ich habe schon mit deinem Besuch gerechnet.«

»Ach ja?«

»Ja. Du hast es dir überlegt und bist gekommen, um mir zu kündigen. Kein Wunder, nach allem, was dir Kurt von Papa neulich abends im Wald erzählt hat. Du glaubst, er ist verrückt und könnte wieder im Laden auftauchen, um neuen Schaden anzurichten.«

»Mary, ich kann nicht leugnen, dass dein Vater meiner Meinung nach in psychiatrische Behandlung gehört, doch deshalb bin ich noch lange nicht gekommen, um dir zu kündigen.« Sie hielt einen Augenblick inne. »Aber ich muss mit dir reden. Unter vier Augen.«

»Ah.« Mary wirkte betroffen. »Dann komm doch herein. Papa schläft.«

»Bist du sicher?«

»Ja. Der Arzt hat ihm was Starkes verabreicht.«

Laurel betrat ein düsteres kleines Zimmer. Sie erinnerte sich an die gelbe Tapete mit den kleinen blauen Kornblumen. Vor zwanzig Jahren hatte sie sie recht hübsch gefunden. Nun war sie verblasst und wies in der Nähe der Fenster Wasserflecken auf. Der Teppich war stellenweise blank gewetzt, die Holztische waren zerkratzt und Sessel und Couch waren durchgesessen.

»Darf ich dir einen Tee oder sonst was bringen?«, fragte Mary, als Laurel sich in einen Lehnstuhl gesetzt hatte. Eine Sprungfeder stach ihr in die rechte Pobacke und sie versuchte sich unauffällig so zurechtzusetzen, dass Mary nicht wegen des Zustands der Möbel in Verlegenheit geriet.

»Nichts zu trinken, danke. Ich muss dir nur ein paar Fragen stellen.«

»Du hörst dich an wie Kurt.«

»Ich bin nicht bei der Polizei, Mary, sondern deine Freundin.«

Mary lächelte schwach und nahm auf der Couch Platz. »Na gut. Schieß los.«

»Als Kurt neulich abends hier war, hat er dir da erzählt, was auf dem Fest der Familie Price passiert ist?«

»Ja.«

»Auch von dem Anhänger an der Puppe?«

Mary wandte schuldbewusst den Blick ab. »Ja. Vor allem von dem Anhänger.«

»Also, ich hab mich gestern Nacht mit Neil Kamrath unterhalten.« Mary verkrampfte sich. »Er hat mich wegen des Anhängers angerufen. Er hat erzählt, du hättest ihm vor Jahren gesagt, dass der Anhänger mit Faith zusammen begraben worden ist. Nun aber hing er an der Puppe. Wir haben ihn beide gesehen.«

Mary holte tief Luft. »Ich hab Neil angelogen. Faith ist nicht mit dem Anhänger begraben worden. Papa hat ihr nicht erlaubt, Schmuck zu tragen, schon gar nicht etwas, das von meiner Mutter stammt. Sie hat den Anhänger immer in der Handtasche dabeigehabt und ihn nur angelegt, wenn sie von zu Hause fort war.«

»Aber in der Nacht, in der sie gestorben ist, hat sie ihn nicht getragen.«

»Er war ungefähr eine Woche vorher verschwunden.«

»Eine Woche vorher.«

Mary sah sie ernsthaft an. »Ja, Laurel. Einfach verschwunden war er. Erst dachte Faith, Papa hätte ihn gefunden, aber er hat nie etwas davon gesagt. Sie hat sich große Sorgen gemacht, als sie ihn nicht finden konnte. Er hat Faith viel bedeutet.«

Sie machte den Eindruck, als würde sie die Wahrheit sagen, aber wenn Faith sich Sorgen gemacht hatte, warum hatte sie dann den verschwundenen Anhänger Laurel gegenüber nicht erwähnt? Im Augenblick allerdings durfte sie Mary nicht weiter zusetzen. »Na gut. Wärst du bereit, mit mir über deine Mutter zu sprechen?«

Mary wich vor ihr zurück. »Über meine Mutter! Was hat sie damit zu tun – von dem Anhänger einmal abgesehen?«

»Ich möchte nur mehr über sie erfahren.«

Mary zupfte nervös an einem zerschlissenen Spitzendeckchen auf der Armlehne der Couch. »Ich rede nicht gern über sie. Papa hat uns nie erlaubt, sie auch nur zu erwähnen.«

»Du bist sechsundzwanzig Jahre alt, Mary. Du darfst über alles sprechen, worüber du willst. Bitte. Ich habe wirklich gute Gründe, nach ihr zu fragen.«

»Also … sie war noch minderjährig, als sie geheiratet hat. Sie und Papa haben damals in Pennsylvania gelebt. Sie heißt Genevra. Faith hat sie bekommen, als sie achtzehn war. Mich vier Jahre später. Als ich zwei war, ist sie davongerannt. Danach sind wir hierher gezogen.«

»Warum ausgerechnet nach Wheeling?«

Marys Fuß wippte. »Mein Vater hat hier als kleiner Junge gelebt. Es gefiel ihm und er hatte hier ein paar Bekannte.«

»Nun erzähl mir mehr über deine Mutter.«

»Sie war wesentlich jünger als er. Sie war sehr schön, genau wie Faith. Ich habe vor langer Zeit mal ein Bild von ihr gefunden.«

»Dürfte ich es sehen?«

»Als Papa dahinter kam, dass ich es hatte, hat er es verbrannt.«

»Hat deine Mutter irgendwann Kontakt mit euch aufgenommen?«

»N… nein.«

»Das heißt ja.«

»Also, es ist schon so lange her. Ich war erst fünf oder sechs.«

»Wo war sie damals?«

»Das weiß ich nicht.«

»Hatte der Brief einen Absender oder Poststempel?«

»Ich weiß es nicht mehr. Wie gesagt: Ich war noch ganz klein.«

»Hat sie sich bei Faith gemeldet?«

»Ja.«

»Mehr als einmal?«

»Ich weiß nicht.« Mary fuhr sich mit der Hand über die Stirn. »Nein, das ist eine Lüge. Sie haben sich die ganze Zeit geschrieben. Faith hat mich angefleht, ihr auch zu schreiben, aber ich wollte nicht. Papa hatte gesagt, sie sei eine Sünderin. Ich hab immer versucht zu tun, was Papa von mir wollte. Allerdings hab ich ihm nie verraten, dass Faith ihr geschrieben hat. Ich wollte es beiden recht machen.«

»Wie hat Faith verhindert, dass euer Vater die Briefe abfing?«

»Jemand hier in der Stadt hat ein Postfach für Faith eingerichtet. Ich weiß nicht, wer es war.«

»Ach, wirklich? Und wann war es mit der Korrespondenz vorbei?«

Mary sah Laurel an, als wäre sie beschränkt. »Als Faith tot war.«

»Erst dann!«, rief Laurel. Mary nickte. »Faith hat mir über ihre Mutter nie etwas erzählt, außer dass sie mit einem Mann durchgebrannt sei und dass sie es ihr nicht übel nehmen könne.«

»Du weißt, wie scharf Faith auf Männer war. Ich denke, sie wird deshalb Verständnis aufgebracht haben.«

Es war das erste Mal, dass Laurel von Mary eine kritische Äußerung über ihre Schwester zu hören bekam. Ja, Faith hatte die Jungs gemocht, vielleicht zu sehr. Mary dagegen war, soweit sie wusste, noch nie mit einem Mann ausgegangen. Hielt sie sich von Männern fern, weil ihr Vater jahrelang so auf Genevra geschimpft hatte? Und bevor er angefangen hatte, den Verstand zu verlieren, und Faith zu einer Art Engel erhob, hatte er wahrscheinlich auch über sie solche Dinge verbreitet, oder Schlimmeres. Schließlich war sie schwanger gewesen, als sie starb. Hatte er Mary überzeugt, dass Faith und Genevra aus dem gleichen Holz geschnitzt waren? »Mary«, fragte Laurel sanft, »wo war deine Mutter, als Faith starb?«

»Warum stellst du solche Fragen über meine Mutter?«, brauste Mary auf. »Sie hat mit alledem nichts zu tun! Wahrscheinlich ist sie längst tot.«

»O nein.«

Mary runzelte die Stirn. »Was soll das heißen? Wie kannst du etwas über meine Mutter wissen?«

»Weil ich fast sicher bin, dass ich sie heute an Faiths Grab gesehen habe.«

2

»Ich finde, wir sollten heimgehen«, sagte Denise. »Es schneit stärker.«

»Ach, Mommy, nein!«, heulte Audra. »Ich darf doch jedes Jahr die Lichter sehen!«

Denise schaltete die Scheibenwischer auf höhere Frequenz. Der Verkehr in Richtung Oglebay Park bewegte sich im Schneckentempo voran. Sie war immer noch wütend auf Laurel, immer noch erschüttert von der Beerdigung, und sie hatte sich offenbar erkältet. Sie hatte auf nichts weniger Lust, als durch den Park zu marschieren, aber sie und Wayne hatten nichts unversucht gelassen, um Audra nach ihrem schrecklichen Erlebnis vor weniger als achtundvierzig Stunden eine Freude zu machen. Sie musste fürs Erste bei Licht schlafen und hatte sich gewünscht, dass Denise bei ihr blieb, bis sie eingeschlafen war. Und an diesem Abend hatte Audra, während Wayne sich im Krankenhaus um einen Notfall kümmerte, unbedingt das Festival of Lights im Oglebay Park sehen wollen, wie Denise es ihr versprochen hatte.

»Bist du auch jedes Jahr hier heraufgekommen, als du noch klein warst?«, fragte Audra.

»Damals gab es die Lichterschau noch nicht.«

»Ach«, staunte Audra. »Aber Weihnachtsbäume gab es doch damals schon, oder?«

»Ja, Schatz«, antwortete Denise trocken. »Weihnachten wird schon seit kurz vor meiner Geburt gefeiert.«

»Dann ist es ja gut.«

Denise warf ihr einen Seitenblick zu, um festzustellen, ob sie auf den Arm genommen werden sollte. Dem war nicht so. »Ist dir kalt?«

»Nee.«

»Mir schon. Wenn wir bis morgen Abend warten, kann Daddy mitkommen.«

»Der hat bestimmt wieder einen Notfall. Außerdem sind wir schon fast da.«

Denise seufzte. Eine Stunde, dachte sie. In einer Stunde bin ich wieder in meinem schönen warmen Haus mit meinen Grippetabletten und meinem Pfefferminztee. Vielleicht läuft sogar was Gutes im Fernsehen.

180

»War Laurel heute auf der Beerdigung?«, fragte Audra unvermittelt.

»Ja.«

»Ich weiß, dass sie April und Alex nicht mitgebracht hat, aber sie hat doch gesagt, dass ich kommen und bei ihr zu Hause mit ihnen spielen darf.«

»Ja«, sagte Denise, ohne sich festzulegen. Im Augenblick konnte sie sich nicht vorstellen, Laurel einen Besuch abzustatten, unter welchen Bedingungen auch immer.

»Mommy, sie hat gesagt, ich darf kommen.«

»Ich weiß.« Denise merkte, dass sich hinter ihren Augen ein Kopfschmerz zusammenbraute und dass ihr Nacken steif wurde. »Wir brauchen uns bloß einen geeigneten Tag auszusuchen.« Und der wird so bald nicht sein, dachte sie.

Audra lehnte sich vornüber und schaltete das Radio ein. Ein Rap-Song dröhnte durchs Wageninnere. Denise verzog das Gesicht und schaltete das Radio aus. »Mommy!«, heulte Audra.

»Ich kann diesen Lärm nicht ertragen.«

»Ich will aber Musik hören.«

Denise schob eine CD ein. Gleich darauf sangen die Carpenters Weihnachtslieder.

»Na, klasse«, murrte Audra. »Die sind ja wohl hundert Jahre alt.«

»Nicht ganz, und es klingt sehr hübsch. Hör auf, dich zu beschweren.« Audra fing an, auf dem Sitz herumzutasten. »Was suchst du denn?«

»Meine Kamera.« Wayne hatte ihr für die Fahrt zur Lichterschau eine Einmalkamera gekauft.

»Audra, bei dem Schnee kriegst du keine guten Bilder.«

»Wir schießen aber immer Bilder.«

»Nicht im Schnee. Da wird alles verschwommen. Um Himmels willen, wir haben doch zu Hause ein Videoband von der Lichterschau.«

»Das ist nicht dasselbe. Wo ist meine Kamera?«

Sie fing wieder an herumzutasten. Denise biss die Zähne zusammen. Das versprach kein angenehmer Abend zu werden. Audra war nach dem Schrecken bei der Weihnachtsparty immer noch ganz aufgedreht. Denise dagegen war schrecklich elend.

Aber nun war sie schon einmal so weit gekommen. Jetzt lohnte es nicht mehr umzukehren. Audra hätte nur einen Anfall bekommen.

Wer ist hier eigentlich der Erwachsene?, hörte Denise ihre Mutter sagen. Sei ruhig, Mama, antwortete sie in Gedanken. Du hast keine Ahnung, was ich durchmache. Es wird mich schon nicht umbringen, sie ein paar Tage lang gewähren zu lassen, nicht zuletzt deshalb, weil ich dafür verantwortlich bin, dass man ihr einen Schrecken eingejagt hat.

Sie fuhren eine Straße entlang, an der zu beiden Seiten gigantischer Christbaumschmuck von hohen Zuckerstangen herabhing. Audra quiekte bereits vor Vergnügen, als Denise am Spendenkiosk Halt machte.

»Ich werde jedes Bild auf dem Film verknipsen«, verkündete Audra. »Wie viele sind das?«

»Siebenundzwanzig. Und wenn du darauf bestehst, alles zu fotografieren, solltest du das Fenster herunterlassen, ehe du loslegst. Sonst kommt nichts weiter raus als die Schneeflocken auf dem Glas.«

»Ich weiß«, sagte Audra in dem abwehrenden Ton, den sie sich neuerdings zugelegt hatte und der bedeutete, dass Denise wieder einmal nichts Neues gesagt hatte. Denise knirschte mit den Zähnen. Sie wusste, dass Kinder groß werden und ihre Unabhängigkeit unter Beweis stellen müssen und dass sie vermutlich den gleichen Ton gegenüber ihrer Mutter angeschlagen hatte. Aber Audra war erst acht. Es war einfach zu früh.

»Audra, ich möchte, dass du aufhörst, so mit mir zu reden«, sagte sie schroff.

»Wie?«

»Du weißt schon.«

Audra seufzte hörbar. Vielleicht bin ich überempfindlich, dachte Denise. Meine Nerven sind zum Zerreißen gespannt. Ich reiße mich wohl besser am Riemen.

»Ist dir kalt?«, fragte Denise wieder.

»Nein, mir geht es prima. Aber warum reibst du dir dauernd den Nacken?«

»Er ist ein wenig steif.« Tatsächlich war er inzwischen vollkommen steif. »Sieh mal, Schatz, da ist der Weihnachtsexpress.«

Das Schaustück hatte die Form eines Zuges in Originalgröße, der sich zu bewegen schien.

»Ist das schön!«, rief Audra und ließ das Fenster herunter. Kalte Luft und Schneeflocken wirbelten herein, während Audra eine Aufnahme machte.

»Gut, wir sind vorbei. Mach das Fenster zu. Es ist eiskalt.«

Audra schloss das Fenster. »Mommy, können wir nicht was anderes hören?«

»Nein, mir gefällt dies hier.« Audra seufzte wieder. »Tut mir Leid. Ich kann das Zeug, das du dir anhörst, nicht ertragen.«

»Okay«, sagte Audra ernüchtert.

»Sieh mal, da ist der winkende Schneemann.«

Audra kurbelte wieder das Fenster herunter. Noch mehr kalte Luft. Noch mehr Schnee. Denise nieste und ihre Nase fing an zu laufen. Außerdem hatte sie Halsschmerzen. »Audra ...«

»Ich weiß, ich weiß: ›Mach das Fenster zu.‹«

Sie kamen an dem kleinen Mädchen mit dem Steckenpferd vorbei, dann an dem beweglichen Reiter.

»Den Typ mit dem Pferd findet Buzzy am schönsten«, teilte Audra Denise mit.

»Wer ist Buzzy?«

»Buzzy Harris. Mein Freund. Hab ich dir doch gesagt.«

»Und ich hab dir gesagt, du bist zu jung, um schon einen Freund zu haben.«

Denise brauchte nicht hinzusehen, um zu wissen, dass Audra wieder einmal die Augen verdrehte. »Er hat dich doch nicht etwa geküsst, oder?«

»Mommy!«

»Du hast mir selbst erzählt, dass er versucht hat, dich zu küssen. Ich denke nicht dran, dich von einem hergelaufenen kleinen Jungen abschlabbern zu lassen ...«

»Er küsst mich nicht und schlabbern tut er auch nicht. Was ist los mit dir, Mommy? Wieso bist du heute Abend so gemein zu mir?«

»Ich bin nicht gemein. Es geht mir nur nicht gut ...«

»Sieh mal, da ist Cinderella!«

Denise warf einen Blick auf die glitzernden Lichter, die sich zu dem großen Schloss mit den vielen Türmchen zusammenfügten, den Pferden, die Cinderellas Prachtkutsche zogen. Und vor ihnen ragte der große orangefarbene Kürbis auf, eine Erinnerung an vergangene Zeiten.

»Das finde ich am schönsten!«, jubelte Audra.

»Mach ein Foto davon.«

»Fahr rechts ran, damit ich es knipsen kann.«

»Damit halte ich nur den Verkehr auf.«

»Nicht, wenn du weit genug zur Seite fährst. Mommy, bitte, bitte.«

Denise fühlte sich, als würde ihr jemand mit dem Hammer auf den Kopf schlagen. Die Anspannung der letzten paar Tage war unerträglich gewesen. Das schöne Kartenhaus, das sie in den vergangenen dreizehn Jahren für sich errichtet hatte, stand kurz davor, in sich zusammenzufallen, und sie hatte so viel zu verlieren. Wayne. Ihre geliebte Audra.

Das kleine Mädchen öffnete die Wagentür und kletterte hinaus in den Schnee. »Audra, steig sofort wieder ein!«

»Ich will aber näher an die Lichter ran.«

Denises Frustration und Angst ließen sie aufbrausen. »Audra Price, ich sagte: Steig sofort wieder ein!«, schrie sie mit einer Stimme, die sie kaum als ihre eigene erkannte. Das Kind sah sie erschrocken an. »Du hast richtig gehört!«, schimpfte Denise, entsetzt über ihren eigenen Ton, aber unfähig, sich zu beherrschen. »Audra, tu's, oder ich …«

Audras Gesicht verzog sich angstvoll, und sie rannte vom Auto weg. Ihre kleinen stiefelbewehrten Füße warfen eine Bugwelle aus Schnee vor ihr auf.

»O Gott, was hab ich getan?«, stöhnte Denise, als sie ihre Tür aufstieß und den Wagen umrundete, um der undeutlichen Silhouette des fliehenden Mädchens zu folgen. »Audra?«, rief sie. Der Schnupfen ließ ihre Stimme heiser, beinahe bedrohlich klingen. Mit diesem rauen Krächzen ist niemand zu beruhigen, dachte Denise, aber das war nicht zu ändern. »Audra!«, kreischte sie. Verdammt. Warum hörte sie nicht endlich auf, das Kind anzuschreien? Warum klang ihre Stimme so furchtbar? Warum war sie ausgerechnet an diesem Abend hergekommen?

Die Schaustücke waren so groß, dass man sie weit von der Straße zurückgesetzt hatte. Denise erspähte Audra im Glanz der gel-

184

ben, grünen und roten Lichter der Kutsche. Dann war sie verschwunden. Der Schnee fiel auf einmal dichter. Er traf Denise im Gesicht, haftete an ihren Brillengläsern. Sie blieb stehen, nahm die Brille ab und wischte sie mit einem Papiertaschentuch trocken. Ihre extreme Kurzsichtigkeit ließ ihre gesamte Umgebung undeutlich werden. Blind mit Brille, blind ohne Brille, dachte sie verdrießlich. Warum gehörte sie zu den wenigen Menschen dieser Welt, die keine Kontaktlinsen tragen konnten?

»Audra!« Nichts. Sie kämpfte sich vorwärts. »Audra, es tut mir ja so Leid. Bitte verzeih mir.« Denise fing an zu weinen. Sie stolperte und wäre fast hingefallen. Sie drehte sich um und blickte zurück in Richtung Straße. Ein stetiger Strom von Scheinwerfern zog dort vorbei, diffus vom Schnee und ihrem beeinträchtigten Sehvermögen. Ihre eigenen Scheinwerfer am Straßenrand erkannte sie daran, dass sie sich nicht bewegten. In der entgegengesetzten Richtung sah sie die bunten Lichter des Cinderella-Arrangements über sich aufragen. Sie hatte immer gewusst, dass die einzelnen Schaustücke groß waren, dennoch war es fast beängstigend, direkt daneben zu stehen. Die roten Türme des Schlosses sahen gigantisch aus. Sie kam sich plötzlich klein und hilflos vor.

Sie schleppte sich weiter durch den Schnee, folgte den Fußspuren. »Audra!«, rief sie. »Audra, tu mir das nicht an!«

Ihr gewelltes Haar verdrehte sich zu Hunderten von Korkenzieherlocken. Ich sehe bestimmt wie Medusa aus, dachte sie. Tränen und Schnee gefroren an ihren Wimpern. Sie klapperte mit den Zähnen. Die Spur umrundete das Arrangement und sie eilte hinterher. Sie hatte keine Stiefel angezogen. Ihre Schuhe waren vom Schnee durchnässt und sie hatte längst jedes Gefühl in ihren Füßen verloren. »Audra! Bitte komm doch zurück!« Ihre Stimme brach, doch sie gab nicht auf. »Audra, entschuldige.«

Nun stand sie hinter dem Schaustück und warf einen Blick über die Schulter nach oben. Was von der Straße aus so schön aussah, nahm nun einen surrealen Charakter an. Blendende Lichter, die sich drohend hinter ihr auftürmten. Vollkommene Finsternis vor ihr. Sie wusste, dass sie von der Straße aus nicht zu sehen war.

Schritte knirschten im Schnee. Sie wirbelte herum und sah zunächst gar nichts. »Audra!«, schrie sie und wischte sich verzweifelt über die Augen. »Aud…«

Der erste Schlag traf sie am Schlüsselbein. Sie hörte Knochen krachen und taumelte, schaffte es jedoch irgendwie, aufrecht zu bleiben. »Mein Gott!«, keuchte sie und betastete die Wunde, ohne so recht zu wissen, was vorging. Dann spürte sie das warme Blut, das unter ihrem Pullover hervorquoll.

Denise machte kehrt und versuchte davonzulaufen. Ein zweiter Schlag auf den Hinterkopf warf sie auf die Knie. Sie begann zu kriechen. Ihre Finger gruben sich ein, auf der Suche nach einem festen Halt, fanden jedoch nur Pulverschnee. »Nicht«, klagte sie mit zitternder Stimme. »Bitte nicht …«

Noch ein Schlag in den Nacken. Sie fiel vornüber in den Schnee. »Audra«, murmelte sie. Blut ergoss sich aus ihrem Mund in den unbefleckten, flaumweichen Schnee. »Lauf weg, Baby. Lauf weg …«

Ihr Körper fühlte sich taub an, aber sie nahm immer noch die feuchte Kälte unter ihrer Wange wahr, das Blut, das ihr in die Augen lief und sie blind machte. Sie lag zuckend da und das letzte Bild, das sie vor sich sah, war das eines hübschen kleinen Mädchens mit langem, gelocktem, braunem Haar und großen schokoladenbraunen Augen, das lachend zu ihr aufblickte. »Audra, ich hab dich lieb«, flüsterte sie, als der letzte Schlag ihren Schädel zertrümmerte.

Dreizehn

1

Laurel träumte von Faith. Sie waren wieder kleine Mädchen mit Blumen im Haar, aber anstelle von Gänseblümchen trug Faith eine Krone aus roten Nelken. Sie tanzte beim Klang der Mondscheinsonate, langsam und anmutig. Als sie fertig war, sah sie Laurel an und sagte: »Du bist die Einzige. Du weißt Bescheid.«

Ein Klingeln. Laurel stöhnte, als Faith fortschwebte und dabei noch einmal »du weißt Bescheid« sagte. »Worüber weiß ich Bescheid?«, rief Laurel. Ein Klingeln. Etwas Schweres, das sich auf sie legte. Etwas Warmes auf ihrem Gesicht. Sie schlug die Augen auf. April saß auf ihr und leckte ihr die Wangen. Außerdem klingelte beharrlich das Telefon.

»Ich bin schon wach, April«, murmelte sie und kämpfte sich unter dem schweren Hundekörper hervor. »Rück doch mal, Kleine.«

April blieb unverrückbar auf ihrem Bauch sitzen, eindeutig verängstigt, weil Laurel dauernd im Schlaf geredet und um sich geschlagen hatte. Sie streckte den Arm aus, so weit sie konnte, erreichte den Hörer und schaffte es endlich, ihn ans Ohr zu halten. »Hallo.«

»Laurel. Kurt.«

»Kurt.« Laurel warf einen Blick auf die Uhr. Zwölf Uhr dreißig. »Was ist los?«

»Es fällt mir nicht leicht, dir das zu sagen.« Er holte tief Luft. »Denise Price ist tot. Man hat sie ermordet.«

Laurel hatte das Gefühl, als würde jeder Tropfen Blut ihres Körpers in ihre Beine fahren. Ihr Kopf schwamm, ihr Blickfeld verdunkelte sich. Ihr Mund ging auf, doch es kam kein Ton heraus.

»Laurel, bist du noch da?«

»Ja.« Ihre Stimme war kaum mehr als ein Wispern. »Wie?«

»Sie ist mit Audra nach Oglebay gefahren, um die Lichter zu sehen. Aus irgendeinem Grund ist das Kind ausgestiegen – wir wissen nicht, warum, weil es kaum fähig ist, etwas zu sagen. Offensichtlich ist Denise ihm gefolgt. Man hat sie hinter einem der Schaustücke totgeschlagen.«

»Totgeschlagen? Wie Angie?«

»Ja.«

»O Gott, Audra hat doch wohl nicht gesehen, wie Denise getötet wurde?«

»Wir wissen es nicht. Sie steht unter Schock und ist ins Krankenhaus eingeliefert worden. Auf jeden Fall wissen wir, dass sie die Leiche gesehen hat, und das war schlimm genug. Von Denises Gesicht ist nicht viel übrig.«

»O nein«, stöhnte Laurel und fühlte sich, als würde ihr jemand ein Messer in den Bauch rammen. Solch ein schrecklicher Anblick war für jeden eine Zumutung, aber für die eigene Tochter ... Laurel bemühte sich, wieder zu Atem zu kommen. »Kurt, hat man auf oder bei der Leiche etwas gefunden?«

Er schwieg einen Augenblick. »Ich darf dir das eigentlich nicht sagen, aber ja, es wurde etwas gefunden. Eine von diesen magischen Karten, von denen du mir erzählt hast.«

»Tarotkarten. Es war die mit dem Jüngsten Gericht, nicht wahr?«

»Ich kann die Karten nicht auseinander halten. Ein Herz und eine Sechs waren übrigens auch wieder vorhanden.«

»Wo?«

»Sie hatte einen hellgrauen Mantel an. Sie waren mit Blut auf ihren Rücken gemalt.«

»Kurt ...«

»Ich muss jetzt auflegen. Ich wollte dir das nur mitteilen.« Seine Stimme wurde hart. »Vielleicht hätte man das verhindern können, wenn ...« Sie hörte ihn ruckartig einatmen. »Ach, zur Hölle damit. Auf Wiedersehen, Laurel.«

Sie hielt weiter den Hörer umklammert, nachdem Kurt aufgelegt hatte. Noch am Samstagabend hatte Denise in ihrem schönen Haus eine Weihnachtsparty gegeben. Zwei Abende später war sie tot. Nicht nur tot, sondern ermordet. Totgeschlagen wie Angie. Und Audra hatte sie gesehen.

Die Hunde fingen zu bellen an. Laurel verspannte sich. Was hatten sie gehört? Einen Eindringling? War jemand gekommen, sie umzubringen, wie er Denise umgebracht hatte?

Es klopfte an der Tür. Laurel hielt immer noch, auf dem Bett kauernd, den Hörer fest. Das Klopfen wurde lauter.

Ach, nein, ein Mörder würde sich nicht die Mühe machen zu klopfen. Oder vielleicht doch, wenn es ein Bekannter war …

Erneutes Klopfen, und dann rief jemand: »Laurel, ich bin es, Monica! Mach auf, verdammt noch mal!«

Diese kräftige, rauchige Stimme war unverwechselbar. Laurel spürte, wie sie langsam wieder zu sich kam. Schließlich legte sie den Hörer auf und schwang die Beine über den Bettrand. Sie griff nach ihrem schweren Bademantel. Gleich darauf öffnete sie die Haustür. Monica stand hoch gewachsen und mit ernster Miene davor. Sie trug enge Jeans, Stiefel und eine Lederjacke. »Beißen die Hunde?«, fragte sie schroff.

Laurel sah April und Alex an, die sich zurückgezogen hatten und Monica misstrauisch anstarrten. »Nur, wenn du abrupte Bewegungen machst«, antwortete Laurel trocken. Sie wusste schon, dass April und Alex sich nicht für Monica erwärmen würden.

Monica trat mit großen Schritten in den Raum. »Denise ist tot.«

»Ich weiß. Kurt hat mich gerade angerufen. Woher weißt du davon?«

»Ich wohne doch in Oglebay Park im Hotel. Da wimmelte es von Polizisten. Ein einziges großes Chaos. Ich hab nicht lange gebraucht, um in Erfahrung zu bringen, was passiert ist.«

Nein, bestimmt nicht, dachte Laurel. Die Polizei konnte sie noch so oft vom Tatort vertreiben, aber Monica würde sich davon nicht abbringen lassen. Manchmal war Laurel überzeugt, dass nichts die Urgewalt aufhalten konnte, die Monica Boyd hieß. »Kurt hat erzählt, dass die Tarotkarte neben ihrer Leiche gelegen hat und dass ihr jemand mit Blut eine Sechs und ein Herz auf den Rücken gemalt hat.«

»Das hab ich mir schon gedacht.«

»O mein Gott, was ist mit Crystal?«, rief Laurel auf einmal. »Wir müssen uns vergewissern, dass bei ihr alles in Ordnung ist!«

Laurel streckte die Hand nach dem Telefon aus, doch Monica hob die Hand. »Ich hab sie längst angerufen. Sie hockt heil und unversehrt bei sich zu Hause und hat einen hysterischen Anfall nach dem anderen.«

»Vielleicht sollten wir sie herbitten.«

»In dem Zustand, in dem sie sich befindet, kann sie nicht Auto fahren, und ich kann es in meinem Zustand nicht ertragen, sie weinen und jammern zu hören.«

»Du musst ganz hübsch erschüttert sein, wenn du hierher gekommen bist. Gestern und heute Morgen wolltest du noch nicht einmal mit mir reden.«

Monica ignorierte sie. »Hättest du einen Scotch da?«

»Nein, nur Bier.«

»Na gut, mir ist alles recht.«

Laurel holte eine Dose Bier und ein Glas für sie. Wie Kurt ließ Monica das Glas stehen. Sie nahm einen tiefen Schluck und verzog dann das Gesicht. »Mein Gott, warum besorgst du dir nicht was Anständiges.«

»Weil ich nicht trinke.«

»Das solltest du aber. Alkohol macht lange, einsame Nächte erträglich.« Monica nahm auf der Couch Platz, schlug die Beine übereinander und starrte den Kamin an, in dem kein Feuer brannte. »Es war wohl keine große Hilfe, dass ich nach Wheeling gekommen bin.«

»Wir hätten gleich zur Polizei gehen sollen.«

»Du bist zur Polizei gegangen. Und was hat es genützt?«

»Ich habe Kurt vorgestern Abend unterrichtet. Es war nicht genug Zeit, um etwas zu unternehmen.«

»Und du gibst mir die Schuld.«

»Nein, ich gebe mir die Schuld. Ich bin eine erwachsene Frau. Ich hätte von Anfang an tun sollen, was ich für richtig hielt.«

»Ach, hör auf, so nobel daherzureden, Laurel. Ich finde das ärgerlich. In Wahrheit gibst du mir sehr wohl die Schuld, genau wie vor dreizehn Jahren, als ich euch überredet habe, den Mund zu halten und nicht zu verraten, wie Faith gestorben ist.«

Laurel wurde allmählich aufgebracht. Ihre Stimme war lauter als sonst, als sie sagte: »Ja, ich war damals in Versuchung, dir die Schuld zuzuschieben. Und ich bin jetzt wieder in Versuchung, weil es so leicht ist, jemand anderem die Schuld zuzuschieben. Aber ich rede nicht nur nobel daher. Ich hätte etwas unternehmen müssen. Das ist die Wahrheit, und wenn du dich ärgerst, weil ich dich nicht für allmächtig halte, nicht für alles verantwortlich, was ich, Crystal und Denise tun, schert mich das wenig. Wir haben uns alle töricht verhalten.« Monica starrte vor sich hin, ohne zu reagieren. »Für eines bist du allerdings meiner Meinung nach verantwortlich«, fuhr Laurel fort. »Warum hast du uns nichts davon gesagt, dass deine Kanzlei Angies geschiedenen Mann verteidigt?«

»Ach, Laurel, ich entscheide doch nicht, was für Fälle die Kanzlei übernimmt.«

»Das war nicht die Frage.«

»Na gut. Ich hab euch nichts davon erzählt, weil ich dachte, ihr zieht sonst die falschen Schlüsse.«

»Was für Schlüsse? Dass es in deinem Interesse ist, jemand anderem den Mord anzuhängen, damit Stuart Burgess freigesprochen wird? Das wäre ein beachtlicher Coup für deine Kanzlei.«

»Na, fest steht, dass Stuart Denise nicht umgebracht hat.«

»Wie willst du das wissen? Er ist gegen Kaution freigelassen worden.«

»Und steht unter polizeilicher Beobachtung.«

»Ach, komm schon, Monica. Du hast selbst ein paar Mal darauf hingewiesen, wie nahe New York und Wheeling beieinander liegen. Willst du mir weismachen, dass Burgess mit all den Mitteln, die ihm zur Verfügung stehen, nicht herkommen und unentdeckt nach New York zurückkehren könnte?«

»Vielleicht, aber warum sollte er?«

»Weil er von Faith und der Herzsechs wusste und den Anschein erwecken will, dass Angie von jemandem umgebracht wurde, der auf Rache aus ist.«

»Unsinn.«

»Findest du?«

Monica trank ihr Bier aus. »Könnte ich noch etwas von diesem göttlichen Nektar haben?«

»Steht im Kühlschrank«, sagte Laurel kalt. Ihre Gedanken überstürzten sich. Während Monica aus dem Zimmer war, fiel ihr eine schreckliche Möglichkeit ein. Was wäre, wenn Monica es war, die den Anschein erwecken wollte, als habe jemand, der Faiths Tod rächen wollte, Angie umgebracht? Würde Denises Tod die Polizei etwa nicht überzeugen, dass dies das Motiv war? Schließlich hatte Stuart Burgess Denise überhaupt nicht gekannt.

Und was war mit dem Herzen und der Sechs und der Tarotkarte am Tatort des Mordes an Angie? Könnte Stuart, nachdem er sie ermordet hatte, jemanden angerufen und ihn veranlasst haben, sich am Tatort zu schaffen zu machen und Indizien zu hinterlassen, die dieses Verbrechen mit einem anderen in Verbindung brachten, vielleicht mit einem, das für die Zukunft geplant war? Wer hätte sich so etwas ausdenken können? Jemand, der intelligent war, ehrgeizig, gefühlskalt? Monica war in New York gewesen, als Angie ermordet wurde. Sie war in Oglebay Park gewesen, als Denise ermordet wurde.

Als Monica zurückkam und wieder auf der Couch Platz nahm, versuchte sich Laurel nichts anmerken zu lassen, hatte jedoch das Gefühl, als würde jeder Nerv in ihrem Körper vor Anspannung zittern. »Monica, als du jetzt nach Wheeling gekommen bist und uns von dem Mord an Angie erzählt hast, dachtest du da, dass eine von uns zur Polizei gehen würde?«

»Nein.« Monica stürzte das Bier hinunter. »Na ja, du vielleicht. Du hast dich vor dreizehn Jahren am meisten dafür eingesetzt, die Wahrheit zu sagen.«

»Warum hast du mich dann eingeweiht? Warum hast du uns Bescheid gesagt und damit riskiert, dass eine von uns zur Polizei geht?«

Monica wippte mit dem Fuß. »Laurel, ich bin nicht vollkommen hartherzig. Ich hab es nicht über mich gebracht, euch drei im Ungewissen zu lassen, als leichte Zielscheibe, die nur auf den Mörder wartet.«

»Ich verstehe.«

»Doch, wirklich. Was für ein anderes Motiv unterstellst du mir eigentlich?«

»Ich hab im Augenblick keine Lust, mich zu rechtfertigen.«

»Und ich hab keine Lust, mir noch länger diese versteckten Beschuldigungen anzuhören. Ich habe heute Abend eine Menge Scotch getrunken und dieses Bier fühlt sich obendrauf gar nicht gut an.« Monica stand auf. »Ich gehe.«

»Lass mich dir noch eine Frage stellen.«

»Na gut. Eine.«

»Wirst du in irgendeiner Form an Stuart Burgess' Verteidigung beteiligt sein?«

Monica strich sich das lange Haar hinter die Ohren. »Nein.«
Sie sah Laurel eindringlich an. »Was gibt es da zu lächeln?«

»Darüber, wie selbstgerecht du bist.« Laurel schüttelte den
Kopf. »Du bist dir wohl nicht im Klaren darüber, dass ich immer
weiß, wann du lügst?«

»Ach ja?«

»Ja. Im Augenblick lügst du. Du hast sehr wohl etwas zu ge-
winnen, wenn Stuart Burgess freigesprochen wird.«

»Aber natürlich, Laurel. Wenn die Kanzlei gewinnt, hat davon
jeder etwas, der dort arbeitet.«

»Ach, Monica, ich bitte dich! Ich bin überzeugt, dass deine In-
teressen etwas weniger altruistisch sind. Ich denke, du würdest
von Burgess' Freispruch ganz groß profitieren.«

Monicas Augen wurden ganz schmal. »Pass auf, dass du dich
mit deinen Spekulationen nicht auf gefährliches Terrain vorwagst.
Ich habe dich noch nie so streitlustig erlebt.«

»Ich habe dreizehn Jahre lang in Scham und Angst gelebt. Erst
vor kurzem ist mir aufgegangen, wie sehr ich mich von allem zurückgezogen habe. Ich hatte die ganze Zeit keine echte Freundin,
und den einen Mann, mit dem es mir wirklich ernst war, habe ich
abgewiesen, weil ich mich nicht überwinden konnte, ihm die
Wahrheit über Faith anzuvertrauen. Ich will so nicht mehr leben,
Monica. Vielleicht bin ich streitlustig. Vielleicht ist es auch töricht
von mir, dass ich meine Zweifel offen ausspreche, aber ich bin es
leid, all diese Schuldgefühle weiter mit mir rumzuschleppen. Ich
bin es leid, hier zu sitzen und den Mund zu halten und nur auf
meine Sicherheit, meinen guten Ruf zu achten. Ich werde alles tun,
was ich kann, um herauszufinden, wer Angie und Denise ermordet hat, und um Crystal und mich zu schützen. Alles.«

Monicas Oberlippe verschob sich zu einem schiefen Grinsen.
»Mich willst du etwa nicht beschützen?«

»Wenn es eines gibt, womit du dich immer hervorgetan hast,
dann damit, dich selbst zu beschützen.«

Monica warf ihr einen merkwürdigen Blick zu. Dann lachte sie.
»Du hast Recht, Laurel. Ich brauche niemanden, habe noch nie
jemanden gebraucht.«

Laurel konnte sie immer noch lachen hören, als sie zum Auto
ging.

2

Den Rest der Nacht blieb Laurel auf. Sie hörte Musik, ging umher und versuchte zu weinen, um ihre aufgestauten Emotionen wenigstens teilweise abzubauen, doch ihr Entsetzen war noch zu frisch. Sie sah immer wieder Denise vor sich, wie sie in ihrem langen karierten Rock lächelnd hinter Wayne gestanden hatte, als dieser »Great Balls of Fire« spielte. Ihre grauen Augen hatten dabei vor Stolz geleuchtet. Diese Augen würden nie mehr leuchten, weder vor Stolz noch vor Liebe, und schon gar nicht vor reiner Lebensfreude.

Laurel wusste, dass sich ihre Mutter, wäre sie da gewesen, längst darangemacht hätte, den traditionellen Thunfischauflauf und den Wackelpudding zuzubereiten, um sie tags darauf im Hause Price abzuliefern. Laurel mochte weder das eine noch das andere. Außerdem würde die Familie Price sicher mehr als genug solcher Gerichte bekommen. Sie nahm sich vor, in einem Feinkostgeschäft eine schöne kalte Platte zu besorgen, obwohl sie bezweifelte, dass Wayne und Audra großen Appetit haben würden. Das Essen in den Häusern der Hinterbliebenen war überwiegend für Gäste bestimmt.

Und was sollte nun aus ihren eigenen Plänen für Weihnachten werden? In zwei Tagen wurde von ihr erwartet, dass sie das Geschäft dichtmachte und nach Florida flog. Die Tatsache, dass sie ohnehin keine Lust dazu hatte, hatte mit ihrer Entscheidung nichts zu tun. Um sieben Uhr nahm sie den Hörer ab und rief ihre Mutter an.

»Das ist aber eine Überraschung, so früh am Morgen von dir zu hören«, sagte Meg Damron. »Wie war Angies Beerdigung?«

»Traurig, wie alle Beerdigungen, aber eine echte Großveranstaltung. Der Gouverneur war da und einige Prominente.« Sie holte tief Luft und sagte schnell: »Hör mal, Mama. Ich kann Weihnachten nicht kommen.«

»Was!«, sprudelte ihre Mutter hervor. »Warum denn nicht?«

»Weil … es hat noch einen Todesfall gegeben. Denise Price. Früher hieß sie Denise Gilbert.«

»Denise! Ja natürlich erinnere ich mich an Denise. Was ist denn passiert?«

»Sie wurde ... gestern Abend ermordet.«

»Ermordet?«, wiederholte ihre Mutter langsam. »Wo? Wann?«

»Bei der Lichterschau in Oglebay. Man hat sie erschlagen.«

Laurel konnte selbst auf die Entfernung spüren, wie ihre Mutter mit der Vorstellung rang. Schließlich sagte sie: »In Oglebay? Das ist undenkbar. Dort ist so etwas noch nie vorgekommen. Totgeschlagen?«

»Ja. Hinter einem der großen Schaustücke.«

»O mein Gott! Totgeschlagen! Genau wie Angie. Du, Denise und Angie – ihr wart doch alle befreundet. Besteht da ein Zusammenhang?«

»Ich weiß es nicht«, sagte Laurel ausweichend. »Ich glaube nicht, dass sich Angie und Denise in den letzten Jahren gesehen haben.«

»Aber wenn das ein Zufall ist ...« Die Stimme ihrer Mutter verebbte und drang dann wieder in voller Lautstärke aus dem Hörer. »Ich möchte, dass du das Geschäft und das Haus abschließt und heute noch herkommst!«

»Ich kann nicht, Mama.«

»Du kannst sehr wohl!«

»Mama, Denise hat eine kleine Tochter zurückgelassen. Sie ist erst acht und sie hat die Leiche gesehen ...«

»Und ich nehme an, sie hat einen Vater und sonstige Verwandte, die sich um sie kümmern. Du bleibst nicht da.«

»Doch, ich bleibe hier.«

»Laurel, um Himmels willen, warum bist du so eigensinnig? Du weißt, dein Vater und ich können nicht kommen. Claudia braucht uns ...«

»Das weiß ich. Ich möchte, dass ihr bei ihr in Florida bleibt. Aber mein Platz ist hier.«

»Warum nur?«

»Ich will mich nicht mit dir streiten und kann jetzt auch nicht auf die Einzelheiten eingehen, aber ich komme zu Weihnachten nicht zu euch.«

»Ist dir klar, was für Sorgen ich mir deinetwegen machen werde?«

»Hör bitte auf, dir Sorgen zu machen.«

»Du hast leicht reden. Als wenn Hal und ich mit Claudia und

dem Streit, den sie dauernd mit deinem Vater anfängt, nicht schon genug am Hals hätten. Ich weiß nicht, was in sie gefahren ist. Außerdem weiß ich nicht, wann das Baby kommt.« Laurels Mutter hörte sich an, als wollte sie in Tränen ausbrechen. »Laurel, ich finde dich unglaublich rücksichtslos.«

»Es tut mir Leid, dass du es so empfindest, aber ich tue nur, was ich tun muss. Ich werde es schon überstehen, Ehrenwort.«

Als sie aufgelegt hatte, murmelte Laurel: »Ich hoffe nur, dass das ein Versprechen war, das ich halten kann.«

3

Laurel rief Norma an. »Habt ihr noch den Schlüssel für die Hintertür zum Geschäft?«

»Selbstverständlich. Du meinst doch wohl nicht, dass ich einen Ladenschlüssel verliere?«

»Nein. Ich weiß selbst nicht, wieso ich danach gefragt habe. Ich nehme an, ihr habt noch nichts von Denise Price gehört, oder?«

»Nein. Wer ist das noch mal?«

»Sie ist … war eine Freundin von mir. Sie wurde gestern Abend ermordet.«

»Was?«, krächzte Norma. »Ermordet!«

»Ja. Ich kann jetzt nicht im Einzelnen darauf eingehen, aber könntest du dich mit Penny heute Morgen allein um das Geschäft kümmern? Ich war die ganze Nacht auf und glaube einfach nicht, dass ich es schaffe.«

»Natürlich schaffst du es nicht! Ach, Laurel, es tut mir ja so Leid. Erst Angela Ricci und nun diese Frau. Mein Gott, in was für einer Welt leben wir nur?«

»Ich weiß auch nicht, Norma, ich weiß es einfach nicht.«

»Also gut, bleib du zu Hause und ruh dich aus. Penny und ich werden auch mal einen Tag allein fertig.«

»Ich kann euch nicht genug danken. Ich kann euch nur sagen, dass ihr im neuen Jahr alle eine Gehaltserhöhung bekommt.«

»Ach, Schatz, das ist doch nicht nötig«, sagte Norma, wirkte aber dennoch erfreut. »Pass auf dich auf und mach dir keine Sorgen ums Geschäft.«

Nicht ans Geschäft zu denken, würde Laurel keine Mühe bereiten. Im Augenblick war ihr Damron Floral ganz unwichtig. Ihre Hauptsorge galt dem Versuch, weitere Morde zu verhindern.

»Und wie willst du das bewerkstelligen, *Wonder Woman*?«, fragte sie sich sarkastisch. Der Gedanke, dass sie – die schüchterne, stille, in sich gekehrte Laurel Damron, die nach dem College nach Hause gerannt war, um sich hinter der Theke des väterlichen Blumenladens zu verstecken – einen Mörder zur Strecke bringen könnte, kam ihr lächerlich vor, unrealistisch wie ein Jungmädchentraum. Aber was blieb ihr anderes übrig? Nach Florida fliehen? Ängstlich herumschleichen, bis der Täter sie oder Crystal erwischt hatte?

Nein. Es war Zeit, dass sie aus ihrem sorgsam gefügten Schneckenhaus ausbrach und sich nicht nur der Vergangenheit, sondern auch der Zukunft stellte. Sie konnte nicht mehr mit dem Gefühl leben, dass jemand gestorben war, weil sie es unterlassen hatte, etwas zu unternehmen, weil sie sich nicht getraut hatte.

Eine Stunde später hatte sie Jeans und einen dicken Pullover an. Sie zog eine Jacke über und beschloss, die Hunde mitzunehmen. Sie nahm die Leinen und stapfte mit ihnen durch den Schnee zum Auto.

Laurel wusste nicht, warum sie das überwältigende Bedürfnis hatte, die Pritchard'sche Scheune zu sehen. Seit der Nacht, in der Faith gestorben war, war sie mehrmals dort vorbeigekommen und hatte sich jedes Mal gefragt, warum die Besitzer sie nicht abgerissen hatten. Sie wäre damals völlig zerstört worden, wenn der Schneeregen nicht so dicht gefallen und das Holz von dem vielen Schnee nicht schon feucht gewesen wäre. Die Familie, der die Farm gehörte, hatte das zerstörte Gebäude stehen lassen, obwohl es jedes Jahr baufälliger wurde. Vor fünf Jahren waren sie dann fortgezogen. Sie hatten mit dem Anwesen nie viel Glück gehabt, genauso wenig wie alle anderen Besitzer der Farm seit der ersten Generation der Pritchards. Jedes Jahr hatte etwas, seien es ungewöhnlich heftige Niederschläge im Frühjahr, Hitzewellen im Hochsommer, Dürreperioden oder Schädlingsbefall, die Ernte ruiniert. Laurel glaubte nicht, dass das Land noch einmal als Farm genutzt werden würde. In wenigen Jahren würde dort wahrscheinlich ein Einkaufszentrum stehen.

Als sie die tief zerfurchte Straße entlangfuhr, auf der sie und die anderen Mitglieder der Herzsechs in jener furchtbaren Nacht vor dreizehn Jahren hergekommen waren, fielen ihr die Geschichten ein, die sie ihr Leben lang über die Pritchard-Farm gehört hatte. Angeblich hatte Esmé Dubois direkt vor ihrer Hinrichtung, als sie schon mit der Schlinge um den Hals dastand und der Priester sie anflehte, Buße zu tun, nicht nur diejenigen verflucht, die sie der Hexerei für schuldig befunden hatten, sondern auch das Land und jeden, der seinen Fuß darauf setzte. Und siehe da, in den dreihundert Jahren seit Esmés Tod hatten die Bewohner der Farm eine ungewöhnlich große Zahl an Unfällen und Toten zu beklagen gehabt. Um die Mitte des neunzehnten Jahrhunderts hatte sich sogar ein Mord ereignet, als der Besitzer einen Knecht dabei ertappt hatte, dass er mit seiner Tochter schlief. Er hatte den Knecht mit der Heugabel erstochen. Das Mädchen, so wurde gemunkelt, hatte eine Fehlgeburt, brannte durch und wurde nie mehr gesehen. Der Besitzer hatte die nächsten zwanzig Jahre im Gefängnis gesessen, während seine Frau und seine drei kleinen Söhne die Farm verloren und im Armenhaus landeten. Irgendwann in den dreißiger Jahren des zwanzigsten Jahrhunderts war der vierjährige Sohn eines Farmers, der zusammen mit seinem Vater auf dem Traktor fuhr, rückwärts heruntergefallen und unter die rasiermesserscharfen Pflugscharen geraten. In den sechziger Jahren hatte sich der Ärmel eines Mannes in einem Maisenthülser verfangen und er war in die Maschine hineingezerrt worden. Stunden später hatte seine junge Frau die zerfetzten Überreste seiner Leiche gefunden und darüber vor Kummer fast den Verstand verloren.

Ein Schauplatz des Todes war sie, die Pritchard-Farm. Das Unheil hatte mit dem Tod der Pritchard'schen Kinder angefangen, den man Esmé Dubois angelastet hatte, und geendet hatte es ... Laurel dachte an Faith, doch nach Faiths Tod war es noch lange nicht vorbei gewesen. Das Unheil hing nach wie vor über jedem, der mit der Farm und insbesondere der Scheune in Kontakt kam. Auf jeden Fall hing es nach wie vor über den Mitgliedern der Herzsechs, die sich hierher geschlichen hatten, als unbesonnene junge Mädchen, und es gewagt hatten, mit dem Okkultismus zu spielen.

Laurel hatte nie wirklich an die Macht des Übernatürlichen geglaubt, weder in ihrer Jugend, als sie Monicas Spiele gespielt hatten, noch jetzt. Doch auf einen leichter beeinflussbaren Menschen konnte die Geschichte der Pritchard-Farm immer noch einen tiefen Eindruck machen, womöglich so tief, dass sie jemanden verleitete, den Anschein zu erwecken, als würde Faith aus dem Jenseits agieren, indem sie einen lebenden Menschen benutzte, um ihren Tod zu rächen.

Laurel fuhr so nahe an die Scheune heran, wie sie konnte, und lockte die Hunde aus dem Auto heraus. Sie behielt sie an der Leine, obwohl sie wusste, dass das eigentlich nicht nötig war. Auf fremdem Terrain blieben die Hunde immer so dicht wie möglich bei ihr.

Sie marschierte durch den knirschenden Schnee und betrachtete die Landschaft. Schnee bedeckte die Bäume, jeder Zweig war in Weiß gehüllt und hob sich zart wie Spitze vom zinngrauen Himmel ab. Einige immergrüne Büsche bogen sich unter dem Gewicht des Schnees und in der Ferne glitten Kanadagänse so friedlich über einen großen Teich, als herrschten milde zwanzig Grad.

Die Trümmer der alten Scheune ragten vor ihr auf. Auf dem spitzen Dach lag dick der Schnee und die rauen, ungestrichenen Bretterwände wirkten fahl und heruntergekommen. Das Farmhaus in der Ferne war kaum zu erkennen, aber sie hatte dennoch das Gefühl, von dort beobachtet zu werden. Das war durchaus möglich. Da es schon so lange leer stand, war es mit Sicherheit zum Unterschlupf für Landstreicher geworden. In der Scheune rechnete sie nicht mit Landstreichern – niemand würde freiwillig in dem halb zerstörten Gebäude mit dem Lehmboden kampieren, wenn er im Haus unterkommen konnte, selbst wenn das Haus weder Heizung noch fließendes Wasser hatte und die meisten Fensterscheiben zerbrochen waren. Ein leichter Dunst hing über der Farm. Er ließ die Luft schwer erscheinen und verhieß gegen Nachmittag neuen Schnee. Ein scharfer Wind kam auf, zauste ihr lockiges Haar und ließ sie frösteln. Sie konnte sich nicht erinnern, je einen trostloseren Ort als die Pritchard-Farm gesehen zu haben. Er machte einen unwirklichen Eindruck, wie der Schauplatz einer beängstigenden Fantasygeschichte.

Plötzlich blieb Laurel wie angewurzelt stehen. Was hatte sie eigentlich hier zu suchen? Was hatte sie an diesen Ort geführt?

Der abwegige Gedanke, dass hier die Lösung zu finden war, weil hier die Probleme begonnen hatten? Hatte ihr nächtlicher Entschluss, den Mörder zu finden, ihr Urteilsvermögen getrübt, ihren Realitätssinn? Es war doch gut möglich, dass sie so allein hier draußen in Gefahr war. Sie tastete in ihrer Tasche nach dem Tränengasspray, doch das beruhigte sie nicht. Sie hatte noch nie in Betracht gezogen, sich eine Schusswaffe zu kaufen, und noch vor zwei Wochen hätte sie die Idee für lächerlich erklärt. Nun erschien sie ihr gar nicht mehr so abwegig. Solange der Mörder auf freiem Fuß war, wäre das gewiss sinnvoller gewesen, als mit Tränengas und zwei furchtsamen Hunden Erkundungsfahrten zu unternehmen.

April und Alex schienen ihre Gedanken zu lesen und der gleichen Meinung zu sein. Sie musste an der Leine zerren, um die Hunde dazu zu bewegen, dass sie die Scheune betraten, wo sie sich Schutz suchend an ihre Beine schmiegten.

Laurel sah sich um. An der Vorderseite der Scheune standen nur noch ein paar grob behauene, grau verkohlte Stützpfeiler aufrecht. Sie ging weiter hinein und zog die Hunde mit sich. Die Boxen, in denen das Vieh einst die Nächte verbracht hatte, standen noch, aber der Geruch von Kühen und Pferden hatte sich verflüchtigt. Durch die Löcher im Dach trieben federleichte Schneeflocken herein. Eine alte Heugabel lehnte an einer Wand. Ob das die ist, die der Farmer vor so langer Zeit benutzt hat, um den Knecht zu töten?, fragte sich Laurel. War das junge Paar hier entdeckt worden, in dieser Scheune? In der Nähe der Heugabel lag eine vermoderte Decke. Dahinter saß eine Ratte, die Laurel aufmerksam beobachtete. Gott, wie viele Ratten mochten hier drinnen hausen? Vielleicht Hunderte.

Sie wollte gerade hinausgehen, als sie etwas bemerkte. In der Mitte der Bodenfläche lag ein Strohballen. Auf so einem Ballen hatte Faith gestanden. Laurel blickte instinktiv nach oben. Dann entrang sich ihr ein Keuchen.

Vom Dachbalken hing eine Henkerschlinge – eine Schlinge, geknüpft aus einem nagelneuen Seil.

Plötzlich fingen die Hunde wild zu bellen an. Mehrere Tauben flatterten vom Heuboden auf und flogen droben unterm Dach auf der Suche nach einem Schlupfloch wie von Sinnen hin und her.

Die Ratte und zwei ihrer Kumpane huschten über den Boden, direkt auf Laurel zu. Sie stieß einen erstickten Schrei aus und wirbelte herum.

Drei Meter hinter ihr stand Neil Kamrath.

Vierzehn

»Neil!«, brachte Laurel in einem Ton hervor, der mindestens eine Oktave höher war als sonst. »Was machst du denn hier?«

»Die gleiche Frage könnte ich dir stellen.« Er kam auf sie zu und zu ihrer Überraschung wichen die Hunde nicht von ihrer Seite. Alex knurrte sogar. »Werden die mich angreifen?«

»Ich bin nicht sicher.« Laurel war sehr wohl sicher, dass er nicht in Gefahr war, hielt es jedoch für das Beste, sich nicht dazu zu äußern. »Ich hatte nur das Bedürfnis, mich hier umzusehen. Warum, weiß ich auch nicht.«

»Mir geht es genauso.« Neil trug Jeans und eine Wildlederjacke. Er zündete sich seelenruhig eine Zigarette an, während ihr Herz abwechselnd aussetzte und wie rasend schlug. War er ihr hierher gefolgt? Es war niemand da, der ihr helfen könnte, falls er vorhatte, ihr etwas anzutun.

Sie versuchte, beiläufig die Hand in die Tasche zu stecken und das Tränengas zu greifen. Verdammt. Sie hatte noch nicht einmal den Deckel abgenommen. Sie würde tot sein, bevor sie den Behälter herausgeholt, den Deckel entfernt und die Düse auf seine Augen gerichtet hatte.

Sie sah sich um. »Da waren Ratten, die direkt auf uns zugerannt sind.«

»Die sind wieder in ihre Verstecke geschlüpft. Sicher wimmelt es hier von Ratten. Sie greifen aber nur an, wenn sie in die Enge getrieben werden.« Er blickte zu der Schlinge auf. »Ich nehme an, dass du die da schon entdeckt hast.« Laurel hatte Schwierigkeiten, zu Atem zu kommen. »Was hältst du davon?«

»Ich weiß nicht. Der Strick ist neu.«

»Es ist eine Drohung, Laurel.«

Sie sah ihn mit festem Blick an. »Für wen? Wer kann gewusst haben, dass ich hierher komme?«

»Vielleicht ist sie nicht an dich gerichtet. Vielleicht sind Crystal oder Monica gemeint.«

»Crystal ist zu ängstlich, um hierher zu kommen. Und Monica hat, glaube ich, den Gedanken an diesen Ort verdrängt. Sie würde hier nie herkommen.« Er zog an seiner Zigarette. Sie sagte: »Du bist mir hierher gefolgt, nicht wahr?«

»Ja.« Er wirkte weder verlegen noch bedrohlich. »Ich hatte das sichere Gefühl, dass du nach dem Mord an Denise hierher fahren würdest.«

»Wie hast du davon erfahren? Der Mord ist zu spät passiert, es stand noch nicht in der Zeitung.«

»Ich hab es im Schnellrestaurant gehört, wo ich zum Frühstück war. Ich weiß keine Einzelheiten, aber ich weiß, dass sie wie Angie umgekommen ist. Erschlagen.«

Laurel nickte. »Eine schreckliche Art zu sterben.«

»Gibt es auch gute Arten?«

Er machte einen gelassenen Eindruck, sprach leise, rauchte lässig. Gefährlich oder nicht: Sie ärgerte sich auf einmal furchtbar über ihn. »Warum bist du mir gefolgt?«, sprudelte sie hervor. »Um meine Reaktion auf die Schlinge zu sehen?«

Er schaute ehrlich überrascht drein. »Du glaubst, ich hätte sie dort aufgehängt?« Laurel schwieg. »Gott, und ich hab dich für einen der wenigen Menschen in der Stadt gehalten, die mich nicht für durchgeknallt halten. Wie ich sehe, habe ich mich geirrt.«

O nein, dachte Laurel. Ihn jetzt wütend zu machen war so ungefähr das Letzte, was sie wollte. »Ich glaube nicht, dass du durchgeknallt bist …«

»Du brauchst mir nichts zu erklären. Wenn ich an deiner Stelle wäre, hätte ich auch eine Heidenangst.« Er ließ die Zigarette fallen und trat sie aus. »Ich wollte dich nicht erschrecken, Laurel. Ich bin dir nur hierher gefolgt, weil du nach allem, was passiert ist, an einem so abgeschiedenen Ort nicht sicher bist. Nachdem ich jetzt die Schlinge gesehen habe, weiß ich, dass ich Recht damit hatte. Wer immer Angie und Denise umgebracht hat, war auch schon hier.«

Laurel schluckte. »Du bist also gekommen, um mich zu beschützen?«

Er lächelte. »Ich bin nicht mehr der dürre, hilflose Junge, den du von der Schule her kennst. Ein Superheld bin ich auch nicht, aber ich kann mit einer Schusswaffe umgehen und versteh mich aufs Boxen und auf Karate.« Er unterbrach sich. »Weiß Kurt eigentlich, dass du hier bist?«

Sie zögerte. Sollte sie lügen und Ja sagen? Sie wusste immer noch nicht, wie sicher sie in Neils Gegenwart war. Ihr Zögern beantwortete seine Frage. »Offensichtlich nicht.«

Laurel biss die Zähne zusammen. Was hatte das zu bedeuten? Dass Neil sich frei fühlte, zu tun, was er wollte, in der Gewissheit, dass man sie tagelang nicht entdecken würde?

»Ich finde, wir sollten hier verschwinden«, sagte er, als habe er ihre Gedanken gelesen. »Die Scheune ist mir nicht geheuer und diese Schlinge sagt mir, dass wir hier nichts zu suchen haben.«

»Ja.« Laurel hörte die Erleichterung in ihrer Stimme. Sie war sicher, dass er sie auch gehört hatte. »Ich sollte nach Hause fahren.«

»Laurel, ich muss dringend mit dir reden.« Sie sah ihn misstrauisch an. »Wärst du bereit, mit mir auf eine Tasse Kaffee zu McDonald's zu gehen?«

Also, an diesem Vorschlag jedenfalls war nichts bedrohlich. Und doch ... »Ich habe die Hunde dabei. Die geraten in Panik, wenn ich sie im Auto allein lasse.«

Neil warf ihnen einen Blick zu. »Zu dir nach Hause willst du mich sicher nicht zum Kaffee einladen. Ich nehm es dir nicht übel. Wie wär's, wenn wir den Kaffee am Autoschalter bestellen? Dann setze ich mich zu dir ins Auto, auf dem Parkplatz, wo dich Dutzende von Leuten sehen können. Okay?«

Worüber wollte er sich wohl mit ihr unterhalten? Über Denises Tod? Über Faith? Die Neugier siegte über ihr Bedürfnis, sich von ihm fern zu halten. »Okay.«

»Gut. Ich bring dich zum Wagen. Mein Auto steht direkt hinter deinem.«

Das war eine ziemlich weite, einsame Strecke in Begleitung eines Mannes, von dem sie befürchtete, dass er am vergangenen Abend Denise umgebracht hatte. Aber was blieb ihr anderes übrig? Als sie das Stoppelfeld zur Straße überquerten, wurde Laurel das Gefühl nicht los, dass sie jemand vom Haus aus beobachtete. Nach einer Weile fragte sie: »Hast du jemanden in der Nähe des Farmhauses gesehen, als du hergefahren bist?«

Der Wind blies ihm das sandfarbene Haar ins Gesicht, sodass er viel jünger aussah. Früher hatten seine Eltern ihn gezwungen, es ganz kurz schneiden zu lassen, darum hatte sie nie bemerkt, dass er Naturlocken hatte. »Ich hab niemanden gesehen, hatte aber auch das Gefühl, dass dort jemand ist. Wie ich höre, hausen in dem Haus im Winter Vagabunden, wie sie mein Großvater nennen würde.«

»Ja«, antwortete Laurel unverbindlich.

»Aber deswegen machst du dir keine Sorgen, stimmt's? Du hast Angst, dass sich derjenige, der die Schlinge aufgehängt hat, in dem Haus aufhält.« Laurel nickte. »Willst du nachsehen?«

»Nein!« Halt, dachte sie. Was ist denn aus meiner Entschlossenheit geworden, den Mörder zu finden? Die Entschlossenheit reicht nicht einmal aus, um zusammen mit einem der Verdächtigen in ein leer stehendes Haus einzudringen. »Mir ist kalt, und Gott weiß, was wir dort finden würden. Vielleicht denjenigen, der die Schlinge aufgehängt hat, oder aber mehrere Landstreicher, die sich gegen uns verbünden.«

Neil grinste. »Du bist also keine Liberale, die glaubt, dass die Obdachlosen nur harmlose Opfer des Systems sind und niemandem etwas zuleide tun?«

»Ich bin sicher, dass das in vielen Fällen zutrifft. Genauso sicher bin ich, dass einigen zuzutrauen wäre, einem für ein paar Dollar die Kehle aufzuschlitzen. Ich habe etwas gegen Verallgemeinerungen.«

»Sehr klug, Laurel. Verallgemeinerungen können einem nur schaden. Ebenso die Überzeugung, man könne alle seine Probleme selbst lösen, egal, wie ernst sie sind.«

Laurel sah ihn scharf an. »Willst du damit etwas Bestimmtes sagen?«

»Ja, und zwar mehrerlei.« Er wies nach vorn. »Da sind die Autos. Wir treffen uns in zehn Minuten.«

April und Alex waren dankbar, auf ihre warme Decke auf dem Rücksitz klettern zu können. Alex mit seinem kurzen Fell zitterte vor Kälte.

Neil hatte bereits gewendet und fuhr davon, als Laurel sich hinters Steuer setzte. Ist es ein Fehler, sich mit ihm zu treffen?, fragte sie sich. Nein. Sie würden auf einem öffentlichen Parkplatz sitzen und vielleicht erfuhr sie bei der Gelegenheit etwas Wichtiges von ihm.

Bei McDonald's bestellte sie Kaffee für sich und Chicken

McNuggets für die Hunde. Dann fuhr sie in eine Parklücke. Sie war gerade dabei, Sahne in den heißen Kaffee zu gießen, als Neil an ihr Wagenfenster klopfte. Sie bedeutete ihm einzusteigen.

»McNugget-Fans?«, fragte er, als Laurel die Hunde mit kleinen Hühnerstückchen fütterte.

»Fans von allem, was essbar ist. Ich versuche darauf zu achten, was sie fressen, aber hin und wieder haben sie einen Leckerbissen nötig.«

»Wie heißen sie?«

»Die mit dem langen Fell ist April. Der andere ist ihr Bruder Alex.«

»Sie ist schön. Und er ist ein netter Bursche. Außerdem hat er ordentlich breite Kiefer.«

»Ich weiß. Dr. Ricci meint, dass unter seinen Ahnen mal ein Pitbull-Terrier gewesen sein muss. Das ist bei Mischrassen immer schwer festzustellen, vor allem dann, wenn wie bei den beiden unterschiedliche Väter im Spiel waren.«

»Mein Sohn Robbie hatte auch einen Hund. Eine Promenadenmischung. Apollo. Robbie war ganz verrückt nach ihm.«

»Hast du den Hund noch?«

Neil nahm rasch einen Schluck von seinem Kaffee und starrte geradeaus. »Nein. Er ist bei dem Autounfall umgekommen. Als Robbie noch am Leben war, schwer verbrannt und unter entsetzlichen Schmerzen, hat er immer wieder nach Apollo gefragt.« Ein schiefes, bitteres Lächeln verzerrte seine Lippen. »Er hat häufiger nach Apollo gefragt als nach seiner Mutter. Ich hab zu ihm gesagt, dass es dem Hund gut geht. Ich hab meinen Sohn auf dem Totenbett angelogen.«

»Das war richtig so«, sagte Laurel leise.

»Vielleicht das einzig Richtige, was ich seit langem getan hatte.« Neils Züge verhärteten sich. »Ellen und ich haben zur Zeit des Unfalls schon getrennt gelebt. Wenn wir uns nicht getrennt hätten und ich gefahren wäre ...«

»... hätte es dennoch zu einem Unfall kommen können.«

»Sie war Alkoholikerin, Laurel. Deshalb hatten wir uns getrennt. Ich war nicht bereit, weiter hinzunehmen, dass sie getrunken hat.«

»Deshalb hast du sie verlassen?«

»Nein. Sie hat mich hinausgeworfen, weil ich sie gedrängt habe, eine Entziehungskur zu machen. Ich hätte Robbie mitnehmen sollen, als ich ausgezogen bin. Stattdessen hab ich ihn bei ihr zurückgelassen. Und du siehst, was daraus geworden ist. Sie ist betrunken Auto gefahren. Wenigstens war sie sofort tot. Wie üblich hatte sie es leicht. Dagegen der arme Robbie ...« Seine Stimme klang belegt und Laurel spürte nicht nur seinen tiefen Kummer, sondern auch seine Wut. Es hörte sich an, als habe er Ellen gehasst. Ihr wäre es an seiner Stelle wahrscheinlich auch so gegangen.

»Neil ...«

»Entschuldige«, sagte er schroff. »Ich hab dich nicht deshalb gebeten, dich mit mir zu treffen, um dir meinen Kummer anzuvertrauen.« Diesmal spürte sie die übermenschliche Kraft, die es ihn kostete, sich zusammenzureißen. »Ich wollte mit dir über die Morde an Angie und Denise reden.«

»Na gut, aber beantworte mir erst eine Frage. Wie bist du darauf gekommen, dass ich ausgerechnet heute Morgen zur Pritchard-Farm fahre?«

»Dir ist es nach wie vor unheimlich, dass ich dir gefolgt bin, stimmt's?«

Sie sah ihm direkt in die Augen. »Wäre es dir nicht unheimlich, wenn dir jemand folgt?«

»Doch. Aber lass mich erklären. Ich bin dir heute zum ersten Mal gefolgt. Du bist eben die Einzige, mit der ich über das alles reden kann – über Faith, das ungeborene Baby, die ganze Sache. Du hast mir von diesem komischen Zeug erzählt, das am Tatort bei Angie gefunden wurde und mit der Herzsechs zusammenhängt. Als ich heute Morgen von dem Mord an Denise erfahren habe, bin ich zu dir nach Hause gefahren, um mit dir zu reden. Dann hab ich mir Sorgen gemacht, ich könnte dir einen Schrecken einjagen, wenn ich so früh vor deiner Tür stehe, weil du mich doch nicht so gut kennst und allein lebst. Ich habe geparkt und mir überlegt, dass ich am besten warte und später im Laden mit dir spreche, aber da bist du auch schon losgefahren, und zwar nicht ins Geschäft, sondern in die entgegengesetzte Richtung. Ich hatte das seltsame Gefühl, dass du unterwegs zur Farm warst, und ich war mir darüber im Klaren, dass du dort nicht allein sein solltest. Seit ich die Schlinge in der Scheune gesehen habe, bin ich sicher, dass es richtig war, dich dort nicht allein hinfahren zu lassen.«

Seine Erklärung hörte sich plausibel an. Seine Stimme hatte einen ehrlichen Klang. Der Ausdruck in seinen Augen war ernst. Laurel beschloss, ihm zu glauben.

»Na gut, Neil, ich verstehe. Aber ich bin sicher, dass ich nicht mehr über den Mord an Denise weiß als du.«

»Gab es wieder eine Sechs und ein Herz und eine Tarotkarte?«

»Ja. Das immerhin weiß ich.«

»Verdammt. Demnach ist kaum noch zu bezweifeln, dass da ein Zusammenhang besteht.«

»Ich fürchte, nein.«

Er starrte vor sich hin und schwieg einen Augenblick. »Hast du mit Mary über den Anhänger gesprochen?«

»Ja. Sie hat zugegeben, dass sie dich angelogen hat. Ihr zufolge hat ihr Vater nicht erlaubt, dass Faith ihn überhaupt trägt. Sie hat ihn immer erst angelegt, nachdem sie aus dem Haus war. Er hätte nie zugelassen, dass sie damit begraben wird, selbst wenn er nicht eine Woche vor ihrem Tod verschwunden wäre.«

»Verschwunden?«, wiederholte Neil skeptisch. »Wie praktisch.«

»Ich weiß. Faith hat mir gegenüber nie erwähnt, dass sie ihren Anhänger verloren hatte.«

Neil nahm zwei McNuggets und gab jedem Hund eines. April nahm ihres zierlich entgegen. Alex hätte Neil beinahe Zeigefinger und Daumen abgebissen. Laurel war überrascht, als er lachte. Es war ein tiefes, herzliches Lachen, das die Trauer aus seinen Augen vertrieb. »Du machst keine halben Sachen, wie, Alex?«

»Er ist nie sicher, wo er die nächste Mahlzeit herkriegen wird.«

»Das ist bestimmt eine berechtigte Sorge. Die zwei sehen ausgesprochen vernachlässigt aus.« Neil nahm wieder einen Schluck Kaffee. »Hast du sonst noch etwas von Mary erfahren?«

»Ja, etwas Hochinteressantes. Sie hat gesagt, dass Faith bis zu ihrem Tod brieflich in Kontakt mit ihrer Mutter war. Zeke erlaubte keine Korrespondenz, deshalb hat jemand für Faith ein Postfach gemietet.«

»Die Schwestern Lewis.«

Laurel blieb der Mund offen. »Die Schwestern Lewis!«

Er nickte. »Wusstest du nicht, dass sie Genevras Tanten sind?«

»Genevras Tanten! Faith hat mir nie was davon verraten.«

»Sie hatte auch nicht vor, es mir zu sagen, aber sie war damals betrunken von zu viel Wein.«

»Betrunken!«

Er sah sie an und lächelte. »Du dachtest, sie hätte am Abend ihres Todes zum ersten Mal Alkohol getrunken, nicht wahr? Stimmt nicht. Wir waren typisch verklemmte Teenager, Laurel. Wir haben getrunken, wir haben geraucht, wir haben miteinander geschlafen. Wahrscheinlich hätten wir auch Drogen genommen, wenn wir sie uns hätten leisten können. Aber sie wollte nicht, dass du davon erfährst. Deine Meinung war ihr zu wichtig.«

»Aber warum hat sie mir das mit den Schwestern Lewis nie erzählt?«

»Zeke hatte ihr den Kontakt verboten. Sie hat versucht, ihr Verhältnis zu ihnen geheim zu halten, und die zwei ebenfalls, um sie zu schützen.«

»Aber sie hat nie ein Wort darüber verloren, dass sie an ihre Mutter schreibt!«

»Sie hatte eine Heidenangst, dass jemand es Zeke verraten könnte.«

»Ich? Sie dachte, ich würde es Zeke verraten? Das ist doch verrückt.«

Neil zuckte die Achseln. »Laurel, du warst ihre beste Freundin, ich war ihr Freund und vollkommen verknallt in sie, aber ich frage mich, wie gut wir Faith wirklich gekannt haben. Sie hat in einer Welt voller Geheimnisse gelebt. Ich nehme an, du bist noch nicht darauf gekommen, wer der Vater von diesem Baby gewesen sein könnte?«

»Ich hab mir den Kopf zerbrochen, Neil.« Sie sagte ihm nicht, dass sie immer noch nicht davon überzeugt war, dass er die Wahrheit gesagt hatte und wirklich unfruchtbar war. »Faith und ich haben die ganze Zeit von Jungs geredet – du weißt ja, wie halbwüchsige Mädchen sind –, aber sie hat nie erwähnt, dass sie sich mit jemandem eingelassen hatte oder dass sie auch nur in einen anderen Jungen verschossen war.«

Neil blickte in seinen Kaffeebecher. »Ich hab mir schon überlegt, ob ... na ja, Zeke ist solch ein Spinner und Faith war so schön ...«

Laurels Augen weiteten sich. »O Gott, du meinst doch wohl nicht Inzest? Neil, das ist widerlich!«

»Aber möglich.«

»Nein.« Sie schloss die Augen. »Ach, was rede ich? Ich weiß es einfach nicht.« Sie öffnete die Augen und sah ihn eindringlich an. »Aber es gibt jemanden, der es wissen könnte.«

»Mary?«

»Nein. Genevra Howard.«

»Faiths Mutter? Aber wir haben keine Ahnung, wo sie sich aufhält. Ich hab es nie erfahren. Vielleicht ist sie längst tot.«

»Sie ist nicht tot. Sie ist springlebendig und hier in Wheeling. Zumindest war sie gestern hier. Neil, sie hat bei Angies Beerdigung neben mir gestanden.«

Fünfzehn

1

Neil war fassungslos. »Woher weißt du, dass es Faiths Mutter war?«

»Sie sieht aus wie Faith. Älter, als ich mir Genevra vorgestellt habe, so als hätte sie ein hartes Leben gehabt – aber die Ähnlichkeit war unverkennbar. Und sie hat Blumen auf Faiths Grab gelegt.«

»Daraus schließe ich, dass du nicht mit ihr gesprochen hast.«

»Nein, das stimmt nicht. Wie gesagt: Sie stand ja neben mir. Wenn sie mich nicht gefragt hätte, ob mir kalt ist, hätte ich sie vielleicht gar nicht beachtet. Dann habe ich mich entschlossen, Faiths Grab zu besuchen. Aus der Ferne sah ich, wie jemand rote Nelken auf das Grab legte. Ich habe gerufen, sie hat mich angesehen und ist davongerannt. Das ist alles. Ich bin dann zum Grab gegangen. Neil, sie hat sechs rote Nelken hinterlassen, mit einem roten Plastikherz daran.«

Neil sah sie eine Weile unverwandt an. Dann murmelte er: »Ach du Scheiße.«

»Das hab ich auch gedacht. Neil, wir müssen sie finden, aber ich hab keine Ahnung, wo ich nach ihr suchen soll.«

»Nicht? Wo würdest du denn an ihrer Stelle hingehen?«

Laurel schüttelte ratlos den Kopf. Dann schloss sie die Augen. »Zu den Schwestern Lewis!«

»Genau.«

»Aber wenn sie nicht entdeckt werden will, werden die mir nichts sagen. Es könnte ja auch sein, dass sie direkt nach der Beerdigung wieder abgereist ist.«

»Das stimmt. Ich nehme an, es ist zu viel verlangt, zu hoffen, dass auch Mary mit ihr Kontakt hatte.«

»Ja. Im Gegensatz zu Faith hat Mary immer getan, was Zeke ihr befohlen hat. Sie tut es noch heute. Neil, hat Faith denn wirklich nie angedeutet, wo ihre Mutter sein könnte?«

»Nein. Faith hat nie über ihre Mutter gesprochen, außer dass sie nicht so war, wie Zeke sie dargestellt hat.«

211

»Offensichtlich hat Faith ihre Mutter sehr geliebt, aber es ist nicht zu leugnen, dass Genevra die Familie im Stich gelassen hat.«

»Und es ist nicht zu leugnen, dass Zeke Howard ein Spinner ist. Ich glaube, er war es immer schon, obwohl er es früher besser verbergen konnte als jetzt.«

»Aber Faith hatte keine Angst vor ihm.«

»Ich glaube, sie hatte eine Todesangst vor ihm, war aber nicht bereit, es zuzugeben. Auf jeden Fall weiß ich, dass sie ihn gehasst hat.«

»Und nun denkt er, sie sei sein Schutzengel. Was für eine Ironie.«

»Vielleicht fühlt er sich ihretwegen so schuldig, dass er in seiner Phantasie die Beziehung zu ihr ins Gegenteil verkehrt hat.« Neil trank seinen Becher aus. »Ich denke, wir haben fürs Erste alle Informationen, die wir bisher haben, ausgetauscht. Ich werde mich heute Nachmittag daranmachen, Genevra Howard aufzuspüren.«

»Und ich besuche die Familie Price. Wusstest du, dass man Audra ins Krankenhaus eingeliefert hat?«

Neil blickte besorgt. »Ist sie auch überfallen worden?«

»Nein, aber sie hat die Leiche ihrer Mutter gesehen. Sie steht unter Schock.«

Neils Gesicht drückte echte Qual aus. »Ich werde Wayne besuchen, aber ich glaube nicht, dass ich es ertrage, noch ein Kind in einem Krankenhausbett zu sehen …«

Laurel legte spontan ihre Hand auf die seine. »Wayne erwartet sicher nicht, dass du Audra besuchst. Sie kennt dich ja gar nicht. Er wird dafür Verständnis haben.«

Neil lächelte. »Wie kommt es, dass du so viel menschlicher wirkst als Monica, Crystal oder sogar Denise? Kein Wunder, dass Faith so große Stücke auf dich gehalten hat. Sie hat mir einmal gesagt, dass sie dir ihr Leben anvertrauen würde.«

Laurel war so erschüttert, dass es ihr einen Augenblick lang die Sprache verschlug. Dann sagte sie heiser: »Und du siehst, was passiert ist, als sie mit mir zusammen war.«

»Es war nicht deine Schuld, Laurel. Wenn ich mit meiner Vermutung richtig liege, warst du dagegen, dass ihr damals in die Scheune gefahren seid. Und du hast versucht, sie zu retten.«

Laurel zögerte. »Wie kommst du darauf?«

»Als wir neulich im Krankenhaus im Warteraum gesessen haben, hast du die Ärmel hochgeschoben. Ich habe die hellen Brandnarben an deinen Armen und Händen gesehen. Erst hab ich mir nichts dabei gedacht. Dann hast du mir erzählt, wie Faith wirklich gestorben ist und dass du dabei warst. Das Feuer. Man muss kein Genie sein, um darauf zu kommen, dass du in die Flammen gefasst hast, um sie zu retten. Ich weiß, dass keine der anderen so etwas getan hätte.« Er fuhr mit dem Finger leicht über ihre Wange. »Ich stimme Faith zu. Ihr Leben war in deinen Händen sicher. Du versuchst selbst jetzt noch, ihr zu helfen.«

Laurel fiel auf einmal ihr Wachtraum wieder ein, von der schönen Faith, die ihr tief in die Augen blickte und sagte: »Du weißt Bescheid, Laurel. Du weißt Bescheid.« Worüber nur wusste sie Bescheid? Wie konnte sie ihr helfen?

Als sie in die Gegenwart zurückkehrte, stieg Neil soeben aus dem Auto, ohne sich auch nur zu verabschieden.

2

Laurel beobachtete noch, wie Neil vom Parkplatz fuhr. Sie verfütterte die restlichen McNuggets an die Hunde, trank ihren kalten Kaffee aus und machte sich dann auf den Heimweg.

April und Alex hatten ihr Abenteuer eindeutig genossen, vor allem das Essen, doch als sie die Heckklappe des Autos öffnete, sprangen beide heraus und rannten auf direktem Weg zum Haus. »Daheim ist es doch am schönsten, stimmt's?«, sagte sie lachend und schloss die Haustür auf. Drinnen eilten die Tiere zu ihren Kissen vor dem Kamin. Laurel war sich darüber im Klaren, dass sie ein Feuer zu schätzen gewusst hätten, aber sie wollte bald wieder aufbrechen und ließ nie unbeaufsichtigt ein Feuer brennen.

Zwanzig Minuten später betrat sie das örtliche Feinkostgeschäft und bestellte eine große Platte mit Aufschnitt, Kartoffelsalat und Krautsalat. Als die Platte fertig war, fuhr sie damit zum Haus der Familie Price.

Die Auffahrt war mit Autos blockiert. Laurel seufzte. Sie überlegte, wie schwer es für die Familien von Verstorbenen doch war, so viel Besuch über sich ergehen lassen zu müssen. Sie mussten sich höflich und liebenswürdig geben, obwohl sie wahrscheinlich nichts lieber getan hätten, als sich ins Bett zu verkriechen und zu weinen. Aber der Beileidsbesuch war ein Brauch, den Laurel seit ihrer Kindheit kannte. Sie hätte sich ebenso schuldig gefühlt, wenn sie nicht gekommen wäre, wie sie sich jetzt schuldig fühlte, Wayne so zu überfallen.

Der Mann, der ihr die Tür öffnete, schien ein anderer zu sein als der, der sie zur Party willkommen geheißen hatte. Seine Haut war käsig, seine blitzenden dunklen Augen blickten trüb und waren fast ganz in ihren dunklen Höhlen verschwunden. Sein ganzer Körper schien geschrumpft zu sein.

»Wayne ...«

Er blinzelte sie an, als würde ihm das Licht in den Augen wehtun. »Laurel, wie lieb von Ihnen, dass Sie gekommen sind.«

Sie trat ins Haus. Im Wohnzimmer standen Leute in Grüppchen zusammen. »Ich bringe nur schnell diese Platte in die Küche.«

Wayne nickte desinteressiert. Laurel ging in die Küche, wo sich zwei Frauen auf sie stürzten, die ungefähr Mitte dreißig zu sein schienen. »Ah! Noch mehr zu essen.« Eine begutachtete genauestens die Platte. »Aufschnitt. Wie klug von Ihnen, etwas Leichtes zu wählen. Jane und ich waren die halbe Nacht auf, um einen Schinken zu braten und Kirsch- und Apfelkuchen und Bananenbrot zu backen.« Laurel tat so, als hätte sie die hämische Bemerkung über ihr anspruchsloses Mitbringsel nicht mitgekriegt.

»Ist es nicht furchtbar?«, flötete die Frau namens Jane. »Denise und ich standen uns so nahe. Der arme Wayne – er ist am Boden zerstört. Wie ich hörte, war von Denises Gesicht nichts mehr übrig ...«

»Das hab ich auch gehört!«, pflichtete die andere ihr bei. »Jemand hat gesagt, dass die Tat mit einem Wagenheber begangen wurde und dass es mindestens zwanzig Schläge waren. Man hat sie einfach zu Brei geschlagen. Natürlich wird der Sarg geschlossen sein. Wissen Sie vielleicht Genaueres?«, erkundigte sie sich bei Laurel.

»Ich weiß überhaupt nichts«, murmelte Laurel. Ihr Magen hatte sich verkrampft und sie hatte gute Lust, ihre metallene Servierplatte zu nehmen und damit dem geschwätzigen Paar eins über die dummen Schädel zu ziehen. »Ich muss gehen.«

»Wer ist die denn?«, hörte Laurel die eine fragen, als sie eilig die Küche verließ.

»Keine Ahnung. Ich hab sie, glaub ich, auf der Party gesehen. Manieren hat sie jedenfalls keine. Du meine Güte, die hat ja noch nicht mal was gekocht.«

Laurel war überrascht, als Wayne sich ihr auf ihrer Flucht von der Küche zur Haustür in den Weg stellte. »Kommen Sie mit nach oben«, sagte er gedämpft. »Ich möchte mit Ihnen sprechen.«

Laurel sah Leute im Wohnzimmer neugierig zusehen, wie sie mit Wayne die gewundene Treppe hochstieg. Wayne führte sie in ein großes, blau und weiß eingerichtetes Schlafzimmer und schloss die Tür. Sie wusste, was kommen würde, noch ehe er etwas gesagt hatte.

»Laurel, haben Sie eine Ahnung, wer das getan haben könnte?«

Was soll ich jetzt sagen?, überlegte sie. Soll ich zu ihm sagen: Ja, ich glaube, es war jemand, der sich für den Tod von Faith Howard rächen will? Nein. Das war ausgeschlossen und sie wusste ja auch tatsächlich nicht, wer Denise und Angela ermordet hatte. »Nein, Wayne, ich weiß nicht, wer Denise umgebracht hat.«

»Sie hatte sich in der letzten Woche so verändert. Nervös war sie, aufbrausend. Sie hatte Albträume und hat kaum etwas gegessen. Irgendwas hat sie bedrückt, aber sie wollte nicht sagen, was es war. Wissen Sie, worüber sie sich solche Sorgen gemacht hat?«

»Über Angies Tod«, sagte Laurel rasch. »Sie und Angie waren nicht mehr eng befreundet, aber Sie wissen ja, wie das mit Jugendfreundschaften ist. Man hat so viele prägende Jahre zusammen verbracht, so viele gemeinsame Erinnerungen …«

Laurel wusste, dass sie nur Klischees von sich gab, aber Wayne schien es nicht zu bemerken. Oder vielleicht hörte er einfach nicht zu.

»Sie hat nie viel von euch Mädchen erzählt«, sagte er. »Von Monica hatte ich bis zu der Party noch gar nicht gehört, aber ich nehme an, ihr wart gute Freundinnen.«

»Früher einmal, ja. Aber das ist lange her.«

Wayne ging rastlos im Zimmer auf und ab. Er nahm eine mit Silber eingefasste Bürste zur Hand. »Von meiner Mutter. Sie hat sie Denise geschenkt.«

»Die ist wunderschön.«

»Meine Eltern haben Denise geliebt. Sie sind tot, wissen Sie. Sie waren schon älter, als ich geboren wurde. Aber ich wünschte, sie wären jetzt hier. Ich brauche sie so sehr.«

»Wo sind denn Denises Eltern?«

Er lächelte sarkastisch. »Auf einer dieser Seniorenreisen in Europa. Mitten im Winter, können Sie sich das vorstellen? Ich hab es für verrückt gehalten, zu dieser Jahreszeit zu reisen, aber Denises Mutter war fest entschlossen. Sie hat gesagt, die Preise seien niedriger als im Sommer. Sie hat mir einen Reiseplan dagelassen, aber der stimmt hinten und vorne nicht. Ich kann sie nicht finden. Sie wissen noch nicht einmal, dass ihre Tochter tot ist.«

»Wayne, wie geht es eigentlich Audra?«

»Sie und Denise haben letzte Woche beide mit der Grippe geliebäugelt. Die Unterkühlung gestern Abend hat den Rest von Audras Widerstandskraft gebrochen. Es geht ihr heute gar nicht gut. Wenn sie nur jemand in ein warmes Auto gesetzt und zum Hotel gefahren hätte, wäre sie vielleicht gar nicht erst krank geworden. Und hätte vielleicht auch nicht gesehen ...«

Er gab einen erstickten Laut von sich. Laurel war im Nu bei ihm und drückte seinen Kopf gegen ihre Schulter. »Wayne, es tut mir so Leid.«

»Ich verstehe das einfach nicht«, schluchzte er. »Ich weiß, dass irgendetwas nicht in Ordnung war, es war nicht nur Angies Tod. Denise hat auch nicht gut geschlafen. Habe ich Ihnen das schon gesagt?«

»Ja.«

»Sie hat sich herumgewälzt und etwas von einer Scheune und einem Feuer und Faith gemurmelt. Faith? Wovon hat sie nur geredet?«

»Faith Howard war eine Freundin von uns. Sie ist mit siebzehn gestorben.«

Wayne wich zurück und starrte sie an. »Das ist doch die, der der Anhänger gehört hat!« Laurel nickte. »Wie ist sie gestorben?«

»Selbstmord«, antwortete Laurel prompt. »Sie hat sich in einer Scheune erhängt. Dann hat die Scheune Feuer gefangen. Das war es, woran Denise immer denken musste, wahrscheinlich wegen Angie. Wir drei waren gute Freunde.«

Er sah sie erstaunt an. »Ich hab vor dem Abend, an dem die

Party war, nie etwas von Faith Howard gehört. Warum hat mir Denise nichts von ihr erzählt?«

»Weil sie von Faiths Tod vollkommen niedergeschmettert war. Ich nehme an, sie wollte nicht darüber reden.«

Er schüttelte den Kopf. »Nein. Nein, das ergibt keinen Sinn. Warum hat Denise Faith nie erwähnt? Warum habt ihr euch nicht öfter gesehen, nachdem wir wieder hierher gezogen waren? Was, verdammt noch mal, sollte diese Szene bei unserer Party? Was war das für ein Wahnsinniger, der als Gespenst verkleidet in mein Haus eingedrungen ist und meine Kleine erschreckt hat?«

»Ich weiß darauf keine Antwort, Wayne.« Das war eine Lüge. Das eine oder andere hätte sie sehr wohl beantworten können, aber sie wusste, wie viel Denise daran gelegen hatte, Wayne die Wahrheit über Faiths Tod vorzuenthalten. So sehr war ihr daran gelegen, dass sie möglicherweise deswegen gestorben war. Die Wahrheit würde eines Tages ans Licht kommen, aber dieser Zeitpunkt war noch nicht gekommen. Wayne war eindeutig am Boden zerstört. Sie kannte ihn nicht besonders gut, aber Denise war überzeugt gewesen, dass er die Wahrheit über Faiths Tod nicht vertragen hätte. Es war ein Unfall gewesen, doch die Mitglieder der Herzsechs hatten die Einzelheiten von Faiths Tod geheim gehalten. Es bestand die Möglichkeit, dass Wayne wie Kurt reagieren würde, wenn er erfuhr, dass seine Frau an Teufelsritualen teilgenommen hatte, selbst wenn sie zu der Zeit noch ein halbes Kind gewesen war, und dass sie dann der Polizei wichtige Informationen vorenthalten hatte. Das war es, wovor Denise sich am meisten gefürchtet hatte – dass Wayne auf einen Schlag seine Frau ohne jede Illusion sehen könnte. Es war das Mindeste, was Laurel für Denise tun konnte, dass sie ihr Geheimnis wahrte. »Es tut mir Leid, Wayne«, sagte sie mit trockener, hölzern klingender Stimme, »aber ich habe Ihnen alles gesagt, was ich kann.«

3

Nachdem Laurel das Haus der Familie Price verlassen hatte, fuhr sie zur Arbeit. Sie war überrascht, Mary in der Werkstatt vorzufinden. »Bist du sicher, dass du dem gewachsen bist?«, fragte Laurel.

»O ja.« Mary lächelte. »Wir hielten es für das Beste, wenn Penny die Kundschaft bedient. Ich möchte mit meinem Aussehen niemanden verschrecken.«

Sie hatte immer noch deutlich sichtbare Prellungen, schien aber bester Laune zu sein. »Das mit deiner Freundin tut mir Leid.«

»Ach, du lieber Himmel, die Leute haben heute von nichts anderem gesprochen«, unterbrach Norma. »Du hast mir heute Morgen keine Einzelheiten erzählt, Laurel. Die arme Frau. Sie hatte eine kleine Tochter. Weißt du, wie es ihr geht?«

»Sie liegt mit Unterkühlung und Schock im Krankenhaus. Sie hat die Leiche ihrer Mutter gesehen.«

»Wie schrecklich!« Normas Augen füllten sich mit Tränen. »Manchmal fragt man sich angesichts solcher Vorfälle, ob es wirklich einen gütigen Gott gibt, der sich um uns kümmert.«

»Aber natürlich gibt es den!«, brauste Mary auf. »Er kümmert sich um die Guten.«

»Und du glaubst, diese Frau hat nicht zu den Guten gehört?«, wollte Norma wissen. »Was hat sie denn verbrochen?«

»Ich weiß es nicht«, stotterte Mary. »Die Sünden der Väter.«

»Ach, Unsinn!«

Laurel hob beschwichtigend die Hand. »Meine Damen, beruhigt euch bitte wieder.« Ich höre mich schon an wie die Schwestern Lewis, dachte sie. Mary und Norma standen da und starrten sich erbost an. »Ich glaube nicht, dass jemand wirklich weiß, warum solche Dinge passieren. Ich meine nur … also, für die Familien ist es schon furchtbar schwer.«

»Und für die Freunde auch.« Norma war sofort zerknirscht. Sie klopfte Laurel auf den Rücken. »Du hast in letzter Zeit viel durchgemacht. Warum gehst du nicht nach Hause und ruhst dich aus?«

»Nein, ich glaube, ich bin hier besser aufgehoben.« Mary stach wie mit dem Dolch Margeritenstängel in das grüne Moospolster. Sie war offensichtlich immer noch aufgebracht. »Ich hab seit Monaten keine Entwürfe mehr gemacht. Ich werde bis Geschäftsschluss hier hinten arbeiten. Haben wir viele Bestellungen?«

»Mehr als genug«, teilte Norma ihr mit. »Gott sei Dank vorwiegend Weihnachtsschmuck.«

Laurel wusste, was sie meinte. Es waren noch keine Aufträge

für Denises Begräbnis eingegangen. Damit würde es tags darauf losgehen, wenn die Beerdigungstermine in der Abendzeitung erschienen.

Laurel versuchte bei der Arbeit nicht an Denise zu denken, doch es fiel ihr schwer. Sie fragte sich immer wieder, ob es etwas genützt hätte, früher zur Polizei zu gehen. Außerdem machte es ihr zu schaffen, dass sie Wayne gegenüber nicht ehrlich gewesen war. Aber was hätte sie damit erreicht? Es hätte weder ihm noch ihr geholfen, darüber zu spekulieren, wer Denise ermordet hatte.

Nach der Arbeit, als alle anderen heimgegangen waren, rief Laurel kurz bei Kurt an. Aber es meldete sich nur der Anrufbeantworter. Vielleicht war er noch nicht zu Hause. Sie nahm sich vor, es später noch einmal zu versuchen. Sie musste ihm mitteilen, dass sie Faiths Mutter gesehen hatte, und ihm von der Schlinge in der Scheune der Pritchard-Farm erzählen.

Es war sechs, als sie das Geschäft verließ und ins Krankenhaus fuhr. Sie wusste nicht, ob Audra Besuch empfangen durfte, aber sie wollte das Kind wenigstens wissen lassen, dass sie vorbeigekommen war. Sie war überrascht, als eine hübsche dunkelhaarige Krankenschwester erklärte, sie könne ruhig ein paar Minuten zu Audra hineingehen.

Audra lag auf mehrere Kissen gestützt leichenblass im Bett. Ihr braunes Haar war um ihr kummervolles Gesichtchen herum ausgebreitet, die Augen starrten blind auf einen Zeichentrickfilm, den das Fernsehgerät gegenüber dem Bett in unangenehmer Lautstärke ausstrahlte.

»Audra?«, sagte sie mit sanfter Stimme. »Audra, ich bin's, Laurel.« Keine Antwort. Sie trat ans Bett und hielt die kleine Vase hoch, die sie mitgebracht hatte. »April und Alex schicken dir je eine rosa Rose und ein wenig Schleierkraut. Sie haben sich gedacht, dass du rosa Rosen magst.«

Die großen braunen Augen des Kindes bewegten sich zum ersten Mal. Es streckte vorsichtig einen Finger aus und berührte ein Blütenblatt. »Rosa Rosen sind meine Lieblingsblumen.« Ihre Stimme klang kratzig. »Sind sie mitgekommen?«

»Sie wären schon mitgekommen, aber Hunde dürfen nicht ins Krankenhaus.« Laurel stellte die Rosen neben Audras Bett und setzte sich zu ihr. »Wie geht es dir, mein Schatz?«

»Nicht so gut.« Eine Träne rann ihr über die Wange. »Meine Mommy ist tot.«

Laurels Kehle war wie zugeschnürt, als sie das Kind, das sich so dünn anfühlte, in den Arm nahm. »Deine Mommy ist im Himmel, Schatz. Der Himmel ist ein wunderbarer Ort, mit rosa Rosen und Hündchen und Kätzchen und großen, flauschigen Wolken und schönen Engeln.«

»Bestimmt?«

»Ganz bestimmt.«

Audra bekam plötzlich einen Hustenanfall. Dann stöhnte sie leise. Laurel wischte ihr mit einem Papiertaschentuch die Nase ab und gab ihr einen Schluck Wasser zu trinken. »Ist dir auch warm genug?«

»Mir ist viel zu heiß. Könntest du die Decke wegnehmen?«

»Ich glaube nicht, dass wir das tun sollten. Es ist das Fieber, von dem dir so heiß ist. Versuch einfach, noch ein Weilchen durchzuhalten. In ein paar Tagen geht es dir wieder besser.«

»Nein. Es wird mir nie wieder besser gehen. Laurel, ich hab eine Krankenschwester auf dem Flur sagen hören, dass es meine Schuld ist, dass Mommy tot ist.«

Laurels Zorn war so heftig, dass es sie selbst erschütterte. »Das ist doch lächerlich! Wer hat das gesagt?«

»Eine große Krankenschwester mit massenhaft gelbem Haar. Sie hat gesagt, wenn die kleine Göre im Wagen geblieben wäre, hätte niemand Mrs. Price umbringen können.«

»Das ist doch nicht wahr.«

»Ist es wohl. Mommy war schlecht gelaunt und ich bin wütend geworden und vom Auto weggerannt. Ich wollte ihr einen Schrecken einjagen.« Aus Audras Augen quollen Tränen. »Stattdessen ist sie umgebracht worden und es ist meine Schuld.«

Laurels Instinkt drängte sie, Audra zu beruhigen und zu trösten, doch etwas sagte ihr, dass das nicht die richtige Methode war, um ihr näher zu kommen. Sie war ein zähes, schlaues kleines Mädchen. Mit Logik war ihr besser gedient als mit Verhätscheln. »Audra, hast du deine Mutter umgebracht?«

Das Kind riss die Augen auf. »Nein! Ehrlich!«

»Dann ist ihr Tod nicht deine Schuld. Ihr Tod ist die Schuld von dem, der sie umgebracht hat. Hab ich nicht Recht?«

»Irgendwie schon. Aber ich bin da draußen rumgerannt ...«

»Hat jemand versucht, dich umzubringen?«

»Nein.«

»Das liegt daran, dass niemand hinter dir her war. Wer immer der Täter war, er wollte deiner Mommy wehtun, und wenn er es an dem Abend nicht getan hätte, dann ein andermal. Ich versuche nicht bloß zu erreichen, dass du dich besser fühlst, Audra.« Sie blickte Audra direkt in die geröteten Augen. »Ich weiß, was ich sage. Glaubst du mir?«

Audra runzelte immer noch schniefend die Stirn. »Also ... ich glaub schon.«

»Gut. Diese Krankenschwester weiß nicht, wovon sie redet. Ich schon, darum musst du mir glauben. Außerdem musst du fest dran glauben, dass deine Mutter an einem wunderschönen Ort ist und dass sie auf dich herabblickt und dich so lieb hat wie eh und je.«

»Aber wiedersehen werd ich sie nie«, sagte Audra mit weinerlicher Stimme.

»O doch, mein Liebling. Ich garantiere es dir. Nun konzentrier dich erst einmal darauf, wieder gesund zu werden. April und Alex freuen sich drauf, dich zu sehen, sobald du hier heraus bist.«

»Wirklich?«

»Ehrenwort. Du bist ihnen die Liebste.«

»Außer dir.«

»Das liegt nur daran, dass ich ihnen zu fressen gebe.«

Schließlich lächelte Audra schwach. »Gib ihnen einen Kuss von mir.«

»Wird gemacht«, versprach Laurel.

Nachdem Laurel Audras Zimmer verlassen hatte, ging sie zu einem Telefon in der Eingangshalle des Krankenhauses und wählte Kurts Nummer. Immer noch der Anrufbeantworter. Sie blickte auf die Uhr. Sechs Uhr fünfundvierzig. Sie wusste, dass er inzwischen zu Hause sein musste. Vielleicht war er noch so wütend auf sie, dass er ihre Anrufe nicht entgegennahm. Aber sie musste unbedingt mit ihm sprechen.

Zehn Minuten später hielt sie vor seinem Haus. Sie erinnerte sich an ihre letzte Fahrt dorthin. Sie war vor Angst wie von Sinnen gewesen, nachdem jemand sie den Hang hinab verfolgt und versucht hatte, ihren Wagen von der Straße abzubringen. Kurt war nicht zu Hause gewesen, aber er war richtig böse geworden, weil sie zu ihm und nicht aufs Polizeirevier gekommen war. Er hatte Recht. Sie hatte sich dumm angestellt. Heute Abend war der Sachverhalt jedoch ein anderer.

Laurel betrat das Haus und klopfte an seine Wohnungstür. Keine Antwort. Sie versuchte es noch einmal. Wie auf Stichwort riss Mrs. Henshaw ihre Tür auf und trat auf den Flur hinaus. »Sind Sie schon wieder hinter ihm her?«, fragte sie unhöflich.

Laurel versuchte, sich nichts anmerken zu lassen. Sie hatte den Eindruck, dass sie schon den ganzen Tag kurz davor war, die Beherrschung zu verlieren. »Ich muss unbedingt mit Kurt sprechen und ich kann ihn telefonisch nicht erreichen.«

»Ich dachte, Sie wären seine Freundin. Sieht ganz danach aus, als würde er Ihnen aus dem Weg gehen.«

Ich werde jetzt nicht wütend, befahl Laurel sich, während sie die Frau von oben bis unten musterte. Sie trug Jerseyhosen, deren Nähte an Hüften und Oberschenkeln spannten, ein Sweatshirt mit aufgestickten Weihnachtssternen über dem üppigen Busen, verschmutzte Turnschuhe und im grauschwarzen Haar eine Schleife aus grünem Samt. Außerdem hatte sie einen Schokoladenrand um den Mund und Laurel hörte im Hintergrund eine Fernseh-Quizshow plärren. Es bimmelte und trötete und das Publikum klatschte wie wild.

»Mrs. Henshaw, ist Kurt heute Abend zu Hause?«

»Woher soll ich das wissen? Wofür halten Sie mich? Für eine Schnüfflerin?«

»Ich dachte nur, Sie könnten ihn vielleicht gehört haben.«

»Ich hör bei geschlossener Tür in meiner Wohnung gar nichts.«

»Sie haben mich doch bei ihm anklopfen hören.«

»Sie haben gegen die Tür gehämmert.«

»Nein, das habe ich nicht.«

»Also, ich weiß nichts von ihm.« Ein irgendwie listiger Ausdruck trat kurz in ihr rundes, schwammiges Gesicht. »Aber ich bin die Hausverwalterin und ich hab die Schlüssel zu allen Wohnungen. Wenn es so wichtig ist …«

»Das ist es«, sagte Laurel entschieden. Kurt mied sie tatsächlich, aber er musste einiges erfahren, was sie herausgefunden hatte. »Ich gehe nur kurz rein, um eine Nachricht für ihn zu hinterlassen«, sagte sie zu Mrs. Henshaw. »Wenn Sie ihn später sehen, könnten Sie ihm dann sagen, dass ich nur ein paar Minuten hier war?«

Mrs. Henshaw holte den Schlüssel und gab ihn ihr mit einem derart verschwörerischen Augenzwinkern, dass Laurel Schauer der Abneigung kalt den Rücken herunterliefen. »Klar, ich sag's ihm. Sie könn' sich auf mich verlassen.«

Laurel verließ sich nicht gern auf Mrs. Henshaw, aber sie hatte keine andere Wahl. Die Frau hatte sie gesehen. Zweifellos würde sie Kurt darauf ansprechen, sobald er auch nur einen Fuß ins obere Treppenhaus setzte.

Laurel war schon ein paar Mal in Kurts Wohnung gewesen, aber immer nur kurz. Sie war praktisch, wenn nicht gar spartanisch eingerichtet, mit nur einer Kunstledercouch, einigen billigen verschrammten Tischen, einem kleinen Bücherregal und einem abgewetzten Sessel mit verstellbarer Lehne gegenüber dem Fernsehgerät im Wohnzimmer. Im Schlafzimmer standen lediglich ein Doppelbett und eine Kommode mit Walnussfurnier. »Ich brauche nicht viel und ich spare schon für mein Traumhaus«, hatte Kurt bei ihrem ersten Besuch erläutert, als sie ihre Überraschung über die trostlose Atmosphäre seiner Wohnung nicht recht hatte verbergen können.

Im Augenblick jedoch galt Laurels Sorge nicht seinem Mobiliar beziehungsweise dem, was der Wohnung fehlte. Sie warf einen Blick auf seinen Anrufbeantworter. Das rote Lämpchen blinkte nicht. Demnach hatte er das Band abgehört und die zwei Nachrichten gelöscht, die sie darauf gesprochen hatte. Sie nahm den Hörer ab, wählte ihre Nummer und dann den Code. Auf ihrer eigenen Maschine warteten keine Nachrichten. Er hatte ihren Anruf nicht erwidert.

Na gut, Kurt, dachte sie. Wenn er nicht mit ihr reden wollte: Sie würde ihn nicht dazu zwingen.

Sie blickte sich um und konnte nirgendwo im Wohnzimmer etwas zum Schreiben entdecken – nichts als einen kleinen Block neben dem Telefon. Sie nahm den Stift zur Hand, begann zu schreiben und brach beinahe sofort die Spitze ab. Sie kramte in ihrer Tasche nach einem Kugelschreiber. Sie schaffte es, »Lieber Kurt« zu Papier zu bringen, dann war der Kugelschreiber leer.

»Ach, um Himmels willen!«, murrte sie. Sie sah sich erneut um. Auf dem Regal stand ein Becher mit Kugelschreibern und Bleistiften. Als sie sich einen holen ging, konnte sie nicht umhin, Kurts spärliche Büchersammlung zu bemerken. Niemand konnte ihm vorwerfen, dass er ein eifriger Leser war. Er besaß zwei Mike-Hammer-Romane von Mickey Spillane, drei Bände Ed McBain, *The Deep* und *White Shark* von Peter Benchley, Ken Folletts *The Key to Rebecca*, einen Clive Cussler und einen Band mit Shakespeares Sonetten.

Dann hielt Laurel verblüfft inne. Ein Band mit Shakespeares Sonetten? Konnte es sich um einen Überrest aus Kurts Schulzeit handeln? Andererseits hatte Kurt ansonsten keines der Bücher behalten, die sie in der Schule gelesen hatten. Außerdem hatte das Shakespeare-Buch der Oberstufe sowohl Sonette als auch Theaterstücke enthalten.

Von Neugier getrieben, zog sie das Buch aus dem Regal. Es war in braunes Leder gebunden, offenbar eine ziemlich kostspielige Ausgabe. Ein wenig Staub obenauf zeigte, dass schon lange niemand mehr darin gelesen hatte, was Laurel nicht weiter überraschte. Sie konnte sich Kurt nicht vorstellen, wie er in seinem Sessel saß und Sonette von Shakespeare las.

Sie schlug das Buch auf, blätterte das Vorsatzblatt um. Das Buch war mit einer Widmung in einer schönen, schrägen Handschrift versehen:

> Nacht ist der Tag, der mir dein Bild entzieht,
> Und Tag ist Nacht, die dich im Traume sieht.

Zwei Zeilen aus einem der Sonette. Das Buch war ein mit Liebe ausgesuchtes Geschenk. Doch es war nicht so sehr das Buch als die Person, die es verschenkt hatte, die Laurel den Atem nahm. Unter der Widmung las sie:
Alles Liebe,
Faith.

Sechzehn

1

Laurel kauerte sich auf den Boden. Warum in aller Welt hatte Faith Kurt ein Buch mit Shakespeares Sonetten geschenkt? Na ja, man konnte es sich denken, nachdem man die Widmung gelesen hatte. Faith hatte Kurt geliebt. Laurel schloss die Augen. Faith hatte Kurt geliebt? Sie waren seit ihrem siebten Lebensjahr befreundet gewesen, seit sich Faith an der Efeuranke in das Baumhaus geschwungen hatte. Kurt und Chuck, Faith und Laurel. In jenem Sommer waren sie unzertrennlich gewesen, als sie älter wurden, hatten sie sich jedoch auseinander gelebt. Faith war nie mit Kurt ausgegangen. Sie war nie mit einem anderen als mit Neil zusammen gewesen.

Wenigstens offiziell. Hatte Neil nicht erzählt, dass er der Einzige war, mit dem auszugehen ihr Zeke erlaubt hatte, weil seine Eltern Zekes Gemeinde angehörten? Laurel dachte daran, wie feindselig sich Kurt in letzter Zeit gegenüber Neil verhalten hatte. Lag es wirklich nur daran, dass er Neil für seltsam hielt, oder womöglich daran, dass er Neil einst als Rivalen betrachtet hatte, als einen von Faiths Liebhabern? Und wie war das noch an dem Abend der Weihnachtsparty im Hause Price? Da hatte Kurt von Faith und ihrem Baby gesprochen. Was hatte er gesagt? Laurel erinnerte sich: »Dieses Kind wäre inzwischen fast dreizehn ... Ich wette, es war ein Junge.« Das hatte sich seltsam angehört, wehmütig und versonnen, fast so, als habe er vergessen, dass sie neben ihm im Auto saß.

Neil hatte behauptet, dass er nicht der Vater von Faiths Baby gewesen sein konnte. Wenn Laurel ihm glaubte, dann musste es jemand anders sein. Könnte es sich um Kurt gehandelt haben? War Kurt deshalb so wütend auf sie, als er erfahren hatte, wie Faith gestorben war? War er wirklich nur enttäuscht, dass sie nicht die Wahrheit gesagt hatte, oder war er wütend, weil er das Mädchen, das er liebte, und sein Kind verloren hatte?

Plötzlich kam Laurel die Wohnung erdrückend klein und muffig vor. Sie nahm einen Stift aus dem Becher und schrieb auf den Block: »Ich habe Informationen, die dich vielleicht interessieren. Ruf mich bitte an. L.« Sie hatte vorgehabt, ihm von Faiths Mutter und der Schlinge in der Scheune zu schreiben, konnte sich jedoch nicht überwinden, noch länger in der Wohnung zu bleiben. Sie legte das Blatt auf seinen Sessel, wo er es bestimmt sehen würde, eilte aus der Wohnung und klopfte bei Mrs. Henshaw an. »Hier ist der Schlüssel«, sagte sie hastig.

»Haben Sie gefunden, was Sie gesucht haben?«, fragte Mrs. Henshaw grinsend.

»Ich hab eine Nachricht hinterlassen«, sagte Laurel kurz angebunden. »Vielen Dank für den Schlüssel.«

Während sie die Treppe hinunterrannte, spürte sie, dass Mrs. Henshaw sie durch die nicht ganz geschlossene Tür beobachtete.

2

Laurel fuhr auf direktem Weg nach Hause und versuchte sich erst einmal von dem Schock ihres Fundes in Kurts Wohnung zu erholen. Als sie in ihre lange, dunkle Auffahrt einbog, war sie froh, dass sie daran gedacht hatte, eine Batterie für den Türöffner der Garage zu kaufen. Sobald sie darauf drückte, glitt das Tor auf. Sie fuhr hinein, schloss das Tor und stieg dann erst aus, um durch die Seitentür ins Haus zu gehen.

Beide Hunde erwarteten sie sehnlich. »Ich weiß. Ich bin wieder mal spät dran mit eurem Abendessen«, sagte sie zur Begrüßung. »Ihr seid vermutlich kurz vor dem Verhungern. Apropos Verhungern: Ich hab den ganzen Tag noch nichts gegessen und hab das Gefühl, als würde ich gleich in Ohnmacht fallen.«

Sie gab den Hunden zu fressen und suchte dann im Kühlschrank, bis sie eine Packung Wiener Würstchen gefunden hatte. Sie legte drei davon in die Mikrowelle, packte sie zusammen mit Ketchup und Relish zwischen zwei Brotscheiben und schlang sie in wenig damenhaftem Tempo herunter. Immer noch hungrig, wandte sie sich als Nächstes der Gefriertruhe zu, holte zwei Eislollys mit Karamellgeschmack heraus und verputzte sie ebenso schnell. »Ich muss dran denken, Lebensmittel einzukaufen«, sagte sie laut. Ihr Magen reagierte mit Krämpfen auf die Nahrung, die so plötzlich dort ankam. Sie ging zur Couch, legte sich hin und fühlte sich wie eine Fünfjährige, die zu viel Geburtstagskuchen gegessen hat.

Wenige Minuten später – ihr Magen fing soeben an, sich wieder zu beruhigen – klingelte das Telefon. Laurel nahm den Hörer ab und hörte Kurt bellen: »Was fällt dir eigentlich ein, bei mir einzudringen, während ich nicht zu Hause bin?«

»Also, entschuldige, aber du hast nicht zurückgerufen. Ich war nur ungefähr zehn Minuten da. Hat dich deine Fluraufsicht etwa nicht informiert?«

»Doch, aber sie hat gesagt, du wärst viel länger da gewesen als zehn Minuten.«

»Ach, was soll's. Außerdem hat sie mir den Schlüssel gegeben. Beruhig dich wieder. Ich hab nicht in deiner Wäscheschublade gekramt oder so was.«

»Wie nett von dir. Was willst du?«

»Erstens will ich, dass du aufhörst, dich wie ein Esel aufzuführen.«

»Vielen herzlichen Dank.«

»Genau das tust du nämlich, und zwar mit Absicht.« Es fiel ihr schwer, ihre Stimme unter Kontrolle zu halten. Wenn Kurt wirklich der Vater von Faiths Baby war, hatte er zugelassen, dass Neil die ganze Schuld auf sich nahm, aber er behandelte sie wie eine Kriminelle. »Na gut, du bist böse, weil ich dir nicht erzählt habe, wie Faith wirklich gestorben ist. Ich habe einen schrecklichen Fehler begangen. Aber wage es nicht, mir zu sagen, dir wäre nie einer unterlaufen.«

Er schwieg einen Augenblick. »Was wolltest du mir sagen, Laurel?«, fragte er dann einlenkend.

»Erstens: Genevra Howard, Faiths Mutter, war auf Angies Beerdigung.«

»Faiths Mutter! Hast du dich mit ihr unterhalten?«

»Nicht richtig.«

»Aber sie hat gesagt, dass sie Faiths Mutter ist.«

»Nein. Sie sieht wie Faith aus und sie hat Blumen auf Faiths Grab gelegt.«

»Ist das alles?«

»Kurt, sie hat sechs rote Nelken mit einem roten Plastikherzen daran hinterlassen.« Er schwieg. »Hältst du es nicht für bedeutsam, dass eine Frau, die vor über zwanzig Jahren verschwunden ist, die nicht einmal zur Beerdigung ihrer eigenen Tochter gekommen ist, plötzlich auf der von Angie auftaucht? Und was ist mit den Blumen auf Faiths Grab? Hast du mir etwa nicht zugehört? Ich sagte: sechs rote Nelken mit einem roten Plastikherz. Eine Anspielung auf die Herzsechs.«

»Es wäre tatsächlich ziemlich merkwürdig, wenn es wirklich Faiths Mutter war, die die Blumen dort hingelegt hat.« Seine Stimme klang hohl. Er will mir nicht glauben, tut es aber doch, dachte Laurel. Warum will er nicht glauben, dass Faiths Mutter hier sein könnte? Hat er Angst vor dem, was sie vielleicht weiß?

»Da ist noch etwas, Kurt«, sagte sie hastig. »Ich bin gestern zur Pritchard-Farm hinausgefahren und …«

»Warum, verdammt noch mal, hast du das getan?«, brauste er auf.

»Ich weiß es selbst nicht«, sagte sie zögernd. »Ich wollte das alles nur noch mal sehen. Ich bin in die alte Scheune gegangen und dort hing an einem Dachbalken eine Henkerschlinge.«

»Eine Schlinge?«

»Ja. Sie war aus einem neuem Strick geknüpft.«

»Eine Schlinge?«

»Ja, Kurt, eine Schlinge. Wie die, in die Faith damals ihren Kopf gesteckt hat.«

»O Gott!« Zum ersten Mal seit Beginn des Telefongesprächs hörte er sich natürlich an. Die kalte Wut war heller Aufregung gewichen. »Ich fahre sofort raus und sehe mir das an. Aber du hältst dich von dort fern. Du hättest gar nicht erst dort hinfahren dürfen. Du weißt doch, was Denise passiert ist.«

»Denise war nicht an einem einsamen Ort.«

»Also, rein technisch gesehen war sie es nicht, aber niemand konnte sie von der Straße aus sehen.«

Laurel schluckte. »Kurt, das hat mich die ganze Zeit beschäftigt. Meinst du, dass Denise gelitten hat? Oder ist sie schnell gestorben?«

»Es ist noch zu früh für den Obduktionsbericht.«

»Aber du hast doch die Leiche gesehen. Was würdest du sagen?«

Er ließ sich Zeit mit seiner Antwort. »Laurel, ich bin kein Experte. Man hat eine Menge Blut gefunden.« Er holte tief Luft. »Ich glaube nicht, dass sie nach dem ersten Schlag tot war. Es gab Anzeichen, dass sie versucht hat, auf Händen und Knien davonzukriechen …«

»Ah«, keuchte Laurel. »Ich will nichts mehr davon hören.«

»Du hast selbst danach gefragt.«

»Ich weiß. Ich wollte, ich hätte es gelassen. Im Haus der Familie Price bin ich heute auf zwei als Freundinnen getarnte weibliche Leichenfledderer gestoßen, die gar nicht genug Einzelheiten hören konnten. Mir war richtig schlecht.«

»Es gibt viele solche Leute.«

Laurel spürte, dass sie sich ein wenig beruhigte. Außerdem wollte sie sich gegenüber Kurt nicht anmerken lassen, dass sie den Band mit den Sonetten gesehen hatte und von seinem Verhältnis mit Faith wusste. »Kurt, es tut mir Leid, dass ich unaufgefordert deine Wohnung betreten habe, aber ich musste wirklich mit dir reden.«

»Du hättest mich im Büro anrufen oder vorbeikommen können«, entgegnete er steif.

»Ja … also, ich …«

»Du willst in der Öffentlichkeit nicht davon sprechen. Du willst immer noch nicht, dass jemand erfährt, wie Faith gestorben ist.«

Und du willst nicht, dass jemand von deiner Beziehung zu ihr erfährt, hätte Laurel ihn beinahe angefahren, beherrschte sich jedoch. Außerdem hatte er ja Recht. Sie wollte nach wie vor nicht, dass die ganze Stadt die Wahrheit erfuhr. Aber das war es nicht allein. Sie hatte Kurt immer als vertrauenswürdig angesehen, als jemanden, auf den sie sich verlassen konnte. Nachdem sie in seiner Wohnung den Band mit Sonetten und Faiths Liebeserklärung gesehen hatte, war sie nicht mehr sicher, wie weit sie ihm trauen konnte.

»Wenigstens weißt du jetzt, dass Faiths Mutter mit alledem etwas zu tun haben könnte. Und es ist längst überfällig, dass sich jemand die Pritchard-Farm vornimmt.«

»Laurel, ich sage es noch einmal: Ich möchte nicht, dass du dort oder sonst wo hingehst, wo jemand an dich ran kann, ohne gesehen zu werden. Du hattest großes Glück, dass du heute Morgen niemandem begegnet bist. Für mich steht fest, dass der Mörder die Schlinge hingehängt hat und sich vielleicht dort in der Nähe aufhält. Und du hast wirklich niemanden gesehen?«

»Nein«, sagte sie laut. In Gedanken fügte sie hinzu: niemanden außer Neil Kamrath, der mich dabei beobachtet hat, wie ich mir die Henkerschlinge angesehen habe.

3

Nachdem Laurel aufgelegt hatte, konnte sie nicht umhin zu überlegen, wie anders als noch vor einer Woche ihr Gespräch mit Kurt diesmal verlaufen war. Allzu romantisch waren sie nie gewesen. Ihre Gespräche waren nicht mit Sehnsucht und Zärtlichkeit gewürzt, aber sie waren sich immer nahe gewesen. Mit dieser Nähe war es unwiderruflich vorbei. Es war genau das, was sie befürchtet hatte, als sie vor fünf Jahren ihre Verlobung mit Bill Haynes gelöst hatte, und sie war nach wie vor fest überzeugt, dass er auf die Wahrheit genauso wie Kurt reagiert hätte.

Sie hatte den Kessel aufgesetzt, um Tee zu kochen, als das Telefon klingelte. Sie hoffte, dass es nicht ihre Mutter war, die sie noch einmal auffordern wollte, nach Florida zu kommen.

»Laurel, wie bin ich froh, dass du zu Hause bist!« Es war Neil.

»Was ist los?«, fragte sie. Die Aufregung in seiner Stimme entfachte sogleich ihr Interesse.

»Ich habe Genevra Howard gefunden.«

»Was? Wo denn?«

»Wo du sie vermutet hast.«

»Bei den Schwestern Lewis.«

»Ja. Ich hab ein Stück weit weg am Straßenrand geparkt und den ganzen Nachmittag gewartet, bis ich eine Frau gesehen habe, auf die deine Beschreibung passt. Sie ist aus dem Haus gekommen und hat Vogelfutter nachgefüllt.«

»Hast du mit ihr gesprochen?«

»Nein. Ich wollte sie nicht verschrecken.«

»Hast du dort an der Tür geklingelt, nachdem sie wieder reingegangen war?«

»Nein.« Sein Tonfall wurde leicht verlegen. »Ich hab als Kind bei Miss Adelaide Klavierunterricht gehabt, aber du weißt ja, wie sie und ihre Schwester sind. Sie benehmen sich, als wäre jeder erwachsene Mann darauf aus, ihnen die jungfräuliche Tugend zu rauben.«

Laurel lachte laut heraus. Beide Schwestern waren Anfang achtzig und hatten nicht ein Gramm Fleisch auf den Knochen, aber sie klammerten sich nach wie vor aufgeregt aneinander und schreckten vor jedem Mann zurück, als wären sie taufrische viktorianische Schönheiten. Laurel hatte den Verdacht, dass sie sich wahrscheinlich insgeheim an heißen Liebesromanen ergötzten.

»Ich hab eine Idee«, sagte sie. »Die zwei kennen mich kaum, aber ich bin wenigstens eine Frau. Ich hatte ohnehin vorgehabt, ihnen einen Weihnachtskranz zu schenken, weil sie im Geschäft waren, um einen auszuwählen, als Zeke hereinkam und seine Schau abgezogen hat. Ich werde ins Geschäft fahren und einen passenden Kranz holen. Dann treffen wir uns vor ihrem Haus. Wir werden uns einfach als junges Paar ausgeben, das ihnen einen Kranz vorbeibringt.«

»Laurel«, sagte Neil langsam. »Mich kennen sie durchaus. Sie glauben, ich wäre der Vater von Faiths Baby. Die lassen mich bestimmt nicht rein.«

»Ach so.« Laurel biss sich auf die Lippen. »Neil, du siehst inzwischen ganz anders aus als damals. Ich glaube nicht, dass sie dich wieder erkennen werden, bis wir drinnen sind. Und dann werden sie vermutlich zu höflich sein, um dich rauszuschmeißen. Ich möchte nicht allein hingehen. Bitte triff dich dort mit mir.«

»Na gut, wir können es ja versuchen. Weißt du, wo sie wohnen?«

»Ja. Wir treffen uns dort in ungefähr einer halben Stunde.«

Sie schaltete den Ofen aus, nahm ihre Jacke und fuhr ins Geschäft. Wenn sie sich recht erinnerte, hatten sich die Schwestern nicht zwischen einem Kiefer- und einem Zedernkranz entscheiden können. Sie suchte den größten Kranz aus, den sie noch übrig hatte – aus Kiefernzweigen, verziert mit kleinen Wachsfrüchten, winzigen, in Folie gewickelten Geschenkpäckchen und einer großen roten Samtschleife.

Vor dem Haus der Schwestern Lewis blieb Laurel eine Minute lang am Auto stehen und blickte die dunkle Straße hinab. Sie konnte den weißen Buick nicht entdecken, den Neil neulich gefahren hatte. Dann sah sie ihn aus einem dunklen Mercury Marquis aussteigen. »Ein anderer Wagen«, stellte sie fest, als er näher kam.

»Papas Wagen. Uralt, läuft aber prima. Allerdings ist er einen Monat lang nicht gefahren worden und brauchte dringend Bewegung. Ein hübscher Kranz.«

»Groß und wahrscheinlich nicht das, was sie wollten, aber vielleicht kommen wir damit wenigstens rein.«

Sie klingelte. Gleich darauf wurde ein Vorhang einen Spalt geöffnet und sie erspähte einen Wust blau getönter Haare. Sie zählte bis zehn und klingelte dann wieder. Das Verandalicht ging an und dann öffnete sich langsam die Tür.

»Miss Lewis?« Laurel war sich nicht ganz sicher, welche Schwester sie dort misstrauisch ins Auge fasste. »Ich bin Laurel Damron, von Damron Floral. Sie waren am Freitag bei mir im Geschäft, als sich diese schreckliche Szene mit Zeke Howard abgespielt hat. Sie sind ohne einen Kranz gegangen. Ich wollte Ihnen einen bringen, als Entschuldigung dafür, dass Sie sich so geängstigt haben.«

Die Frau entspannte sich ein wenig und setzte sogar ein Lächeln auf. »Meine Liebe, wie nett von Ihnen, aber das ist doch wirklich nicht nötig.«

»Es wäre mir lieb, wenn Sie den Kranz annehmen würden. Wenn Sie den hier nicht mögen, kann ich Ihnen einen anderen bringen.«

Die verblassten blauen Augen der Frau begutachteten den Kranz. »Er ist wunderschön. Das war unser Lieblingskranz, aber ein wenig zu kostspielig für uns. Ich kann das wirklich nicht annehmen.«

»Ich bestehe darauf. Wie ich sehe, haben Sie keinen Haken an der Tür. Wir kommen mit rein und hängen ihn für Sie auf.« Ungewohnt forsch schickte sich Laurel an, das Haus zu betreten. »Wo hab ich nur meine Manieren gelassen? Miss Lewis, das hier ist Neil Kamrath. Er hat früher bei Ihnen Klavierunterricht genommen.«

»O nein, nicht bei mir«, zwitscherte die Frau. »Ich bin Miss Hannah.«

Eine Frau, die auf einem altmodischen Sofa gesessen hatte, erhob sich rasch. »Ich bin Miss Adelaide. Wir sehen uns sehr ähnlich, aber ich bin drei Jahre jünger als Hannah. Ich erinnere mich an Sie, Neil. Was ist nur für ein stattlicher junger Mann aus Ihnen geworden! Haben Sie eigentlich je Tschaikowskis ›Schwanengesang‹ gemeistert?«

Neil schien von ihrer Herzlichkeit ein wenig erschüttert zu sein. »Gütiger Himmel, was für ein Gedächtnis!«, rief er. Miss Adelaide strahlte. »Nein, tut mir Leid, aber ich hab das Stück nie richtig gut spielen gelernt.«

»Nun ja, nur wenige sind berufen. Wie ich höre, schreiben Sie Geschichten.«

»Ja, gnädige Frau, das stimmt.« Er sieht aus, als wäre er von diesen beiden zerbrechlichen alten Damen vollkommen eingeschüchtert, dachte Laurel amüsiert. Gleich wird er anfangen, von einem Bein aufs andere zu treten und sich eine Stirnlocke zuzulegen.

»Ich muss mich entschuldigen, dass wir nichts von Ihnen gelesen haben«, fuhr Miss Adelaide fort. »Hannah und ich bevorzugen die Klassiker. Mr. Charles Dickens ist unser Lieblingsdichter.« Na, klar, dachte Laurel. Zweifellos hatten sie einiges von Dickens gelesen, aber sie war sicher, dass die Schwestern auch eine große Sammlung von Schundromanen besaßen.

»Schon gut, Miss Adelaide«, sagte Neil. »Ich bezweifle, dass Ihnen meine Arbeiten zusagen würden, aber man kann anständig davon leben.«

»Na, dann ist es ja gut, nicht wahr?«

Sie standen einen unbehaglichen Moment lang da und sahen einander an. O nein, dachte Laurel, so darf es nicht enden. Wir haben noch nicht das Geringste herausgefunden. »Ich habe für den Kranz einen stabilen Haken mitgebracht«, sagte sie hastig. »Wäre es Ihnen recht, wenn Neil ihn aufhängt? Weihnachten steht doch schon vor der Tür.«

Die Schwestern sahen einander an. »Aber gewiss doch«, sagte Hannah. »Wie reizend von Ihnen. Ich hole einen Hammer.«

»Schaffst du das?«, flüsterte Laurel, als Adelaide hinter ihrer Schwester her aus dem Zimmer eilte.

»Ich kann mehr als nur Computertasten bedienen«, konterte Neil.

»Reg dich nicht auf. Nicht alle Männer kennen sich mit Tischlerarbeiten aus.«

»Einen Weihnachtskranz aufhängen ist nicht gerade Tischlerei.«

Die Schwestern kehrten mit einem gewaltigen Hammer zurück. »Geht der hier? Wir haben irgendwo noch einen. Wir könnten danach suchen.«

»Der geht schon«, sagte Neil und betrachtete unschlüssig den Hammer.

Als Neil mit dem Haken und dem unhandlichen Hammer zur Tür gegangen war, wies Miss Adelaide auf das Sofa. »Setzen Sie sich doch, meine Liebe. Hätten Sie vielleicht gern ein Tässchen Tee?«

»Nein …« Laurel unterbrach sich. Mit Tee ließ sich der Besuch beliebig ausdehnen. »Oder ja, doch, ich nehme gern einen Tee.«

Beide Schwestern verschwanden in der Küche. Man hörte sie plappern und heftig mit Geschirr klappern. Neil drehte sich nach Laurel um und raunte ihr grinsend zu: »Was für ein Aufstand wegen einer Kanne Tee, ganz zu schweigen davon, dass ich mit diesem Ungetüm von einem Hammer das ganze verdammte Haus demolieren könnte.«

Zwanzig Minuten später hatte Neil den Kranz angebracht und die Schwestern kamen mit einem silbernen Teeservice und einem Teller Zitronenplätzchen zurück. Erst bewunderten sie mit Oh und Ah den Kranz, ehe sie sich daranmachten, das komplizierte Ritual des Servierens von Tee in geselliger Runde auszuführen. Laurel dachte an ihre eigene Methode – man gießt kochendes Wasser über einen Teebeutel und schüttet ein Briefchen Süßstoff hinein – und überlegte, dass sie nie Tee trinken würde, wenn damit so ein Zeremoniell verbunden wäre. Als endlich jeder seine Tasse in der Hand hatte, erkundigte sich Miss Adelaide: »Wie geht es Mary Howard?«

»Ganz gut«, antwortete Laurel. »Sie hat eine schlimme Schnittwunde am Hinterkopf und eine Gehirnerschütterung, aber sie hat sich relativ schnell wieder erholt. Heute war sie schon wieder im Geschäft.«

»Oh, das ist schön! Ehrlich, ich dachte, ich werde ohnmächtig, als sie gegen dieses Regal gefallen ist. Dieser widerwärtige Mann. Man sollte ihn einsperren.«

»Die Polizei hat es versucht, Miss Adelaide, aber es gibt so viele juristische Feinheiten zu beachten«, sagte Laurel. »Eines der Probleme war, dass Mary nicht bereit war, ihn anzuzeigen.«

»Aber warum denn nicht? Der Mann ist grausam und haltlos, ein Asozialer, dem man nie hätte erlauben dürfen, frei herumzulaufen«, sprudelte Miss Hannah hervor. »Er war schon immer verrückt!«

»Mäßige dich, Hannah!«, mahnte Adelaide, leise Besorgnis im Blick. »Du darfst dich nicht aufregen. Dein Herz, du weißt doch.«

»Meinem Herzen fehlt überhaupt nichts und Zeke Howard ist tatsächlich verrückt. Seit seiner Kindheit.«

»Sie kannten ihn schon, als er klein war?«, hakte Neil nach.

»O ja«, fuhr Hannah hitzig fort. »Er hat hier in Wheeling gelebt. Er war mit unserem jüngeren Bruder Leonard befreundet. Und was mein Bruder getan hat ...«

»Hannah!«, rief Adelaide. »Pass bitte auf, was du sagst!«

»Ich bin es leid, ständig aufzupassen, was ich sage!«, erboste sich Hannah. »Als ich gesehen habe, wie dieser Irre die arme Mary in die Auslage gestoßen hat, hätte ich ihn am liebsten eigenhändig umgebracht. Wie in Gottes Namen konnte Leonard nur so etwas tun ...«

»Was hat er denn getan?«, fragte Laurel atemlos.

Die eindrucksvolle weißhaarige Frau vom Friedhof trat aus dem Flur herein. »Er hat mich gezwungen, Zeke zu heiraten, als ich gerade siebzehn Jahre alt war.«

4

Laurel und Neil starrten sie an. Miss Hannah flatterte hilflos mit den Händen und Miss Adelaide stand so abrupt auf, dass sie mit dem Knie an den Kaffeetisch stieß und fast die Teekanne umgekippt hätte. »Genevra, Liebling, meinst du nicht, du solltest dich ausruhen?«, fragte Adelaide.

Genevra Howard lächelte. Ihr Lächeln glich dem von Faith so sehr, dass Laurel vorübergehend das Gefühl hatte, als würden Vergangenheit und Zukunft verschmelzen. »Ich glaube, dass diese Leute mich sprechen wollen.«

»Aber nein, Liebling«, versicherte Adelaide ihr. »Sie haben bloß einen Weihnachtskranz vorbeigebracht. Mr. Kamrath hat früher bei mir Klavierunterricht genommen.«

»Neil Kamrath«, sagte die Frau mit sanfter Stimme. »Sie waren der Freund meiner Tochter.«

»Ja.« Ein gequälter Ausdruck trat in Neils Gesicht. Er schien unfähig, mit der Frau zu sprechen, die er gesucht hatte. Dann erholte er sich. »Woher wissen Sie, dass wir befreundet waren?«

Laurel wurde bewusst, dass er die Antwort auf seine Frage kannte, aber sich vor den Schwestern Lewis nicht anmerken lassen wollte, dass Laurel ihm die Sache mit dem Postfach anvertraut hatte.

»Meine Tochter hat mir geschrieben. Sie hat Sie sehr bewundert.«

Laurel bemerkte Neils klägliches Lächeln. Sie war sicher, dass Bewunderung nicht das Gefühl war, das er sich von Faith am meisten gewünscht hatte.

Hannah blickte zu Genevra auf. »Wenn du nicht geheim halten willst, wo du bist, was offenbar nicht der Fall ist, kannst du dich genauso gut setzen und eine Tasse Tee mit Plätzchen zu dir nehmen.«

»Gern.« Genevra trug einen langen, in der Taille gebundenen rosa Morgenmantel. Sie war hoch gewachsen und das dichte weiße Haar hing ihr über die Schultern. Ihre zarte Haut war mit einem Netz feiner Fältchen überzogen, doch ihre Augen hatten einen attraktiven, wenn auch leicht verblassten blaugrünen Farbton. Ihre Lippen hatte sie mit hellrosa Lippenstift nachgezogen. Sie muss als junge Frau wunderschön gewesen sein, dachte Laurel. So schön wie Faith. Nun sah sie mager und abgehärmt aus und hatte ein liebenswertes, aber distanziertes Gebaren, fast so, als wäre sie sich der Menschen, die sie umgaben, nicht vollständig bewusst. Sie griff mit der linken Hand nach dem Tee. Laurel sah, dass sie keinen Ehering trug.

»Wie ich höre, hat Zeke bei Ihnen im Geschäft ziemliche Unruhe gestiftet«, sagte sie zu Laurel.

»Er hat uns einen Schrecken eingejagt. Erst hat er Bibelverse zitiert, dann hat er Mary in eine gläserne Auslage gestoßen. Ich hatte eine Todesangst um sie, aber wie Sie sicher wissen, geht es ihr inzwischen wieder besser.«

»Ich weiß es, weil Sie es mir gesagt haben«, entgegnete Genevra. »Im Gegensatz zu Faith hält Mary keinen Kontakt zu mir.«

Miss Adelaides Miene verzog sich missbilligend. »Mary ist ein liebes Mädchen, aber sie hat anders als Faith keinen eigenen Willen.«

»Nein, Faith wusste, was sie will«, stimmte Hannah ihr zu. »Temperamentvoll wie ich, als ich jung war.«

Adelaide warf ihr einen erstaunten Blick zu. Laurel bezweifelte, dass eine der Schwestern je die Bezeichnung »temperamentvoll« verdient hatte.

»Mrs. Howard, warum sind Sie an Faiths Grab vor mir davongelaufen?«, fragte Laurel geradeheraus.

Genevra sah ihr in die Augen. »Ich bin hergekommen, weil Adelaide und Hannah mir erzählt haben, was Mary passiert ist. Ich wollte meine Anwesenheit geheim halten, weil ich gehofft habe, Mary wie zufällig zu begegnen, ohne dass sie mich erkennt. Wenn sie wüsste, dass ich hier bin, würde sie mich meiden. Und wenn Zeke Bescheid wüsste ...« Sie fröstelte.

»Mir ist aufgefallen, dass Sie sechs rote Nelken auf Faiths Grab gelegt haben«, sagte Laurel.

»Faith hat rote Nelken geliebt.«

»Und das rote Kunststoffherz, das an den Blumen befestigt war?«

Genevra setzte wieder ihr ruhiges Lächeln auf. »Das ist ein Schlüsselring. Faith hat ihn mir vor langer Zeit geschickt. Sie hat geschrieben, dass sie einen habe und mir auch einen geben wolle, weil er eine besondere Bedeutung hat.«

Laurels Kopfhaut kribbelte. Sie dachte nicht daran zu fragen, was das für eine besondere Bedeutung war. Selbst wenn Genevra von der Herzsechs gewusst hatte, wollte sie nicht, dass sie es in Gegenwart der Schwestern Lewis zugab.

Neil beugte sich vor. »Mrs. Howard ...«

»Bitte nennen Sie mich Genevra. Ich hasse es, als Frau von Ezekial Howard tituliert zu werden.«

»Das ist verständlich«, sagte er sanft. »Genevra, Sie können mir jederzeit sagen, ich soll mich um meine eigenen Angelegenheiten kümmern, aber wo waren Sie in den letzten fünfundzwanzig Jahren?«

Laurel spürte, wie sich die Schwestern Lewis versteiften, aber Genevra nahm nur einen Schluck Tee und sah Neil gelassen an. »Ich war in einer psychiatrischen Anstalt. Ich wurde eingeliefert, als ich dreiundzwanzig war, weil ich meinen kleinen Sohn umgebracht haben soll.«

Siebzehn

1

Es wurde sehr still im Zimmer. Miss Hannahs Hände schlossen sich um die Armlehnen ihres Sessels. Neils Hand mit der Teetasse verharrte auf halbem Weg zu seinem Mund. Nach einem Augenblick – Laurel war sicher, dass sie zu atmen aufgehört hatte – blickte Miss Adelaide munter in die Runde und sagte: »Möchte vielleicht jemand noch ein Zitronenplätzchen?«

Später dachte Laurel, dass sie gelacht hätte, wenn sie die Szene im Fernsehen gesehen hätte, doch es war nichts Lachhaftes an der Erschütterung in Neils Gesicht oder an Miss Adelaides verzweifeltem Versuch, wieder normale Verhältnisse einkehren zu lassen.

»Ich war wohl zu lange eingeschlossen«, meinte Genevra. »Ich habe etwas Furchtbares gesagt und Ihnen den Abend verdorben.«

»Sie haben uns nur überrascht«, antwortete Laurel mit mühsam beherrschter Stimme, die nicht wie ihre eigene klang. »Neil und ich haben das nicht gewusst.«

Genevra schüttelte den Kopf. »Sie haben Faith so nahe gestanden und sie hat nie etwas davon gesagt? Oder hat sie sich an Zekes Geschichte gehalten, dass ich mit einem anderen durchgebrannt wäre?«

»Sie hat nie behauptet, dass Sie mit einem anderen durchgebrannt wären«, meldete sich Neil zu Wort. »Sie hat nur gesagt, dass Sie …«

»Dass ich meinen Sohn ermordet habe«, beendete Genevra an seiner Stelle den Satz.

»Ach, Genevra, Liebling, hör doch bitte auf, das zu sagen«, warf Adelaide in gequältem Ton ein. »Es klingt so schrecklich, und du weißt selbst, dass es nicht wahr ist.«

»Ich hoffe, dass es nicht wahr ist«, korrigierte Genevra.

»Würde es Ihnen was ausmachen, uns zu erzählen, was genau vorgefallen ist?«, fragte Laurel leise und betete darum, dass sich die Schwestern Lewis nicht einmischen und ihr und Neil die Tür weisen würden. Aber sie waren zu aufgeregt und offenbar nicht fähig, viel mehr zu tun, als große Augen zu machen.

Genevra begann mit fester, ruhiger Stimme zu sprechen. »Sie wissen, dass Zeke seine eigene Religion hat und in dieser Beziehung ein Fanatiker ist. Vor langer Zeit – er war noch ein kleiner Junge und lebte in Wheeling – hat er sich mit meinem Vater Leonard Lewis angefreundet. Mein Vater war ... nun ja, er hat sich sehr für Zeke und seine Religion begeistert ...«

»Leonard war labil«, unterbrach Miss Hannah. »Unsere Eltern sind nicht mit ihm fertig geworden, deshalb haben sie ihn einfach unkontrolliert seiner Wege gehen lassen. Das war ein großer Fehler. Es wurde nur immer schlimmer mit ihm. Er ist kurz nach Zeke nach Pennsylvania gezogen. Viel später hat er ein unseliges junges Mädchen geheiratet, das bei Genevras Geburt im Kindbett gestorben ist, sodass die arme Genevra von Leonard großgezogen werden musste. Weil Leonard vor über fünfzig Jahren hier weggezogen und nie zurückgekommen ist, nicht einmal zu Besuch, erinnern sich die meisten Leute hier nicht an ihn und wissen auch nicht, dass seine Tochter Faiths Mutter war.«

»Mein Vater hat Zeke versprochen, dass er ihm seine Tochter, wenn er eine bekommen sollte, zur Frau geben würde«, fuhr Genevra fort. »Diese unglückliche Tochter war ich.«

»Aber das war doch nicht im Mittelalter«, wandte Neil ein. »Er konnte Sie doch nicht zwingen, Zeke zu heiraten.«

»Ich hatte eine äußerst ungewöhnliche Kindheit. Repressiv, hieß es in der Anstalt. Ich bin nicht zur Schule gegangen. Ich wurde zu Hause unterrichtet. Ich wusste nicht, wie das Leben für normale Kinder aussah. Ich kannte nur die von Wahnvorstellungen geprägte Welt meines Vaters und ich hatte schreckliche Angst vor ihm. Er hat mich missbraucht – nicht sexuell, aber er hat mich getreten und geschlagen und mich oft, wenn er meinte, ich sei frech gewesen, zwei oder drei Tage ohne Nahrung in einen Schrank gesperrt. Wie gesagt, ich hatte Angst vor ihm. Schreckliche Angst. Ich wollte Zeke nicht heiraten, aber mein Vater hat gesagt, ich hätte Strafe verdient wie noch nie zuvor. Ich war ein völlig verängstigtes junges Mädchen. Ich habe daran gedacht fortzurennen, war aber überzeugt, dass mein Vater die Macht hatte, mich überall zu finden. Außerdem hatte ich kein Geld und wusste nicht, wie ich mich in der Welt zurechtfinden sollte. Deshalb habe ich getan, was er befohlen hat. Ich hatte viel zu große Angst, um mich zu widersetzen.

Ich habe Faith bekommen, als ich achtzehn war«, fuhr sie fort. Achtzehn!, dachte Laurel. Mein Gott, die Frau ist erst achtundvierzig, sieht aber aus wie achtundsechzig. »Zeke war erfreut, dass ich ein gesundes Baby zur Welt bringen konnte, aber er war enttäuscht, dass das Kind ein Mädchen war. Vier Jahre vergingen, bevor ich erneut schwanger wurde. Es waren vier ausgesprochen schwierige Jahre. Zeke hat immer getobt, ich sei vor Gott in Ungnade gefallen und könne deshalb nicht schwanger werden. Außerdem wurde er immer merkwürdiger. Er hat mich wie eine Gefangene im Haus gehalten, damit ich keine Gelegenheit bekam, zu sündigen und Gott zu missfallen. Hinzu kam, dass er mir ständig gepredigt hat. Das zweite Kind, das ich bekam, war Mary. Sie können sich seine Reaktion gewiss vorstellen.«

Sie tat einen tiefen, leicht zittrigen Atemzug. »Weniger als ein Jahr später habe ich einen Jungen geboren, Daniel. Er war eine Frühgeburt und hatte Probleme mit dem Atmen. Sie müssen wissen, alle Kinder wurden zu Hause geboren. Sie mussten ohne die Annehmlichkeiten einer Geburt im Krankenhaus auskommen. Ich habe mir solche Sorgen um Daniel gemacht, aber Zeke hätte nie erlaubt, dass ich ihn zum Arzt bringe. Er hat behauptet, dass sich Gott schon um ihn kümmern werde. Daniel hat ununterbrochen geweint, konnte keine Milch vertragen – ihm war elend und mir auch. Ich habe, glaube ich, einen Zusammenbruch erlitten. Ich erinnere mich einfach nicht genau an die Zeit.«

Sie wirkte auf einmal ganz in sich gekehrt. »Eines Morgens saß ich im Schaukelstuhl. Es war ein schöner Morgen im Frühling. Daran erinnere ich mich. Es wehte ein leichter Wind. Ich war schrecklich müde. Ich war die ganze Nacht wegen Daniel auf gewesen. Erst eine Stunde zuvor hatte ich ihn in seine Wiege gelegt. Wenigstens glaube ich, dass nur eine Stunde vergangen war. Es ist alles so verschwommen. Dann kam Zeke mit Daniel herein. Er war tot. Zeke hat gebrüllt, er hätte das Kind auf dem Bauch liegend und mit einem Kissen auf dem Kopf gefunden.« Sie erschauerte. »Zeke hörte nicht auf zu schreien. Er hat Daniel auf die Couch gelegt und mich geschlagen. Mary hat geschrien. Die kleine Faith hat gegen die Beine ihres Vaters geboxt, damit er aufhört. Ich hatte Angst, dass er sich auf sie stürzt. ›Du hast das Baby getötet, nicht wahr?‹, hat er immer wieder gebrüllt. ›Du bist verrückt und du hast meinen Sohn getötet, weil er so viel Lärm gemacht hat. Gib's zu!‹ Schließlich habe ich es zugegeben. Er hat die Polizei gerufen.«

»Wahrscheinlich hat es sich um plötzlichen Kindstod gehandelt!«, warf Laurel ein.

Genevra lächelte sanft. »Ich wusste damals nicht, dass es so etwas überhaupt gibt.«

»Aber Sie haben nicht abgestritten, dass Sie Daniel getötet haben?«, staunte Laurel.

Genevra schüttelte den Kopf. »Ich habe der Polizei gesagt, ich sei es gewesen. Ich habe ein schriftliches Geständnis abgelegt. Ich kann mich nicht erinnern, es geschrieben zu haben, aber ich habe es später zu sehen bekommen. Ich habe behauptet, mein Baby absichtlich erstickt zu haben, weil ich sein Geschrei nicht mehr ertragen konnte. Es kam zum Prozess. Mein Anwalt hat auf Unzurechnungsfähigkeit plädiert und ich wurde für schuldig befunden. Ich war bis vor ein paar Wochen, bis zum Erntedankfest, in einer Anstalt in Pennsylvania.«

»Aber sie hat dieses Baby nicht getötet«, beharrte Miss Hannah. »Ich kenne meine Nichte. Sie kann keiner Fliege etwas zuleide tun.«

»Natürlich nicht«, pflichtete Adelaide ihr bei. »Das hab ich auch zu Faith gesagt, als Zeke mit den Mädchen hergezogen ist. Faith hatte ihre Mutter so lieb, und Zeke hat immer so furchtbare Geschichten über Genevra erzählt. Er hat zu Faith gesagt, Genevra habe zwar Daniel ermordet, aber sie solle sagen, dass Genevra mit einem Mann durchgebrannt sei und sie verlassen hätte. Faith hat das nie geglaubt. Sie hat ihrem Namen Ehre gemacht. Faith, das heißt Glaube, und sie hat an ihre Mutter geglaubt. Deshalb haben Hannah und ich ein Postfach für sie gemietet, damit die zwei einander schreiben konnten. Wir wollten, dass sie ihre richtige Mutter kennt, nicht das Geschöpf, das Zeke erfunden hatte.«

»Wir haben dasselbe mit Mary versucht, aber sie hat weder auf uns noch auf Faith gehört.«

»Mary war selbst noch ein Baby, als ich fortgeschafft wurde«, wandte Genevra entschuldigend ein. »Sie hatte keinen Eindruck von mir und wusste nur, was Zeke ihr gesagt hat. Faith war schon älter und wir haben uns nahe gestanden. Ich habe sie angebetet.«

»Sie hat Sie auch angebetet«, versicherte Neil.

Genevra lächelte. »Das bedeutet mir viel. Und ich weiß, dass sie große Stücke auf Sie gehalten hat.«

Faiths Baby, dachte Laurel. Sollte sie es wagen, das Thema in Gegenwart der Schwestern Lewis anzuschneiden? Es erschien ihr nicht schicklich, aber vielleicht war dies ihre einzige Chance, mit Genevra zu sprechen.

Sie räusperte sich. »Faith war schwanger, als sie gestorben ist …«

»Das war sie nicht!«, brauste Hannah auf.

Adelaide riss die trüben Augen auf. »Was für ein böswilliges Gerücht! Es stimmt nicht, absolut nicht! Faith wusste, was richtig und was falsch ist, und Neil war so ein guter Junge!«

Laurel war anfangs ein wenig erstaunt gewesen, dass die Schwestern so nett zu dem Mann waren, der angeblich ihre Nichte verführt und geschwängert hatte. Nun begriff sie, warum das so war: Sie glaubten nicht, dass Faith schwanger war. Aber Genevra? Laurel warf ihr einen Blick zu. Sie nippte an ihrem Tee und sah aus, als wäre sie in einer anderen Dimension.

»Dann glauben Sie also nicht, dass Faith Selbstmord begangen hat, weil sie schwanger war?«, wagte Laurel zu fragen.

»Das ist doch lächerlich!«, schnaubte Hannah. »Adelaide und ich wissen nicht genau, was in dieser Scheune passiert ist, aber wir wissen, dass Faith sich nicht selbst das Leben genommen hat. Sie war so voller Leben, so voller Erwartungen an die Zukunft. Hab ich nicht Recht, Genevra?«

Genevra Howard blinzelte ihre Tante an. Dann wandte sie langsam den Kopf und bedachte Laurel mit einem entnervenden, listigen Lächeln. »Meine Tochter hat sich nicht umgebracht.«

2

Weder Laurel noch Neil drangen weiter in sie. Miss Adelaide fragte unvermittelt, ob Laurel mit Denise Price befreundet gewesen sei. Als Laurel Ja sagte, schien es, als würde sie zu weinen anfangen.

»Ich gebe der kleinen Audra Klavierunterricht. Sie ist leider nicht sehr talentiert, aber sie ist ein liebes Kind. Mrs. Price war auch immer so nett. Ich nehme an, die Polizei hat noch keine Spur, wer diese furchtbare Tat begangen haben könnte?«

»Nein«, antwortete Laurel. Sie sah Genevra direkt an. »Aber sie wurde genauso getötet wie Angela Ricci. Wir waren in der Schule miteinander befreundet – Angie, Denise, Faith und ich.«

Genevra gähnte höflich hinter vorgehaltener Hand. »Ich hoffe, Sie entschuldigen mich. Ich werde in letzter Zeit immer so schnell müde. Gute Nacht. Es war schön, sich mit Ihnen zu unterhalten.«

»Gute Nacht«, murmelten alle Anwesenden. Genevra erhob sich und ging unsicheren Schritts aus dem Zimmer. Die Schwestern schienen sich über ihr Benehmen aufzuregen, waren jedoch nicht bereit, etwas dazu zu sagen. Hannah zwang sich zu einem Lächeln. Adelaide griff erneut das Thema Audra auf. »Wie geht es dem kleinen Mädchen?«

»Audra liegt im Krankenhaus. Sie hatte zuvor schon eine leichte Grippe, und dass sie an einem so kalten Abend draußen nach ihrer Mutter gesucht hat ...«

»Was?«, rief Adelaide. »Die Polizei hat das Kind veranlasst, nach seiner Mutter zu suchen?«

»O nein«, stellte Laurel richtig. »Audra ist mit Denise im Auto zur Lichterschau gefahren. Audra ist ausgestiegen und auf eines der Schaustücke zugelaufen, um es zu knipsen. Denise ist ihr nachgegangen. Da erst wurde Denise überfallen. Audra hat den Mord nicht beobachtet, aber sie hat die Leiche ihrer Mutter gesehen. Und der Schnee hat zusätzlich dafür gesorgt, dass sie sehr krank wurde.«

»O heiliger Gott!« Adelaide fächelte sich Kühlung zu, als würde sie gleich in Ohnmacht fallen. »Das hab ich gar nicht gewusst. Das liebe Kind! Die arme Frau! Ach, ist das grausig ...«

»Es tut mir Leid – ich wollte Sie nicht aufregen«, sagte Laurel ehrlich besorgt. »Ich dachte, das wüssten Sie längst. Audra wird sich wieder erholen. Ich habe sie schon im Krankenhaus besucht.«

»Ach, ich glaube, ich sollte auch hingehen. Das liebe Kind. Und ich bin bei unserer letzten Unterrichtsstunde recht heftig mit ihr umgegangen.«

»Adelaide, nun beruhige dich wieder«, meldete sich Hannah

streng zu Wort. »Du wärst keine gute Klavierlehrerin, wenn du nicht auf Fehler hinweisen oder den Kindern sagen würdest, wenn sie nicht genug üben. Habe ich nicht Recht, Neil?«

»Ja«, antwortete er sanft. »Und ich bin sicher, dass Sie nicht hart mit ihr umgesprungen sind, Miss Adelaide. Mit mir haben Sie auch nie die Geduld verloren, egal, wie schlecht ich gespielt habe.«

»Oh, ich hoffe nicht. Du liebe Güte. Mir ist gar nicht wohl.«

»Wir sollten wohl gehen«, schlug Laurel rasch vor. »Wir haben Sie den ganzen Abend in Anspruch genommen und Sie obendrein noch aufgeregt.«

»Ach nein, nicht doch«, sagte Adelaide liebenswert. »Schuld ist allein der Zustand der Welt. Manchmal denke ich, ich kann all die Schrecklichkeiten, die passieren, einfach nicht mehr aushalten. Die arme Genevra. Und Faith. Und Mrs. Price und Audra.«

Hannah nickte ihnen zu. Laurel und Neil erhoben sich hastig. »Wir werden jetzt aufbrechen. Hoffentlich geht es Ihnen morgen wieder besser«, sagte Laurel.

»Keine Sorge«, versicherte Hannah. »Wenn sie eine Nacht gut geschlafen hat, ist sie wieder wie neu. Und vielen herzlichen Dank für den Kranz.«

»Ja, danke«, verabschiedete sich Adelaide mit schwacher Stimme.

»Nichts zu danken. Ich hoffe, Sie haben Freude daran.«

Als sie draußen in der beißenden Kälte zu ihren Autos gingen, sagte Laurel: »Ich dachte, ich würde mich freuen, so viel in Erfahrung gebracht zu haben. Stattdessen tut es mir furchtbar Leid, dass ich Adelaide so aufgeregt habe.«

»Hannah hat Recht. Sie wird drüber wegkommen. Die zwei sind nicht umsonst so alt geworden. Die brechen nicht wegen jeder Kleinigkeit zusammen«, antwortete Neil lächelnd. »Hinter dieser aufgesetzten Südstaaten-Vornehmheit verstecken sich zwei ziemlich abgebrühte Weiber.«

Laurel lachte. »Irgendwie habe ich im Zusammenhang mit den Schwestern Lewis noch nie an ›Weiber‹ gedacht.«

»Ich bis jetzt auch nicht.« Neil vergrub die Hände in den Taschen. »Hättest du Lust, noch mit mir in unser Lieblingsrestaurant zu gehen und durchzusprechen, was wir erfahren haben?«

»Mit Lieblingsrestaurant meinst du wohl McDonald's?«

»Klar. Ich denke nur, wir gehen diesmal besser rein. Es ist kalt heute Abend.«

Laurel überlegte einen Augenblick. Es beunruhigte sie nach wie vor ein wenig, mit Neil zusammen zu sein, aber er hatte auch diesmal nicht vorgeschlagen, mit zu ihr nach Hause zu kommen. Er schien große Rücksicht auf ihr Unbehagen zu nehmen. »Na gut. Wir treffen uns drinnen in fünfzehn Minuten.«

3

Es war fast zehn Uhr, als sie bei McDonald's zusammentrafen. Beide bestellten Kaffee und Apfelkuchen. Um diese Zeit war der Kaffee stark und bitter, der Kuchen durchgeweicht, weil er zu lange unter den Infrarotlampen gestanden hatte. Als hätte ich meinem Magen nicht schon genug zugemutet, dachte Laurel, als sie in einer abgelegenen Sitznische Platz nahmen. Dennoch trank sie erst einmal schnell einen Schluck Kaffee.

»Also, ich weiß gar nicht, wo ich anfangen soll«, sagte Neil erschöpft. »Wir dachten, wir hätten eine Frau aufgespürt, die vor vierundzwanzig Jahren mit ihrem Liebhaber durchgebrannt ist. Nun wissen wir, dass sie in einer Irrenanstalt gesessen hat, weil sie ihr Baby getötet haben soll.«

»Was hältst du von der Geschichte?«, fragte Laurel. »Glaubst du, dass sie unschuldig ist?«

Neil runzelte die Stirn. »Also, weißt du, sie hat nie ihre Unschuld beteuert. Sie hat nur gesagt, dass sie sich nicht erinnern kann. Dann wieder hat sie gesagt, Zeke hätte sie so lange angeschrien und geschlagen, bis sie behauptet hat, das Baby getötet zu haben. Selbst wenn es dem plötzlichen Kindstod zum Opfer gefallen ist, kann ich verstehen, dass sie in dem Augenblick alles gesagt hat, damit Zeke aufhört, sie zu schlagen, beziehungsweise Faith in Ruhe lässt. Aber warum das Geständnis gegenüber der Polizei?«

»Weil sie verängstigt und verwirrt war.«

»Verängstigt und verwirrt genug, um schriftlich auszusagen, dass sie ihr eigenes Kind umgebracht hat? Und was ist mit dem Kissen auf dem Kopf des Kindes?«

»Ihr zufolge war es Zeke, der behauptet hat, dass das Kind ein Kissen auf dem Kopf gehabt hat. Jedenfalls denke ich, dass sie nach allem, was sie durchgemacht hatte – das Leben mit ihrem Vater, fünf Jahre mit Zeke, der Tod ihres Babys –, emotional so angeschlagen war, dass sie gegenüber der Polizei alles Mögliche gesagt haben könnte.«

»Ich halte es für ebenso möglich, dass die ganze Vorgeschichte mit ihrem Vater und Zeke sie so weit getrieben hat, dass sie fähig war, ihr Baby zu töten. Laurel, fandest du, dass sie sich normal benimmt?«

»Manchmal ja. Sie kann sich klar ausdrücken. Sie ist wortgewandt, ihre Sätze sind flüssig. Und sie scheint mir sehr ruhig zu sein.« Laurel und Neil sahen sich an und sagten gleichzeitig. »Viel zu ruhig.«

Laurel grinste. »Wir reden daher wie in einer schlechten Fernsehsendung. Aber es stimmt, dass sie völlig distanziert wirkte, so als würde das, was sie sagte, sie gar nicht betreffen.«

»Und was hältst du von ihrer Reaktion auf den Mord an Denise?«, fragte Neil. »Gegähnt hat sie.«

»Ich weiß. Merkwürdig.« Laurel schwieg einen Augenblick. »Neil, meinst du, sie glaubt, dass Faith schwanger war?«

»Ja. Ich weiß auch nicht, wie ich drauf komme. Vielleicht liegt es daran, dass sie so still war, als Adelaide und Hannah gebührend heftig Faiths Jungfräulichkeit verteidigt haben. Währenddessen war ihr Gesicht absolut ausdruckslos.«

»Und was beweist das?«

»Nichts. Ich hab nur den Eindruck gehabt, dass sie uns in dem Augenblick nicht geistig entglitten ist. Ihre ausdruckslose Miene schien Absicht zu sein.« Er hob die Hände. »Wie gesagt, es war nur so ein Gefühl.«

»Neil, wenn sie wirklich glaubt, dass Faith schwanger war, hält sie dich nicht für den Vater. Sonst wäre sie nicht so höflich zu dir gewesen.«

»Möglich. Oder sie hat Katz und Maus mit mir gespielt und aufgepasst, um zu sehen, ob ich mich vor Unbehagen winde. Aber ich sage dir eines – ich bin verdammt sicher, dass sie über die Herzsechs Bescheid weiß.«

Laurel nickte. »Das glaube ich auch. Faith wollte niemanden

wissen lassen, dass ihre Mutter in der Irrenanstalt sitzt, aber dadurch, dass sie eingesperrt war, konnte sie Genevra gefahrlos alles anvertrauen. Wem sollte Genevra davon erzählen? Und wenn sie von diesem Geheimclub erzählte, wer würde ihr glauben? Ohne Bestätigung durch Faith würde man es für das zusammenhanglose Gerede einer tief gestörten Frau halten. Ich dagegen bin sicher, dass der herzförmige Schlüsselring, den Faith ihrer Mutter geschickt hat, nur bedeuten kann, dass sie Genevra alles über uns erzählt hat.«

»Ja. Und noch was. Genevra weiß, dass Faith sich nicht selbst das Leben genommen hat. Hast du dieses schaurige Lächeln gesehen, mit dem sie dich bedacht hat, als sie davon sprach?«

»Es war mehr als nur schaurig.« Laurel aß den letzten Bissen aufgeweichten Apfelkuchen. »Neil, was ist, wenn sie wahnsinnig ist? Was ist, wenn das Baby nicht an plötzlichem Kindstod gestorben ist?«

»Und wenn Faith ihr von der Herzsechs erzählt hat und sie sich ausgerechnet hat, dass ihr etwas mit Faiths Tod zu tun haben könntet?« Sie nickte und Neil sah sie ernst an. »In dem Fall könnte es sein, dass wir mit einer Mörderin Tee getrunken und Plätzchen gegessen haben.«

Achtzehn

1

Am nächsten Morgen wartete Laurel gerade darauf, dass der Kaffee fertig durchgelaufen war, als das Telefon klingelte. Sie seufzte und nahm den Hörer ab. »Hi, Mama.«

»Hier spricht nicht deine Mutter. Ich bin's, Crystal.« Ihre Stimme klang schrill und angespannt. »Ich hab gestern den ganzen Tag und abends versucht, dich zu erwischen, aber entweder hat niemand abgehoben oder es war besetzt.«

»Ich war fast den ganzen Tag außer Haus ...«

»Ist ja auch egal. Ach, Laurel, du hast bestimmt von Denise gehört!«

»Natürlich.«

»Ist das alles, was dir dazu einfällt? ›Natürlich‹ – so als käme es nicht drauf an?«

Laurel blickte aus dem Fenster und sah ein Eichhörnchen in ein Loch an einem Hickorybaum huschen. »Crystal, ich hab euch allen gesagt, was passieren wird, wenn wir nicht zur Polizei gehen.«

»Ah ja. Du hast es uns gesagt. Bist du jetzt stolz auf dich?«

»Crystal, das ist absurd«, entgegnete Laurel aufgebracht. »Ich finde, es gehört schon einiges dazu, mich anzurufen und so etwas zu sagen, nachdem mich keine von euch unterstützt hat, als ich getan habe, was ich für richtig hielt.«

»Dein Geständnis gegenüber Kurt hat auch nicht geholfen.«

»Ich sage dir, was ich schon Monica gesagt habe: Wir hätten sofort zur Polizei gehen sollen. Wir haben der Polizei nicht genug Zeit gegeben, um etwas zu unternehmen. So, und warum hast du angerufen? Um mich zu beschimpfen, weil Denise ermordet wurde, obwohl ich Kurt die Wahrheit gesagt habe?«

»Nein.« Crystal schlug einen reuigen Ton an. »Ich hatte nicht vor, dich zu beschimpfen. Aber du weißt ja, wie ich bin. Wenn ich durcheinander bin, kann ich mein Mundwerk nicht im Zaum halten. Ich wollte nur mit dir reden. Ich bin entsetzt und ich habe

Angst. Jetzt sind nur noch drei von uns übrig. Laurel, wer kann das bloß gewesen sein?«

Der Kaffee war fertig. Laurel klemmte sich den Hörer zwischen Schulter und Ohr und goss erst Milch, dann Kaffee in den Becher. »Ich weiß es nicht.«

»Ich glaube, es war Neil Kamrath.«

»Das glaube ich nicht. Ich habe mich in den letzten paar Tagen ausführlich mit ihm unterhalten. Ich kann mir nicht vorstellen, dass er Angie und Denise ermordet hat.«

»Du glaubst also, dass Mary oder Zeke sie umgebracht haben?«

»Oder sonst jemand aus der Familie Howard.« Laurel war nicht ganz wohl dabei, Crystal mitzuteilen, dass Genevra in der Stadt war, doch sie war fest überzeugt, dass die Frau verdächtig und Crystal ein potentielles Opfer war. Sie erzählte Crystal die Geschichte von Genevra Howard.

Einen Augenblick lang war Crystal sprachlos. Dann sagte sie ehrlich verwundert: »Faiths Mutter hat so viele Jahre in einer Anstalt gesessen, weil sie ihr eigenes Kind ermordet hat, und dann hat man sie schlicht freigelassen?«

»Ja.«

»Mein Gott, Laurel, ist diese ganze Stadt voller Irrer?«

»Sie scheinen sich auf die Familie Howard zu beschränken.«

»Wie du das sagst, hört es sich an wie ein Witz.«

»Das war nicht beabsichtigt. Ich habe auch Angst.«

»Meinst du, Faith war auch verrückt?«, fragte Crystal im Flüsterton.

»Nein, das glaube ich nicht. Ich weiß ja noch nicht einmal, ob Genevra wahnsinnig ist. Vielleicht ist sie fälschlich beschuldigt worden – vor fünfundzwanzig Jahren wusste man noch nicht so viel über das Syndrom des plötzlichen Kindstods wie heute. Es wäre möglich, dass sie sich nur deshalb komisch benommen hat, weil sie so ein schreckliches Leben hinter sich hatte und so lange eingesperrt war.«

»Und Mary?«

»Mary lebt mit Zeke zusammen. Jeder, der gezwungen ist, über längere Zeit mit ihm zusammen zu sein, muss sich hin und wieder seltsam aufführen.«

»Also, ich halte Neil Kamrath nach wie vor für verschroben und Monica sagt, dass Angies geschiedener Mann ein Spinner ist.«

»Verteidigt sie ihn deshalb?«

»Was?«

»Die Kanzlei, in der Monica arbeitet, hat die Verteidigung von Stuart Burgess übernommen.«

»Was?« Crystals Stimme war so hoch, dass sie quiekte. »Aber doch wohl jemand anderer aus der Kanzlei. Nicht Monica selbst.«

»Ich halte es für wahrscheinlich, dass sie nicht seine persönliche Anwältin ist. Das wird John Tate sein. Aber sie ist Tates Assistentin oder wie man die Leute nennt, die den Hauptverteidiger unterstützen.«

»Ich kenn mich da nicht aus. Und glauben kann ich es auch kaum.«

»Hast du dich mit ihr über Denise unterhalten?«

»Ja. Sie ist erschüttert, geht aber anders damit um als wir.«

»Das kann man wohl sagen.« Laurel nahm einen Schluck von ihrem Kaffee. »Hör zu, Crystal, ich möchte, dass du mir versprichst, besonders vorsichtig zu sein.«

Nach einer kurzen Pause antwortete Crystal ohne Sarkasmus: »Du redest wie meine Mutter.«

»Offen gestanden: Ich traue Monica nicht mehr. Es wäre mir lieb, wenn du ihr das nicht sagen würdest. Beziehungsweise wäre es mir lieb, nur um auf Nummer sicher zu gehen, wenn du dich ganz von ihr fern hieltest. Ich möchte dich nicht auch noch verlieren.«

Crystal sagte stockend: »Laurel, ich kann nicht recht glauben, dass du so um mein Wohlergehen besorgt bist.«

»Wieso nicht? Wir waren unser halbes Leben lang befreundet. Hast du geglaubt, ich hätte in der Nacht, in der Faith gestorben ist, aufgehört, mich deinetwegen zu sorgen?«

»Nicht gleich, aber danach. Ich meine, ich bin nicht mehr das privilegierte, hübsche Mädchen, das ich auf der High School war.«

»Und du glaubst, Freundschaft hängt von Geld und vom Aussehen ab?«

»Manche Freundschaften schon. Und manche Ehen.«

»Crystal, ich bin nicht Chuck.«

»Meinst du, dass Chuck, wenn ich noch wie früher wäre –

hübsch und reich und fähig, Kinder zu bekommen –, dass er dann zu mir zurückkommen würde?«

Laurel schloss kurz die Augen. »Solche Überlegungen sind sinnlos. Es ist nun einmal nicht mehr alles so wie früher, Crystal. Und offen gesagt: Wenn Chuck sich nur wegen des Geldes und deiner Fähigkeit, Kinder zu bekommen, zu dir hingezogen gefühlt hat, dann war das keine richtige Liebe.«

»Aber die meisten Männer wollen eigene Kinder.«

»Joyces Kinder sind auch nicht von ihm, und du hast selbst gesagt, dass er verrückt nach ihnen ist. Crys, ich möchte nicht grausam sein, aber es ist vorbei zwischen dir und Chuck. Das musst du akzeptieren. Es gibt noch andere Männer, die dich zu schätzen wissen. Chuck Landis tut es nicht. Lös dich von ihm. Mach dem ein Ende und fang wieder an zu leben.«

»Es ist nur so furchtbar schwer«, meinte Crystal kläglich.

»Das kann ich mir denken, aber du musst es trotzdem schaffen. Außerdem hast du im Augenblick Wichtigeres, um das du dir Sorgen machen musst. Dein Leben. Nicht nur die Annehmlichkeiten deines Lebens, sondern dein Leben selbst. Dir liegt doch an deinem Leben, nicht wahr?«

»Ja, schon irgendwie.«

»Schon irgendwie? Natürlich liegt dir daran. Das weiß ich doch. Also tu, was ich dir sage, und sei vorsichtig, bis wir diesen Verrückten gefunden haben.« Sie warf einen Blick auf die Uhr. »Ich muss zur Arbeit, Crystal. Wenn du dich weiter mit mir unterhalten willst, ruf mich heute Abend an.«

Nachdem Laurel aufgelegt hatte, fragte sie sich, ob sie wegen Chuck zu hart mit Crystal umgesprungen war. Sie wusste, wie verzweifelt sie an ihrer Liebe zu ihm festhielt und dass sie ihn unbedingt wiederhaben wollte. Sie war wie Crystal der Meinung, dass Chuck Joyce nicht liebte. Ihr Vermögen reizte ihn, ihre Kinder und möglicherweise ihre Stärke – die keine stille Charakterstärke, sondern Forschheit war. Sie war fähig, für sich und diejenigen, die sie zu den ihren zählte, zu bekommen, was sie wollte. Crystal besaß diese Stärke nicht. Sie brauchte jemanden, der sich um sie kümmerte, aber dieser Jemand war gewiss nicht Chuck, weder jetzt noch in der Vergangenheit.

Nun ja, ob es nun richtig war oder falsch, jedenfalls hatte sie offen ihre Meinung gesagt. Vielleicht hatte sie Crystals Gefühle in Bezug auf Chuck verletzt, aber zumindest hatte sie Crystal darauf hingewiesen, dass sie aufhören müsse, ihrer Ehe hinterherzutrauern, und sich um sich selbst kümmern sollte.

Laurel kam einige Minuten zu spät ins Geschäft. Mary war so freundlich, aber Laurel fiel es schwer, sich ihr gegenüber normal zu verhalten nach allem, was sie am vergangenen Abend erfahren hatte.

An dem Tag, an dem Laurel sie zu Hause besucht hatte, hatte Mary auf der Couch gesessen und Laurel mit vorgeblicher Ehrlichkeit erzählt, dass ihre Mutter eine »Sünderin« sei, weil sie mit einem anderen Mann durchgebrannt war. Dabei wusste sie sehr gut, wo ihre Mutter die ganze Zeit gewesen war. Faith hatte nie verraten, wo sich ihre Mutter aufhielt, aber sie hatte auch nicht gelogen, wie es Mary so ohne weiteres getan hatte.

Was für Lügen hat Mary mir wohl noch erzählt?, überlegte Laurel, während sie sich darauf zu konzentrieren versuchte, ihre tägliche Bestellung an den Großhändler durchzugeben. Und wenn Mary so leicht, so überzeugend lügen konnte, wozu war sie dann noch fähig?

2

»Wo warst du denn?«, fragte Joyce, als Chuck hereinkam. Seine Wangen glühten von der Kälte.

»Hab ein paar Weihnachtseinkäufe erledigt.« Er stellte mehrere kleine Päckchen unter den üppig geschmückten Baum und streifte seine Wildlederjacke ab. »Wo sind die Kinder?«

»Die Buben sind bei Sammy. Molly hat Ballettstunde.«

»Seit die Weihnachtsferien angefangen haben, weiß ich nie, wo sie gerade zu finden sind. Und was hast du getrieben?«

Joyce blickte endlich von dem Roman auf, in dem sie gelesen hatte. Sie war bleich und ihre dunklen Augen funkelten zornig. »Ich hab eine geschlagene Stunde mit meinem reizenden geschiedenen Mann telefoniert.«

»Gordon hat eine Stunde am Telefon gehangen, ohne dass die Kinder da waren?« Joyce nickte. »Was ist denn los?«

»Er will das alleinige Sorgerecht für die Kinder einklagen.«

Chucks gut geschnittenes Gesicht war einen Augenblick lang völlig ausdruckslos. Dann wirkte die Erschütterung. »Das alleinige Sorgerecht! Wie kommt er darauf?«

»Wegen meiner Lebenssituation. Chuck, wir leben seit sechs Monaten zusammen, während Gordon respektabel wieder geheiratet hat. Hinzu kommt, dass du arbeitslos bist. Seine Frau ist Kindergärtnerin. Und Sonntagsschullehrerin. Sie ist eine verdammte Heilige!«

Chuck setzte sich neben sie. »Schatz, ich werde eine neue Stelle haben, sobald der Deal mit dem Gebrauchtwagenhandel abgeschlossen ist. Hast du ihm nicht erklärt, dass so was Zeit braucht?«

»Er weiß das. Er weiß auch, dass ich das Geschäft für dich kaufe.«

»Was hat das damit zu tun?«

Joyce klappte ihr Buch zu. »Chuck, deine Stelle ist nicht der Hauptpunkt. Wir sind nicht verheiratet!«

»Wir heiraten, sobald ich geschieden bin.«

»Und wann ist es so weit?«

»Sobald Crystal die Papiere unterzeichnet.«

»Das weiß ich. Aber wann wird sie sie endlich unterschreiben? Sie hat sie seit Monaten.«

»Ich hab mit ihr geredet.«

»Und du hast ihr gesagt, sie soll die Papiere am Montagmorgen beim Anwalt abgeben. Jetzt ist Mittwochnachmittag. Ich hab ihn vor einer halben Stunde angerufen. Er hat sie immer noch nicht.«

Chuck legte den Arm um ihre verkrampften Schultern. »Liebling, Crys hat eine schlimme Woche hinter sich.«

»Crys hat immer eine schlimme Woche.«

»Im Ernst, Joyce. Am Montag war Angie Riccis Beerdigung. Ich weiß, dass sie hingegangen ist. Und am Montagabend ist Denise Gibson umgebracht worden.«

»Gibson? Ach so, die Frau von Dr. Price. Ich vergesse immer, dass du mit diesen Leuten zur Schule gegangen bist.«

Du vergisst immer, dass ich fünfzehn Jahre jünger bin als du, dachte Chuck verärgert. Du vergisst immer, dass ich ein Leben hatte, bevor du mich kennen gelernt hast.

Joyce seufzte leise, aber heftig. »Na ja, ich hab wohl gehört, dass Crystals Freunde seit ein paar Tagen umfallen wie die Fliegen ...«

»Wie kannst du so etwas sagen!«

Joyce zuckte bei dem Ton, den er anschlug, zusammen. »Du hast Recht. Ich werde fies, wenn ich wütend bin. Es tut mir schon Leid wegen dieser Price und vor allem wegen Angela Ricci. Sie war wenigstens jemand. Ich hab sie mal am Broadway gesehen. Aber ihr Tod hat nichts damit zu tun, dass Crystal die Scheidungspapiere nicht unterzeichnet. Wie gesagt, sie hat sie seit Monaten.«

»Ich rede noch mal mit ihr.«

»Mit ihr reden? Mit ihr reden?« Joyce stand auf. Ihr aschblondes Haar war zu einem schlichten Pferdeschwanz gebunden und sie hatte sich nicht mit der üblichen Sorgfalt angezogen, sie trug einen einfachen ausgeleierten Pullover über einer weiten Hose. An diesem speziellen Tag war ihr nicht darum zu tun, ihre sorgfältig gepflegte Figur zur Schau zu stellen. »Mit ihr reden hilft nicht. Sie nimmt dich nicht ernst.«

»Was erwartest du denn von mir?«

»Benimm dich endlich wie ein Mann!«

»Ich soll mich wie ein Mann benehmen?« Chuck sprang wütend auf. »Wie benehme ich mich denn sonst immer?«

»Wie ein kleiner Junge!« Chuck hob die Hand und Joyce sprang einen Schritt zurück.

»Wage es nicht, mich je zu schlagen«, fauchte sie. »Sonst rede ich nie mehr ein Wort mit dir.«

Chuck ließ augenblicklich die Hand sinken. Er hatte immer zum Jähzorn geneigt und Crystal war ihm in solchen Fällen auf Zehenspitzen ausgewichen. Joyce tat das nicht, aber er durfte sie dennoch nicht unter Druck setzen. Egal, wie wütend sie ihn machte – er musste sich in ihrer Gegenwart beherrschen, weil sie sämtliche Trumpfkarten in der Hand hatte. »Ich würde dir nie wehtun.«

»Eben gerade hat es nicht danach ausgesehen.«

Chuck zwang sich, seinen Ärger hinunterzuschlucken. Er sagte reuig: »Es tut mir Leid. Wirklich. Die Situation ist nur ...«

»Unmöglich.« Joyce wandte sich ab und trat zum Weihnachtsbaum, wo sie sich am Schmuck zu schaffen machte. »Chuck, ich will dich. Ich will dich heiraten, ich will jede Nacht mit dir schlafen, ich will dir die Gründung eines gut gehenden Geschäfts ermöglichen, ich will, dass du der männliche Einfluss im Leben meiner Buben bist. Gordon ist so ein scheinheiliger Wicht.« Sie drehte sich um und sah ihn an. »Aber so sehr ich dich haben will, geht es doch nicht an, dass ich deinetwegen meine Kinder verliere.«

»Vielleicht beruhigt sich Gordon wieder, wenn ich für ein paar Monate in eine Wohnung ziehe. Dann würden wir nicht mehr zusammenleben.«

Joyce schloss verzweifelt die Augen. »Und Crystal wird das als Zeichen verstehen, dass du das Interesse an mir verlierst. Dann unterschreibt sie die Scheidungspapiere bestimmt nicht. Nein, Chuck, du musst was unternehmen. Sonst ...«

Chuck sah sich in dem schönen Wohnraum um. Dieses Haus war viermal so groß wie die Häuser, in denen er mit seinen Eltern und mit Crystal gelebt hatte. Er dachte an den Gebrauchtwagenhandel, der ihm schon im Sommer gehören konnte. Er dachte an seinen neuen Corvette an der Auffahrt. Und zu guter Letzt dachte er wehmütig an die drei Kinder, die er längst als seine eigenen betrachtete. Er konnte das alles nicht wegen Crystal verlieren, die er hassen gelernt hatte. Auf gar keinen Fall.

»Keine Sorge, Joyce«, sagte er und zog ihren widerstrebenden Körper an sich. »Wir werden so bald wie möglich richtig zusammen sein. Ich kümmere mich drum.«

3

Laurel war in der Küche, um zwei Kopfschmerztabletten zu nehmen, als sie die Ladentür klingeln hörte. Sie warf einen Blick auf die Uhr. Viertel nach vier. Gott sei Dank. Nur noch eine Dreiviertelstunde bis Geschäftsschluss. Der Tag war hektisch verlaufen, der Großhändler hatte nicht genug Gladiolen geliefert, die sie für die Bestellungen zu Denises Beerdigung dringend brauchte, und sie hatte in letzter Zeit zu wenig Schlaf bekommen. Nun fühlte sie sich, als hätte ihr jemand einen Eispickel zwischen die Augen gerammt.

Sie ging in den Laden und sah Kurt ungeduldig an der Theke stehen. Sie lächelte. »Hi!«

Er starrte sie ungehalten an. »Ich muss mit dir reden.«

Laurel blieb stehen. »Kann das nicht bis heute Abend warten?«

»Nein. Ich hab noch zu tun. Außerdem bist du den Tag über neuerdings schwer zu Hause zu erwischen. Oder sollte ich sagen, den Abend über?«

Das Gespräch in der Werkstatt verstummte. Die Frauen waren müde. Alles, was sie brauchten, war eine Szene, die sie ein wenig aufmunterte. Alles, was Laurel brauchte, war eine Szene, die den Eispickel noch tiefer zwischen ihre Augen trieb.

»Norma, würdest du bedienen, falls jemand reinkommt?«, rief sie.

»Klar.«

Laurel sah Kurt an. »Lass uns in die Küche gehen.« Er ging ihr mit langen Schritten voraus. Sie schloss die Tür. »Möchtest du Kaffee? Er ist wahrscheinlich inzwischen sehr stark. Vielleicht habe ich auch noch eine Cola im Kühlschrank.«

»Ich will nichts trinken. Setz dich endlich.«

Sie nahm wie befohlen Platz und sah ihm geradewegs in die Augen. »Offenbar gab's keinen weiteren Mord, sonst wärst du ein wenig freundlicher. Was ist los?«

»Mir ist zu Ohren gekommen, dass du in letzter Zeit dauernd mit Neil Kamrath zusammen bist.«

»Und wer hat dir dieses saftige Gerücht mitgeteilt?«

»Du wurdest bei McDonald's gesehen. Zweimal.«

Sein Gesicht war gerötet. Er war auf absurde Weise entrüstet. Laurel bekam einen Hustenanfall und klopfte sich mit der Hand auf die Brust. »Mein Gott, wie kompromittierend! Ich fühle mich ja so gedemütigt! Also, wenn das rauskommt …«

Kurt zog ein verdrießliches Gesicht. »Lass die Witzelei. Ich meine es ernst …«

Laurel konnte sich das Lachen nicht verbeißen. »Ich weiß schon – das ist ja gerade das Komische. Eifersüchtig bist du nicht, also, worum geht's?«

»Es geht um deine Sicherheit. Ich hab dir doch gesagt, dass ich Kamrath nicht ausstehen kann.«

»Und weil du ihn nicht ausstehen kannst, bin ich in seiner Gegenwart nicht sicher?« Laurel wurde auf einmal auch wütend. »Kurt, seit ich dir von Faiths Tod erzählt habe, hast du kaum ein Wort mit mir gewechselt. Und nun kommst du ins Geschäft marschiert und bringst mich vor meinen Angestellten in Verlegenheit, weil du gehört hast, ich wäre mit Neil bei McDonald's gewesen. Ausgerechnet McDonald's! Für wen hältst du dich eigentlich?«

»Ich halte mich für jemanden, der sich Sorgen um dich macht und nicht will, dass dir dieser Freak etwas antut.«

»Freak? Wieso ist er ein Freak? Weil er kein jagender, angelnder, Bier trinkender Kumpel ist wie du und Chuck? Also, eines will ich dir sagen. Chuck hat Crystal vollkommen fertig gemacht und du hast in den letzten paar Tagen auf meine Gefühle auch keine große Rücksicht genommen.«

»Chuck und ich sind nicht mit Kamrath zu vergleichen. Er ist ein komischer Kauz, Laurel. Er ist gefährlich.«

»Gefährlich? Weil er Horrorromane schreibt?«

»Nein. Ich hab ihn überprüfen lassen.«

»Kurt …«

»Nun sage mir nicht, dass mich das nichts angeht. Wir hatten hier einen Mord und einen in New York. Du und ich, wir wissen, dass ein Zusammenhang besteht, dass beide Morde mit Faith Howard zu tun haben. Kamrath ist einer der Verdächtigen.«

»Inoffiziell.«

»Ja, inoffiziell, aber …«

»Na gut«, sagte Laurel steif. »Was hast du für furchtbare Dinge über ihn herausgefunden?«

»Er hat seine Frau geschlagen. Sie musste eine gerichtliche Verfügung erwirken, um ihn von sich fern zu halten.«

»Er hat Ellen geschlagen? Das glaube ich nicht.«

»Du kannst es ruhig glauben. Sie hat zwei Vorfälle angezeigt, aber dann die Anzeige zurückgezogen. Schließlich hat er sie die Treppe hinuntergestoßen. Sie hat sich eine Rippe gebrochen und am Auge verletzt. Auch da hat sie keine Anzeige erstattet, aber sie hat eine einstweilige Verfügung erwirkt. Sie hat ihm gesagt, dass sie ihn anzeigen würde, wenn das noch einmal vorkommt. Zwei Wochen später ist sie gestorben.«

»Bei einem Autounfall.« Laurels Mund war vollkommen ausgetrocknet. »Ellen ist bei einem Autounfall gestorben.«

»Sie hat ein Auto mit einer fehlenden Schraubenmutter an der Spurstange gefahren.« Laurel runzelte die Stirn. »Einfach ausgedrückt: Jemand hatte an der Lenkung herumgepfuscht. Sie hatte keine Kontrolle über ihren Wagen.«

»Und du glaubst, Neil hätte etwas damit zu tun gehabt?«

»Sein Schwiegervater war davon überzeugt. Die Polizei auch, jedenfalls haben sie Ermittlungen gegen ihn angestellt.«

»Und dabei haben sie offensichtlich nichts gefunden, was Neil belastet hätte.«

»Nichts so Handfestes, dass man ihn hätte festnageln können.«

»Kurt, sein Sohn hat mit im Auto gesessen. Er hat dieses Kind geliebt. Meinst du, er wollte den Kleinen auch umbringen?«

»Es war vorgesehen, dass der Junge das Wochenende bei einem Freund verbringt.« Kurt sah sie grimmig an. »Laurel, Kamrath ist gewalttätig. Er könnte des Mordes an seiner Frau und seinem Kind schuldig sein.«

Laurel merkte, wie ihr der Schweiß ausbrach. Ihre Kopfschmerzen verschlimmerten sich. »Selbst wenn Neil sich an dem Auto zu schaffen gemacht hat, was ich unmöglich glauben kann: Warum sollte er Angie und Denise umbringen?«

»Weil er ein Spinner ist, der außer sich selbst in seinem ganzen Leben nur eine Person geliebt hat – Faith Howard.«

»Das ist nicht wahr.«

Kurt schlug mit der flachen Hand auf den Tisch. »Was ist nur los mit dir? Von Crystal würde ich so einen Starrsinn erwarten, aber du warst immer so vernünftig. Um Himmels willen, du kennst den Typen doch kaum. Mich kennst du seit deiner Kindheit und dennoch willst du lieber ihm glauben als mir. Ich begreif das nicht.«

»Vielleicht liegt es daran, dass ich nicht weiß, ob ich dich wirklich kenne.«

»Was soll das heißen?«

»Was ist, wenn ich dir sage, dass ich weiß, wer der Vater von dem Baby war, und dass es Neil nicht gewesen sein kann?«

Kurt bedachte sie mit einem säuerlichen Blick. »Und wer war deiner Meinung nach der Glückliche?«

Sie sprach ganz ruhig, obwohl ihr Herz heftig klopfte. »An dem Tag, als ich in deiner Wohnung war, habe ich den Band mit den

Sonetten von Shakespeare entdeckt. Die Widmung lautet ›Alles Liebe, Faith‹. Sie hat dir dieses Buch geschenkt. Sie war in dich verliebt. Du warst der Vater dieses Babys. Nicht Neil, du!«

Kurt begegnete, ohne mit der Wimper zu zucken, ihrem anklagenden Blick. »Ich denke, der Kerl versteht sich noch besser aufs Hypnotisieren als aufs Schreiben. Dir jedenfalls hat er alles Mögliche suggeriert.« Er schüttelte den Kopf. »Ich bin hergekommen, um dich zu warnen. Mehr kann ich nicht tun. Wenn du wie Angie und Denise endest …«

»Dann hast du ein reines Gewissen«, fuhr Laurel ihn an. Sie stieß sich vom Tisch ab, sodass er ins Wackeln geriet. »Ich finde, du solltest jetzt besser gehen. Ich bin deine Ausflüchte leid und deine Unterstellungen wegen Neil hab ich auch satt.«

Kurt stürmte wortlos hinaus und schlug die Hintertür zu. Laurel dagegen stand zitternd da. Sie wurde von heftigem Frösteln geschüttelt.

Neunzehn

1

Als Laurel endlich zu Hause ankam, fühlte sie sich bis ins Mark erschöpft. Sie hatte bis zur vergangenen Woche gar nicht gemerkt, wie ruhig ihr Leben jahrelang verlaufen war. Die College-Ausbildung samt Abschluss im Fach Betriebswirtschaft war glatt gelaufen. Dann war sie nach Hause gekommen, »nur bis ich entschieden habe, was ich tun will«, und war geblieben. Ihre Liebesbeziehung mit Bill Haynes und ihre Trennung vor fünf Jahren waren ihr damals als weltbewegende Ereignisse erschienen, aber im Vergleich zu dem, was sich in letzter Zeit ereignet hatte, war es eine Kleinigkeit. Das ging so weit, dass sie sich im Augenblick gar nicht mehr klar an Bills Gesicht erinnern konnte. Gütiger Himmel, Laurel, dachte sie, als sie zur Haustür hereinkam und Mantel und Schuhe abwarf. Bist du nicht recht bei Trost? Du hast geglaubt, du wolltest dein Leben mit ihm verbringen, und jetzt weißt du nicht einmal mehr, wie er ausgesehen hat. Wenn dieses Chaos nicht bald ein Ende hat, wirst du nächste Woche um diese Zeit den Weg zum Geschäft vergessen haben.

Sie fütterte die Hunde und gab jedem einen rohledernen Kauknochen, damit sie beschäftigt waren. Diese Knochen waren immer eine Belohnung und sie fand, dass sie in letzter Zeit nicht genug mit den beiden gespielt hatte. Während sie eifrig kauten, suchte sie im Kühlschrank nach etwas Essbarem. Wegen der geplanten Reise nach Florida hatte sie ihre Vorräte fast ganz ausgehen lassen. Bevor die Probleme begannen, hatte sie ihre Einkäufe immer auf dem Heimweg von der Arbeit erledigt. Nun fuhr sie stets auf dem schnellsten Weg nach Hause, wo sie sich sicher fühlte.

Nach langem Hin und Her entschied sie sich für eine Dose Hühnersuppe mit Nudeln. Sie hatte ohnehin keinen großen Hunger. Auf jeden Fall nicht so wie am vergangenen Abend, als sie gar nicht genug bekommen konnte. Zehn Minuten später saß sie über die heiße Suppe gebeugt am Tisch und dachte darüber nach, was

Kurt über Neil gesagt hatte. Dass Ellen eine einstweilige Verfügung erwirkt hatte oder dass die Polizei nach dem Autounfall, bei dem sie umgekommen war, offizielle Ermittlungen angestellt hatte, war bestimmt nicht gelogen. Aber könnten diese Ermittlungen nicht auch Routine gewesen sein? Und die einstweilige Verfügung?

Sie legte den Löffel hin. Selbst wenn alles der Wahrheit entsprach, was Kurt gesagt hatte, hatte er doch nicht Faiths Band mit den Sonetten in seiner Wohnung erklärt. Er hatte nicht geleugnet, der Vater ihres Kindes zu sein. Anfangs hatte sie angenommen, dass er Neil vielleicht deshalb so hasste, weil er mit ihm um Faiths Zuneigung konkurriert hatte. Aber Faith hatte von Kurt nie mit besonderem Interesse gesprochen. Sie und Faith waren beste Freundinnen gewesen. Hätte sie es nicht merken müssen, wenn sich Faith für Kurt erwärmt hätte, wenn sie mehr als bloße Bekannte waren?

Womit sie wieder bei Neil angelangt war. Es wäre durchaus möglich, seine Behauptung zu überprüfen, dass Robbie das Kind von Ellens erstem Mann war und dass Neil ihn adoptiert hatte, wenn sie Zugang zu den Adoptionsunterlagen hätte. Aber den hatte sie nicht. Ellens Eltern wussten es mit Sicherheit, aber sie konnte sie unmöglich anrufen. Sie wusste ja nicht einmal, wie sie hießen und wo sie wohnten. Und selbst wenn sie es gewusst hätte, hatte Ellens Vater offensichtlich etwas gegen Neil. Konnte sie sich darauf verlassen, dass er oder seine Frau ihr die Wahrheit sagten?

Sie legte den Kopf in die Hände. »O Gott«, stöhnte sie, »es ist einfach zu schwierig. Ich weiß nicht, wem ich glauben soll, Kurt oder Neil.« Dabei ging es in erster Linie gar nicht um die wahre Vaterschaft von Faiths Baby. Es ging darum, den Mörder von Angie und Denise zu finden, und das hatte möglicherweise überhaupt nichts mit Faiths Schwangerschaft zu tun.

Laurel aß ihre Suppe auf, spülte Topf und Teller ab und blickte dabei aus dem Fenster über dem Spülbecken. Es hatte zu schneien angefangen, federleichte, flauschige Flocken. Sie hätte wahrscheinlich tags darauf sowieso nicht wie geplant nach Florida fliegen können. Wenn dieses Wetter anhielt, würde es keine Flüge geben.

Als sie mit dem Geschirr fertig war, hatte sie Lust auf ein Feuer. Sie ging ins Wohnzimmer und sah ein einsames Holzscheit auf den

Kamin warten. Sie seufzte. Sie konnte auf das Feuer verzichten oder hinausgehen, um Holz zu holen.

Ihr Verlangen, sich mit den Hunden vors Kaminfeuer zu setzen, behielt die Oberhand. Sie zog eine alte Jacke an und trat aus der Küchentür auf die hintere Veranda.

Ein heftiger Nordwind blies Schnee auf die überdachte Veranda. Laurel erschauerte und nahm erst ein Scheit vom Holzstoß, dann ein zweites. Das genügte, damit das Feuer ein paar Stunden brannte. Danach wollte sie früh ins Bett gehen.

Sie wandte sich wieder der Tür zu, als sie aus dem Augenwinkel etwas Weißes sah. Sie blinzelte und spähte angestrengt in die Dunkelheit. Der Garten hinterm Haus war zwar offiziell nur zweitausend Quadratmeter groß, aber es gab in der Nähe ihres Hauses keine anderen Häuser. Sie hatte in Betracht gezogen, den Garten einzäunen zu lassen, als sie sich die Hunde angeschafft hatte, doch auch als sie älter wurden, zeigten sie keine Neigung, vom Haus wegzustreunen, und so hatte sie sich die Mühe gespart. Nun blickte sie auf zweitausend Quadratmeter Rasenfläche mit ein paar Bäumen und einer einzelnen Laterne hinaus, die in unzählige Hektar Wald überging.

Was konnte sie nur gesehen haben? Einen Widerschein auf dem Schnee, entschied sie. Der Wind kühlte die rechte Seite ihres Gesicht aus. Ihre Augen füllten sich aufgrund der Kälte mit Tränen, doch da erspähte sie wieder etwas. Ein Hund? Ein Opossum oder ein Waldmurmeltier? Was immer es war, es machte kehrt und kam auf sie zu.

Ein Angstschauer überlief Laurel. Ein Murmeltier oder Opossum wäre von ihr weg-, nicht auf sie zugerannt. Außerdem hatte sie hier draußen schon mehrmals streunende Tiere gesehen, aber die hatten sich nicht wie dieses verhalten. Es schien in geduckter Haltung zu rennen. Und sie schaffte es aus unerfindlichem Grund nicht, sich vom Fleck zu rühren.

Auf einmal kamen April und Alex mit wütendem Gebell durch die Hundeklappe gestürmt. Laurel schrie auf und ließ das Holz fallen. Die Hunde blieben am Rand der Veranda abrupt stehen. Laurel überblickte erneut den Garten. Das Tier am Waldrand, was immer es sein mochte, war ebenfalls stehen geblieben. Sie alle standen einen Augenblick lang wie erstarrt da. Dann sausten die Hunde von der Veranda herunter. Schnee stob auf, als sie durch den Garten rannten. Wie ein Spuk verschwand das andere Tier wieder zwischen den Bäumen.

Die Hunde hatten die Verfolgung noch nicht aufgegeben, als Laurel ihre Stimme wieder fand. Sie begann nach ihnen zu rufen. Gütiger Himmel, was mochte das gewesen sein? Es war zu groß, als dass April und Alex es mit ihm hätten aufnehmen können. Sie waren zaghafte, unerfahrene Kämpfer. Sie konnten so leicht zu Tode kommen.

»April! Alex!«, schrie sie. »Hierher!« Sie war entsetzt, als sie erst Geknurr, dann ein Winseln hörte. »April! Alex! Wollt ihr wohl sofort zurückkommen!« Sie versuchte zu pfeifen, doch ihre Lippen waren zu steif von der Kälte. »April …«

Plötzlich tauchten die Hunde im Lichtkreis der Laterne auf. Laurel ging in die Knie und breitete die Arme aus. Beide Hunde hasteten auf sie zu. Alex hinkte, aber sie konnte kein Blut entdecken. Er atmete schwer und schmiegte sich so eng an sie, wie es nur ging. April blieb ein wenig abseits stehen. Sie hatte etwas im Maul. »Lass fallen«, sagte Laurel mit sanfter Stimme. Das war eines der wenigen Kommandos, das die Hunde verstanden. »April, lass fallen.«

Gehorsam ließ April etwas in Laurels Schoß fallen. Sie nahm es zur Hand und begutachtete es im Licht der Verandabeleuchtung.

Es war ein Fetzen weißer Baumwollstoff, befleckt mit ein paar Tropfen Blut.

2

Das war aller Wahrscheinlichkeit nach keine gute Idee, dachte Joyce, als sie die Auffahrt zu Crystals Haus entlangging. Sie hatte ihr Auto am Straßenrand stehen lassen, weil sie Crystal nicht vorwarnen wollte. Nicht einmal Chuck hatte sie gesagt, was sie vorhatte. Er würde beleidigt sein, weil sie ihn nicht für fähig hielt, allein mit der Situation fertig zu werden. Crystal würde Chuck bestimmt irgendwann über den Weg laufen und dann behaupten, dass Joyce versucht habe, sie einzuschüchtern. Na und? Chuck mochte sich aufregen, aber sie wusste mit ihm umzugehen. Joyce wusste auch, dass er sie und alles, was sie für ihn tun konnte, nicht verlieren wollte. Crystal? Die war eine verwöhnte kleine Ziege, die immer bekommen hatte, was sie wollte, indem sie manipuliert und die Hilflose gespielt und wie ein Mitleid erregendes Kind geweint hatte. Aber Tränen und inständiges Bitten ließen Joyce kalt. Crystal konnte sie nicht einen Augenblick lang an der Nase herumführen. Sie konnte greinen, so viel sie wollte, ohne dass Joyce nur einen Funken Mitleid für sie empfand.

Der Schnee wehte ihr ins Gesicht. Warum hatte sie ihren neuesten Kaschmirmantel angezogen, obwohl es schneite? Es ging ihr ja nicht darum, einen besonders guten Eindruck zu machen. Es war ihr egal, wie sie aussah, wenn sie vor Crystal stand. Sie hätte lieber den gefütterten Regenmantel anziehen sollen.

Gott, was für ein schäbiges kleines Haus, dachte sie. Wie hat es Chuck hier nur so lange ausgehalten? Natürlich war das Haus, in dem er aufgewachsen war, auch nicht viel besser gewesen. Er hatte erst vor kurzem erfahren, was es heißt, mit allem Komfort zu leben.

Drinnen brannte Licht, aber als Joyce an die Tür klopfte, machte niemand auf. Sie versuchte es noch einmal. Nichts. Na ja, sie hatte damit gerechnet. Sie griff in ihre Handtasche und kramte so lange herum, bis sie einen Schlüsselring aus Metall mit zwei Schlüsseln gefunden hatte. Chucks Hausschlüssel. Sie schloss die Tür auf und rief: »Crystal?« Sie lächelte bei dem Gedanken, dass ihre Rivalin in der Falle saß wie eine Ratte. Sie ging ins Haus. »Crystal!«

In dem winzig kleinen, heruntergekommenen Wohnzimmer brannten zwei Lampen. Joyce blieb stehen und horchte. Kein Laut. Aber Crystal musste zu Hause sein. Ihr Auto stand in der Auffahrt und es brannte Licht. War die Idiotin tatsächlich in Deckung gegangen und versteckte sich vor ihr?

Wütend ging Joyce durch das kleine Haus. Die Küche hatte einen abgetretenen Linoleumboden. An den Wänden hing ein Sammelsurium aus Kreuzsticharbeiten, Körbchen und bestickten Topflappen. Das rote Licht an der Kaffeemaschine brannte. Sie ging den Flur entlang und betrat ein kleines Zimmer mit einer weißen Kommode und einer Wiege, über der ein Mobile aufgehängt war. Chuck hatte erzählt, dass Crystal vor elf Jahren die erste Fehlgeburt erlitten hatte. War das Zimmer für dieses Baby damals eingerichtet worden oder erst letztes Jahr, als sie auf die Ankunft ihrer tot geborenen Tochter gewartet hatten?

Joyce beschloss, nicht darüber nachzudenken. Sie hatte keine Lust, Crystal zu bemitleiden. Weiter hinten im Flur gab es ein kleines, rosa und schwarz eingerichtetes Badezimmer mit – wer hätte das gedacht – Flamingos auf dem Duschvorhang! Joyce schüttelte lächelnd den Kopf. Für jemanden, der aus einer begüterten Familie stammte, hatte Crystal einen grauenhaften Geschmack.

Joyce fühlte sich in dieser Ansicht bestätigt, als sie das »Elternschlafzimmer« sah. Die Farbgebung des Bades wurde mit rosa Flauschteppichen fortgesetzt, die eigentlich als Badematten gedacht waren. Daneben gab es billige Kaufhausfotos von großäugigen Kindern und Kätzchen, herzförmige Kissen auf dem Bett und Spitzendeckchen auf der Kommode. Hat mein ach so maskuliner Chuck tatsächlich jahrelang mit Crystal in diesem Kinderzimmer geschlafen?, fragte sich Joyce. Natürlich, aber daran wollte sie nicht denken. Sie hatte keine Lust sich vorzustellen, wie er sie in diesem jämmerlichen kleinen Zimmer geliebt und ein Kind gezeugt hatte, das nicht lebensfähig war. Nein, die nichts sagende Crystal konnte den Mann, den Joyce kannte, nie richtig befriedigt haben. Sie hatte, was die sexuelle Anziehungskraft anging, keinen Grund, eifersüchtig zu sein.

Nachdem Joyce das Schlafzimmer verlassen hatte, blieb sie einen Augenblick lang stehen. Das winzige Haus war makellos aufgeräumt. Und es war niemand da.

Joyce ging zurück ins Wohnzimmer. Wo, verdammt noch mal, war Crystal? Sie musste irgendwo sein, sonst wäre die Kaffeemaschine nicht eingeschaltet. Joyce trat ans Fenster und blickte hinaus. In einem Anbau neben dem Haus befand sich eine Garage für einen einzelnen Wagen, aber fast dreißig Meter entfernt stand die Doppelgarage, von der Chuck ihr erzählt hatte. Er hatte sie selbst gebaut, um dort, wenn er gerade wieder einmal arbeitslos war, an Autos zu basteln. Durch das Fenster fiel ein Lichtstrahl nach draußen. Crystal muss dort in der Garage sein, dachte Joyce.

Sie schickte sich an, das Haus zu verlassen, hielt jedoch inne. Es schneite heftiger als zuvor. Sie wusste, dass es eine zweite Zufahrt von der Garage zur Straße gab, aber der Weg vom Haus zu der zusätzlichen Garage war schmal und uneben, zu beiden Seiten von Bäumen gesäumt. Neben der Tür entdeckte sie einen karierten Mantel und Gummistiefel. Rasch schlüpfte sie aus ihrem Kaschmirmantel, legte den karierten Mantel an und zog die Gummistiefel über ihre ledernen Pumps.

Ich sollte schlicht wieder nach Hause gehen, dachte sie wütend, als sie in den Schnee hinaustrat. Wenn ich gewusst hätte, dass das so schwierig wird, wäre ich heute Abend gar nicht erst hergekommen. Dann erinnerte sie sich an den vormittäglichen Anruf ihres geschiedenen Mannes Gordon. Er war aufgebracht gewesen und hatte seine Empörung überdeutlich zum Ausdruck gebracht. Nach ihrer Scheidung vor zwei Jahren war er nach Boston gezogen. Er war sich nicht darüber im Klaren gewesen, dass sie seit sechs Monaten mit Chuck zusammenlebte. Dann hatte er von jemandem in Wheeling einen anonymen Brief erhalten. Joyce hielt es für möglich, dass Crystal die Absenderin war. Im Augenblick war Joyce jedoch nicht wegen des Briefs so wütend. Er hatte alles nur zugespitzt. Die gegenwärtige Situation hätte sich sonst noch Monate hinziehen können. Gordons Anruf hatte sie veranlasst, endlich etwas zu unternehmen.

Himmel, wie ist es hier primitiv, dachte Joyce angewidert. Chuck hatte ihr erzählt, dass Crystals Familie wohlhabend gewesen war. Sie selbst konnte sich kaum an die Smiths erinnern, wusste aber, dass sie zwar nicht in ihrem Sinne reich, aber durchaus gut situiert waren. Sie entsann sich, wie ihre Eltern und Gordon davon gesprochen hatten, was es für ein Schock war, als sie bei einem Flugzeugunglück ums Leben kamen und alle erfuhren, dass sie bankrott waren. Das muss für Crystal ein schöner Schlag gewesen sein, dachte Joyce. Ihr ganzes Leben lang war sie emotional und finanziell verwöhnt worden. Und dann hatte sie auf einmal nichts mehr. Nichts außer Chuck, den sie ein Jahr vor dem Tod ihrer Eltern geheiratet hatte. Er hatte es lange bei ihr ausgehalten, wenn man bedachte, dass Crystal ihn immer nur schlecht gemacht hatte. Aber jetzt bin ich dran, dachte Joyce bei sich. Ich habe Chuck nach all den öden Jahren mit Gordon verdient und Chuck hat ein besseres Leben als bisher verdient. Sie würde noch an diesem Abend dafür sorgen, dass Crystal das einsah, und wenn es ihr das Genick brach.

Sie wischte sich den Schnee vom Gesicht und fluchte, als ihr Fuß in einer Furche umknickte. Sie blieb stehen, um sich den Knöchel zu reiben. In dem Augenblick hörte sie ein Rascheln zwischen den Bäumen. Sie blickte zur Garage hinüber. Das Tor war nicht geöffnet, aber vielleicht war Crystal herausgekommen, ohne dass Joyce es bemerkt hatte. »Crystal?«, rief sie. Schweigen. War wohl der Wind in den Bäumen, entschied sie.

Joyce ging ein paar Schritte und verzog das Gesicht, als der Schmerz ihr durchs Bein fuhr. Ach, verdammt, hatte sie sich etwa den Knöchel verstaucht? Warum war sie bloß hierher gekommen? Sie sollte schlicht nach Hause gehen …

Wieder dachte sie an Gordon. Nein. Sie war gekommen, um mit Crystal zu reden, und nach all diesen Unannehmlichkeiten würde sie das verdammt noch mal auch tun.

Es raschelte schon wieder im Gebüsch. Joyce blieb stehen. Hier konnten alle möglichen Tiere lauern. Sie kannte sich mit der Tierwelt nicht aus, aber kamen nicht Opossums und Murmeltiere nachts heraus? War ihnen zuzutrauen, dass sie einen Menschen anfielen? Und wenn es sich nun um ein Stinktier handelte und wenn sie von ihm angespritzt wurde? Das hätte ihr gerade noch gefehlt. Vielleicht war es auch nur ein Reh. Rehe waren keine Fleischfresser, das wusste sie. Da würde sie jedenfalls einem männlichen Reh, oder wie die auch hießen, nicht als Abendessen herhalten müssen. Oder ein großer Hund? Joyce hasste Hunde und Hunde hassten sie. Sie hoffte, dass es kein Hund war.

Nun mach schon, dass du zur Garage kommst, anstatt hier herumzustehen und dir zu überlegen, was für ein Tier das sein kann, dachte Joyce wütend. Je größer die Mühe, desto aufgebrachter wurde sie. Sie humpelte ein Stück weiter. Ein Rascheln. Diesmal viel näher. Joyce schaffte es noch, einen spitzen Schrei auszustoßen, als etwas gegen ihre Schläfe prallte. Ihr Arm fing den Sturz auf, aber die Gewalt des Schlages machte sie blind. Oder war es das Blut, das ihr in die Augen rann und ihre Welt schwarz werden ließ? Sie wischte sich mit der Hand übers Gesicht. Nass. Nass vom Schnee oder vom Blut?

Noch ehe sie dazu kam, sich ihre Hand anzusehen, traf sie etwas am Unterkiefer. Sie schrie auf, vergrub ihr zerschlagenes Gesicht im Schnee und versuchte, die Hände über dem Kopf zu verschränken, um ihn zu schützen. Nun traf sie etwas im Nacken. Ihr Körper verlor jäh jedes Gefühl. Jedes Gefühl, aber nicht das Bewusstsein. Sie hörte jemanden schwer atmen und vor sich hin murmeln. Außerdem hörte sie ein leises Pfeifen, als ein schwerer Gegenstand durch die Luft sauste und ein ums andere Mal auf ihren gelähmten Körper einschlug. Und schließlich hörte sie, wie ihre eigenen mühsamen Atemzüge immer rasselnder wurden und dann in ein Röcheln übergingen, bis sie endlich ganz aufhörten.

Zwanzig

1

Laurel scheuchte die Hunde so schnell wie möglich zurück ins Haus, schloss die Tür ab und schob den Riegel vor die Hundeklappe. Dann überprüfte sie sämtliche Türen und Fenster im Haus. Schließlich untersuchte sie die Hunde. Keiner hatte Bisswunden davongetragen, aber Alex winselte, als sie mit der Hand über seine linke Flanke strich. Er blutete nicht, er hatte nur Schmerzen. Er ist getreten worden, dachte sie. Es gab große Tiere, die ausschlugen, aber keines davon hatte Ähnlichkeit mit dem, was sie am Waldrand gesehen hatte. Das war ein Mensch gewesen.

Sie warf Zeitungspapier ins Feuer, um ihr einziges verbliebenes Holzscheit zum Brennen zu bringen, und überlegte, was die Gegenwart eines Menschen zu bedeuten haben mochte. Im günstigsten Fall wollte man ihr Angst machen. Und schlimmstenfalls? Das Wesen war auf sie zugekommen. Was wäre geworden, wenn die Hunde nicht hinausgerannt wären?

Die Tiere saßen neben ihr vor dem Kamin. »Wer hätte gedacht, dass ihr so tapfer sein könnt?« Die beiden sahen ihr besorgt ins Gesicht. Sie atmeten schwer und waren verängstigt, aber sie waren ihr zu Hilfe gekommen. Damit hatte sie nicht gerechnet. »Wenn wieder was passiert, lasst ihr mich selbst für meinen Schutz sorgen, ja?«

Doch hätte sie sich überhaupt selbst schützen können? Sie war unbewaffnet und hatte keine Kampferfahrung. Derjenige, der Angie und Denise umgebracht hatte, war bewaffnet, stark und skrupellos.

Noch vor wenigen Tagen hätte sie jetzt sofort Kurt angerufen. Inzwischen dachte sie gar nicht daran, ihn um Hilfe zu bitten. Dabei konnte es durchaus sein, dass draußen Indizien zu finden waren. Fußspuren. Blut. Sie musste die Polizei anrufen.

Zwanzig Minuten später kamen zwei Beamte. Laurel war froh, dass Kurt nicht dabei war. Sie erläuterte, was passiert war. Die

Beamten sahen sie skeptisch an und sie war sich darüber im Klaren, dass sie glaubten, sie wäre beim Anblick irgendeines kleinen Tiers in Panik geraten. Dann erzählte sie ihnen von dem Trauerkranz, wies sie auf das rote Herz hin, das auf ihre Haustür aufgemalt war, und zeigte ihnen den Fetzen Baumwollstoff mit den Blutflecken, den April apportiert hatte. »Versuchen Sie nicht, mir weiszumachen, dass ein Murmeltier weiße Baumwollkleidung trägt«, sagte sie zu dem jungen, anmaßenden Beamten namens Williams, von dem sie wusste, dass Kurt ihn nicht leiden konnte. »Der denkt, er weiß alles«, hatte Kurt sich beschwert. Laurel war ganz seiner Meinung. Williams hatte ein großspuriges Auftreten und er hatte mit ihr geredet, als wäre sie eine Idiotin. Gott sei Dank war sein Kollege vernünftiger. Er suchte die Stelle ab und meldete, dass er ein paar Fußspuren im Schnee gefunden habe, obwohl die Hunde ihn ziemlich aufgewühlt hätten. »Die Spuren verschwinden im Wald, Miss Damron. Da stehen eine Menge immergrüne Bäume, die den Schnee abhalten.«

»Würden Sie sagen, dass die Spuren, die Sie gesehen haben, von einem Mann oder von einer Frau stammen?«, fragte Laurel.

»Ungefähr Größe acht«, sagte Williams mit Kennermiene. »Das war eine Frau.«

Der andere Beamte zog ein verzweifeltes Gesicht. »Wir haben die genaue Schuhgröße nicht ausgemessen. Ich dachte, es sind mehr als Größe acht. Könnte genauso gut ein Mann sein wie eine Frau, die Stiefel trägt.«

»Oder eine Frau mit großen Füßen«, warf Williams ein. »Wissen Sie, Miss Damron, das war höchstwahrscheinlich nur ein Witzbold, aber Sie haben sich erschreckt, weil in letzter Zeit dieser Mord passiert ist. Halten Sie einfach Ihre Türen geschlossen und beruhigen Sie sich. Ihnen passiert schon nichts.«

Es gefiel Laurel nicht, dass man ihre Befürchtungen so einfach abtat. Es mochte ja sein, dass die Leute bei der Polizei zu oft falschen Alarm schlugen, aber man konnte doch nicht die Tatsache ignorieren, dass vor zwei Tagen eine Frau ermordet worden war. Vielleicht war das das Problem. Vielleicht hatten alle möglichen allein lebenden Frauen wegen jedes kleinen Geräuschs angerufen, ob es nun echt war oder nur eingebildet.

Nachdem die Beamten gegangen waren, konnte Laurel noch

lange nicht aufhören, an den Vorfall zu denken. Sie sah sich erneut das Stück weißen Baumwollstoff an. Audra hatte gesagt, dass das »Gespenst«, das in ihr Zimmer gekommen war, weiß gekleidet war. Verkleidete sich dieser Verrückte etwa, um Leute zu erschrecken? Bei Audra ging das. Aber hatte wirklich jemand eine weiße Robe angezogen und war in gebückter Haltung auf sie zugerannt, auf eine dreißigjährige Frau? Ja. Und wem war so etwas zuzutrauen?

Der erste Name, der ihr einfiel, war Genevra Howard. Es war so leicht, sich vorzustellen, dass eine Frau, die vor kurzem aus der Irrenanstalt entlassen worden war, ein weißes Gewand anzog und entweder so tat, als wäre sie ein Gespenst, oder es sich tatsächlich einbildete. Eine Situation wie aus *Jane Eyre*. Aber in Anbetracht der Umstände nicht so absurd, wie es zunächst erscheinen mochte.

Laurel nahm sich vor herauszufinden, ob Genevra Howard den ganzen Abend bei den Schwestern Lewis gewesen war. Aber was für einen Vorwand konnte sie benutzen? Ach, egal, dachte sie, nachdem sie mehrere Möglichkeiten in Betracht gezogen hatte. Die Sache war zu wichtig, um herumzusitzen und mit diplomatischen Erwägungen noch mehr Zeit zu verschwenden.

Sie sah die Telefonnummer der Schwestern Lewis im Telefonbuch nach und wählte sie. Gleich darauf sagte eine brüchige Stimme: »Hallo?«

»Miss Adelaide?«

»Nein, hier spricht Miss Hannah.«

»Oh, Miss Hannah, hallo. Hier spricht Laurel Damron.«

»Ach, hallo Miss Damron. Adelaide und ich haben unsere rechte Freude an Ihrem Kranz. Noch einmal vielen Dank.«

»Gern geschehen. Und sagen Sie doch bitte Laurel zu mir. Miss Hannah, ich muss Sie etwas fragen, das mich vielleicht Ihrer Meinung nach nichts angeht, aber ich habe gute Gründe, danach zu fragen. War Genevra heute den ganzen Abend zu Hause?«

Es folgten mehrere Takte Schweigen und Laurel war bereits sicher, dass Miss Hannah tatsächlich sagen würde, dass sie das nichts angehe. Stattdessen sagte die Frau: »Als Adelaide und ich heute Morgen aufgestanden sind, war Genevra fort. Samt Kleidung, Toilettenzeug und allem.«

»Aha. Ich dachte, sie wollte erst einmal bleiben und versuchen, sich mit Mary anzufreunden.«

»Das dachten wir auch, meine Liebe. Wir verstehen das einfach nicht.«

»Hat sie hinterlassen, wo sie hin will?«

»Sie hat eine kleine Wohnung in der Nähe der ... also, wo sie vorher war.« In der Nähe der Irrenanstalt, dachte Laurel. »Wir haben dort angerufen, aber es geht niemand ran. Und sie hat doch inzwischen reichlich Zeit gehabt, dort anzukommen ...«

»Sie werden sicher bald von ihr hören, Miss Hannah.«

»Meinen Sie?«

»O ja. Sie war vermutlich nur davon überwältigt, wieder auf freiem Fuß zu sein. Vielleicht hatte sie sogar Angst, Zeke zu begegnen.«

Jeder, der Laurel kannte, hätte den unehrlichen Ton ihrer Stimme bemerkt, aber Miss Hannah sagte hoffnungsvoll: »Also, daran hatte ich noch gar nicht gedacht! Bestimmt ist es das – die Nerven sind ein wenig mit ihr durchgegangen. Sie hat so viel durchgemacht. Ach, Laurel, jetzt geht es mir schon viel besser.«

»Das freut mich. Ich möchte nicht unhöflich sein, aber ich muss jetzt auflegen.«

»Aber sagen Sie, warum haben Sie gefragt, ob Genevra den ganzen Abend zu Hause war?«

»Auf Wiederhören, Miss Hannah. Fröhliche Weihnachten.«

Sie legte auf, ehe die Frau weitere Fragen stellen konnte und sie weiter lügen musste. In Wahrheit glaubte sie nämlich keine Sekunde, dass Genevra auf dem Weg nach Pennsylvania war. Sie glaubte, dass die Frau vor weniger als zwei Stunden bei ihr im Garten gewesen war.

Rastlos ging Laurel im Haus auf und ab. Sie schaltete den Fernseher ein, konnte sich jedoch nicht auf die Nachrichtensendung konzentrieren. Die Probleme dieser Welt kamen ihr, da sie sich selbst in Gefahr befand, so unwirklich vor. Sie wusste, dass sie auch in der kommenden Nacht keinen Schlaf finden würde. In zwei Tagen würde Damron Floral über die Weihnachtsfeiertage schließen. Sie wünschte sich, dass es schon morgen so weit wäre. Natürlich konnte sie als Inhaberin das Geschäft schließen, wann immer sie wollte, aber am kommenden Abend war Denises Totenwache angesetzt und sie musste noch zahlreiche Bestellungen ausführen. Bestellungen ausführen. Wie gleichgültig und geschäftsmäßig das klang. Aber der Gedanke, Blumenarrangements herzustellen, fiel ihr leichter als der, die Totenwache einer weiteren Freundin besuchen zu müssen, einer weiteren Freundin, die im geschlossenen Sarg präsentiert werden musste, weil sie von einem Irren verstümmelt worden war.

Laurel beugte sich vor und legte den Kopf in die Hände. Großer Gott, was war nur los? Faiths Tod war ein Unfall gewesen, doch die Auswirkungen hatten bereits zwei Frauen vernichtet. Zwei anständige Frauen. Wie viele mussten noch mit dem Leben bezahlen, ehe dieser Wahnsinn ein Ende hatte?

Das Telefon klingelte. Was ist denn jetzt schon wieder?, dachte sie. Hatte die Nachricht von ihrem nächtlichen Besucher Kurt erreicht? Oder handelte es sich um ihre Mutter? Oder um Miss Hannah?

Sie war vollkommen unvorbereitet auf die heisere, geschlechtslose Stimme am anderen Ende der Leitung. »Deine Freundin Crystal braucht dich. Sie steckt in Schwierigkeiten. Tödlichen Schwierigkeiten.« Die Verbindung wurde unterbrochen.

Laurel blieb verblüfft einen Augenblick lang mit dem Hörer in der Hand sitzen. Wer, um Gottes willen, war das gewesen? Ein Witzbold?

Sie warf rasch einen Blick auf den Schreibblock neben dem Telefon und wählte Crystals Nummer. Sie ließ es dreimal klingeln. Sechsmal. Zwölfmal. Dann legte sie auf. Was sollte sie tun? Sicher und behaglich hier sitzen bleiben und sich einreden, dass es nur ein grausamer Scherz gewesen sein konnte, oder das Risiko eingehen, dass sie in der kommenden Woche auf Crystals Beerdigung musste?

Sie rief bei der Polizei an. »Williams«, meldete sich die forsche Stimme.

Na, prima, dachte sie. Der Klugscheißer. Sie holte tief Luft und berichtete, was soeben passiert war.

»Ein aufregender Abend, nicht wahr, Miss Damron?«, stellte er fest, ohne einen Hehl daraus zu machen, dass er sich über sie amüsierte.

»Ich meine es ernst«, fuhr sie ihn an. »Ich kann Crystal telefonisch nicht erreichen.«

»Na, wäre es nicht möglich, dass sie für den Abend ausgegangen ist?«

»Möglich, aber unwahrscheinlich. Fahren Sie zu ihr hin oder nicht?«

Er seufzte. »Ach, ich halte das Ganze für einen Dummejungenstreich«, sagte er. Laurel merkte ihm an, was er dachte: Und dich halte ich für eine hysterische Ziege. »Aber wenn es Sie beruhigt, fahren wir dort demnächst mal vorbei.«

»Demnächst!«, sagte Laurel mit erhobener Stimme. »Crystal könnte in diesem Augenblick in Gefahr sein!«

»Nun beruhigen Sie sich aber, Miss Damron. Ich habe gesagt, wir kümmern uns drum, und das werden wir auch tun.«

»Aber wann ... ach, was soll's«, sagte Laurel frustriert. »Bitte fahren Sie so schnell hin, wie Sie können.«

Was in Anbetracht seiner Haltung eine Stunde dauern konnte. Und was unternehme ich in der Zwischenzeit?

Sie sah in ihrer Tasche nach dem Tränengasspray. »Der sieht nicht sehr bedrohlich aus«, murmelte sie. Sie ging in die Küche und suchte die Schubladen nach dem größten Fleischermesser ab, das sie finden konnte. Sie hielt es hoch und kam sich vor wie die jugendliche Heldin eines Horrorromans. Wie Jamie Lee Curtis in *Halloween*. »Ich schwöre, ich werde mir eine Schusswaffe kaufen und lernen, wie man sie benutzt«, sagte sie laut. »Es ist einfach lächerlich, dass eine Frau, die allein lebt, so verdammt schutzlos ist.«

Mit Messer und Tränengas bewaffnet, zog sie ihren Mantel an und sah noch einmal nach den Hunden. Nein, sie gedachte nicht, sie mitzunehmen. Sie hatten ihr an diesem Abend das Leben gerettet, aber sie hatte schreckliche Angst um sie gehabt. Diese Sorge hätte sie jetzt, da sie besonders auf der Hut sein musste, nur abgelenkt. »Ihr zwei bleibt hier«, sagte sie, als die Tiere sie erwartungsvoll anblickten. »Ich bin hoffentlich in weniger als einer Stunde zurück.«

Während sie durch den Schnee zu Crystals Haus fuhr, dachte sie darüber nach, ob Crystal in der Lage war, sich zu wehren, wenn sie überfallen wurde. Sie war ihr immer so zaghaft, so kindlich erschienen. Vor langer Zeit hatte Laurel einmal überlegt, dass sie beide passende Namen hatten. Crystal war so zerbrechlich wie fein geschliffenes Glas. Und Laurel war innerlich so zäh wie die Pflanze, nach der sie benannt war – wie die Lorbeerrose mit ihrem schweren, harten Holz.

Als sie endlich die schmale Straße erreicht hatte, die zu Crystals Haus führte, fiel Laurel ein weißer Lexus auf, der am Straßenrand geparkt war. Es schien niemand drinzusitzen. Vielleicht hatte jemand eine Panne, dachte sie. Aber das nächste Haus, von dem aus man eine Werkstatt anrufen konnte, war das von Crystal.

Sie bog langsam in Crystals Auffahrt ein. Dort stand ihr kleiner roter Volkswagen. Im Haus brannte Licht. Laurel schaltete den Motor aus und blieb einen Augenblick sitzen. War der Anruf eine List gewesen, um sie hierher zu locken? Benahm sie sich unglaublich leichtsinnig? Ja. Und was sollte sie tun?

Sie hupte. Wenn Crystal heil und gesund an die Tür kam, würde sie wissen, dass der Anruf ein Scherz war. Sie würde ein paar Minuten mit Crystal reden und sich dann in der Gewissheit heimschleichen, dass Williams, der Deputy, über sie lachen würde, wenn er endlich ankam und selbst nach Crystal sah.

Aber Crystal kam nicht an die Tür. Laurel hupte wieder. Die Augen starr auf die Tür gerichtet, wartete sie besorgt. Nichts. O Gott, was jetzt?

»Jetzt nimmst du deine Waffen zur Hand und gehst rein«, sagte sie laut. »Hoffentlich weiß Crystal das zu schätzen. Ich hab nämlich eine Heidenangst.«

Sie stieg aus und rannte zur Vordertür des Hauses. Sie wollte anklopfen, doch dann wurde ihr klar, dass Crystal, wenn sie in der Verfassung gewesen wäre zu antworten, gekommen wäre, als Laurel gehupt hatte. Der Türknauf drehte sich ohne weiteres. Eine unabgeschlossene Tür, kein gutes Zeichen. Sie trat ins Wohnzimmer. »Crystal?« Stille. Aus der Küche kam der Duft von starkem, bitterem Kaffee. Laurel ging hinein und sah den halben Zentimeter schwarze Schmiere in der Kanne. Sie schaltete die Kaffeemaschine aus.

Rasch ging sie durchs ganze Haus. Nirgendwo Anzeichen, dass ein Kampf stattgefunden hatte. Das Einzige, was fehl am Platz aussah, war ein teurer schwarzer Kaschmirmantel auf der Couch. Der gehörte auf keinen Fall Crystal.

»Ich gehe am besten wieder nach Hause«, murmelte Laurel, als sie plötzlich durch eines der Wohnzimmerfenster einen Licht-schimmer sah. Das Garagenlicht. Was auf Erden hatte Crystal in einer so kalten Nacht in der Garage zu suchen?

Die Garage lag unangenehm weit vom Haus entfernt. Der Pfad dorthin war von Bäumen gesäumt. Laurel hatte genauso viel Lust, da hinauszugehen, wie über glühende Kohlen zu wandeln. Aber sie würde keine Ruhe haben, bis sie wusste, dass Crystal in Sicher-heit war.

Mit dem Fleischermesser und dem Tränengas bewaffnet, kam sie sich wie eine Idiotin vor und war zugleich so ängstlich, dass sie zitterte. Sie ging hinaus und ließ die Haustür offen stehen. Schnee fiel ihr ins Gesicht und auf den unbedeckten Kopf, sodass sich ihre Haare unter der Feuchtigkeit kringelten. Langsam stapfte sie auf dem Pfad vorwärts. Der Wind blies jetzt stärker. Zweige ächzten über ihrem Kopf. Sie hatte vergessen, Stiefel anzuziehen, und der Schnee reichte bis über den Rand ihrer Schuhe.

Den halben Weg bis zur Garage hatte sie zurückgelegt, als sie über sich einen Ast brechen hörte. Sie blickte hoch und sah den herabfallenden Ast, der sie knapp verfehlte. Sie rannte vorwärts und rutschte aus. Der Ast krachte hinter ihr zu Boden. Sie sah sich danach um und stolperte über etwas. Als sie das Gleichgewicht verlor, schrie sie auf, dachte aber immerhin daran, das Messer seit-lich wegzuwerfen, damit sie nicht darauf fiel. Sie landete auf Hän-den und Knien, wirbelte herum und tastete verzweifelt nach dem Messer, noch ehe sie nachsah, was sie zu Fall gebracht hatte. Ihre Hand schloss sich um den Holzgriff. Sie versuchte aufzustehen, doch sie rutschte auf dem Schnee aus und stürzte erneut. Diesmal landete sie direkt auf dem Hindernis. Es bewegte sich nicht.

Laurel holte tief Luft, bekämpfte ihr wahnsinniges Entsetzen. Sie hatte mindestens eine Minute dagelegen und das Hindernis lag immer noch vollkommen still da. Mit klopfendem Herzen streck-te sie die Hand aus und berührte es. Ein karierter Mantel. Crystals karierter Mantel.

Vorsichtig legte sie die Hand auf das, was – wie sie jetzt wusste – eine Schulter war. Sie rollte den reglosen Körper herum. Unter verfilztem braunem Haar kam das zerschmetterte, blutige Gesicht einer Frau zum Vorschein.

»Crystal!«, schrie sie. »O Gott, es ist zu spät!«

2

Laurel sprang auf und taumelte schluchzend zum Haus zurück. Sie schlug die Tür hinter sich zu, schloss sie ab und rannte zum Telefon. Die Nummer des Polizeireviers kannte sie inzwischen auswendig. »Williams hier.«

»Gütiger Himmel, sind Sie etwa immer noch dort?«, schrie Laurel ihn an.

»Wer spricht da?«

»Laurel Damron. Ich habe Sie vor einer Stunde angerufen und gebeten, nach Crystal Landis zu sehen …«

»Na ja, Miss Damron, wir haben heute Abend recht viel zu tun«, sagte er in herablassendem Ton. »Ich hab Ihnen doch gesagt, wir fahren da mal vorbei, sobald wir können.«

»Sie ist tot.«

»Was?«

»Sie ist tot, verdammt noch mal! Ich bin selber hergefahren, weil ich wusste, dass Sie nicht kommen würden, und nun ist sie tot … totgeschlagen.« Laurel bekam einen Würgereiz. »Ist Kurt Rider da?«

Williams schien ein wenig aus der Fassung zu sein. »Ich glaub nicht … nein.«

»Na, dann holen Sie ihn. Ich hätte von vornherein ihn anrufen sollen. Er hätte seine Arbeit getan. O Gott …«

»So beruhigen Sie sich doch, Miss Damron. Wir sind gleich da.«

Laurel legte auf. Dann wurde sie auf den Hörer aufmerksam. Er war mit Blut beschmiert. Sie hob die Hände. Überall Blut. Sie erinnerte sich nicht, das zerschlagene Gesicht angefasst zu haben, aber das Blut konnte auch an dem Mantel gewesen sein. An diesem hässlichen karierten Mantel, der wie eine Pferdedecke aussah. Sie wünschte sich nichts sehnlicher, als Crystal in ihrem hässlichen Mantel noch einmal zu ihr ins Geschäft kommen zu sehen.

Immer noch weinend und mit einem durch den Schock hervorgerufenen Schluckauf ging Laurel in die Küche und drehte den Wasserhahn auf. Es war keine Seife da – nur Spülmittel. Sie seifte sich die Hände ein, spülte sie ab, seifte sie ein zweites Mal ein und achtete diesmal besonders auf ihre Fingernägel. Alles nur, um nicht daran denken zu müssen, was gerade geschehen war.

Was wäre gewesen, wenn sie direkt nach dem Anruf hergekommen wäre? War Crystal da bereits tot? Oder hätte sie den Mord verhindern können? Aber wie? Mit ihrem Tränengas? Ihrem Fleischermesser? Warum hatte sie nicht bei Kurt angerufen? Aus Stolz. Stolz, der Crystal das Leben gekostet haben mochte.

Laurel drehte das Wasser ab und griff nach einem Handtuch. Während sie sich langsam die Hände abtrocknete, hörte sie ein Geräusch an der Vordertür. Ein Klicken, als würde sich das Schloss öffnen, dann ein leises Quietschen der Scharniere, die geölt werden mussten.

Sie erstarrte. Das war nicht die Polizei. So schnell konnte sie nicht hergekommen sein. Außerdem wäre sie mit viel mehr Trara eingetroffen. Aus dem Wohnzimmer drang kalte Luft herein. Die Tür schlug zu.

Laurel trat an den Küchentisch und nahm das Fleischermesser in die Hand. Geräuschlos schlich sie in Richtung Wohnzimmer. Ihr Atem ging so heftig und schnell, dass sie befürchtete, in Ohnmacht zu fallen.

Im Licht der Lampe sah sie eine Frau, die verwundert den schwarzen Kaschmirmantel auf dem Sofa anstarrte. Sie blickte auf und Laurel unterdrückte einen Schrei.

Es war Crystal.

3

Crystal sah sie groß an. »Um Gottes willen, Laurel, was ist los?«

Laurel ließ das Messer fallen. »Du lebst!«

Crystals entsetzter Blick richtete sich auf das Messer auf dem Boden. Dann sah sie Laurel an und sagte mit leiser, vorsichtiger Stimme: »Natürlich lebe ich. Wie kommst du drauf, dass ich nicht mehr am Leben bin?«

Laurel eilte auf sie zu und umarmte sie. »Ich war, glaube ich, noch nie so froh, jemanden zu sehen. Es war so entsetzlich ...«

Sie wich zurück. Crystal war da, lebendig und gesund, aber jemand lag draußen erschlagen auf dem Pfad.

»Laurel, was geht hier vor?«, wollte Crystal wissen.

»Wo warst du?«

»Nebenan. Kinder hüten.«

»Allein, nach Einbruch der Dunkelheit, und das, nachdem Denise …«

»Die Kleine der Grants ist sehr krank. Sie mussten mit ihr auf die Notstation. Das Baby schlief und die Grants haben mich gebeten, rüberzukommen und darauf aufzupassen. Ich bin nur eben hin … es ist ganz in der Nähe, Laurel, und es war ein Notfall.«

»Deshalb steht dein Auto in der Auffahrt.«

»Ja. Es ist ja gleich nebenan.« Crystal runzelte die Stirn. »Laurel, wie bist du darauf gekommen, dass ich tot bin? Und wie bist du hier hereingekommen? Ich bin sicher, dass ich hinter mir abgeschlossen habe.«

»Die Tür war nicht abgeschlossen. Crystal, setz dich hin.«

»Du hast schlechte Neuigkeiten«, sagte Crystal besorgt.

»Ja. Also setz dich und mach dich darauf gefasst. Die Polizei wird gleich hier sein.«

»Die Polizei!«

»Crystal, hör mir zu. Jemand hat bei mir angerufen und zu mir gesagt, dass du in Gefahr bist – in tödlicher Gefahr. Es war eine widerliche Stimme, rau und heiser. Ich konnte noch nicht einmal feststellen, ob es sich um einen Mann oder eine Frau handelt. Ich hab die Polizei angerufen, aber der zuständige Beamte hat sich nicht angehört, als hätte er es besonders eilig herzukommen. Deshalb bin ich selbst gefahren.«

»Du bist mir zu Hilfe geeilt, obwohl du geglaubt hast, dass der Mörder hier lauert? Laurel, ich …«

Scheinwerferlicht erhellte die Auffahrt und gleich darauf pochte jemand an die Tür. Laurel machte auf. Williams stand vor ihr. »Sie haben also die Leiche von Crystal Landis gefunden?«

»Was?«, rief Crystal. »Ich bin nicht tot! Ich bin hier!«

Williams sah Laurel mit zusammengekniffenen Augen an. Sie erwiderte seinen Blick mit steinerner Miene und achtete darauf, dass ihre Stimme ruhig klang. »Es liegt tatsächlich eine Leiche auf dem Pfad zwischen dem Haus und der Garage. Ich hatte angenommen, dass es sich um Crystal handelt. Das Gesicht ist so zerschlagen, dass ich nicht feststellen konnte, wer es ist.«

Williams sah sie weiter misstrauisch an, wies jedoch sie und Crystal an, im Haus zu bleiben. »Ich will nicht, dass Sie Beweismaterial zerstören, falls dort wirklich jemand ist«, sagte er.

Als er den Pfad hinabging, fragte Crystal mit zitternder Stimme: »Wer, glaubst du, ist es?«

»Ich weiß nicht, aber sie hatte deinen karierten Mantel an. Vom Haar war nicht viel zu sehen.«

»War es dunkel?«

»Nein. Eher so wie deins.« Laurel sah zu dem Kaschmirmantel auf der Couch hinüber. »Gehört der dir?«

Crystal strich über das feine Tuch. »Meinst du etwa, ich hätte so einen schönen Mantel?«

»Nein, ich hab mir schon gedacht, dass es nicht deiner ist. Aber er war da, als ich ankam, und das bedeutet, dass die Frau da draußen ihn ausgezogen und stattdessen deinen karierten Mantel angezogen hat.«

»Aber ich sage dir doch, ich hab abgeschlossen!«

»Also, irgendwie ist sie hier reingekommen.« Laurel starrte den Mantel an. »Crys, hat Chuck immer noch Schlüssel zum Haus?«

»Was? Keine Ahnung. Kann sein. Aber was hat das mit Chuck zu tun? Das ist nicht sein Mantel.«

»Was für ein Auto fährt Joyce?«

Crystal runzelte die Stirn. »Joyce? Ich weiß nicht. Ich hab nie gelernt, die Automarken zu unterscheiden. Chuck hat das immer verrückt gemacht. Ihres ist weiß. Ein teures Auto.«

Laurel setzte sich neben Crystal. »Ich hab einen weißen Lexus am Straßenrand stehen sehen, als ich ankam. Wenn du das und die Hausschlüssel mit einer Frau zusammenbringst, die einen teuren Mantel und eine Haarfarbe wie du hat. Was kommt dabei heraus?«

»Ich weiß doch nicht, Laurel … es könnte …« Crystal verstummte. »O mein Gott! Joyce!«

Einundzwanzig

1

»Crystal, ich denke, wir rufen besser Monica an.«

Crystal sah sie blinzelnd an. »Wieso? Was hat das mit ihr zu tun?«

»Wenn es tatsächlich Joyce ist, brauchst du einen Anwalt.«

»Einen Anwalt! Wozu brauche ich einen Anwalt? Ich hab nichts verbrochen!«

»Crystal, wer hat ein besseres Motiv, Joyce Overton umzubringen, als du?«

Crystal machte den Mund auf. Dann schloss sie ihn wieder und wurde so blass, dass Laurel dachte, sie würde das Bewusstsein verlieren. »Aber wir wissen doch noch nicht einmal, ob es Joyce ist ...«

»Ich glaube, sie ist es, und wenn ich Recht habe ... Crystal, ich rufe jetzt Monica an. Wenn Williams hereinkommt, ehe Monica da ist, sagst du kein Wort zu ihm, hörst du mich? Nicht ein Wort.«

»Aber ich hab doch nichts verbrochen«, wiederholte Crystal mit schwacher Stimme.

»Nicht ein Wort, hast du mich verstanden?«

Laurel setzte Crystal nicht gern so unter Druck, aber sie hielt es für den einzigen Weg, ihr den Ernst der Lage klarzumachen. Chrystal machte den Eindruck, als wüsste sie kaum, wo sie war.

Glücklicherweise war Monica auf ihrem Zimmer. »Monica, ich bin's, Laurel. Ich möchte, dass du so schnell wie möglich zu Crystal kommst.«

»Was ist denn los?«

»In Crystals Vorgarten liegt eine Tote und ich glaube, es ist Joyce Overton.«

»Wer?«

»Chucks Geliebte.«

»Herrgott. Du verstehst es wirklich, mein Interesse zu erwecken.«

»Jetzt ist nicht die Zeit, Witze zu reißen. Mach, dass du herkommst. Crystal braucht dringend juristischen Beistand.«

»Bin gleich da«, sagte Monica und legte auf. Gott sei Dank musste ich nicht lange mit ihr argumentieren, dachte Laurel. Williams würde gleich wieder hereinkommen und in einer Viertelstunde würden wer weiß wie viele Polizisten hier herumschwärmen. Sie würden Crystal ins Gebet nehmen, die mit so einer Situation nicht besser umzugehen wusste als ein kleines Kind.

Als sie sich vom Telefon abwandte, sah sie, dass Crystal zusammengesunken auf der Couch saß. Laurel ging zu ihr. »Monica ist schon unterwegs.«

»Ich brauch was zu trinken.«

»Ich halte das für keine gute Idee. Wenn dich die Polizei verhört, willst du doch keine Alkoholfahne haben.«

»Ich dachte, ich soll überhaupt nichts sagen.«

»Nicht, bis Monica hier ist. Sie wird dir sagen, welche Fragen du beantworten kannst.«

Crystal kaute an einem Daumennagel. »Vielleicht ist es ja gar nicht Joyce.«

»Vielleicht nicht. Aber Fragen wird man dir auf jeden Fall stellen.«

»Wenn es tatsächlich Joyce ist, wird Chuck glauben, ich hätte sie aus Eifersucht umgebracht.«

»Was Chuck Landis glaubt, ist die geringste deiner Sorgen, Crys. Chuck kannst du vergessen.«

Williams kam herein, ohne anzuklopfen. »Ich hab schon Verstärkung angefordert«, sagte er. Sein Gesicht wirkte angespannt. Er hat Angst, dachte Laurel. Er hat noch nie mit einer so ernsten Sache zu tun gehabt, und das hat ihm die Arroganz ausgetrieben. »Ich hab die Leiche gefunden. Haben Sie eine Ahnung, wer es sein könnte?«

»Nein«, sagte Laurel.

»Joyce Overton«, sprudelte Crystal gleichzeitig hervor. Laurel sah sie strafend an.

Williams wandte sich Crystal zu und fragte: »Wer ist Joyce Overton und warum glauben Sie, dass sie es ist?«

Crystal sah Laurel furchtsam an und sank noch mehr in sich zusammen. »Ich weiß auch nicht.«

»Was wissen Sie nicht?«, bellte Williams. »Wer Joyce Overton ist oder warum Sie glauben, dass sie es ist?«

»Ich rede kein Wort mit Ihnen.«

Williams setzte sein hartes Polizistengesicht auf. »Lady, es bleibt Ihnen gar nichts anderes übrig, als mit mir zu reden.«

»Nicht ohne Anwalt«, warf Laurel ein.

»Anwalt? Was haben Sie zu verbergen, Mrs. Landis?«

»Nichts«, murmelte Crystal.

»Dann sagen Sie mir, was das bedeuten soll, dass Sie nicht ohne Anwalt mit mir reden wollen? Es hört sich an, als wären Sie schuldig!«

Crystal wand sich. »Hören Sie gefälligst auf, sie einzuschüchtern«, sagte Laurel mit fester Stimme. Innerlich fühlte sie sich so unsicher wie Wackelpudding. Sie wiederholte nur, was sie im Fernsehen gehört hatte. »Das Gesetz sieht vor, dass sie nicht mit Ihnen sprechen muss, solange kein Anwalt zugegen ist.« Bitte lass Monica bald hier sein, betete sie. Vielleicht mache ich alles nur noch schlimmer.

Wieder erleuchtete Scheinwerferlicht die Auffahrt. Leider waren es farbige Scheinwerfer. Ein Streifenwagen, nicht Monica. Williams öffnete die Tür und Laurel hörte Männerstimmen. War Kurt dabei? Nein. Bald erschien es ihr, als wären die Lichter, die telefonierenden Männer in Uniform allgegenwärtig. Endlich hörte Laurel Monicas kehlige Stimme. »Ich bin Mrs. Landis' Anwältin. Lassen Sie mich rein, sonst sehe ich mich gezwungen, mit Ihrem Vorgesetzten ein Gespräch zu führen, das Sie bis ans Ende Ihrer Laufbahn bereuen!«

Gleich darauf betrat sie in einer engen schwarzen Samthose, einer goldenen Seidenbluse und einer schwarzen Lederjacke das Wohnzimmer. Ihr Haar fiel offen über ihre Schultern herab und darunter baumelten große Ohrringe. Sie sah schön aus. Sie sah einschüchternd aus. Laurel stellte amüsiert fest, dass einige der Beamten offenkundig beeindruckt zurückwichen, als sie an ihnen vorbeirauschte.

Sie drehte sich um und sah sie streng an. »Ich möchte, dass Sie am Tatort sehr vorsichtig sind.«

»Wir nehmen von Ihnen keine Befehle entgegen«, wagte sich Williams vor. »Außerdem wissen wir, was wir tun.«

»Ja, sicher«, sagte Monica abfällig. »Ich möchte, dass Sie nach einem Herzen und einer Sechs Ausschau halten, die mit Blut in der

Nähe oder auf der Leiche aufgemalt sind. Sehen Sie auch nach, ob Sie eine Tarotkarte finden. Und ich halte es für eine gute Idee, Kurt Rider herzubeordern. Er hat am Tatort des Mordfalls Denise Price gearbeitet und weiß tatsächlich, was er tut. So, jetzt muss ich mich mit meiner Mandantin besprechen. Allein.«

Einige der Beamten starrten sie mit offenem Mund an. Sie waren es nicht wie die Großstadtpolizisten gewohnt, mit einer aggressiven Anwältin umzugehen, schon gar nicht mit einer, die eher einem Mannequin oder einem Filmstar ähnelte als den örtlichen Anwältinnen mit ihren konservativen Schneiderkostümen und Frisuren.

»Seit wann erwärmst du dich so sehr für Kurt?«, flüsterte Laurel Monica ins Ohr.

Monica zwinkerte ihr zu. »Er wird dir verraten, was sie finden. Diese anderen Hitzköpfe nicht.« Sie hob die Stimme. »Alles in Ordnung, Crystal?«

»Nein. In meinem Vorgarten liegt eine Tote.«

»Ja, das kann einem den Abend verderben, nicht wahr?«

Crystal sah sie entsetzt an. »Wie kannst du über so etwas Witze reißen?«

»Ich kann in jeder Situation Witze reißen.« Monica setzte sich dicht neben Crystal auf die Couch und sagte leise: »Was hast du der Polizei gesagt?«

»Nur dass ich glaube, dass es sich um Joyce Overton handelt. Eigentlich war es Laurels Idee. Ich hab die Leiche noch nicht mal gesehen.«

Monica sah Laurel an. »Ein weißer Lexus wie der von Joyce ist drunten vor Crystals Auffahrt an der Straße geparkt«, sagte Laurel.

Monica nickte. »Den hab ich auch gesehen.«

»Außerdem war Crystal nebenan, Kinder hüten. Die Tür war abgeschlossen, aber die Frau muss hier im Haus gewesen sein. Das ist ihr Mantel. Ich denke, sie wird Chucks Hausschlüssel benutzt haben.«

»Eine logische Schlussfolgerung. Aber warum hat sie ihren Mantel hier gelassen? Es ist eiskalt.«

»Sie trägt Crystals Mantel. In der anderen Garage dort brennt Licht. Ich glaube, sie war auf dem Weg dahin. Vielleicht hat sie gedacht, der Mantel ist zu schön, um ihn bei dem Wetter zu tragen.«

»Crystal, warum brennt Licht in der Garage?«, fragte Monica.

»Ich hab solche Angst, dass ich nachts überall die Lichter anlasse, im Haus und auch in der Garage. Ich wollte vermeiden, dass sich dort jemand versteckt.«

»Hast du Laurel gebeten, herzukommen? Warum war sie es, die die Leiche entdeckt hat?«

Laurel erzählte ihr von dem Anruf und davon, dass sie die Polizei angerufen hatte und dann selbst hergefahren war. »Als ich Crystal nicht im Haus vorgefunden habe, dachte ich wegen des Lichts, dass sie in der Garage ist. Ich bin buchstäblich über die Leiche gestolpert.«

Monica sah wieder Crystal an. »Kannst du beweisen, dass du nebenan Kinder gehütet hast?«

»Natürlich. Die Grants haben mich angerufen. Es war ein Notfall.«

»Gut, dann wollen wir mal mit den Bullen reden«, sagte Monica. »Hab keine Angst, Crystal, aber wenn ich sage, du sollst eine Frage nicht beantworten, dann lass es. Kapiert?«

Crystal nickte und das Verhör nahm seinen Lauf. Derweil entdeckte ein Deputy eine schwarze Handtasche, die unter die Couch gerutscht war. Er öffnete den Geldbeutel und sagte mit dröhnender Stimme: »Führerschein auf den Namen Joyce Overton.«

Laurel schloss die Augen. Demnach hatte sie Recht gehabt. Als sie sie wieder öffnete, sah sie Crystal erschauern. Sie war kreideweiß im Gesicht. Auf einmal blickte Crystal in Richtung Haustür.

Dort stand Chuck Landis. Er war rot vor Wut und zwei Beamte mussten ihn festhalten, als er brüllte: »Crystal, du Miststück, was um Gottes willen, hast du getan?«

2

Laurel wusste nicht, was passiert wäre, wenn nicht in diesem Augenblick Kurt angekommen wäre. Er war Chucks bester Freund und nachdem er ihn hinausgezerrt hatte, um ein ernstes

Wort mit ihm zu reden, führte er ihn zurück ins Haus und zwang ihn fast mit körperlicher Gewalt auf einen Stuhl. »Nun setz dich und hör auf, dich wie ein Verrückter aufzuführen, damit wir dir ein paar Fragen stellen können«, sagte Kurt zu ihm. »Sonst nehme ich dich wegen tätlichen Angriffs fest.«

»Ich hab sie doch nicht angerührt«, murrte Chuck.

»Dafür hast du draußen mehr als nur einen angerührt. Ich meine es ernst, Chuck. Du weißt, dass ich dazu fähig bin.«

Chuck sah ihn verdrießlich an. Dann saß er nur noch da und glotzte Crystal an, die den Kopf hängen ließ. »Wo ist der Sheriff?«, fragte Chuck.

»Die Presse beruhigen.«

»Jetzt schon?«, fragte Laurel. »Haben die einen sechsten Sinn?«

»Nein, aber sie hören den Polizeifunk ab«, antwortete Kurt. Er sah Chuck durchdringend an. »Okay: Wusstest du, dass Joyce herkommen wollte?«

»Nein.«

»Was machst du dann hier?«

»Sie ist vor zwei Stunden losgefahren, ohne mir zu sagen, wohin. Es war längst Zeit für Molly, ins Bett zu gehen, und Joyce war immer noch nicht zurück. Sie ist immer da, um Molly zuzudecken. Dann hab ich festgestellt, dass meine Schlüssel hier fürs Haus weg waren. Da hab ich zwei und zwei zusammengezählt.«

»Woher wusstest du, dass sie tot ist?«

Chuck sah Kurt ungläubig an. »Verdammt noch mal. Es wimmelt von Streifenwagen. Ich wollte reingehen, und da hat mir einer von euch mitgeteilt, dass eine Frau ermordet worden ist.«

»Und du hast nicht angenommen, dass es Crystal ist?«

»Als ich an der Tür war, hab ich jemanden rufen hören, dass der Führerschein auf den Namen Joyce Overton ausgestellt ist. Dann hab ich Crystal dasitzen sehen.«

»Was könnte Joyce hier gewollt haben?«

»Wahrscheinlich mit Crystal über die Scheidung reden. Crystal hat sich geweigert, die Scheidungspapiere zu unterschreiben. Joyces Mann hat sie heute Vormittag angerufen und ihr gedroht, dass er das alleinige Sorgerecht für die Kinder einklagen will, weil sie mit mir zusammenlebt. Sie war den ganzen Tag völlig fertig.« Er warf Crystal einen finsteren Blick zu. »Warum konntest du nicht einfach die verdammten Papiere unterschreiben? Warum musstest du sie umbringen?«

Crystal stiegen die Tränen in die Augen. »Chuck, ich war's nicht. Ich war ja noch nicht mal zu Hause. Laurel, erzähl ihm von dem Anruf.«

»Was für ein Anruf?«, fragte Chuck barsch.

»Jemand hat mich angerufen und gesagt, dass Crystal in Gefahr ist. In Todesgefahr, hat der Betreffende gesagt. Ich bin hergekommen. Ich hab die Leiche gefunden.«

Kurt sah sie an. »Wer war der Anrufer?«

»Ich hab nicht die leiseste Ahnung. Die Stimme war so rau, dass ich noch nicht einmal feststellen konnte, ob es ein Mann oder eine Frau war.«

»Um welche Zeit?«

»Gegen sieben, vielleicht kurz davor. Im Fernsehen liefen die Abendnachrichten.«

Kurt sah ihr tief in die Augen. Ich hab dir noch mehr mitzuteilen, schrie sie innerlich. Sie wollte, dass er endlich von Genevra Howard erfuhr und von ihrer Überzeugung, dass die ganze Sache mit den Herzsechs-Morden zu tun hatte. Wundersamerweise schien er sie zu verstehen. Er stand abrupt auf. »Chuck, rühr dich nicht vom Fleck. Williams, pass auf ihn auf. Ich gehe ein paar Minuten raus.«

Williams hatte es offensichtlich nicht gern, wenn man ihm Befehle gab, aber er sagte nichts. Laurel hatte den Eindruck, dass Kurt ihn einschüchterte. Und unter den gegebenen Umständen wirkte der Kurt, den sie als warmherzig und freundlich kannte, tatsächlich einschüchternd.

Williams fuhr fort, Crystal zu verhören. Da sie sie bei Monica in sicheren Händen wusste, fing Laurel unauffällig an, Chuck zu beobachten. Er rutschte rastlos auf seinem Stuhl hin und her. Sein Blick schweifte von einem Deputy zum anderen und in seinen Augen stand etwas anderes zu lesen als Trauer. Angst? Besorgnis? Was konnte er von der Polizei zu befürchten haben, solange die glaubte, Crystal habe Joyce umgebracht?

Joyces Auto stand nicht an der Auffahrt, das von Crystal schon. Joyce trug Crystals Mantel. Sie waren ungefähr gleich groß und hatten eine ähnliche Haarfarbe. Es war eine schlimme

Nacht – die Sicht durch den Schnee stark verringert. Chuck hatte gesagt, dass Joyces Mann vormittags angerufen und damit gedroht hatte, das Sorgerecht für die Kinder einzuklagen. »Warum konntest du nicht einfach die verdammten Scheidungspapiere unterschreiben?«, hatte er Crystal gefragt. Laurel hatte Joyce kaum gekannt, aber sie hatte die Frau ein paar Mal mit ihren Kindern zusammen gesehen. Es war klar, dass sie sie abgöttisch geliebt hatte. Egal, wie jung und sexy Chuck Landis war – Laurel glaubte nicht, dass Joyce seinetwegen ihre Kinder aufgegeben hätte. Und wenn nicht, was hätte das für Chuck bedeutet? Das Ende eines sehr bequemen Lebens.

Es war so lange her, seit sie und Faith mit Chuck befreundet waren, dass Laurel das Gefühl hatte, ihn nicht mehr zu kennen. Auf jeden Fall war er nicht mehr der draufgängerische Junge mit der Zahnlücke und Augen, aus denen die Vorfreude auf all die wunderbaren Dinge sprach, die das Leben für ihn bereithielt. Viele Jahre des Versagens und der Enttäuschung hatten offenbar ihren Tribut gefordert. War es denkbar, dass er in seinem verzweifelten Verlangen, Joyce, seine letzte Hoffnung, zu behalten, nur einen Ausweg gesehen und einen Mord begangen hatte? Könnte er Joyce in dem Glauben getötet haben, dass es sich um Crystal handelte? Hatte dieser Fall wirklich mit dem Mord an Angie und Denise zu tun?

Chuck drehte sich um und sah sie an. Seine leuchtend blauen Augen erweckten den Eindruck, als könne er ihre Gedanken lesen. Sie merkte, wie sich ihre Wangen röteten. Sie wandte den Blick ab und fühlte sich schuldig, wusste jedoch, dass sie Kurt ihren Verdacht mitteilen musste.

Kurt kam zurück ins Haus. Sie wollte aufspringen, ihn in ein anderes Zimmer zerren und ihm sagen, dass ihrer Meinung nach Chuck Joyce aus Versehen umgebracht habe. Dann sah Kurt sie mit grimmiger Miene an. Neben seinem Kieferknochen zuckte ein Muskel. Er nickte ihr kurz zu und sie wusste augenblicklich, was er meinte.

Man hatte die Sechs gefunden, das Herz und die Tarotkarte.

3

Kurt schloss sich Laurel an, als sie um halb elf nach Hause fuhr.

Bei Crystal herrschte immer noch Hochbetrieb, aber Monica hatte gesagt, dass sie bei ihr bleiben würde, und Kurt hatte alles getan, was er im Augenblick tun konnte. Er begleitete Laurel bis zu ihrer Haustür und sie war überrascht, als er ihre Einladung annahm, mit hereinzukommen.

»Möchtest du ein Bier?«, fragte sie.

»Lieber nicht. Ich werde noch die ganze Nacht zu tun haben. Wir müssen die Alibis überprüfen.«

»Von Crystal und von Chuck?«

»Ja, leider.« Er ließ sich schwerfällig nieder und sah dabei zum Umfallen müde aus.

»Wo waren die Sechs und das Herz?«

Kurt wandte den Blick ab und rieb sich mit dem Finger über eine Augenbraue. »In ihren Bauch eingeritzt.«

Laurel blieb die Luft weg. »Eingeritzt! So weit ist der Mörder doch bis jetzt nie gegangen.«

»Vielleicht haben wir es nicht mit ein und demselben Täter zu tun.«

»Sondern mit einem Nachahmer?«

»Mit jemandem, der Joyce loswerden wollte und beschlossen hat, den Mordfall Denise Price nachzuahmen.«

»Aber von der Sechs und dem Herz, die bei Denise gefunden wurden, hat doch nichts in der Zeitung gestanden.«

»Du hast Crystal davon erzählt, nicht wahr, Laurel?«

»Ja«, sagte sie leise. »Was blieb mir denn anderes übrig; schließlich hab ich sie für ein potenzielles Opfer gehalten.«

»Ich verstehe. Aus dem gleichen Grund hab ich dir davon erzählt.«

»Und Crystal könnte es Chuck weitergesagt haben.« Kurt nickte. »Das kompliziert die Sache natürlich. Aber Joyce gehörte nicht zur Herzsechs, Kurt.«

»Aber Crystal hätte sich über ihren Tod gefreut.«

»Na ja, so klammheimlich«, räumte Laurel ein. »Aber vergiss nicht, dass Joyces Auto außer Sichtweite war. Sie ist in Crystals

290

Mantel aus ihrem Haus gekommen und sie hat fast die gleiche Haarfarbe ...«

»Das alles weiß ich, Laurel. Es ist durchaus möglich, dass der Mörder Joyce mit Crystal verwechselt hat. Das halte ich sogar für glaubhafter als die Annahme, dass Crystal Joyce hinausgelockt hat, dass sie Joyce veranlasst hat, ihren Mantel anzuziehen, und dass sie dann mit ihr ins Freie gegangen ist, um sie totzuschlagen.«

»Das klingt wirklich nicht besonders glaubhaft. Du hältst es also für möglich, dass Chuck der Täter war?«

»Es ist derselbe, der auch Angie und Denise umgebracht hat.«

»Und du glaubst nicht, dass Chuck dafür infrage kommt?«

»Nein.« Kurt schloss die Augen. »Gott, ich weiß nicht. Vielleicht doch, obwohl ich nicht weiß, wieso Chuck es darauf abgesehen haben könnte, Angie oder Denise umzubringen.«

»Wer war es dann?«

»Wenn ich das wüsste, wäre dieses Durcheinander vorbei.«

Laurel setzte sich neben ihn. »Kurt, ich hab was Wichtiges herausgefunden, etwas über Faiths Mutter«, sagte sie ernst. »Ich denke, dass das der Schlüssel ...«

»Über Faiths Mutter?«, wiederholte Kurt. »Erzähl.«

Ohne Neils Beteiligung zu erwähnen, erzählte Laurel Kurt von ihrem Besuch im Hause der Schwestern Lewis, von ihrer Begegnung mit Genevra Howard sowie davon, dass Genevra über zwanzig Jahre in einer Irrenanstalt gesessen hatte, weil sie ihren kleinen Sohn umgebracht haben sollte, und erst vor kurzem entlassen worden war. Kurts Gesichtszüge erschlafften, während sie sprach. »Hattest du den Eindruck, dass sie wahnsinnig ist?«

»Sie war seltsam, mal war sie völlig normal und gleich darauf hatte sie so einen merkwürdigen Ausdruck im Gesicht. Und mir hat sie ganz grässlich zugelächelt und gesagt, sie wüsste, dass Faith sich nicht selbst das Leben genommen hat. Außerdem hat sie sechs rote Nelken mit einem Anhänger, einem roten Plastikherz, auf Faiths Grab gelegt. Ihr zufolge stammt das Herz von einem Schlüsselring, den Faith ihr einmal geschickt hat. Ich bin sicher, dass sie über die Herzsechs Bescheid weiß.«

»... und nicht glaubt, dass Faiths Tod ein Selbstmord war, und das wiederum heißt, dass sie wissen könnte ...«

»... dass wir mitverantwortlich waren.«

»Hält sie sich nach wie vor im Hause Lewis auf?«

»Nein. Sie hat sich heute Morgen davongemacht, bevor die Schwestern aufgestanden sind. Sie haben keine Ahnung, wo sie ist. Kurt, ich glaube nicht, dass sie psychisch stabil ist. Ich glaube auch, dass sie heute am frühen Abend hier war.« Laurel erzählte ihm von der Gestalt in Weiß, die sie erschreckt hatte. »Ich weiß, du wirst mir das nicht glauben, aber die Hunde haben mich gerettet. Sie sind regelrecht zum Angriff übergegangen.«

»Stimmt«, sagte Kurt trocken. »Das glaube ich nicht.«

»Also, Alex hat einen Tritt in die Flanke bekommen und April hat einen Fetzen blutbefleckte weiße Baumwolle mitgebracht.« Sie holte das Stück Stoff herbei, das sie auf dem Kaminsims abgelegt hatte.

Kurt besah es sich genau. »Kann ich das behalten?«

»Klar. Vielleicht lässt sich die Blutgruppe feststellen.«

»Wenn wir so viel Glück haben wie bisher, wird es Hundeblut sein.«

»Keiner der beiden hat geblutet.«

»Na gut. Und der Anruf? Kannst du mir mehr über die Stimme sagen?«

»Sie war tief und rau. Ich konnte nicht feststellen, ob es eine Männer- oder eine Frauenstimme war.«

»Irgendwelche Geräusche im Hintergrund?«

Laurel dachte kurz nach. »Nicht dass ich wüsste.«

Sie verfielen in Schweigen. Doch es war nicht das behagliche Schweigen von einst. In diesem Augenblick wurde Laurel klar, dass das, was sie außer Freundschaft füreinander empfunden hatten, unwiderruflich vorbei war.

»So, jetzt werde ich wohl am besten wieder zu Crystal zurückfahren«, sagte Kurt. Er lächelte ihr zu. »Sieh zu, dass du sämtliche Türen abschließt.«

»Mach ich.«

»Ich weiß, dass du nicht gut schlafen wirst, aber versuch es wenigstens.«

»Mach ich.«

Er grinste. »Und sag den Hunden, dass sich meine Ansicht über sie geändert hat. Ich bin stolz auf sie.«

Laurel lächelte. »Ich sag's ihnen. Gute Nacht, Kurt.« Während sie beobachtete, wie er zum Auto ging, dachte sie: Leb wohl, Kurt. Es war schön, solange es gehalten hat.

Kurt hatte vorausgesagt, dass sie nicht gut schlafen würde. Sie selbst bezweifelte, dass sie überhaupt würde schlafen können. Aber gegen Mitternacht nickte sie aus purer Erschöpfung ein. Es dauerte nicht lange, bis sie den Singsang hörte: »Heil euch, Herren der Finsternis. Im Namen der Herrscher der Erde, der Könige der Unterwelt erhebet euch an diesem Ort ...« Sie spürte, dass sie selbst in gekrümmter Haltung und mit geschlossenen Augen auf dem kalten Boden lag. Langsam schlug sie die Augen auf. Junge Mädchen, die sich an den Händen hielten und im Kreis herumgingen. Ihre Füße. Laurels verschwommener Blick ließ zunächst den Eindruck aufkommen, als seien es Hunderte von Füßen. Dann nahmen sie jeweils individuellen Charakter an. Bequeme Halbschuhe. Schnürstiefel mit flachem Absatz. Ein paar hellbraune Wildlederstiefel mit Wasserflecken. Feuer. Feuer, das sich auf dem Boden vorwärts fraß, der Strohballen, der Feuer fing. Schreie. Allgemeines Hin und Her. Schmerz an ihren Händen und Armen. Ein kalter Windstoß, das Gefühl, durch die dunkle, nasse Nacht getrieben zu werden.

Laurel wachte um sich tretend und keuchend auf. Der Traum. Schon wieder. Und wieder hatten sich April und Alex um sie geschart. Sie leckten ihr das Gesicht und versuchten sie von ihrem Entsetzen zu befreien.

Sie setzte sich im Bett auf. Der Traum war diesmal detaillierter gewesen. Sie konnte sich nicht entsinnen, je von Füßen und Schuhen geträumt zu haben.

»Na prima«, sagte sie laut und strich sich das feuchte Haar aus dem Gesicht. »Der Traum geht nicht weg. Er wird nur noch schlimmer.«

Zweiundzwanzig

1

Laurel kam rechtzeitig zur Arbeit, war aber todmüde. Norma hatte bereits die Kaffeemaschine angeworfen. »Noch ein Tag«, sagte sie zu Norma, die selbst gebackene Blaubeer-Muffins mitgebracht hatte. Laurel biss in eines hinein und schloss hingerissen die Augen. »Lecker.«

»Ich hab in den Nachrichten gehört, was dieser Overton passiert ist«, preschte Norma vor. »Die hat doch mit dem Mann deiner Freundin Crystal zusammengelebt, nicht wahr?«

»Ja. Sie wurde vor Crystals Haus umgebracht und natürlich hat die Polizei Crystal in Verdacht, was einfach lächerlich ist.«

»Ich frag dich lieber nicht nach den grausigen Einzelheiten. Ich sehe dir an, dass du eine schlimme Nacht hinter dir hast. Was ist nur aus dieser Stadt geworden. Jetzt geht es hier schon bald zu wie in New York oder Los Angeles – überall wird gemordet.«

»Ich weiß. Seltsam, nicht wahr?«, sagte Laurel ausweichend.

»Diese Weihnachten werd ich jedenfalls so schnell nicht vergessen. Ist dir auch aufgefallen, dass wir keine einzige Hochzeit ausgerichtet haben? Aber eine Beerdigung nach der anderen. Was ist nur geworden aus dem ›Frieden auf Erden und den Menschen ein Wohlgefallen‹?«

»Mörder denken, glaub ich, nicht in diesen Kategorien.«

»Offenbar nicht, aber ich begreife nicht, wie jemand es schafft, ganz normal weiterzuleben, nachdem er eine Frau totgeschlagen hat.«

»Ein normaler Mensch könnte das nicht.«

Norma schüttelte den Kopf. »Nun hör sich das einer an! Erst sag ich, ich will nicht drüber reden und dann krieg ich den Mund nicht zu.« Sie klopfte Laurel auf die Schulter. »Iss du ruhig mehr von diesen Muffins, Schatz. Du wirst mir langsam zu dünn.«

Obwohl ihr der Magen knurrte, brachte Laurel nicht mehr als ein Muffin herunter. Für den Abend war Denises Totenwache angesetzt. Gott, wie sollte sie das nur durchstehen? Sie wusste

294

noch nicht einmal, wie es Crystal und Chuck weiter ergangen war. War einer der beiden verhaftet worden? Und was war mit Joyces Kindern? Hatte man es ihnen gesagt? Und war der geschiedene Ehemann, der vor vierundzwanzig Stunden noch gedroht hatte, sie Joyce wegzunehmen, schon unterwegs, um sie zu holen?

Gegen zehn betrat Wayne Price das Geschäft. Er sah abgehärmt aus, mit grauer Haut und zehn Pfund leichter als am Abend der Party. »Hallo, Laurel«, sagte er und selbst seine Stimme klang dünn und zittrig wie die eines alten Mannes.

»Wayne!« Sie hob an, das herkömmliche »Wie geht's?« hinterherzuschicken, aber das wäre eine dumme Frage gewesen. »Kann ich etwas für Sie tun?«

»Zweierlei. Erstens hätte ich gern Ihre Meinung gehört. Wie ich Ihnen schon gesagt habe, waren Margeriten Denises Lieblingsblumen, und Sie haben versprochen, den Sargschmuck hauptsächlich aus Margeriten und der Farbe wegen noch ein paar anderen Blumen anzufertigen. Meinen Sie, die Leute werden mich für geizig halten, wenn ich Margeriten statt Rosen nehme?«

Laurel lächelte ihm besänftigend zu. »Nein, Wayne, das glaube ich nicht, aber selbst wenn: Kann Ihnen das nicht egal sein? Sie haben bestellt, was Denise Ihres Wissens gern hätte. Nur darauf kommt es an.«

»Ja, wahrscheinlich haben Sie Recht. Ich hab ihr zu Ostern letztes Jahr ein Margeritensträußchen zum Anstecken geschenkt. Sie war davon ganz begeistert.«

»Ich erinnere mich. Wie geht es Audra?«

»Deswegen wollte ich auch mit Ihnen reden. Ich weiß, dass Sie sich mit Denise in letzter Zeit nicht mehr so gut verstanden haben, und finde es schon unverschämt, dass ich Sie überhaupt darum bitte …«

»Wayne, nun sagen Sie schon.«

»Audra kommt heute Nachmittag aus dem Krankenhaus. Natürlich kann sie nicht mit zur Totenwache. Ich könnte sie bei einer anderen Freundin von Denise unterbringen, aber … also, sie ist immer noch so mitgenommen, und ich kenne keinen Erwachsenen, zu dem sie so viel Vertrauen hat wie zu Ihnen. Zu Ihnen und Ihren Hunden.«

»Sie wollen, dass ich komme und während der Totenwache bei ihr bleibe?«

»Also nein, am liebsten wäre es mir, wenn sie zu Ihnen nach Hause kommen könnte. Im Anschluss an die Totenwache kommt immer Besuch, und ich will sie von diesem Trubel fern halten. Sie wissen ja, wie das läuft – die Leute käuen wieder, was sie an Einzelheiten über den Mord wissen, selbst wenn man sie gebeten hat, davon abzusehen. Und Audra hat gesagt, Sie hätten sie eingeladen, demnächst einmal bei Ihnen vorbeizukommen. Ich weiß, es ist viel verlangt, aber …«

Laurel streckte die Hand aus und berührte seinen Arm. »Wayne, es würde mich freuen, Audra heute Abend zu nehmen.«

»Bestimmt? Haben Sie auch nichts anderes vor? Das bedeutet, dass Sie nicht mit zur Totenwache können.«

»Ich glaube, dass es Denise lieber wäre, wenn ich mich um ihr kleines Mädchen kümmere, anstatt in die Leichenhalle zu kommen. Und was anderes vor hab ich schon gar nicht. Wann soll ich sie abholen?«

»Ich bringe sie gegen sechs vorbei, wenn es Ihnen recht ist. Sie muss weiter ihre Medikamente nehmen. Die Dosierung erklär ich Ihnen dann. Ich kann sie gegen zehn oder halb elf wieder abholen.«

»Wayne, das ist ziemlich spät, und es ist doch so kalt. Warum lassen Sie sie nicht bei mir übernachten?«

»Die ganze Nacht?«

»Ach so, Sie möchten sie wahrscheinlich lieber zu Hause haben.«

Wayne runzelte die Stirn. »Nein, Sie haben Recht. Es wäre besser für sie, wenn sie ohne Unterbrechung durchschlafen kann. Vielen Dank für das Angebot.«

»Ich muss Sie nur warnen, Wayne. Ich hab nicht viel Erfahrung mit Kindern. Hoffentlich mache ich nicht was falsch.«

Wayne brachte ein Lächeln zustande. »Kinder sind zähe kleine Biester. Die gehen so leicht nicht entzwei. Ich habe restloses Vertrauen zu Ihnen.«

»Dann sehen wir uns heute Abend. Sagen Sie Audra, dass April und Alex sich riesig drauf freuen, sie zu sehen.«

Laurel hatte bemerkt, dass Norma in den Verkaufsraum gekommen war, um eine Bestellung zu überprüfen. Als Wayne aus der Tür war, blickte sie mit Tränen in den Augen zu Laurel auf. »Der arme Mann. Ich versteh die Welt nicht mehr.«

Im selben Augenblick betrat Mary den Raum. Norma sah sie böse an. »Und hör bloß auf, mir Vorträge über Gottes Willen und die Sünden der Väter zu halten! Ich will nichts davon hören!«

Schnüffelnd und steifbeinig verschwand Norma in der Küche. Mary sah Laurel mit ausdrucksloser Miene an. »Ich hatte überhaupt nicht vor, was zu sagen. Dr. Price tut mir Leid.«

»Sie ist bloß ein wenig aus der Fassung.« Laurel betrachtete Marys glattes, unbekümmertes Gesicht. »Wie geht es deinem Vater?«

»Viel besser, Laurel«, sagte sie mit etwas zu großem Enthusiasmus. »Diese neue Medizin, die ihm der Arzt verordnet hat, wirkt Wunder.«

»Gut.« Mary wandte sich ab und wollte wieder in die Werkstatt gehen, aber Laurel konnte der Versuchung nicht widerstehen, noch etwas zu sagen: »Ich wusste gar nicht, dass die Schwestern Lewis deine Großtanten sind.«

Wie angewurzelt blieb Mary stehen. Ihr ganzer Körper versteifte sich. Als sie sich umdrehte, war ihr Gesicht erstarrt. »Woher weißt du das?«

»Ich hab sie neulich besucht. Sie haben mir erzählt, dass sie die Tanten deiner Mutter sind. Außerdem wusste ich nicht, dass dein Vater seine Kindheit in Wheeling verbracht hat und der beste Freund von Leonard war, ihrem Bruder.«

»Die waren wohl in schwatzhafter Stimmung.« Marys Stimme war rau wie Sandpapier. »Und was hatten sie sonst noch zu erzählen?«

Laurel war immer noch gereizt wegen der Lügen, mit denen Mary sie abgespeist hatte, und sprudelte hervor: »Ich hab deine Mutter kennen gelernt.«

Jegliche Farbe wich aus Marys Gesicht. »Du hast meine Mutter kennen gelernt?«

»Ja. Ich weiß alles – von dem Baby, vom Aufenthalt deiner Mutter im … Krankenhaus. Sie hat gesagt, sie sei zurückgekommen, um sich nach Möglichkeit mit dir auszusprechen. Hast du sie gesehen?«

Marys Lippen öffneten sich. Die so jäh gewichene Farbe flutete wieder in ihre Wangen. »Nein, ich hab sie nicht gesehen, und wenn, würde ich nicht mit ihr reden. Wenn Papa wüsste, dass sie hier ist ...«

»Sie ist schon wieder weg«, sagte Laurel rasch. Sie hatte das Thema Genevra nur angeschnitten, weil sie sehen wollte, ob Mary eine Ahnung hatte, wo ihre Mutter sein konnte. Ihr Tonfall war ehrlich. Laurel glaubte nicht, dass sie Genevra gesehen hatte. Aber sie hatte die Bedrohung vergessen, die Zeke für Genevra bedeutete. Sie war nicht sicher, wie stabil Genevra war, aber sie wusste, dass Zeke geisteskrank war. Geisteskrank und gewalttätig. Möglicherweise hatte sie Genevra soeben in Gefahr gebracht. »Deine Mutter hat das Haus der Schwestern Lewis gestern Morgen verlassen.«

»Wo ist sie denn hingegangen?«

»Die zwei haben keine Ahnung.«

»Ah.« Mary wirkte erschüttert.

»Da sie fort ist, wäre es wohl am besten, wenn du ihren Besuch deinem Vater gegenüber nicht erwähnst«, fuhr Laurel ängstlich fort. »Er soll sich doch nicht aufregen und du hast selbst gesagt, dass es ihm so viel besser geht.«

»Ja, du hast Recht«, sagte Mary zögernd. »Ich erzähl ihm nichts davon. Ich hoffe nur, dass sie nicht zurückkommt. Ich weiß nicht, wie es Faith über sich gebracht hat, ihr so viele Jahre lang zu schreiben. Sie ist böse und das Böse muss vernichtet werden.«

»Vernichtet?«, wiederholte Laurel vorsichtig. »Du meinst, dass man deine Mutter hätte vernichten sollen?«

»Sie hat einen Unschuldigen getötet!«

Laurel war über Marys heftige Reaktion bestürzt. »Und wenn es ein Unfall war, Mary? Oder wenn dein kleiner Bruder dem plötzlichen Kindstod erlegen ist?«

»Nein. Papa hat gesagt, dass sie ihn umgebracht hat. Und ich glaube an den Grundsatz ›Auge um Auge, Zahn um Zahn‹.«

»Du bist doch Christin. Wie steht es mit der Aufforderung, ›die andere Wange hinzuhalten‹ und mit ›mein ist die Rache, sprach der Herr‹?«

»Ich weiß, was mir mein Papa gesagt hat, und er hat gesagt, dass sie Daniel umgebracht hat.«

Norma kam aus der Küche. Ihre Augen waren gerötet und in

ihrem Mundwinkel hingen Muffinkrümel. »Nun sag bloß nicht, es ist noch jemand ermordet worden!«

»Nein, Norma«, sagte Laurel. »Wir führen nur eine philosophische Diskussion.«

Norma bedachte Mary mit einem strengen Blick. »Ich weiß nichts über Philosophie. Ich hab zu arbeiten.«

Als Norma in die Werkstatt zurückgekehrt war, sagte Mary mit kummervoller Stimme: »Sie kann mich nicht mehr leiden.«

Ich kann dich auch nicht mehr so gut leiden wie früher, dachte Laurel und bemühte sich, ihren Gesichtsausdruck neutral zu halten. »Wie gesagt, sie ist aus der Fassung. Wir sind alle müde. Nach ein paar freien Tagen geht es uns allen wieder besser.«

»Was ich von meiner Mutter halte, wird sich nie ändern«, sagte Mary eigensinnig. »Ich halte nichts von Leuten, die einem Unschuldigen das Leben nehmen.«

»War Faith auch unschuldig?«, sprudelte Laurel heraus.

Mary warf ihr einen langen, abwägenden Blick zu. »Faith war nicht vollkommen, aber nachdem meine wahre Mutter ihr eigenes Baby getötet hatte und deshalb fortgeschickt wurde, hat sie bei mir die Mutterrolle übernommen. Faith hat sich um mich gekümmert und mich so glücklich gemacht, wie ein Kind sein kann, wenn es mit der Last der Schuld leben muss, die uns unsere Mutter aufgeladen hat. Ich hab sie mehr als alles auf der Welt geliebt. Ich hätte alles für sie getan. Alles.« Ihr Blick wurde hart. »Ich gehe jetzt wieder an die Arbeit und ich möchte nicht noch einmal darauf angesprochen werden.«

2

Laurel war einerseits aufgebracht über Marys freche Antwort. Sie war es nicht gewohnt, von einer Angestellten so abgekanzelt zu werden. Andererseits gab sie zu, dass sie es nicht anders verdient hatte. Marys Beziehung zu ihrer Mutter ging Laurel überhaupt nichts an. Normalerweise hätte sie sich nie auf solch privates Territorium vorgewagt, aber sie fürchtete, dass entweder Mary oder ihre Mutter die Morde begangen hatten, und sie hatte nur versucht, an Informationen zu gelangen. Wenn Mary jedoch unschuldig war, hatte sie jedes Recht, zu reagieren, wie sie es getan hatte.

Normalerweise unterhielten sich Mary, Penny und Norma in der Werkstatt. Heute herrschte dort drückende Stille. Kunden kamen auch nur wenige. Die meisten Leute hatten sich ihren weihnachtlichen Blumenschmuck längst ausgesucht. Laurel sah auf die Uhr. Noch sechseinhalb Stunden bis Geschäftsschluss. Ihr kam es vor wie sechseinhalb Tage.

Sie ging gerade im Laden auf und ab, um zu notieren, was noch an Weihnachtsartikeln da war, als Neil Kamrath hereinkam. »Deine Regale sind ja fast leer«, sagte er gut gelaunt.

»Das ist auch gut so. Ideal wäre es, wenn heute bei Geschäftsschluss gar keine Weihnachtsware mehr übrig wäre.«

»Wirst du das Fest mit deiner Familie verbringen?«

»Nein, dieses Jahr nicht. Selbst wenn es nicht so schneien würde: Hier ist einfach zu viel los.«

Neil trat näher und fragte leise: »Ich hab gehört, was gestern passiert ist. Möchtest du darüber reden?«

»Eigentlich nicht«, sagte sie kühl. Eine einstweilige Verfügung. Polizeiliche Ermittlungen nach dem Tod seiner Frau, zur Überprüfung, ob es tatsächlich ein Unfall war.

Neils Lächeln verblasste. »Laurel, was ist denn los?«

»Noch ein Mord.«

»Ich meine zwischen uns. Ich kriege ja Frostbeulen, wenn ich nur neben dir stehe.«

Laurel blickte in seine rauchblauen, kummervollen Augen, sah sein verschlossenes Gesicht, genau wie beim ersten Mal, als er ins Geschäft gekommen war, um Blumen für Angies Begräbnis zu bestellen. »Na gut, Neil. Aber lass uns hier verschwinden. Drunten an der Straße ist ein Lokal. Da kriegen wir einen Kaffee.«

Sie sagte den anderen Bescheid, dass sie zwanzig Minuten fortmüsse. Kurz darauf saßen sie und Neil in dem gleichen Café, in dem sie mit Crystal vor ein paar Tagen Kaffee mit Vanillearoma getrunken und sich mit ihr über die Fotos von Angie und Faith unterhalten hatte, die ihnen zugeschickt worden waren. Sie und Neil bestellten Cappuccino und Croissants. »Ich ernähre mich seit über einer Woche von Kaffee, Gebäck und Hotdogs«, bemerkte

Laurel. »Grünes Gemüse würde meinen armen Magen in Schockzustand versetzen.«

»Du musst unbedingt was Vernünftiges essen, Laurel. Nachdem Ellen und Robbie tot waren, hab ich auch von Kaffee gelebt und von allem, was ich so finden konnte, solange es nicht gekocht werden musste. Zwei Monate später hat ein Arzt zu mir gesagt, dass ich Gefahr laufe, rachitisch zu werden, wenn ich nicht langsam anfange, richtig zu essen.«

»Rachitisch! Ich dachte, das gibt's heutzutage nicht mehr.«

»Das gibt es wohl, wenn man nicht richtig isst.« Er trat noch einmal an die Theke, bestellte Orangensaft und stellte ihn vor sie hin. »Trink aus. Du brauchst unbedingt Vitamin C.«

Sie lächelte und trank das kleine Glas bis auf den letzten Tropfen leer. »Ich fühle mich wie neugeboren.«

»Wusste ich's doch.« Dann wurde er ernst. »Aber nun sag mir: Was ist los?«

Sie holte tief Luft. »Ich habe mich mit Kurt über dich unterhalten. Er hat mir das eine oder andere über deine Ehe erzählt.«

Sie spürte, wie er sich emotional zurückzog, obwohl sein Mienenspiel gleich blieb. »Du hast ihn veranlasst, mich zu überprüfen?«

»Nein.« Sie musste grinsen. »Wie es scheint, wurden wir nicht einmal, sondern gleich zweimal bei McDonald's gesehen, und er hat sich die Mühe gemacht, deinetwegen ein paar Nachforschungen anzustellen.«

Laurel merkte, dass Neil seine hochmütige Distanz zu wahren versuchte, es jedoch nicht schaffte. Er lachte leise. »Manchmal vergesse ich, wie das Leben in einer Kleinstadt ist. Wusste er auch, was wir bei McDonald's verzehrt haben?«

»Wahrscheinlich, aber er hat sich darüber nicht weiter ausgelassen.«

»Er hat sich mit Informationen über meine Ehe begnügt. Und?«

»Also, erstens hat er gesagt, dass Ellen eine einstweilige Verfügung gegen dich erwirken musste, weil du sie zweimal verprügelt und einmal so die Treppe hinabgestoßen hast, dass sie sich eine Rippe gebrochen und eine Augenverletzung zugezogen hat.«

Neil schloss die Augen. »Laurel, ich sagte dir doch: Ellen war Alkoholikerin. Sie ist dauernd hingefallen und später, als es zwischen uns nicht mehr so gut lief, hat sie angefangen, mir die Schuld zu geben, vor allem für den Sturz auf der Treppe. Sie konnte nicht zugeben, dass sie betrunken war. Da war es einfacher zu behaupten, ich hätte sie gestoßen.«

»Aber die Ärzte auf der Notstation hätten es doch sicher gemerkt, wenn sie betrunken war. Und was ist mit der Polizei?«

»Laurel, Ellens Vater ist Richter am Obersten Gerichtshof von West Virginia. Zu sagen, er hätte Einfluss, ist noch untertrieben, und er hat sich nie eingestanden, dass Ellen Alkoholikerin war. Hätte er mit mir statt gegen mich gearbeitet, wäre für Ellen und mich vielleicht alles ganz anders ausgegangen. Und was hatte Kurt noch zu sagen?«

»Etwas über den Unfall, der Ellen und Robbie das Leben gekostet hat. Kurt hat gesagt, dass polizeiliche Ermittlungen eingeleitet wurden, weil jemand an der Lenkung herumgepfuscht hatte.«

»Ach, Laurel, Ellen hat das Auto über einen Bordstein gefahren und dann einen Telefonmast gerammt. Sie wurde wegen Alkohol am Steuer in Haft genommen. Zwei Wochen später, nachdem der Wagen repariert war, saß sie schon wieder hinterm Steuer, obwohl ihr wegen Fahrens unter Alkoholeinfluss der Führerschein entzogen worden war. Da ist der tödliche Unfall passiert. Die Polizei hat tatsächlich festgestellt, dass der Steuermechanismus defekt war – irgendwas von einer losen Schraubenmutter an einer Spurstange –, ich kenne mich mit Autos nicht so gut aus. Es war Ellens Vater, der behauptet hat, ich hätte mir an der Steuerung zu schaffen gemacht. Die Polizei war der Auffassung, dass man die Mutter schon in der Werkstatt nicht richtig festgezogen hatte, als das Auto wenige Tage zuvor dort repariert worden war. Auf jeden Fall aber war sie betrunken, als sie den Unfall gebaut hat. Und obendrein saß Robbie mit im Wagen.«

»Kurt hat gesagt, er hätte eigentlich übers Wochenende bei einem Freund sein sollen.«

»Ja, bei Kathys Sohn. Ellen hat es sich anders überlegt und Robbie nicht dort übernachten lassen. Kathy hat mich angerufen, weil Ellen betrunken war, als sie angerufen hat. Es gab nichts, was ich hätte tun können, aber ich wusste, dass Robbie an dem Wochenende bei seiner Mutter war. Großer Gott, Laurel, sehe ich aus wie ein Mann, der seine Frau schlägt und an ihrem Auto herum-

302

pfuscht, schon gar, nachdem die Möglichkeit bestand, dass mein Sohn mitfährt?«

Laurel starrte einen Augenblick lang in ihre Tasse. »Nein. Du siehst aus wie ein gramgebeugter Mann.«

»Ja, es stimmt, dass ich die Verbindung abbrechen wollte, weil Ellen sich geweigert hat, Hilfe anzunehmen. Das Umfeld, das sie geschaffen hat, war furchtbar für Robbie. Ich hab mir eingebildet, dass ich das alleinige Sorgerecht für ihn bekommen könnte, bin aber inzwischen sicher, dass mein Schwiegervater wirkungsvoll jeden Versuch meinerseits abgeblockt hätte.« Seine Stimme wurde angespannt. »Jedenfalls kann ich dir nur mein Ehrenwort geben, dass ich meine Frau nie geschlagen habe und dass ich mir auch nicht an ihrem Wagen zu schaffen gemacht habe, damit sie einen Unfall baut und dabei umkommt.«

Laurel biss sich auf die Unterlippe. »Ich weiß. Tief drinnen hab ich es die ganze Zeit gewusst.«

»Ganz bestimmt?«

»Ja. Es ist nur so, dass in letzter Zeit so viel Seltsames vorgefallen ist, so viel Schreckliches. Da hab ich wohl angefangen, jeden zu verdächtigen.«

»Vor allem jemanden, den du nicht so gut kennst.«

»Irgendwie hab ich das Gefühl, dich sehr wohl zu kennen. Vielleicht liegt es daran, dass ich deine Bücher gelesen habe.«

Er grinste. »Fabelhaft. Ich schreibe Horrorromane.«

»Du erzählst von normalen, anständigen Menschen, die in grausigen Situationen gefangen sind.«

»Situationen, die sich von dem, was hier vorgeht, gar nicht so stark unterscheiden, nur dass unser Mörder Wirklichkeit ist und kein Geschöpf meiner Phantasie.«

»Ja.« Sie nahm einen Schluck von ihrem Cappuccino. »Ich gehe heute Abend nicht zu Denises Totenwache. Ich kümmere mich Wayne zuliebe um Audra. Er will ihr das ganze Drum und Dran einer Beerdigung ersparen, nachdem sie doch so krank gewesen ist.«

Neil nickte. »Wayne ist ein guter Mann. Er macht es richtig.«

»Ich habe außer für meine Nichte und meinen Neffen noch nie für ein Kind gesorgt, und die sind, fürchte ich, nicht ganz und gar menschlich.«

Neil lachte laut heraus. »Anklänge an *Rosemaries Baby* und *Das Omen*?«

»Genau.« Sie rieb sich die müden Augen. »Ich bin sicher, dass mir etwas Furchtbares zustoßen wird, weil ich so von ihnen rede, aber ich kann nicht anders. Alles, was die brauchen, ist ein wenig altmodische Disziplin. Nein, lass mich das umformulieren: eine Menge altmodische Disziplin.«

»Kinder großziehen ist nicht einfach. Manchmal tut es einem selbst, wenn man ihnen Disziplin beibringen muss, mehr weh als ihnen.«

»Schon möglich.« Sie seufzte. »Ich muss immer an Joyce Overtons Kinder denken. Audra stammt wenigstens aus einer stabilen Beziehung. Joyce war geschieden. Nach allem, was ich gehört habe, waren die Kinder verrückt nach Chuck. Und nun verlieren sie alle beide.«

»Was ist deiner Meinung nach bei Crystal wirklich vorgefallen?«

»Ich glaube, der Mörder hat Joyce mit Crystal verwechselt. Die Tarotkarte war jedenfalls da. Und die Sechs und das Herz waren in ihren Bauch eingeritzt.«

»Eingeritzt!«, sagte Neil mit leiser, entsetzter Stimme. »Das ist noch brutaler als in den anderen Fällen. Wieso eingeritzt?«

»Ich weiß es auch nicht. Vielleicht, weil der Mantel, den Joyce anhatte, Crystals Mantel, so grellbunt ist, dass man die Symbole nicht gesehen hätte, wenn sie mit Blut hinten aufgemalt worden wären wie bei Denise. Aber das ist nur eine Vermutung. Ach, übrigens, Genevra Howard ist verschwunden. Mindestens seit gestern. Wir können nicht ausschließen, dass sie die Täterin ist und dass wir es mit einer eskalierenden Psychose zu tun haben.«

Neil schüttelte den Kopf. »O Gott. Hältst du es für möglich, dass Mary weiß, wo sie ist?«

Laurel schnaubte. »Man braucht Genevra ihr gegenüber nur zu erwähnen und schon kriegt man die Ohren voll gequatscht von Sünde und davon, dass vernichtet werden muss, wer einen ›Unschuldigen‹ tötet. Sie hört sich immer mehr wie ihr Vater an.«

Neil trommelte mit den Fingern auf der Tischplatte. »Glaubst du wirklich, dass Chuck Joyce einfach aus Versehen umgebracht hat?«

»Die Möglichkeit hab ich bisher nicht ausgeschlossen. Crystal könnte ihm von der Tarotkarte und den Symbolen erzählt haben. Vielleicht hatte er vor, Crystal umzubringen und es so aussehen zu lassen wie einen weiteren Herzsechs-Mord.«

»Es sei denn, er hat alle anderen Morde auch begangen.«

»Das kann ich mir einfach nicht vorstellen, Neil. Was hat er denn für ein Motiv?«

»Du und Faith, ihr wart immer eng mit ihm und Kurt befreundet. Vielleicht sind es verspätete Auswirkungen seiner Trauer um Faith.«

Laurel schüttelte den Kopf. »Trauer über Faith, nachdem er gerade mit Joyce seine Vorstellung vom Himmel auf Erden verwirklicht hatte? Das glaube ich nicht. Außerdem waren Faith, Chuck, Kurt und ich bloß als Kinder unzertrennlich.« Sie senkte ihren Blick. »Ach was, ganz stimmt das nicht. Vielleicht sollte ich dir das nicht sagen, weil ich weiß, dass du Faith geliebt hast, aber ich habe bei Kurt in der Wohnung einen Band mit Sonetten von Shakespeare entdeckt. Den hat Faith ihm geschenkt und die Widmung mit ›Alles Liebe‹ unterschrieben.« Laurel blickte widerstrebend auf und sah Neil an. »Ich bin überzeugt, dass Kurt der Vater von Faiths Baby war.«

3

Kurt musste immerfort an Genevra Howard denken. Faith hatte ihr Leben lang Kontakt mit der Frau gehalten, aber weder ihm noch Laurel je etwas davon gesagt. Stattdessen hatte sie alle in dem Glauben gelassen, dass Genevra Howard schlicht mit der Familie gebrochen hatte. Nun ja, vielleicht war das verständlich. Es war besser, als wenn die Leute gewusst hätten, dass ihre Mutter in einer Irrenanstalt saß, weil sie ihr Baby umgebracht haben sollte.

Und nun war die Frau verschwunden. Er hatte am Vormittag mit den Schwestern Lewis gesprochen und die beiden alten Damen damit in stammelndes, bebendes Entsetzen gestürzt. Er hatte sie zu beruhigen versucht, aber ein Besuch von der Polizei wegen ihrer bis vor kurzem in einer Irrenanstalt eingesperrten Nichte war zu viel für ihr vornehmes Selbstverständnis. Er hatte sie bleich und zitternd aneinander geklammert zurückgelassen.

Bis jetzt hielten die Alibis von Crystal und Chuck der Überprüfung stand, aber nur so gerade eben. Die Grants hatten ausgesagt, dass sie Crystal um sechs Uhr dreißig angerufen hätten. Sie war zu ihnen hinübergeeilt, um auf das Baby aufzupassen, während sie das Dreijährige auf die Notstation brachten. Um sieben Uhr dreißig hatten sie Crystal wieder angerufen, um zu berichten, dass das Kind ins Krankenhaus eingewiesen worden sei und sie bald wieder zu Hause sein würden. Crystal hatte sich prompt gemeldet, und Laurel hatte ausgesagt, dass Crystal kurz darauf zurückgekehrt war.

Die Overton-Kinder waren bei einer Nachbarin gewesen. Das älteste, der fünfzehnjährige Alan, hatte behauptet, er sei um sieben Uhr kurz nach Hause gegangen, um ein Computerspiel zu holen, und Chuck sei da gewesen. Alle drei Kinder waren kurz darauf gegen acht heimgekommen, rechtzeitig zu Mollys Bettzeit. Sie hatten gesagt, dass Chuck offensichtlich aufgeregt war, weil Joyce zwei Stunden zuvor aufgebrochen war, ohne zu sagen, wohin, und weil sie immer noch nicht zurück war. Er hatte gesagt, er könne sich denken, wo sie sei, hatte das kleine Mädchen der Obhut der Jungs anvertraut und war auf direktem Weg zu Crystal gefahren.

Die Polizei wusste nicht mit Sicherheit, wann genau der Mord passiert war. Die kalte Witterung erschwerte die Bestimmung der Todeszeit und die Pathologen schafften es im wirklichen Leben nie, so genaue Angaben zu machen wie im Fernsehen oder im Film. Dafür wusste man, dass der Anruf bei Laurel von dem Autotelefon in Joyces Wagen erfolgt war. Der Mörder hatte Blut am Hörer hinterlassen, aber Kurt war sicher, dass das Blut von Joyce stammte und ihnen nichts über den Mörder verraten würde.

Es hatte seit dem vergangenen Tag heftig geschneit. Die Temperatur hielt sich um ein Grad plus. Kurt konnte sich nicht vorstellen, dass jemand bei diesem Wetter auf der Pritchard-Farm ausharrte, aber ebenso wenig konnte er Laurels Bericht über die Henkerschlinge in der Scheune vergessen. Er hatte versprochen nachzusehen, hatte aber bisher nichts unternommen. Er glaubte nicht, dass die Schlinge von einem Witzbold aufgehängt worden war, schon gar nicht, nachdem er erfahren hatte, wie Faith wirklich gestorben war. Er hatte das Gefühl, dass der Mörder die Pritchard-Farm zu seiner zweiten Heimat gemacht hatte.

Es wäre der perfekte Ort, um sich zu verstecken, überlegte er, als er sich dem Anwesen näherte. Die Scheibenwischer seines Wagens arbeiteten in gleichmäßigem Tempo, um die Windschutzscheibe frei zu halten. Die Farm war abgelegen und viele, vor allem junge Leute waren überzeugt, dass es dort spukte. Er erinnerte sich an die Zeit, als er und Chuck zehn waren und beschlossen hatten, die Nacht in der alten Scheune zu verbringen und vielleicht einen Blick auf den Geist von Esmé Dubois zu erhaschen. Sie hatten sich bei Chuck aus dem Haus geschlichen und sich von einem Freund seines Vaters hinfahren lassen, der ein wenig betrunken war und großen Spaß an ihrem geplanten Abenteuer zu haben schien. Sie hatten sein Gekicher und seine dummen Scherze ignoriert und angesichts seiner Ignoranz die Augen verdreht. Ihre Schlafsäcke hatten sie dabeigehabt, mehrere Kreuze (Chuck hatte behauptet, dass sie sowohl bei Gespenstern als auch bei Vampiren funktionierten), ein Fläschchen Weihwasser, das Kurt in der katholischen Kirche hatte mitgehen lassen, und eine Kamera, um Esmé abzulichten, ehe sie das Vaterunser sprachen, sie ins Jenseits zurückbeförderten und Wheeling für immer vom Hexenspuk befreiten. Sie wussten, dass ihre Fotos in die Zeitung kommen würden und dass man sie wahrscheinlich auffordern würde, an Talkshows teilzunehmen. Vielleicht würde man sie sogar holen, um andere Städte von ihren Gespenstern zu befreien, aber sie waren der Aufgabe gewachsen.

Sie hatten sich für ihr Vorhaben eine frische Herbstnacht ausgesucht, hatten ihre »Ausrüstung« aufgebaut und bis nach Mitternacht Kartoffelchips gegessen und Cola getrunken. Dann waren sie eingeschlafen. Chuck hatte Kurt mit einem ohrenbetäubenden Schrei geweckt. Kurt hatte aufgeblickt und ein gigantisches Ungetüm gesehen, das über Chuck aufragte. Beide Jungen waren schreiend aus der Scheune geflüchtet und hatten die Familie aufgeweckt, die damals auf der Farm lebte.

Der Farmer war mit der Schrotflinte im Arm wütend aus dem Haus getreten und hatte die zitternden Jungen vorgefunden. Sie hatten auf ihn eingeredet, ihm von dem Ungetüm berichtet, das sie fast verschlungen hätte. Mit seiner starken Taschenlampe war der tollkühne Farmer in die Scheune gegangen, hatte das Ungetüm herausgeführt und ihm mit dem Strahl der Taschenlampe ins Gesicht geleuchtet. »Da habt ihr euer Ungetüm, Jungs«, hatte er gesagt. Und die Holsteiner Kuh hatte sie mit großen, seelenvollen, braunen Augen angesehen. »Man nennt das eine Kuh und sie heißt Bessie. So, jetzt fahre ich euch heim. Und wenn ich euch noch mal hier draußen erwische, mach ich Hackfleisch aus euch!«

Verängstigt und gedemütigt hatten sie zusammengekauert auf dem Vordersitz des Kleinlasters gesessen, bis der Farmer sie bei Chuck zu Hause abgesetzt hatte. Sie hatten sich ins Haus geschlichen, aber da hatte schon Chucks Mutter auf sie gewartet. Die endgültige Demütigung jener Nacht widerfuhr ihnen, als sie beiden mit einem hölzernen Löffel den Hintern versohlte wie kleinen Kindern. Kurt legte den Kopf in den Nacken und lachte, als er sich wieder daran erinnerte. »Und so nahm die illustre Karriere der Gespensterjäger Rider und Landis ein jähes Ende«, sagte er laut.

Faith dagegen hatte die Angst nicht von dort fern gehalten. Weder Faith noch Laurel, noch eines der anderen Mitglieder der Herzsechs. Eine Clique halbwüchsiger Mädchen hatte die verfallene, schaurige alte Scheune zum Clubhaus erkoren. Clubhaus. Eine zu harmlose Bezeichnung, wenn man bedachte, wofür sie die Scheune benutzt hatten. Um satanische Rituale abzuhalten. Er konnte sich ohne weiteres vorstellen, dass Monica mit dem Okkulten experimentierte, aber Laurel und Crystal? Es war schon bemerkenswert, dass man glauben konnte, einen Menschen gut zu kennen, obwohl man ihn überhaupt nicht richtig kannte.

Nun ja, dass es ihm nicht gelungen war, sich in die Mädchen hineinzuversetzen, war im Augenblick nicht seine Hauptsorge. Er hatte immer gewusst, dass es mit seinem Einfühlungsvermögen haperte. Er war in dieser Hinsicht einen Schritt weiter als Chuck, aber er war mehrere Schritte hinter Neil Kamrath zurück, und das machte ihn wütend. Der Typ mochte noch so intelligent sein – Kurt war überzeugt, dass er ein Schuft war. Seine Liebesbeziehung mit Laurel war vorbei – sie war nicht die liebe, ehrliche, unschuldige Frau, von der er geglaubt hatte, dass sie eine gute Frau und Mutter abgeben würde. Aber deshalb wollte er noch lange nicht, dass sie sich mit einem Spinner wie Kamrath einließ.

Kurt holperte die mit Spurrillen übersäte Straße entlang. Die Farm machte einen trostlosen, heruntergekommenen, ja sogar bedrohlichen Eindruck. Es war kein Wunder, dass die Gerüchte von dem Fluch, der auf dem Anwesen lasten sollte, sich schließlich als stärker erwiesen hatten als alle Vernunft.

Er fuhr, so nah es ging, an die Scheune heran und überquerte dann zu Fuß ein ehemaliges Maisfeld. Die übrig gebliebenen Stängel waren gefroren und stachen, obwohl er Schuhe mit dicken Sohlen anhatte. Von der alten Scheune war nur noch die Hälfte übrig. Er ging hinein. Im vorderen Teil, der kein Dach mehr hatte, lag eine dicke Schneeschicht. Den alten Trümmerhaufen hätte man schon vor Jahren abreißen sollen, dachte er.

Er ging weiter hinein und entdeckte sogleich den Strohballen in der Mitte des Raums, genau wie ihn Laurel beschrieben hatte. Er blickte hoch. Und da hing sie, die Henkerschlinge. Ein Luftzug ließ sie hin und her baumeln. Hatte die Schlinge in der Nacht, als Faiths Hals darin steckte, auch so gebaumelt? Er schloss die Augen. Er hatte schon entsetzliche Dinge gesehen, vor allem in letzter Zeit, aber die Vorstellung, dass Faith brennend dort gehangen hatte, war mehr, als er ertragen konnte.

Kurt sah sich um. Im frischen Schnee keine Fußspuren, keine Anzeichen, dass jemand in den letzten vierundzwanzig Stunden da gewesen war. Nichts als alte, rostige landwirtschaftliche Geräte und ein paar Vögel, die auf den Dachbalken kauerten und ein Bild des Jammers abgaben.

Er ging hinüber zu der etwa dreißig Meter entfernten »neuen« Scheune. Sie war baulich in besserem Zustand, aber es war offensichtlich, dass auch sie lange nicht mehr benutzt worden war. Es roch nicht einmal mehr nach den Tieren, die einst dort untergebracht waren, wie Bessie, die Kuh, die ihm und Chuck solch einen Schrecken eingejagt hatte. Er ging davon aus, dass die arme alte Bessie nun schon einige Jahre im Rinderhimmel war.

Weiter hinten fand er ein paar Rechen, Hacken, Schaufeln und einen uralten Traktor. Es überraschte ihn, dass der nicht schon lange abgeholt worden war. Außerdem entdeckte er einige alte Decken und die Überreste eines Feuers in der Mitte des Raums. Vielleicht hatten Landstreicher hier Schutz gesucht, vielleicht hatten Kinder wie er und Chuck sich um ein Lagerfeuer geschart und

Geschichten erzählt. Doch trotz des vielen Gerümpels hatte diese Scheune nichts Unheilvolles an sich. Sie hatte eine ganz andere Atmosphäre als die ältere – oder vielleicht bildete er sich das alles nur ein.

Er verließ die Scheune und machte sich auf den Weg zum Haus. In der Ferne konnte er undeutlich den Teich ausmachen, in dem irgendwann im achtzehnten Jahrhundert Mrs. Pritchard ertrunken war. Er sah ein paar Kanadagänse auf dem kalten Wasser dahingleiten. Fast alles andere Getier hatte die Gegend verlassen. Ohne Pflege war der Teich mit Wasserlilien und Algen zugewachsen. Man hätte ihn ausbaggern und auch sonst viel Arbeit investieren müssen, um ihn in seinem einstigen Glanz wieder erstehen zu lassen.

Das Farmhaus war früher einmal weiß gewesen. Inzwischen war mindestens ein Drittel der Farbe abgeblättert. Mehrere Fensterscheiben waren zerbrochen und die Schaukel auf der Veranda hing nur noch an einer Kette. Der Wind veranlasste das herabhängende Ende, immer hin und her über die ausgetretenen Dielen der Veranda zu scheuern. Zu beiden Seiten des Treppenaufgangs standen große Töpfe, in denen er sich rote Geranien vorstellte. Nun waren sie mit leeren Bierdosen und Zigarettenpackungen gefüllt. Ja, dies war der Ort, wo Landstreicher in kalten Nächten Zuflucht suchten, ein Ort, der einst ein richtiges Zuhause gewesen war.

An der Tür zögerte er. Bestimmt hatten einige von denen, die hierher gekommen waren, Pech gehabt, hatten ihr eigenes Zuhause verloren und waren nur auf der Suche nach einem Platz, an dem sie den Elementen entkommen konnten. Andere hatten aber wahrscheinlich eine weniger unbedenkliche Vorgeschichte und weniger unbedenkliche Motive. Außerdem war er in der Erwartung gekommen, hier womöglich denjenigen zu finden, der drei Frauen auf brutale Weise umgebracht hatte.

Er holte seine Pistole aus dem Halfter, ehe er die Tür öffnete und ins Haus trat. Drinnen war es nicht viel wärmer als draußen. Langsam ging er ins Wohnzimmer. Früher hatten rote Rosen die Tapete geschmückt, aber die Feuchtigkeit hatte die Farbe auslaufen lassen, sodass die Wände wie mit altem Blut befleckt aussahen. Vor dem Kamin, dem anzusehen war, dass dort vor kurzem ein Feuer gebrannt hatte, waren Decken gestapelt. Der Staub auf dem Boden war aufgewühlt, jedoch ohne dass man einzelne Fuß-spuren erkennen konnte.

Mit gezogener Pistole ging Kurt das ganze Erdgeschoss ab. Überall fanden sich Anzeichen menschlicher Bewohner, ohne dass er hätte sagen können, ob jemand vor wenigen Tagen oder vor Wochen da gewesen war. Bier- und Limonadendosen standen auf der Arbeitsfläche in der Küche, sogar ein Pizza-Karton lag herum und sonstiges Verpackungsmaterial von diversen Selbstbedie-nungsrestaurants, alles von Mäusen zerfressen. Das Spülbecken war verschmutzt und rostig.

Er sah in allen Schlafzimmern im Erdgeschoss nach und fand ähnliche Anzeichen von Schmutz und Verfall. Hier und da lag ein toter Vogel, der durch ein kaputtes Fenster hereingeflogen war und nicht mehr hinausgefunden hatte. Außerdem sah er einige ver-wesende Rattenkadaver und fragte sich, ob sie wohl vergiftet wor-den waren.

Über ihm ertönte ein Knarren, sodass auf einmal all seine Sinne gespannt waren. Er eilte zurück, den Flur entlang bis zur Treppe ins Obergeschoss. Dann entsicherte er seine Pistole und begann langsam den Aufstieg. Der Staub auf den Stufen war ebenfalls auf-gewühlt, so als wäre die Treppe in letzter Zeit häufig benutzt wor-den. Auf den Stufen waren Papierfetzen verstreut, vorwiegend zer-knittertes Zeitungspapier. Kurz bevor Kurt oben anlangte, blieb er stehen. Dort lag eine aufgeblätterte Zeitung. Die Treppe war der Haustür so nahe, dass ihm diese Zeitung aufgefallen wäre, wenn sie dort schon gelegen hätte, als er hereingekommen war.

Er bückte sich, um die Schlagzeile zu lesen: Junges Mädchen erhängt aufgefunden. Er las die ersten Zeilen, in denen von der Entdeckung der erhängten, halb verbrannten Leiche von Faith Howard, siebzehn, in der Scheune der Pritchard-Farm die Rede war.

Die Zeitung ist dreizehn Jahre alt und in makellosem Zustand, dachte Kurt. Sein Atem beschleunigte sich. Diese Zeitung war sorgsam aufgehoben worden, aufbewahrt als Erinnerung an das, was Faith zugestoßen war.

Er spürte ein Kribbeln im Nacken, als von oben ein leises Ge-räusch ertönte. Er fröstelte und wusste, dass er nicht allein war. Er richtete sich gerade rechtzeitig auf, um eine Gestalt in einer weißen Robe und mit langem rotem Haar zu erspähen, die einen Wagenheber in der Hand hielt. Rasend schnell und noch ehe Kurt seine Pistole heben konnte, traf der Wagenheber seinen Schädel.

Unter Getöse stürzte Kurt die Treppe hinab und blieb unten reglos liegen. Die Gestalt schwebte hinter ihm her und beugte sich herab, um sein stilles Gesicht und das Blut zu betrachten, das an seiner Schläfe herabrann. Ein Finger wurde in das Blut getaucht und malte ein blutiges Herz und eine Sechs auf den Boden. Dann hob die Gestalt mit bedächtiger Geste erneut den Wagenheber.

Dreiundzwanzig

Um vier Uhr dreißig hatten sie alle Bestellungen fertig und ausgeliefert. Norma und Mary schwiegen sich weiterhin an und Laurel war so erschöpft, dass sie das Geschäft eine halbe Stunde früher als vorgesehen für die Weihnachtsfeiertage schloss. Auf dem Heimweg hielt sie an, um Lebensmittel zu kaufen, weil Audra bei ihr übernachten sollte. Sie konnte von dem Kind nicht verlangen, dass es sich so ernährte, wie sie es in der vergangenen Woche getan hatte.

Es schneite ununterbrochen, als sie ihre Einkaufstüten ins Auto lud und ihren Heimweg fortsetzte. Die Straßen waren ein wenig glatt. Laurel fuhr langsam und verwünschte das frühe Hereinbrechen der Dunkelheit im Winter. Die lange Zufahrt zu ihrem Haus, die sie sonst wegen der vielen schneebedeckten Zweige immer so schön fand, wirkte verlassen, ja beängstigend. Sie fragte sich, ob sie, nachdem die Morde passiert waren, je wieder einen Winterabend schön finden würde.

Laurel fuhr in die Garage und schloss das Tor hinter sich. Wie Crystal ließ sie das Garagenlicht neuerdings immer an, damit sie nicht im Dunkeln aussteigen musste. Die Hunde warteten hinter der Tür auf sie.

»Wisst ihr was?«, fragte sie, als sie in die Küche tollten. »Wir kriegen heute Abend Besuch. Einer eurer Lieblingsmenschen – Audra.«

Sie saßen da und blickten sie erwartungsvoll an. Im Augenblick interessierten sie sich mehr für ihr Abendessen als für einen Gast, dessen Namen sie noch nicht wieder erkannten. »Ich weiß. Fressenszeit. Ihr seht beide halb verhungert aus.«

Laurel war soeben mit dem Füttern der Hunde fertig, als es an die Haustür klopfte. Draußen stand Wayne mit Audra im Arm, die angezogen war wie für eine Nordpolexpedition. Wayne war eindeutig überfürsorglich, aber Laurel konnte ihn verstehen. »Hi!«, sagte sie fröhlich. Wayne und Audra brachten nicht mehr zustande als ein schwaches Lächeln. »Kommt herein.«

»Hoffentlich sind wir nicht zu früh«, sagte Wayne.

»Ihr kommt gerade recht. Wie geht es dir, Audra?«

»Ganz gut. Und vielen herzlichen Dank, dass ich über Nacht hier bleiben darf.«

Sie war offensichtlich vorbereitet worden und hörte sich wie eine höfliche Erwachsene an. »Es ist mir ein Vergnügen, Audra. Die Hunde sind noch an ihren Fressnäpfen in der Küche. Wenn du möchtest, kannst du reingehen und sie begrüßen. Da drüben.«

Audras Lächeln hellte sich auf, sobald Wayne sie absetzte, und sie verschwand in die von Laurel gewiesene Richtung. Laurel wandte sich Wayne zu. »Und wie geht es Ihnen?«

»Nicht allzu gut. Ich weiß nicht, wie ich diesen Abend überstehen soll.« Er stellte einen kleinen Koffer ab. »Ich habe endlich Denises Eltern ausfindig gemacht, aber die können nicht vor morgen hier sein. Sie sind wütend auf mich, so als wäre es meine Schuld, dass Denises Mutter den Reiseplan falsch aufgeschrieben hat.«

»Das war ihre erste Reaktion? Auf Sie sind sie wütend?«

»Ich glaube nicht, dass sie die Situation ganz erfasst haben. Es ist leichter, wütend auf mich zu sein, als zu akzeptieren, dass ihre Tochter ermordet worden ist.«

»Werden sie denn rechtzeitig zur Beerdigung hier sein?«

»Ich glaube schon.«

»Wayne, es geht mich vermutlich nichts an, aber meinen Sie, Audra sollte mit auf die Beerdigung?«

Er schüttelte den Kopf. »Auf gar keinen Fall. Selbst wenn es nicht ihre Mutter wäre, die morgen beerdigt wird: Es geht ihr einfach noch nicht gut genug. Ich werde jemand finden, der mit ihr zu Hause bleibt.«

»Warum lassen Sie sie nicht bei mir? Sie werden im Anschluss an die Beerdigung Gäste im Haus haben. Sie wollen ihr doch bestimmt nicht diesen Trubel zumuten, diese dauernden Gespräche über den Mord.«

»Nein. Aber wollen Sie denn nicht zur Beerdigung kommen?«

»Also … ich …«

»Natürlich nicht. Wer möchte schon zu einer Beerdigung gehen? Die Leute kommen aus Respekt vor der Familie – oder sie kommen aus Neugier. Ihr Angebot, sich um Audra zu kümmern, beweist mehr Zuneigung und Respekt vor Denise als Ihre Anwesenheit auf der Beerdigung. Ja, ich wäre Ihnen sehr dankbar, wenn Sie auf Audra aufpassen würden. Aber nur, wenn Sie sicher sind, dass es Ihnen nichts ausmacht.«

»Ich tu es gern.«

Er setzte wieder sein trauriges Lächeln auf, bückte sich und öffnete den Koffer. »Audras Medikamente sind hier drin. Ein Antibiotikum, Hustensaft und ein paar Schmerztabletten. Ich habe die jeweilige Dosis aufgeschrieben. Wenn Ihnen was unklar ist, rufen Sie an.«

Audra kam zurück ins Wohnzimmer. Beide Hunde flitzten hinter ihr her. »Daddy muss jetzt gehen«, sagte Wayne und nahm sie in den Arm. »Sei ein braves Mädchen.«

»Ehrenwort, Daddy. Und du gibst Mommy bestimmt meine Blumen?«

Wayne hatte tags zuvor im Geschäft angerufen und gefragt, ob Laurel für Audra ein Weidenkörbchen mit Frühlingsblumen zusammenstellen könne. Mary hatte den Entwurf ausgeführt, mit Margeriten, Veilchen, Stiefmütterchen, Moosröschen und Schleierkraut, und eine rosa Schleife darumgebunden. Laurel fand, dass es eines der schönsten Arrangements war, das Mary je angefertigt hatte.

»Selbstverständlich geb ich ihr deine Blumen, Liebes«, sagte Wayne.

»Und die sind wunderhübsch«, sagte Laurel zu ihr. Sie holte ihre Handtasche und zog ein Polaroidfoto heraus. »Wir haben sie geknipst.«

Audra betrachtete das Foto. »O wie schön! Das sind ja alles Blumen, die Mommy in ihrem Garten hatte.«

Wayne nickte und Laurel merkte, dass er nicht fähig war, etwas zu sagen. »Dann wollen wir deinen Daddy nicht aufhalten«, sagte sie rasch. »Er sollte auf den glatten Straßen langsam fahren und du und ich müssen noch entscheiden, was es zum Abendessen geben soll.«

Wayne gab seiner Tochter einen letzten, herzhaften Kuss und beeilte sich, zur Tür hinauszukommen, so als würde er sich selbst nicht trauen, die richtigen Worte zu finden. Audra sah Laurel an. »Ich weiß gar nicht genau, was eine Totenwache ist.«

»Man nennt es Totenwache, wenn die Leute ins Beerdigungsinstitut gehen und sich von der Person verabschieden, die gestorben ist.«

»Ach so.« Audras große braune Augen blickten bekümmert. »Ich hab mich von Mommy nicht verabschiedet.«

Laurel setzte sich auf die Couch und klopfte auffordernd auf den Platz neben sich. »Mach dir darum keine Sorgen, Schatz. Du brauchst dich nicht zu verabschieden. Deine Mommy wird in deinem Herzen immer weiterleben und du kannst jederzeit im Gebet mit ihr sprechen.«

Ein Teil des Kummers wich aus Audras Gesicht. »Jederzeit?«

»Unbedingt.«

»Das ist gut, weil ich ihr nämlich viel zu sagen habe.« Sie hielt inne. »Laurel?«

»Ja.«

»Ich hab einen Bärenhunger.«

Laurel lachte. Sie unterschätzte nicht etwa Audras Qual und Verzweiflung über den Verlust ihrer Mutter, aber Kinder hatten so eine charmante Art, ihre Belastungen abzuwerfen, und sei es nur für kurze Zeit. »Ich hab auch richtig Hunger. Irgendwelche Wünsche?«

»Pizza!« Laurel hatte sich vorgestellt, für das Kind, das ihrer Obhut anvertraut war, etwas Gesundes zu kochen. »Das Essen im Krankenhaus ist eklig und Daddy hat gesagt, wenn ich rauskomme, krieg ich eine schöne, große, matschige Pizza.«

»Na gut. Sag mir, was du drauf haben willst, dann rufe ich im Pizzaladen an.«

Fünfundvierzig Minuten später, als Audra ihr sechstes Stück Pizza mit viel Belag verschlang, der Laurel für ein ganzes Jahr die Arterien verstopft hätte, sagte Audra: »Mein Freund Buzzy Harris hat mich angerufen und erzählt, dass noch eine Dame ermordet worden ist, genau wie meine Mommy.«

»Na, dieser Buzzy ist offensichtlich eine zuverlässige Informationsquelle.«

»Hä?«

»Vielleicht wäre es besser, wenn dir Buzzy nichts erzählt, was dir Kummer macht.«

»Er wollte mir keinen Kummer machen. Er findet, wir sollten den Mörder suchen gehen, sobald ich wieder gesund bin.«

Genau das hat Monica vorgehabt, dachte Laurel. Denise hatte die Idee verworfen, Amateurdetektiv zu spielen, war aber auch nicht bereit gewesen, zur Polizei zu gehen. Und nun war sie tot.

»Ich finde, man sollte es der Polizei überlassen, Mörder ausfindig zu machen«, sagte sie zu Audra. »Die können das.«

»Den, der meine Mommy ermordet hat, haben sie auch nicht gefunden.«

»Noch nicht, aber bald.«

Audra fasste einen Augenblick lang schwermütig ihren Teller ins Auge und Laurel machte sich schon auf eine weitere Bemerkung über die Ermordung von Denise gefasst. Aber Audra fragte stattdessen: »Dürfen April und Alex ein Stück Pizza haben?«

Die Hunde hatten die ganze Zeit wacker zu beiden Seiten Audras ausgeharrt und aufmerksam jedem Bissen hinterhergeschaut, der in ihrem Mund verschwand. »Sie dürfen jeder ein paar Stücke vom Rand haben. Von den Belägen kriegen sie möglicherweise Bauchweh. Und lass Alex die Stücke bloß ins Maul fallen. Er frisst mit Vorliebe Finger.«

Audra kicherte und riss sorgfältig vier Stücke Kruste ab, wobei sie den Hunden erklärte, warum sie nicht mehr haben dürften. Hinterher lehnte sie sich zurück, blies die Backen auf und sagte: »Ich glaub, ich platze.«

»Ich auch. Möchtest du gern ein großes Feuer im Kamin haben und ein Weilchen fernsehen?«

»Prima! Heute Abend gibt's eine *Peanuts*-Sondersendung.«

»Gut. *Peanuts* sehe ich selbst gern. Geh doch schon mal mit April und Alex ins Wohnzimmer. Ich räum hier auf und komme in ungefähr vier Minuten nach.«

Das Aufräumen der Pizzareste war einfach. Kurz darauf stellte sie fest, dass sich Audra mit April und Alex auf der Couch zusammengerollt hatte. Laurel hatte noch nie erlebt, dass die Hunde solches Zutrauen zu jemandem fassten wie zu Audra. Sie war gerade dabei, ihnen eine Geschichte über eine schöne Prinzessin namens April und einen stattlichen Prinzen namens Alex zu erzählen. Beide Hunde sahen sie an, als verfolgten sie jedes Wort.

Laurel schichtete Holz in den Kamin. »Wir haben bei uns zu Hause nie Feuer gehabt«, sagte Audra zu ihr.

»Na ja, Kaminfeuer können eine Menge Dreck machen. Ihr

habt ein elegantes Haus. Ich nicht. Ein bisschen Rauch macht mir nichts aus.«

Sie kuschelten sich zu viert unter die Schondecke und sahen sich die *Peanuts*-Sendung an. Als sie vorbei war, gähnte Audra herzhaft. »Ich glaube, es ist Zeit für dich, ins Bett zu gehen, Kleine«, sagte Laurel. Sie verabreichte Audra ihr Antibiotikum und führte sie in ihr altes Zimmer. »Hier hab ich als Kind geschlafen.«

»Ein hübsches Zimmer. Deine vielen Stofftiere gefallen mir gut.«

»Möchtest du eines davon mit ins Bett nehmen?«

»Ja!« Audra steuerte direkt auf den zottigen alten Teddybären zu. »Der da gefällt mir.«

»Das ist Boo Boo, er war auch mal mein Liebling.«

»Gibt es eigentlich echte Bären mit so orangefarbenem Fell?«

»Ich glaub nicht. Wer den hergestellt hat, ist bei der Farbwahl reichlich kreativ gewesen. So, dann wollen wir dir mal deinen Pyjama anziehen und dich ins Bett bringen.«

Zehn Minuten später zog sie die Bettdecke bis zu Audras Kinn hoch. »So recht?«

»Ja. Aber kann ich wohl ein Nachtlicht anhaben?«

Laurel schaltete ein Nachtlicht in Form einer Muschel ein. »Okay?«

»Prima.«

Laurel gab ihr einen Kuss. »Wenn du was brauchst, ruf mich. Ich bin nicht weit weg, nur den Flur entlang.«

»Ja, gut. Manchmal hab ich schlimme Träume.«

Was du nicht sagst, dachte Laurel. »Wenn du schlecht träumst, weck mich. Gute Nacht, mein Schatz.«

Sie wollte noch ein paar Anrufe erledigen, darum machte sie hinter sich die Tür von Audras Zimmer zu. Das Kind erhob keine Einwände, da es nicht nur von Boo Boo, sondern auch von April und Alex beschützt wurde. Als sie ins Wohnzimmer zurückkam, warf Laurel einen Blick auf die Uhr. Neun Uhr dreißig. Monica musste inzwischen von der Totenwache zurück sein und Laurel wollte sich ein klareres Bild über Crystals Situation machen, als es Crystal selbst darzustellen wusste.

In Monicas Zimmer ging niemand ans Telefon. Vielleicht war sie mit zu Crystal nach Hause gegangen, aber dort wollte Laurel erst einmal nicht anrufen. Sie machte sich Sorgen um Crystal, hatte jedoch an diesem Abend nicht das Bedürfnis, auf Crystals ständig aufgeregte Art eingehen zu müssen. Sie versuchte es bei Kurt, traf jedoch nur den Anrufbeantworter an. Es war ihr peinlich zu sagen, dass sie nur angerufen hatte, um Informationen zu bekommen, von denen sie wusste, dass sie ihr nicht zustanden. Deshalb legte sie auf, ohne etwas zu sagen.

Das Feuer war heruntergebrannt, und ihr war auf einmal sehr kalt. Sie ging auf Zehenspitzen nach Audra sehen. Die Kleine schlief fest. Sie hatte Boo Boo im Arm und April und Alex hatten es sich zu beiden Seiten neben ihr auf dem Bett bequem gemacht. Alex schnarchte, aber April wandte ihr den Kopf zu. »Meine kleinen Schutzengel«, flüsterte Laurel. »Passt heute Nacht gut auf sie auf.«

Bevor Laurel selbst zu Bett ging, stand sie noch eine Weile am Schlafzimmerfenster und blickte in den Schnee hinaus, der noch immer dicht herabfiel. Der Garten sah mit der einzelnen Laterne, die durch den weißen Schleier noch schwächer leuchtete, kalt und verlassen aus. Man hatte den Eindruck, dass es nie wieder Sommer werden würde, dass auf dem Rasen nie wieder frisches Gras und bunte Blumen sprießen würden und dass es nie wieder bis neun Uhr abends hell wäre.

Laurel stieg ins Bett und zog die Steppdecke hoch. Sie wusste nicht, warum ihr heute Abend so kalt war. Sie schaltete mit der Fernbedienung den Fernseher ein, sah sich eine Weile alte Situationskomödien an und schlief dann ein, ohne das Gerät ausgeschaltet zu haben.

Kurz darauf war sie wieder in der Scheune. Ihr war übel. Kalt. Sie sah hüpfende Schatten. Hörte Gesang. »Heil euch, ihr Herren der Finsternis.« Sah die Schuhe, die immer im Kreis herumgingen. Feuer. Faith am Strang. Schreie. Schreie.

Ruckartig wachte Laurel auf. Sie hatte tatsächlich einen Schrei gehört. Sie warf die Decke von sich und sprang aus dem Bett, als sie auf einmal hörte, wie eine Tür aufging und Schritte den Flur entlangkamen. Audra erschien an der Tür und rannte zu ihr ans Bett. April und Alex sausten hinter ihr her. »Liebes, was ist denn?«, rief Laurel und breitete die Arme aus.

»Meine Mommy ist tot!«, schluchzte Audra. Sie hielt Boo Boo umklammert und vergrub ihr Gesicht an Laurels Schulter. »Es hat geschneit und ich bin gerannt und überall waren Lichter und ich hab jemand gesehen, der Mommy gefolgt ist ...« Sie holte tief Luft, bekam dann einen Schluckauf.

»Audra, das war doch nur ein Traum«, sagte Laurel und hielt sie fest. April und Alex hechelten besorgt. Sie spürten, wie fassungslos Audra war.

»Ich weiß, dass es ein Traum war, aber jemand hat meine Mommy ganz doll geschlagen. Ich hab sie im Schnee liegen sehen, voller Blut und ...«

»Audra, weißt du noch, wie ich dir erzählt habe, dass deine Mutter an einem wunderschönen Ort ist?«, fragte Laurel rasch dazwischen. »Es stimmt. Nun vergiss ruhig diese Nacht im Schnee.«

»Geht nicht.«

»Doch, das geht, wenn du es nur versuchst. Du darfst nicht zulassen, dass das deine letzte Erinnerung an deine Mutter wird. Konzentrier dich auf die glücklichste Zeit, die ihr zusammen verbracht habt.«

Audra erschauerte und blickte in die Ferne. »Meinst du, als wir letzten Sommer bei Disney World waren und Mommy auf der Achterbahn geschrien und gelacht hat?«

»Ja. So ist es gut«, sagte Laurel erleichtert. »Audra, wie wär's, wenn du bei mir schläfst? Das Bett ist so groß und ich fühl mich ein wenig einsam.«

»Bestimmt? Na gut«, sagte Audra und zog die Nase hoch. Sie schlüpfte unter die Decke und April und Alex sprangen prompt auch aufs Bett. Wie gut, dass das Bett wirklich breit ist, dachte Laurel, als sich die Hunde lang ausstreckten. Audra dagegen schmiegte sich so eng wie möglich an Laurel. Laurel hatte so selten mit Kindern zu tun, dass sie vergessen hatte, wie klein und zart sie sich anfühlten. Wie dringend hatte Denise offenbar dieses verletzliche kleine Mädchen beschützen wollen. Laurel nahm die Kleine in den Arm.

»Du umarmst mich genau wie Mommy«, sagte Audra.

»Das ist gut. Ich weiß, dass deine Mommy gut umarmen konnte.«

»War meine Mommy deine Freundin, als ihr so alt wart wie ich?«

»Ja, das war sie. Wir haben uns in der dritten Klasse kennen gelernt.«

»So lange ist das her«, staunte Audra und Laurel kam sich uralt vor. Plötzlich fragte Audra: »Wenn man erwachsen wird wie du, hören dann die schlimmen Träume auf?«

»Nein, leider nicht.«

»Wovon handeln deine schlimmen Träume?«

O Gott, wenn ich das nur wüsste, dachte Laurel. »Von Hunden.«

»Ich hab Hunde gern, aber Mommy hat mir nie erlaubt, einen zu haben.« Sie seufzte. »Erzählst du mir eine Geschichte?«

Laurel begann eine langatmige Geschichte von einem kleinen Mädchen zu erzählen, das im Wald lebte und mit den Tieren sprechen konnte. Sie hatte keine Ahnung, wo sie enden sollte, aber sie wusste, dass es darauf nicht ankam. Audra gähnte bereits und die Augen fielen ihr fast zu. Gleich darauf schlossen sie sich ganz. Laurel erzählte leise weiter, bis Sekunden später Audras lange Wimpern flatterten. »Boo Boo raschelt und hat einen Riss in der Seite. Ich war's aber nicht, ich hab ihn nicht zerrissen.« Dann fielen ihr wieder die Augen zu und sie versank in einen friedlichen, traumlosen Schlaf, wie Laurel hoffte

Behutsam zog Laurel ihre Arme unter Audra weg. Das Kind hatte im Schlaf Boo Boo losgelassen und der Teddybär rollte hinüber zu Laurel. Sie nahm ihn und lächelte ihm im schwachen Licht des Fernsehschirms zu. Der arme alte Boo Boo. Er hatte viel durchgemacht. Sie drückte ihn, wie sie es früher immer getan hatte, und hörte ein Geräusch. Sie drückte ihn wieder. Es klang wie Papier, das zerknittert wird. Was hatte Audra gesagt? »Boo Boo raschelt und hat einen Riss in der Seite.«

Sie reckte sich, schaltete die blassblaue Lampe in Form einer Sturmlaterne an, die an ihrem Bett stand, und besah sich den Teddybären. Die rechte Seite war unversehrt. Der Saum an der linken Seite klaffte ungefähr fünf Zentimeter breit. Das Füllmaterial war nicht herausgefallen, weil eine Sicherheitsnadel die Stoffkanten zusammenhielt. Diese Sicherheitsnadel hatte sie nicht dort befestigt. Sie hatte Boo Boo seit Jahren kaum mehr angefasst, aber wenn sie gewusst hätte, dass er einen Riss hatte, hätte sie ihn gestopft.

Laurel entfernte die Sicherheitsnadel und steckte vorsichtig zwei Finger in das Loch, da sie weder den Riss vergrößern noch das Füllmaterial herausholen wollte. Beinahe sofort trafen ihre Finger auf Papier. Es war zum kleinen Quadrat gefaltet. Sie holte es heraus, legte Boo Boo weg und entfaltete das Blatt. Ihre Augen weiteten sich, als sie den in Faiths kunstvoller, schräger Handschrift abgefassten Titel sah:

Im Falle meines Todes

Vierundzwanzig

1

Laurels Blick schweifte zu dem Datum in der oberen rechten Ecke des Blatts. Zehnter Dezember. Faith war am siebzehnten Dezember gestorben. Das Blatt war eine Woche vor ihrem Tod entstanden, am letzten Abend, den sie in diesem Haus verbracht hatte. Laurel erinnerte sich an Faiths merkwürdige Stimmung, an ihre gezwungene Fröhlichkeit, die häufig in kaltes, distanziertes Schweigen übergegangen war. Sie hatte angenommen, Faith sei aus irgendeinem Grund böse auf sie. Aber konnte ihr Schweigen auch Angst bedeutet haben? Laurel war nachts aufgewacht und hatte Faith an ihrem Schreibtisch vorgefunden. Hatte sie damals dieses Blatt beschrieben und dann in Boo Boos Bauch versteckt?

Laurels Hände zitterten. Dieses Schriftstück zu finden war wie ein Brief aus dem Jenseits. Sie setzte sich im Bett auf und begann zu lesen:

Liebe Laurel,
bald wird es kein Geheimnis mehr sein, dass ich ein Baby erwarte. Am besten wäre es wohl, ich würde davonrennen, aber das würde bedeuten, dass ich den Mann verlassen müsste, den ich liebe. Er sagt, er ist zu jung, um zu heiraten, zu jung, um mit der Verantwortung für eine Frau und ein Baby fertig zu werden. Er will, dass ich abtreibe. Er hat mir das Geld letzte Woche regelrecht aufgezwungen, aber ich nehme es nicht. Er ist wütend. Ich kann nichts dafür. Ich liebe ihn. Ich verzichte nicht auf sein Baby.

Aber, Laurel, eigentlich schreibe ich das hier, weil ich Angst habe. Meine Mutter sagt, dass sie hellseherisch veranlagt war. Ich bin es, glaube ich, auch, und ich habe unheilvolle Vorahnungen. Mein Anhänger ist verschwunden. Ich hatte immer das Gefühl, in Sicherheit zu sein, solange ich meinen Anhänger hatte. Heute habe ich mit einer Hellseherin telefoniert. Sie hat behauptet, dass jemand mir schwarze Kerzen anzündet, und das heißt, dass man mir schaden will. Sie sagt, der Betreffende hat etwas von mir, zum Beispiel ein Schmuckstück. Sie kann nicht gewusst haben, dass mein Anhänger gestohlen worden ist. Ich glaube ihr. Ich glaube, dass ich in Gefahr bin. Ich glaube, dass ich bald sterben werde. Wenn ja, möchte ich, dass du weißt, dass mir jemand den Tod wünscht. Ich spüre es.

Laurel, du bist meine älteste, beste Freundin. Wenn ich bald sterbe, und zwar nicht bei einem Unfall, musst du denjenigen finden, der mich und mein Baby ermordet hat. Ich weiß, du kannst es schaffen.

Wie immer alles Liebe.

Faith

Laurels Herz klopfte heftig, als sie das Blatt beiseite legte. Kein Wunder, dass sich Faith in den letzten Wochen ihres Lebens so merkwürdig benommen hatte. Nicht nur war sie schwanger, sondern sie fürchtete auch, ermordet zu werden. Warum hatte sie sich niemandem anvertraut? Weil sie dachte, dass niemand ihr glauben würde, der Tochter eines religiösen Fanatikers und einer Frau, die wegen Kindesmord in einer Irrenanstalt saß? Natürlich hatten nur wenige Leute über Genevra Bescheid gewusst, aber Faith hatte wahrscheinlich in Angst gelebt, dass sich die Schwestern Lewis verraten könnten. »Faith, warum hast du in dem Brief nicht erwähnt, wer der Vater des Babys war?«, murmelte Laurel. »Hast du es überhaupt jemandem gesagt? Deiner Mutter?«

Ihr drehte sich der Kopf. Jemand hatte sich darangemacht, nacheinander die ehemaligen Mitglieder der Herzsechs zu ermorden. Konnte es der Vater des Kindes sein? Aber warum? Der Vater hatte offensichtlich weder Faith noch das Baby gewollt.

Plötzlich schoss ihr wie ein Komet ein Gedanke durch den müden Kopf, eine Möglichkeit, die so schnell zu einer anderen und von da zu wieder einer anderen Möglichkeit führte, dass Laurel den Kopf in die Hände legen musste und das Gefühl hatte, er müsse gleich platzen. »Ich weiß es. Lieber Gott, Faith, du hattest Recht. Ich wusste es die ganze Zeit. Ich konnte mich bloß nicht entsinnen.«

Sie griff nach dem Telefon neben dem Bett. Es war ein schnurloses Telefon und sie hatte den Hörer in ein anderes Zimmer verschleppt. Verdammt.

Sie kroch aus dem Bett und hüllte sich in ihren Morgenmantel.

Alex schlief wie gewöhnlich so tief, dass er aussah, als würde er gleich in der Matratze versinken. Selbst April hob nicht den Kopf, als Laurel aus dem Zimmer schlich. Sie ging ins Wohnzimmer, ohne die Lampen einzuschalten. Sie hatte fast ihr ganzes Leben lang in diesem Haus gelebt. Sie hätte darin mit verbundenen Augen herumlaufen können. Sie erreichte den Beistelltisch und nahm den Hörer in die Hand. Kein Freizeichen. Die Leitung war tot. Wie seltsam. Hatte der Schnee die Telefonversorgung unterbrochen? Sie beschloss, das Telefon in der Küche auszuprobieren.

Sobald sie aufgestanden war, fiel ihr auf, dass mit dem Zimmer etwas nicht stimmte. Die Ecke. Sie sah nicht wie gewohnt aus. Der Winkel war anders als sonst. Oder war es nur das Mondlicht, das der Schnee auf seltsame Art reflektierte? Ohne den Blick von der Ecke abzuwenden, entfernte sie sich einen Schritt von der Couch. Sie nahm eine Bewegung wahr. Das war keine vom Licht verursachte Sinnestäuschung. Jemand war mit ihr hier im Zimmer. Ihr Mund wurde trocken. »Wer ist da?«, fragte sie im Flüsterton. Ein Schatten löste sich von der Wand. Ihr Herz hämmerte gegen ihre Rippen und sie wirbelte herum. Sie musste ins Schlafzimmer, wo Audra lag, und die Tür abschließen.

Aber sie schaffte nur drei Schritte, ehe etwas gegen ihren Schädel krachte und sie das Bewusstsein verlor.

2

Das Erste, was Laurel bemerkte, war der Schmerz in ihrem Kopf. Sie hob die Hand und ertastete etwas Feuchtes, Klebriges an ihrer Schläfe. Als sie dagegen drückte, spürte sie einen stechenden Schmerz.

Langsam schlug sie die Augen auf. Sie sah nur tiefe Dunkelheit, aber sie wusste, dass sie mit angezogenen Knien an einem engen Ort lag – einem engen, kalten Ort. Und sie war in Bewegung. Direkt unter ihrem rechten Ohr waren Reifen zu hören, die knirschend durch den Schnee fuhren. Gütiger Himmel, sie lag im Kofferraum eines Autos!

Wie lange war sie schon hier drin? Wie schwer war sie verletzt? Wo ging die Fahrt hin?

Audra! Sie hob den Kopf und schlug ihn sich am Kofferraumdeckel an. Was war Audra zugestoßen? O Gott, Wayne hatte das Kind bei ihr gelassen, damit es nicht die emotionale Qual der Totenwache über sich ergehen lassen musste. Stattdessen hatte er Audra Denises Mörder direkt in die Arme getrieben.

Laurel merkte, dass das Auto bremste, abbog und dann auf unebener Straße weiterfuhr. Ihr Körper prallte schmerzhaft immer wieder gegen den harten Boden des Kofferraums. Wer sie hier eingeschlossen hatte, hatte sich nicht die Mühe gemacht, ihr einen Mantel anzuziehen. Sie trug nur ihr dünnes Seidennachthemd und einen samtenen Morgenmantel, keine Schuhe. Ihr war eiskalt, besonders an den Füßen. Wie lange würde die Fahrt noch dauern? Ihre rechte Hüfte würde auf jeden Fall voller blauer Flecken sein, so oft war sie gegen den Kofferraumboden geworfen worden.

Aber eine Hüfte voll blauer Flecke war das geringste ihrer Probleme. Sie wusste, dass dies eine Fahrt in den Tod war. Der Mörder hatte sie erwischt und gedachte bestimmt nicht, sie unversehrt wieder zu Hause abzuliefern. Aber warum war sie nicht schon bei sich im Wohnzimmer umgebracht worden, totgeschlagen wie Angie, Denise und Joyce?

Das Auto bremste wieder und hielt an. Einige Minuten lang passierte gar nichts. Dann hörte sie eine Wagentür aufgehen.

»Ich will nicht da raus!« O Gott, dachte Laurel. Audra. »Ich geh da nicht raus!«

Eine leise Stimme, heiser, nicht wieder zu erkennen. »Wenn du nicht aussteigst, lass ich Laurel nicht aus dem Kofferraum. Dann erstickt sie. Weißt du, wie das ist, wenn man erstickt?«

Wieder Stille. Dann wurde die Wagentür zugeschlagen. Ein Schlüssel kratzte im Schloss des Kofferraums. Der Deckel ging auf und ein Lichtstrahl blendete Laurel. Schnee fiel vom Wagendach in den Kofferraum. Und von draußen wehte frischer Schnee herein.

»Steig aus.«

Laurel wischte sich die Augen und spähte angestrengt nach oben. Audra beobachtete sie besorgt. Das andere Gesicht war teilweise unter der Kapuze eines Parkas verborgen.

»Steig aus!«

»Schon gut.« Laurel rappelte sich blinzelnd hoch. Dann bewegte sie die steifen Beine.

»Beeil dich!«

»Ich beeil mich ja schon. Ich hab es hier schließlich nicht besonders bequem gehabt. Mir tut alles weh.«

»Meinst du, das interessiert mich?«

»Nein.« Laurel drehte sich um, warf die Beine über die Stoßstange und stieß sich ab. Ein Schock durchfuhr sie, als ihre nackten Füße fünf Zentimeter tief im Schnee versanken. Sie richtete sich mit wütendem Blick auf. »Zufrieden?«

»Sehr.« Ein frischer Wind blies die Kapuze herunter und darunter kam Crystals hartes, bleiches Gesicht zum Vorschein. »Nun geh.«

Fünfundzwanzig

1

Laurel war nicht überrascht, Crystal zu sehen. Kurz bevor sie den Schatten im Wohnzimmer gesehen hatte, war ihr klar geworden, dass Crystal die Mörderin war. »Und wenn wir nicht mit dir gehen?«

Crystal hob eine Pistole und zielte auf sie. »Dann mach ich hiervon Gebrauch.«

»Ich dachte, du hast Angst vor Schusswaffen.«

»Du hast in Bezug auf mich vieles angenommen.« Crystal warf einen Blick auf die Pistole. »Glock, Modell Neunzehn Kompakt. Neun Millimeter, zehnschüssig. Sie hat meinem Vater gehört. Ich könnte mir so was Schönes selbst nie leisten.«

»Ich bin beeindruckt«, sagte Laurel ruhig, obwohl sie innerlich zitterte. »Wahrscheinlich hat dir dein Vater auch das Schießen beigebracht.«

»Na, klar. Ich bin ein wenig aus der Übung, aber aus nächster Nähe treffe ich immer noch ziemlich genau.«

»Laurel?«, fragte Audra mit bebender Stimme.

»Es ist gut, Schatz. Sie wird damit niemanden erschießen.« Crystal kniff die Augen zusammen und Laurel wusste, dass sie sehr wohl kurz davor stand, sie zu erschießen. Sie hatte nur versucht, das Kind zu beruhigen. »Wo sollen wir hingehen, Crystal?«

»In die Scheune.« Laurel sah sich verwirrt um. »Nun sag bloß, du hast nicht gemerkt, dass wir auf der Pritchard-Farm sind?«

»Das war für mich ein bisschen schwer festzustellen. Wie du weißt, hab ich im Kofferraum gelegen.«

»Nun werd bloß nicht frech.« Sie wies mit der Taschenlampe den Weg. »Los jetzt.«

»Sie hat doch keine Schuhe an«, begehrte Audra auf.

Laurel sah sie an. Die Kleine war in die Stiefel, Jacke, Handschuhe, Schal und Mütze gekleidet, so, wie sie gekommen war. Obwohl Laurel entsetzliche Angst hatte, war sie irgendwie erleichtert. Wenigstens war Audra vor der Kälte geschützt. Ihr zumindest wollte Crystal offenbar kein Leid zufügen. Aber warum hatte sie sie überhaupt mitgenommen?

»Laurel braucht keine Schuhe«, sagte Crystal unfreundlich. »Bald wird sie die Kälte überhaupt nicht mehr spüren.«

Audra runzelte die Brauen. »Was meinst du damit?«

Laurel sagte beruhigend: »Sie meint, dass mir bald wieder warm sein wird.«

Ach, was sag ich, dachte sie. Crystal meint, dass ich tot sein werde.

Sie begannen sich durch den Schnee zu schleppen. Crystal ging hinter Audra und Laurel her und leuchtete mit der Taschenlampe den Weg vor ihnen aus. Audra fasste Laurels Hand. Crystal sagte nichts. Laurel drückte Audras Hand und versuchte ihr ein Lächeln zuzuwerfen, als die Kleine zu ihr hochsah.

»Crystal«, fragte Laurel laut, um den Wind zu übertönen, »wie bist du heute Abend bei mir reingekommen?«

Crystal antwortete nicht sofort. Dann lachte sie. »Ich bin durch die Hundeklappe gekrochen. Du hast vergessen, den Riegel vorzuschieben, und ich bin nicht groß.«

O Gott, dachte Laurel wütend. Sie hatte nur daran gedacht, es Audra bequem zu machen, und hatte nicht dafür gesorgt, dass jede Zutrittsmöglichkeit zum Haus gesichert war. Wie dumm von ihr. »Hattest du denn keine Angst vor den Hunden? Du bist gestern Abend schon einmal mit ihnen aneinander geraten, als du uns in diesem komischen weißen Gewand und der Perücke einen Besuch abgestattet hast.«

»Gestern hast du es gar nicht komisch gefunden. Du hättest dein Gesicht sehen sollen. Du hattest eine Heidenangst.«

»Bis die Hunde rauskamen.«

»Das hat mich überrascht. Der eine hat einen hübschen Biss an meinem Bein hinterlassen und mir einen Fetzen aus dem Gewand gerissen. Aber sie sind keine Kampfhunde. Ich wusste, dass ich sie abwehren konnte, wenn mich die Kleidung schützte. Aber ich hätte mir gar keine Sorgen machen müssen. Sie waren mit Audra in deinem alten Zimmer eingeschlossen.«

Laurel war empört. »So lange schleichst du schon im Haus herum?«

»Geduld ist eine Tugend. Ich hab ziemlich lange im Keller gesessen und darauf gewartet, dass du endlich einschläfst. Dann ist Audra zu dir ins Zimmer gerannt. Da bin ich ins Wohnzimmer geschlüpft. Die Telefonleitung hatte ich schon durchgeschnitten.«

»Aber was war mit den Hunden, als du Audra und mich hinausgebracht hast? Was hast du …«

Audra zerrte an ihrer Hand. Tränen liefen ihr übers Gesicht. »Sie hat ihnen was in die Augen gesprüht, als sie sie angegriffen haben. Das hat ihnen so wehgetan. Sie haben gewinselt und geschrien. Ich hasse sie!«

»Du hasst mich nicht!«, fuhr Crystal sie an. »Das war nur das Tränengas, das zu beschaffen uns die gute alte Monica befohlen hat. Aber reg dich nicht auf, Laurel. Ich hab sie ins Schlafzimmer gesperrt. Morgen geht es ihnen wieder gut.«

Dir dagegen nicht, teilte sie Laurel stillschweigend mit.

»Crystal …«

»Halt die Klappe und geh weiter!«

Laurels Haar hing in feuchten Kringeln herab. Der Schnee biss in ihre Wangen und sie musste den Kopf gesenkt halten, um ihre Augen zu schützen. Und ich hab immer so gern den Schnee im Gesicht gespürt, dachte Laurel wehmütig. Sie glaubte, längst jedes Gefühl in den Füßen verloren zu haben, als sie auf einen gefrorenen Maisstängel trat. Der Schmerz schoss ihr das Bein hinauf. Sie stieß einen leisen Schrei aus und bückte sich, um ihren Fuß festzuhalten. Crystal trat nach ihr, sodass sie hinfiel und seitlich wegrollte.

»Hör auf!«, schrie Audra.

»Es geht schon«, sagte Laurel keuchend. Sie hatte entsetzliche Angst, wollte sich aber gegenüber Audra nichts anmerken lassen. Sie stand, so rasch es ging, wieder auf, fegte den Schnee von ihrem Morgenmantel und wickelte ihn fest um sich. »Ich bin nicht so schnell kleinzukriegen, Audra. Es braucht ein bisschen mehr als einmal in den Schnee purzeln, um mich zu besiegen.«

»Bitte, gib ihr wenigstens Schuhe«, flehte Audra.

»Ich hab keine. Geh weiter.«

Laurel klapperte mit den Zähnen. Ihre Rückenmuskulatur war steif von der Kälte und sie fing an, sich Sorgen um ihre Füße zu machen. Sie war für den Schmerz, den ihr der Maisstängel zugefügt hatte, beinahe dankbar. Er bedeutete, dass ihre Füße noch nicht abgestorben waren. Aber was war in fünfzehn, zwanzig Minuten? Würde sie Erfrierungen davontragen? Sie konnte ihre Zehen verlieren oder gar die Füße. Wenn du überhaupt noch so lange lebst, dachte sie traurig.

Audra schniefte und klammerte sich an ihre Hand. »Wein doch nicht, Schatz«, sagte Laurel. »Die Tränen gefrieren dir noch im Gesicht.«

»Ich kann nicht aufhören.«

»Crystal«, rief Laurel, »ich weiß, dass dir an Audra etwas liegt, sonst hättest du sie nicht so warm angezogen. Zwing sie nicht, das hier durchzumachen. Sie war gerade sehr krank.«

»Ich pass schon auf, dass sie nicht wieder krank wird. Kümmer du dich um deine eigenen Angelegenheiten.«

Durch das Schneetreiben konnte Laurel die gedrungene Form der alten Scheune erkennen. Gütiger Himmel, dieser Ort verfolgte sie seit dreizehn Jahren. Sollte dies ihr letzter Anblick sein, bevor sie starb?

»Wohin gehen wir?«, fragte sie.

»Ich dachte, es gefällt dir hier. Ich hab vor ein paar Tagen hier ein Andenken an Faith für dich aufgehängt.«

»Die Schlinge?«

»Ja. Du hattest ein kleines Stelldichein mit Neil in der Scheune.«

Laurel blieb die Luft weg. »Woher weißt du, dass ich mit Neil hier war?«

»Ich weiß alles, was vorgeht. Zu Hause gibt es für mich nicht mehr viel zu tun.« Laurel spürte einen Stoß im Rücken. Die Pistole. »Hör auf zu quatschen und mach, dass du in die Scheune kommst.«

Audra sah Laurel ängstlich an. »Ich will da nicht rein.«

»Es geht nicht anders. Es ist nur ein großes, leeres Gebäude.«

»So leer nun auch wieder nicht«, sagte Crystal. »Weiter.«

Sie betraten den Teil, dem das Dach fehlte. Der Schnee fiel dort so dicht wie draußen, aber im hinteren Teil entdeckte Laurel das Leuchten einer Petroleumlampe. Sie hatte seit der schrecklichen Nacht, in der Faith gestorben war, keine Petroleumlampe mehr zu Gesicht bekommen und die Erinnerung versetzte sie in jene Zeit zurück. Die Kälte. Die Dunkelheit. Die surreale Szene, die alles wie einen Traum erscheinen ließ, wie von einer anderen Welt.

»Weiter, näher an die Lampe ran«, befahl Crystal.

Laurel konnte sich nicht mehr bewegen. Sie fühlte sich, als wäre ihr Körper mit einem eisigen Schleier bedeckt. Dann bekam sie wieder einen Stoß in den Rücken. Die Pistole. Sie glaubte nicht, dass Crystal vorhatte, sie jetzt schon zu töten, und schon gar nicht mit einem Schuss, aber sie wusste auch, dass Crystal unter Druck stand und mit einer Schusswaffe gewiss nicht halb so gut umgehen konnte, wie sie behauptete. Sie hätte Laurel oder gar Audra leicht aus Versehen erschießen können.

Laurel strich sich das nasse Haar hinter die Ohren und wischte sich mit dem feuchten Ärmel ihres Morgenmantels die Augen. Sie ging weiter. Unter dem Dach wirkte der Schein der Lampe heller. Sie sah den Strohballen, die Henkerschlinge und Monica. Sie war an Händen und Füßen gefesselt, ihr Mund war mit silbrigem Klebeband verschlossen und sie stand an einen Pfosten gebunden da, der die modernde Wand abstützte.

»Monica!«, rief Laurel. Monica trug einen Mantel, aber auch ihr Haar war nass und sie zitterte heftig. Ihre Augen über dem Klebeband huschten verzweifelt hin und her. »Wie lange ist sie schon hier draußen?«

»Seit kurz nach Denises Totenwache«, sagte Crystal ruhig. »Sie ist mit zu mir gekommen, um meinen Fall zu besprechen. Sie war so gut wie sicher, dass man mich demnächst wegen des Mordes an Joyce verhaften würde. Der Anruf von Joyces Autotelefon ist um sieben bei dir eingegangen. Um sieben war Chuck noch zu Hause. Joyces Ältester hat es beschworen. Deshalb musste ich schnell handeln und alles heute Abend noch zu Ende bringen.«

»Was hast du mit Monica vor?«, fragte Laurel.

»Genau das, was sie Faith angetan hat. Ich werde sie aufhängen. Sie anzünden. Sie ist ihrer Strafe lange entgangen.«

Der Kreis. Der Singsang. Die Schuhe. Das Feuer. Laurel schloss einen Augenblick die Augen. Dann schlug sie sie wieder auf und sagte langsam: »Monica hat Faith nicht umgebracht. Das warst du.«

Monicas Augen richteten sich auf Laurels Gesicht und Crystal erstarrte. »Monica hat Faith mit ihrem satanischen Ritual umgebracht.«

Laurel atmete so tief ein, dass die eiskalte Luft in ihren Lungen

332

wehtat. »O nein, das stimmt nicht. Wenn der Teufel damals anwesend war, dann in deiner Gestalt.«

Crystal sah sie durchdringend an. »Was redest du da, verdammt noch mal?«

Laurel zitterte jetzt am ganzen Leib, sowohl von der Kälte als auch vor Angst, aber sie war noch nicht in blinde Panik abgeglitten. Sie war überzeugt, dass sie Crystal, wenn sie nur immer weiterredete und alles aussprach, woran sie sich erinnern konnte, aus der Fassung bringen und irgendwie überwältigen konnte, obwohl sie bereits sehr geschwächt war und keine Waffe hatte.

»Ich hab so oft von der Nacht geträumt, in der Faith gestorben ist, so verdammt oft«, begann sie. »Und ich weiß auch, warum. Ich hab versucht, mich an etwas zu erinnern, an etwas, das mir erst heute Abend wieder eingefallen ist, als ich einen Brief gefunden habe, den Faith für mich hinterlassen hat.«

»Einen Brief?«

»Ja. Sie muss geglaubt haben, dass ich den Teddybär oft zur Hand nehme, aber ich hab ihn kaum mehr angefasst.«

»Den Teddybär?« Crystal lächelte. »Die Kälte hat dich um den Verstand gebracht. Du faselst dummes Zeug.«

»Nein, das tue ich nicht. In jener Nacht vor dreizehn Jahren hat mich der Wein krank gemacht. Ich konnte nicht an dem Reigen teilnehmen, weil ich mich erbrechen musste, weißt du das nicht mehr? Ich hatte die Augen meist geschlossen, aber es gab einen Augenblick, einen entscheidenden Augenblick, als ich sie geöffnet habe.«

Crystal hob die Brauen. »Du machst es vielleicht spannend. Was hast du gesehen?«

»Alle haben geglaubt, dass Faith, weil sie besoffen und schwindelig war, von dem Strohballen gerutscht ist, die Petroleumlampe umgestoßen und den Brand selbst verursacht hat. Aber so ist es nicht gewesen. Die Reihenfolge ist falsch.« Sie sah, dass Crystal ganz Ohr war. Ihr Atem war beschleunigt.

»Du hattest in jener Nacht Wildlederstiefel an«, fuhr Laurel fort. »Du warst damals, als deine Familie noch reichlich Geld hatte, immer so gut angezogen. Die Stiefel waren teuer. Ich fand sie sehr schön. Und als alle im Kreis herumgegangen sind und mit geschlossenen Augen gesungen haben, hab ich gesehen, wie du mit

333

Absicht die Petroleumlampe umgestoßen hast. Das Stroh auf dem Boden hat Feuer gefangen und dann der Strohballen, auf dem Faith stand. Sie ist in Panik geraten, hat um sich getreten und den Halt verloren. Da hat sie sich das Genick gebrochen.«

Crystal schnaubte leise. »Du warst besoffen. So besoffen, dass du Halluzinationen hattest.«

»Ich war nicht betrunken – übel war mir. Ich weiß, was ich gesehen habe, Crystal. Welchen Sinn hat es, das zu leugnen, nachdem du Monica und Audra und mich entführt hast? Du hast ohnehin vor, uns umzubringen.«

»Audra nicht!«, fuhr Crystal sie an. Audra wimmerte. »Hör nicht auf sie, Schätzchen. Ich krümm dir kein Haar.«

»Aber Monica und mich wirst du umbringen.«

»Na ja, jetzt bleibt mir gar nichts anderes mehr übrig.« Crystals Stimme klang beinahe bockig.

»Du hast Faith getötet, weil sie Chucks Baby erwartet hat, nicht wahr?«

Crystal starrte Laurel erbost an. »Es war nicht von Chuck. Es war von Neil. Das weiß doch jeder.«

»Neil hat Faith geliebt. Er hätte sie geheiratet. In ihrem Brief an mich steht, dass der wahre Vater von ihr verlangt hat, abzutreiben. Eine Weile habe ich gedacht, dass vielleicht Kurt der Vater wäre, aber ich weiß, dass ihm der Gedanke an Abtreibung immer zuwider war. Außerdem hat Faith gesagt, dass der Vater versucht hat, ihr das Geld für die Abtreibung aufzudrängen, aber sie war nicht bereit, es zu nehmen. Kurt hatte damals kein Geld.«

»Chuck auch nicht.«

»Nein, aber du. Chuck hat dir von dem Baby erzählt, nicht wahr? Er musste es dir erzählen, weil er Geld brauchte. Du hast es ihm gegeben. Aber Faith hat sich geweigert, abtreiben zu lassen.«

»Sie wollte ihn für sich haben!«, wütete Crystal. »Meinen Chuck.«

»Dein Chuck hat mit einer anderen geschlafen.«

»Einmal! Er hat mir alles erklärt. Er war nicht mehr ganz nüchtern und sie hat ihn verführt. Sie hat alles versucht, um ihn zu kriegen. Nachdem sie schwanger geworden war, hat sie damit gedroht, allen zu sagen, dass Chuck der Vater war. Meine Eltern hätten mich enterbt, wenn ich ihn geheiratet hätte.«

»Darum hast du gedacht, dass Mord der einzige Ausweg war.«

»Sie war eine armselige kleine Schlampe, die Tochter eines Spinners. Sie hätte ihn nur auf ihr Niveau heruntergezogen. Ich hab es ihm gesagt, aber …«

Laurel war ganz Ohr. »Aber was? Er wollte sie trotzdem heiraten?«

»Nein!«

»Du hattest Angst, dass alles herauskommt, dass dich deine Familie enterbt und dass er nicht dich, sondern Faith heiratet. Chuck ist ein Opportunist, aber er ist kein Mörder. Er hat nicht von dir verlangt, Faith für ihn umzubringen. Wie sollte er auch darauf kommen, dass sich eine solche Gelegenheit wie unsere Nacht in der Scheune ergibt? Unmöglich. Aber als du diese Gelegenheit erkannt hast, hast du sie ergriffen. Wusste er, was du getan hast?« Crystals Lippen wurden schmal. »Du hast erzählt, dass du nach der Totgeburt deines letzten Babys, als du Beruhigungsmittel genommen hattest, alles Mögliche über Faith und das Baby ausgeplaudert hast. Da hat er Verdacht geschöpft, nicht wahr?«

»Er hat mich geheiratet, nicht Faith. Er hat mich geliebt.«

»Er konnte Faith nicht gut heiraten, nachdem sie tot war. Außerdem warst du damals noch reich.«

Crystals Gesicht verzerrte sich. »Aufs Geld kam es Chuck überhaupt nicht an. Sieh doch, wie lange er bei mir geblieben ist, auch nachdem wir festgestellt haben, dass meine Eltern mittellos gestorben sind.«

»Da warst du schwanger. Und dann hast du das Baby verloren. Dann noch eines und noch eines. Vielleicht waren es Schuldgefühle, die ihn veranlasst haben, bei dir zu bleiben, oder vielleicht einfach ein Mangel an Gelegenheiten. So war es jedenfalls bis nach dem letzten Todesfall, als er darauf gekommen ist, du könntest etwas mit Faiths Tod zu tun gehabt haben. Dann ist Joyce Overton aufgetaucht und er konnte dich gar nicht schnell genug loswerden.«

»Du Miststück!«

Audra zuckte zusammen, aber Laurel hielt weiter ihre Hand fest. Sie befürchtete, Crystal könne die Kleine erschießen, wenn sie es mit der Angst bekam und davonrannte.

Laurel warf einen Blick zu Monica hinüber. Sie zitterte heftig.

Sie war bestimmt schon seit Stunden da und Laurel war sicher, dass sie selbst jetzt nichts mehr spüren würde, gespürt hätte, wenn sie noch einmal auf eine gefrorene Stoppel trat. Sie wagte es nicht, ihre Füße anzusehen, denn die waren höchstwahrscheinlich inzwischen blau gefroren.

»Warum, Crystal?«, fragte sie, bemüht, ihre zunehmend heisere Stimme unbeirrt klingen zu lassen. »Warum hast du Angie und Denise umgebracht? Warum willst du Monica und mich umbringen?«

»Weil die Herzsechs mein Leben kaputtgemacht hat!«, schrie Crystal. »Alles war wunderbar für mich. Dann habt ihr mich in diesen Club gelockt. Ihr habt mich gezwungen, an diesen satanischen Ritualen teilzunehmen. Ihr seid schuld, dass ich mich mit dem Bösen eingelassen habe. Mit dem Bösen! Und wer hat darunter gelitten? Etwa ihr? Nein. Ich. Nur ich!«

Trotz ihrer Angst und stetig sinkenden Körpertemperatur sah Laurel Crystal aufgebracht an. »Was, um Gottes willen, redest du da?«

»Alles ist für mich schief gegangen. Meine Eltern sind gestorben. Das Geld war weg. Chuck hat das College aufgeben müssen. Er konnte keine Stelle behalten. Ich hab vier Babys verloren. Vier. Und zu allem Überfluss hat mich Chuck verlassen wie einen alten Hund, den man im Tierheim abgibt.« Sie tat einen tiefen, krampfhaften Atemzug. »Ich hab versucht, meinen Stolz, meinen Verstand zu bewahren. Dann hat Angie angerufen und mich gebeten, sie in New York besuchen zu kommen. Ich war dort.«

»Du bist nach New York gefahren?«, fragte Laurel überrascht.

»Ja. Niemand hat davon gewusst. Warum auch? Ich hatte keine Freunde hier, die mit mir Kontakt gehalten haben, und das nach allem, was ich durchgemacht habe.«

Laurel schämte sich ein wenig. Vielleicht wäre all das nicht passiert, wenn sie sich früher um Crystal gekümmert hätte. Doch gleich darauf wich das Gefühl der Scham von ihr. Crystal hatte vor dreizehn Jahren Faith umgebracht. Es war nicht Vernachlässigung, die sie zu diesem Mord bewogen hatte. Den Drang, zu bekommen, was sie wollte, selbst wenn sie dafür einen Menschen töten musste, hatte Crystal schon damals besessen.

»Du bist also nach New York gefahren.«

»Ja. Angie sah fabelhaft aus. Sie war der Star eines erfolgreichen Stücks. Sie war von einem reichen Mann geschieden, der sie zur wohlhabenden Frau gemacht hatte. Sie war mit einem weiteren reichen Mann verlobt, der so gut aussieht wie Chuck. Judson Green. Ich hab ihn nie kennen gelernt, aber ich hab sein Bild gesehen und sie am Telefon miteinander reden gehört. Sie hat nur einen Teil ihres Hauses bewohnt, aber es war wunderschön. Sie hat mich in schicke Restaurants mitgenommen, mich mit ihren vornehmen Freunden bekannt gemacht. Du hättest sehen sollen, wie die um sie herumgestrichen sind! Dagegen die Art, wie sie mich angesehen haben ... wie eine Streunerin. Eines Abends bei einer Cocktailparty hatte ich mein gutes schwarzes Kleid an und hab mir das Haar hoch gesteckt. Ich fand mich hochelegant. Aber dann hat mich so einer aufgefordert, ihm noch was zu trinken zu bringen. Die haben mich für das Dienstmädchen gehalten! Angie hat gelacht, als ich es ihr erzählt habe. Verdammt noch mal, gelacht hat sie! Als wir dann wieder zu Hause waren, hat sie plötzlich die Mitleidige gespielt und gesagt, es sei eine Schande, dass für mich alles so furchtbar schief gegangen sei. Sie konnte gar nicht mehr aufhören damit. ›Warum hab ich so viel und du hast alles verloren?‹ Das hat sie ungefähr fünfmal gesagt. ›Wie tragisch, Crystal. Natürlich hab ich nie geglaubt, dass Chuck es so lang bei dir aushalten würde, nachdem das Geld deiner Eltern weg war. Aber ohne ihn bist du besser dran, Schatz. Er hat dich nicht wirklich geliebt. Das wussten alle.‹«

Crystals Stimme hatte vor Wut und Kummer zu zittern begonnen. »Als ich sah, was sie alles hatte, was sie geworden war, trotz allem, was sie mit der Herzsechs getan hatte, wurde mir speiübel. Es hat mich ... mordlustig gemacht.« Sie hielt inne, als ihr die Stimme versagte. »Ich konnte sie nicht am Leben lassen. Es ging einfach nicht.«

»Aber wenn Judson gewusst hat, dass du bei ihr zu Besuch warst, als sie ermordet wurde ...«

»Er war auf Geschäftsreise, als ich bei ihr war. Ich hab sie gebeten, meinen Namen nicht zu erwähnen. Sie hat nur gesagt, sie hätte ›einen alten Bekannten aus Wheeling‹ zu Gast. Sie hat angedeutet, dass es sich um einen Mann handelt. Sie hatte einen Riesenspaß daran, dass er so eifersüchtig war. Du weißt ja, wie sie war – immer zu irgendwelchen Spielchen aufgelegt. Ich hab dabeigesessen und zugehört, wie sie am Telefon mit ihm geschäkert hat. In ihrem erlesenen Negligé hat sie herumgesessen und den riesigen Diamanten an ihrem Verlobungsring blitzen lassen, nur um mich auf die Palme zu bringen. Ich hab sie beobachtet und Pläne geschmiedet. Ich hab Kopien von ihren Schlüsseln anfertigen lassen. Zwei Wochen später, als ich erfahren habe, dass Judson schon wieder auf Reisen sein würde, bin ich noch mal hingefahren. Man braucht nur vier Stunden von hier nach Manhattan, wusstest du das?«

»Du hast sie also getötet und die Polaroidfotos von Angie und die Bilder von Faith in New York aufgegeben.«

»Ja. Ich hab sogar an mich selbst welche geschickt. Mein Postbote ist so verdammt neugierig. Er sieht sich meine ganze Post an. Er hätte nötigenfalls schwören können, dass ich tatsächlich einen Umschlag mit Fotos aus New York bekommen habe.«

Laurel zögerte. Sollte sie das nächste Thema in Gegenwart von Audra anschneiden oder nicht? Sie konnte nicht anders. Sie musste Zeit schinden. »Und Denise?«

»Angies Anblick war nur der Auslöser. Sie war nicht die Einzige, die es trotz allem zu was gebracht hatte. Denise hatte einen erfolgreichen Arzt geheiratet. Konnte in einem großen Haus wohnen. Und hat sie gekriegt.« Crystal kam näher und strich Audra über die Wange. Das Kind zuckte zurück. »Ich hab alle meine Babys verloren, allesamt, aber die langweilige Denise hat dieses schöne kleine Mädchen geboren, diesen Engel. Von Rechts wegen hätte Audra mein Kind sein müssen. Sie gehört mir.«

Deshalb also hat sie Audra mitgenommen, dachte Laurel. Sie hatte vor, sie zu behalten. »Ich gehör dir nicht!«, schrie Audra sie an.

»Sei still, Baby«, sagte Crystal zärtlich. »Du wirst glücklich sein mit mir. Ich bin die geborene Mutter.«

Audra schüttelte heftig den Kopf. »Du hast meine Mommy ermordet! Und du bist als Gespenst verkleidet in mein Zimmer gekommen. Ich erinnere mich an deine Stimme. Du bist gemein!«

Crystals Blick wurde hart. Laurel wollte nicht, dass sie böse auf das Kind wurde. Sie war geistig labil genug, um zu allem fähig zu sein und selbst diesem kleinen Mädchen etwas anzutun, das sie doch angeblich haben wollte. »Du machst also die Herzsechs für die Schwierigkeiten verantwortlich, die du hattest«, warf sie rasch ein.

Crystal sah sie an. »Meine Schwierigkeiten haben alle in dieser furchtbaren Nacht angefangen. Deshalb hab ich immer die Sechs und das Herz und die Karte mit dem Jüngsten Gericht in der Nähe der Leichen hinterlassen. Damit ihr anderen wisst, dass ihr der gerechten Strafe für eure Untaten nicht entgehen werdet.«

»Für unsere Untaten!«, rief Laurel. »Du bist es doch gewesen, die absichtlich die Laterne umgestoßen hat.«

»Aber dazu wär es nicht gekommen, wenn ihr mich nicht in diesen grässlichen Club reingezogen hättet. Satanische Rituale. Beschwörung von Geistern und Teufeln.«

»So rechtfertigst du dich also?«, fragte Laurel. »Der Teufel hat dich dazu gebracht, es zu tun?«

»Mach du dich nicht über mich lustig!«, knurrte Crystal. »Es gibt das Böse auf der Welt und es ist über mich gekommen, weil ich weder so stark noch so schlau wie ihr anderen war. Ihr alle habt es gewusst. Ihr hättet mich beschützen müssen!«

»Du, die vier Frauen umgebracht und es geschafft hat, die Spuren ihrer Verbrechen zu verwischen, willst nicht stark und nicht schlau sein?«

»Damals, als ich die Laterne umgestoßen habe, war ich weder stark noch schlau. Ich bin einem Impuls gefolgt, einem bösen Impuls, ausgelöst durch die Dämonen, die Monica beschworen hat!«

»Unsinn!«

Alle erschraken beim Klang von Monicas Stimme. Sie hatte es irgendwie geschafft, das Klebeband vor ihrem Mund zu lockern. Es baumelte an einer Seite ihrer Wange herab. »Erstens hab ich keine Dämonen beschworen, du Idiotin. War dir wirklich nicht klar, dass ich mir diese Gesänge nur ausgedacht habe? Ich weiß nicht das Geringste über Satanskulte, Dämonismus oder Hexerei, egal, ob schwarz oder weiß.«

»Das ist nicht wahr!«, rief Crystal. »Die Litaneien waren echt!«

»Nein, das waren sie nicht. Und selbst wenn: Sie haben nichts damit zu tun, was du angerichtet hast. Du wolltest nie die Verantwortung übernehmen, wenn etwas schief geht. Schon in der Schule hast du für deine schlechten Noten die Lehrer verantwortlich gemacht, nicht die Tatsache, dass du nie gelernt hast. Und als du diesen blöden Cheerleader-Wettbewerb verloren hast, hast du behauptet, es hätte daran gelegen, dass ein Mädchen aus der anderen Mannschaft mit einem der Preisrichter geschlafen hätte. Und nun begehst du einen Mord nach dem anderen und gibst irgendwelchen Dämonen die Schuld, die ich mit einem Haufen Kauderwelsch beschworen haben soll. Das war Eifersucht! Du hast Faith, Angie, Denise, ja sogar Joyce aus Eifersucht getötet!«

»So einfach ist das nicht!«

»Nicht? Du hast gerade selbst gesagt, du hättest gesehen, was Angie alles hatte, und wärst durchgedreht. Das Gleiche war bei Denise der Fall. Faith hatte Chucks Baby im Bauch und du hattest Angst, dass er sie heiratet und nicht dich. Später hat Joyce Chuck bekommen. Ach, übrigens, wie hast du das hingekriegt? Hast du sie angerufen und aufgefordert, zu dir nach Hause zu kommen?«

Crystals Mund verzerrte sich wieder. »Nein. Ich hab wirklich die Kinder gehütet. Dann ist mir eingefallen, dass ich so in Eile gewesen war, dass ich die Kaffeemaschine nicht ausgeschaltet hatte. Ich war auf dem Weg rüber, als ich sie reingehen sah. Erst nimmt sie mir meinen Mann weg und dann benutzt sie seine Schlüssel, um in mein Haus einzudringen, als wäre es ihr eigenes. Ich hab auf sie gewartet, als sie in meinem Mantel rausgekommen ist.«

»Und dann hast du mich von ihrem Autotelefon aus angerufen«, warf Laurel ein.

»Weil da alle Anrufe registriert werden«, sagte Monica. »Sie musste es so aussehen lassen, als hätte der Mörder Angst gehabt, noch einmal in Crystals Haus zu gehen, nachdem ihm klar geworden war, dass er einen Fehler begangen und die Falsche umgebracht hatte. Schließlich hätte Crystal ihn ertappen können.«

»Aber wieso hast du mich überhaupt angerufen?«, fragte Laurel.

Crystal sah sie an. »Ich wollte es nicht sein, die die Leiche entdeckt. Ich hab angerufen, damit du sie findest und dann meine Erschütterung siehst, wenn ich nach Hause komme und nicht weiß, warum du da bist und was vorgeht.«

»Die Polizei hat dein Haus durchsucht, Crystal. Sie haben keine Kleidungsstücke mit Blut, keine Mordwaffe gefunden«, sagte Laurel.

Crystal lächelte milde. »Die Grants hatten einen Hund, der vor ein paar Jahren gestorben ist. Er hatte eine schöne große Hundehütte hinten im Garten. Ich hab meine Sachen und den Wagenheber dort verstaut. Vorher hab ich mein Gewand und die Perücke und den Wagenheber auf der Pritchard-Farm aufbewahrt. Ich fand das besonders passend, weil doch hier die ganzen Schwierigkeiten angefangen haben.« In ihr Gesicht trat ein Ausdruck des Bedauerns. »Ich hatte keine Ahnung, dass Chuck an dem Abend bei uns auftauchen würde, auch nicht, dass Joyces Kinder nicht den ganzen Abend zu Hause waren, um ihm ein perfektes Alibi zu liefern. Ich hab nicht gewollt, dass man ihn verdächtigt. Ich will ihm nicht schaden, versteht ihr? Ich will ihn nur wiederhaben.«

»Aber du selbst hattest keine Angst, verdächtigt zu werden?«

»Ich dachte, man würde mich schnell als Tatverdächtige ausschließen. Aber Monica hat gesagt, dass die Polizei meinetwegen immer noch misstrauisch ist. Die denken, weil ich gleich nebenan war, hätte ich reichlich Zeit gehabt, Joyce umzubringen und zurückzukehren, um gegen sieben Uhr dreißig den Anruf der Grants entgegenzunehmen.« Sie zuckte die Achseln. »Die Polizei hat Recht. Deshalb musste ich handeln. Ich hab keine Zeit, mich verhaften zu lassen.«

»Woher wusstest du, dass Audra bei mir ist?«, fragte Laurel.

»Wayne hat es mir bei der Totenwache erzählt. Ich war nämlich dort. Genau wie bei der von Angie. Ich hab mich anständig benommen.«

»Du meinst wohl, es hat ausgesehen, als würdest du dich anständig benehmen.«

»Nicht nur das. Es hat irgendwie Spaß gemacht zu wissen, dass sie in diesen verschlossenen Särgen liegen und nie wieder die Möglichkeit haben, ihr herrliches Leben zu genießen, während ich frei herumlaufe und mich unterhalte, voller Leben, voller Hoffnung.«

»Du kotzt mich an«, fauchte Laurel.

»Du solltest netter zu mir sein. Ich hatte vor, dich zu verschonen.«

»Und welchem Umstand verdanke ich die Ehre?«

»Dem Umstand, dass dein Leben nicht viel besser war als meines. Dreißig. Eine einzige Liebesbeziehung, und die ist entzweigegangen. Dann noch eine, die aber nirgendwo hinzusteuern scheint. Keine Kinder. Und du lebst im Haus deiner Eltern und führst ihren schäbigen kleinen Blumenladen. Du bist noch nicht einmal schön. Eine unscheinbare Frau, die allein lebt, nur mit ihren beiden Straßenkötern. Ein erbärmliches Leben.« Crystal unterbrach sich. »Aber du warst immer nett zu mir.«

»Offensichtlich nicht nett genug.«

»Doch, bis du angefangen hast, mit Neil Kamrath rumzumachen. Das ist selbst für mich zu erkennen, wieso du dich zu ihm hingezogen fühlst. Er ist berühmt, wahrscheinlich vermögend. Und dann hast du angefangen, zu viele Fragen zu stellen und deine Aufgabe als Amateurdetektivin ein wenig zu ernst zu nehmen. Du bist gerissener, als ich dachte. Du wärst mir am Ende auf die Schliche gekommen.«

»Aber du hast versucht, mich zu erschrecken.«

»Mir blieb nichts anderes übrig. Ich konnte es nicht so aussehen lassen, als wärst du die einzige Angehörige der Herzsechs, hinter der niemand her ist. Deshalb hab ich damit angefangen, dass ich mit dem alten Chrysler, den Chuck in der Garage zurückgelassen hatte, nach Wilson Lodge gefahren bin und auf dem Heimweg dein Auto gerammt habe. Mit dem gleichen Wagen sind wir hierher gelangt.« Crystal seufzte und fuhr sich mit der Hand über die Stirn, wie um ihre Gedanken zu ordnen. »Ich bin es langsam leid, so viele Erklärungen abzugeben. Mir ist kalt, dem Kind ist auch kalt. Ich denke, es wird Zeit, dass wir anfangen.«

2

Neil wälzte sich herum, schlug auf sein schlaffes Federkissen ein und blickte aus dem Fenster in den Schnee oder was er davon erkennen konnte. Sein Vater war zu geizig gewesen, um sich doppelt verglaste Fenster anzuschaffen. Eisblumen bedeckten die Scheiben und behinderten die Sicht. Er hatte sich schon hundertmal erboten, das alte Haus auf seine Kosten renovieren zu lassen, aber sein Vater hatte sich geweigert, das Geld anzunehmen, das Neil mit seinen »Schundromanen« verdiente. Seine Mutter hatte mit ihm in diesem feuchten, kalten Haus gesessen und ihre Arthritis hatte sich jedes Jahr verschlimmert, bis sie zum Krüppel geworden war.

Dann war sie rasch und im Schlaf gestorben, bestimmt in einem Bett, das so unbequem war wie seines. Neil hatte nicht vor, das Haus nach dem Tod seines Vaters zu verkaufen. Er gedachte ein paar Erinnerungsstücke zu behalten, an denen er hing, und dann das Haus abreißen zu lassen.

Aber es war nicht der Gedanke an seine Eltern, seine trostlose Kindheit, seine Pläne in Bezug auf das Haus, die Neil wach hielten. Irgendetwas stimmte nicht und er kam nicht dahinter, was es war. Es ging nicht darum, dass Laurel bei Denises Totenwache nicht dabei gewesen war. Wayne hatte erklärt, dass sie sich um Audra kümmerte, was Neil für eine gute Idee hielt. Dass Kurt nicht da gewesen war, hatte ihn ein wenig erstaunt, weil Kurt mit der Familie Price bekannt war. Aber auch das war es nicht, sondern etwas, das jemand gesagt hatte, etwas Seltsames, etwas Ungewöhnliches, das er sich nicht zusammenreimen konnte. Aber was?

Er drehte sich um, knuffte erneut das Kissen zurecht. Himmel noch mal, wie lange war es her, dass ein paar Gänse diese Federn verloren hatten? Um die Jahrhundertwende? Er liebte dicke, weiche Kissen. Er liebte den Klang der Meeresbrandung an den Klippen neben seinem Haus in Carmel. Ja, verdammt, er liebte sein helles, geräumiges Haus mit den vielen Fenstern. Minimalistisch hatte der Innenarchitekt es genannt. Der perfekte Ort für eine Frau und zwei lebhafte Hunde.

Nun aber halt mal, Kamrath, sagte Neil zu sich. Nur weil er Laurel immer gemocht hatte und nun fand, dass sie die warmherzigste, interessanteste Frau war, die er je kennen gelernt hatte, konnte er sich noch lange nichts herausnehmen. Sie war mit Kurt Rider liiert. Außerdem waren seine Frau und sein Sohn vor noch nicht einmal einem Jahr gestorben. Und doch: Richtig lebendig hatte er sich in den letzten zehn Monaten nur dann gefühlt, wenn er mit Laurel zusammen war. Er grinste. Zwei skandalöse Begegnungen in einem Selbstbedienungsrestaurant. Und dann waren da noch die Gespräche in ihrem Laden und ein weiteres in dem kleinen Café dort in der Nähe. Außerdem hatten sie einen hochinteressanten Abend im Hause der Schwestern Lewis verbracht, wo sie auf Genevra Howard getroffen waren. Das war erschütternd und beunruhigend gewesen, aber auch sehr aufregend.

Komisch, dachte er. Irgendwie kam es ihm vor, als würde er

Laurel besser kennen, als er Ellen je gekannt hatte. Ellen war wie eine Figur aus gesponnenem Zucker gewesen – nach außen hin hübsch und zierlich, aber innen hohl. Dabei hatte sie ein wunderbares Kind hervorgebracht, ein Kind, das Neil bis an sein Lebensende vermissen würde.

Wer war das noch, der sich bei der Totenwache voller Mitleid erkundigt hat, wie ich mit dem Verlust meines Sohnes fertig werde?, fragte er sich unvermittelt. Er kniff die Augen zusammen, versuchte sich das Gesicht der Frau ins Gedächtnis zu rufen. »So was ist immer tragisch«, hatte sie gesagt. »Manchmal denke ich, dass es für den Vater schlimmer ist als für die Mutter. Also, ich weiß noch …«

Neil saß auf einmal kerzengerade im Bett. Das war es, woran er sich einfach nicht hatte erinnern können! Er griff nach dem Telefon und wählte Laurels Nummer. Keine Antwort. Er warf einen Blick auf die Uhr. Elf Uhr dreißig. Laurel war um elf Uhr dreißig bestimmt nicht mehr mit Audra unterwegs. Da stimmte etwas nicht. Er hatte wenig Lust dazu, wählte aber dennoch Monicas Nummer im Wilson Lodge Hotel. Auch dort meldete sich niemand. Tief besorgt sah er Crystals Nummer nach und rief dort an. Das Telefon klingelte in einem leeren Haus.

»Das reicht«, sagte Neil und stieg aus dem Bett. »Ich kann hier nicht die ganze Nacht rumliegen und mir Sorgen machen. Ich muss was unternehmen. Ich weiß bloß noch nicht, was.«

3

Crystal ging zu Monica hinüber, zog ein Messer aus ihrem Mantel und machte sich daran, das Seil um ihre Handgelenke durchzuschneiden. »Glaub bloß nicht, dass du mich überwältigen kannst, bloß weil du größer bist als ich«, warnte sie Monica. »Ich hab eine Pistole.«

»Ohne die hättest du es nie geschafft, mich in deinen Kofferraum zu kriegen«, sagte Monica erbittert.

Crystal durchtrennte das Seil. Monica rieb sich die Handgelenke. Crystal gab ihr das Messer. »Das Seil um deine Knöchel kannst du selbst durchschneiden.« Sie richtete die Pistole auf Monicas

Kopf. »Und spiel nicht die Heldin. Es braucht nur zwei Schüsse, dann sind du und Laurel mausetot.«

»Du willst uns doch wohl nicht in Audras Gegenwart umbringen?«, fragte Laurel. Sie bemerkte, wie schwach ihre Stimme geworden war. Lange würde sie nicht mehr weiterreden können.

»Das vergisst sie mit der Zeit. Kinder lassen sich nicht so leicht unterkriegen.«

»Vielleicht ist es besser, dass du nie ein Kind hattest«, schimpfte Monica. »Du hast nicht die leiseste Ahnung, wie der kindliche Verstand funktioniert.«

»Halt die Klappe!«, zischte Crystal. »Als wenn du mit deiner todschicken Karriere und deinen Männergeschichten und deinem Leben in New York etwas von Kindern verstehen würdest.«

»Das mag dich vielleicht überraschen, Crystal, aber Leute, die in New York Karriere machen, haben auch Kinder und ziehen sie mit Sachverstand groß.«

Laurel wusste nicht, ob Crystal die Anspannung in Monicas Stimme aufgefallen war, aber sie war unüberhörbar. Monica macht es genauso wie ich, dachte sie. Sie versucht Crystal aus dem Konzept, aus der Fassung zu bringen, damit wir sie überwältigen können. Das Problem war nur, dass sie nach Laurels Meinung beide nicht mehr die Kraft hatten, Crystal zu überwältigen. Laurel fühlte sich allmählich furchtbar schläfrig, regelrecht benommen, und daran, wie unbeholfen Monica an dem Seil um ihre Knöchel herumsäbelte, merkte sie, dass auch sie den Kampf gegen die Kälte zu verlieren drohte.

»Beeil dich!«, drängte Crystal sie.

Monica blickte zu ihr auf. »Warum erschießt du mich nicht einfach und machst der Sache ein Ende?«

»Weil das zu einfach ist. Du hast mich gezwungen, an deinen satanischen Ritualen teilzunehmen. Nun zwinge ich dich.«

Monica seufzte. »Crystal, wie oft soll ich dir noch sagen, dass die Rituale nicht echt waren? Und niemand hat dich zu etwas gezwungen.«

»Du schon. Ich hatte Angst, mich dir zu widersetzen.«

»Ach ja? Und was, glaubst du, wäre dir in dem Fall passiert?«

»Ich … Das wusste ich auch nicht. Du bist mir so stark vorgekommen, als wärst du zu allem fähig.«

»Du dachtest, ich wäre zu allem fähig?« Monica schaffte ein unfrohes Lachen. »Gott, Crystal, du hast wirklich den Verstand verloren.«

»Das Seil ist längst durch. Hör auf, Zeit zu schinden.« Crystal setzte die Pistole an Monicas Schläfe. »Geh da rüber, steig auf den Strohballen und leg deinen Kopf in die Schlinge. Genau wie Faith.«

Sechsundzwanzig

1

Als er im Auto saß, dachte Neil als Erstes daran, auf die Polizeiwache zu fahren. Aber was hätte er dort sagen sollen? »Niemand, den ich anrufe, ist zu Hause«? Damit würde ich die Beamten sicher in hektische Betriebsamkeit versetzen, dachte er sarkastisch. Die meisten dachten ohnehin ähnlich über ihn wie Kurt Rider. In ihren Augen war er ein Spinner, der Gespenstergeschichten schrieb und wahrscheinlich nur ein paar Schlagzeilen machen wollte. Nein, wenn er wollte, dass sie in Aktion traten, musste er schon ein wenig mehr vorzuweisen haben.

Und wo sollte er anfangen? Bei Laurel natürlich. Es war die Tatsache, dass sie nicht ans Telefon ging, die ihn am meisten beunruhigte. Deshalb fuhr er zu ihr, wobei er den Schnee verfluchte, die glatten Straßen, den Mietwagen, der sich nicht wie der Porsche fuhr, den er in Kalifornien zurückgelassen hatte. Der Wagen war noch schwerfälliger als das alte Schlachtschiff, das sein Vater gefahren hatte, aber er benutzte ihn dennoch, weil er ein Autotelefon hatte.

Neil klopfte an Laurels Haustür. Es machte niemand auf und die Tür war abgeschlossen. Er ging ums Haus herum. Als er hinten ankam, hörte er die Hunde bellen. Er ging dem Gebell nach und klopfte an ein Fenster. Ein Hund schob mit der Nase den Vorhang beiseite und sah zu ihm hinaus. Es war die Hündin mit dem langen Fell, aber etwas war nicht in Ordnung mit ihr. Die Augen – sie waren gerötet und wässrig. Als er das Haus umrundet hatte, war ihm eine Hundeklappe aufgefallen. Er trat an die Hintertür, rüttelte daran und stellte fest, dass auch sie abgeschlossen war. Er ging vor der Hundeklappe in die Knie und rief nach den Tieren. Er konnte nach wie vor ihr verzweifeltes Gebell hören, aber sie kamen nicht an die Klappe. Sie waren in einem der Zimmer eingeschlossen. Er überlegte, ob er durch die Klappe kriechen sollte, aber er war zu groß. Verärgert vor sich hin murmelnd, kehrte er zur Vorderseite des Hauses zurück. Es bestand die Möglichkeit, dass Laurel und Audra verletzt im Haus lagen, oder es konnte noch schlimmer sein. Er erwog, einen Stein zu nehmen und ihn durch eines der vorderen Fenster zu werfen. Dann entdeckte er einen Flecken Farbe unter einer Schneeschicht neben der Auffahrt. Er erstarrte. Sein erster Gedanke war, dass es sich um eine blutige Leiche handelte. Er eilte zu der Stelle.

Er bückte sich und lachte erleichtert auf. Es war ein Teddybär. Ein melonenfarbiger Teddybär, nicht größer als dreißig Zentimeter. Aber wo war er hergekommen? Aus dem Haus. Aber warum lag er hier?

Er hob den Bären auf, ging zur Auffahrt und untersuchte den Schnee. Vor seinem eigenen Wagen waren verwischte Reifenspuren zu erkennen, doch vor der Garage hörten sie auf. Er stapfte seitlich um die Garage herum und spähte durch das unverhängte Fenster hinein. Dort stand Laurels Cavalier. Er ging zurück, um noch einmal die Reifenspuren zu begutachten, und wurde auf eine Stelle im Schnee aufmerksam, die so aufgewühlt war, dass es aussah, als hätte dort ein Kampf stattgefunden.

Auf einmal war Neil sicher, dass Laurel und Audra in einem anderen Fahrzeug mitgenommen worden waren, in einem großen Auto. Der Breite der Spuren und ihrer Tiefe nach zu urteilen, war das noch nicht lange her. Entweder hatte Audra damit, dass sie den Teddybären liegen ließ, eine Botschaft hinterlassen oder er war ihr heruntergefallen und man hatte ihr nicht erlaubt, ihn aufzuheben. Er wusste auch, wer sie mitgenommen hatte. Er war nur nicht sicher, wohin.

2

»Wenn du mich nicht tragen willst zu dem Strohballen, musst du eine Minute warten«, sagte Monica zu Crystal.

»Wieso?«

»Weil meine Beine taub sind. Ich muss erst den Kreislauf wieder in Gang bringen.«

»Du willst mich reinlegen.«

»Ach, verdammt noch mal, Crys, auf ein paar Sekunden kommt es doch wohl nicht an«, konterte Monica. »Schließlich hast du das alles seit Monaten geplant, hab ich nicht Recht?«

»Erst seit ich Angie besuchen war.«

Jetzt bin ich wieder dran, dachte Laurel. Monica war eindeutig am Ende ihrer Kräfte. Ihre rauchige Stimme klang rau wie Sandpapier. »In all den Jahren war ich in Gedanken so oft bei der Nacht, als wir mit Faith hier waren«, sagte sie. »Wie steht es mit dir, Crystal? Hast du auch immer wieder daran denken müssen, so wie ich?«

Crystal sah sie verwirrt an, als hätte Laurel sie soeben mit einer schwierigen Mathematikaufgabe konfrontiert, die unbedingt beantwortet werden musste. »Ich weiß nicht. Manchmal schon.«

»Ich hab davon geträumt. Keine von uns hat sich je darüber ausgesprochen. Ich hab mich immer gefragt, ob ihr anderen auch davon träumt.«

»Ich träume nicht«, sagte Crystal mit tonloser Stimme.

»Ich schon«, warf Audra ein.

Crystals Gesichtszüge entspannten sich. Sie ließ die Pistole sinken und wandte sich Audra zu. »Und wovon träumst du, mein Schatz?«

»Meistens was Schönes. Dass ich einen kleinen Hund habe oder dass ich so gut Klavier spielen kann wie mein Daddy. Nur manchmal hab ich schlimme Träume. Heute zum Beispiel. Ich bin gleich rüber in Laurels Zimmer gegangen. Sie hat gesagt, dass auch Erwachsene böse Träume haben.«

»Wenn du mit mir zusammen bist, wirst du keine bösen Träume mehr haben«, versprach Crystal. »Wir werden ein richtig schönes Leben haben, Audra, nur werd ich dich wahrscheinlich erst mal in Bettina umtaufen. Gefällt dir der Name?«

Audra hob an, etwas zu sagen. Laurel erkannte, dass sie protestieren wollte, und drückte die Hand der Kleinen. Crystal konzentrierte sich offensichtlich ganz auf sie und tat einen Schritt auf sie zu. Sie merkte nicht, dass sich Monica langsam und leise von hinten an sie heranschlich. »Es ist ein schöner Name«, sagte Audra verbindlich. »Viel besser als Audra. Wie bist du darauf gekommen?«

Gut gemacht, Audra, jubelte Laurel innerlich. Nimm nur weiter ihre Aufmerksamkeit in Anspruch.

»Als ich klein war, hat mir meine Großmutter aus einem Buch vorgelesen über ein kleines Mädchen namens Bettina. Später hat sie mir eine schöne Porzellanfigur geschenkt und die hab ich auch Bettina genannt. Ich hab allen erzählt, dass man sie mir gestohlen hat, aber das stimmt nicht. Sie ist sicher versteckt, hier im alten Farmhaus. Wenn du mein kleines Mädchen bist, schenk ich sie dir.«

»Ehrlich?«, sagte Audra strahlend.

Eine Bodenplanke knarrte. Crystal wirbelte herum und sah, wie Monica die Hand hob, um einen Karatehieb auszuführen und Crystal dazu zu bringen, dass sie die Pistole fallen ließ. Sie tat es eine Sekunde zu spät. Audra schrie auf, als der Schuss krachte. Dann brach Monica zusammen.

3

Neil dachte im Augenblick nicht daran, Wayne Price anzurufen und ihm mitzuteilen, dass Audra seiner Meinung nach entführt worden war. Stattdessen überlegte er, wo Audra und Laurel hingebracht worden sein konnten. Er saß fünf Minuten lang im Auto und dachte nach. Es musste eine logische Erklärung geben, einen Ort, auf den die Polizei nicht gleich kam, wenn sie nach jemandem suchte. Dieser Ort musste außerhalb der Stadt sein, ein abgeschiedener Ort.

Ein Ort, der für den Mörder eine besondere Bedeutung hatte.

Er schlug sich mit der flachen Hand an die Stirn. »Du Idiot, wo denn sonst?«, beschimpfte er sich. Er ließ den Wagen an, fuhr rückwärts von der Auffahrt und machte sich dann, so schnell es die glatten Straßen erlaubten, auf den Weg zur Pritchard-Farm. In Gedanken sah er ununterbrochen die Henkerschlinge vor sich, die er in der alten Scheune erspäht hatte. Lieber Gott, betete er, lass nicht zu, dass jemand davon Gebrauch macht.

Zehn Minuten später bog Neil in den zerfurchten Weg zur Farm ein. Ein paar Mal schlingerte sein Wagen gefährlich zur Seite und jedes Mal blieb ihm die Luft weg. Wenn er jetzt in den Straßengraben fuhr, konnte er das Auto nicht ohne Abschleppfahrzeug befreien, und dazu hatte er keine Zeit.

Der Wind frischte auf, peitschte die Schneeflocken, sodass sie schräg fielen. Neil hatte die Scheibenwischer auf höchste Stufe eingestellt, aber es war dennoch kaum etwas zu erkennen. Die Nacht war so, wie er sie in bestimmten Situationen in seinen Büchern schilderte – eine Nacht, die nicht gut ausgehen konnte.

Als er sich der Farm näherte, sah er weiter vorn zwei Autos stehen. Er hielt beim ersten an und besah es sich genau. Es war ein dunkelblauer Chrysler New Yorker, ein älteres Modell, das mindestens zehn Jahre auf dem Buckel hatte. Es war leer und mit einer dünnen Schneeschicht bedeckt. Er fuhr etwa dreißig Meter weiter. Das zweite Auto war unter einer dichten Schneedecke halb versteckt. Es musste schon Stunden hier stehen.

Neil ließ den Motor laufen und stieg aus. Ein kalter Windstoß traf ihn so heftig, dass er fast seitwärts umgefallen wäre. Beißender Schnee peitschte ihm ins Gesicht, sodass er eine Hand schützend vor die Augen halten musste. Er machte sich auf alles gefasst und ging hinüber zu dem zweiten Auto. Drinnen schien niemand zu sitzen, aber sonst konnte er von dem Wagen nicht viel erkennen, außer dass obenauf eine seltsam geformte Schneeverwehung saß.

Er benutzte seinen Ärmel, um den Schnee auf dem Wagendach wegzuwischen. Eine Lichtanlage. Eine Blaulichtanlage. »O Gott«, murmelte er und fuhr fort, den Schnee wegzuwischen. Als das Auto darunter zum Vorschein kam, trocknete sein Mund aus. Es war schwarz. Auf der Seite war eine Polizeimarke mit der Aufschrift »Ohio County Sheriff's Department« aufgemalt. Ein Streifenwagen.

Neil rannte stolpernd zurück zu seinem eigenen Auto, sprang hinein und griff nach dem Telefon. Nun würde die Polizei ihm Gehör schenken.

4

Audra hörte nicht auf zu schreien, als Monica langsam auf den kalten Lehmboden sank. »Bring sie zum Schweigen!«, kreischte Crystal.

Laurel kniete nieder und legte die Arme um das kleine Mädchen. »Sei still, Kleines. Du darfst jetzt nicht schreien. Sie wird sonst nur noch wütender.«

Audra hörte sofort auf, doch ihre Atemzüge waren lang und zittrig und Laurels Magen verkrampfte sich, als sie in der Brust des Kindes ein leises Rasseln hörte. Audra war erst in der vergangenen Woche knapp einer Lungenentzündung entgangen. Wie sollte sie diese Nacht überstehen?

Crystal beugte sich über Monica. »Es hat sie nur an der Schulter erwischt.«

»Ganz sicher?«, fragte Laurel, die sich vor Kälte und Entsetzen schüttelte. »Atmet sie? Ist sie bei Bewusstsein? Wie schlimm ist sie verletzt?«

»Sehe ich aus wie ein Doktor?«, brauste Crystal auf. »Sie atmet. Wie gesagt, es hat sie nur an der Schulter erwischt.«

»Crystal, du musst die Blutung stoppen.«

Crystal sah sie an, als sei sie verrückt geworden. »Wie komm ich dazu?«

Laurel suchte verzweifelt nach einem Vorwand. »Weil du doch wolltest, dass sie wie Faith stirbt. Das kann sie aber nicht, wenn sie verblutet.«

Crystal sah sich hastig um. Zum ersten Mal machte sie den Eindruck, als sei sie sich ihrer Sache nicht sicher. Sie war wieder die leicht ungeschickte, zaghafte Crystal, die Laurel kannte. »Was soll ich denn tun?«

»Druck auf die Wunde ausüben.«

»Wie denn? Mach du das.« Sie richtete sich auf und sah Monica an wie ein ekelhaftes Insekt.

»Bleib du hier stehen, während ich Monica helfe«, sagte Laurel zu Audra.

»Nein«, widersprach Crystal. »Sie kommt mit dir. Ich will nicht, dass sie wegrennt.«

Audra umklammerte Laurels Hand, als sie zu Monica hinübergingen. Meine Füße sind vollkommen taub, dachte Laurel. Mein ganzer Körper fühlt sich nicht mehr so an, als würde er mir gehören. Vorhin hätten Monica und ich Crystal vielleicht überwältigen können, aber jetzt wüsste ich nicht, wie das zu schaffen wäre.

Als sie zu Monica traten, atmete Audra hörbar aus. Monica hatte einen eleganten weißen Mantel an, den Mantel, den sie zu Denises Totenwache getragen haben musste, und an ihrer rechten Schulter breitete sich ein Blutfleck aus.

Laurel kniete nieder, knöpfte den Mantel auf und wandte sich an Crystal. »Ich brauch was, was ich auf die Wunde pressen kann.«

Crystal sah sie beleidigt an. »Also, ich hab nichts.«

Audra nahm ihren Wollschal ab. »Hier. Er ist nicht schmutzig.«

Laurel lächelte ihr zu. »Vielen Dank, Schatz.« War ich mit acht Jahren so tapfer und geistesgegenwärtig wie sie?, überlegte Laurel. Nein. Sie ist eher wie Monica. Sie wird mal eine starke junge Frau.

Laurel drückte den Schal gegen die kleine Wunde an Monicas Schulter. Sie fragte sich, ob die Kugel geradewegs durch Gewebe und Muskeln gegangen war oder ob sie einen Knochen getroffen hatte. Sie hatte den Eindruck, dass die Blutung nachließ, aber vielleicht wurde nur alles von der Wolle in Audras Schal aufgesogen. Gleich darauf flatterten Monicas Lider. »Monica, kannst du mich hören?«, fragte Laurel besorgt.

»Ich kann dich hören«, antwortete Monica mit schwacher Stimme. »Aber es geht mir beschissen.«

»Pass doch auf, was du in Gegenwart von Bettina sagst«, fuhr Crystal sie an. »Jetzt aber hoch mit dir, Monica.«

Laurel sah sie flehend an. »Ach, Crys, kann sie nicht noch eine Weile liegen bleiben und sich ausruhen?«

»Sie hat eine Ewigkeit Zeit, sich auszuruhen, wenn das hier vorbei ist. Aufstehen!«

Laurel und Audra halfen Monica hoch. Ihr Gesicht hatte bis auf die funkelnden grünen Augen keine Spur Farbe. Sie taumelte, fand jedoch ihr Gleichgewicht wieder.

»Wie gefällt es dir, einmal nicht das Sagen zu haben?«, fragte Crystal sie. »Jetzt bin ich nämlich der Boss.«

»Ich war nie der Boss.«

»O doch. Du hast uns alle nach deiner Pfeife tanzen lassen.«

»Ach Gott, Crys, wann hörst du endlich auf, mir an allem die Schuld zu geben, was dir zugestoßen ist?«, fragte Monica.

»Niemals. Ihr alle seid schuld, aber du am meisten. Ich hab es dir doch erklärt, aber du hast in deinem ganzen Leben noch auf niemand gehört.«

»Da täuschst du dich, Crystal. Ich habe auf meinen Vater gehört. Er war der wichtigste Mensch auf der Welt für mich und er hat mich weggestoßen, genau wie Chuck dich. Ich bin zu einer

353

Frau abgeschoben worden, die mich nicht haben wollte und es mich jeden Tag meines Lebens spüren ließ. Ja, es hat mir gefallen, die Anführerin der Herzsechs zu sein. Es war das einzige Mal, dass ich wirklich das Gefühl hatte, etwas zu gelten, das einzige Mal, dass mir jemand wirklich zugehört hat. Und es hat mir gefallen, euch mit dem okkulten Unsinn alle in Angst und Schrecken zu versetzen. Aber ich wollte damit nie jemandem wehtun. Und weiß du was, Crystal? Ich hab tatsächlich niemandem wehgetan. Das warst du.«

»Schnauze.« Crystals Gesicht nahm wieder jenen merkwürdig harten Ausdruck an. »Nachdem du wieder auf den Beinen bist, brauchst du jetzt nur noch auf den Strohballen zu klettern.«

»Crys, sie ist doch verletzt«, wandte Laurel ein.

»Sie wird nicht mehr lange Schmerzen erleiden. Nun mach schon, Monica.«

Monica schloss kurz die Augen. Dann drückte sie Audras Schal an ihre Schulter und stieg auf den Ballen. »Nun steck den Kopf in die Schlinge.«

»Crystal?«, meldete sich Audra zu Wort.

»Mommy«, korrigierte Crystal sie.

Audras Mund verzog sich, aber sie brachte es dennoch fertig, zu sagen: »Mommy, bitte tu ihr das nicht an. Sonst muss ich weinen.«

»Ich hab beim ersten Mal, als es passiert war, auch geweint. Aber dann hab ich aufgehört. So wird es dir auch ergehen. Monica, ich hab dir doch gesagt, du sollst den Kopf in die Schlinge stecken.« Resigniert benutzte Monica die linke Hand, um sich die Schlinge über den Kopf zu ziehen. Crystal stellte die Petroleumlaterne etwa dreißig Zentimeter von dem Strohballen entfernt auf. Dann nahm sie Laurels Hand. Mit der anderen Hand hielt sie ihre Pistole fest. »So, Bettina, nimm du Laurels andere Hand. Dann kann die Beschwörung anfangen.«

Laurel, die inzwischen dem Zusammenbruch nahe war, stöhnte. »O Gott, Crystal, nur das nicht.«

»Doch. Es muss genauso sein wie damals.«

»Ich kann mich noch nicht einmal an die Beschwörung erinnern.«

»Ich schon. Ich hab sie jeden Tag aufgesagt, seit Faith gestorben ist. Ich sprech sie euch einmal vor und dann wiederholt ihr sie, genau wie in jener Nacht. Entweder du machst mit oder ich erschieße dich.« Das trau ich ihr ohne weiteres zu, dachte Laurel ängstlich. »Seid ihr so weit?«

Crystal begann sie im Kreis herumzuführen und sprach dabei die Worte, an die sich Laurel nun vage erinnerte: »Heil euch, Herren der Finsternis. Im Namen der Herrscher der Erde, der Könige der Unterwelt, erhebet euch an diesem Ort. Öffnet die Pforten und bringt eure treue Dienerin Esmé Dubois herbei, die gestorben ist, da sie euer Werk unter den Gottesanbetern getan. Azazel, Azazel, Sündenbock, freigelassen am Tag der Aussöhnung, unterwegs in die Hölle. Erscheinet vor uns, Esmé und Azazel. Erscheinet vor der Herzsechs, euren Dienerinnen in heutiger Zeit. Wir wollen uns baden in eurer Herrlichkeit.«

Die Laterne warf zuckende Schatten, ließ alle Augenhöhlen tief, die Wangen hohl erscheinen. Der Wind pfiff um die alte Scheune herum. Audra wirkte vollkommen verängstigt. Monica und ich mögen das hier vielleicht verdient haben, dachte Laurel, aber Audra doch nicht.

Crystal sah sich nach ihnen um. »Jetzt singt ihr mit.«

Sie begann im Kreis zu gehen und wiederholte den Singsang. Audra brachte kein Wort über die Lippen, aber Laurel stimmte mit ein. Sie war so benommen und schwach, dass sie sich kaum noch auf den gefühllosen Beinen halten konnte. Audra warf ihr einen Blick zu, der deutlich »Verräterin« sagte. Das Kind war überzeugt, dass sie alles mitmachte. In Wahrheit hatte sie einen Plan. Einen schlecht durchdachten Plan, aber er war besser als gar keiner. Indem sie Crystals Hand festhielt, hatte sie eine gewisse Kontrolle über ihre Bewegungen. Wenn sie all ihre Kraft zusammennahm, konnte sie vielleicht verhindern, dass Crystal die Laterne umkippte oder Monica vom Strohballen stieß.

Sie begannen aufs Neue, im Kreis zu gehen. »Heil euch, Herren der Finsternis. Im Namen der Herrscher der Erde, der Könige der Unterwelt …«

Dreizehn Jahre war es her. Die Kälte. Die tanzenden Schatten. Der Gesang. Laurel blickte zu Monica auf. Sie schwankte, genau wie Faith es getan hatte. Aber diesmal kauerte Laurel nicht hilflos am Boden.

Laurel glaubte, draußen etwas gehört zu haben, etwas anderes als den Wind. Einbildung? Wunschdenken? Dann hörte sie wieder etwas. Schritte im Schnee? Eine gedämpfte Stimme. Audra sah sie an. Sie hatte es auch gehört.

Sie beendeten die Beschwörung. Vor dreizehn Jahren hatten sie die Beschwörung einmal gemeinsam gesprochen, bevor das Feuer ausgebrochen war. Das aber hieß …

Mit aller Kraft zerrte Laurel an Crystal, doch es war schon zu spät. Crystals stiefelbewehrter Fuß hob sich plötzlich und sie stieß die Laterne um. Audra schrie, als das Feuer das Stroh auf dem Boden fraß und sich auf den Weg zu dem Strohballen machte, auf dem Monica stand.

Der Tritt und Laurels Zerren hatten Crystal aus dem Gleichgewicht gebracht. Sie taumelte rückwärts und schoss die Pistole ab. Diesmal schrien Laurel und Audra beide auf.

Monica warf sich heftig nach rechts und Laurel glaubte zunächst, sie sei schon wieder getroffen. Dann sah sie das Feuer, das bereits am Strohballen leckte und die verklumpten Strohhalme entzündete. Genau wie bei Faith. Monica schaffte es nicht, den Flammen auszuweichen. »Halt dich am Strick fest!«, schrie Laurel. »Monica! Der Strick!«

Monicas Blick begegnete ihr und Laurel sah sie mit der linken Hand nach dem Seil greifen. O Gott, ja, sie kann ja noch nicht einmal mit beiden Händen fest zugreifen, dachte Laurel. Sie hat eine Schusswunde in der rechten Schulter. Aber Monica packte mit der einen Hand fest zu, damit sie nicht von dem Strang erwürgt wurde.

»Verflucht sollst du sein!«, kreischte Crystal Laurel an. »Du hast mich gestoßen. Aber mich hältst du damit nicht auf!«

Monica schrie auf. Laurel blickte zu ihr hinüber. Monicas rechtes Bein stand in Flammen. »Crystal, wir müssen sie da runterholen!« Crystal sah sie nur gleichgültig an.

Laurel ließ Audras Hand los und warf sich nach vorn, mitten ins Feuer, wie sie es dreizehn Jahre zuvor schon einmal getan hatte. Sie streckte vergebens die Arme nach Monicas Beinen aus.

»Keine Bewegung!« Eine Männerstimme, dachte Laurel. »Ich sag es noch einmal: keine …«

Laurel sah sich um. Crystal wirbelte herum, richtete die Pistole

auf den Mann in Uniform. Ein Schuss. Dann noch einer. Crystal
schrie und ließ die Pistole fallen. Noch ein Schuss.

Crystal torkelte und stürzte rückwärts in die Flammen.

Epilog

Laurel schlug die Augen auf. Einen Augenblick lang war sie überzeugt, noch in der eiskalten Scheune zu sein. Sie sah Monica mit dem Kopf in der Schlinge auf einem Strohballen stehen, während Flammen an ihren Beinen hochzüngelten. Ihr Herz klopfte wie rasend, doch dann änderte sich die Szenerie. Sie lag in einem warmen, schmalen Bett. Gegenüber an der Wand war ein Fernsehgerät befestigt. Licht strömte durch ein Fenster zu ihrer Linken. Ein Krankenzimmer.

Sie spürte eine sachte Berührung an ihrem rechten Oberschenkel. Sie blickte an sich herab. Neil saß auf einem Stuhl neben dem Bett. Sein Oberkörper war vorgebeugt und sein Kopf ruhte friedlich schlafend auf der Bettkante. Sie streckte die Hand aus und berührte eine seiner sandfarbenen Locken. So weich. Sie fuhr mit einem Finger über seine Wange. Er öffnete langsam die rauchblauen Augen und sah sie unverwandt an. Dann lächelte er. »Ich hatte schon Angst, dass ich diese schönen Bernsteinaugen nie mehr zu sehen kriege.«

»Ob sie schön sind, weiß ich nicht, aber wenn du nicht zur Farm gekommen wärst, hättest du mich nie mehr mit offenen Augen erlebt. Wie geht es Audra?«

»Bestens. Gemeckert hat sie, dass sie wegen Unterkühlung noch eine Nacht hier im Krankenhaus verbringen musste. Weißt du, sie ist ein ausgesprochen energisches kleines Mädchen. Sie hat keine Ruhe gegeben, bis ich einen Schlosser aus dem Bett geholt hatte und zu dir nach Hause gefahren bin, um die Hunde zu holen und zu Dr. Ricci zu bringen. Er sagt, dass ihre Augen noch ein, zwei Tage entzündet sein werden, aber sonst geht es ihnen gut.«

»Gott sei Dank. Und Monica?«

»Auch ganz gut. Schulterdurchschuss, ohne dass ein Knochen in Mitleidenschaft gezogen wurde. Verbrennungen ersten Grades an den Beinen. Und natürlich Unterkühlung. Aber sie wird es überstehen.«

»Crystal?«

»Verletzt, aber nicht lebensgefährlich. Sie hat auf die Polizei geschossen, ohne jemanden zu treffen. Einer der Beamten hat sie am Bein erwischt. Sie hat die Pistole fallen lassen, wobei die losgegangen ist. Der Schuss traf sie in die Brust.« Er seufzte. »Ich denke, dass es in Anbetracht dessen, was ihr bevorsteht, vielleicht besser gewesen wäre, wenn sie es nicht überlebt hätte.«

Laurel schloss die Augen. »Mein Gott. Ein Leben im Gefängnis, ohne Aussicht auf Begnadigung? Ein Leben in der Irrenanstalt?«

»Darüber hat das Gericht zu entscheiden«, sagte Neil.

Laurel erschauerte. »Na gut, damit hätten wir wohl alle Beteiligten berücksichtigt.«

»Nicht ganz. Wie es scheint, ist Kurt heute früh auf die Farm gefahren, um sich die Schlinge anzusehen, die du ihm beschrieben hast. Er ist zum Farmhaus rübergegangen. Crystal war auch da ...«

»O nein!«, rief Laurel. »Sag bloß nicht, er ist tot!«

Neil tätschelte ihre Hand. »Nein, Laurel. Sie ist mit dem Wagenheber über ihn hergefallen. Vielleicht dachte sie, sie hätte ihn getötet, aber dem war nicht so. Er hat einen Schädelbruch, ein gebrochenes Schlüsselbein, einen gebrochenen Arm. Außerdem hat er acht Stunden lang bewusstlos in dem kalten Haus gelegen, aber immerhin hatte er eine Wolljacke an.« Neil grinste. »Und warme Unterwäsche.«

Laurel lächelte kläglich. »Ich hab ihn immer damit aufgezogen, dass er im Winter diese kälteisolierende Wäsche trägt. Aber wer zuletzt lacht, lacht am besten.«

Neil sah sie ernst an. »Du liebst ihn wirklich, nicht wahr?«

»Lieben?« Laurel runzelte die Stirn. »Wir sind seit ewigen Zeiten befreundet. Ich liebe ihn wie einen Freund. Ich hab versucht, romantische Gefühle für ihn aufzubringen, aber es hat bei uns beiden nicht geklappt.« Sie seufzte. »Ich bin froh, dass er lebt, und mir scheint überhaupt nichts zu fehlen.«

Neil zögerte. »Na ja, ein wenig hast du schon Schaden genommen. Erfrierungen.«

Angst wallte in ihr auf. »Ich wusste es doch! Meine Füße! Ach, Neil, mussten meine Füße amputiert werden?«, rief sie und schickte sich an, die Decke zurückzuschlagen, um besser sehen zu können. Neil hinderte sie daran.

»Beruhige dich, Laurel. Du hast an beiden Füßen die kleinen Zehen verloren. Das ist alles. Nur die kleinen Zehen. Das fällt keinem auf. Und es hätte viel schlimmer sein können.«

Sie ließ sich in die Kissen zurückfallen. »Du hast Recht. Wenn man bedenkt, was ich durchgemacht habe, ist es ein wahres Wunder.« Sie rang sich ein Lächeln ab. »Ich habe sowieso noch nie Sandalen gemocht.«

»So ist es recht.«

»Neil, woher wusstest du, wo wir waren? Wie hast du uns gerettet?«

»Die Polizei hat euch gerettet. Ich hab euch lediglich gefunden.«

»Sehr bescheiden. Aber woher wusstest du, dass etwas nicht in Ordnung war?«

»Ich hab dir die ganze Zeit versichert, dass ich nicht der Vater von Faiths Baby war. Und ich war immer der Meinung, dass wir den Schlüssel zu dem Fall hätten, wenn wir dahinter kämen, wer tatsächlich der Vater war. Bei der Totenwache hab ich mich mit Crystal unterhalten. Sie kam mir ein bisschen merkwürdig vor, irgendwie ausgelassen, aber sie hat sich Mühe gegeben, es zu verbergen. Dann fing sie davon an, wie schwer es für Wayne gewesen sein musste, Denise zu verlieren, dass es jedoch schlimmer gewesen wäre, wenn er Audra verloren hätte. Sie hat gesagt, dass es für den Vater schlimmer ist, ein Kind zu verlieren, als für die Mutter. Und dann hat sie sich darüber ausgelassen, dass der arme Chuck in letzter Zeit vielleicht deshalb ein wenig launenhaft gewesen sei, weil er fünf Babys verloren habe. Ich hab nur halb hingehört, aber nachdem ich ins Bett gegangen war, ist mir eingefallen, dass du mir erzählt hattest, dass Crystal drei Fehlgeburten und eine Totgeburt hatte. Das sind vier, nicht fünf.«

»Und mehr war nicht?«, fragte Laurel ungläubig. »Der eine Ausrutscher hat dich darauf gebracht?«

»Nein. Wie gesagt, sie hat sich komisch benommen. Sie hatte so einen seltsamen Ausdruck in den Augen. Da hab ich mich an unsere High-School-Zeit erinnert. Crystal war damals so hübsch und ist mit Chuck gegangen. Dann hab ich an Faith gedacht und an ihre Äußerung, dass Crystal ihrer Ansicht nach nicht so lieb war, wie alle glaubten. Außerdem fiel mir ein, dass ich irgendwann das sichere Gefühl hatte, dass Faith in Chuck verliebt war.«

»Neil, Faith hat einen Brief hinterlassen. Sie hat ihn eine Woche vor dem Tag geschrieben, an dem Crystal sie ermordet hat. Er war in meinem Teddybär versteckt. Die Überschrift lautet: ›Im Falle meines Todes‹. Sie wusste, dass jemand ihr den Tod gewünscht hat. Ich bin überzeugt, dass sie geglaubt hat, es sei Chuck.«

»Da gerade von Chuck die Rede ist: Kurt hat mich gebeten, dir was auszurichten: ›Sag Laurel, dass das Buch mit den Sonetten nicht mir gehört. Ich hab es für jemanden aufbewahrt.‹«

»Für Chuck. Und warum hat mir Kurt das nicht gleich gesagt?«

»Es ging ihm darum, einen Freund zu schützen.« Neil hielt inne und wandte den Blick ab.

»Und was ist noch passiert?«, wollte Laurel sogleich wissen. »Du hast offensichtlich noch mehr schlechte Neuigkeiten.«

»Schlechte Neuigkeiten kann man es nicht nennen«, sagte er bedächtig. »Ich hab mit deinen Eltern gesprochen.«

»Gütiger Himmel, du hast heute Morgen ganz schön was geschafft! Die Hunde, Audra, Kurt, meine Eltern.«

»Laurel, es ist drei Uhr nachmittags, nicht frühmorgens. Also, ich weiß wohl, dass dich deine Eltern verrückt machen, aber ich musste ihnen doch Bescheid sagen. Du bist ihr Kind und du bist verletzt.« Sie nickte. »Deine Mutter war entsetzt.« Er holte tief Luft. »Dein Vater war betrübt, aber ebenso großen Kummer schien ihm die Tatsache zu bereiten, dass deine Schwester gestern Nacht Zwillinge geboren hat. Zwei Buben.«

Laurel lachte. »Zwillinge!«

»Ja. Offenbar wusste Claudia seit Monaten, dass sie Zwillinge erwartet, hat aber deinen Eltern nichts davon gesagt.«

»Sie hatte wohl Angst, dass mein Vater sich aus dem Staub macht. Mein Gott, noch zwei kleine Jungs wie aus dem *Omen*.« Sie wurde rot. »Oje, das hört sich ja schrecklich an!«

Neil lachte. »Nein, überhaupt nicht. Dein Vater hatte das gleiche Grauen in der Stimme. Deine Mutter hat erzählt, dass es Claudia und den Babys gut geht, obwohl – und ich zitiere – ›Claudia heute ein wenig reizbar ist‹.«

Laurel bekam einen Lachanfall. »Das bedeutet, dass Claudia Gott und die Welt beschimpft, bis Krankenschwestern und Ärzte verzweifelt das Weite suchen. Ihr armer Mann. Er ist ein solches Weichei. Aber ich möchte nicht an seiner Stelle sein.«

»Es kommt noch mehr. Dein Vater sagt, er weiß nicht, ob er den ganzen Aufruhr noch lange ertragen kann. Ich soll dir sagen, er geht davon aus, dass er und deine Mutter in ein paar Monaten nach Wheeling zurückkehren werden.«

Laurels Lächeln verblasste. »Ich verstehe. Das heißt, dass mein Vater das Geschäft wieder übernehmen will. Denn er hält es nicht aus, hier zu sein, ohne die Befehlsgewalt zu haben, und das, obwohl ich den Umsatz um dreißig Prozent erhöht habe. Und natürlich wollen sie dann auch ihr Haus wiederhaben. Sie sind keine Hundeliebhaber – ich muss mir eine Wohnung mieten, wo Haustiere erwünscht sind …«

»Ich weiß, wo Haustiere erwünscht sind«, sagte Neil. »Bei mir.«

»Ach. Du willst das Haus deines Vaters vermieten, nachdem er gestorben ist?«

»Nein, ich meinte mein Haus in Carmel.«

»Dein Haus. Du willst meine Hunde übernehmen?«

Neil schloss die Augen und schüttelte den Kopf. »Laurel, ich weiß, dass du eine sehr gescheite Frau bist, aber ich scheine mich heute bei dir nicht recht verständlich zu machen. Ich möchte die Hunde und dich haben, nicht unbedingt in dieser Reihenfolge. Ich verdiene genug Geld, um für euch drei zu sorgen, aber wenn du arbeiten willst: Ich glaube, dass die Gegend um Carmel und Monterey einen weiteren Blumenladen vertragen könnte. Da wohnen viele reiche Leute, Filmstars und so.«

Laurel sah ihn erstaunt an. »Neil, heißt das, du willst, dass ich zu dir ziehe?«

»Wenn du es erst mal so probieren willst, ja. Ich selbst bin allerdings ein altmodischer Mensch. Mir wäre eine respektablere Grundlage lieber.«

»Heirat?«, quiekte Laurel.

»Du hörst dich an, als hättest du eine Maus gesehen.«

»Ich wollte dich nicht kränken, Neil … ich meine … wir kennen uns doch kaum.«

»Wir sind zwölf Jahre lang miteinander zur Schule gegangen. Außerdem hab ich das Gefühl, dich besser zu kennen als irgendjemand anderen.« Er küsste sie auf die Wange, streichelte ihre Hand und lächelte. »Ich fahre frühestens in einem Monat wieder nach

Hause, wenn ich hier alles erledigt habe. Bis es so weit ist, könnten wir uns hin und wieder treffen, und du könntest es dir richtig überlegen. In ein paar Wochen kannst du mich dann immer noch fortschicken, wenn du willst, ohne dass ich es dir nachtrage.« Er warf einen Blick auf seine Armbanduhr. »Ich muss jetzt gehen. Wir sehen uns später, meine Schöne.«

Als er zur Tür hinausging, lächelte Laurel. Ganz bestimmt sehen wir uns später, dachte sie impulsiv. Und wenn es nach mir geht, werden wir uns bis ans Ende meines Lebens sehen.

Carlene Thompson
Schwarz zur Erinnerung
Roman
Aus dem Amerikanischen von Ann Anders

Band 14227 ·

Vor zwanzig Jahren wurde Carolines sechsjährige Tochter Hayley entführt und ermordet. Der Täter wurde nie gefasst. Und Caroline ist nie wirklich hinweggekommen über den Verlust ihres ersten Kindes und das Zerbrechen der Liebesbeziehung zu ihrem ersten Mann. Aber sie hat sich ein neues Leben aufgebaut. Sie ist wieder verheiratet, hat zwei Kinder und näht nebenbei für den Designermöbelladen ihrer besten Freundin. Da beginnt an dem Tag, an dem Hayley fünfundzwanzig Jahre alt geworden wäre, eine Kette unerklärlicher, erschreckender Ereignisse, die Caroline fast an ihrem Verstand zweifeln lassen. Irgend jemand scheint es auf die achtjährige Melinda abgesehen zu haben ...

Fischer Taschenbuch Verlag

Carlene Thompson
Sieh mich nicht an
Roman
Aus dem Amerikanischen von Anne Steeb
Band 14538

Deborah Robinson, ihr Mann Steve und die fünfjährigen Zwillinge Brian und Kimberley sind eine richtige Bilderbuchfamilie – bis zu dem Tag nach der traditionellen Vorweihnachtsfeier in ihrem Hause, als Steve spurlos verschwindet. Deborah hatte gespürt, dass Steve sich Sorgen machte. Was sie nun herausfindet, erschreckt sie zutiefst. Sie kann sich nicht länger sicher sein, Steve wirklich zu kennen. Und sie weiß, dass irgend jemand ihr Haus beobachtet, jemand, der skrupellos getötet hat – und bloß darauf wartet, wieder loszuschlagen …

Fischer Taschenbuch Verlag

Carlene Thompson
Heute Nacht oder nie
Roman
Aus dem Amerikanischen von Anne Steeb
Band 14779

Nicole lebt mit ihrer kleinen Tochter in einem großen Haus.
Ihre Ehe ist am Ende. Da scheint plötzlich jedem, der sie
schlecht behandelt, etwas zuzustoßen: Die Bremsschläuche
am Auto ihres Mannes werden durchtrennt, ein Straßen-
räuber wird erstochen aufgefunden, eine Kollegin kommt
ums Leben. Und immer wieder meint Nicole, Paul flüchtig
zu erblicken, ihre große Liebe, der vor fünfzehn Jahren spurlos verschwunden war ...

Fischer Taschenbuch Verlag

Carlene Thompson
Vergiss, wenn du kannst
Roman
Aus dem Amerikanischen von Irmengard Gabler
Band 15235

Durchatmen, nachdenken – das ist das Einzige, was die junge Tierärztin Natalie möchte, als sie sich mit Liebeskummer in ihren idyllischen Heimatort am Eriesee aufmacht. Doch am Tag nach ihrer Ankunft wird dort eine ihrer alten Freundinnen ermordet aufgefunden und Natalie erhält einen Anruf, in dem eine Unbekannte auch ihr den Tod ankündigt.

Zunächst glaubt Natalie noch, dass jemand ein grausames Spiel mit ihr treibe – bis weitere Menschen aus dem engsten Umkreis der Toten brutal ermordet werden. Natalie weiß, dass sie nur eine Chance hat, wenn es Nick Meredith, dem sympathischen Sheriff, oder ihr selbst gelingt, den Täter rechtzeitig zu finden …

»Lassen Sie sich gesagt sein, Carlene Thompsons
Bücher machen süchtig.«
Radio Ostfriesland

Fischer Taschenbuch Verlag